河出文庫

テヘランで
ロリータを読む

アーザル・ナフィーシー
市川恵里 訳

河出書房新社

目次

テヘランでロリータを読む

亡き母ネズハト・ナフィーシーに
父アフマド・ナフィーシーと、
私の家族、ビージャン・ナーデリーとネガール、ダーラーに

この世で起きたことをだれに話そう
だれのためにぼくらは至るところに巨大な鏡を置くのだろう
鏡のなかがいっぱいになり、その状態が
つづくのを期待して

チェスワフ・ミウォシュ「アンナレーナ」

著者ことわりがき

この話に登場する人物と出来事には、主として個人を守るために変更を加えてある。検閲官の目から彼らを守るだけでなく、モデルはだれで、だれがだれに何をしたのか穿鑿して楽しみ、他人の秘密によってみずからの空虚を満たそうとする人々からも守るためである。語られた事実は、記憶に誤りがないかぎり真実だが、友人と学生たちを守るために最大限の努力をした。名前を改め、本人にさえわからないほど変装をほどこし、彼らの秘密が守られるように、その人生の一面を変えたり入れ替えたりした。

第一部　ロリータ

1

一九九五年の秋、最後の大学を辞めた私は、かねてからの夢を実現することにした。教え子の中から、もっとも優秀で勉強熱心な七人を選び、毎週木曜の朝、私の家で文学について話しあわないかと誘った。女子のみにしたのは、たとえ無害なフィクションについて議論するだけでも、個人の家でひそかに男女混合のクラスを教えるのは危険すぎるからだ。クラスからは締め出されたものの、自分も参加させてくれとしつこく言ってきた男子学生がひとりいた。そこで彼、すなわちニーマーは、課題の作品を読み、特定の日に、私たちが読んでいる本について話しに来るようになった。

私はよくミュリエル・スパークの『ミス・ブロウディの青春』を引き合いに出して、あなたたちの中で最終的に私を裏切るのはだれかしらと冗談半分で訊いたものだ。私は生来ペシミストだし、少なくともひとりはいずれ私に背(そむ)くにちがいないと思っていた。ナスリーンが一度いたずらっぽく答えたことがある。ご自分でおっしゃったじゃありませんか、結局のところ自分を裏切るのは自分自身だ、内なるキリストを裏切るユダになるんだって。マーナーは、先生はミス・ブロウディではないし、私たちは……私たちは私たちです、と言って、私がよく口にする警告をもちだした。「どんなことがあっても、フィクションを現実の複製と見なすようなまねをして、フィクションを貶めてはならない。私たちがフィクションの中に求めるのは、現実ではなくむしろ真実があらわになる瞬間である」。とはいえ、仮に私自身の忠告に逆らって、イラン・イスラーム共和国における私たちの生活に一番ぴったりくる小説を選ぶとしたら、それは『ミス・ブロウディの青春』でもなければ『一九八四年』でさえなく、むしろナボコフの『断頭台への招待』か、いや、それ以上に『ロリータ』だろう。

木曜朝の研究会をはじめてから二年後、私がテヘランを離れる前の晩に、何人かの友人と学生が別れの挨拶と荷造りの手伝いに来てくれた。家の中のものを何もかも取りはらい、すべての物と色彩が、瓶の精が瓶に吸いこまれるように八個の灰色のスーツケースの中に消え失せてから、私と学生たちは、ダイニングルームの白いむきだしの壁を背に、二枚の写真を撮った。

いま、私の前にそのときの写真がある。一枚目には白い壁の前に立つ七人の女が写っている。みなこの国の法律に従って、黒いコートにスカーフをかぶり、卵形の顔と手以外はすっぽりと覆われている。二枚目の写真にも、同じ集団が同じ姿勢で、同じ壁を背に立っている。ただし、こちらは覆いを取った姿である。鮮やかな色彩があふれ、ひとりひとりの違いがあらわになる。服装とその色、髪の色と長さによって、それぞれがはっきり異なる存在となり、まだスカーフをしている二人さえ、同じには見えない。

二枚目の写真の一番右にいるのは、私たちの詩人マーナーで、白いTシャツにジーンズをはいている。マーナーは大方の人が顧みないものを詩にした。この写真ではわからないが、彼女の黒い瞳には独特の曖昧さが漂い、引っこみ思案な性質をあらわしていた。

マーナーの隣にはマフシードがいる。長い黒のスカーフにそぐわない繊細な顔立ちと遠慮がちな微笑み。マフシードはたいていのことは器用にできたが、どことなく華奢な感じがあり、私たちは彼女を「お嬢さま（マイ・レディ）」と呼ぶようになった。これはマフシードの特徴をとらえただけでなく、「レディ」という言葉に新たな要素を加えたことにもなるのだとナスリーンはよく言っていた。マフシードはとても傷つきやすい。こわれもののようだとヤーシーは言う。そのため、よく知らない者の目にはかよわそうに映るが、マフシードを怒らせた者はみなひどい目にあう。あたしは、とヤーシーはにこやかにつづけた。あたしはプラスチックね。何をされようがこわれないもの。

ヤーシーはグループで最年少だ。黄色い服を着て、前に身を乗り出し、はじけるように笑っている。私たちはいつも彼女をコメディアンと呼んでからかった。彼女の口調には、他人ばかりか自分自身をも疑い、茶化しているようなところがあった。

私は茶色の服を着てヤーシーの隣に立ち、片手をヤーシーの肩にまわしている。私のすぐうしろにはアージーンがいる。一番背が高く、金髪を長くのばし、ピンクのTシャツを着て、みんなと同じように笑っている。彼女の笑顔はいつも微笑みというより、こらえきれない神経質な哄笑の前ぶれのように見えた。夫との新たなトラブルについて話しているときでさえ、妙に楽しげに笑っていた。人がぎょっとするようなことをいつも平気でずけずけ言うアージーンは、自分の言葉やふるまいが引き起こす衝撃を楽しみ、マフシード、マーナーとよく衝突した。私たちは彼女に「問題児」という渾名をつけた。

私の横にはミートラーがいる。この中で一番物静かなのは彼女かもしれない。ミートラーは、彼女が描くパステルカラーの絵のように、ぼんやりと薄れてゆくようだった。彼女の美を月並みさから救っていたのは、両頬にうかぶ何とも不思議なえくぼで、ミートラーはこの武器を使って、多くの相手を本人さえ気づかぬうちに意のままに操ることができた。

サーナーズは――家族と社会の重圧の下で、自立したいという願望と認められたいという欲求の狭間で揺れ動いていた彼女は――ミートラーの腕にしがみついている。全員が笑っている。マーナーの夫ニーマーは、わが優秀なる文芸批評家だが、すばらしい評論を最後まで書きあげる粘り強さに欠けるのが玉に瑕だった。ニーマーは私たちの見えない仲間、この写真の撮影者である。

本当はもうひとり、ナスリーンがいた。彼女は写真の中にはいない――最後までいられなかったのだ。しかし、私の話は、いっしょにいられなかった人々、離れていった人々のことを抜きにしては語れない。彼らの不在は、肉体的原因もないのにつづく激しい痛みのように、いつまでも消え去ることがない。私にとってテヘランとはこのようなもの、存在よりも不在のほうが痛切に感じられるものだ。

記憶の中のナスリーンの姿は、なぜか遠く、心もちぼやけている。長年にわたって学生たちといっしょに撮った写真を調べたら、ナスリーンはその多くに写っていたが、いつも何かの陰に――人や木の陰に隠れていた。学部の校舎に面した小さな庭で、私が八人の学生と立っている写真がある。ここで数えきれないほど別れの記念写真を撮った。背後には大きな柳の木が一本あり、私たちに木陰を提供してくれた。みな笑っている。隅のほうで、一番背の高い学生のうしろから、ナスリーンがひょいと顔をのぞかせている。招かれてもいない場所にいたずら半分で押しかけた小鬼のようだ。別の写真では、二人並んだ女子学生の肩のうしろの小さなV字形の空間に、ナスリーンの顔がかろうじて見分けられる。この写真の中のナスリーンはぼんやりした様子をしている。撮られていることに気づいていないかのように、眉間にしわを寄せている。

ナスリーンのことを何といえばいいだろう。以前彼女をチェシャ猫と呼んだことがある。大学で教えていた頃、ナスリーンは思わぬときに現れたり消えたりした。だが、実のところ、私には彼女をうまく言いあらわす言葉がない。ナスリーンが何者かを決めるのはナスリーン自身だ。人はナスリーンはナスリーンだと言うしかない。

二年近くのあいだ、ほぼ毎週、木曜の朝になると、雨の日も晴れの日も、彼女たちは私の家にやってきた。毎回、着用を義務づけられたヴェールとコートを脱ぎ捨て、色彩がはじけるさまを見るたびに、私はショックを抑えられなかった。あの部屋に入って、学生たちが脱ぎ捨てるのは、スカーフとコートだけではなかった。しだいにひとりひとりの輪郭がはっきりしてきて、だれにもまねできないその人自身になる。窓から私の愛するアルボルズ山脈が見えるあの居間の、私たちの世界は、私たちが逃げこむ安らぎの場となり、自足した宇宙となり、そこでは黒いスカーフ姿のおどおどした顔があふれる、下の町の現実を嘲笑(あざわら)うことができた。

研究会のテーマは小説と現実の関係だった。私たちはペルシア古典文学を、たとえば『千夜一夜物語』に登場するわれらがフィクションの女王シャハラザードの物語を読み、加えて西洋の古典も読んだ。『高慢と偏見』、『ボヴァリー夫人』、『デイジー・ミラー』、『学生部長の十二月』、そして、そう、『ロリータ』も。こうして書名を書いていると、胸の中に思い出が渦巻き、別の国、別の部屋にいるこの静かな秋の日をかきみだす。

いま私は、当時私たちの議論の中にくりかえし出てきたあの別の世界にいて、私の教え子と――のちに「私の娘たち(マイ・ガールズ)」と呼ぶようになった学生たちと私が、日当たりがよさそうに見えて実はそうでもない、あのテヘランの部屋で、『ロリータ』を読む姿をあらためて思い描いている。しかし、『ロリータ』の詩人／犯罪者ハンバートの言葉を借りれば、読者よ、どうか私たちの姿を想像していただきたい。そうでなければ、私たちは本当には存在しない。歳月と政治の暴虐に抗して、私たち自身さえ時に想像する勇気がなかった私たちの姿を想像してほしい。もっとも私的な、秘密の瞬間に、人生のごくありふれた場面にいる私たちを、音楽を聴き、恋に落ち、木陰の道を歩いている私たちを、あるいは、テヘランで『ロリータ』を読んでいる私たちを。それから、今度はそれらすべてを奪われ、地下に追いやられた私たちを想像してほしい。

いま私がナボコフについて書くとすれば、それはあれほどの困難にもかかわらず、私たちがテヘランでナボコフを読んだことを称(たた)えるためにほかならない。ナボコフのすべての小説の中で、私は最後に教えた作品を、たくさんの思い出と結びついたこの小説を選ぶ。そう、書きたいのは『ロリータ』のことだ。しかし、いまこの作品について書こうとすれば、テヘランについても書かないわけにはいかない。だからこれは、テヘランにおける『ロリータ』の物語、『ロリータ』によってテヘランがいかに別の顔を見せ、テヘランがいかにナボコフの小説の見直しを促し、あの作品をこの『ロリータ』に、私たちの『ロリータ』にしたかという物語なのである。

2

そうして九月初めのある木曜日、わが家の居間で一回目の集まりがあった。さあ彼女たちがふたたびやってくる。まず呼び鈴が鳴り、少しして通りに面した扉が閉まる音がする。足音がらせん階段を上り、母の部屋を通りすぎる。私は玄関に向かいながら、横の窓から小さな空が見えるのに気づく。どの学生も、到着すると同時にコートとスカーフを脱ぎ、時には頭を左右に振る。そして部屋に入る前にふと立ち止まる。だが、そこにあるのは部屋ではなく、じらすような記憶の空白にすぎない。

居間はあの家の中で、私の遊牧民めいた借りものの暮らしをもっともよくあらわしている場所だった。製作年代も地域も異なる流れ者の家具がいっしょくたに放りこんであったが、これは経済的な理由ばかりでなく、私自身の折衷趣味にも基づいていた。このような不調和な寄せ集めが、どういうわけか、慎重に家具を選んだ他の部屋にはない一種の調和を醸し出していた。

壁に立てかけた絵や、床に置いた花瓶、カーテンのない窓を見るたびに、母はヒステリーを起こした。私は窓にカーテンをつけないでいたが、とうとう、ここはイスラームの国だから窓は覆わなくてはならないのだと注意されてしまった。おまえは本当に私の娘かいと母はよく嘆いた。行儀よくきちんとした女性になるように育てたはずなのに。本気で嘆いている口ぶりだったが、長年口癖のように言いつづけてきたため、その文句はいまやほとんど愛情のこもった儀式と化していた。アージー（私の愛称）、アージー、もう一人前のレディなんだから、レディらしくふるまいなさい。けれども母の口調には、どこか私を傷つきやすく強情な子供のままにしておくようなところがあり、いまでも母の声を思い出すと、結局私は母の期待にこたえられなかったのだと思う。私はついに母が望んだレディにはなれなかった。

あの部屋、当時は気にも留めなかったあの部屋が、大切な思い出の場所となったことで、心の中で新たな地位を獲得した。家具も装飾もろくにない、広々とした部屋だった。片隅には夫のビージャンがつくった風変わりな暖炉があった。壁を背に二人掛けのソファが置かれ、私はその上に昔、母からもらったレースのカバーを無造作にかけておいた。窓に面して薄桃色の長椅子があり、そばにはそれに合った色の椅子が二脚と、大きな四角いガラス板をのせた鉄のテーブルがあった。

私はいつも窓を背にした席にすわった。アーザルと呼ばれる広い袋小路の上に開いた窓だ。窓の向かい側には旧アメリカン・ホスピタルがある。かつては選ばれた人向けのこぢんまりした病院だったが、当時は傷痍（しょうい）軍人であふれる騒がしい医療施設となっていた。「週末」には——イランでは木曜と金曜のことだが——まるでピクニックにでも行くように、サンドイッチ持参で押しよせる子連れの見舞客の群れで、狭い通りはいっぱいになった。隣家の主人が手塩にかけた庭がまず犠牲になった。とりわけ夏には、彼の愛する薔薇を勝手に取る人が多かった。子供たちの叫び声や泣き声、笑い声にまじって、母親たちがやはり大声で子供の名を呼び、お仕置きするよと脅す声が聞こえた。時おり一人二人の子供がわが家の呼び鈴を鳴らして逃げる危険ないたずらを、間をおいてくりかえしたりした。

私の住まいは二階にあり、一階には母が住み、三階の弟の部屋は、弟がイギリスに渡ったため、たいてい無人だった。二階の部屋からは大木の上部が見え、はるか遠く、建物の彼方にはアルボルズ山脈が見渡せた。下の通りも病院も見舞客も見えない。下から漂ってくるざわめきを通して、それらの気配が感じられるばかりだ。

私の席からは大好きな山脈は見えなかったが、私の椅子の向かい側、ダイニングルームの奥の壁に父からもらった時代物の楕円形の鏡がかかり、その中に夏でも雪をいただく山々の姿が映り、木々の色が変わってゆくのを見ることができた。窓から地上が見えないために、そのざわめきは下の通りではなく、どこか彼方から聞こえてくるような印象が強まった。ひっきりなしに聞こえる彼方からのさざめきは、朝の何時間か、意識から締め出した世界と私たちをつなぐ唯一の絆になった。

あの部屋は、私たち全員にとって境界を踏み越える場となった。何という不思議の国だろう！　花束に覆われた大きなコーヒーテーブルを囲んで、私たちは小説の世界を出たり入ったりした。気づかぬうちにいかに多くのことを学んだか、いまふりかえると驚くばかりだ。ナボコフの言葉を借りれば、何げない日常の平凡な小石が、どのようにフィクションの魔法の目を通じて宝石に変わりうるかを、私たちは身をもって知ることになった。

3

初めての授業の日、午前六時。私はもう起きていた。気が昂(たか)ぶって食事をする気になれず、コーヒー沸かしのスイッチを入れてから、時間をかけてゆっくりとシャワーを浴びた。首、背中、脚を水が優しくなで、しっかりと地に足をつけながらも、体は軽い。緊張と無縁の期待を感じるのは、いったい何年ぶりだろう。大学で教えていた頃には日々つきものだった苦痛きわまりない儀式も——身につけるもの、ふるまい方、自制すべき身ぶりを定める儀式も必要ない。このクラスに対しては、それとは異なる準備をすればいい。

イラン・イスラーム共和国の暮らしは、四月の空のように——つかのまの陽射しが突如にわか雨と嵐に変わる四月の空のように変わりやすく、予測がつかなかった。体制は寛容と締めつけを交互にくりかえした。当時は比較的平穏な、いわゆる自由化の時期を経て、ふたたび苦難の時代に入っていた。大学はまたもや文化的純粋を守ろうとする保守派の攻撃目標となっていた。保守派は次々に厳格な法律を押しつけ、教室での男女の隔離まで義務づけて、従わない教員を罰していた。

私が一九八七年から教壇に立ってきたアッラーメ・タバータバーイー大学は、イランでもっとも自由な大学として注目されてきた。高等教育省の役人が、アッラーメの教員はスイスにいるつもりかねと皮肉ったという噂が流れていた。なぜか「スイス」は西洋の放縦を示す代名詞になっていた。非イスラーム的と見なされた課程や活動は、いずれも「ここはスイスではない」という冷笑的な言い方で非難された。

とりわけ学生への圧力が厳しかった。学生たちが絶え間なく苦しみを訴えるのに耳を傾けていると、無力感におそわれた。女子学生は授業に遅れて階段を駆け上がっただけで罰せられ、廊下で笑い声をあげた、異性と話したという理由で罰を受けた。ある日、授業の終わり頃になってサーナーズが泣きながら飛びこんできた。ほとばしる涙の合間に語ることによれば、遅刻したのは、入口の女性警備員がサーナーズの鞄(かばん)の中に頬紅を見つけ、叱責して追い返そうとしたせいだった。

なぜ突然教職を離れたのだろう。何度もそう自問した。大学の質が落ちたせいだろうか。残った教員と学生のあいだにも無関心がはびこる一方だったからか。勝手な規則や制限と日々闘いつづけるのがいやになったせいか。

ざらざらしたヘチマで肌をこすりながら、私の辞表に対する大学当局の反応を思い出し、笑いがこみあげた。彼らはあらゆる手段で私にいやがらせをし、制限を課し、私の訪問客を見張り、私の行動を管理し、のびのびになった終身在職権を拒みつづけてきたくせに、いざ私が辞めるとなると、急に同情をよせ、辞表の受けとりを拒んで、私を激怒させた。学生たちは大学側に講義のボイコットを通告した。処分の脅しにも屈せず、代わりの教員を実際にボイコットしたと後日聞いて、私は少しばかりうれしかった。そのうち耐えられなくなって大学にもどるだろうとだれもが思っていた。

大学側はさらに二年たってからようやく辞任を受け入れた。ある友人から、向こうの精神構造がわかっていないと言われた。あなたには辞める権利なんかないと思っているから、辞表を受けとらないのよ。あなたの在職期間や解雇の時期を決めるのは彼らのほうなんだから。何よりもこういう専制的なやり口にがまんできなくなった。

これからどうするの、と友人たちに訊かれた。ずっと家にいるつもり？　そうね、次の本を書いてもいいし、と私は答えた。が、実ははっきりした計画など何もなかった。最近出したナボコフに関する本の後遺症がまだ尾を引いていたし、次の本について具体的に考えようとすると、霞(かすみ)のようにぼんやりした発想しか浮かばなかった。少なくともしばらくのあいだはペルシアの古典の研究という楽しい仕事をつづけるという手もあるが、ある計画が、長年あたためてきた考えが、私の心を占めていた。私は長年、特別なクラスを――イスラーム共和国のクラスでは許されない自由をあたえてくれる特別なクラスをつくりたいと夢見てきた。私が教えたいのは、文学の研究にひたむきに取り組む少数の学生、政府に選ばれたのではない学生、他の専門に入れてもらえないから、あるいは英語の学位が就職に有利だからという理由だけで英文学を選んだのではない学生だった。

イスラーム共和国で教職にあるということは、どんな職業の人とも同じく、政治のいいなりになり、専制的な規則に従わなければならないということだった。教える喜びはつねに、体制が押しつけるさまざまな問題や障害によってふみにじられた――大学当局が人の仕事ぶりではなく、唇の色や、危険な力を秘めた一筋の髪の毛などに最大の関心をよせているときに、いい授業などできるだろうか。教授たちがヘミングウェイの短編から「ワイン」という言葉を削除しようと躍起になっているところで、ブロンテは不倫を認めているから教えないなどというところで、本当に仕事に集中できるだろうか？

友人の画家のことを思い出した。彼女は現実の情景を、主に人気のない部屋や廃屋、捨てられた女たちの写真をモティーフにした絵画で、画家として出発した。しだいに作品は抽象的になり、最近の展覧会では、荒々しい色彩が飛び散る絵ばかりになった。私の居間にある二作品、暗い斑点に小さな青い滴を散らした絵もそうだった。私は近代的なリアリズムから抽象画に移行した経緯について尋ねてみた。現実がどうしても耐えられなくなったの、あまりにも殺風景で、と彼女は答えた。だからいま描けるのは私の夢見る色だけ。

「私の夢見る色」と胸につぶやきながら、シャワーから出て、ひんやりしたタイルの上を歩く。なかなかいい。自分の夢見る色を描く機会のある人がどれだけいるだろう。だぶだぶのバスローブを着る――心安まる水の抱擁から、体を保護するバスローブにすっぽり包まれるのはいい気分だ。裸足でキッチンに入り、いちごの絵のついたお気に入りのマグカップにコーヒーを注ぎ、廊下の長椅子にうわの空で腰かける。

このクラスは私の夢見る色だった。これを実現するには、悪化した現実から積極的に身を引くことが必要だった。めずらしく訪れた幸福感と楽観的な気分に、私は必死でしがみつこうとした。心の底では、この計画がどんな結果になるかわからなかったからだ。ある友人からこう言われた。気づいているだろうけど、きみはますます自分の内面に閉じこもっている。大学と関係を絶った以上、外の世界と接触する場所はその部屋ぐらいになってしまう。そこからどこに行くつもりか、と彼は訊いた。みずからの夢の中に閉じこもるのは時に危険なこともある、と考えながら、着替えのため裸足のまま寝室に入った。『青白い炎』のキンボートや『ロリータ』のハンバートといったナボコフの狂った夢想家たちから、私はそれを学んだ。

学生を選ぶ際には、思想的、宗教的背景は考慮に入れなかった。のちに、あれほど雑多な人間の集まりが――宗教的、社会的、個人的背景が異なるばかりか、時に対立することもある者たちが、クラスの目標と理想に最後まで忠実でありつづけたのは、あのクラスの大きな功績だと思うようになった。

この娘たちを選んだ理由のひとつは、彼女たちの中に、傷つきやすさと勇気との奇妙な混合を認めたからである。みないわゆる一匹狼タイプで、特定のグループにもセクトにも属していなかった。孤独にもかかわらず、というより、ある意味では孤独だからこそ、困難な状況を切り抜けてゆける彼女たちの力を私は高く評価していた。マーナーの言うように、このクラスを「私たちだけの部屋」と呼んでもいいだろう。ヴァージニア・ウルフの言う「自分だけの部屋」を共同化したようなものである。

その第一回目の朝、私はいつもより時間をかけて着るものを選び、あれこれ試してから、ようやく赤い縞のシャツと黒いコーデュロイのジーンズに決めた。丁寧にメイクをして真っ赤な口紅をつける。小さな金のイヤリングをとめていて、不意にパニックに襲われる。もしうまくいかなかったら？　学生が来なかったら？　そんなことを考えちゃだめ！　少なくともあと五、六時間はすべての恐れを棚に上げておかなければ。お願い、落ち着いて、と自分を説得し、靴をはいてキッチンに行く。

4

呼び鈴が鳴ったとき、私はお茶を淹れていた。考え事をしていて、最初は聞こえなかった。ドアを開けるとマフシードが立っていた。お留守かと思いました、と言って、白と黄色の水仙の花束をくれた。黒いコートを脱ぐ彼女に向かって、家には女しかいないから、それも脱いで大丈夫よと言う。マフシードはためらってから、丈の長い黒いスカーフをほどく。彼女とヤーシーは二人ともヴェールの規律を守っているが、ヤーシーのほうは近頃スカーフのかぶり方がゆるやかになってきていた。のどの下でゆるく結んだだけで、真ん中で大ざっぱに分けた褐色の髪がスカーフの下からのぞいていた。一方、マフシードはスカーフの下でも几帳面に髪形を整え、カールしてあった。短い前髪は妙に古風な印象をあたえ、イラン人というよりヨーロッパ人のように見えた。白いシャツの上に着た濃紺のジャケットの右前に大きな黄色い蝶の刺繍がある。私は蝶を指さして訊いた。蝶好きのナボコフに敬意を表してこれをつけてきたの？

マフシードがいつから私の授業をとるようになったのか、もう憶えていない。どういうわけか彼女はつねに教室にいたような気がする。彼女の父親は敬虔なムスリムで、イラン革命を熱狂的に支持した。マフシードは革命前からスカーフをかぶっていた。クラスで書いた日記では、おしゃれな女子大学に向かう孤独な朝のことを綴っていた。皮肉なことに、当時は目立つ服装だったスカーフ姿ゆえに、大学では人から無視されている気がしたという。革命後、マフシードは反体制的な宗教組織に参加したという理由で五年間投獄され、釈放後も二年間学業をつづけるのを禁じられた。

　革命前のマフシードの姿を、数知れぬ晴れた朝、大学へ向かう上り道を歩いてゆく彼女の姿を思いうかべる。ひとりきりで、うつむいて歩く姿が目にうかぶ。当時もいまと同じく、マフシードは燦々（さんさん）と降りそそぐ陽射しを楽しむことはなかった。「当時もいまと同じく」といったのは、革命が起こり、他の女性たちもスカーフの着用を義務づけられたからといって、彼女の孤独がやわらぐことはなかったからだ。革命前、マフシードはある意味でみずからの孤立を誇ることができた。スカーフは信仰の証（あかし）だった。彼女の決意は自発的なものだった。革命により他の人々にもスカーフの着用が強制されると、彼女の行為は意味を失った。

　マフシードは真の意味において上品な女性だ。品がよく、ある種の威厳をそなえている。肌は月光のように白く、目は切れ上がり、髪は漆黒。淡い色の服をまとい、ものやわらかに話す。信心深い家庭に生まれ育った経歴が彼女を守ってくれるはずだったが、そうはいかなかった。監獄にいる彼女を私は想像できない。

マフシードと知りあってからずいぶんたつが、彼女が監獄体験を口にすることはめったにない。投獄の後遺症で、マフシードは生涯、腎臓の障害を抱える身となった。ある日、クラスで日々の恐怖や悪夢について話していたとき、マフシードは、監獄の記憶が時々よみがえること、それをうまく表現する方法がまだ見つからないことを話し、でも日常生活の中にも監獄に劣らない恐怖がある、と言い添えた。

マフシードにお茶を飲むかと訊いた。いつも人に気をつかう彼女は、いいえ、みんなが来るのを待ちますと答え、少し早く来すぎたことを詫びた。お手伝いしましょうか、と言ってくれたが、手伝ってもらうようなこともない。楽にして、と言いながら、花を持ってキッチンに入り、花瓶を探す。また呼び鈴が鳴る。私が出ます、とマフシードが居間から叫ぶ。笑い声がした。マーナーとヤーシーだ。

小さな薔薇の花束を持ったマーナーがキッチンにやってくる。ニーマーからです。クラスから締め出したことを後悔させようとしているんですよ。薔薇の花束を持って、授業中、先生の家の前で抗議のデモをするんですって。マーナーは実にうれしそうだった。目の中で光が一瞬きらきらと輝いて、ふっと消えた。

私は大きなお盆に焼き菓子をのせながら、詩を書くときは、言葉が色彩を伴ってうかんでくるの、とマーナーに訊いた。ナボコフが自伝の中で、自分と母親はアルファベットの文字に色彩を感じたと書いているのよ。自分は絵画的な作家だと彼は言うの。

イスラーム共和国のおかげで色彩のセンスがだめになっちゃって、とマーナーは捨てた薔薇の葉をいじりながら答える。本当はショッキングピンクとかトマト色とか、ものすごく派手な色が着たいんです。あんまり色に飢えているから、注意深く選んだ詩の言葉に色を感じられないんです。マーナーは激しい歓喜を感じることはあっても穏やかな幸福感とは無縁な人間のひとりだった。いらっしゃい、見せたいものがあるの、と私はマーナーを寝室に案内した。小さい頃、毎晩父が物語を聞かせてくれたが、私はその中に出てくる場所やものの色が気になって仕方がなかった。シャハラザードの服の色やベッドカバーの色、精霊(ジン)や魔法のランプの色を知りたがり、天国はどんな色をしているのかと父に尋ねたこともある。どんな色でもおまえの好きな色でいいんだよと父は答えたが、それでは納得できなかった。ある日、来客があり、ダイニングルームでスープを飲んでいた私は、ずっと昔から壁にかかっている一枚の絵にふと目をとめ、それが私の天国の色であることを即座に悟った。これがその絵よ、と私は言って、古めかしい木の額縁に入った小さな油絵を誇らしげに指さした。つややかな青葉の繁り、二羽の鳥、二個の真紅のりんご、黄金の洋梨、わずかに青が交じった緑の風景。

私の天国はプールの青！　マーナーが不意に言った。その目はまだ絵に釘づけになっている。昔、大きな庭のある祖父母の屋敷に住んでいたんです、とふりむいて言う。昔ながらのペルシア風の庭がどんな感じかご存じでしょう、果物の木、桃やりんご、さくらんぼ、柿があって、柳が一、二本あって。一番楽しかった思い出は、いびつな形の大きなプールで泳いだこと。私は学校の水泳で優勝して、父はそれをとても誇りにしていました。革命の一年後に父が心臓麻痺で死んでから、家と庭は政府に没収されて、私たちはアパートに移りました。それ以来一度も泳いだことはありません。私の夢はあのプールの底にあるんです。プールに飛びこんで、父の思い出や私の子供時代の何かをとりもどそうとする夢をくりかえし見ます。マーナーの話を聞きながら、並んで居間に向かって歩いた。また呼び鈴が鳴ったからだ。

アージーンとミートラーがいっしょに来ていた。アージーンが着物のようなコートを脱ぐと——当時は和服風のコートが大流行していた——両肩をむきだしにした、ゆるやかな白のペザント・ブラウスと大きな金のイヤリング、ピンクの口紅があらわになった。小さな黄色い蘭の花を一本持っていて、彼女独特の口調で、ミートラーとあたしからですと言う。その口調はあだっぽく唇を尖らせたような調子としかいいようのないものだ。

次にナスリーンが来た。彼女からはすでに、エスファハーンからの贈り物だというヌガーを二箱もらっていた。濃紺のコートに濃紺のスカーフ、ヒールのない黒い靴といういつものいでたちだ。最後に教室で会ったとき、ナスリーンはひどく大きな黒のチャドルをすっぽりかぶり、卵形の顔と落ち着きのない手だけが外に出ていた。彼女の手は、文章を書いたりいたずら書きをしていないときは、分厚い黒い布の拘束から逃れようとするかのように、ひっきりなしに動いていた。最近はチャドルをやめて、濃紺か黒か焦げ茶色のゆったりした丈長のコートをまとい、コートに合った厚いスカーフで顔の輪郭を包み、髪を隠していた。青白い小さな顔は血管が数えられそうなほど肌が透きとおり、眉は濃く、まつげは長く、茶色の目はいきいきとして、小さな鼻は筋が通り、怒ったような口許をしていた。まるで描きかけの細密画——急に仕事を中断しなければならなくなった一流の画家が、丹念に描いた顔を大ざっぱに塗った暗色の背景の中に閉じこめたまま立ち去ったかのようだ。

突然、タイヤが軋み、急ブレーキをかける音がした。窓から外を見ると、クリーム色の小さな中古のルノーが縁石の上に停まっている。運転席にいるのは今風のサングラスをした、横柄な横顔の若い男で、下ろしたウィンドウの曲線の上に黒い服の腕をのせた格好は、ポルシェでも乗りまわしているかのようだ。正面を見つめたまま助手席の女性に何か言っている。一度だけ顔を右に向けたとき、不機嫌そうな表情が見えた。その瞬間、女性が車を飛び出し、彼はそのうしろでドアを乱暴に閉めた。車から頭を突き出し、わが家の玄関に向かう彼女に二言三言叫んだが、彼女はふりむかなかった。そのルノーはサーナーズの車だった。仕事で稼いだお金を貯めて買ったものだ。

私は部屋の中に向きなおり、いたたまれない気持ちになった。例のいやな弟にちがいない。すぐに呼び鈴が鳴り、サーナーズが急いで上がってくる足音がして、私はドアを開けた。サーナーズはストーカーか泥棒から逃げてきたような硬い表情をしていた。私の顔を見ると笑顔をつくり、まだ間に合いますよね、と息せき切って言う。

当時、サーナーズの人生を支配している男性が二人いた。ひとりは彼女の弟だ。十九歳でまだ高等学校を卒業しておらず、両親にかわいがられていた。娘を二人産んで、ひとりを三歳で亡くしたあと、ようやく恵まれた男の子だった。すっかり甘やかされてわがままに育った弟は、姉にひどく執着した。サーナーズをひそかに見張り、電話を盗み聞きし、彼女の車を乗りまわして、姉の行動を監視することで、自分の男らしさを証明するようになった。両親は娘をなだめ、お姉さんなんだからがまんして大目にみてやってくれ、弟が難しい時期を乗り切るのを母性愛をもって見守ってくれと頼んだ。

もうひとりは十一歳のときから知っている幼なじみの恋人である。親同士が親しく、よく家族ぐるみで会い、休暇もいっしょにすごした。サーナーズとアリーは永遠の恋人同士のようだった。双方の親もこの組み合わせを応援し、天が定めた縁組みと言った。六年前にアリーが英国に渡ると、彼の母親はサーナーズのことを息子の花嫁と呼ぶようになった。二人は文通し、写真を送りあっていたが、近頃サーナーズの求婚者が増えたことから、トルコで婚約し、再会しようという話が出ていた。トルコならイラン人はビザなしで入国できる。近いうちにいつ実現するかもしれないその再会を、サーナーズは不安とおののきとともに待ち望んでいた。

私はヴェールをかぶったサーナーズしか見たことがなかったので、彼女がコートとスカーフを脱ぐのを見て、思わずその場に釘づけになった。サーナーズはオレンジ色のTシャツをぴったりしたジーンズの中に入れ、茶色のブーツをはいていたが、印象ががらりと変わった一番の原因は、顔を縁どるつやつやした豊かな黒褐色の髪にあった。彼女はその見事な髪を左右に振ってみせたが、この仕種（しぐさ）は彼女の癖であることがあとでわかった。サーナーズは時々さっと頭をそらし、指で髪をとかした。まるで大事な宝物がまだそこにあるのを確かめているかのようだった。顔立ちはいつもより柔和に、晴れやかになった——公の場で黒いスカーフをかぶっているときは、小さな顔がやつれて見え、ほとんど険しいといっていい印象をあたえた。

遅れてすみません、とあえぐように言い、指で髪をとかす。弟が車で送っていくと言ってきかなかったんだけど、時間どおりに起きてくれなくて。十時前に起きたためしがないのに。私がどこに行くか知りたかったんです。だれかと密会するか、デートにでも行くと思ったのね。

このクラスのせいで困ったことになる人がいるんじゃないかと心配していたの、と言いながら、私は全員に向かって、居間のテーブルのまわりにすわるよう勧める。ご両親や連れ合いがこの会に来るのを快く認めてくれればいいんだけれど。

部屋の中をぶらぶら歩きまわって、初めて見るかのように絵をじっと観察していたナスリーンがふと立ち止まり、無造作に言った。父の反応を見るために、このクラスのことをさりげなく言ってみたら、猛烈に反対してました。

どうやって説得したの、と私は訊いた。嘘をつきました。嘘？ いい年をした娘に、女だけの文学クラスに行くのを禁じるような横暴な人には、そうするしかないもの。それに体制に対してはみんなこうしてるでしょ？ 革命防衛隊に本当のことを言いますか？ みんな嘘をついてる。衛星放送のアンテナを隠す。違法な書物やアルコールなんか家にはないと言う。うちのご立派な父だって、家族に危険が迫れば彼らに嘘をつくわ、とナスリーンは反抗的に言い添えた。

お父さんが電話であなたのことを問いあわせてきたらどうするの、と私はからかい半分に訊いた。それはありません。うまい口実をつくっておいたから。マフシードといっしょに、イスラームのテキストを英訳することにしたと言ったんです。信じてもらえたの？　ええまあ、疑う理由もないから。これまで父に嘘をついたことはないし――まあほとんどないし――父の信じたいことを言っただけ。それに父はマフシードをすっかり信頼しているから。

もしお父さんから電話があったら、私も嘘をついたほうがいいの、としつこく訊いた。それはおまかせします。ナスリーンは一拍おいて答え、落ちつかなげに絡みあわせた両手に目を落とす。先生は父に言ったほうがいいと思いますか？　彼女の声の中に切羽つまった響きがあるのに私はすでに気づいていた。ご迷惑ですか？

ナスリーンはいつも自信たっぷりにふるまうから、私は時おり、強い女の子の仮面の下に傷つきやすい素顔が潜んでいることを忘れてしまうことがあった。もちろんあなたの信頼を裏切ったりしないわ、と私は声をやわらげた。確かにあなたはもう子供じゃないんだし、自分が何をしているかわかっているはずだもの。

私はいつもの椅子に落ち着いていた。向かいの鏡には山脈が影を宿している。鏡をのぞいても自分の姿が見えず、はるか彼方の景色が映っているのは妙な気分だ。マフシードはちょっとためらってから、私の右手の椅子にすわった。長椅子の右端にはマーナーが、左端にはアージーンが腰をおろした。二人は本能的に距離をとろうとしたのだ。サーナーズとミートラーは二人掛けのソファに腰かけ、頭をくっつけてささやいたりくすくす笑ったりしている。

ここでヤーシーとナスリーンが入ってきて、席を探した。アージーンは長椅子のあいているところを軽く叩き、ヤーシーを手招きした。ヤーシーは一瞬ためらい、アージーンとマーナーのあいだにすべりこんだ。彼女がどさりと腰をおろすと、両端の二人がきつそうになり、背筋をのばした少し硬い姿勢になった。コートを脱いだヤーシーは、赤ん坊のようにぽっちゃりしていて、やや太りすぎに見えた。ナスリーンはダイニングルームに椅子を探しに行った。ここに何とかすわれるわよ、とマーナーが言う。いいの、まっすぐな背もたれがついた椅子のほうがいいから。もどってきたナスリーンは、長椅子とマフシードのあいだに椅子を置いた。

彼女たちは最後までこの席順を忠実に守った。この配置は彼女たちの感情の境界や個人的関係を象徴するものになった。こうして最初のクラスがはじまった。

5

「ウプシランバ！」紅茶のお盆を持ってダイニングルームに入ろうとしたら、ヤーシーが叫ぶのが聞こえた。彼女は言葉遊びが好きだった。病的なほど言葉に取り憑かれていると自分でも言っていた。新しい言葉を見つけたとたんに使わずにいられなくなるんです。夜会服を買った女性が映画やランチにも着ていきたくてたまらなくなるみたいに。

ここで少し時計の針を巻きもどし、ヤーシーが叫びをあげるまでの経緯をたどってみよう。最初の授業のときだった。みな緊張し、うまく話せなかった。私たちは公の場、主に教室と講堂で会うことに慣れていた。彼女たちはそれぞれに私とつきあっていたが、親友同士のナスリーンとマフシード、ある程度親しいミートラーとサーナーズを除けば、たがいに親しいとはいえない。それどころか、ほとんどは友だちになりたいとも思わなかったろう。それがいきなり集団で親しくつきあう必要に迫られ、みな居心地の悪い思いをしていた。

私はこのクラスの目的は、フィクションの作品を読み、議論し、作品に反応することだと話した。各自、個人的な日記に、小説に対する自分の反応や、作品と議論が自分の個人的、社会的経験とどのようにつながるかを書いてもらう。彼女たちを選んだのは、文学の研究に熱心に取り組んでいると思ったからだと説明した。作品の選定基準のひとつは、作者が文学の決定的な力、ほとんど魔術的な力を信じていることだと述べ、十九歳のナボコフを、ロシア革命のさなか、弾丸の音にも気を散らされることなく書きつづけたナボコフを思い出すように言った。銃声が響き、窓から流血の戦闘が見えても、彼は独り詩を書きつづけた。それから七十年後のいま、文学の力に対する私たちの無私の信頼によって、このもうひとつの革命が生み出した重苦しい現実を変容させることができるかどうか見てみましょう、と私は言った。

最初に議論の対象としてとりあげたのは『千夜一夜物語』、不貞な妃に裏切られた復讐として、処女妻を次々に殺す王が登場するおなじみの物語である。巧みな話術で人を虜にするシャハラザードのおかげで、殺害の手はようやく止まる。私は全体に関わる問題をいくつか提起して考えてもらうことにしたが、もっとも重要な問題は、想像力の生み出したこうした偉大な作品が、現在、私たちが女として囚われている状況の中で、どのような役に立つのかということだった。何か具体的な見通しや、安易な解決策を求めていたわけではない。ただ、小説があたえてくれる開かれた空間と、私たちが拘束されている閉じた空間とをつなぐ回路を見いだせないかと思ったのだ。彼女たちにナボコフの次のような主張を読んで聞かせたのを憶えている。「読者は生まれながらに自由であり、自由のままでいるべきである」

『千夜一夜物語』の枠物語に関して、私が一番気になるのは、そこに描かれている三種類の女性である――みな王の非道な支配の犠牲者だ。シャハラザードが登場するまで、物語の中の女性は、裏切って殺される者（妃）と裏切る機会が来る前に殺される者（処女たち）のどちらかに分かれる。殺される娘たちはシャハラザードとちがって、物語の中で声をもたず、ほとんどの場合、批評家からも無視されている。しかし、彼女たちの沈黙には重大な意味がある。娘たちは抵抗も抗議もせず、みずからの処女と命を譲りわたしてしまう。彼女たちは存在しない。無名の死者として、何の痕跡も残さないからだ。妃の不貞は、王から独裁的な権力を奪うわけではなく、王の平静を失わせるだけだ。妃と処女たち、どちらの女性も、王の支配する領域の中で行動し、専制的な法を受け入れることで、王の公的な権威を暗黙のうちに受け入れてしまう。

シャハラザードは異なる取り決めを取り入れることで、暴力の連鎖を断ち切る。彼女は王のように力ずくではなく、想像力と考える力によって自分の世界を形づくる。こうした力が、命を危険にさらす勇気を彼女にあたえ、他の登場人物とは異なる存在にした。

クラスで使った『千夜一夜物語』の版は六巻本だった。幸い、発禁になって闇で法外な値で取引されるようになる前に、私は自分の分を買っておいた。私は彼女たちに本を分け、次の授業までに、話の中で中心的な役割を演じる女性のタイプに従って物語を分類してくるように言った。

課題を出してしまうと、木曜の午前中、ここに来てナボコフとジェイン・オースティンについて議論することにしたわけを、ひとりずつ話してほしいと言った。彼女たちの答えは短く、ぎこちなかった。座をなごませるため、私はシュークリームとお茶で休憩しようと提案した。

こうして、磨いていない古い銀のお盆に紅茶のグラスを八個のせて、ダイニングルームに入ろうとしたとき、あの場面に遭遇した。お茶を淹れることはイランでは美的な儀式であり、日に何度もおこなわれる。お茶は小さくて形のいい透明なグラスに入れる。

一番広く使われているグラスはスリム・ウェストと呼ばれるもので、上と下が丸くふくらみ、中央がくびれている。お茶の色とほのかな香りに、淹れる者の腕前があらわれる。中で蜂蜜色の液体が心をそそるように揺れる、スリム・ウェスト型のグラスを持って、ダイニングルームに足を踏み入れた私は、ヤーシーが得意げに叫ぶのを聞いた。「ウプシランバ！」彼女はその言葉を私に投げつけ、私は心の中で飛びついた。

ウプシランバ！――その言葉を聞くと、一九九四年の春、このクラスの四人とニーマーが、私の教える二十世紀小説の講義を聴講していた頃のことがよみがえる。あのクラスで人気が高かった作品は、ナボコフの『断頭台への招待』だった。この小説の中でナボコフは、想像力豊かで孤独な主人公シンシナトゥス・Cを周囲の人間とはちがう人間として描いている。人と同じであることが規範であるのみならず法的に強制されている社会において、彼は特異な存在だった。ナボコフによれば、シンシナトゥスは子供の頃から言葉の新しさや美しさを味わうことができたが、他の子供たちは「最初の一語を口にしただけで、たがいの言いたいことがわかった。思いがけないかたちで終わる言葉、何か古い文字、そうウプシランバのように、その形が不思議にも鳥やパチンコとなる文字で終わる言葉など、彼らはもたなかったからだ」

当時、この言葉はどういう意味かなどとわざわざ質問する学生はひとりもいなかった。少なくとも正規の学生の中にはいなかった――というのも、私の多くの教え子が、卒業後も授業に出席しつづけていたからである。ほとんどの場合、単位ほしさに講義をとっている正規の学生より、卒業生のほうが熱心で、よく勉強した。こうしてある日、授業を聴講している卒業生たちが、この問題や他の多くの問題について話しあうために私の研究室に集まったのだった――そこにはナスリーン、マーナー、ニーマー、マフシード、ヤーシーの姿もあった。

私はクラスの学生の好奇心をためすため、ちょっとしたゲームをすることにした。中間試験の中に次のような問題を入れたのである。「『断頭台への招待』の文脈において「ウプシランバ」という語の意味を説明せよ。この言葉は何を意味し、小説の主題とどのように関わっているか」。四、五人の学生以外は、何を言われているのかさっぱりわからなかった。その学期の後半ずっと、私はことあるごとに学生にこの話をするのを忘れなかった。

実は「ウプシランバ」とは、ナボコフの奇抜な造語のひとつだった。あるいはギリシア文字の第二十字のユプシロンと第十一字のラムダを合わせてつくった言葉かもしれない。そこで、この私的なクラスの第一日目に、もう一度遊び半分で、自分たちだけの新しい意味をつくりあげることにした。

私はウプシランバと聞くと、一瞬体が宙に舞うときの信じられないほどの歓びを連想すると言った。わけもなく興奮しているヤーシーは、いつもダンスの名前みたいだと思ってていたんですと叫んだ。ほら、「カモン、ベイビー、ウプシランバを踊ろうぜ」ってというように。次回までに、各自ウプシランバという言葉が自分にとって意味するものを短い文章で書いてくるのはどうかと私は提案した。
マーナーは、月に照らされた湖で銀色の小魚が飛び跳ねている情景を思いうかべるという。彼女の文章のそばにニーマーが括弧(かっこ)で囲んだ文章を添えていた。「クラスからは締め出されたけれど、忘れられないように——先生にもウプシランバを！」アージーンにとってウプシランバはひとつの音、メロディだ。マフシードは三人の少女が縄跳びで跳びあがるたびに「ウプシランバ！」と叫ぶイメージを書いた。サーナーズにとってこの単語は、アフリカの小さな男の子の秘密の魔法の名前。ミートラーはなぜかわからないけれど、歓びにあふれたため息という矛盾したものを連想するという。そしてナスリーンにとって、それは宝物でいっぱいの秘密の洞窟の扉を開ける呪文だった。

ウプシランバはしだいに増えてゆく私たちだけの符牒(ふちょう)や用語のリストに加わった。このリストは時とともに長くなり、私たちはだんだんと、自分たちのあいだだけで通じる秘密の言葉をつくりあげていった。ウプシランバという単語は、フィクションを読む際にナボコフが読者に感じてほしいと願っていたあの漠然たる歓び、背中がぞくぞくする感じをあらわす象徴となった。それはナボコフのいうよき読者を平凡な読者から分かつ感覚であり、同時に、ひそかな記憶の洞窟を開ける呪文ともなった。

6

『断頭台への招待』英語版（一九五九年）のまえがきで、ナボコフは読者に次のように注意する。この小説は「万人のためにすべてを（トゥー・プール・トゥース）」提供するものではない。断じてその種の小説ではない。「これは虚空で奏でられるヴァイオリンなのだ」。それでもなお、「少数の読者が髪をかきむしって跳びあがることを……私は知っている」。そう、そのとおり。もともとのロシア語版は、ナボコフによると、一九三五年、雑誌に連載された。それから約六十年後、ナボコフの知らない世界、おそらくは知る術もない世界で、雪をいただくはるかな山脈を望む侘しい居間で、およそ思いがけない読者が、髪をかきむしるほど夢中になっているさまを私は何度も目撃した。

『断頭台への招待』は、かよわき主人公シンシナトゥス・Cが死刑を宣告されたという知らせからはじまる。罪状は「知的背徳」、すなわち、万人が透明でなくてはならない世界において、彼は不透明だったからだ。この世界の第一の特徴は、その横暴さにある。死刑囚の唯一の特権はいつ死ぬかわかることにあるというのに、死刑の執行者はそれすら彼から隠し、毎日を処刑の日に変える。話が展開するにつれ、読者はこの奇妙な世界の人工的な性質に気づき、しだいに不安になる。窓から見える月は贋物（にせもの）だし、部屋の片隅の蜘蛛、慣習として囚人の忠実な相棒となるべき蜘蛛もまたつくりものだ。監獄長、看守、弁護士は同一人物で、たえず立場が入れ替わる。もっとも重要な登場人物である死刑執行人は、最初ムッシュー・ピエールという別名で、囚人仲間として死刑囚に紹介される。死刑執行人と死刑囚は愛しあうことを学び、処刑という行為、はではでしい祝祭として挙行される処刑において協力しなくてはならない。この芝居じみた世界で、シンシナトゥスにとってもうひとつの世界への窓は、ものを書くことの中にしかない。

この小説の世界は空疎な儀式の世界である。あらゆる行為には実体も意味もなく、死でさえも善良な市民が入場券を買ってつめかける見世物になる。このような空疎な儀式を通じて、初めて残忍な行為が可能となる。ナボコフの別の長編小説『セバスチャン・ナイトの真実の生涯』において、セバスチャンの弟は、死んだ兄の書斎で、一見ちぐはぐな二枚の写真を見つける。一枚は犬と遊んでいるかわいい縮れ毛の子供の写真、もう一枚はいままさに首をはねられようとしている中国人男性の写真である。この二枚の写真は凡庸さと残虐との密接な関係を思い起こさせる。ナボコフはこのような観念を示す特別なロシア語をもっていた。「ポーシロスチ」である。

ナボコフの説明によれば、ポーシロスチとは「見るからにくだらないものだけでなく、偽りのもったいぶり、偽りの美しさ、偽りの利口さ、偽りの魅力」をも意味する。そう、日常生活の中からいくらでも例をあげることができる。政治家の甘言から、ある種の作家がひよっこ向けに出すこけおどしの宣言まで。ひよっこ？　ほら、近頃、路上で売っているあれ――テヘランに住んでいたらいやでも目に入る。人目を惹きつけるため、ペンキにちょっと浸けて――ショッキングピンクや鮮紅色、青緑色に染めたヒヨコ。あるいはプラスチックの造花、大学でだれかが死んだときにもお祝いのときにも持ち出される、あの鮮やかなピンクと青のグラジオラスの造花。

『断頭台への招待』でナボコフがつくりだしたのは、全体主義体制における実際の肉体的苦痛と拷問ではなく、絶え間ない恐怖の中にある悪夢のような生のありようである。シンシナトゥス・Cはひ弱で、消極的で、みずからがヒーローと知らず、そう認めることもないヒーローである。彼は本能と闘い、書くという行為が彼の逃避の手段となる。万人と同じになることを拒否するがゆえに彼はヒーローなのだ。

他のユートピア小説と異なり、この作品における悪の軍団は全能ではない。彼らもまた脆いことをナボコフは示す。彼らは滑稽で、打ち負かすことも不可能ではないが、だからといってこの悲劇が——この徒労が、軽減するわけではない。『断頭台への招待』は被害者の視点から書かれているが、結局のところ、自分を迫害する者たちがばかげた贋物であることを見抜いている彼は、生きのびるために自分の中に閉じこもらなくてはならない。

イラン・イスラーム共和国に生きる私たちには、自分たちが直面している残酷な状況の悲劇性もばかばかしさもよくわかっていた。生きのびるためには自分の惨めさを嗤うしかなかった。私たちはポーシロスチを本能的に見分けた——他人のポーシロスチばかりでなく、自分自身のポーシロスチも見えた。芸術と文学が私たちの生活になくてはならないものとなった理由のひとつはここにある。芸術と文学は贅沢品ではなく必要不可欠なものだった。ナボコフがとらえたのは全体主義社会における生の感覚である。そこでは、偽りの約束に満ちた見せかけの世界の中で、人は完全な孤独におちいり、もはや救い手と死刑執行人の区別もつかない。

　ナボコフの散文の難解さにもかかわらず、私たちは彼に特別な絆を感じた。彼の描くテーマに共鳴するだけにとどまらない、もっと深い絆だった。ナボコフの小説は、見えない落とし穴、絶えず読者の足下をすくう思わぬ裂け目の上に形づくられる。そこには、いわゆる日常的現実への不信、現実のはかなさと脆さへの鋭い感覚が満ち満ちている。

　彼のフィクションの中にも人生の中にも、私たちが本能的に理解できるものがあった。それは、あらゆる選択肢が奪われたときの限りない自由の可能性である。私がこのクラスをつくることになったのはそのせいだろう。私を外の世界につなぐものは第一に大学だったから、みずからそのつながりを断ち切った以上、虚空に落ちる瀬戸際で、私は「ヴァイオリン」をつくりあげるか、さもなくば虚空にのみこまれるしかなかったのである。

7

　この二枚の写真は並べて置くべきものだ。ナボコフがみずからの亡命状態を表現した言葉を借りれば、どちらもイラン・イスラーム共和国における私たちの存在の「脆弱(ぜいじゃく)な非現実」をあらわしている。二枚はたがいに否定しあう関係にありながら、二枚そろって初めて完全になる。一枚目の写真の中で黒いコートとスカーフをまとって立っている私たちは、他人の夢に合わせてつくられた姿。二枚目のほうは、自分で思い描く自分の姿である。どちらの姿でも心からくつろぐことはできなかった。

二枚目の写真は居間の中の世界に属していた。だが外には、一見、山と木しか見えない窓の下には、別の世界が広がり、悪い魔女や悪鬼が私たちを一枚目のような頭巾をかぶった姿に変えようと待ちかまえていた。

この自己否定的かつ矛盾に満ちた地獄についてうまく説明するには、ある逸話を語るのが一番いいだろう。こうしたエピソードの例に洩れず、まさに事実は小説よりも奇なりを地で行く話である。

イランの首席映画検閲官は、一九九四年まで目の見えない人物だった。より正確に言えば、ほとんど目が見えなかった。映画の検閲官になる前は演劇を検閲していた。劇作家の友人のひとりから、見せるより隠す役にしか立たないような分厚い眼鏡をかけ、劇場にすわっていた彼の話を聞いたことがある。隣にすわった助手が舞台上の動きを説明し、検閲官が削除すべき部分を指示した。

一九九四年以降、彼は新しいテレビ局の局長となった。そこでやり方を改善し、脚本家に台本の録音テープを提出させることにした。台本を魅力的にしたり劇的にしたりすることはいかなるかたちでも許されなかった。彼は提出されたテープに基づいて台本への判断を下した。しかし、さらに興味深いのは、彼の後任者が、盲目ではないにもかかわらず——肉体的にはという意味だが——その方式を踏襲したという事実である。

モッラーすなわちイスラーム教指導者の支配下にある私たちの世界は、盲目の検閲官の色彩のない眼鏡によって形づくられた。検閲官が詩人の向こうを張って現実を組み換え、つくりなおす世界、私たちが自分自身をつくりあげると同時に他人の想像の産物になってしまう世界では、現実のみならずフィクションまでもがこのような奇妙なモノクロームの色合いをおびていた。

私たちが暮らしていた文化は、文学作品にいかなる価値も認めず、文学がより緊急度の高いとされる問題――すなわちイデオロギーに奉仕する場合のみ重要と見なした。この国ではあらゆる身ぶりが、ごく私的なものさえも、政治的に解釈された。私が頭にかぶるスカーフや父のネクタイの色は西洋的頽廃と帝国主義的傾向のしるしとされた。ひげを生やさないこと、異性との握手、公の集会で手を叩いたり口笛を吹いたりすることも、やはり西洋的で、したがって頽廃的と見なされ、われわれの文化を堕落させようとする帝国主義者の陰謀の一環とされた。

数年前、イランの国会議員が国営テレビの内容を検討する調査委員会を設置した。委員会は長たらしい報告書を出し、その中で『奴隷戦艦（ビリー・バッド）』の放映を非難した。同性愛を奨励する物語だというのである。皮肉なことに、番組編成担当者がこの映画を選んだ主な理由は、女性が出てこないからだった。『八十日間世界一周』のアニメ版も厳しく咎められた。主要登場人物のライオンが英国の象徴で、映画が帝国主義の砦（とりで）ロンドンで終わっているからである。

私たちのクラスはこのような状況の中、毎週二、三時間なりとも盲目の検閲官の凝視から逃れるためにはじまった。私たちはあそこで、あの居間で、自分も生きた人間なのだとあらためて気づいた。どれほど体制が抑圧的になろうと、どれほど私たちが怯え、怖じ気づいていようと、私たちはロリータのように逃亡を試み、自分たちだけのささやかな自由の空間をつくろうとした。ロリータのように、あらゆる機会をとらえて反抗を見せつけようとした。スカーフの下からちらりと髪を見せ、画一的なくすんだ服装の中にさりげなく色彩を加え、爪を伸ばし、恋をし、禁じられた音楽を聴くことで。

ばかげた作り事が私たちの生活を支配していた。私たちは開かれた空間で生きようとした。私たちを守る繭となったあの部屋と、魔女や小鬼が跋扈する外の検閲官の世界のあいだにできた裂け目で生きようとした。二つの世界のどちらがより本物で、私たちは本当のところどちらに属していたのだろう。自分でももうわからなかった。真実を見つけ出すひとつの方法は、私たちがしたように、想像力を駆使して二つの世界を明確に表現しようと努め、その過程を通じて、自分たちの夢とアイデンティティに形をあたえることではないかと思う。

8

部屋の外に広がるこの異世界をどのように描き出せばいいだろう。ここでもやはり読者の想像力に訴えるしかない。娘たちのひとり、たとえばサーナーズが私の家から帰るところを思いうかべ、目的地までの道のりをいっしょにたどってみよう。サーナーズは別れの挨拶をして、オレンジ色のシャツとジーンズの上に黒いコートとスカーフを身につけ、スカーフを首に巻いて大きな金のイヤリングを隠す。はみ出た髪をスカーフの下に押しこみ、ノートを大きなバッグに入れて肩にかけ、玄関に出る。階段の上で立ち止まり、マニキュアを隠すため薄いレースの黒手袋をはめる。

サーナーズについて階段を下り、扉を開けて通りに出る。彼女の歩調と身ごなしが変わったことに気がつくだろう。見られず、聞かれず、気づかれないのが彼女のためだ。背筋を伸ばして歩くのではなく、うつむいて、道行く人には目を向けない。足早に断固たる足どりで歩く。テヘランをはじめ、イランの都市では民兵がパトロールしている。白いトヨタのパトロールカーに銃を持った四人の男女が乗りこみ、時にはミニバスを引き連れていることもある。彼らは「神の血」と呼ばれる組織だ。街中を巡回しては、サーナーズのような女性たちがヴェールをきちんとつけているか、化粧をしていないか、父親や兄弟、夫でもない男と出歩いていないかチェックする。彼女は壁に書かれたスローガンを通りすぎるだろう。ホメイニーや「神の党」という組織からの引用で、「**ネクタイをする男は米国の下僕。ヴェールは女性を守る**」といった具合である。スローガンの隣には、特徴のない顔を黒っぽいチャドルで覆った女性の絵が黒で描かれている。「**姉妹よ、ヴェールを守れ。兄弟よ、目を伏せよ**」

バスに乗る場合、座席は男女別だ。サーナーズはうしろのドアから乗り、後方の女性用の席にすわらなければならない。しかし、タクシーの場合は客を五人も乗せるため、男も女も文字どおりすしづめになる。それはミニバスも同じで、実に多くの女子学生が、敬虔なひげの男たちにさわられると文句を言っていた。

サーナーズは何を考えながらテヘランの街を歩いているのかと読者は尋ねるだろう。こうした経験がどれほど影響するものなのかと。おそらく彼女はできるかぎり周囲から意識を遠ざけようとしているはずだ。弟のことか、遠く離れた恋人のこと、彼とトルコで再会する時のことを考えているかもしれない。彼女は自分のおかれた状況と、母親の若い頃を比べてみるだろうか。母親の世代が自由に街を歩き、異性とつきあい、警官にもパイロットにもなれたことに、女性の地位に関しては世界でも先進的な法律をもつ国に生きていたことに、怒りを感じているだろうか。新しい法律を屈辱と感じているだろうか。革命後、結婚可能年齢が十八歳から九歳に下がったことを、姦通と売春に対する刑罰として石打ち刑が復活したことを、屈辱と思っているだろうか。

ここ二十年ほどのあいだに、通りは危険な場所になった。規則に従わない若い女性はパトロールカーに放りこまれて監獄に連行され、鞭打たれて罰金を科され、トイレ掃除をさせられ、屈辱的な扱いを受け、自由の身になったとたんに戻ってまた同じことをする。サーナーズは自分の力に気づいているだろうか。規則からはずれたあらゆる身ぶりが公の安全への脅威となる社会で、自分がどれほど危険な存在となりうるか自覚しているだろうか。革命防衛隊がどれほど脆弱なものか考えたことがあるだろうか。何しろ彼らは十八年以上もテヘランの町中を巡回しながら、彼女のような若い女性や、各世代の女たちが、歩いたり、しゃべったり、改心などしていないことを示すために髪を出したりするのに耐えなくてはならなかったのだから。

さあサーナーズの家に着いた。ここに彼女を残してゆこう。ドアの向こうの弟と鉢合わせし、心の中で恋人のことを思うにまかせよう。

この娘たち、私の娘たちは、本物の過去と捏造された過去の両方をもっていた。それぞれの生い立ちはまったく異なるのに、体制はひとりひとりの個性や経歴を無意味なものにしようとした。彼女たちはムスリム女性という体制側の定義から決して自由になれなかった。

私たちはだれであろうと――どの宗教に属しているか、ヴェールの着用を望んでいるか否か、ある種の宗教的規範を守っているかどうかにかかわらず――だれかの夢の産物にされてしまっていた。厳格なアーヤトッラー、哲人王を名のる人物が私たちの国を支配するようになった。彼は過去の名において、盗まれたと彼が主張する過去の名においてやってきた。そしていまや私たちをその架空の過去の姿へとつくりなおそうとしていた。彼にそれを許したのは私たちだと思えば少しは慰めになっただろうか。いや、それは思い出したくもない事実だろうか。

9

あらゆる可能性が奪われたように思えるときに、針の穴ほどの隙間が大いなる自由となりうるのは驚くべきことではないだろうか。いっしょにいると、私たちはほとんど完全に自由であるような気がした。あの最初の木曜の朝から、こうした気分が漂っていた。クラスの枠組みを決め、クラスで読む多数の本を選んだのは私だが、私はむしろクラスが私を変えてゆくにまかせるつもりだった。ヴァイオリンが虚空を満たし、音楽の力で虚空を変容させるのを待ち受けていた。

私はくりかえし自問した。私があのクラスのために学生を選んだのだろうか、それとも彼女たちが私を選んだのだろうか。学生たちを誘うにあたって、私が一定の基準を設けたのは確かだけれど、まるで彼女たちのほうがクラスをつくり、何か目に見えない力で私をこの居間におけるこの席順へと導いたような気がしてならない。

たとえば最年少のヤーシーについて見てみよう。一枚目の写真の彼女は、寂しげな顔をしている。首を傾げ、どんな表情をすればいいのかわからないかのようだ。白とグレーの薄いスカーフをかぶり、顎の下でゆるく結んでいる――厳格で信仰に厚い実家の流儀に形だけ敬意を払ったものだ。私が大学で教えた最後の年に、一年生のヤーシーは私の大学院生向けの講座を聴講に来ていた。年長の学生に対し気後れを感じ、年上だから自分より博識で英語もできて賢いにちがいないと思っていた。ヤーシーはどんなに難しいテキストでも、たいていの大学院生よりよく読めたし、彼らより忠実に、しかも喜びをもってテキストを読んだが、どういうわけか大きな不安感がないとかえって安心できない性格だった。

アッラーメ・タバータバーイー大学を辞める決心をひそかに固めてから約一か月後、ヤーシーと私は大学入口の緑の門の前に立っていた。あの大学で一番はっきり憶えているのはいまやあの緑の門だ。長年、少なくとも平日には二回ずつあの門を通ったはずなのに、まだうまく思い出せない部分がある。記憶の中の鉄の門扉は、伸縮自在な魔法の扉となり、壁から独立して立ち、大学構内を守っている。だが、その境界は確かに憶えている。一方はまっすぐアルボルズ山脈へつづいているように見える広い通りに面していた。反対側はペルシア語外国語学・文学部の狭い庭に面し、ひびの入った小さな装飾的な噴水盤のまわりには、ペルシア原産の薔薇など自生の花々が咲きみだれ、水のない盤の中央にはこわれた彫像が立っていた。

この緑の門を憶えているのはヤーシーのおかげだ。彼女の詩の一篇にこの門が登場する。「私が好きなものはとても小さい」という詩の中で、ヤーシーはオレンジ色のバックパック、色鮮やかなコート、いとこがもっていたような自転車といった大好きなものを描き、その緑の門から大学に入るのがどんなに好きかということも書いている。この詩の中で、またほかの文章の中で、緑の門は、彼女の人生では手に入らないごくふつうの生活がある、禁じられた世界への魔法の入口として登場する。

しかし、その緑の門はヤーシーにも他の娘たちにも閉ざされていた。門の隣にカーテンをつるした小さな入口があった。人目を引く場ちがいな異物は、侵入者の尊大な権威を湛えてぱっくり口をあけていた。私の娘たちもふくめ、女子学生は全員この入口を通って暗い小部屋に入り、検査を受けた。あの最初のクラスのずっとあとに、ヤーシーはその小部屋でされたことを話してくれた。「まず服装がきちんとしているかどうか調べるんです。コートの色、服の長さ、スカーフの厚さ、靴の形、バッグの中身、少しでも化粧をした痕跡があるかどうか、指輪の大きさとデザイン、全部の検査が終わってようやく大学のキャンパスに入れるんです。男子も学んでいる同じ大学に。男子は旗が立っていて紋章もついた、あの立派な正門から自由に入れるのに」

その小さな脇の入口から、数限りない不平と屈辱と悲嘆の物語が生まれてきた。娘たちを目につかない地味な存在にしようと設けられたものが、かえって彼女たちを注視の的とし、穿鑿の対象にしてしまうことになった。

その緑の門の前に立つヤーシーと私を、肩を寄せてひそひそと話しあい、声をあげて笑う私たちを思いうかべてほしい。彼女はイスラーム道徳と翻訳を教える教師の話をしていた。アメリカの食品メーカー、ピルズベリー社のぽっちゃりしたパン生地のキャラクター、ドウボーイのような人だとヤーシーは言う。奥さんを亡くして三か月後に、奥さんの妹と結婚したんです。だって男には——と彼女は声をひそめた——男には特別な欲求があるから。

最近、その教師がイスラーム教とキリスト教の違いについて講義したときの話になると、ヤーシーは急に真面目な口調になった。片手にピンクのチョーク、片手に白いチョークを持って黒板の前に立つ、パン生地のような顔の小男のまねをしてみせる。彼は黒板の片側に白い字で「ムスリムの娘」と大書したあと、黒板の中央に縦線を一本ひき、反対側にピンクの大きな字で「キリスト教徒の娘」と書いた。そしてクラスに向かって、両者の違いがわかるかと訊いた。気まずい沈黙の末に、教師はようやく言った。一方は汚れを知らぬ純粋な処女だ。夫のために、夫ただひとりのために貞操を守っている。彼女の力はその慎み深さから生まれてくる。それに対してもう一方は……いや、処女ではないという以外にたいして言うことはない。ヤーシーが驚いたことに、うしろにいた二人の女子学生が、いずれもムスリム学生協会で活動している二人が、くすくす笑いながら小声でこんなことを言いだした。「キリスト教に改宗するムスリムが増えているのも当然ね」

私たちは広い通りの真ん中で、声をあげて笑った——ヤーシーがいつもの恥ずかしそうな片笑みを捨て、その下に隠れたまじりけのない茶目っ気があらわになった数少ない瞬間だった。彼女が写ったほとんどの写真にはそのような笑いは見られない。写真の中で、彼女はほかの人から少し離れて立っている。年下のメンバーとしての立場をわきまえているかのようだった。

私の学生は毎日のようにこの種の話をもってきた。私たちはそれを聞いて笑い、そのあとで怒りと悲しみがこみあげてきた。それでいて、パーティで、コーヒーを飲みながら、食料の配給の列に並びながら、またタクシーの中でも、その手の話をはてしなくりかえした。まるで話すことで少しは事態を抑制できるとでもいうように。批判的な口調や身ぶり、さらにはヒステリックな笑いの力で、私たちの生活を左右するそうした現実の力を弱めることができるような気がしたのだ。

その日、ヤーシーと出会ったときの朗らかにうちとけた空気の中で、私はアイスクリームを食べようと誘った。小さな店に入り、丈の高いグラスに入ったカフェ・グラッセを挟んで向かいあわせにすわると、急に気分が切り替わった。二人とも、憂鬱とはいわないまでも、すっかり真面目になった。ヤーシーは革命で大きく傷ついた、知的で信仰に厚い一族の出身だった。彼らにとって、イスラーム共和国はイスラームの信仰のあらわれではなくイスラームへの裏切りだった。革命がはじまったとき、彼女の母親と伯母は進歩的なムスリムの女性団体に入ったが、新政府がかつての味方を弾圧しはじめると、その団体は地下に潜らなくてはならなかった。母親と伯母は長いあいだ身を隠していた。伯母の四人の娘は、みなヤーシーより年上で、信心深いイランの若者のあいだで人気のあったある反体制集団を何らかのかたちで支援していた。ひとりを除いて全員が逮捕され、拷問を受けて投獄された。出獄すると全員が一年以内に結婚した。ほとんど行き当たりばったりの結婚で、過去の反体制的な自分を否定するために結婚したように見えた。

従姉たちは監獄から生きて帰ったものの、伝統的な結婚の束縛からは逃れられなかったのだとヤーシーは思った。

私に言わせれば、ヤーシーは本物の反逆者だった。彼女はいかなる政治団体やグループにも入らなかった。十代の頃、家の伝統に反抗し、激しい反対をものともせずに音楽をはじめた。家では宗教音楽以外のどんな音楽も、たとえラジオであろうと聴くのを禁じられていたが、ヤーシーは意志を押し通した。彼女は灰かぶり姫のようなものだった。人を寄せつけぬ宮殿の奥に住み、いつか彼女の音楽を耳にするはずのまだ見ぬ王子様に恋していた。

ヤーシーの反抗はそれだけにとどまらない。適当な時期にあらわれたふさわしい求婚者と結婚せず、故郷のシーラーズを出てテヘランの大学に行くと言いはった。テヘランでは姉夫婦の住まいに身を寄せたり、狂信的なまでに信心深いおじの家に世話になったりしていた。学問的水準が低く、古くさい道徳やイデオロギー上の限界に縛られた大学に彼女は失望した。ある意味で大学は実家以上に制限のある場所だった。少なくとも家では愛情と知的環境に恵まれていた。家族の愛とぬくもりをなくした彼女は、テヘランで幾夜も眠れぬ夜を過ごした。両親と家族が恋しく、家族を悲しませたことに良心の呵責を感じた。のちに私は、この罪悪感が長時間何もできないほどの偏頭痛を引き起こしていることを知った。

ヤーシーはどうすればいいのだろう。彼女は政治を信じていなかったし、結婚もしたくなかったが、恋愛に対する好奇心はあった。あの日、私の向かいにすわった彼女は、スプーンをもてあそびながら、ありふれた日常の行為のすべてが、自分たち若者にとって、ささやかな反抗と政治的不服従の行為となったわけを説明した。彼女は生まれてからこれまでずっと保護されてきた。目の届かないところには一度も行かせてもらえなかった。自分だけの秘密の場所、そこで考え、感じ、夢を見、書くことのできる場所など一度ももったことがない。ひとりで若い男性と会うことも許されない。彼女の家族は、男性の前でどうふるまうかだけでなく、どう感じるべきかということまで教えられると思っているようだった。先生のような人には自然なことでも、あたしにはどういうことかまったくわからないんです、とヤーシーは言う。

彼女は私のように生きられるだろうか。自立して、愛する人と手をつないで長い散歩をして、小犬を飼うことさえできるだろうか。ヤーシーにはわからなかった。このヴェールのようなものだ。もう自分にとって何の意味もないけれど、それがないとどうしたらいいかわからなくなってしまう。彼女はいつもヴェールを着けてきた。かぶりたいのか、かぶりたくないのか。それもわからない。そう言ったときの彼女の手の動きを――顔の前で見えない蠅を追い払うような仕種をしたのを憶えている。ヴェールのない自分なんて想像できないと彼女は言った。どんなふうに見えるだろう。歩き方や手の動かし方も変わるのだろうか。人からはどう見えるだろう。ヴェールをとると賢く見えるだろうか、ばかみたいに見えるだろうか。大好きなオースティン、ナボコフ、フロベールの小説と並んで、こうした問題が彼女の頭にこびりついて離れなかった。

自分は絶対に、何があっても結婚しないとヤーシーはくりかえした。あたしにとって男の人はいつも本の中にいるんです、死ぬまで(『高慢と偏見』の)ダーシー氏と生きていくことにします――本の中にさえあたしに合う人はほとんどいないんですから。別にかまわないでしょう? ヤーシーはおじたちのように、私のように、アメリカに行きたがっていた。母親とおばたちは行かせてもらえなかったが、おじたちは渡米の機会をつかんだ。すべての障害を克服してアメリカに行けるだろうか。アメリカに行くべきだろうか? 彼女は私のアドバイスを求めた。だれもが助言を求める。しかし彼女に、自分にあたえられたものよりはるかに多くのものを人生から求めている彼女に、何を提供できるだろう。

私が彼女にあたえられるものは何もなかった。だから代わりにナボコフの「もうひとつの世界」の話をした。ナボコフのほとんどの小説――『断頭台への招待』、『ベンドシニスター』、『アーダ』、『プニン』の中に、つねにもうひとつの世界の影が、フィクションの力によって初めて到達できるもうひとつの世界の影があるのに気づいたことがあるか、と彼女に訊いた。彼の描く男女の主人公を完全な絶望から救い、とめどなく残酷な人生における避難所となるのは、このもうひとつの世界なのである。

『ロリータ』を例にあげよう。これはどこにも行き場のない十二歳の少女の話だ。ハンバートはロリータを自分の夢見る少女に、死んだ恋人に仕立てあげようとし、彼女の人生をめちゃめちゃにした。『ロリータ』の物語の悲惨な真実は、いやらしい中年男による十二歳の少女の凌辱にあるのではなく、ある個人の人生を他者が収奪したことにある。ハンバートに巻きこまれなかったら、ロリータがどうなっていたか、それはわからない。しかし完成した作品は希望に満ち、しかも実に美しい。美のみならず人生を、平凡な日常生活を擁護し、ヤーシー同様ロリータが奪われた、ごくふつうの喜びのすべてを擁護している。

議論に熱が入るとともに、ふといい考えがひらめき、私はこうつけくわえた。実はナボコフの小説は、ハンバートのように私たちを自己の意識の産物に変えようとする者たちへの報復ともなっている。アーヤトッラー・ホメイニーに、ヤーシーの新しい求婚者に、パン生地のような顔をしたあの教師に報復しているのだ。彼らは他人を自分の夢や欲望の型にはめようとしてきたが、ナボコフはハンバートを描くことで、他者の人生を支配するすべての唯我論者の正体をあばいたのである。ヤーシーにはたくさんの可能性がある。よき妻でも教師でも詩人でも、何でも自分の好きなものになれる。大切なのは自分が求めるものを知ることだ。

私はさらにお気に入りのナボコフの短編のひとつ「魔術師の部屋」の話をした。最初、彼はこの作品の題を「地下に潜った男」にしようとした。主人公は才能ある文筆家・批評家で、小説と映画をこよなく愛していた。革命後、彼の愛するものはすべて禁じられ、地下に追いやられた。そのため彼は共産主義者が権力の座にいるかぎり、筆を断ち、生活の資を得るのをやめることにした。狭いアパートからめったに外に出ず、時おり飢え死にしそうになった。忠実な友人や教え子たち、両親が遺したわずかな遺産がなければ餓死していただろう。

私は彼の住まいの様子を詳しく説明した。そこはがらんとして白かった——白々としていた。壁も、タイルも、食器棚さえも、すべてが白かった。居間の装飾品は、入口に面したむきだしの壁にかかった一枚の大きな絵だけである。さまざまな色合いの緑色を厚く塗り重ねた木々の絵だった。光もないのに絵の樹木は明るく輝き、まるで陽の光ではなく内なる光を反射しているようだった。

魔術師の居間にある家具は、褐色のソファと小さなテーブル、それに合う二脚の椅子である。居間と食卓のあいだの空間に、ロッキングチェアが取り残されたように置いてあった。名前も憶えていない昔の恋人からもらった小型の絨毯がロッキングチェアの前に敷いてある。その部屋の、そのソファで、地下に潜った男は慎重に選んだ訪問者と面会した。著名な映画監督や脚本家、画家、作家、批評家、教え子や友人などである。みな自分の映画や著書、恋人などについて彼の助言を仰ぎにくる。どうすれば取り締まられずにすむか、検閲官の目を欺けるか、人目を忍ぶ情事をつづけられるか訊きにくる。彼は相談者のために、彼らの作品の、彼らの生活の方向を決めてやる。ある思想の構造について何時間も論じるかと思えば、編集室で映画の編集に携わることもある。友人たちに恋人と仲直りする方法を教え、他の人々には、いいものを書きたければ恋をすることだと勧める。彼はソ連で発行されるあらゆる出版物に目を通し、どういうわけか国外の最新の、また最高の映画や本の情報に通じていた。

多くの人がひそやかな彼の王国への参入を望んだが、彼は秘密のテストに合格した少数の者のみを選んだ。彼がすべての評価を下し、彼なりの理由で人々を受け入れたり拒否したりした。人を助ける代わりに彼が求めたのは、自分の名前を絶対に公にしないでほしいということだった。彼から関係を断った人も大勢いるが、それはこの要請にそむいたからだ。彼の口癖のひとつは、「世の中から忘れられたい。僕はこのクラブの一員じゃない」というものだった。

私はヤーシーの顔にうかぶ表情に勇気を得て、話をつくりあげていった。父が夜や出勤前の早朝に私のベッドの脇にすわり、お話をしてくれたとき、きっと幼い私はこんな顔をしていたのだろう。父は私のふるまいに腹を立てたときや、私に何かさせたいとき、私をなだめるときなどに、日常的な関わりあいのありふれた細部を、息づまるほどのスリルと興奮に満ちた物語に仕立ててあげた。

その日、ヤーシーには言わなかったが、ナボコフの魔術師は、国家にとっては武装した反逆者並みに危険なこの男は、実は存在しなかった――少なくとも小説の中には存在しなかった。彼は実在の人物で、私とヤーシーが長いスプーンで何となくグラスの中をかきまわしながらすわっていた場所から、十五分足らずのところに住んでいたのである。

こうして私はヤーシーをクラスに誘うことにした。

10

先に私は、私たちの姿を、テヘランで『ロリータ』を読んでいる私たちを想像していただきたいとお願いした。十二歳の少女をわがものとし、虜とするために、その母シャーロットを間接的に死に至らしめ、少女をだまして、二年間小さな恋人として囲いつづける男の小説。読者はとまどっただろうか。なぜ『ロリータ』なのかと。なぜテヘランで『ロリータ』なのかと。

あらためて強調しておきたい。私たちはロリータではないし、アーヤトッラーはハンバートではなく、イラン・イスラーム共和国はハンバートのいう海のほとりの公国ではなかった。『ロリータ』はイスラーム共和国に対する批判の書ではないが、あらゆる全体主義的な物の見方に反するものだった。

シャーロットの死後、ハンバートがサマーキャンプにロリータを迎えにくる場面を見てみよう。ロリータは母親の死をまだ知らない。その後二年間におよぶ軟禁生活への導入となる場面である。ハンバートにつかまっているあいだ、何も知らないロリータは、保護者兼愛人とともにモーテルからモーテルへとさまよい歩くことになる。

「いましばらくその場面を、瑣末ながらも運命的な細部に至るまでつぶさにとどめておこう。醜女のホームズは領収書を書いて、頭を掻き、机の引出しを開け、いらいらした私の手のひらにおつりをじゃらじゃら落とし、その上に紙幣をきちんと広げて、『……それと五ドル！』と朗らかに言う。女の子たちの写真。派手な蛾か蝶が、生きたまま壁にしっかりピンで留めてある（「自然研究」）。額に入ったキャンプの栄養士の免許状。私の震える手。ホームズが手際よく取り出した、ドリー・ヘイズの七月の素行記録（「可から良、水泳とボートに熱心」）。木々のざわめきと鳥の声、激しく鼓動する私の心臓の音……。私は開いたドアに背を向けて立っていた。背後に彼女の呼吸と声が聞こえると、頭にかっと血が上った」

『ロリータ』の中で特にめざましい場面ではないが、ナボコフの優れた伎倆（ぎりょう）がよくあらわれているし、この小説の核心にあるシーンだと思う。ナボコフはみずからを絵画的な作家と呼んだが、この場面を読むとそれがどういう意味かよくわかる。描写はそれまでの出来事（シャーロットがハンバートの裏切りを知り、彼と対決したあと、事故死する）と、これから起こるとわかっているさらに恐ろしいことの狭間で、緊張をはらんでいる。（額に入った免許状、女の子たちの写真といった）ささいなもの、平凡な報告書（「可から良、水泳とボートに熱心」）と、私的な感覚・感情（「いらいらした私の手のひら」、「私の震える手」、「激しく鼓動する私の心臓」）とを並べることで、ナボコフはハンバートの恐るべき行為と孤児（みなしご）ロリータの将来を予兆する。

　状況を描写しただけに見えるが、この場面の中ではありきたりの物が感情によって揺るがされ、ハンバートの罪深い秘密を暴き出す。これ以降、ハンバートの震えとおののきが彼のあらゆる語りに影を落とし、一見何でもないような風景、ひと時、出来事までもが、否応なく感情の色に染められる。ハンバートの行為と感情に漂う邪悪さは、彼がふつうの夫、ふつうの義父、ふつうの人間としてまかり通っているだけにいっそう恐ろしいと、読者も学生たち同様に感じないだろうか。

さらにあの蝶――それとも蛾だろうか？　蝶と蛾を区別できないハンバートの無関心な態度は、他の問題においても道徳的に無頓着であることを暗示している。この盲目的な無関心は、シャーロットの亡き息子やロリータの夜ごとのすすり泣きに対する彼の冷淡な態度とも重なる。ロリータははすっぱな娘だからそんな目にあうのも当然だと言う人は、レイピスト兼看守の腕の中で彼女が毎夜すすり泣いていたことを思い出すべきだ。ハンバートが喜びと憐れみが入り混じった気持ちで指摘しているように、「彼女はほかにどこにも行くところがない」のだから。

このことに気づいたのは、ハンバートによるロリータの人生の収奪についてクラスで話しあっているときだった。『ロリータ』を読んでまず私たちが感じたのは――まさに冒頭のページから――ロリータがいかにハンバートの所有物として描かれているかということだった。ロリータ自身の姿はちらりとほの見えるにすぎない。「私が死に物狂いで所有していたのは、彼女ではなく、私自身のつくりだした、もうひとりの想像上のロリータだった――ことによるとロリータよりもっと本物のロリータ……意志もなく意識もなく――みずからの命をもたないロリータだった」とハンバートは言う。彼はまず彼女に名前を、己の欲望のこだまとなる名前をつけることで、ロリータをピンで留める。まさに冒頭のページで、ハンバートはそれぞれちがう場面で使われる、彼女のさまざまな名の一部をあげる。ロー、ローラ、そして彼の腕の中ではいつでもロリータ。彼女の本名がドロレスであることも知らされる。スペイン語で「痛み」を意味する言葉だ。

ハンバートは彼女を完全につくりかえるために、ロリータ自身の過去を取りあげて自分の過去と取り替え、結ばれずに終わった少年時代の恋人アナベル・リーの生まれ変わりにしなければならない。読者は直接にではなくハンバートを通して、彼女自身の過去ではなく語り手／性的虐待者の過去あるいは想像上の過去を通して、ロリータを知る。これこそハンバート自身が、多数の批評家が、そして私の学生のひとりニーマーがいう、ハンバートによるロリータの「唯我化（ソリプサイゼーション）」、すなわち他者を自己の意識の産物としか見ない態度である。

しかし、彼女には彼女の過去がある。過去を奪うことでロリータを孤児にしようとするハンバートの企みにもかかわらず、時おり彼女の過去の断片が伝わってくる。ナボコフの優れた技巧により、忘れられたかすかな過去は、みずからの過去に対するハンバートのはてしない強迫観念との対比で、なおさら痛ましく感じられる。ロリータの生い立ちは悲劇的だ。父を亡くし、二歳の弟を亡くしている。そして今度は母親も亡くした。私の学生たちのように、ロリータにとって自分の過去は喪失というよりむしろ欠落であり、私の学生たちのように、彼女もだれかの夢の産物となる。

あるとき、イランの過去の真実は、それを奪い取った者にとって取るに足りないものとなった。ロリータの過去の真実がハンバートにとって取るに足りないものであったのと同じである。ハンバートの妄想、十二歳の手に負えない子供を愛人にしたいという欲望の前に、ロリータの真実、欲望、人生が色あせるように、イランの過去の真実も無意味なものと化した。

私はロリータのことを考えるとき、あの生きながら壁にピンで留められた蝶を思う。この蝶はあからさまな象徴ではないが、ハンバートが蝶のようにロリータを押さえつけて動けなくすることをあらわしている。彼の願いは、彼女を、生きた人間を静物にすること、彼女に自身の生をあきらめさせ、代わりにあたえられる静止した生を受け入れさせることにある。ロリータのイメージは、読者の心の中で永遠に彼女を軟禁する看守のイメージと結びつけられる。ひとりでいるロリータに意味はない。彼女は牢獄の格子を通して初めて人の興味を惹く存在になる。

このように私は『ロリータ』を読んだ。『ロリータ』についてクラスでくりかえし討論した際には、学生たちの秘められた私的な悲しみや喜びが議論に影響した。こうして時おり秘めた個人的問題に立ち入った経験が、手紙に残る涙の跡のように、ナボコフに関する私たちの議論のすべてに影を落とした。そして私はあの蝶についてますます考えるようになった。私たちを深く結びつけていたのは、犠牲者と看守のこの理不尽な親密さだった。

11

　私は大判の日記にクラスの記録をつけていた。どのページもほとんど白紙だったが、毎週木曜の記述だけが時に金曜、土曜、日曜の欄にまであふれ出していた。国を出るとき、これらの日記は重すぎて持って行けなかったので、必要なページだけ引きちぎった。いま私の目の前には、そのページがある。あの忘れられない日記からちぎりとった破れたページ。自分でももう判読できない走り書きや記述もあるが、最初の二、三か月は几帳面に書いてある。主として議論の中で気づいたことをメモしている。

　クラスがはじまって最初の何週間かは、私が指定した本について、行儀よく、ほとんど堅苦しい態度で論じあっていた。私は一連の質問を用意していたが、それは友人が送ってくれた女性学の授業計画にある質問を参考に作成したもので、学生の意見を引き出すのが狙いだった。彼女たちは次のような質問に礼儀正しく答えた。母親をどう思うか。この世でもっともすばらしいと思う人物と嫌いな人物を六人ずつあげよ。自分を二つの言葉であらわすとしたら?……こうした退屈な質問には退屈な答えが返ってきた。期待される答えを書くだけだった。マーナーが自分なりの答えを書こうとしたのを憶えている。「自分のイメージは?」という問いに対し、彼女は「まだ答えられない」と書いた。彼女たちには答える準備ができていなかった——少なくともまだそのときは。

私は初めから、何かの実験の記録をつけるようにノートをとってきた。クラスがはじまってまだひと月過ぎたあたりの十一月に、すでにこう書いている。「ミートラー——女たちは子供を産むのは運命だと言う、まるで不幸な宿命のような口ぶりで」。そのあとに私は書く。「彼女たちの中には、男に対して私以上に激しい怒りを抱く者がいる。みな自立したがっている。自分と対等な男性は見つからないと思っている。自分たちは成熟した大人なのに、まわりの男はそうではなく、ものを考えようともしないと思っている」。十一月二十三日。「マーナー——自分が怖い。私がすることや私がもっているものはまわりの人とちがう。他人が怖い。自分が怖い」。最初から最後まで、彼女たちは自分に対してはっきりしたイメージがもてなかった。他人の目を通して——皮肉にも彼女たちが軽蔑する他人の目を通して、自分を見て、形づくるしかできない。「自分を愛すること、自信」という言葉の下に私は線を引いている。

　彼女たちが心を開き、熱中するのは、文学作品について議論しているときだった。小説を読んでいるあいだはその美しさや見事さに驚嘆し、学部長や大学や街の風紀取締隊などのいやな話を忘れていられるという意味で、小説は現実逃避の手段だった。私たちがこれらの本を読む姿勢にはどこか無邪気なところがあった。白ウサギを追って穴に飛びこんだアリスのように、自分自身の過去や期待とは切り離して読んでいた。この無邪気な態度はよい結果をもたらした。このような無邪気さがなかったら、私たちは現実を言葉で表現できない自分たちの状況が見えてこなかったろう。奇妙にも、私たちはこうして逃げこんだ小説によって、結局はみずからの現実を——言葉にする術などないと感じていた現実を、問いなおすことになったのである。

私がつきあっていた同世代の作家や知識人とちがい、この新しい世代、私の娘たちの世代は、イデオロギーや政治的立場には関心がなかった。彼らは、偉大な作家の作品に、それも体制と革命派知識人によって陰に追いやられた作家の作品に、本物の好奇心を、渇望を抱いていた。そうした書物の多くは発禁となり、読むのを禁じられていた。革命前の時代とちがい、いまや若い人に人気があるのは「非革命的作家」、正統派の作家のほうで、ジェイムズ、ナボコフ、ウルフ、ベロウ、オースティン、ジョイスといった名前が崇(あが)められていた。彼らは禁じられた世界の使者、私たちがともすれば現実にはありえないほど純粋で輝かしい世界に変えてしまう、あの禁断の世界の使者であった。

ある意味では、美を求める心が、ナボコフ最後の長編『道化師をごらん!』の語り手ヴァディムの言葉を借りれば「物事の誤った形」と闘いたくなる本能的衝動が、多くの人を各種の極端なイデオロギーから一般に文化と呼ばれるものへと向かわせたのである。そこはイデオロギーが比較的小さな役割しか果たさない領域だった。

このような熱い関心には何か意味があると思いたい。テヘランの空気の中に、春とはいえないまでもそよ風が、春が近づいている気配があると信じたい。私はそこにしがみつく。その持続する抑えた興奮のかすかな気配は、テヘランで『ロリータ』のような本を読んだ経験を思い出させる。その気配はいまもなお、職のない不安定な将来とあてにならない脆い現在への恐れと不安にもかかわらず、美の追求について書いてくる教え子たちの手紙の中に見いだせる。

12

私たちの姿を想像できるだろうか。雲の多い十一月のある日、私たちは鉄とガラスのテーブルを囲んですわっている。ダイニングルームの鏡の中で、紅や黄に色づいた木の葉が靄(もや)につつまれている。私とあと二人ほどが膝に『ロリータ』をのせ、それ以外の学生は重いコピーの束を持っている。この種の本を手に入れるのは難しい——もう書店では買えない。まず検閲官がこうした本の大部分を発禁にし、次いで政府が販売を禁じた。中外国語書籍の店はほとんどが閉店するか、革命前の在庫に頼るしかなくなっていた。中には古本屋で見つかる本もあったし、ごく一部は毎年テヘランで開かれる国際ブックフェアで見られた。『ロリータ』のような本は、特に彼女たちがほしがっている注釈つきの版は、見つけるのが難しかった。私たちは本がない学生のために三百ページ分をまるまるコピーした。一時間の休憩中、紅茶かコーヒーといっしょに焼き菓子を食べる。だれの番かもう憶えていない。毎週、順ぐりにだれかひとりが焼き菓子を持ってくることになっていた。

13

「小娘」、「小さな怪物」、「堕落した」、「薄っぺら」、「悪ガキ」――これらはロリータを批判する人々が彼女を形容した言葉の一部である。こうした非難と比べれば、ロリータとその母親に対するハンバートの悪口など控えめなほうに見える。また、この話を偉大な恋愛と見る者もいれば――あの有名な批評家ライオネル・トリリングもまさにそのひとりである――ナボコフは十二歳の少女の凌辱を美的経験に変えたとして、『ロリータ』を非難する者もいる。

私たちのクラスはこうした解釈のどれにも与しなかった。私たちはむしろ全員一致で（このことを誇らしく思うが）、ヴェーラ・ナボコフの意見を支持し、ロリータの側に立った。「『ロリータ』はありとあらゆる観点から論じられたが、ただひとつ、その美しさと悲哀という点から論じられることはなかった」。ヴェーラは日記に書いた。「批評家たちはむしろ道徳的象徴を、ＨＨの苦難の正当化、非難、説明を見つけだそうとする……。でも、だれか気づいてほしい。あの子の無力さが憐れみ深く描かれていることを、非道なハンバートに頼るしかない哀れな立場を、その中でもずっともちつづけた悲痛な勇気と、それが実を結んで、みすぼらしいながらも本質的には純粋で健全な結婚に至ったことを、彼女の手紙を、彼女の犬を。それからＨＨがロリータをだまして、約束の小さな楽しみを奪ったとき、彼女の顔にうかんだ痛ましい表情を。みな『恐ろしい悪ガキ』のロリータが本質的にはとてもいい子だということを見落としている――そうでなかったら、あれほどひどく虐げられたあとで立ち直り、もうひとつの生活よりは彼女にとって好ましい、哀れなディックとのささやかな暮らしを築き上げることなどできなかったはずだ」

ハンバートの語りは告白だ。通常の意味において告白であるだけでなく、獄中で劇作家クレア・クィルティ殺しの裁判を待つあいだに、文字どおり犯した罪の告白を書いているのだ。ロリータはハンバートのもとからクィルティといっしょに逃げ出すが、クィルティの残酷な性のゲームに参加するのを拒んで捨てられる。ハンバートは語り手兼誘惑者の役を演じる――ロリータだけでなくわれわれ読者をも誘惑するのだ。この作品の中で、彼は終始読者に「陪審員のみなさん」(時には「高潔なる男性陪審員の諸君」)と呼びかけている。話が展開するにつれ、より重大な犯罪、クィルティ殺し以上に深刻な犯罪が明らかになる。すなわち、ロリータを罠にかけ、レイプしたことだ(彼女が登場する場面は情熱と愛情をこめて書かれているのに対し、クィルティを殺す場面は笑劇として描かれているのに気づかれるだろう)。ハンバートの散文は、時として恥知らずなほど凝りすぎた文体になるが、これは読者を、とりわけ高尚な読者を誘惑するのが狙いである。彼らはそうしたペダンティックな知的芸当にだまされやすい。ロリータはみずからを守る術もなく、自分の言い分をはっきり述べる機会すらあたえられることのない、そういう類の被害者である。つまり彼女は二重の被害者なのだ。人生を奪われただけでなく、自分の人生について語る権利をも奪われている。私たちがこのクラスにいるのは、この第二の犯罪の犠牲者にならないためだ。私たちは自分にそう言い聞かせた。

ロリータとその母親は登場前からすでに運が尽きている。ハンバートがヘイズ邸と呼ぶ建物は、白というよりむしろ灰色で、「見るからに、浴槽の蛇口にはシャワーではなくゴムホースがついていそうな家だ」。（ドアチャイムと、「芸術好きを気取る中産階級の陳腐なお気に入りであるヴァン・ゴッホの『アルルの女』」で飾られた）玄関に入ったときには、読者の微笑みはすでに驕った嘲笑に変わっている。階段に目をやり、ヘイズ夫人の「コントラルトの声」が聞こえてから、（「マレーネ・ディートリヒを水で薄めたような」）シャーロットが降りてきて姿をあらわす。ハンバートは一文ごとに、また一語ごとに、シャーロットを描写するときも彼女をこきおろす。「上品な言葉づかいがブック・クラブやブリッジ・クラブ風の退屈きわまる紋切り型でしかなく、本心をまったく映していない女がいるものだが、彼女も明らかにそのひとりだった」

かわいそうに、シャーロットにはまるでチャンスがない。さらに詳しく知るに及んでも、彼女の印象がよくなることはない。読者は彼女の浅薄さや、ハンバートへの嫉妬深くセンチメンタルな恋情や、娘に対する邪慳な態度の描写をたっぷり味わわされるからだ。ハンバートは巧みな文章により（「どんなときでも人は凝った文体のせいで殺人犯を信用することがあるものだ」）、アメリカ消費文明の陳腐さと小さな冷酷さに読者の注意を惹きつけて、読者とのあいだに共感、共犯関係をつくりだし、娘を誘惑するために非情にも孤独な未亡人をたぶらかし、ついには結婚するのも無理はないと思わせようとする。

ハンバートの犠牲者（少なくともヴァレリアとシャーロットという二人の妻）への同情をそそりつつ、しかも好感は抱かせないところに、ナボコフの巧さがあらわれている。読者はハンバートの残酷な仕打ちを非難しながらも、彼女たちの凡庸さに対する彼の判断は肯定する。ここにあるのは民主主義の第一の教え、すなわち、すべての個人は、いかに下劣な人間であろうと、生と自由と幸福の追求の権利をもつという原則である。『断頭台への招待』と『ベンドシニスター』において、ナボコフの描く敵役は、想像力に富んだ精神を支配しようとする、全体主義体制の卑俗で残酷な支配者だが、『ロリータ』においては、悪役のほうが想像力に富んだ精神の持ち主である。読者はムッシュー・ピエールに混乱させられることはない。だが、ムッシュー・ハンバートのような人物のことはどう判断すればいいのだろう。

ハンバートは手練手管と狡知の限りを尽くして、彼のもっとも忌まわしい犯罪に対して、すなわちロリータをわがものとする最初の試みに対して、読者に心の準備をさせる。ロリータに薬を盛り、ぐったりした体を弄ぶ準備をする際と同じように、周到きわまりない注意をもって、読者に最終的な誘惑の場面への覚悟をさせる。彼は読者を自分と同じ、消費文化への激しい批判者の立場に引き入れることで、自分の味方につけようとする。ハンバートはロリータを下品な性悪女（しょうわる）として——「うんざりするほど月並みな小娘」として描いている。「それに彼女は女性小説に出てくる傷つきやすい子供でもない」

　巧みな弁舌で人を圧倒し、道徳心に訴える優秀な弁護士のように、ハンバートは犠牲者を罪に巻きこむことで身の証を立てようとする——イラン・イスラーム共和国ではおなじみの手法である。（「われわれは映画に反対なのではない」アーヤトッラー・ホメイニーは、手下が映画館に放火したとき、そう明言した。「売春に反対なのだ！」）「不感症の女性陪審員のみなさん」に呼びかけて、ハンバートは打ち明ける。「ここできわめて奇妙な事実を明らかにしよう。彼女のほうが私を誘惑したのである。……このしつけの悪い美少女には慎みのかけらも認められなかった。現代の男女共学、青少年の風俗、キャンプファイアの馬鹿騒ぎなどが、彼女を完全に、絶望的なまでに堕落させたのだ。彼女は例の露骨な行為を、他人が知らない若者たちの秘密の世界のものとしか思っていなかった」

　ここまでは、犯罪者ハンバートが詩人ハンバートの助けを借りて、ロリータと読者の両方をまんまと誘惑できたように見えるだろう。ところが、その実、彼はその両方に失敗する。ロリータの場合、彼女に進んで体をあたえさせることにはついに一度も成功せず、そのため、愛の行為はそれ以降いっそう残酷な、汚らわしいレイプと化す。ロリータはことあるごとに彼を避ける。一方、ハンバートは読者を完全に誘惑することにも失敗する。少なくとも一部の読者に対しては失敗する。またしても皮肉なことに、詩人としての才能、凝った文体こそが、彼の正体をあばいてしまう。

ナボコフの散文が疑いを知らない読者に落とし穴を仕掛けているのがおわかりいただけるだろう。ハンバートのあらゆる主張の信憑性は、彼の叙述にふくまれる隠れた真実によって揺るがされ、あばかれる。このようにしてもうひとりのロリータが、無作法で無神経でずうずうしい小娘の戯画を超える別のロリータが浮かびあがる（彼女が無作法で無神経でずうずうしい小娘でもあるのは事実だが）。傷ついたひとりぼっちの少女、子供時代を奪われ、どこにも逃げ場がない孤児。ハンバートの類まれな洞察力を通して、私たちはロリータの性格を、その傷つきやすさと孤独をかいま見ることができる。ハンバートが彼女を初めて犯したモーテルは「魅せられた狩人たち」だが、万一そこの壁画を描くとしたら、こんな絵を描きたいと彼は言う。湖と燃えあがる四阿があり、最後に描かれるのは「池の中に波紋を描いて溶けてゆくファイアオパール、最後の痙攣、絵具の最後のひとはけ、刺すような赤、うずくようなピンク、ため息、顔をしかめる子供」。（陪審員のみなさん、忘れないでいただきたい。「子供」とあるが、この子がイスラーム共和国にいたら、もっと年下のときから、ハンバートより年長の男性と結婚するのに何の支障もないのである）

物語が展開するにつれ、ハンバートの不平の種は増えてゆく。彼はロリータを「卑しくも愛しいおてんば娘」と呼び、彼女の「淫らな若い脚」について語るが、私たちは間もなく彼の不平の実態を知る。ロリータは彼の膝の上にすわり、鼻をほじりながら、新聞の娯楽欄を読みふけっている。「まるで靴か人形かテニス・ラケットの柄の上にでもすわりこんだように、私の恍惚状態には無関心だ」。むろん、すべての殺人者と迫害者は犠牲者に対し数限りない不満をもっている。大部分の者はハンバート・ハンバートほど雄弁ではないだけだ。

それにまた、彼はいつも優しい恋人であるわけではない。ロリータがほんの少しでもハンバートの支配から逃れようとすると、すさまじい憤怒が爆発する。「私は彼女の熱っぽく堅い頬骨を手の甲でしたたか打った。そのあとは深い悔恨、涙ながらの償いの甘美な痛み、卑屈な愛、望みなき官能的和解。ミラーナ・モーテルの（ミラーナ！）ビロードのような夜の中で、私は彼女の長い指をした黄ばんだ足の裏に接吻し、己を犠牲にした……だが、すべては無駄だった。私たち二人の運命は定まっていた。間もなく私は新たな迫害の時期を迎えようとしていた」

何よりも胸を打つのは、ロリータの徹底的な無力さだ。（ローにとっては、平気な顔を装いながらも）痛みを伴い、（ハンバートにとっては）エクスタシーに満ちた性交渉後の最初の朝、彼女は母親に電話する金を要求する。「電話したいのにどうしてかけちゃいけないの？」「実はね」ハンバートは答える。「ママは死んだんだ」その夜、ローとハンバートはホテルで別の部屋をとる。しかし「真夜中、彼女は泣きじゃくりながら私の部屋に入ってきて、私たちは優しく仲直りした。何しろ彼女はほかにどこにも行くところがないのだから」

そして言うまでもなく、これが問題の核心である。どこにも行くところがないからこそ、二年間にわたり、薄汚いモーテルや裏道で、家の中や学校でさえ、彼は無理やりロリータに言うことを聞かせる。同じ年頃の子供とのつきあいを禁じ、恋人ができないように見張り、秘密を明かさないように脅し、セックスさせてもらうために買収し、目的を達すると約束を反故(ほご)にする。

読者がハンバートや私たちの盲目の検閲官について判断を下す前に、ハンバートがあるところで次のように読者に呼びかけていることを指摘しておかねばならない。「読者よ！　兄弟よ！」——これはボードレールの有名な一節、詩集『悪の華』の序文を思い起こさせる。「——偽善者の読者よ、——同類よ、——わが兄弟よ！」

14

焼き菓子に手をのばしながら、しばらく前から悩んでいることがあるとミートラーは言う。『ロリータ』や『ボヴァリー夫人』のような物語が——こんなに悲しく悲劇的な物語が——私たちを喜ばせるのはなぜかしら？　こんなにひどい話を読んで喜びを感じるのは罪深いこと？　同じことを新聞で読んでも、自分で経験しても、同じように感じるのかしら？　このイラン・イスラーム共和国での私たちの生活について書いたら、読者は喜ぶかしら？

その夜、私はいつものようにクラスのことを考えながらベッドに入った。ミートラーの問いにうまく答えられなかった気がして、私の魔術師に電話をかけ、クラスでの議論について話したくてたまらなかった。その夜の不眠の原因は、いつもの悪夢と不安ではなく、めずらしくもうきうきするような興奮だった。ほとんどの夜、私はベッドに寝ながら、何か予期しない災難がわが家にふりかかるか、友人や親族の悪い知らせを伝える電話がかかってくるのをじっと待っていた。どういうわけか、目を覚ましているかぎりは悪いことは何も起こらない、悪いことは眠りこんでいるときに起きるという気がしていたのだと思う。

この夜ごとの恐怖のもとをたどれば、大嫌いなスイスの学校で学んでいた高校二年生のとき、厳格なアメリカ人教師による歴史の授業中、校長室に呼び出された経験に行き当たる。そこで私は、たったいまラジオで、あなたのお父さんが、史上最年少のテヘラン市長が、投獄されたというニュースを聞いたと言われた。その三週間前、ド・ゴール将軍と肩を並べて立つ父の大きなカラー写真を『パリ・マッチ』誌で見たばかりだった。私の写真にはシャー（国王）や他の政府高官の姿はなく、父と将軍だけが写っていた。私の一族はみなそうだが、父はひとかどの文化人を気取り、政界入りしながらも政治家を軽蔑し、ことあるごとに彼らに楯突いていた。上役に対しては不遜な態度をとり、歯に衣着せぬ物言いで一般の人気も高く、ジャーナリストと仲がよかった。詩を書く父は、自分は本来もの書きになるべきだったと考えていた。のちに知ったことだが、ド・ゴール将軍は父の歓迎スピーチを聞き、いたく気に入ったらしい。フランス語のスピーチは、シャトーブリアンやヴィクトル・ユゴーといったフランスの偉大な作家への言及に満ちていた。ド・ゴールはお返しに父にレジオン・ドヌール勲章を贈ることにした。これがイランのエリートの反感を買った。かねてから父の反抗的な態度に憤慨していた彼らは、いまや父が注目の的になったのを妬んでいた。

不幸な知らせの中でただひとつの小さな慰めは、スイスで教育をつづけなくてもよくなったことだった。その年のクリスマス、私は空港まで特別な護衛に付き添われて帰国した。父の投獄を実感したのは、テヘランの空港に降りたって、迎えの父の姿が見えなかったときだ。父が「臨時」監獄に――死体安置所に近い刑務所の図書室に――閉じこめられていた四年間、間もなく処刑されるという噂と、いまにも釈放されるという噂が交互に流れてきた。結局、ただひとつ「不服従」という罪を除き、すべては無罪になった。私はこのことを――「不服従」をいつも思い出す。それ以降、不服従は私の生き方となった。ずっとのちに、「好奇心はもっとも純粋なかたちの不服従である」というナボコフの一文を読んだとき、父に対する評決を思い出した。

ホームズ氏の――確かそういう名前だったと思うが――厳格な教室という安全圏から急に引っぱり出され、父が投獄されたと聞かされたあのときのショックから、私はついに立ち直れなかった。その後、父の釈放後どうにかふたたび築きあげた安心感を、今度はイスラーム革命が残らず奪い去った。

クラスがはじまって数か月たった頃、ほとんど全員が、少なくともひとつは何らかの悪夢に悩まされていることがわかった。夢の中で、私たちはヴェールをかぶり忘れたか、最初からヴェールをつけておらず、いつも何かから走って逃げている。ある夢では（私の夢かもしれないが）、走りたいのに足がすくみ、玄関の前から一歩も動けない。ふりむいてドアを開け、中に隠れることができない。ただひとり、そういう恐怖は一度も感じたことがないと主張したのはナスリーンだ。「あたしはいつも嘘をつくはめになるのが怖かったの。ほら、己に正直であれとかいろいろ言われてきたでしょう。ああいうことを信じてたのよ」ナスリーンは肩をすくめて言い、「でも、だいぶ進歩したけど」とつけくわえた。

のちにニーマーからこんな話を聞いた。友人の十歳になる息子が怯えた様子で両親を起こし、「違法な夢」を見たと言った。夢の中で彼は海岸にいたが、そこで何人かの男女がキスしており、彼はどうしていいかわからなかった。息子は違法な夢を見たと両親に言いつづけた。

『断頭台への招待』で、三流ホテルのように飾られたシンシナトゥス・Cの監獄の壁には、「囚人の従順さは監獄の誇り」といった囚人への訓示が掲げられている。規則第六番はこの小説の核心にある規則である。「被収容者は夢をまったく見ないか、たとえ見るとしても、内容が囚人としての境遇や身分と相容れない夜間の夢は、即座に抑圧するのが望ましい。たとえば、輝かしい風景、友人たちとの遠出、家族との食事、さらに、現実世界および覚醒状態においては近づくことさえかなわぬ人間との性交など。このような夢を見た者は法律により強姦罪を犯したと見なす」

昼間はまだよかった。勇気をもって立ち向かえる気がした。革命防衛隊の質問にも答え、文句も言い、彼らのあとについて革命委員会まで行くのも怖くなかった。亡くなった親族や友人についても、自分たちがあやういところで運よく危険を逃れてきたことについても、考えている余裕はなかった。だが夜になると、いつも夜になると、帰宅してから、その分苦しむことになった。今度は何が起こるのか。だれが殺されるのか。彼らはいつやってくるのか。恐怖を内面化していたため、つねに恐怖を意識していたわけではないが、私は不眠症だった。家の中をさまよい、本を読み、眼鏡をしたまま、たいていは本をしっかりつかんで眠りに落ちた。恐怖とともに嘘と正当化が忍びこみ、これらはどれほど説得力があろうと、私たちの自尊心を蝕む。ナスリーンが悲しくも気づかせてくれたとおりである。

私を救ってくれたものがいくつかある。家族、少数の友人、私の「地下に潜った男」と午後の散歩をしながら話しあった、あらゆる考え、あらゆる書物。彼は絶えず心配していた——呼び止められたら、何と言い訳しようかと。私たちは夫婦でもなければ兄妹でもない……。彼は私と家族のことを心配していた。彼が心配するたびに、私は大胆になり、スカーフがすべり落ちるにまかせ、いきなり大きな声で笑ったりした。「彼ら」に向かってたいしたことはできなかったが、彼や夫に、ひどく用心深く、私の身を、

「私のため」に心配してばかりいるすべての男たちに怒りをおぼえることもあった。

初めて『ロリータ』について話しあったあと、私は興奮してベッドに入り、ミートラーの質問のことを考えた。『ロリータ』や『ボヴァリー夫人』はなぜこの上ない喜びをあたえてくれるのか。こうした小説自体に問題があるのか、それとも私たちに問題があるのか——フロベールやナボコフは心ない人でなしなのか。私は次の木曜までに自分の考えをまとめておき、クラスで話せる日を心待ちにしていた。

ナボコフはすべての優れた小説はおとぎ話だと言っている、と私は話した。なるほどそうかもしれない。第一に、おとぎ話には子供たちを食べる恐ろしい魔女や美しい義理の娘に毒を盛る継母、子供を森に置き去りにする弱い父などがあふれている。しかし、魔法は善の力から生じ、その力は、ナボコフのいうマクフェイト、すなわち運命が私たちに課す限界や制約に屈する必要はないと教えてくれる。

あらゆるおとぎ話は目の前の限界を突破する可能性をあたえてくれる。そのため、ある意味では、現実には否定されている自由をあたえてくれるといってもいい。どれほど苛酷な現実を描いたものであろうと、すべての優れた小説の中には、人生のはかなさに対する生の肯定が、本質的な抵抗がある。作者は現実を自分なりに語り直しつつ、新しい世界を創造することで、現実を支配するが、そこにこそ生の肯定がある。あらゆる優れた芸術作品は祝福であり、人生における裏切り、恐怖、不義に対する抵抗の行為である。私はもったいぶってそう断言してみせた。形式の美と完璧が、主題の醜悪と陳腐に反逆する。だからこそ私たちは『ボヴァリー夫人』を愛してエンマのために涙を流し、無作法で空想的で反抗的な孤児のヒロインのために胸を痛めつつ『ロリータ』をむさぼり読むのだ。

15

マーナーとヤーシーが早く来た。どういうわけか、私たちがクラスのメンバーに勝手につけた定義の話になった。私はナスリーンを「私のチェシャ猫」と呼んでいることを話した。いつも妙なときにあらわれたり消えたりするからだ。マフシードとやってきたナスリーンに、その話を伝えた。するとマーナーが言った。「私がナスリーンを定義しなきゃならないとしたら、『自己矛盾』にするわ」ナスリーンはなぜかこれに腹を立てた。マーナーに向き直り、ほとんど詰問口調で言った。「あなたは詩人で、ミートラーは画家、それであたしが『自己矛盾』ってどういうこと？」

マーナーの皮肉まじりの定義にもいくらかの真実はあった。ナスリーンのとらえどころのない気分や感情を支配する光と影は、あまりにも分かちがたく絡みあっていた。ナスリーンはいつも、ぎょっとするようなことを、いかにもぎこちなく出し抜けに言いだした。どの娘も私を驚かすことがあったが、特にナスリーンには驚かされた。

ある日、ナスリーンはクラスが終わったあとも居残って、私が講義ノートを分類し、ファイルするのを手伝ってくれた。大学時代のことや、さまざまなムスリム団体の役員や活動家の偽善について、二人でとりとめのないおしゃべりをした。それから彼女は、紙の束を静かに青いフォルダーにしまい、ファイルごとに日付とテーマを書き入れながら、きわめて信心深い一番年下の叔父から性的虐待を受けた話をした。十一歳になったばかりの頃だった。彼は未来の妻のために純潔を守りたいから、女性とはつきあわないとつねづね語っていた。純潔ですって、とナスリーンは嘲るように言った。彼は一年以上にわたり、週三回、落ち着きがなく人の言うことを聞かない子供であったナスリーンの家庭教師を務めていた。アラビア語と、時には算数を見てやっていた。勉強を教えているとき、叔父はナスリーンの机に並んですわり、アラビア語の時制をくりかえしながら、彼女の脚や体中に手をはわせた。

この日はいろいろな点で忘れられない日となった。クラスでは小説における悪人の概念について議論していた。ハンバートが悪人なのは、他人と他人の人生への好奇心を欠いているからだと私は言った。それは最愛の人、ロリータに対しても同じである。ハンバートは大方の独裁者同様、みずからの思い描く他者の像にしか興味がない。彼は自分が求めるロリータをつくりだし、そのイメージに固執した。時間を止め、ロリータを永遠に「忘我の島」にとどめておきたいと願ったというハンバートの言葉を思い出してほしい。これは神々と詩人だけがなしうる業（わざ）だ。

私は『ロリータ』がこれまで読んできたナボコフのどの作品よりも複雑な小説である

ことを説明しようとした。確かに『ロリータ』は一見、他の作品より写実主義的な小説であるように見えるが、実はここにも例の落とし穴や意外な曲折が潜んでいる。英国の肖像画家ジョシュア・レノルズの絵画『無垢の時代』の小さな写真を彼女たちに見せた。古い卒業論文の中で偶然発見したものだ。私たちはハンバートがロリータの学校を訪れ、教室で彼女を見つける場面について議論していた。黒板の上には、白い服に褐色の巻き毛の幼い少女を描いたレノルズの絵の複製が掛かっていた。ロリータの前には、もうひとりの「ニンフェット」、「白磁のようなあらわな首すじ」に「見事なプラチナ色の髪」をしたとびきり美しい金髪の娘がすわっていた。ハンバートはロリータの隣、「そのうなじと髪のすぐうしろに」席を占め、コートのボタンをはずし、報酬と引きかえに、ロリータの「インクとチョークで汚れ、指の関節が赤くなった手」を机の下に入れさせ、彼のいわゆる欲情を満足させる。

このロリータのいかにも女生徒らしい手の何げない描写について、少し立ち止まって考えてみよう。あどけない描写がロリータの強いられた行為と矛盾する。「インクとチョークで汚れ、指の関節が赤くなった」という言葉を読むだけで、私たちは涙が出そうになる。みな一瞬沈黙する……。いや、いまそう思っただけで、実際にはあの場面について議論したあと、長い沈黙があったのだろうか。

「何より心が痛むのは、ロリータが徹底的に無力なだけではなく、ハンバートが彼女の子供時代を奪ったことね」私は言った。サーナーズが自分の分のコピーを持ち上げ、読みはじめた。「自動人形のように膝を上げ下げしながら、私はいとしいロリータの気持ちを何もわかっていなかったことを痛感した。彼女のおそろしく月並みな子供っぽい言動の裏には、たぶん庭園と黄昏、宮殿の門が——ほの暗い、すばらしい領域があるのだ。汚いぼろを着てみじめに痙攣する私など、疑いもなく絶対に立ち入ることを許されぬ領域があるのだ……」

私は娘たちがたがいに意味ありげな視線を交わしているのを無視しようとした。

「ロリータの気持ちの部分を読むのがつらくて」マフシードがようやく口を切った。「彼女はふつうの女の子でいたいだけなのに。ほら、友だちのエイヴィスのお父さんが娘を迎えにきたとき、太った娘と父親がしっかり抱きあっているのにロリータが気づく場面があるでしょう？　彼女はただふつうの人生を送りたかったのよ」

「おもしろいわね。あんなにポーシロスチを批判していたナボコフが、ごく月並みな人生を失うことへの同情をかきたてるなんて」ナスリーンが言う。

「やつれて、妊娠して、貧乏な彼女と最後に再会するとき、ハンバートは変わると思う？」ヤーシーが口をはさむ。

休憩の時間が過ぎても、議論に夢中でだれも気づかなかった。マーナーは本の中の一節を読みふけっているように見えたが、ふと顔を上げて言った。「おかしな話だけど、批評家の中には、ハンバートがロリータを扱うようにテキストを扱っている人がいるような気がするの。要するに、自分自身と自分が見たいものしか見ない」マーナーは私のほうを向いてつづけた。「つまり、検閲官や、この国の政治的な批評家のことですけど、彼らがしているのも同じことではないかしら。本を切り刻んで、自分の望むとおりにつくりなおして。アーヤトッラー・ホメイニーは、私たちの人生に対してしようとしたように、先生の言葉を借りれば、私たちを自分の想像の産物に仕立てあげようとしたように、小説にも同じことをしたのよ。サルマン・ラシュディの事件がいい例よね」

長い髪をもてあそび、指に巻きつけていたサーナーズが目を上げて言う。「ラシュディは自分たちの宗教を歪んだ的はずれな仕方で描いたと思ってる人は大勢いるわ。要するに、ラシュディが小説を書くことに反対してるんじゃなくて、侮辱的な書き方に反対してるのよ」

「敬虔でしかもいい小説を書くことなんてできるの?」ナスリーンが言う。「それに、これは現実じゃなくて架空の世界だっていう約束を読者と結んでるわけでしょ。人生には人を侮辱するろくでもない自由だってあるはずよ。ちがう?」と不機嫌そうにつけくわえた。

サーナーズはナスリーンの剣幕にちょっとびっくりしたらしい。議論のあいだ、ナスリーンはノートに激しい線で何か描きなぐっていたが、発言を終えると、また描きつづけた。

「検閲官の困った点は頭が固すぎるってことね」全員がヤーシーのほうを見た。彼女は言いたかったんだからしょうがないじゃないとでもいうように肩をすくめた。「テレビでロシア版の『ハムレット』からオフィーリアがカットされてたのを憶えてる？」「それはいい論文の題名になるわ。『オフィーリアを悼む』」私は言った。一九九一年に講演や会議で主にアメリカとイギリスに海外出張するようになってから、私の中ではどんな主題も即座に発表や論文のタイトルの形をとるようになった。

「検閲官には何だって気に障るのよ」マーナーが言う。「政治的に正しくないか、性的に正しくないのよ」マーナーの短いけれどしゃれた髪型、青いトレーナーとジーンズを見ていると、だぶだぶのヴェールにくるまれた姿がいかにも不似合いに見える。

ずっと沈黙を守っていたマフシードが突然きっぱりと話しはじめた。「ずっと気になっていたことがあるの。さっきからハンバートがいかに悪人かという話をしていて、私も本当に悪人だと思うけど、でも私たちはモラルの問題について話していない。ある種のことを文字どおり侮辱と感じる人間だっているのよ」自分の言葉の勢いに驚いたように、いったん口をつぐむ。「つまり、私の両親はとても信心深いけど――それはいけないことなの？」マフシードは目を上げて私を見た。「娘に自分たちと同じようになってほしいと期待する権利もないの？　どうして私はハンバートを非難して、ミュリエル・スパークの『ロイタリング・ウィズ・インテント』に出てくる若い女性を非難しないのかしら？　彼女が不倫してもいいと言えるのかしら？　これは重要な問題だし、自分の人生にあてはめるのはなおさら難しいことね」そう言って目を落とした。絨毯の柄の中に答えを探しているように見えた。

「でも」アージーンがすかさず言い返した。「不倫をする女のほうが偽善者よりずっとましだと思うわ」彼女はこの日、いやにぴりぴりしていた。保育園が休みで娘をみてくれる人がいなかったため、三歳の娘を連れてきていた。幼い娘を母親から離し、わが家のお手伝いターヘレ・ハーノムと入口の部屋でアニメを見るよう言い聞かせるのが大変だった。

マフシードはアージーンのほうを向き、静かなさげすみをこめて言った。「不倫と偽善のどちらを選ぶかなんてだれも言ってないでしょ。私が言いたいのは、そもそも私たちにはモラルがあるのかってことよ。何をしてもいい、他人に対しては何の責任もなく、自分の欲求だけ満たせればいいと思っているのかということよ」

「確かに優れた小説の核心にあるのはその問題ね」マーナーが付け足して言う。「『ボヴァリー夫人』や『アンナ・カレーニナ』、それからジェイムズの作品も――正しいことをするか、やりたいことをするかという問題ね」

「社会や権威のある人から命じられたことじゃなくて、自分がしたいことをするのが正しいことだと言ったら？」ナスリーンが言った。今度はノートから顔も上げなかった。

その日のクラスには、私たちが読んだ作品とは直接関係のないものが漂っていた。私たちは議論を通じて、個人的、私的な領域に入りこみ、彼女たちは自分の苦しい状況については、エンマ・ボヴァリーやロリータの場合ほどすっきり解決できないことに気づいたのである。

前かがみになったアージーンの巻き毛のあいだに長い金のイヤリングが見え隠れしていた。「自分に正直にならなきゃ。それが第一条件よ。あたしたち女にも、男と同じくセックスを楽しむ権利があるんじゃないかしら。何人が賛成してくれるかわからないけど、本当よ、セックスを楽しむ平等な権利があるし、もし夫で満足できなかったら、どこかよそで相手を探す権利だってあるはずよ」アージーンはできるだけさりげなく言おうとしたが、私たち全員を驚かすことに成功した。

アージーンはこのグループで一番背が高く、金髪で、乳白色の肌をしている。よく下唇の端を噛んでは、愛とセックスと男について熱弁をふるった――まるで水たまりに大きな石を投げこむように、それもただボチャンと音をたてるだけでなく、大人たちを濡らすために投げるような感じだった。アージーンは三回結婚したことがあり、一番新しい夫は、地方の伝統ある商家出身の、裕福な美男の商人だった。私が参加する会議や集会には、娘たちもたいてい姿を見せたが、そうした集まりの多くで私はアージーンの夫に会った。妻のことをたいへん誇りに思っている様子で、私への対応には大げさな敬意がこめられていた。どの集まりでも、彼は私が快適でいられるように何くれとなく世話を焼いてくれた。演壇に水がなければ手ちがいを是正すべく手を回し、椅子が足りなければスタッフをこき使って用意させた。どういうわけか、こうした集まりでは、彼こそが寛大なホストであり、自分の空間と時間を提供してくれているような気がした。彼にはそれしか提供できるものがなかったのだから。

アージーンの攻撃は、一部はマフシードに向けたもので、間接的にはマーナーへの攻撃でもあることが私にはわかった。彼女たちの衝突の原因は、生い立ちの違いだけではない。アージーンの激しい感情表現や、私生活や欲望を一見率直に語る様子は、生来控えめなマーナーとマフシードをひどく当惑させた。二人はアージーンを嫌い、アージーンはそれを感じとった。仲良くなろうとする彼女の努力は見せかけのものとして退けられた。

マフシードはいつものように沈黙で応えた。自分の中に引きこもり、アージーンの問いかけが残した空白を埋めるのを拒否した。彼女の沈黙は全員に広がり、ヤーシーがくすくす笑いだすまでつづいた。私はここで休憩にするのがいいと思い、キッチンにお茶を取りに行った。

部屋にもどるとヤーシーの笑い声が聞こえた。周囲を明るくしようと、こんなことを言っていた。「神様はどうしてこんなにも残酷なのかしら。ムスリムの女を肉づきばかりよくて、かくもセックスアピールに乏しい存在におつくりになるなんて」ヤーシーはマフシードのほうを向くと、彼女を見てわざとぞっとしたような顔をしてみせた。マフシードは目を伏せ、それから恥ずかしそうに、威厳をもって顔を上げた。ややつり上がった目を大きく見開きながら、寛大な微笑みをうかべる。「セックスアピールなんて必要ないわ」

だがヤーシーはあきらめなかった。「笑ってよ、ねえ、笑って」とマフシードに懇願する。「ナフィーシー先生、彼女に笑うように言ってくださいよ」マフシードのぎこちない笑い声は、残りの娘たちのあけっぴろげな歓声にのみこまれた。

テーブルの上に紅茶のお盆を置くと、一時みな沈黙した。ナスリーンがいきなり話しはじめた。「伝統と変化の板ばさみになるのがどういうことか、あたしにはわかる。生まれてこのかた、ずっと板ばさみになってきたんだもの」

ナスリーンはマフシードの椅子の肘掛けにすわっており、マフシードはナスリーンの手とぶつからないようにお茶を飲むのに苦労していた。ナスリーンの表情豊かな手は、四方八方に動きまわり、何度もマフシードのカップをひっくりかえしそうになった。

「あたしはじかに知ってるの」ナスリーンは言う。「母は裕福で世俗的でモダンな家に生まれ育った。一人娘で、二人の兄は外交の仕事についた。祖父はとてもリベラルな人で、娘を大学にやるつもりだった。それでアメリカン・スクールに入れたの」「アメリカン・スクール？」自分の髪をいとしげにもてあそびながらサーナーズが訊く。「そう。当時、ほとんどの女の子は高校を終えることさえできなかった。ましてアメリカン・スクールなんて行けなかった。母は英語とフランス語が話せたの」喜びと誇りのにじむ口調でナスリーンは言った。

「でもそれからどうなったと思う？　家庭教師だった父に恋をしたのよ。母は数学と理科が大の苦手だったから。皮肉よね」ナスリーンの左手はまたもやマフシードのカップすれすれをよぎった。「父は信仰に厚い家庭で育ったから、母のような若い娘の相手をさせても大丈夫だとみんな思っていたのに。そもそも母のような現代的な若い女性が、ほとんど笑わないし、女性の目を見ることも絶対にないような、そんな厳格な若い男に興味をもつなんて、だれひとり思わなかった。父の母親も姉妹も全員チャドルを着ていたのよ。でも母は彼が好きになった。まったくちがう種類の人間だったせいかもしれないし、もしかしたら母にとっては、チャドルを着て父の世話をするほうが、どこかの大学に行って医者か何かになるよりロマンティックに思えたのかもしれない」

「母は結婚を後悔したことは一度もないと言ってたわ。でもいつもアメリカン・スクールや高校時代の友だちの話をしていた。結婚後は一度も会ったことがなかったけど。あたしには英語を教えてくれた。小さい頃、よくABCを教えてくれたし、英語の本も買ってくれた。母のおかげで英語で苦労したことは一度もないの。姉もそう。姉はずっと年上で、九歳離れているの。ムスリム女性としては変な話だけど——だって、本来ならアラビア語を子供に教えるべきなのに、母はアラビア語を習ったことがなかったのよね。姉は括弧つきの」——ここでナスリーンは両手で大きな引用符を描いてみせた——「いわゆる『現代的な』男の人と結婚してイギリスに渡った。姉夫婦に会うのは休暇で帰国したときだけ」

休憩時間が終わったが、みなナスリーンの話に引きこまれ、アージーンとマフシードさえ一時休戦に至ったように見えた。マフシードがシュークリームをとろうと手をのばしたとき、アージーンがにこにこして皿を渡したので、マフシードも礼儀正しくお礼を言わざるをえなかった。

「母は父を裏切らなかった。父のためにすっかり人生が変わったのに、ほとんど愚痴をこぼさなかった」ナスリーンは話をつづけた。「父が唯一母に譲歩した点は、父のいわゆる変なフランス風の食べ物をつくるのを許したことね――凝った料理は父にとっては全部フランス風なのよ。あたしたちは父の指示に従って育てられたけど、母の実家と母の過去がいつも陰に潜んでいて、もうひとつの生き方を暗示していた。母が父の身内とずっとそりが合わなかったというだけの話じゃないの。父の身内が母のことをお高くとまったよそ者と思っていたのは確かだけど。母はとても孤独だった。不倫か何かしてくれればいいのにと思ったこともあるわ」

マフシードがぎょっとしてナスリーンを見上げ、ナスリーンは立ち上がって笑った。

「か、何かね」

ナスリーンの話と、アージーンとマフシードの対立のせいで、気分が一変し、議論にもどる気がしなくなった。結局、それぞれが大学で経験したことを中心に、とりとめのないおしゃべりをしてから解散した。

その日の午後、家の中には彼女たちが残していった未解決の問題やジレンマの気配が漂っていた。私は疲れきっていたので、問題をうまく処理するために私が知っている唯一の方法を選んだ。冷蔵庫を開け、コーヒー味のアイスクリームをすくい、冷たいコーヒーをその上に少しかけ、クルミを探したが、すでになかったので、代わりにアーモンドを探して、歯で砕いてふりかけた。

私にはわかっていた。人をぎょっとさせるアージーンの言動は部分的には自己防衛のためであり、マフシードとマーナーが築いた壁を乗り越えようとする彼女なりのやり方なのだ。マフシードは、自分の伝統に則った生い立ちや、黒っぽい厚手のスカーフ、オールドミス風の堅苦しさをアージーンが見下していると思っていた。彼女のさげすみに満ちた沈黙がいかに効果的か、本人にはわかっていなかった。小柄で華奢で、カメオのブローチと（彼女は本当にカメオのブローチをつけていた）小さなイヤリングをつけ、水色のブラウスのボタンを首まできっちりとめ、うっすらと笑みをうかべたマフシードは、手強い敵そのものだった。マフシードとマーナーは、自分たちの頑なな沈黙が、相手をまったく認めない冷ややかな態度が、どれほどアージーンを動揺させ、無防備な気持ちにするか、知らなかったのだろうか。

休憩中に起きたいつもの対立の際に、マフシードがアージーンにこう言っているのを聞いたことがある。「そうよ、あなたは性体験もあるし、崇拝者も大勢いる。私のようなオールドミスとはちがう。そうよ、オールドミスよ——お金持ちの夫もいないし車だって運転しない。でも、だからって私に失礼な態度をとる権利はないでしょ」「でもどうして？　あたしのどこが失礼なの？」とアージーンが文句を言ったときには、マフシードはすでにうしろを向いており、アージーンの顔にはこわばった微笑みがはりついていた。私のほうからも、クラスで、あるいは二人それぞれと個人的に話しあい、議論したが、いくら言っても二人の仲は改善しなかった。二人がしぶしぶ同意した唯一の点は、授業中はできるだけ互いにかまわないようにするということだった。まったく頭が固いんだからとヤーシーなら言うかもしれない。

16

あれがすべてのはじまりだったのか。彼のダイニングルームのテーブルで、禁断のハムとチーズのサンドイッチにかぶりつき、それをフランス語で「クロックムッシュー」と呼んだあの日にはじまったのだろうか。たがいの目の中に、ふとまじりけのない貪欲な歓びを認めたせいか、二人とも同時に笑いだした。私は彼に向かって水のグラスを上げ、こんな簡単な食事が最高のごちそうに思えるなんて、だれが思ったかしらと言った。すると彼は答えた。イスラーム共和国に感謝しなきゃならないね、あたりまえのように思っていたさまざまなものを再発見させてくれたばかりか、そういうものへの渇望さえかきたててくれたんだから。ハム・サンドを食べる歓びについて論文が書けるよ。私は言った。ああ、感謝すべきものたちよ！　その記念すべき日から、私たちはイスラーム共和国のおかげで再発見した事柄の長いリストをつくりはじめた。パーティ、外でアイスクリームを食べること、恋をすること、手を握ること、口紅をつけること、公の場で声を出して笑うこと、テヘランで『ロリータ』を読むこと。

私たちは時おり、アルボルズ山脈に通じる緑豊かな広い並木道の一角で落ちあい、午後の散歩をした。革命委員会がこうして二人で会う姿を見たらどう思うだろうとよく考えた。政治的な陰謀か、それとも恋人同士の密会か。私たちが会う本当の目的など彼らには決してわからないかもしれないと思うと、不思議と勇気づけられた。どんなささいな行為も、複雑で危険な極秘任務の色合いをおびた人生は、刺激的だったのではないか？　私たちはいつも何かしら交換した――本や記事、テープ、彼が手に入れたスイスの箱入りのチョコレートなど――チョコレート、とりわけスイスのものは高価だった。彼から受けとっためずらしい映画のビデオは、子供といっしょに、のちには学生といっしょに観るようになった。マルクス兄弟の『オペラは踊る』、『カサブランカ』、『踊る海賊』、『大砂塵』。

私の魔術師は、写真を見れば、特に鼻の角度から、その人について多くのことがわかると言っていた。私は少し躊躇したが、娘たちの写真を何枚か持って行き、不安な気持ちで彼の宣告を待った。彼はいつも手にした写真をさまざまな角度から吟味してから、寸評を述べた。

私は彼女たちの文章と絵をその場で彼に見てもらいたかった。彼の考えが聞きたかった。すばらしい人たちだね、と彼は言った。寛大な父親のような皮肉な微笑みをうかべて私を見ていた。すばらしい？　すばらしい人たち？　私としては天才だねと言ってほしかった。彼女たちのすばらしさを確認できて、うれしかったのも事実だけれど。このうち二人の文章はものになると彼は思っていた。彼女たちを連れてきましょうか。会ってくれる？　それはだめだった。彼は人づきあいをやめ、それ以上知人を増やさないようにしていた。

17

『断頭台への招待』の主人公シンシナトゥス・Cは、「類まれな時間……小休止、中断、心が羽のように軽くなる時……この世界を何かに——いまはまだ何ともいえないものに結びつけている見えないへその緒のまわりに、僕の思考の一部が絶えず吸いよせられていること」について語っている。シンシナトゥスの解放は、彼の奥深くにあるこの見えないへその緒、彼をもうひとつの世界につなぐへその緒の発見にかかっている。彼が処刑者たちの芝居めいたまやかしの世界から最終的に逃げ出すには、それを見つけだすしかない。『ベンドシニスター』の序文でも、ナボコフは同じようなもうひとつの世界への回路について書いている。それはこの小説中、さまざまな瞬間に主人公クルークの前にあらわれる水たまり、「優しさと明るさと美しさからなるもうひとつの世界へと通じる、彼の世界の裂け目」である。

ある意味で、クラスで小説を読み、議論することは、私たちにとっての小休止、あの「優しさと明るさと美しさ」からなるもうひとつの世界へつながる道筋となったのだと思う。結局はこちらの世界にもどってこなくてはならなかったけれど。

ある日、休憩時間にコーヒーと焼き菓子を楽しんでいたら、ミートラーが毎週木曜の朝、ここへの階段を上るときに感じることを話しはじめた。一歩一歩上るにつれ、だんだんと現実の世界から離れてゆくのが感じられる、いつも住んでいる暗い小部屋を離れ、二、三時間、太陽の降りそそぐ戸外に出るような気がするという。そしてクラスが終わると、また自分の小部屋に帰ってゆく。そのときは、このクラスの弱点を指摘されたような気がした。まるで、開かれた空間と陽の光を部屋の外にまで保証するのがこのクラスの務めであるかのように。ミートラーの告白をきっかけに、私たちがいかにこの現実からの小休止を必要としているかという議論になった。元気をとりもどしてふたたび現実世界に立ち向かうために、一息つく場所が必要なのだ。しかし私はミートラーの言ったことが気になっていた。一休みしたあとはどうなるのだろう。望もうと望むまいと、この居間の外に広がるそれぞれの生活に連れもどされる。

しかし、ミートラーが暗に触れた、このおとぎ話のように幸福な雰囲気のせいで、私たち八人はたがいを信頼し、それぞれの人生の秘密の多くを分かちあうことができた。この不思議な親近感のおかげで、マフシードとマーナーは毎週木曜朝の二、三時間、どうにかアージーンと平和的に共存することができた。この雰囲気があるからこそ、私たちは外の抑圧的な現実に公然と反抗することができたし、それればかりか、私たちの人生を支配する者たちに復讐することさえできた。その貴重な数時間、私たちはみずからの苦しみと喜び、個人的な悩みと弱さについて自由に話しあえる気がした。その休止のあいだは、両親や親戚、友人、そしてイスラーム共和国への責任を放棄した。自分が経験したすべてを自分の言葉で表現し、みずから思い描く自分の姿をこのときだけ見ることができた。

『ボヴァリー夫人』についての議論が時間を過ぎてもつづいた。前にもあったが、今回はだれも席を立とうとしなかった。ダイニングテーブルの描写、エンマの髪をなぶる風、彼女が死ぬ前に見る顔——こうした細部をめぐって何時間も話しつづけた。もともとこのクラスは九時から十二時までだったが、しだいに長引いて午後にまたがるようになった。その日、私は議論をつづけることを提案し、全員にお昼を食べてゆくように勧めた。たぶん、こうしてみんなで昼食をとる習慣が定着したのだろう。

冷蔵庫の中には卵とトマトしかなかったから、トマト・オムレツをつくった。翌々週は豪華だった。娘たちはそれぞれにごちそうをつくった——仔羊肉とライス、ポテトサラダ、肉やライスを野菜に詰めたドルメ、サフランライス、大きな円いケーキ。私の家族も加わって全員で食卓を囲み、冗談を言いあい笑いながら食べた。『ボヴァリー夫人』は何年大学で教えてもできなかったことをなしとげた。親密な関係を生み出したのだ。

彼女たちは私の家に何年も通ううちに、私の家族、キッチン、寝室、私の家での服装や歩き方、話し方を親しく知るようになった。私は彼女たちの家に足を踏み入れたことはなく、傷ついた母親や不良の弟、内気な妹などにも会ったことはない。彼女たちの私的な物語をその背景の中に、現場の中に位置づけることはできなかった。しかし私の居間という魔法の場所で、私は全員に会った。みなしばし現実から切り離された状態でわが家を訪れ、みずからの秘密を、苦しみを、贈り物を居間に持ちこんだ。

　私の生活と家族はしだいに風景の一部となり、休憩時間に居間を出たり入ったりした。ターヘレ・ハーノムも時おり仲間入りし、彼女の好む言い方によれば「あたしのほうの町」の話を聞かせてくれた。ある日、私の娘のネガールが泣きながら飛びこんできた。ひどく興奮していた。ネガールはしゃくりあげながら、あっちでは泣けなかったと言いつづけていた。彼らの前では泣きたくなかったのだ。マーナーがキッチンに行き、水を持ってターヘレ・ハーノムともどってきた。私は娘を抱きしめ、落ち着かせようとした。濃紺のスカーフとコートを優しく脱がせると、分厚いスカーフの下の髪は汗で濡れていた。制服のボタンをはずしながら、どうしたのと訊く。

　その日最後の授業の最中に（理科の時間だった）、校長と道徳の教師が教室の中にずかずかと入ってきて、手を机の上に出しなさいと女子全員に命じた。クラス全員が説明もなく教室の外に連れ出され、かばんの中に凶器や持ちこみ禁止品がないかどうか検査された。テープや小説、友情の記念のブレスレットなどのことだ。身体検査を受け、爪も調べられた。前年、家族とともにアメリカから帰国したばかりの少女が、爪が長すぎるという理由で校長室に連れていかれた。そこで校長みずからその子の爪を切った。血が出るほど深く切った。検査が終わったあと、ネガールは校庭でそのクラスメートが過ちを犯した指をさすりながら、帰る時間を待っている姿を見た。道徳の教師が隣に立っていたので、ほかの生徒は近づけなかった。ネガールには、友人のそばに行って慰めることさえできなかったという事実が、検査のショックと同じくらいつらかった。ネガールは言いつづけた。ママ、あの子はここの規則を知らなかっただけなの、だってアメリカから帰ったばかりだし――あたしたちがアメリカの国旗を踏んで、「アメリカに死を」って大声で言わされるとき、あの子どんな気がすると思う？　あたし自分が嫌い、大嫌い。そうくりかえす娘の体を優しく揺すりながら、汗と混じった涙をやわらかな肌からぬぐった。

当然のことながら、クラス全員がこの出来事に気をとられた。みんな冗談を言ったり、自分の体験を話したりして、ネガールの気をまぎらそうとした。ナスリーンは昔、まつげの検査で懲戒委員会に送られた話をした。まつげが長いからマスカラを使っていると疑われたのだ。そんなの、アミール・キャビール工科大学にいる妹の友だちの体験に比べたら何でもないわとマーナーが口をはさむ。昼休みに三人の女子学生がキャンパスでりんごを食べていたところ、守衛から叱責された。かじり方がなまめかしすぎるというのだ！　しばらくすると、ネガールもいっしょに笑いだし、ようやくお昼を食べるためにターヘレ・ハーノムと出ていった。

18

青葉の繁る小道を歩いているところを想像してみてほしい。早春の黄昏時、午後六時頃。日は暮れかかり、夕方のうららかな陽射しを浴びながら、ひとりで歩いている。すると突然、右腕に大きな滴がぽつりと落ちる。雨？　見上げると、空はまだ見せかけの明るさを湛え、ところどころにわずかな雲が漂っている。少しして、またぽつり。やがて、まだ太陽が出ているのに、どっと雨が降りだしてずぶ濡れになる。思い出はこんなふうにいきなり、何の前触れもなく押しよせてくる。びしょ濡れになった私は、気がつくとまた明るい小道にひとり、雨の記憶とともに取り残されている。

私たちがあの部屋に集まったのは、外の現実から身を守るためだと私は言った。その現実が、いらだつ親を一時も放そうとしないいききわけのない子供のように、私たちにつきまとって離れないことも話した。外の現実こそが私たちの親密な関係を生み出し、全員を思いがけない共犯関係に引きこんだ。私たちの関係はさまざまな点で個人的なものになった。ありふれた行動が、私たちの秘密のせいで新たな輝きを獲得しただけでなく、日常生活そのものが、時としてまやかしや作り事めいて見えるようになった。私たちは自分でも知らない自分の側面をたがいにさらけ出さなくてはならなかった。私は絶えず赤の他人の前で裸になっているような気がした。

19

何週間か前、ジョージ・ワシントン・メモリアル・パークウェイを車で走りながら、私と子供たちはイランのことを思い出していた。子供たちが自分の国について話すとき他人事のような口調になるのに気づき、私はふと不安になった。二人とも「彼らは」、「向こうの人たちは」と言いつづけていた。向こうって、どこのこと？　おじいちゃんといっしょに薔薇の木の下に死んだカナリアを埋めた場所？　パパとママから禁じられたチョコレートをおばあちゃんにもらったところ？　子供たちが憶えていることは多くはなかった。郷愁をかきたてる悲しい思い出もあれば、忘れてしまった思い出もある。私の両親やビージャンのおじやおば、私たちの親しい友人などの名前を、二人はまるで呪文のように、口に出すたびに楽しげに形をなしたり消えたりする呪文のように呼び出した。

何が私たちの記憶を呼び覚ましたのだろう。子供たちがイランでしょっちゅう聞かされていたドアーズのCDだろうか。二人が母の日に買ってくれたこのCDを、私たちは車の中で聞いていた。ジム・モリスンの魅力的な淡々とした歌声がステレオから低くやわらかく流れてきた。「アイド・ライク・トゥ・ハヴ・アナザー・キス……」その声が長く伸び、曲がり、ねじれるなかで、私たちはしゃべり、笑った。「シーズ・ア・トウエンティアス・センチュリー・フォックス」とジム・モリスンが単調に歌う……。退屈な思い出もあれば、うきうきするような思い出もある。たとえば、母親を尻目に、「カモン・ベイビー・ライト・マイ・ファイア……」と歌いながら、玄関から居間まで家中踊りまわったときのこと。たくさんのことを忘れてしまったと子供たちは言う。多くの顔がもうはっきり思い出せない。私がほら、あれを憶えてる？　と訊いても、ほとんど憶えていない。いまやジム・モリスンはブレヒトの歌に移っている。「オー・ショウ・ミー・ザ・ウェイ・トゥ・ザ・ネクスト・ウィスキー・バー」彼が歌うと、私たちはつづきをいっしょに歌う。「オー、ドント・アスク・ホワイ……」イランに住んでいた頃から、子供たちは自国の音楽があまり好きではなかったが、この年頃の子はたいていそうだった。この子たちにとってイランの音楽は政治的な歌や軍隊行進曲と結びついていたから、ほかに楽しみを求めたのである。彼らが子供の頃イランで出会った歌や映画の思い出が、ドアーズやマルクス兄弟、マイケル・ジャクソンになるのを知って、私はショックを受けた。

二人はある事件を思い出して、急にいきいきした。それは驚くほど鮮明な記憶で、私が忘れていた細かい点まで子供たちはよく憶えていた。私の頭の中でそのときの情景がよみがえるにつれ、子供たちはたがいに相手をさえぎるようにしゃべりだし、ジム・モリスンは背景に退いた。そうだ、あの日はヤーシーがいたのではないか？　子供たちは私のクラスの全員を憶えていたが、なかでも一番記憶に焼きついているのはヤーシーだった。彼女はあるときからほとんど家族の一員になったからだ。みな家族のようなものだった。アージーン、ニーマー、マーナー、マフシード、ナスリーンはよく訪ねてきた。家族彼女たちは私がいやな顔をするのもかまわず、子供を甘やかし、贈り物をくれた。家族はこうした侵入者を、私の風変わりな性癖のひとつとして、寛容と好奇心をもって受け入れた。

一九九六年夏のことだった。子供たちは家にいた。物憂い朝、私たちは家の中でぶらぶらし、遅い朝食の用意をした。前の晩からヤーシーが泊まりに来ていた。彼女は時々泊まりに来たので、私たちも彼女を待ち受けるようになった。ヤーシーは居間の隣の予備の部屋で寝た。そこは私の書斎にする予定だったが、うるさすぎたため、実際の書斎は、小さな庭に面した窓のある地下室に移してあった。

予備の部屋はがらくた置き場になっており、机とだいぶ昔のラップトップコンピューター、本、私の冬服、ヤーシー用の簡易ベッドとランプがあった。ヤーシーは時おり頭痛のため、その部屋で明かりもつけずに何時間も過ごした。帰省からもどるたびに必ずといっていいほどこの頭痛に見舞われた。その朝のヤーシーは上機嫌だった記憶がある。キッチンや玄関に立つ（あるいはすわっている）彼女が目にうかぶ。ヤーシーが滑稽な教授の物まねをして、体を二つに折って笑っている姿を私は思い描く。

その夏、ヤーシーはよく話をしながら家中私について歩いた。私たちの居場所はたいていキッチンか玄関の間で、まわりの大人や私の子供とちがって、彼女が私の料理を心底喜んでくれたのは私にとってうれしいことだった。私のパンケーキやフレンチトーストもどき、卵とトマトと野菜のスープがヤーシーは大好きだった。大人の友人たちが私に向ける、「いつになったら上達するの?」といわんばかりの妙に寛大な笑顔を、彼女は決して見せなかった。材料を切ったり料理したりする私についてヤーシーも移動し、自分がとっている授業の話を中心に話しつづけた。もう十一歳になっていたネガールも加わり、三人で何時間もおしゃべりしたものである。

その日、ヤーシーはお気に入りの話題、つまり自分のおじたちについて延々としゃべっていた。彼女にはおじが五人、おばが三人いた。おじのひとりはイスラーム共和国によって殺され、残りは欧米に住んでいた。一家の大黒柱は女たちであり、みな彼女たちに依存していた。女たちは家でも外でも働いた。ごく若いときに親の取り決めた、ずっと年上の相手と結婚し、ヤーシーの母親を除く姉妹は、知性などあらゆる点で自分より劣る、わがままで口やかましい夫に耐えなくてはならなかった。

ヤーシーにとって、いつも前途有望なのは、男たち、おじたちだった。彼らはピーター・パンのようなもので、時おりおとぎの国から降りてくる。彼らが彼女の町にやってくると、数えきれないほどの集まりやお祝いが開かれた。おじさんの話は何もかも魅惑的だ。彼らはだれも見たことがないものを目にし、だれもしたことがないことをしてきた。おじたちは身をかがめ、よくヤーシーの髪をなでて言った。やあ、どうしてる?

静かな穏やかな朝だった。私は丈の長いホームドレスを着て、居間の椅子で丸くなり、おじのひとりが送ってきた詩についてヤーシーが話すのを聞いていた。ターヘレ・ハーノムはキッチンにいた。ダイニングルームの開いたドアから、蛇口の水音、鍋釜がカチャカチャふれあう音、子供たちに向けた言葉の切れはしなどさまざまな音が聞こえた。子供たちはキッチンに近い玄関にいて、笑ったりけんかしたりをくりかえしていた。黄色と白の水仙があったのを憶えている。居間の至るところに水仙の花瓶があった。私がテーブルの上ではなく床に置いたものだ。二個の青い花瓶に挿した黄色い花の絵がやはり床の上にあり、そのそばに置いたのである。

私たちは母が淹れてくれるトルココーヒーを待っていた。母は濃くて苦いなかにかすかな甘みの混じったすばらしいトルココーヒーを淹れる人で、このコーヒーは、母が定期的にわが家に押しかける口実となった。間隔は一定していなかったものの、一日に何度か、私たちの部屋へ通じるドア越しに母が呼びかける声が聞こえた。「ターヘレ、ターヘレ……」ターヘレと私が声をそろえて返事しても、まだ呼びつづけた。私たちが本当にコーヒーを飲みたがっていることを確かめると、姿を消し、時には一時間以上ももどってこなかった。

私の記憶にあるかぎり、これはずっと昔から母なりのコミュニケーションの方法だった。母は木曜朝のクラスに好奇心をそそられながらも、ただ押しかけるのはプライドが許さず、私たちの聖域に入る許可を得るためにコーヒーを使った。ある朝、母は「たまたま」二階に上がってきて、キッチンから私を呼んだ。「お客さんたち、コーヒーほしくないかしら」母は開いたドアから、好奇心いっぱいの微笑みをうかべた学生たちをちらりと見た。こうして木曜日にもうひとつの儀式が加わった。母のコーヒー・タイムである。母はじきに学生の中でお気に入りを見つけ、独自に関係を築こうとした。

ずっと昔から、母には赤の他人をコーヒーに誘う癖があった。ある日、私たちは、ぎょっとするほど筋骨たくましい三十代後半の男性を追い返さなければならなかった。彼はまちがえてうちの呼び鈴を押し、近くまで来たらコーヒーを飲みに立ち寄るよう誘ってくれたご婦人に会いたがったのだ。向かいの病院の守衛たちが母の「常客」だった。最初の頃はうやうやしく立ったままコーヒーを飲んでいたが、やがて母からしつこく勧められ、椅子の端にぎこちなく腰かけて、近所の噂話をしたり、病院の出来事を話したりするようになった。こうして私たちは後日、その日の事件の詳細を知ることになった。

ヤーシーと私がコーヒーを待ちながら、特に差し迫った用事のない贅沢を味わっていると、呼び鈴が鳴った。通りが静かなせいか、いつもより大きく響いた。私の記憶の中でもう一度呼び鈴が鳴ると同時に、ターヘレ・ハーノムがスリッパを引きずって玄関に向かう音がする。通りに面したドアに向かって、ゆっくりと階段を下りる足音が遠ざかる。彼女が男性と二言三言言葉を交わすのが聞こえる。

ターヘレ・ハーノムは狼狽した様子でもどってきた。私服警官が二人来ました、革命委員会の人です、と説明する。隣の大佐のアパートの住人に対する強制捜査で来たという。大佐は少し前に近所に越してきた人物で、母はその成金風の態度を嫌い、いつも無視していた。彼はわが家の隣にあった空き地の美しい庭園をつぶして、醜い灰色火山岩の三階建てアパートを建てた。二階に自分、三階に娘が住んで、一階は賃貸していた。ターヘレ・ハーノムの話によると、「彼ら」はアパートの一階を借りている人物を逮捕したいのだが、建物に立ち入る許可が得られないため、うちの庭から塀を乗り越えて隣の家に入りたいというのである。私たちはもちろん——というほどきっぱりした気持ちではなかったかもしれないが——そんな許可をあたえたくはなかった。ターヘレ・ハーノムがいみじくも指摘したように、捜索令状もなく、隣家の庭から人の家に入るしかできないような警官など何の役に立つというのだろう。まっとうな市民の家に勝手に押し入る際には捜索令状など必要としないくせに、隣の悪党をつかまえる段になるとどうして何もできないのだろう。お隣と仲がよくないのは事実だが、かといって彼らを委員会に引き渡すつもりもなかった。

ターヘレ・ハーノムが話している最中に、下の通りで騒ぎが持ちあがった。あわただしい話し声、駆け出す音、車のエンジンをかける音。委員会への批判を切りあげると同時にまた呼び鈴が鳴った。今度はひっきりなしに鳴らしている。間もなく、ターヘレ・ハーノムが二人の若い男を連れてもどってきた。二人とも当時革命防衛隊ではやっていたカーキ色の服装に身を固めていた。もう庭の塀を跳び越える必要はなくなったと彼らは説明した。いまや犯人はわが家の庭に飛びおり、武器を持って潜んでいるという。彼らは私たちのバルコニーと三階のバルコニーから犯人を銃撃して注意を引きつけようとしていた。そのすきに乗じて同僚が犯人をつかまえるという寸法である。私たちの許可など必要なかったが、彼らは「他人の妻や母」への配慮から、ともあれ許可を求めた。二人は獲物が危険なことを匂わせた。武装した麻薬の売人であるだけでなく、ほかにも複数の犯罪に関わっているらしい。

二人の侵入者につづき、さらに三人が三階へずかずか上がっていった。そのとき私の脳裡をよぎった不安は、ターヘレ・ハーノムの心を占めていた心配とまったく同じだったことがのちに明らかになった。三階の大きなテラスの隅に、禁じられた衛星放送用パラボラアンテナが隠してあった。後日、なぜあのとき自分たちの身の安全や、武器を持った見知らぬ五人の男がわが家を隣人との銃撃戦に使おうとしていて、しかも武器を持った隣人が庭のどこかに潜んでいるという事態のほうを心配しなかったのだろうと思った。私たちもふつうのイラン市民同様潔白とはいえず、隠さなくてはならないものがあった。衛星放送のアンテナが気がかりだった。ターヘレ・ハーノムは私より冷静で、彼らの言葉づかいに通じていたため、三階に差し向けられた。ヤーシーは面喰らっている子供たちの面倒をみる係になり、私は二人の男についてバルコニーに行った。バルコニーは寝室から張り出し、庭に面していた。私は混乱のなかで、ふとヤーシーのおじさんに聞かせるのにもってこいの話だと思ったのを憶えている。おじさんたちの話もこれにはかなうまい。

その日の出来事は、子供たちと逐一吟味し、確認してもなおはっきりしない点が残る。

思い出すと、まるで自分が同時にあちこちにいたような気がする。『アラジン』のアニメに出てくるランプの精のように、こちらと思えばあちらにいる。あるときは銃弾が飛び交うなか、バルコニーにいて、委員会の男たちが犯人に脅しをかけつつ、彼の犯罪歴をこまぎれに物語るのを聞いている。「高い地位の人間」が犯人の後ろ盾になっていて、だから正式な捜索令状がとれないのだとほのめかしていた。次に私は三階にいて、ターヘレ・ハーノムから、みな忙しくて衛星放送のアンテナどころではないから大丈夫と言われている。のちに彼女から聞いた話によると、革命委員会の男は、彼女なら撃たれないからと言ってターヘレを盾にしようとしたそうだ。

彼らは犯人を撃つ合間に、この奇妙な出来事について説明しながら、たとえ逮捕できたとしても、隣家の男はおそらく有力な保護者の力で釈放されるだろうと明かした。ひとりがしつこいくらいに犯人の凶悪さを警告し、犯人のほうはいまや庭の反対側の隅、私の大好きな柳の豊かな木陰に身を隠していた。彼らは大仰な絶望をにじませて、この任務は所詮うまくいくはずがないと私たちに向かって嘆きはじめた——私たちにとっては、どちらも侵入してきた犯罪者に変わりなく、一刻も早く消えてほしいと思っているのに。

いまや舞台は反対側の隣家に移り、怯えた子供二人とベビーシッターが外に避難していた。隣の窓が一枚、撃ちあいで粉々になった。犯人はしばらく隣家の庭の端、プール脇の小さな道具小屋に隠れていたが、革命防衛隊員が八方から近づいていた。彼は銃をなぜかプールに捨て、場面は道路に移る。私たちは隣の男の子二人を家に入れた。両方の子供たちとヤーシーと私は、窓から身を乗り出して、委員会の男たちが獲物を白いトヨタのパトロールカーの後部に引きずりこむのを見守った。そのあいだじゅう、犯人は大声をあげて、妻と息子の名を呼び、何があっても絶対に家のドアを開けるなと妻に警告していた。

私たちはその日、ようやくコーヒーにありついた。ヤーシー、ターへレ・ハーノム、子供たちと私の関係者一同と、病院の守衛が母の応接間に顔をそろえ、話を交わした。守衛たちが大佐のアパートの住人に関する秘密情報を教えてくれた。つかまった男は三十代前半、尊大な態度と粗暴なふるまいで病院職員に憎まれ、恐れられていた。ここひと月半ばかり、先ほど行動を起こした委員会のメンバーがこの通りを監視していたらしい。

これは一種の派閥争いで、犯人はきっと政府の高官のために働いているのだろうということで私たちの意見は一致した。そう考えれば、あの若さで法外な家賃を払い、阿片を買い、クラシックカーを所有する余裕があるのもよくわかる。病院の守衛は、過去十年間にパリで起きた暗殺事件のいくつかに関与しているテロリストだと聞かされたという。われらが調査委員会は、犯人は間もなく釈放されるだろうと予言した。この予言は当たった。彼は釈放されたばかりか、もどってくると早速私たちの家に来て、ターへレ・ハーノムを説得し、彼を逮捕するためわが家に押しかけた革命委員会のメンバーを告訴させようとしたけれど、そういうことはしなかった。

その夜、私と夫が近所の家で開かれた別の集まりでお茶を飲んでいた頃、子供たちは昼間の事件に好奇心をそそられ、小競りあいのあった現場を念入りに見てまわることにした。その際に、逮捕された男が道具小屋に隠した黒の革ジャケットと、その中に入っていた小型テープレコーダーを見つけた。法律を守る市民である私たちは、何かの取引に関する訳のわからない会話に耳を傾けてから、子供たちの大反対にもかかわらず、テープレコーダーとジャケットを委員会に引き渡した。

私たちはその後、この話を何度もくりかえすことになった。次の木曜日にはターへレ・ハーノムと子供たちが、笑顔をうかべた熱心な観客の前で事件を再現してみせた。子供たちは好奇心まじりのはにかみをいまやすっかりなくし、それとともに授業中は居間に近づかないという不可欠な礼儀までなくしていた。「彼ら」が、革命委員会の男たちが、あれほど頼りなくぶざまで素人くさい存在だと知るのは興味深い経験だった。ヤーシーが言うように、まるで出来の悪いアクション映画のようだった。それにしても、私たちの暮らしを支配しているのがあんな不器用な愚か者だと知るのはやりきれないことだ。このことでさんざん冗談を言いあって、力づけられたのは確かだが、事件のあと、私たちの家は前ほど安全な場所ではなくなり、長いあいだ、呼び鈴の音がするたびにどきりとした。

実際、呼び鈴は、私たちが冗談に変えようとしたあの向こう側の世界からの警報のようなものになった。事件から数か月もしないでまた呼び鈴が鳴り、委員会のメンバーがさらに二人やってきた。彼らの目的はわが家を捜索し、衛星放送のアンテナを没収することだった。今度は雄々しい奮闘も何もなく、彼らが立ち去ると、わが家は大切な人を亡くしたかのように悲しみに沈んだ。私が娘のわがままな態度を注意すると、娘は苦々しい冷笑をこめて、ママにあたしの悩みがわかるわけないでしょ、と言う。ママがあたしぐらいの年の頃、色のある靴ひもを使っただけで罰を受けた？　校庭を走っただけで、人前でアイスクリームをなめただけで、罰を受けた？

次の木曜日、クラスでこうした問題について詳しく話しあった。私たちはまたもや自分の人生と小説のあいだを行ったり来たりした。私たちが『断頭台への招待』を高く評価し、この小説に強く反応するのは、意外なことだろうか？　私たちはみな、専制的な全体主義体制の犠牲者であり、この体制は絶えず私たちの生活のもっとも個人的な部分に侵入し、容赦ない虚構（フィクション）を押しつけた。これがイスラームの支配というものなのだろうか。私たちは子供にどんな思い出をあたえているのだろう。この絶え間ない攻撃、優しさの欠如が、私には何より怖かった。

20

その二、三か月前にマーナーとニーマーが相談に来た。二人は貯金で彼らの言う「生活必需品」を買うか、それとも衛星放送のアンテナを買うかで迷っていた。彼らにはお金がほとんどなく、家庭教師としてのわずかな収入を全部とっておいたのである。結婚して四年たっても、彼らは多くの若いカップル同様、二人だけでは暮らしてゆけず、マーナーの母親と妹と同居していた。その日、私がどんな忠告をしたか憶えていないが、その後間もなく二人はパラボラアンテナを買った。二人とも大喜びで、私はそれから毎日、前の晩に彼らが見たアメリカの名画の話を聞かされることになった。

衛星放送のアンテナは、イラン全土で大人気を博していた。アンテナがほしくてたまらないのは、私のような人間や知識階級ばかりではなかった。ターヘレ・ハーノムの情報によると、テヘランの比較的貧しい、宗教色の濃い地区でも、アンテナのある家は、よく近所の人に特定の番組を賃貸ししているという。そういえば私が一九九六年に訪米したとき、テレビドラマ・シリーズ『ベイウォッチ』の人気俳優デイヴィッド・ハッセルホフが、この番組はイランで一番人気のある番組だと豪語していた。

マーナーとニーマーは厳密にいえば私の教え子ではなかった。二人ともテヘラン大学で英文学の修士号をめざして研究に励んでいた。私の論文を読み、私の授業の話を友人から聞いて、ある日実際にクラスにあらわれた。その後、私の講座を聴講してもいいかと言ってきた。それ以降、二人は私が教えるすべてのクラスに一度も欠かさず出席し、講演や公開講義も聞きにきた。そうした講義のたびに、たいていドアのそばに笑顔で立っている二人の姿が見られた。私には彼らの笑顔が、ナボコフとベロウとフィールディングについて話しつづけるよう私を励ましているように思えた。どんなことがあっても話しつづけるのが、私自身にとって、また彼らにとって、何より重要なのだと言っているような気がした。

二人はシーラーズ大学で出会い、恋に落ちた。ともに文学に関心があり、大学生活全般になじめなかったことが大きな理由だった。のちにマーナーは、自分たちの結びつきは何よりも言葉に根ざしているのだと言っていた。恋人時代にはたがいに手紙を書き、詩を朗読しあった。二人は言葉を通してつくりあげた安全な世界から離れられなくなった。それは二人だけが知る秘密の世界であり、そこでは敵対的で手に負えないすべてのものが穏やかで明快になった。マーナーはヴァージニア・ウルフと印象派に関する論文を、ニーマーはヘンリー・ジェイムズに関する論文を書いていた。

マーナーは気持ちが昂ぶったときでも実に物静かだった。彼女の喜びは内面のどこか奥深いところから湧いてくるようだった。教室で初めてマーナーとニーマーを見た日のことを憶えている。彼らは、私を喜ばせる秘密の企みにとりかかったときの私の二人の子供たちを思わせた。初めのうちはニーマーのほうがおしゃべりだった。彼は私の隣を歩き、マーナーはその少しうしろからついてきた。話をするのはニーマーのほうだったが、マーナーが私の反応を見逃さないように、彼の向こうからじっと見つめているのに気づいた。彼女はめったに自分からは話さなかった。マーナーがニーマーを通してではなく私と直接話さざるをえなくなったのは、ようやく数か月後、私にせがまれて自作の詩をいくつか見せることになってからだ。

実際の名前はちがうが、私はここで二人に韻を踏んだ名前をあたえた。二人がいつもいっしょにいて、同じ考えと同じ感情を口にするのを見慣れていたから、私には彼らがまるで兄妹のように——魔法の王国へ通じる裏庭で、たったいま何か驚くべきものを見つけた兄妹のように思えたのだ。私はさしずめ名づけ親の妖精、二人が秘密を打ち明けられる狂女だった。

私の書斎の片づけを手伝って、書類を分類し、小説を並べ、ノートをファイルに分けて整理しながら、二人はテヘラン大学のことや大学関係者の噂をあれこれ話した。かつて私も教えていた大学だ。話題にのぼる人の多くを私は知っていた。私たちのお気に入りの敵役、X教授もそのひとりで、彼はニーマーとマーナーの両者に対し、老獪かつ執拗な敵意を抱いていた。私が大学を辞めて以降、辞職することも追放されることもなかった数少ない教授のひとりである。X教授は二人が自分を充分に尊敬していないと考えていた。彼は文学批評の複雑な問題をことごとく解決する有効な方法を開発していた。解釈の問題をすべて多数決にかけるのである。採決は挙手によっておこなうため、議論は教授に都合のいいように決着することが多かった。

X教授と二人の主な諍いのきっかけとなったのは、マーナーがロバート・フロストについて書いたレポートだった。次の授業で、教授はさまざまな点で彼女の論旨に賛成できないことをクラスの学生に伝え、この問題について賛否の意をあらわすよう求めた。

マーナーとニーマーともうひとりの学生を除く全員が教授の意見に賛成した。採決のあと、教授はニーマーのほうを向いてなぜ裏切るのかと訊いた。妻に洗脳されたのではないか？　教授が二人に異議を唱え、彼らの意見を多数決にかければかけるほど、二人はますます頑強に抵抗した。自分たちの意見を裏づける著名な批評家の著書を教授のところに持っていったりもした。教授はある日、怒りを爆発させ、二人をクラスから追放した。

教授の学生のひとりが『ロリータ』に関する論文を書くことにした。その男子学生は資料も使わず、ナボコフの作品さえ読んだことがなかったが、彼の論文は教授の心をとらえた。教授は知的な男性の人生を駄目にする若い娘に対し異常な憎しみを抱いていた。その学生が書きたかったのは、ロリータがいかに「知的詩人」であるハンバートを誘惑し、彼の人生を台なしにしたかということだった。X教授は物思わしげな真剣な面持ちで、きみはナボコフ自身の性的倒錯について知っているかとその学生に尋ねた。ニーマーは侮蔑をにじませた声で教授の物まねをし、悲しげに頭を振って、知的男性の人生が移り気な女に台なしにされる小説が何と多いことかと嘆息した。マーナーの証言によれば、お得意のテーマで演説をはじめた教授は、彼女のほうに悪意ある視線をしきりに投げていたという。ところが、ナボコフの描いたはすっぱな小娘をそれだけ非難していながら、その男は新しい妻を探す際、年齢二十三歳以下というのを第一条件とした。正式に採用された二番目の妻は、少なくとも二十歳は年下だった。

21

ひどく暑くて、外の熱気が冷房のきいた家の中まで染みこんできたかと思えるある木曜日、私たち七人は時間前に雑談をしていた。話題はサーナーズのことだった。彼女は前の週に無断欠席し、その日来るかどうかはっきりしなかった。だれも、ミートラーでさえ何も聞いていなかった。ことによるとあの困った弟がまた何か企んだのではないかと私たちは推測した。サーナーズの弟はいまや始終話題にのぼるようになっていた。毎週話に出る男の悪役のひとりである。

「きみたちにはこの国の男が向きあっている困難はわからないってニーマーが言うんですよ」マーナーがかすかな皮肉をこめて言う。「彼らもどうしたらいいかわからないんですって。自分が弱いと感じるからマッチョ気取りでいばりちらすこともあるそうよ」

「まあ、そういう面もあるわね」私は言った。「何しろ人間関係はひとりではつくれないんだから、人口の半分を見えなくしたら、あとの半分も苦しむことになる」

「一筋の髪の毛を見ただけで性的に刺激されるような男なんて想像できる？」ナスリーンが言う。「女の爪先を見ただけで夢中になる人なんて……ワオ！　あたしの爪先が凶器！」

「ヴェールをする女は体制に手を貸してるのよ」アージーンが挑むように、これ見よがしに言う。

マフシードは黙ってテーブルの鉄の脚を見つめている。

「じゃあもっぱら唇を真っ赤に塗りたくって、男の教授とふざけあってる人は」マーナーが冷たい目でにらむ。「主義のためにやってるってわけね」アージーンは赤面し、何も言わなかった。

「男の性器を切ってしまったらどうかしら。性欲を抑えるために」ナスリーンが冷静に提案する。彼女は一部のムスリム社会における女性への虐待をとりあげたナワル・エル・サーダウィの本を読んでいた。医師であるサーダウィは、性欲を抑える目的で少女に対しておこなわれる性器切除の恐ろしい影響について、全力を尽くして説明していた。

「あたしの翻訳プロジェクトでこのテキストに取りかかっていて……」

「翻訳プロジェクト?」

「ええ、お忘れですか?　父にはマフシードの手伝いで、イスラームのテキストを英語に翻訳していると言ったから」

「でも、それはここに来る口実かと思ってた」私は言う。

「最初はそうだったんですけど、でも少なくとも週に三時間かそれ以上は、実際に翻訳をすることにしたんです。余計な嘘をついたから。良心と折り合いをつけたんですよ」

ナスリーンは微笑んで言う。

「あたしが是非とも言いたいのは、アーヤトッラー自身は性の問題については素人じゃないってことなんです」ナスリーンは話をつづける。「『アーヤトッラー・ホメイニーの政治的、哲学的、社会的、宗教的原理』という代表作を訳してるんだけど、なかなかおもしろいことを言ってるの」

「でも、それはもう英訳されてるでしょ」マーナーが言う。「何の意味があるの？」

「そう。部分的には英訳されてる。でも、この本がパーティジョークになって、啓発のためじゃなく面白半分に読まれているのを海外のイラン大使館が知ってから、翻訳はなかなか見つからなくなったの。とにかく、あたしのは完訳で、ほかのお偉方の著作も参照できるようになってるし、クロスレファレンスもついてるし。男の性欲を処理するひとつの手段は獣姦だって知ってた？　それに鶏とのセックスの問題もある。鶏とセックスした男はあとでその鶏を食べていいかどうか考えなければならないんですって。われらが指導者の答えはこうよ。食べてはいけない、当人もその肉親も隣人もその鶏の肉を食べてはいけない。だが二軒先の家の者なら食べてもいい。うちの父は、ジェイン・オースティンやナボコフよりこんなテキストに時間を費やすほうがいいと思ってるのかしらね」ナスリーンはいたずらっぽくつけくわえた。

　このアーヤトッラー・ホメイニーの著作への学識豊かな言及を聞いても、私たちは驚かなかった。ここで引き合いに出されたのは、ホメイニーの有名な言葉である。アーヤトッラーの地位に達した全員が、弟子から訊かれる可能性のある質問や悩みに答えるために、書かねばならない論文にあたるものだ。ホメイニー以前の多くの人もほぼ同じじゃり方で書いてきた。困るのは、私たちの支配者が、この国と私たちの運命を左右する支配者が、こうしたテキストを大真面目に受けとっていることだ。毎日、国営テレビとラジオでは、これら道徳と文化の守護者たちが同じような発言をし、こうした問題を、熟慮を要する世にも深刻な問題であるかのように論じあっていた。

このような学問的議論がつづくあいだ、アージーンはしきりに大声で笑い、マフシードはますます不機嫌になっていったが、そのさなかに車が急ブレーキをかける甲高い音が響き、サーナーズが弟の車で来たのがわかった。少し間をおいて車のドアがバタンと閉まり、呼び鈴が鳴り、しばらくしてサーナーズが入ってきた。彼女はまず謝った。前回のクラスを休んだうえに遅刻したことで取り乱し、いまにも泣きそうな顔をしていた。

私は彼女をなだめ、ヤーシーはサーナーズのお茶をとりにキッチンに行った。サーナーズは両手に焼き菓子の大きな箱を持っていた。サーナーズ、これは？　と訊くと、先週は私の番だったから、代わりに今日持ってきたんです、と弱々しく答える。私は焼き菓子を受けとり――汗をかいていたサーナーズは、黒いコートとスカーフをほどいた。髪はゴムでしっかり束ねている。その顔は無防備で寂しげだった。

ようやくサーナーズはミートラーの隣のいつもの席についた。冷たい水の入った大きなグラスを持ち、目の前のテーブルの上にはお茶が置いてある。全員、黙ったまま、サーナーズが話しはじめるのを待った。アージーンが沈黙を破ろうとして冗談を言った。あ婚約パーティのためにトルコに行ってしまったんじゃないかとみんな思ってたのよ。あたしたちを招待するのも忘れて。サーナーズは笑って見せようとしたが、答える代わりにまず水を飲んだ。何か言いたい気持ちと何も明かしたくない気持ちがせめぎあっているようだった。涙がこぼれる前から声に涙がにじんでいた。

サーナーズが語ったのはよくある話だった。二週間前、サーナーズは女友だち五人とカスピ海沿岸に二日間の休暇旅行に出かけた。一日目に、娘たちは近くの別荘に住む友だちの婚約者を訪ねることにした。全員スカーフをかぶり、長いコートをまとって、きちんとした服装をしていたとサーナーズはくりかえし強調した。娘六人と青年一人は庭にすわっていた。家の中にはアルコール飲料も、望ましくないテープやCDもなかったと彼女は言う。仮にそういうものがあったとすれば、革命防衛隊からあのような仕打ちを受けてもしかたがなかったと言わんばかりだ。

そこへ「彼ら」が、風紀取締隊が、銃を持ってやってきた。低い塀を跳び越えて、彼女たちを驚かせた。取締隊は、違法な行為がおこなわれているという通報を受けたと主張し、敷地内を捜索しようとした。若者たちの身なりに問題がないことがわかると、隊員のひとりは皮肉な口調で言った。こいつらの西洋風の態度からすると……。西洋風の態度って何、とナスリーンが口をはさむ。サーナーズは彼女を見て微笑んだ。次に出くわしたら訊いておくわ。結局、アルコール飲料、テープ、CDの捜索は空振りに終わったが、せっかくの令状を無駄にしたくはなかった。彼らは道徳関係の違反をあつかう特別な刑務所に全員を連行した。娘たちは抗議したが、暗い小部屋に押しこめられ、数人の娼婦や麻薬中毒者とともに最初の夜をすごした。夜中に何度か看守が入ってきて、うとうとしていた者を起こし、侮辱を浴びせた。

娘たちはその監房に四十八時間留置された。何度要求しても、親に電話させてもらえなかった。決められた時間に少し離れたトイレまで行く以外に、監房を出る機会は二回しかなかった。一回目は病院に連れて行かれて、処女かどうか婦人科の女医に検査され、しかもそれを医学生が見学していた。革命防衛隊は医師の判定に納得せず、彼女たちを私立の診療所に連れていって再度検査させた。

三日目になり、娘たちの居所がつかめず心配するテヘランの親たちは、別荘の管理人から、最近あった交通事故で全員死んだのかもしれないと言われた。親たちはすぐさま娘を捜しにリゾート地へと出発し、ついにわが子と再会した。娘たちは略式裁判を受け、やってもいない罪を認める書類にサインさせられ、鞭打ち二十五回の刑に処せられた。

やせっぽちのサーナーズはコートの下にTシャツを着ていた。看守たちは、一枚余分に着ているから痛くないだろうとからかい、さらに打った。彼女にとっては肉体的苦痛のほうが、侮辱的な処女検査や、強いられた供述書にサインしてしまったという激しい自己嫌悪よりまだ耐えやすかった。逆説的に、肉体的苦痛は彼女に満足をあたえ、他の恥辱に屈した苦痛をしずめてくれた。

娘たちがようやく釈放され、親に連れられて帰宅すると、サーナーズはさらなる侮辱に耐えなくてはならなかった。弟に責められたのである。どういうつもりだよ。六人のはねっかえりを男の監督なしに旅行に行かせるなんて。そそっかしい姉貴より少し年下ってだけで、だれも俺の言うことをきかないわけ？　だいたいいい年して結婚してないのが悪いんだよ。サーナーズの両親はひどい目にあった娘に同情していたが、旅行に行かせたのはまずかったかもしれないということは認めざるをえなかった。娘を信じていないわけではなかったが、この国の現状はそうした軽率なふるまいには不向きだった。おまけに私はいまや罪を犯した人間なんです、とサーナーズは言った。自分の車を運転することも禁じられて、賢明な弟の付き添いなしでは外出もできないんです。

私にはサーナーズの話が忘れられない。何度もそれを思い出したし——いまもなお思い出し、頭の中で少しずつ再現してみる。庭の柵、六人の娘と一人の青年がベランダにすわり、おそらくは冗談を言って笑っている。そこへ「彼ら」がやってくる。私はこの出来事を、イランで私自身の人生に起きた無数の出来事と同じように思い出す。国を出てから人々が手紙で、あるいは直接私に語ってくれた出来事を思い出すことさえある。不思議なことにそれらもまた私自身の記憶となった。

おそらくはいま、遠く離れたこの地にあって、こうした経験を恐れず公然と話せるいまになって初めて、私はようやく当時の経験を理解しはじめ、恐ろしい無力感を克服できるようになったのだと思う。イランでは、こうした日常的な蛮行や屈辱の経験と私たちのあいだに奇妙な距離があった。私たちはそうした出来事を他人事のように話した。統合失調症患者のように、だれよりもよく知っていながらいつもの自分とまるでちがう、もうひとりの自分を遠ざけようとしていたのだ。

22

ナボコフは回想録『記憶よ、語れ』の中で、幼い頃ベッドの上にかかっていた水彩画について書いている。鬱蒼たる森の中に消えてゆく小道を描いた風景画だった。ナボコフの母親は、ベッドの上にある絵の中に消えてしまう少年の話を息子に読んでやったことがあり、毎夜、幼いウラジーミルはお祈りのときに自分もその少年のようになりたいと願うようになった。あの部屋の私たちを思いうかべる際に、私たちもまた危険な失踪への衝動を抱えていたことをわかっていただきたい。聖域に引きこもれば引きこもるほど、私たちは日常生活から遠ざかった。街を歩きながら私は自問した。この人たちは同胞なのだろうか、ここは私の生まれた町なのだろうか、私は私なのだろうか。

ハンバートも盲目の検閲官も、犠牲者を完全にわがものとすることは決してない。犠牲者はいつも彼らの手をすりぬける。夢想の対象がつねに手の届くところにありながら、ついに到達できないのと同じである。どれほど痛めつけられようとも、犠牲者は屈服しない。

私はこうしたことを考えながら、ある木曜の夕方、クラスのあとで、私の娘たちが残していった日記を見ていた。そこにはまた新しい文章や詩が書かれていた。このクラスをはじめるとき、私は学生たちに自分自身のイメージを描いてみるように言った。彼女たちは当時、まだその問題に向きあう準備ができていなかったが、私はその後も時おりその課題にふれ、自己イメージを描くように求めた。そしていま、二人掛けのソファに丸くなって、数十ページにわたる最近の返答をながめていた。

目の前にサーナーズの答えがある。海辺の土地で投獄された経験のすぐあとに提出されたものだ。それは裸の娘を描いた白黒の単純な線画で、娘の白い体は黒い泡のようなものに閉じこめられている。娘は胎児のように体を丸めて、片方の膝を抱え、もう一方の脚はうしろに伸ばしている。まっすぐな長い髪が背中の曲線に沿って流れているが、顔は隠れている。長くて黒いかぎ爪をもつ巨大な鳥が、その泡を宙に運びあげている。私の興味を惹いたのは、比較的わかりやすい娘のイメージと矛盾する、ある細部だった。娘の片手は泡を突きぬけ、かぎ爪にしがみついている。卑屈な裸体はかぎ爪に頼り、そちらに手を伸ばしている。

この素描を見て、私は即座にナボコフが有名な『ロリータ』のあとがきに書いたことを思い出した。一九三九年か一九四〇年の初頭、ひどい肋間神経痛で具合が悪かったときに、「初めて『ロリータ』のかすかな鼓動」がナボコフの中を走った。彼は次のように回想する。「インスピレーションの最初の震えを誘発したのは、どういうわけか、パリの植物園で飼育されている一頭の類人猿に関する新聞記事だった。科学者が数か月にわたりなだめすかした結果、猿は動物として初の木炭画を描いた。そのスケッチには、この哀れな動物が入っている檻の格子が描かれていた」

この二つのイメージは、片方は小説、片方は現実という違いこそあれ、いずれも恐るべき真実を明らかにしている。その恐ろしさは、どちらも暴力行為が犯されたという事実にとどまらない。檻の格子を超えて、そこには犠牲者と看守の親密な関係が暴露されている。いずれの場合も、私たちが注目するのは、囚人が格子に触れる危うい点、肉体と冷たい金属とのひそかな接触である。

ほとんどの学生は言葉で表現していた。マーナーの自己イメージは霧だ。具体的な事物の上を漂い、それらの形をとるが、彼女自身が具体化することは決してない。ヤーシーは自分は虚構だと言う。ナスリーンは一度、オックスフォード英語辞典のパラドックスの定義を出してきた。大方の答えからは、外的現実そのものが、彼女たちがみずからを明確に定義することを阻(はば)んでいる様子がうかがえた。

かつてマーナーは、ピンクのソックスのせいでムスリム学生協会から叱責された経緯を書いたことがある。大好きな教授にそのことをこぼすと、教授はマーナーをからかって、きみはもうニーマーという男性を誘惑して自分のものにしたのだから、これ以上ピンクのソックスで彼を惑わす必要はないじゃないかと言った。

この学生たちの世代は、ある決定的な面で私の世代とは異なっていた。私の世代は、自分たちの過去が盗まれ、自国において亡命者とならざるをえなかったとき、喪失を、人生にもたらされた空白を嘆いた。だが、それでも、私たちには現在と比較できる過去があった。奪われたものの記憶とイメージがあった。ところが私の学生たちは、盗まれた口づけ、観たこともない映画、肌に感じたことのない風のことばかり言っていた。この世代は過去をもたない。彼らの記憶とは、かつて一度も経験したことがないものの記憶だった。彼女たちの言葉に、不確かな願望の、詩に通じるある輝きをあたえたのは、この欠落、ごくふつうの、あたりまえの人生の要素への強い憧れだった。

いまこの瞬間、イランではない国のこのカフェで、隣の席の人に向きなおり、テヘランでの生活について話したら、相手はどんな反応を示すだろう。拷問、処刑、すさまじい蹂躙（じゅうりん）を非難するだろうか？　おそらくするだろう。だが、ピンクのソックスをはきたいという欲求のような、平凡な日常生活に対する侵害についてはどうだろうか？

私は学生たちに『断頭台への招待』のダンスの場面を憶えているかと訊いたことがある。看守がシンシナトゥスをダンスに誘う場面だ。二人はワルツを踊りはじめ、廊下に出る。廊下の角で衛兵に出くわす。「二人は衛兵の近くでぐるりと円を描き、すべるように進みながら独房にもどった。シンシナトゥスは恍惚に優しく抱かれた状態があっという間に終わってしまったのを残念に思った」。円を描く動きは、この小説の中心をなす動きである。看守たちが押しつける贋物の世界を受け入れているかぎり、シンシナトゥスは彼らの囚人のままであり、彼らがつくった円の中でしか動けない。全体主義的な心性が犯す最大の犯罪は、犠牲者もふくめた市民を、その犯罪の共犯者として引きずりこむことにある。看守と踊ること、自分の死刑執行に参加させること、それは残忍きわまりない行為である。学生たちはそれをテレビの公開裁判で目撃し、命じられた服装で町に出るたびに、それをみずから実演した。彼女たちは群衆に交じって処刑を見物したことはないが、処刑に抗議する力もまたもたなかった。

円を離れ、看守と踊るのをやめる唯一の道は、自分の個性を——ある人間を他者と区別する名状しがたい特性を、保ちつづける方法を見つけることだ。だからこそ、彼らの世界では儀式が——空疎な儀式が——なくてはならないものになる。私たちの看守もシンシナトゥスの処刑者も大差はない。彼らは私的な領域をことごとく侵略し、あらゆる身ぶりを規定し、私たちを彼らの一員にしようとしたが、それ自体がもうひとつの処刑なのである。

結局、シンシナトゥスは断頭台に連れてゆかれ、処刑のために台に頭をのせる際に、「独りでやる（バイ・マイセルフ）」と呪文のように言いつづける。みずからの独自性を絶えず思い起こさせるこの言葉が、そしてものを書く試み、看守から押しつけられた言葉とはちがう言葉をはっきりと語り、つくりだそうとする試みが、最後の瞬間に彼を救う。その瞬間、シンシナトゥスは自分の頭を手に持って、あのもうひとつの世界から彼を招く声のほうへ歩み去り、断頭台も彼をとりまく贋物の世界も、死刑執行者もろとも崩壊してゆく。

第二部　ギャツビー

1

テヘラン空港の人ごみのなか、バックパックを背負い、大きなバッグを肩にかけ、特大の手荷物を爪先で押しながら、若い女がひとりで立っている。二年前に結婚した夫と父親が、向こうでスーツケースを持って待っているはずだ。彼女は税関に立ち、潤んだ目で、同情心あふれる顔を探している。しがみついて、ああうれしい、やっと帰ってきたんです、ようやくここに住めるんです、と言える相手を必死に探している。ところが、だれひとりにこりともしない。空港の壁という壁が消えて見慣れぬ光景が出現し、アーヤトッラーの巨大なポスターがとがめるような目つきで見おろしている。血のような赤と黒で書かれたスローガンにもポスターと同じ雰囲気が漂う。**アメリカに死を！　打倒帝国主義・シオニズム！　アメリカは最大の敵！**

十七年前、十三歳であとにした故郷がもはや自分の知る故郷ではなくなっていることがまだ理解できず、ひとりたたずむ彼女の胸中には、もろもろの感情がのたうちまわり、わずかな刺激で爆発しそうだった。私はその姿を見ないように、顔を合わさないように、気づかれずに通りすぎようとする。だが過去の自分から逃れることはできない。

この空港、テヘラン空港に来ると、決まって私の機嫌は最悪になった。私が初めてここから旅立った頃は、人々を温かく迎える魅惑的な場所で、金曜の夜にダンスのショーを見せる高級レストランと、バルコニーに通じる大きなフランス窓のある軽食堂があった。子供の頃、弟と私はこの窓に張りついて、アイスクリームを食べながら飛行機をかぞえた。到着の際にはいつも特別な顕現（エピファニー）の瞬間を味わった。下に忽然（こつぜん）と光の絨毯があらわれ、テヘランへの到着を告げるあの瞬間だ。私は十七年間あの光を、心をそそるようにさしまねく光を夢見ていた。あの光の中に隠れ、ずっと暮らせるようになるときを夢見ていた。

その夢がやっと実現したのである。だがようやく故郷にもどったのに、空港の雰囲気はよそよそしかった。壁を埋めつくすアーヤトッラー・ホメイニーと、彼の指名した後継者アーヤトッラー・モンタゼリーのいかめしい肖像のように、厳粛で、かすかに脅威をはらんでいる。まるでほうきに乗った悪い魔女がこの建物の上を飛び、私の記憶にあるレストランと、色とりどりの服の女や子供たちを杖のひと振りで消してしまったかのようだ。迎えにきた母や友人たちの目の中にひそかな不安を認めたとき、こうした印象は確かなものになった。

税関を離れようとしたところで、不機嫌そうな若い男に止められた。私を検査するというのだ。もう検査は済んだと言ったら、手荷物がまだだとぶっきらぼうに言う。でもどうして？　ここは私のふるさとなのに、と言いたかった。ここに生まれたという事実が、私を疑惑と穿鑿（せんさく）から守ってくれるはずだとでもいうように。男はアルコール飲料の有無を調べる必要があると言って、私を隅に連れていった。夫のビージャンが心配そうに見守っていた。不機嫌な警備員と私とどちらを心配すべきかわからないようだ。のちにすっかりおなじみとなるあの微笑みが彼の顔にうかんだ。なだめるような、皮肉な、共犯者の微笑み。狂人と言い争ってもむだだ、とのちにある人から言われた。

彼らはまず私のバッグの中身を出した。口紅、ペンと鉛筆、日記、眼鏡ケース。次にバックパックに取りかかり、中から私の免状、結婚許可証、本を引き出した――ナボコフの『アーダ』、ゴールドの『金のないユダヤ人』、フィッツジェラルドの『グレート・ギャツビー』……。警備員は汚れた洗濯物でもつまむように、さげすみに満ちた態度でそれらの本を取りあげた。しかし没収はしなかった――そのときはまだ。それはまたのちの話である。

2

海外で暮らしはじめた頃――イギリスとスイスでの学校時代と、のちにアメリカに住むようになってから、私は異国の土地を自分の考えるイランのイメージにあてはめようとした。その土地の風景をいわばペルシア化しようとしたわけで、一学期だけニューメキシコの小さなカレッジに転校したことさえある。ニューメキシコの風景が故国を思わせたからだ。フランク、ナンシー、ほら、川岸に木が立ちならんで、干上がった土地を流れてゆくこの小川は、イランにそっくりなのよ。イランにそっくりなの、ふるさとにそっくりなの。私にとってテヘランの最大の魅力は、あの山脈、乾燥していながらも豊かな土地、乾いた土に生い繁り、太陽から光を吸いとっているようなあの樹木や花々なのだと、聞いてくれる人であればだれにでも言った。

父の投獄で私は帰国し、一年の滞在を認められた。その後、精神的に不安定だった私は、十八歳の誕生日を迎える前に衝動的に結婚した。相手の最大の長所は、私の一族とはちがう種類の人間だという点にあった――彼は自信に満ち、私たちの生き方とはまさに正反対の、実際的で単純な生き方を示してくれた。彼は書物に価値を認めず（「きみの一族の問題は、現実世界より本の中に生きていることだ」）、異常なまでに嫉妬深かった――嫉妬は、自分の運命と所有物を支配する男という彼の自己イメージの一部をなしていた。出世志向で（「いずれ自分のオフィスをかまえたら、僕の椅子は客の椅子より高くするんだ。僕の貫禄に怖じ気づくようにね」）、フランク・シナトラに心酔していた。結婚を承諾した日から、じきに離婚することになるとわかっていた。私の自己破壊的衝動には限りがなく、自分の人生をはてしない危険にさらそうとしていたのである。

私は彼といっしょにオクラホマ州ノーマンに移った。彼はオクラホマ大学で工学の修士号をとろうとしていた。私はその後半年で、父が釈放されしだい離婚しようという結論に達したが、離婚が成立するまでさらに三年かかった。彼は離婚を拒否した（「女は婚礼衣装で夫の家に入り、屍衣につつまれて出るものだ」）。私を見くびっていたのだ。彼は妻がこぎれいな身なりをして、爪の手入れをし、毎週美容院に行くことを望んだ。私はロングスカートやぼろぼろのジーンズをはいて逆らい、髪を長くして、アメリカ人の友人とキャンパスの芝生にすわっていると、夫の友人たちがこちらに含むところありそうな視線を投げて通りすぎたりした。

父は離婚に大賛成で、離婚後の扶養料を払うよう訴えるぞと夫に迫った。イスラーム法の下で女性を守る唯一の規定がこの扶養料である。扶養料を要求する訴えを起こさないこと、私たちの銀行口座のお金と車と絨毯を彼に残すことに私が同意すると、彼はようやく離婚を承諾した。私が英文科のただひとりの外国人学生としてノーマンに残っているあいだに彼は帰国した。私はイラン人の仲間、とりわけ男性とつきあうのをつとめて避けた。彼らは離婚した若い女を手に入れる可能性について数限りない妄想を抱いていたからだ。

ノーマンの思い出としてうかぶのは、赤い大地、ホタル、競技場で歌い、デモをしたこと、メルヴィル、ポー、レーニン、毛沢東を読んだこと、暖かな春の朝、政治的には保守的だった大好きな教授のクラスでオウィディウスやシェイクスピアを読み、午後は別の教授と出かけて革命歌を歌ったこと。夜になると、ベルイマンやフェリーニ、ゴダール、パゾリーニの新作映画を観た。当時を思い出すと、異質な光景と音が記憶の中で混じりあう。ベルイマンの女たちの悲しげなスチール写真が、デイヴィッドというラディカルな教授のギターと穏やかな歌声に溶けこんでゆく。

インテリ牧師どもは毎晩
正しいことと悪いことについて説教する
何か食うものをくれと言うと
猫なで声でこう答える
やがて食べられるとも、あの輝かしい天国で
働け祈れ、乾し草食べて、死ねば天国でパイにありつける
そんなのは嘘だ！

（『牧師と奴隷』）

私たちはよく午前中にデモをして、大学本部の建物を占拠し、英文科の前の南競技場（サウス・オーヴァル）と呼ばれる芝生で歌い、時おりだれかが素っ裸で芝生を走りぬけて赤煉瓦の図書館のほうへ行くのを見守った。デモ行進していると、当時ヴェトナム反戦運動に悩んでいた予備役将校訓練部隊の学生たちが、芝生の私たちを無視しようとした。その後、私は恋人

とパーティに行くようになった。彼は私に『アーダ』を贈ってナボコフを教えてくれた人で、遊び紙にはこんな言葉が書いてあった。「アーザル、僕のアーダへ　テッド」

私の一族はある種の反抗的な驕り(おご)をもって、つねに政治を見下してきた。彼らの誇りは、八百年も前から——十四世代も前から、と母はいつも誇らしげに強調したが——ナフィーシー家は文学と科学への貢献によって知られてきたという事実だった。男たちはハキームすなわち賢者と呼ばれ、二十世紀に入ると、ほとんどの女性が家に閉じこもっていた時代に、ナフィーシー家の女たちは大学に行き、教壇に立った。父がテヘラン市長になったとき、一族の者たちは祝福するどころか眉をひそめた。当時大学生だった父の弟などは、兄とは認めないと言いだした。その後、父が失脚すると、私たちは両親の感化で、父が獄中にいた期間を、市長時代にもなかったほど誇りに思うようになった。

私はしかたなくイラン人学生運動に参加した。父の投獄と、わが一族の漠然としたナショナリズムへの共鳴は、私を政治に対して敏感にしたが、私自身は政治的な活動家というよりむしろ反逆者だった——もっとも、当時、両者はほとんど同じものだったけれど。政治運動のいいところは、運動に参加する男たちが私を襲ったり誘惑したりしないことだった。彼らはそれよりも研究会を開き、エンゲルスの『家族、私有財産および国家の起源』やマルクスの『ルイ・ボナパルトのブリュメール十八日』を読んで議論した。一九七〇年代は、イラン人学生ばかりでなく欧米人学生のあいだでも革命的な傾向が強かった。キューバ革命の例もあったし、むろん中国もあった。革命的なスローガンと理想主義的な雰囲気は伝染しやすく、イラン人学生は闘いの先頭に立っていた。彼らは活動に熱心で、わざと物議を醸す傾向さえあり、サンフランシスコのイラン領事館を占拠して投獄されたこともあった。

オクラホマ大学のイラン人学生組織は、世界イラン人学生連合の支部だった。欧米のほとんどの主要都市にはこの学生連合の支部があり、メンバーがいた。オクラホマで革命的共産党の戦闘的な学生組織ＲＳＢをキャンパスに引き入れたのは彼らであり、各国の急進的学生からなる第三世界反帝国主義委員会を創設したのも彼らだった。イラン人学生連合はレーニンの民主集中制にならった組織で、メンバーのライフスタイルや社会活動にも強い支配力をおよぼした。時とともに、より戦闘的なマルクス主義者がグループを支配するようになり、穏健派とナショナリスト的な学生を追い出したり孤立させたりした。メンバーはいつも、これ見よがしにチェ・ゲバラ風のスポーツジャケットとブーツを身につけ、女子はたいてい髪が短く、化粧っけがなく、マオカラーのジャケットにカーキ色の服を着ていた。

こうして私の人生における分裂の時期がはじまり、私は革命を熱望する心と、自分の好きなライフスタイルをどうにか両立させようと努力した。だが最後までどこか運動にとけこめなかった。対抗する党派同士が長時間けんか腰でやりあう集会の最中に、私は何かと口実をもうけて部屋を抜け出し、時にはトイレを避難所にして閉じこもった。集会以外ではあくまでも丈の長いドレスを着て、髪も切らなかった。「反革命的」な作家

――すなわちT・S・エリオット、オースティン、プラス、ナボコフ、フィッツジェラルドらを愛読する習慣も決して捨てなかったが、集会では情熱的な演説をぶった。小説や詩の中で読んだ文句に触発され、言葉を組みあわせて革命的な響きに仕上げた。故郷へのせつない憧れが、故国の圧制者と彼らの支援者アメリカ人を非難する熱狂的な演説へと形を変えた。運動そのものは一度として私のよりどころにはならず、疎外感をおぼえただけだったけれど、このとめどない無分別な情熱を正当化するイデオロギー上の枠組みを提供してくれたのである。

一九七七年秋は二つの出来事によって忘れられない季節となった。九月に私は再婚し、十一月にはシャーの最後の、そしてもっとも劇的なアメリカ公式訪問があった。私がビージャン・ナーデリーと出会ったのはその二年前、バークリーの集会でのことだった。彼は私がもっとも共鳴するグループのリーダーだった。私はいくつものまちがった理由で彼に恋をした。彼の見事な革命的演説に惹かれたのではなく、彼が自分を信じ、運動のヒステリーを超えたみずからの信念をもっているところに惹かれたのだ。彼は引き受けたことは何であれ――自分の家族であれ、仕事であれ、運動であれ――忠実に、情熱をもって打ちこんだが、だからといって運動の行く先に盲目になることはなかった。私はこうした点に劣らず、のちに彼が革命のために命じられたことを拒否したところもすばらしいと思った。

アメリカのイランへの悪しき関与を糾弾するスローガンを叫んだ数々のデモで、またイランについて話しているつもりで実は中国で起きたことを気にしつつ、夜更けまで議論をつづけた抗議集会で、私の胸にのしかかっていたのは故郷の姿だった。それは私のものであり、私はそれを絶えず思いうかべては、そのぼんやりしたイメージを通して世界と関わることができた。

私の考える「故国」には、食いちがいが、あるいは本質的な矛盾があった。一方には私が郷愁を感じるなつかしいイランが、両親と友人たちのいる場所、カスピ海のほとりですごす夏の夜があった。しかし、それとは別の、頭の中でつくりあげたイラン、私たちが次々に開かれる集会で、イランの大衆が求めるものをめぐって口論する際に話題にのぼるイランもまた、同じくらい現実味があった。七〇年代に運動がいっそう急進化するにつれ、どうやら大衆は私たちに対し、祝いの席でも酒を出さず、「頽廃的な」音楽を演奏したり、それで踊ったりしないことを求めるようになったらしかった。フォークソングと革命的な音楽しかゆるされなかった。彼らは若い女性に髪を短くするか、おさげにすることを求め、私たちに学問というブルジョワ的習慣を避けるように求めた。

3

テヘラン空港に降りたってからひと月足らずで、私はテヘラン大学の英文科に立っていた。英文科に着いたとき、縮れ毛で人なつっこい顔をした、灰色のスーツの若い男性にぶつかりそうになった。のちにわかったが、彼はアメリカから帰国したばかりの、最近採用されたもうひとりの教員で、私と同じく真新しい意欲的な計画を胸にいっぱい秘めていた。秘書は豊満な美人ながらどこか聖女のような雰囲気を漂わせた人で、私に微笑みかけると、英文科長の研究室にしずしずと入っていった。間もなくもどってくると、私にうなずいて、入るように合図した。部屋に入るとき、私は二枚のドアのあいだにある木製の楔形ドアストッパーにつまずき、バランスをくずして学科長の机の上に倒れそうになった。

私は困惑した笑顔に迎えられ、椅子を勧められた。二週間前にこの部屋に来た際に面接した英文科長は別の人だった。長身の気さくな男性で、著名な作家や学者といった私の親族の誰彼について質問した。私の気を楽にしようと気づかってくれるのはありがたかったが、死ぬまで有名な親族の影と張りあって生きてゆかねばならないのかと心配になった。

A先生というこの新しい男性はちがった。愛想のいい微笑みをうかべてはいるものの、親しみはこもっておらず、むしろこちらを値踏みしているような様子だった。彼はその晩、自宅で開かれるパーティに私を招いてくれたが、態度はよそよそしかった。私たちは親族ではなく文学の話をした。私は自分の論文のテーマを変えた理由について説明しようとした。私は一九二〇年代と三〇年代の文学、プロレタリア文学と非プロレタリア文学との比較研究をしたかったのです。一番いいのはフィッツジェラルド——二〇年代を代表する作家としては、という意味ですが。これは彼も当然と思ったようだ。でもフィッツジェラルドと対照的な作家を選ぶのに苦労して――スタインベックかファレルか、それともドス・パソスにすべきか？　そのうちのだれもフィッツジェラルドの域には達していないというんだね？　ええ、まあ、文学的な意味では。ほかにどんな意味があるのかね？　ともかく、私は本物のプロレタリアを見つけたんです。彼らの精神をだれよりも見事にとらえたのはマイク・ゴールドです。だれだって？　マイク・ゴールド、急進的な大衆文芸誌『ニュー・マッシズ（新大衆）』の主筆を務めた作家です。信じられないでしょうが、当時は大物だったんですよ。アメリカで初めてプロレタリア芸術という概念をはっきりとあらわした人物です。ヘミングウェイのような作家さえ彼の言葉には注目していました――ゴールドはヘミングウェイをホワイトカラーの作家と呼び、ソーントン・ワイルダーのことを「文化におけるエミリー・ポスト［礼儀作法の権威］」と呼んでいたんです。

そんなわけで、結局、フィッツジェラルドははずすことにしました。私はゴールドに、彼が一世を風靡（ふうび）した理由に興味があるんです――実際、彼は一世を風靡したんですから。一九三〇年代には、フィッツジェラルドのような人々はこの新しい種族によって追いやられてしまいましたが、私はその理由が知りたいんです。それに私自身も革命派ですから、マイク・ゴールドのような人間を駆りたてた情熱を理解したいと思いましたし。情熱を求めてフィッツジェラルドからそのもうひとりの人物に変えたというわけですね、と彼は訊いた。なかなかおもしろい議論だったので、私はその晩のパーティへの招待を受けた。

　最初に会った、あの長身の気さくな学科長はいま獄中にいるという。いつ釈放されるかはもちろん、そもそも釈放されるかどうかさえ定かではない。すでに多数の教授が追放され、ほかの教授も同じ道をたどろうとしていた。革命の初期はこれがふつうだった。私はこのような時期に、無邪気に、かつまったく状況にふさわしくない感情を胸に、テヘラン大学ペルシア語外国語学・文学部英文科の最年少の新人教員として教職の道を歩みはじめた。オックスフォードやハーヴァードから同じような地位を差し出されても、あれほど名誉に思うことも怖じ気づくこともなかったろう。

　私がドアでつまずいたときにA先生が見せた表情は、その後長年にわたり、多くの人が——彼とはまったく異なる人々が私に向けた表情と同じものだった。寛大さのにじんだ驚きの表情。おかしな子だ、指導して時々身のほどをわきまえさせてやる必要があるな、といっているような顔だ。しばらくすると、また別の表情が、私が当初の約束どおりにふるまわないことにいらだっているような表情があらわれた。私はわがままで言うことをきかない、手に負えない子供になったのだ。

4

あの最初の数年の思い出は、すべてテヘラン大学を中心に展開する。大学はあらゆる政治的・社会的活動が結びつく中心、不動の焦点だった。アメリカ留学時代にイランでの騒動について読んだり聞いたりしたときも、テヘラン大学は特に重要な闘いの舞台となっているように思えた。どのグループも大学を使って声明を発表した。

それだけに、新たに成立したイスラーム政権が金曜礼拝の場としてテヘラン大学を乗っ取ったのは、何ら驚くべきことではなかった。この行為にはそれ以上の意味があった。大学ではつねに、革命後でさえ、ムスリムの学生、とりわけ熱狂的なムスリムは少数派であり、左翼や世俗派の学生グループに比べると影が薄かったからである。この乗っ取りにより、イスラーム派は他の政治組織に対する勝利を主張しているようだった。彼らは戦勝軍のように、占領地の一等地に、征服した領土の中心部に陣取った。毎週、有名な聖職者のひとりが演壇に立ち、男女に分かれてキャンパスを占領した何千もの人々に向けて演説した。彼は片手に銃を持ち、昨今のもっとも重要な政治問題をとりあげて、その週の説教をした。しかし、キャンパスの地面そのものが、占領に抵抗しているように思えた。

私には当時、さまざまな政治団体が大学を中心になわばり争いをくりひろげているように感じられた。そのときはまだ、私もやがて自分の闘いを闘わねばならないことがわかっていなかった。いまふりかえれば、ひどく無防備な自分の立場に当時気づいていなくてよかったと思う。私はささやかな蔵書と夢だけをもって、存在しない国からやってきた密使のようなものだった。この国を故郷としてとりもどすためにやってきたのだ。裏切りや政府の変化といった、もはや記憶の中で判然としない数々の出来事が噂されるなかで、私は機会さえあればそこらじゅうに本とノートを広げてすわり、講義の内容を考えた。最初の学期に「研究」という大人数のゼミを教えることになり、そこでは『ハックルベリー・フィンの冒険』と二十世紀小説の概観に焦点をあてた。

私は政治的にある程度公正であろうとした。『グレート・ギャツビー』、『武器よさらば』と並んでマクシム・ゴーリキーとマイク・ゴールドの作品も教えるつもりだった。毎日のように、大学の向かいの通りに軒を連ねる書店を見て歩いた。革命(エンゲラーブ)通りと改名されたその通りには、テヘランでもっとも重要な書店や出版社が集まっていた。そうした店を一軒ずつ見てまわり、思いがけず珠玉のような書物を教えてくれたり、ヘンリー・グリーンというあまり知られていないイギリスの作家の名を知っていてこちらを驚かせたりする店員や客に時おり出会うのは、何ともいえず楽しかった。

熱にうかされたように講義の準備に没頭するさなかにも、私はよく自分の講義にも本にも何の関係もない用事のために大学に呼び出された。ほとんど毎週、時には毎日、デモか集会があり、私たちは自分の意志とは無関係に、磁石のように引きよせられた。

ひとつの記憶がいつの間にか勝手に私に巻きつき、しつこく私の気を惹こうとする。片手にコーヒー、片手にノートとペンを持ち、バルコニーに出て講義要項を作成しようとしていたときだった。電話が鳴った。友人が興奮したせわしない声で、もう聞いたかいう。

殺されたという噂がすでにたっていた。哀悼行進がテヘラン大学から出発する予定だと

ー・ターレガーニーが亡くなったというのだ。彼は比較的若く、急進的だったため、暗

と言う。人気の高い戦闘的な聖職者にしてイラン革命の大立者のひとり、アーヤトッラ

　電話を受けてから、およそ一時間後に大学の入口に着くまでの道のりは憶えていない。道路は渋滞していた。ビージャンと私は大学の近くでタクシーを降り、歩きだした。どういうわけか、しばらくすると何か見えない力に押されたように足早になり、ついには走りだしていた。ターレガーニーの死を悼むおびただしい群衆が集まり、大学への道をふさいでいた。ターレガーニーの精神的・政治的後継者を自任する急進的宗教組織モジャーヘディーネ・ハルグのメンバーと、ヘズボッラーすなわち神の党という呼び名で知られる組織の者たちのあいだで争いがあったという噂を聞いた。後者は狂信者と、この世に神の掟を実施するための制裁活動に励む輩を中心とする組織だ。だれがターレガーニーの亡骸を運ぶ栄誉を担うかでもめたのである。多くの人が涙を流し、われとわが胸と頭をたたきながら叫んでいた。「弔いの日だ！　ターレガーニーが今日天に召された」

　その後二十年間、この言葉は他の大勢の人にも使われることになるが、これは革命の創始者と死の密接な関係を示すものだ。私はそのとき初めて、こうした集団的な弔いにおけるやみくもな熱狂状態の快感を経験した。それは人々が遠慮も罪の意識もなしに交じりあい、体を触れあわせ、感情を分かちあえる唯一の場所だった。性的な匂いのする

荒々しい熱狂が漂っていた。のちに、イスラーム共和国は哀悼の儀式を通じて生きのびるというホメイニーのスローガンを見たとき、私はその言葉の正しさを証言できた。

その日、出会った数多くの人々は、まるでアニメーションの登場人物のようにあらわれては消えていった。ファリーデを見たのはあのときだったか。彼女は極端に急進的な左翼グループに入っており、彼女の同志の何人かと知り合いだった私の弟が、ファリーデを私に紹介してくれた。私が新しい環境に慣れるまでファリーデが手を貸してくれるだろうと思ったのだ。不確かな一瞬、いつものように忙しそうに、いまにもだれかを、あるいは何かを攻撃しようとしている彼女の姿が見えたと思ったら見失った。

私は渦巻く人波の中で、見慣れた顔を必死に捜していた。こういうデモに来ると、いつも連れとはぐれてしまう。私は夫とはぐれ、しばらく彼を捜しつづけた。群衆が押よせてきた。響きわたる声は複数の拡声器から流れてきたようだ。ターレガーニーのポスターが至るところに出現していた。壁に、ドアに、書店のウィンドウに、街路樹にまで貼ってある。大学前の広い通りが人の動きのために縮んだり広がったりし、私は長いあいだ呆然と歩きまわり、群衆の脈動に合わせて揺れ動いていた。気がつくと、こぶしで木をたたきながら泣いていた。この上なく親しい人を亡くし、広い世界にひとりぼっちになったかのように泣いていた。

5

一九七九年九月に新学期がはじまるまで、私は講義要項に挙げた本を探すのにほとんどの時間を費やした。ある書店で『グレート・ギャツビー』と『武器よさらば』を探しまわっていたら、店主が近寄ってきた。「興味があるなら、いま買っておいたほうがいいですよ」と悲しげに頭を振りながら言う。私は彼に同情の目を向け、得意げに言った。「こういう本は圧倒的な需要があるから、向こうだって何もできませんよ——そうでしょう？」

店主の言ったとおりになった。それから数か月で、フィッツジェラルドとヘミングウェイを見つけるのはきわめて難しくなった。政府はすべての本を書店から一掃することはできなかったが、重要な外国語書籍の店を何軒か徐々に閉鎖し、国内における外国書籍の流通を止めた。

最初の授業の前夜、私は初めて学校に行く子供のようにそわそわと落ち着かなかった。いつになく念入りに服を選び、数少ない蔵書を点検した。私の本は、父からもらった時代物の鏡といっしょに、ほとんどアメリカの義理の妹のところに残してきた。あとで持って帰るつもりだったが、結局十一年ももどれないとは思ってもみなかった。もどったときには、彼女は本をあらかた人にあげてしまっていた。

最初の日、私は頼りになる自分の『ギャツビー』をしっかり持って大学に行った。すでに傷みが出てきた本だった。私にとって大切な本であればあるほど傷みも激しくなる。『ハックルベリー・フィン』はまだ本屋にあったので、前もってもう一冊買っておいた。少しためらってから、講義ではとりあげる予定のない『アーダ』も手にとり、お守りとして放りこんだ。

テヘラン大学は一九三〇年代、レザー・シャーの時代に建てられた。キャンパスの主な建物は天井が高く、太いセメントの柱がそれを支えていた。冬はいつも薄ら寒く、夏はじめじめしていた。記憶の中の建物はおそろしく巨大な感じがするが、おそらく実際はそれほどでもなかったのだろう。だが三〇年代のこうした広々とした建築にはどこか奇妙な感じがつきまとっていた。それは群衆のための建築であり、何となくくつろげなかった。

英文科に向かう途中、やけに幅広い階段の下にある大きな玄関ホールに、さまざまな出店が並んでいるのをうわの空でみとめた。長いテーブルが十以上もあり、革命グループ各派の印刷物が山をなしている。あちこちに学生がかたまって、話したり言い争ったりしながら、自分のなわばりを守ろうと身構えていた。目に見える敵の姿はなかったが、威嚇的な雰囲気が室内に漂っていた。

当時はイランの歴史上きわめて重要な時期だった。憲法のかたちや新体制の指導者をめぐり、あらゆるレベルで闘いがくりひろげられていた。著名な聖職者をふくむ大多数の人々は世俗的な憲法を望んでいた。政権幹部の中に見られる専制的な傾向に抗議するため、有力な反対勢力が（世俗の団体も宗教的な団体も）誕生しつつあった。そうした中でもっとも強力なのは、アーヤトッラー・シャリーアトマダーリーのムスリム人民共和党と、女性の権利、言論の自由など民主主義的権利を守る闘いの先頭に立つ世俗派の革新主義者の団体、国民民主戦線だった。当時これらの勢力は非常に人気があり、民族主義の英雄モサッデグの没後十二年記念には、彼の埋葬地アフマド・アーバード村に百万人近い人を引きよせた。彼らは憲法制定会議を求める運動を精力的に展開した。人気の高い進歩的新聞『アーヤンデガーン』の閉鎖は、一連の大規模な暴力的デモを引き起こし、政府の支援を受けた自警団がデモの参加者に襲いかかった。当時はこうしたならず者が黒い旗をなびかせてオートバイに乗っている姿をよく見かけた。時には聖職者が防弾仕様のメルセデスベンツで彼らを先導していた。こうした不吉な徴候にもかかわらず、トゥーデ党（共産党）とマルクス主義組織フェダーイヤーネ・ハルグは、彼らのいわゆる「自由主義者」に対抗して、過激な反動勢力を支持し、バーザルガーン首相に対しては、アメリカの支持があることを疑って圧力をかけつづけた。

反対勢力は苛酷な暴力の犠牲になった。「木靴をはく者たちもターバンを巻く者たちも、諸君にチャンスをあたえた」とホメイニーは警告した。「革命のたびに腐敗分子数千人が公然と処刑され、焼かれて、それで終わりだった。彼らが新聞を発行するなど許されなかった」ロシアの十月革命の例をひき、国がなお報道を管理していることをあげて、ホメイニーはさらに言った。「われわれはただひとつの政党を除き、あるいは適切に行動できる少数の政党を除き、すべての政党を閉鎖する……われわれはまちがっていた。人間を相手にしていると思っていたが、それは誤解であることがはっきりした。彼らは獣だ。もう容赦はしない」

当時の出来事をこうして説明していると、あの頃、自分がひたすら仕事に集中していたことに驚かされる。私にとっては政治の激動に劣らず、学生からどう迎えられるかが気がかりだった。

最初の講義は、片側に窓がならぶ縦長の教室でおこなわれた。教室に足を踏み入れると学生でいっぱいだったが、教壇の席につくと同時に不安は消えた。学生たちはめずらしく静かだった。私は授業で使うたくさんの本とコピーを両手いっぱいに抱えていたが、ペルシア語に翻訳された革命的作家もいれば、フィッツジェラルド、フォークナー、ヴァージニア・ウルフといった「エリート主義者」もいるという具合に、さまざまな作家が入り混じっていた。

講義はうまくゆき、ひとつ終えるとあとは楽になった。私は熱意にあふれ、無邪気で理想主義的で、小説を愛していた。学生たちは私とK先生に好奇心を抱いた。K先生とは、A先生の研究室で出会った、あの縮れ髪の若い男性である。私たちは、大方の学生が教授を追い出そうとやっきになっている時期にやってきた風変わりな新人教員だった。学生にとって教授は全員「反革命的」だったが、この言葉は実に範囲が広く、旧体制に協力したことから講義でひわいな言葉を使うことまであらゆることがふくまれた。

最初の日、フィクションは何をすべきでしょうか、そもそもなぜわざわざフィクションを読むと思いますか、と学生に問いかけた。授業のはじめ方としては一風変わっているが、おかげで学生の注意を惹きつけるのに成功した。今学期、私たちはさまざまな作家を読んで議論することになりますが、これらの作家全員に共通するひとつの点は、既成の秩序を覆す不穏な力を秘めていることです。ゴーリキーやゴールドのように、体制の打倒をめざす政治的意志が明らかな場合もあります。しかし私に言わせれば、フィッツジェラルドやマーク・トウェインのような作家のほうが、たとえそうは見えなくとも、いっそう不穏なのです。不穏というこの言葉についてはまたあとで考えてみましょう。私の言う意味は通常の定義とはちがいますから。黒板に私の好きな、ドイツの思想家テオドール・アドルノの言葉を書いた。「道徳の最高の形態は、自分の家でくつろがないことである」。想像力によってつくりだされた偉大な作品は、ほとんどの場合、自分の家にありながら異邦人のような気分を味わわせます。最良の小説はつねに、読者があたりまえと思っているものに疑いの目を向けさせます。とうてい変えられないように見える伝統や将来の見通しに疑問をつきつけます。私はみなさんに、作品を読むなかでそれがどのように自分を揺るがし、不安な気持ちにさせ、不思議の国のアリスのように、ちがった目でまわりを見まわし、世界について考えさせたかを、よく考えてもらいたいのです。

当時、学生と教員は主として政治的立場によって色分けされていた。徐々に学生の名前と顔が一致して、彼らの立場を読みとれるようになり、だれとだれが仲間でだれと敵対関係にあり、どの団体に属しているかがわかるようになった。彼らの姿が、この世でやりのこした仕事をなしとげるためによみがえった死者の顔のように、虚空からうかびあがってくるのは少し怖い。

中央の列にミスター・バフリーの姿が見える。鉛筆をもてあそび、うつむいて何か書いている。私の言葉を書きとっているのだろうか、それとも書くふりをしているだけだろうか。時おり顔を上げて、謎を解こうとするかのように私をじっと見つめ、また身をかがめて書きつづける。

二列目の窓際の男性の顔はよく憶えている。胸の前で腕を組み、挑むような態度で、すべての言葉にじっと耳をかたむけている。学びたい、あるいは学ぶ必要があるからというより、何か自分なりの理由で、一語も洩らさず聴くことに決めたからだ。彼をミスター・ニヤージーと呼ぼう。

もっとも急進的な学生は、冷笑をうかべて一番うしろにすわっている。私がよく憶えているのはマフタープの顔だ。彼女は人目を意識してすわっていた。黒板をまっすぐ見ながら、両側にすわる学生のことを鋭く意識している。色黒の地味な顔は、赤ん坊のようにぽっちゃりして、あきらめたような悲しげな目をしている。のちに私は、彼女の出身地がイラン南部の石油都市アーバーダーンであることを知った。

そしてもちろん、ザッリーンとその友人のヴィーダーがいる。彼女たちはその最初の日から私の目を引いた。二人とも、このクラスにいるのが、いやこの大学にいるのがおかしく見えるほど、ほかの学生とはまったくちがっていた。当時の学生は何種類かにはっきりと分かれていたが、彼女たちはそのどれにもあてはまらなかった。左翼は上唇を口髭でおおい、口髭と上唇のあいだにわずかに隙間をあけるムスリムと一線を画していた。ムスリムの中には、頬や顎にも髭をたくわえている者や、無精髭のような短い髭を精いっぱい生やしている者もいた。左翼の女子学生はカーキ色か地味な緑色の服装——ゆったりしたズボンにゆったりした大きなシャツを着て、ムスリムの女子学生はスカーフかチャドルをかぶっていた。この揺るぎない二極のあいだにノンポリの学生がおり、彼らは全員、自動的に王制主義者という烙印を押された。だが、本物の王制派でもザッリーンとヴィーダーほどは目立っていなかった。

繊細な色白の肌にやわらかな蜂蜜色の目をしたザッリーンは、薄茶色の髪をうしろでまとめていた。ザッリーンとヴィーダーは一番前の列の右端、ドアのそばにすわっていた。二人とも微笑んでいた。このご時世に、そこにそのような姿を、何とも甘くやわらかな色合いの穏やかな姿を見せているのは、いささか不謹慎な気がしたほどだった。もはや革命的な主張はことごとく放棄したこの私でさえ、二人の外見にはびっくりした。

ヴィーダーはより真面目な、昔ながらの優等生タイプだったが、ザッリーンといっしょにいると横道にそれ、自分を抑えられなくなる危険があった。その他大勢の学生とちがって、二人は自分たちの非革命的姿勢に関して構えたところがなく、弁明の必要すら感じていないようだった。当時、学生たちはささいなことで授業を中止させた。毎日のように新たな議論、新たな出来事が起き、騒然とした状況の中で、ザッリーンとヴィーダーは従順にというより自発的にすべての授業に出席し、この上なく清潔でみずみずしく小綺麗な姿を見せていた。

ある日、左翼の学生が革命家三人の殺害に抗議して講義を中止させたとき、階段を下りていた私に彼女たちが追いついた。前回の授業中、課題の作品の中には見つけにくいものがあるかもしれないと言ってあった。二人は英語書籍ではテヘラン一の在庫を誇るある書店のことを私に知らせ、そこにはまだ『グレート・ギャツビー』と『ハーツォグ』があると、進んで熱心に話してくれた。

彼女たちはすでに『ギャツビー』を読んでいた。フィッツジェラルドのほかの本もあいう感じですか？　私たちはフィッツジェラルドについて話しつづけながら広い階段を下り、政治関係の印刷物などを売るたくさんのテーブルのわきを抜け、新聞がべたべた貼り出された壁の前のかなり大きな人だかりを通りすぎた。熱いアスファルトの上に出て、キャンパスを流れる小川のほとりのベンチに腰かけ、ほしくてたまらなかったさくらんぼを盗んで分けあう子供のように話しあった。私はすっかり若返った気がして、それから話しながらいっしょに声をあげて笑った。それから私たちはそれぞれの道に別れ、それ以上親しくなることはなかった。

6

「犯罪者は裁判にかけるべきではない。そのような裁判は人権に反する。人権上の義務として、そもそも彼らが犯罪者だとわかった時点で殺すべきだったのだ」アーヤトッラー・ホメイニーは、革命後、処刑の急増に対する国際人権団体の抗議に応えてそう公言した。「彼らが非難するのは、われわれが獣(けだもの)を処刑しているからだ」シャーの追放に引きつづく歓喜に満ちた祝賀と自由の気分は、間もなく不安と恐怖に代わった。新体制は「反革命分子」の処刑と殺害をつづけ、一種の自警団として登場した新たな治安維持組織が町を恐怖におとしいれた。

名前／オミード・ガリーブ
性別／男
逮捕日／一九八〇年六月九日
逮捕地／テヘラン
拘置場所／テヘラン、ガスル刑務所
罪状／西洋化した家庭に育って西洋化された。ヨーロッパに長く留学しすぎた。ウィンストンの煙草を吸う。左翼的傾向。

刑罰／禁固三年。死刑。
裁判情報／被告は非公開の裁判を受けた。フランスの友人に送った手紙を当局が検閲したのち逮捕。一九八〇年に禁固三年を宣告される。一九八二年二月二日、彼の両親は服役中の息子が処刑されたことを知った。処刑の状況は不明。
追加情報／
処刑日／一九八二年一月三十一日
処刑場所／テヘラン
典拠／アムネスティ・インターナショナル・ニュースレター、一九八二年七月、第十二巻第七号

あの頃、私たちはみな、大都会の雑踏のなか、襟に顔を埋め、自分の問題で頭がいっぱいの通行人だった。私は大多数の学生に対して距離を感じていた。アメリカで何々に死をと叫んでいた頃、その死はもっと象徴的、抽象的なもののように思えた。むしろ実現不可能なスローガンだからこそ、いっそう遠慮なく主張できたかのようだった。しかし、一九七九年のテヘランにおいて、こうしたスローガンはぞっとするほど正確に現実化しつつあった。私は無力感にさいなまれた。夢とスローガンはことごとく現実に変わり、そこから逃れる術はなかった。

十月もなかばになると、授業がはじまって三週間近くたち、大学生活の不規則なリズ

ムにも慣れてきた。日々のスケジュールがだれかの死や暗殺によって中断されない日はめったになかった。大学では、さまざまな理由で絶えず集会やデモがおこなわれ、毎週のようにささいな口実で講義がボイコットされるか中止された。私にとって生活にリズムをあたえる唯一の方法は、本を読み、混乱した授業をどうにか進めてゆくことだった。私のクラスはあの騒乱の中では意外なほど、比較的規則正しく実施され、ほとんどの学生が出席していた。

穏やかな十月の一日、私は英文科の校舎の前で、史学科に所属する有名な左翼の教授のまわりに集まった群衆をかきわけて進んでいた。私は衝動的に立ち止まって彼女の話に耳をかたむけた。話の内容はほとんど憶えていないが、私の頭の一部は言葉の断片を拾って秘密の場所に隠しておいた。彼女は聴衆に向かって、独立のためなら自分はヴェールをかぶってもいいと言っていた。私はヴェールをかぶります、アメリカの帝国主義者と闘うために、彼らに見せつけてやるために……。何を見せつけるというのだろう。

私は急いで階段を上がり、英文科の会議室に向かった。学生と――ミスター・バフリーと会う約束があった。私たちの関係は型どおりの礼儀正しいものだった――彼のことを名字で呼び、名字で考えることに慣れていたので、ファーストネームを忘れてしまったほどである。いずれにせよ、名前などはどうでもいい。おそらく間接的ながらも重要なのは、彼の色白の顔と黒い髪、話しているときでさえ消え去ることのない頑固な沈黙、そして始終口許にうかべている片笑みである。その片笑みは、彼のすべての言葉に独特の色合いをあたえ、何かわざと言わないこと、露骨に隠していることがあって、そのせいで相手より優位な立場に立っているような印象を醸しだしていた。

ミスター・バフリーは『ハックルベリー・フィンの冒険』をテーマに、これまで私が見た中でトップクラスのレポートを書いた。そしてその日以来、私がテヘラン大学を離れるまで、騒然たる集会があるたびに、彼はなぜか私の隣や背後に姿をあらわした。彼は文字どおり私の影となり、片笑みの沈黙の重みを私に投げかけた。

その日、彼が私に伝えたかったのは、私の授業が好きだということ、「彼ら」は私の教え方を評価しているということだった。読まなければならない課題が大量に出たとき、学生たちは初め授業のボイコットを考えたが、のちに考えなおしてボイコットに反対の票を投じた。彼はさらに革命的な作品を増やし、革命的な作家を教えてほしいと頼みに――あるいは指示しにきたのだった。それにつづいて、「文学」、「ラディカル」、「ブルジョワ」、「革命的」という言葉の意味合いについて刺激的な議論がはじまり、私の記憶では、激しい感情と熱のこもった議論がつづいた。もっとも、単純な定義の問題についても、実質的な進展はほとんどなかった。熱い議論のあいだじゅう、私たちは無人の椅子に囲まれた長いテーブルの端に立っていた。

話が終わると、すっかり興奮していた私は、善意と友情の気持ちを示して彼のほうに手をのばした。すると彼は黙って、握手の可能性からも遠ざけようとするかのように、両手を引っこめて背後にまわした。私は革命の新しい流儀にあまりにも無知で、すっかり狼狽してしまい、何食わぬ顔でこの身ぶりをやりすごすことができなかった。後日、同僚にこの話をしたところ、彼は嘲笑をうかべ、ムスリムの男性は「ナーマフラム」の女性——つまり妻や母親、姉妹といった近親以外の女性には触れたりしないし、触れるべきではないのだと指摘した。信じられないという顔で彼は私を見た。「本当に知らなかったんですか？」

イランでの私の経験、とりわけ教師としての経験の枠組みをつくったのは、この中断された握手の感触であり、またあの最初の接近と、無邪気な、興奮した会話の喜びだった。彼の歪んだ笑顔のあざやかな、だがどこか不透明な面影が心に残っているのに対し、あの部屋や壁、椅子、長い会議用テーブルは、ふつう小説の中でちりと呼ばれるものに厚くおおわれてしまった。

7

授業がはじまって最初の何週間かは、会議、集会の嵐だった。学部と学科の教授会があり、学生との会議があり、女性や労働者、闘うクルド人やトルコ人といった少数民族を支援する集会にも出かけた。その頃、私は例の英文科長や、才気煥発で急進的な同僚のファリーデ、心理学科や独文科、言語学科の同僚たちと同盟と友情をむすんだ。昼には全員そろって大学近くのお気に入りのレストランにくりだし、最新のニュースやジョークを交換したものだった。私たちの気楽な調子は、すでにいささか場ちがいに見えたが、みなまだ希望を捨てていなかった。

こうした昼食会で、私たちはたびたびある同僚に冗談を言ったり、彼を冗談のねたにしたりした。その同僚は職を失うのを心配していた。教室で「ひわいな言葉」を使ったという理由で、ムスリムの学生たちから追放すると脅されていたのである。だが要するに、この男は自分のことをあれこれ心配するのが好きなだけだった。当時、彼は離婚したばかりで、元の妻を養うだけでなく、水泳プールつきの自宅も維持してゆかねばならなかった。私たちはこのプールの話を耳にたこができるほど聞かされた。おまけに、なぜか彼は筋ちがいにもみずからをギャツビーになぞらえつづけ、「小グレート・ギャツビー」をもって任じていた。私の見るかぎり、彼とギャツビーが唯一似ている点はプールを所有していることだけだ。どんな偉大な小説作品であれ、彼の理解はこうしたうぬぼれに染まっていた。結局、彼は追放されなかった。われわれ全員より長く大学にとどまり、しだいに優秀な学生を敵視するようになった。後年、それを知ったのは、二人の学生、ニーマーとマーナーが彼の見解に同意しなかったことで高い犠牲を払った話を聞いたときである。私の知るかぎり、依然として彼は毎年毎年新しい学生に相も変わらず同じことを教えつづけている。ずっと年下の新しい妻と再婚したことを除けば、ほとんど昔と変わらない。

昼食会の合間には、まだ閉鎖されていなかった映画クラブにつれだって行き、メル・

ブルックスやアントニオーニの映画を観たり、展覧会にくりだしたりし、ホメイニーの一派が勝つはずがない、闘いはまだ終わっていないとなおも信じていた。あるとき、A先生は私たちを王政時代の抗議行動とデモの写真展に連れて行った。彼は先頭を歩きながら、革命一年目に撮影されたさまざまな写真を指さした。「いったい何人の聖職者（モッラー）がデモをしている？　この馬鹿者どものうち何人が街に出てイスラーム共和国を叫んだのか、知りたいもんだ」一方、政治の世界では、数々の陰謀がたくらまれ、暗殺が実行され、自爆攻撃という新手の手法も使われた。世俗主義者や自由主義者は排除され、大悪魔とその国内の手先を攻撃するアーヤトッラー・ホメイニーの弁舌は、日増しに猛々しくなっていった。

どんなに劇的な状況も決まりきった日常になってしまうことに驚かされる。当時、日常生活は予想外の出来事と興奮に満ち、いかなる安定性とも無縁だったが、私はそれすら気づいていなかったようだ。しばらくすると革命さえもが独自のリズムを見いだした。暴力、処刑、犯してもいない犯罪の公開告白、泥棒の手脚の切断を、また刑務所内に余裕がないという理由で政治犯の処刑を淡々と命じる裁判官。ある日、私はすわってテレビを見ていて、母と息子の映像に釘づけになった。息子のほうはあるマルクス主義組織の一員だった。母親は、おまえは革命と信仰を裏切ったのだから死に値すると諭（さと）し、息子も同意する。親子は二つの椅子のほかには何もないステージらしきものにすわっていた。たがいに向かいあい、息子の結婚の打ち合わせでもしているような調子で話している。ところが二人がさりげなく合意している内容は、極悪非道な罪を犯した以上、それを償い、家族の名誉を救うには、死を受け入れるしかないという結論なのである。

私は毎朝、『ハックルベリー・フィンの冒険』をわきに抱え、青葉の繁る広い通りを大学まで歩いた。キャンパスに近づくにつれ、壁に書かれたスローガンの数も、その要求の暴力性も増してゆく。殺害への抗議は一度として見られず、ほとんどいつもさらなる流血を求める内容だった。私は他の人々と同じく自分の仕事にいそしんでいた。つのりゆく絶望、悪夢を包みかくさず吐露(とろ)できるのは、夜、日記の中だけだった。

黒いビニール表紙のノートにさまざまな色のインクで書かれた当時の日記に目を通すと、生活の表面にはまったく影響しなかった絶望が見えてくる。私は日記の中で数々の死を心に刻んだ。新聞やテレビに氾濫していながら、だれもが口を閉ざしていた死を刻んだ。

ある夜、水を飲みにキッチンに行ったら、人々の恐怖の的であった国家情報安全局の元長官の傷つき腫(は)れあがった顔がテレビに映っていた。残酷なことで悪名高い将軍だった。私の父をおとしいれ、投獄した当局者のひとりでもある。告白の場面の再放映だったにちがいない。彼はその何か月か前に殺されていた。いまでも憶えているが、父が獄中にあった頃、母はくりかえしこの将軍とその仲間を呪っていた。そしていま、将軍は平服姿で、裁判官たちに——彼でさえはかり知れぬほど厳格で残忍な裁判官に許しを乞うている。彼の表情には一片の人間らしさもない。過去の自分を否定するよう強制された際に、他の男たちとともにみずからの立場を放棄してしまったかのようだ。私は彼に不思議なつながりを感じた。将軍が自己の尊厳を完全に放棄したことで、私の尊厳もまたおとしめられたかのように。私は幾度この男への復讐を夢見ただろう。夢はこんなふうに実現するものなのか？

次の粛清の波がすぎると、政府の日刊紙が、処刑された将軍の写真をはじめ数枚の写真を公表した。こうした写真は、路上で健康・美容雑誌と並んで販売される黄ばんだ紙の安手のパンフレットにも載っていた。私はこの種の胸の悪くなるようなパンフレットの一冊を買った。すべてを憶えておきたかったからだ。彼らの顔には、むごたらしい最期にもかかわらず、死が否応なくもたらす安らかな無関心がうかんでいた。だが、この恐ろしくも穏やかな顔が、私たち生き残った者の中にどれほどの無力感と絶望をかきたてたことか。

その後、ビージャンと私は、時おりテレビでアメリカ留学時代の元同志が公開裁判にかけられるのを見てショックを受けた。彼らはかつての行動を、元同志を、過去の自分を熱烈に非難し、自分はまさにイスラームの敵だったと告白した。私たちはその映像を黙って見つめた。ビージャンは私より冷静で、めったに感情を表に出さなかった。彼は長椅子に腰かけ、テレビ画面に目を据えたまま、ぴくりとも動かなかったが、私はそわそわして、立ち上がって水をとりにいったり、席を変えたりした。何かにすがりつきたくなって、肘掛け椅子に深く身を沈めた。ビージャンのほうを見るたびに落ち着きはらった顔にぶつかり、怒りの渦がこみあげてくることもあった。どうしてこんなに冷静でいられるのだろう。一度、私は彼の長椅子のそばの床の上にすわった。あれほど救いのない孤独を感じたことはなかった。しばらくして、彼は私の肩に手をのせた。

私はふりむいて尋ねた。こんなふうになると思った？　彼は答えた。いや、思わなかった。でも考えておくべきだったな。こういう事態を引き起こすのにみんなで手を貸したわけだけど、最初からイスラーム共和国になる運命だったわけじゃないからね。ある意味では彼の言うとおりだった。一九七九年一月十六日にシャーが国外脱出してから、二月一日にホメイニーが帰国するまでの短い期間、民族主義者の指導者のひとり、シャープール・バフティヤールが首相になった。バフティヤールは当時の反政府勢力指導者の中で、ことによるともっとも民主的で先見の明のある人物だったが、他の指導者は彼のもとに集まって支援するどころか、彼に敵対し、ホメイニーと手を組んだ。バフティヤールはただちに秘密警察を解体し、政治犯を釈放していた。バフティヤールを拒否し、パフラヴィー王朝の代わりにはるかに反動的で専制的な体制の成立に手を貸してしまったことで、イランの民衆も知的エリートも、よく言って深刻な判断の過ちを示したのである。よく憶えているが、当時、バフティヤールを支持する声はビージャンだけで、私もふくめたその他全員は旧体制の破壊を要求するばかりで、その結果についてはろくに考えていなかった。

ある日、朝刊をひらくと、アリーやファラーマルズなど学生運動の仲間の写真が出ていた。即座に殺されたのだとわかった。将軍たちの場合と異なり、今回は処刑後の写真ではなく、昔の写真、パスポートと学生証の写真だった。どこか不吉さをはらんだ無邪気な写真の中で、彼らは微笑み、カメラに向かってポーズをとっていた。私は新聞のページを破って、何か月もクロゼットに隠し、靴型として靴に入れ、毎日のように取り出しては写真の顔を眺めた。彼らの顔を最後に見たあのもうひとつの国は、いまや夢の中にあらわれるだけだった。

8

ミスター・バフリーは最初、授業では遠慮がちで、なかなか発言しなかったが、あの面談以降は鋭い意見を述べるようになった。口重で、ぽつりぽつりと、言葉を口に出しながら考えをまとめているかのようだった。時として彼は、歩きはじめたばかりの子供のように——地面を探りながら、内なる未知の可能性を見いだしつつある子供のように見えた。この時期、一方で彼はいっそう政治活動にのめりこんでいった。政府が後援する学生組織、ムスリム学生協会の活発なメンバーになっていたため、廊下で議論に没頭する彼の姿を見かけることがますます多くなった。身ぶりは切迫感をおび、目には決意が宿っていた。

彼のことをよく知るようになって、当初思ったほど傲慢な人ではないことに気づいた。

あるいは、彼独特の傲慢さに、生来内気で控えめな青年がイスラームという究極の避難所を見つけたことで手に入れた傲慢さに、私が慣れただけかもしれない。この傲慢さは、彼のねばり強さと、新たに発見した信念からくるものだった。彼は時おり実に優しかったし、話すときには決して相手の目を見ようとしなかった――ムスリムの男性は女性の目を見てはならないというだけでなく、単に気が弱くてできなかったのだ。この傲慢さと内気さが入り混じったところに、私は好奇心をそそられた。

二人で話すときはいつも秘密会談をしているようだった。意見が一致することはほとんどなかったが、違いをとことん論じあい、たがいの立場の正当性を説得しあう必要があるように思えた。私が無用な人間になってゆくにつれ、彼はますます有力な人物になり、ゆっくりと、気づかぬうちに、私たちの役割は逆転していた。彼はアジテーターではなく、熱烈な雄弁をふるうことはなかったが、忍耐と献身によってねばり強くのしあがっていった。私が大学から追放される頃には、ムスリム学生協会の会長になっていた。

急進的な学生が授業を中止に追いこんだときには、彼をふくむ少数の学生がいかにも不満そうな顔で教室にやってきた。このようなとき、私たちは大学で展開するさまざまな出来事や近頃の政治問題について話しあった。彼は政治的イスラームとは何かということを慎重に私に理解させようとしたが、私は断固として拒絶した。私が拒否するのはまさに政治的存在としてのイスラームだからである。私は彼に祖母の話をした。祖母は私の知るかぎりだれよりも敬虔な――ミスター・バフリー、あなたよりも敬虔なムスリムだけど、政治は嫌いだった。彼女にとって神との神聖な関係を象徴するヴェールが、いまや権力の道具になって、ヴェールをかぶった女性が政治的シンボルになってしまったことに憤慨していたわ。あなたはどちらに忠誠心をもっているの？　イスラーム、それとも国？

ミスター・バフリーが嫌いなわけではなかったのに、彼を責め、すべての問題の責任を彼に負わせる癖がついた。彼はヘミングウェイに当惑し、フィッツジェラルドについては矛盾した感情に引き裂かれ、マーク・トウェインを愛し、イランにも彼のような国民作家が必要だと考えていた。私もトウェインを愛し、高く評価していたが、すべての作家は国民の作家であって、「国民作家」などというものはないと思っていた。

9

アメリカ大使館が寄せ集めの学生の一団に占拠されたという知らせを初めて聞いたあの日曜日、自分がどこで何をしていたか記憶にない。おかしなことだが、その日は穏やかな晴天だったことしか憶えていない。そのニュースの意味を悟ったのは、翌日、ホメイニーの息子アフマドが、父は学生たちを支持すると発表し、挑戦的な声明を出したときだった。「彼ら（アメリカ側）が犯罪者を引き渡さないなら、われわれはあらゆる手段をとる」ここで言う犯罪者とはシャーとバフティヤールのことだ。二日後の十一月六日、強硬な宗教勢力と左翼の双方から自由主義的で西洋寄りだという批判が高まっていたバーザルガーン首相が辞職した。

アメリカ大使館の塀は新たなスローガンでおおわれた。**「アメリカに勝手なまねはさせない！」「これはアメリカとイランの闘いではなく、イスラームと瀆神との闘いだ」「死ねば死ぬほどわれわれは強くなる」**歩道にはテントが立ち、そこにあふれる反米プロパガンダは、アメリカが世界中で犯した犯罪を暴露し、革命を輸出する必要があると宣言した。大学では歓喜と危惧とが交錯していた。バフリーとニヤージーをはじめ数人の学生が姿を消したが、おそらくこの新たな闘争の最前線で活動していたのだろう。緊迫した議論と興奮したささやきが通常の授業に取って代わった。

宗教勢力も左翼組織も、とりわけモジャーヘディーネ・ハルグとマルクス主義組織フェダーイヤーネ・ハルグが、大使館員を人質にとった行為を支持した。私はある激しい議論の中で、次のようなやりとりが交わされたのを憶えている。自由主義者と馬鹿にされた学生のひとりは、やつらを人質にとって何になるんだ、アメリカなどもう追い出したはずじゃないかと言いつづけていた。すると私の学生のひとりが筋の通らない反論をした。いや、まだだ、アメリカの影響は至るところにある。ヴォイス・オブ・アメリカが閉鎖されるまで僕らは自由になれないんだ。

いまやアメリカ大使館とは呼ばれず、「スパイの巣」という名称になった。タクシーに乗って行き先を訊かれると、人はスパイの巣までと答える。連日、地方や村々から大勢の人がバスで運ばれてきた。アメリカがどこにあるかも知らず、場合によっては、本当にアメリカという場所に連れていってもらえると思って来たような人々だ。彼らは食べ物とお金を支給され、スパイの巣の前にとどまり、冗談を言い、家族そろってピクニックをすることができた——その代わり、デモをし、「アメリカに死を」と叫び、時々アメリカ国旗を燃すように求められた。

三人の男性が半円形になってすわりこみ、何やら熱心に話しあっており、少し離れたところでは、三、四人の小さな子供を連れた黒いチャドルの女性二人が、サンドイッチをつくって男たちに手渡している。お祭り？　ピクニック？　イスラーム版ウッドストック？　この小さな一団にもう少し近づいてみると、彼らの会話が聞こえてくる。訛りからエスファハーン州の人だとわかる。何千ものアメリカ人がムスリムに改宗していて、ジミー・カーターが震えあがってるって聞いたぜ、とひとりが言う。そりゃそうだろ、ともうひとりがサンドイッチにかぶりつきながら言う。アメリカじゃ警察がイマーム（ホメイニー）の肖像を全部没収してるんだってよ。真実と馬鹿げたデマが入り混じり、シャーが西洋の元同盟国からひどい扱いを受けているとか、アメリカではいまにもイスラーム革命が起こりそうだとかいう噂もあった。アメリカはシャーを引き渡すだろうか？

さらに離れたところからは、鋭い早口ではっきりと話す声がする。「でもこれは民主集中制じゃない……宗教的独裁だ……長年の同盟国が……」そしてなかでも盛んに飛びかっているのは「自由主義者(リベラル)」という言葉である。本やパンフレットをわきに抱えた四、五人の学生が熱心に議論している。私のクラスにいる左翼の学生の顔を認めると、彼は私を見て微笑み、近寄ってきた。こんにちは、教授。教授も僕らの仲間になったんですね。僕らってだれのこと、と私は訊いた。民衆です、真の大衆です、と彼は大真面目に答える。でもこれはあなたたちのデモじゃないでしょ、と私は言う。いや、それはちがいます。僕らは毎日ここに来て、火を絶やさないようにして、自由主義者が裏取引をしないように見張っていなきゃならないんです。

拡声器の声が割りこんでくる。「東でも西でもない、われわれが求めるのはイスラーム共和国だ！」「アメリカに勝手なまねはさせない！」「われわれは闘いに命を捧げる、妥協はしない！」

大使館前に集まった群衆のあいだに目立つこのお祭り気分、陽気な傲慢さを私は決して認めることができなかった。ここから道二つ隔てたところでは、まったく別の現実が展開していた。私には時おり、政府がどこか別の世界で動いているような気がした。政府は大騒動をつくりだし、大芝居を打っていたが、一方で人々はひたすら自分の仕事に励んでいた。

要するに、アメリカは、私があれほど長く住み、よく知っているアメリカは、イスラーム革命によって突如おとぎの国に変わってしまったのである。私の中で過去のアメリカは急速に色あせ、騒々しい新たな定義に打ち負かされた。このときアメリカの神話がイランを支配しはじめた。アメリカの死を願う者たちでさえアメリカに取り憑かれていた。アメリカは悪魔の国であると同時に失われた楽園となった。アメリカへのひそかな好奇心はすでに燃えたち、それは早晩、人質を取った側を人質に変えることになる。

10

一九八〇年の日記にこんな書きこみがある。「ジェフから『ギャツビー』」。ジェフはニューヨーク出身のアメリカ人記者で、私は二、三か月にわたり、彼とテヘランの街をあてもなく歩きまわった。彼と歩きまわらずにいられない理由が当時はよくわからなかった。強いストレスにさらされてお酒を飲みはじめる人がいるが、私にとっての酒にあたるものがジェフだった。私が目撃したことを、自分があとにしてきた別の世界に向かって——おそらくもう二度ともどれない場所に向かって——説明したくてたまらなかった。アメリカの友人たちにもイランでの生活をつぶさに報告する手紙を書きはじめたものの、ほとんどは投函することはなかった。

ジェフは見るからに孤独だったし、仕事に夢中で、仕事ぶりでも高い評価を受けていたにもかかわらず、だれか英語を話す相手、ささやかな思い出を共有できる相手と話したがっていた。驚いたことに、私も同じ悩みを抱えていた。ようやく故郷に、母語で話せる故郷に帰ってきたばかりだというのに、私は英語を話す人と、それもできればニューヨーク訛りで、知的で、『ギャツビー』とハーゲンダッツのよさがわかり、マイク・ゴールドの描いたロウアー・イーストサイドを知る人と話したくてしょうがなかった。
私は悪夢に悩まされるようになり、悲鳴をあげて飛び起きることもあった。もう二度とこの国から出られないような気がしたのが何よりも大きかった。この怖れにはある程度根拠があった。最初の二回は出国しようとして空港で拒絶され、一度などは革命裁判所本部まで護送された。結局、十一年間一度も国外に出なかった。許可がおりると確信できるようになってからも、パスポートの申請に行くという簡単なことができなかった。無力感にとらわれ、身がすくんでしまったのだ。

11

芸術はもはや気取ったものでも腰抜けでもない。芸術は農民にトラクターの使い方を教え、若き兵士に歌詞をあたえ、女工の服の生地をデザインし、工場の劇場のためにバーレスクを書き、その他もろもろの役に立つ仕事をする。芸術はパンのように役に立つ。

このわりあい長い宣言は、一九二九年、左翼雑誌『ニュー・マッシズ』に発表されたマイク・ゴールドの「プロレタリア芸術へ向けて」という小論からの引用である。この文章は発表当時大いに注目を集め、アメリカ文学史の中に「プロレタリア作家」という新語を導入した。当時、この言葉が大きな影響をおよぼし、重要な作家にも真剣に受けとめられたという事実に、時代の変化があらわれている。『グレート・ギャツビー』は一九二五年、『夜はやさし』は一九三四年に出版された。この優れた長編二作のあいだに、アメリカとヨーロッパでは多くのことが起こり、その変化によってゴールドは一時期影響力のある作家になる一方、フィッツジェラルドは失墜し、社会においても文学界においてもほとんどのけ者あつかいされた。大恐慌があり、増大するファシズムの脅威があり、ソヴィエト・マルクス主義の影響力の拡大があった。

授業で『グレート・ギャツビー』にとりかかる前に、マクシム・ゴーリキーとマイク・ゴールドの短編をいくつかとりあげて議論した。ゴーリキーは当時人気が高く、短編の多くと長編小説『母』がペルシア語に訳されており、革命派は老いも若きも広く読んでいた。こうした状況の中で『ギャツビー』は妙に場ちがいな感じがしたし、大多数の学生が革命への熱情に燃える大学で、これを教材にするのは奇妙な選択であるように見えた。いまふりかえれば、『ギャツビー』を選んだのはまちがいではなかったとわかる。あとになって初めて気づいたが、あの小説を形づくる価値観は、革命の価値観のまさに対極をなすものだった。時がたつにつれ、勝利をおさめることになるのは、皮肉にも『ギャツビー』の価値観のほうだったが、当時、私たちはまだ、みずからの夢をどれほど裏切ったのか気づいていなかった。

クラスでは十一月から『ギャツビー』を読みはじめたが、絶えず邪魔が入ったために一月まで終わらなかった。この時期に——ある種の本が道徳的に有害だと発禁になっていた時期に、こうした本を教えることには多少の危険が伴っていた。こと個人の自由に関しては、大方の革命派グループは政府と同意見で、そうした自由は「ブルジョワ的」、「頽廃的」だとして見下していた。おかげで新政権の幹部は、きわめて反動的な法律を難なく通せたし、ある種の身ぶりや、愛情をはじめとする感情の表現を禁じる法までつくるに至った。新憲法や新議会が成立する前に、新体制は結婚保護法を撤廃した。さらにバレエとダンスを禁じ、バレリーナに対しては、女優か歌手かどちらか選ぶように命じた。のちに女性は歌うことさえ禁じられた。女の声は髪の毛同様、性欲を刺激するから隠しておくべきだというのである。

『ギャツビー』を選んだのは当時の政治情勢のためではなく名作だからである。二十世紀小説について教えるよう要請された以上、この作品をふくめるのは当然だと思った。それればかりでなく、学生は『ギャツビー』を通して、いま囂々(ごうごう)たる非難の声にのまれて急速に遠ざかりつつある、あの別の世界をかいま見ることもできるだろう。語り手のニックは、美しく不実なデイジー・フェイに対するギャツビーの破滅的な愛に同情をよせるが、私の学生も同じように感じるだろうか。私はくりかえし『ギャツビー』を読み、あくなき驚異の念に打たれた。学生とこの本を読むのが待ち遠しくてならない反面、だれとも分かちあいたくないという奇妙な感情に二の足を踏んだ。

学生たちは『ギャツビー』にいささかとまどった。美しい金持ちの娘を熱愛し、裏切られる夢想家の男の物語は、犠牲というものを「大衆」、「革命」、「イスラーム」といった言葉で定義する学生の意にかなうはずもなかった。情熱と裏切りは彼らにとって政治に関わる感情にほかならず、愛とはトム・ブキャナン夫人に対するジェイ・ギャツビーの心の動きなどとはかけ離れた感情だった。テヘランにおいて姦通は数多ある犯罪のひとつであり、法律はしかるべき刑罰を科した。すなわち公開の石打ち刑である。

私は学生に向かって、この小説はアメリカの古典であり、多くの点でまさに典型的なアメリカ小説であると説明した。これに匹敵する作品としては、『ハックルベリー・フィンの冒険』、『白鯨』、『緋文字』などがあげられる。主題がアメリカン・ドリームだからこそ『ギャツビー』はアメリカの古典になったと論じる者もいる。私たちのように長い歴史を有する国々の人間には過去がある――私たちは過去に取り憑かれている。彼らアメリカ人には夢がある。彼らは将来の約束にノスタルジアを感じる。

この小説は、具体的にはギャツビーとアメリカの夢を描いた作品だが、作者は時代と場所を超えた作品にしたいと願っていた。私はそう言って、コンラッドによる『ナーシサス号の黒人』の序文から、フィッツジェラルドが愛した一節を朗読した。芸術家は「人間の喜び、驚く能力に、人生をめぐる謎を感じる心に働きかける。憐れみ、美、苦痛を感じる力に……数知れぬ心の孤独をしっかりと結びつける、とらえがたくも揺るぎない、連帯への確信に働きかけ、夢、喜び、悲しみ、憧れ、幻想、希望、恐怖における連帯に、人をたがいに結びつけ、全人類を——死者を生者に、生者をまだ生まれぬ者に結びつけるこの絆に訴える」。

マイク・ゴールドとF・スコット・フィッツジェラルドは、同じテーマについて、すなわち夢、具体的にいえばアメリカの夢について書いているということを、私は学生に説明しようとした。ゴールドの夢見たものは、この遠い異国で、イラン・イスラーム共和国という耳慣れぬ名のもとに実現した。「古い理想は死ななければならない……」とゴールドは書いた。「われわれのすべてを革命のるつぼに投げこもう。われわれの死から栄光が立ち上がるだろう」。このような文章は、イランのどの新聞の引用といってもおかしくない。ゴールドが望んだのはマルクス主義革命であり、私たちの革命はイスラーム革命だが、両者は実によく似ている。どちらもイデオロギーに基づいており、全体主義的だ。結局、イスラーム革命は、イスラームを抑圧の道具にしたことで、どんな他民族でもなしえぬほどの害をイスラームにあたえたことが明らかになった。

物語そのものとは別に大きなテーマが、思想が存在するように思いこんで、それを探すようなまねはやめましょうと私は警告した。物語の背後にある思想は、小説を味わうなかで感じられるもので、小説の上にくっついているものではありません。実例として、ある場面を見てみましょう。一二五ページをあけてください。ギャツビーがデイジーとトム・ブキャナンの家を初めて訪れた場面です。ミスター・バフリー、「街に出たい……」ではじまるくだりを読んでいただけますか。

「街に出たい人は？」デイジーはしつこく訊いた。ギャツビーの視線が彼女のほうに流れていった。「あら」とデイジーは大声をあげた。「あなたとても涼しそうね」

二人の目が合い、この世のすべてを忘れて、二人はひたと見つめあった。彼女はふりきるように視線をテーブルに落とした。

「あなたはいつも涼しそうね」デイジーはくりかえした。

あなたを愛してる、彼女はそう言ったのだが、トム・ブキャナンもそれに気づいた。彼は愕然とした。口を少しあけて、ギャツビーを見やり、またデイジーに目をもどした。ずっと昔に知っていた相手にたったいま気づいたような顔で彼女を見ていた。

あるレベルでは、デイジーは単にギャツビーに涼しそうだと言っているだけです。ここでフィッツジェラルドは、彼女がまだ彼を愛していることを読者に伝えているのですが、それをただそのまま言うのは避けたかったのです。作者は読者をその部屋の中に連れてゆこうとします。この場面に現実の経験のような感触をあたえる作者の工夫を見てみましょう。まず彼はギャツビーとデイジーのあいだに緊張をつくりだし、次にトムに二人の関係を悟らせて、さらに緊張を高めます。宙吊りになったようなこの瞬間の描写は、デイジーは彼に愛していると言おうとした、とニックが報告するだけよりはるかに効果的です。

「それはそうですが」ミスター・ファルザーンという学生が口をはさんだ。「彼はデイジーではなく金を愛していたんです。彼女は象徴にすぎません」

それはちがいます。彼女はデイジーという人間であり、彼は彼女を愛しているのです。お金もあるけれど、それだけではありません。お金は重要な点ではありません。フィッツジェラルドは単に説明しているのではなく――読者をあの部屋の中に連れてゆき、遠い昔の、暑い夏の日の官能的な経験を再現しているのです。そして私たち読者は、ギャツビーとデイジーのあいだに起こったことを悟るとき、トムとならんで息をのむのです。

「でも僕らの生きているこの世界で、愛なんて何の役に立つんですか」教室のうしろのほうから声がした。

「どういう世界なら愛にふさわしいと思いますか」私は質問した。

ミスター・ニヤージーがさっと手を上げた。「いまは愛に関わっている暇なんかありません。僕らはもっと高尚な、神聖な愛に身を捧げているんです」

ザッリーンがふりむき、馬鹿にしたように言う。「だったらどうして革命のために闘ってるの?」

ミスター・ニヤージーは真っ赤になってうつむき、ややあってペンをとると、何やら猛然と書きはじめた。

いま思えば奇妙な話だが、私がアメリカの夢について語っていたあの教室の外、窓の下では、ラウドスピーカーが「マルグ・バル・アムリーカー！」――「アメリカに死を！」とくりかえす歌を流していた。

小説は寓意ではありません。授業時間が終わりに近づくと私は言った。それはもうひとつの世界の官能的な体験なのです。その世界に入りこまなければ、登場人物とともに固唾をのんで、彼らの運命に巻きこまれなければ、感情移入はできません。感情移入こそが小説の本質なのです。小説を読むということは、その体験を深く吸いこむことです。さあ息を吸って。それを忘れないで。以上です。クラスは解散した。

12

その最初の一年を通して、正確には一九七九年秋から一九八〇年夏のあいだに、革命の方向と私たちの生活を変える数多くの出来事があった。さまざまな闘いが展開され、敗北がつづいた。とりわけ重要な闘いのひとつに女性の権利をめぐるものがあった。政府はそもそもの初めから女性に対して闘いを仕掛けてきたが、当時はもっとも重要な闘いが展開されていた。

ある日、確か十一月の初めだったと思うが、最後の遅刻者がふらりと教室に入ってきてから、私は学生に向かって宣言した。あなたたちは自分勝手な理由で何度も授業を中止させてきて、私は原則としてそういうやり方は認めないけれど、今日は私の原則に反して、授業を中止せざるをえません。そして、これから私は抗議集会に、女性にヴェールを強制しようとする政府の企てと女性の権利の縮小に反対する集会に行きますと言った。革命政権の女性政策に反対する大規模なデモに何度か参加できなかったので、これ以上機会を逃すまいと決めていた。

私は無意識のうちに二つの異なる生き方を身につけつつあった。表向き、私は個人としての自分を守る努力（と私が考えるもの）に専念していた。これは「抑圧された大衆」という顔のない存在のために闘っていた学生時代の政治活動とはまったくちがう、もっと個人的な闘いだった。同時に、よりひそやかな反抗が、ある種の習性のかたちをとってあらわれるようになった。それはひっきりなしの読書や、『ハーツォグ』の主人公のように、投函することのない手紙をアメリカの友人に向けて次々と書かずにいられないといった習性である。私はひそかな、確固たる抵抗を感じたが、私が自分と見なす曖昧で形のさだまらぬ存在を守ろうとする表の欲求も、実はそこから生まれたのかもしれない。

革命がはじまった当初から、女性にヴェールを強制しようとする試みは多数あったが、どれも成功しなかった。イランの女性が中心となって、ねばり強く戦闘的な抵抗運動をつづけてきたせいである。多くの重要な点で、体制側にとってヴェールは象徴的な意味をになうようになっていた。ヴェール着用をふたたび強制することは、革命のイスラーム的側面の完全な勝利を意味する。当初、こうした面は既定の結論というわけではなかった。一九三六年のレザー・シャーによるヴェール着用禁止令は、近代化の象徴として物議を醸す一方で、聖職者の力の失墜を示す有力なサインともなった。革命後、権力を握った聖職者にとって、みずからの力をふたたび主張するのは大事なことだった。いまならこうして説明できるけれど、当時はそのような事情がほとんどわかっていなかった。

ミスター・バフリーは体を硬くして、私の言葉をじっと聞いていた。ザッリーンはいつもの微笑みをたたえ、ヴィーダーが彼女に何やら耳打ちしていた。彼らの反応にはほとんど注意をはらわなかった。私は怒りに燃えていた。この怒りは私にとって新しい感情だった。

解散したあとも、ミスター・バフリーは残って、私を取り囲んだ学生たちの近くをしばらくうろついていたが、近寄ってこようとはしなかった。私はノートと本をバッグの中にもどしたが、『ギャツビー』だけはうわの空で片手に持っていた。

マフタープたちと論争したくはなかった。彼女らの属するマルクス主義組織は、暗黙のうちに政府の肩をもち、政府に抗議する人々に対して、分裂をもたらす異常者、所詮帝国主義者の手先にすぎないと非難を浴びせていた。なぜか私はバフリーではなく彼ら偽りの進歩派と議論していた。彼女たちは、いまはもっと大事な仕事がある、帝国主義者とその手下をたたくほうが先だと主張した。女性の権利に焦点をあてるのは個人主義的、ブルジョワ的で、敵の思うつぼだ。帝国主義者ってだれのこと？　どの手下のこと？　毎晩テレビで傷だらけの腫れあがった顔をさらして罪を告白している人たちのこと？　最近石で打たれて殺された娼婦たちのこと？　それとも私の学校の校長だったパールサー夫人のこと？　教育相だったばかりに、娼婦のように「堕落」、「性犯罪」、「風紀紊乱（びんらん）」の罪で告訴された彼女のこと？　どの容疑で袋に入れられて、石打ち刑か銃殺で処刑されたの？　あなたたちの言う手下ってこういう人たちのこと？　彼女たちを一掃するために、譲歩して抗議を控えなければならないというわけ？　あなたたちの言い分はとうにわかってるわ、と私は反撃した——だって少し前まで私も同じことをしていたんだから。

左翼の学生と議論しながら、私はまるで若い頃の自分と話しているような奇妙な錯覚をおぼえ、その見慣れた他人の顔の中にちらと認めた影にぎょっとした。学生たちはかつての私が自分の意見を言い立てるときほど攻撃的ではなく、礼儀正しかった——何しろ相手は多少なりとも共感できる教授であり、救えるかもしれない同伴者である。

こうして現在の洞察力の不透明な光に照らして彼女たちのことを書いていると、マフタープの顔がゆっくりと薄れ、別の顔に、オクラホマ州ノーマンで出会った若い女性の顔に変わってゆく。

13

オクラホマにいた頃、学生運動で私たちに対抗するセクトのひとつで、イラン人学生連合の中でももっとも急進的なグループが、オクラホマシティで会議を開いた。私はテキサスの別の集会に行っていて、その会議には出なかった。帰ってくると、「われわれ」の側にも「彼ら」の側にも一種異様な興奮が漂っているのに気づいた。聞くところによると、彼らのメンバーの元陸上チャンピオンに、イランの秘密警察ＳＡＶＡＫ（サヴァク）のスパイではないかという疑惑がもちあがったらしい。熱狂的なメンバー数人が真相を無理にでも吐かせようと決意した。彼らは疑いのかかったメンバーをホリデイ・インの部屋におびきよせ、煙草の火を指に押しつけるなどの拷問をくわえ、自白させようとした。彼らが部屋を離れて駐車場にいるあいだに、犠牲者はどうにか脱出した。

翌日、会議の最中に突然ドアが開き、犬を連れたＦＢＩ捜査官数人と「容疑者」が入ってきた。拷問の加害者を特定するように言われたのだ。以前、私の反革命的な服装を注意したこともある友人のひとりが、興奮にうわずった声で顚末（てんまつ）を語り、「大衆の力」を自慢した。「大衆」というのは会議の出席者のことで、彼らはわきに寄り、捜査官と犬と不運な容疑者のために道をあけた。彼が通りすぎる際に、くぐもり声のペルシア語の脅し文句が次々に浴びせられた。彼はようやく、セクトの指導者の中でも一番人気のある人物のところにたどりついた。熱情家らしい風貌の小柄なリーダーは、同志の多くと同じように、革命に専念するため大学を中退しており、いつもこれ見よがしにレーニン風の帽子とコートを身につけていた。そこで彼は泣きくずれ、なぜあんな残酷なまねをしたんだとペルシア語で訴えた。自称イラン革命のレーニンは、勝ち誇ったように彼を見やり、ＦＢＩに指せるものなら指してみろと言った。結局、彼は拷問した者を明かす気になれず、ＦＢＩとともに立ち去った。ここでもまた抑圧された大衆の正しさが証明されたというわけである。

次の日、『オクラホマ・デイリー』紙に短い記事が出た。私はその記事以上に、大勢の学生が見せた反応のほうにぞっとした。食堂で、学生会館で、明るい陽射しのふりそそぐノーマンの路上でさえも、政治的なイラン人学生同士が会えば必ず興奮した議論になった。少なからぬ学生が同志スターリンの言葉を好意的に引用し、当時流行っていた『ボリシェヴィキ小史』などの一節をまくしたてた。すべてのトロツキストを、白軍を、革命の破壊をたくらむシロアリやネズミどもを、徹底的に撲滅しなければならないというのだ。

学生会館ですわってコーヒーやコーラを飲んでいたとき、私たちの同志は急に激昂して、大衆が抑圧者を拷問して肉体的に殺す権利を擁護しはじめ、隣のテーブルでいちゃつくカップルの邪魔をした。いまでも同志のひとりを憶えている。やわらかい童顔の、まるまるとした男で、濃紺のウールのセーターの下で太った腹がせり出していた。彼はすわるのを拒んで、私たちのテーブルの上にそびえ立ち、片手でコーラのグラスを危なっかしく振りまわしながら、拷問にも殺人にも二種類あると論じていた——敵によるものと人民の味方によるものだ。敵を殺す分にはかまわない。

ミスター・バフリーに、私の中でいまや永遠にこちらに身をかがめ、切迫した議論をしている彼に、できるものなら警告したい。あなたの願いに、あなたの夢に気をつけなさい、と。いつの日かそれは実現するかもしれないから。ギャツビーから、あの孤独な、ひとりぼっちのギャツビーの例から学ぶように言えばよかった。ギャツビーもまた、過去をとりもどし、幻想に、夢以上になるはずのない夢に、血肉をあたえようとした人間だった。殺され、プールの底に取り残された彼は、生前同様、死においても孤独だった。あなたは運動で忙しすぎて、きっと最後まで読んでいないでしょうけど、それでも結末を言わせて——知っておく必要があるようだから。ギャツビーは殺される。デイジーが犯した犯罪のために、彼女がギャツビーの黄色い車でトムの愛人を轢いたために。トムは妻を亡くした夫に、犯人はギャツビーだと教え、夫は、デイジーの電話を待ちながら自分のプールに浮かんで寝ていたギャツビーを殺す。私の元同志は、いつの日か革命裁判所で裁かれ、拷問され、反逆者、スパイとして殺されると予想できただろうか。予想できたと思う、ミスター・バフリー？　私は絶対の確信をもって答えられる。彼らには予想できなかった。それは夢にさえ思わぬことだった。

14

私はマフターブたちと別れたが、その記憶は私につきまとい、物乞いの子供のように抗議集会にまでついてきた。参加者の中には対立する二つのグループが生まれ、たがいに相手を不審の目で見ていた。第一の、小さいほうのグループは、主として政府職員と主婦からなっている。自分たちの利害に関わることなので、本能的にやってきた人たちだ。彼女たちは見るからにデモに慣れておらず、ためらいと怒りを抱え、ごちゃごちゃとかたまって立っている。一方には私のような知識層がおり、こちらはデモについて少しは知っている。さらに集会を妨害しにくるいつもの輩もいて、ひわいな言葉でやじったり、スローガンをふりまわしたりしていた。そのうちの二人が威嚇するように右に左に跳びはねながら、集まった人の写真を撮っていた。私たちは顔をおおって叫びかえした。

間もなく自警組織のメンバーが数を増した。三々五々かたまって、私たちのほうに向かってくる。ナイフや棍棒、石などを持った男たちが接近すると、警察は宙に向けて何度かおざなりに発砲した。警察は女性たちを守るどころか解散させにかかり、銃の台尻で押して、「姉妹たち」に騒ぎを起こさずさっさと帰れと命じている。あたりには激しい怒りがたちこめ、嘲りの声が満ちていた。挑発にもめげず集会は続行された。

数日後の夜、別の抗議集会が工科大学でひらかれた。私が着いたときには、すでにおびただしい人が講堂に集まり、笑ったり話したりしていた。講師のひとりが——厚手のロングスカートをはき、長い髪をうしろでたばねた堂々たる長身の女性が演壇に向かったとき、電気が消えた。抗議のざわめきが起こったが、だれも席を立たなかった。その女性は原稿を持ったまま、緊張した姿勢で、挑むように立ち、彼女が原稿を読めるように蠟燭と懐中電灯で照らしている人が二人いた。私たちに見えるのは、うしろから照らされた胴体のない顔と、両手に持つ白い紙だけだった。彼女の声の抑揚とあの光だけが記憶に残った。私たちは言葉を聴いていたのではない。その行為を支持し、目撃するために、蠟燭の光にゆらめく彼女の姿を胸に刻むためにそこにいたのである。

その女性と私はよく公の催しで顔を合わせた。最後に会ったのは、一九九九年秋のニューヨークで、このとき彼女はイランのもっとも重要なフェミニストの出版者としてコロンビア大学に招かれて講演した。講演のあとで私たちはコーヒーを飲みながら思い出話をした。彼女とは一九九三年のテヘラン・ブックフェア以来会っていなかった。私はそのブックフェアで、彼女に招かれて現代小説に関する講演をした。講演はブックフェア会場本館にあるオープンカフェの二階でおこなわれた。私は話しているうちにますます興奮してきて、スカーフが何度もすべり落ちた。聴衆は増えつづけ、ついにすわる場所も立つ場所もなくなった。講演が終わると同時に、彼女は治安機関に呼び出され、私の不適切なヴェールのかぶり方と煽動的な話のせいで叱責された。テーマが小説だろうが何だろうが、彼らにとってはどうでもいいことだった。その後、彼女の企画した連続講演は禁止された。

私たちはレストランの薄暗い片隅にすわり、穏やかなニューヨークの宵（よい）の忙しげな無関心に守られ、こうしたことを思い出して静かに笑った。一瞬、ずっと昔のあの集会のときから彼女はまったく変わっていないような気がした。いまでも厚手のロングスカートをはき、長い髪をうしろでたばねていた。微笑みだけが変わり、そこには切羽つまったものが感じられた。それから何か月かして、彼女は多数の著名な活動家、ジャーナリスト、作家、学生指導者とともに逮捕された。新たな弾圧の波の一環で、このとき二十五を超える刊行物が発行停止になり、反体制的な人物が数多く逮捕、投獄された。ワシントンDCの研究室でそのニュースを聞いたとき、長いあいだ忘れていた感情におそわれた。それは完全な無力感であり、漠然としていながら執拗な罪の意識が混じった、何ともいえない怒りの感覚だった。

15

ふたたびミスター・バフリーと話したのは、この頃、秋の中頃だった。でも先生、彼らには当然の報いですよ、学生はみんな本気で怒っています、と彼は言った。私たちは大学から追放されそうになっている三人の教員について話していた。ひとりはもっぱらアルメニア人だという理由で選ばれ、もうひとりは「小グレート・ギャツビー」を自称する例の同僚だった。いずれも授業でひわいな言葉を使ったとして非難されていた。三人目はＣＩＡのスパイだと責められていた。当時まだ学科長だったＡ先生は、彼らの追放処分を認めなかった。

Ａ先生自身も急速に評判を落としていた。彼は革命の初期に、刑務所の看守を弁護して、テヘラン大学の学生によって裁判にかけられた。その十八年後に、私はその出来事について読むことになったが、それは彼の教え子の有名な翻訳家が雑誌に書いた、彼を称える文章の中にあった。彼女によると、ある日、テレビで秘密警察の諜報員の裁判を見ていたら、聞き慣れた声が――A先生の声が彼女の注意を惹いた。彼は教え子のために、彼の見るところ思いやりのある人間であり、困っているクラスメートをよく助けていた教え子のために、証言しに来たのだった。A先生は革命裁判所に向かって言った。「被告の人柄のこのような面をお知らせするのは、私の人間としての義務だと思います」このような行為は、革命当初の、物事を白か黒かで単純に判断していた時期にあっては異例であり、大きな危険を伴っていた。

被告は大学の夜間部に在籍していた看守で、政治犯を殴打し拷問した容疑に問われていたらしい。主にA先生の証言のおかげで、二年という軽い刑ですんだという。私の友人知人はだれひとり彼がその後どうなったか知らなかった。

A先生の教え子の女性は、彼の裁判に参加しながら抗議の声をあげなかったことを後悔していると書き、さらに、A先生の行為は、文学のクラスでみずから教えていた原則のあらわれであると結論づけていた。「そのような行為は、文学に没頭している人物、すべての個人にはさまざまな面があるということを学んだ人物にして初めてなしうることだ……。人を判断するときはその人格のあらゆる面を考慮に入れなければならない。文学を読むことで、人は初めて他人の身になり、時に矛盾する他者のさまざまな側面を理解することができ、人に対してむやみに無慈悲にならずにすむ。文学という領域の外では、個人の一面だけが示される。だが、彼らの別の面も知れば簡単には殺せなくなる……。私たちがA先生からこの教えを学んでいれば、この社会ははるかにましなものになっていただろう」

追放の脅しは、その一年を通してつづいた粛清の延長であり、こうした粛清はその後も完全にやむことなくいまに至っている。この問題についてA先生と他の同僚二人と話しあったあと、憤然として廊下を急いでいた私は、ミスター・バフリーに行き合った。彼は長い廊下の隅でイスラーム大学職員協会の会長と話していた。たがいに身を乗り出して頭をよせあった二人の姿勢は、男同士がこの上なく深刻な問題、生死に関わる問題について話しこんでいるときのものだった。ミスター・バフリーの名を呼ぶと、話を邪魔されたいらだちなどはおくびにも出さず、礼儀正しく近寄ってきた。私は教員を裁判にかけて違法に解雇することについて問いただした。

彼の顔は決意の混じった懸念の表情に変わった。状況が変わったことを理解する必要がありますと彼は説明した。状況が変わったって、どういうことかしら? 学生にとってはモラルが重要だという意味です。教職員は学生に対して自分の行為を説明する責任があるということです。だからってA先生のような良識のある熱心な先生を裁判にかけてもいいっていうの?

自分はその裁判には関わっていないと彼は言う。もちろん、A先生の態度は西洋的すぎますけどね。女性に対して軽薄で、だらしがない。

それが「西洋的」という言葉の新しい定義なのね、と私はすかさず言い返した。いつからここは正式にソ連や中国になったの？　A先生は軽薄だから裁判にかける必要があるというわけ？　そうじゃありません、でもA先生だってわきまえておくべきです。スパイを、やつらの手先を、大勢の死に責任のある人間を弁護に行ってはいけません。僕としては、A先生より裁判にかけるべきはるかに重要な人物がいると思います。Z教授のようなCIAのスパイもいますからね。彼らは好きなように動きまわっている。

問題の紳士がCIAの諜報員だという証拠はどこにもないし、いずれにしてもあんな人を雇うほどCIAが愚かだとは思えないと私は答えた。でも、あなたが旧体制の役人と呼ぶ人たちだって、いくら罪があろうと、こんな扱いはまちがってるわ。イスラーム政権がどうして彼らを殺して勝ち誇る必要があるのか、拷問して処刑したあとの写真をどうして振りまわすのか、私にはわからない。ああいう写真をなぜ見せつけるの？　どうしてここの学生は毎日さらなる死刑を要求するスローガンを叫んでいるの？

ミスター・バフリーはしばらく答えなかった。じっと立ったまま、下を向き、体の前で手を合わせている。それからゆっくりと、堅苦しいほど正確な言葉づかいで話しはじめた。でも、彼らは報いを受けなくてはならないのです。自分の過去のおこないのために裁かれているのです。イラン国民は彼らの犯罪をゆるしません。私はすかさず訊いた。じゃあ、この新しい犯罪は？　黙ってゆるせっていうの？　近頃は誰も彼も神の敵ばかり——元大臣に教職員、娼婦、左翼の革命家が毎日殺されている。あの人たちがそんな仕打ちを受けるような何をしたの？

彼の顔はけわしくなり、目には頑固な気性がにじんでいた。人は過去の罪の報いを受けなくてはならないのです、と彼はくりかえした。これはゲームじゃない、革命なんです。じゃあ私も過去のために裁かれるの、と私は訊いた。だが、ある意味では彼の言うとおりだった。私たちはひとり残らず、最後には報いを受けなければならないのだ。人生のゲームでは罪のない人間などいない。それは確かだ。私たちはみな報いを受けなくてはならなかったが、それは告発された罪のせいではなかった。ほかにも支払うべき負債があったのだ。当時の私には、もう自分は報いを受けはじめていて、目の前で起きているのはその一環なのだということがわかっていなかった。こうした感情がはっきりするのはずっとのちのことである。

16

かなり遅い時刻だった。私は図書館にいた。書店では「帝国主義者」の小説を見つけるのがますます困難になっていたため、この頃は図書館で過ごす時間が長くなっていた。何冊か本をわきにかかえて図書館から出ようとしたところで、ドアのそばに立っている彼に気づいた。教師である私に敬意を表して、体の前で両手を合わせているが、緊張したしかめ面からは自分の力を意識している様子が感じられる。私の記憶にあるミスター・ニヤージーは、いつも白いシャツを着て、ボタンを首までとめており――シャツのすそをズボンの中に入れることは決してなかった。がっしりした体格で目は青く、短く刈りこんだ薄茶色の髪にピンクがかった太い首の持ち主だった。その首はやわらかな粘土でできているかのように、文字どおりシャツの襟の上にのっていた。彼はいつもとても礼儀正しかった。

「先生、ちょっとお話できますか」学期もなかばになっても、私はまだ研究室を割り当てられていなかったので、図書館の入口に立ったまま彼の話を聴いた。彼の苦情はギャツビーに関するものだった。これは先生のために言っているんです、と彼は言った。私のため？　なんておかしなことを言うのだろう。先生のことをどんなに尊敬しているかぜひ知っていただきたい、そうでなければこんなことを言いにきません、と彼は言う。彼は不平を訴えに来たのだった。だれに対する不平で、なぜ私に言うのだろうと思ったら、それはギャツビーに対する不平だった。私は冗談で、ギャツビー氏を正式に告訴したのかと訊き、もう死んでいるのだから、そんなことをしても無駄だと忠告した。

しかし彼は真剣だった。ちがいます、教授、ギャツビー氏自身ではなくて小説が問題なんです。あの小説は不道徳です。若者に悪いことを教えます。彼らの心に悪影響をあたえます――おわかりでしょう？　わからなかった。ギャツビーはフィクションであってハウツーものではない、と私は言った。でもおわかりのはずです、と彼は食い下がった。こういう小説と登場人物は、現実生活で僕らのモデルになるんです。ギャッツビー氏はアメリカ人にはいいかもしれませんが、この国の革命的な若者向きではありません。このような青年でもギャッツビーのようになりたいという誘惑に駆られることがあるかと思うと、なぜかひどく愉快だった。

ミスター・ニヤージーにとって、フィッツジェラルドのフィクションと自分の実生活のあいだにちがいはなかった。『グレート・ギャッツビー』はアメリカ的なものの典型であり、アメリカは自分たちにとってまちがいなく毒である。イランの学生にはアメリカの不道徳と闘うよう教えるべきだと言う。彼は真剣そのものだった。純粋な善意から私に言いにきたのだ。

ふと、ふざけた考えがうかび、私はこんな提案をした。近頃は公開裁判が流行(はや)りだから、私たちも『ギャッツビー』を裁判にかけたらどうだろう。ミスター・ニヤージーが検察官になって、作品の罪を立証するレポートも書くといい。フィッツジェラルドの本が合衆国で出版されたときも、ミスター・ニヤージーと同じように感じた人が大勢いた。表現はちがっていたかもしれないけれど、趣旨はだいたい同じだった。だから心細く思う必要はない、と私は言った。

次の日、この案をクラスに出してみた。もちろん正式な裁判はできないが、検察官と被告弁護人、被告は用意できるし、クラスの残りは陪審員になればいい。ミスター・ニヤージーが検察官になるだろう。あと裁判官と被告と弁護人が必要だ。

どの役目にも志望者がいないため、さんざん議論した末に、ようやく左翼の学生のひとりを説得して裁判官になってもらうことにした。ところがミスター・ニヤージーとその仲間が反対した。その学生は裁判に偏見をもっているというのだ。さらなる協議を経て、ミスター・ファルザーンにすることで意見がまとまった。おとなしく勉強熱心な学生で、いくらかもったいぶったところはあるが、さいわい引っこみ思案な性格だった。だれも被告と弁護人にはなりたがらない。先生がこの本を選んだのだから先生が弁護すべきだという意見が強く出された。それなら私は弁護人ではなく被告になるべきだと主張し、弁護人と緊密に協力し、みずから自分の弁護もすることを約束した。結局、ヴィーダーとひそひそ相談していたザッリーンが、幾度か肘でこづかれて促され、弁護士役を買って出た。ザッリーンは、被告はフィッツジェラルドなのか、それとも本そのものなのかと訊いた。私は本になるということで話が決まった。私たちが作品の中に認めた性質が作家その人のものかどうかはっきりしなかったからだ。今回の裁判では、残りの学生はいつでも弁護側や検察側をさえぎって、意見を言ったり質問したりできることにした。

私が被告になるのは、検察官がやりにくくなるから好ましくないような気がした。おそらく学生が進んで参加したほうがおもしろくなったろう。しかしだれも『ギャッビー』の弁護をしたがらなかった。ミスター・ニヤージーにはあくまでも傲岸不遜なところが、依怙地なところがあるので、結局は、私が彼を怖じ気づかせるおそれはないと確信するに至った。

何日かしてミスター・バフリーが会いにきた。ずいぶん会っていないような気がした。彼は少々憤慨していた。彼が初めて動揺したそぶりを見せ、正確でゆっくりしたいつもの言葉つきを忘れているのがおもしろかった。この本を裁判にかける必要があるんですか？　私はあっけにとられた。一言も弁護させないでこの本を放棄しろというのだろうか？　ともあれいまは裁判にはいい時でしょう？　と私は言った。

17

裁判前の一週間は、何をしていようと、友人や家族と話していようと、講義の準備をしていようと、頭の一部は絶えず裁判のための弁論を形づくっていた。何といっても、これは『ギャツビー』の弁護にとどまらず、文学の——さらにいえば現実の——見方と評価の仕方全体を弁護することにつながるからだ。ビージャンはこうしたすべてを実におもしろそうに見ていたが、ある日私に、法律の教科書を熟読する弁護士なみの熱心さで『ギャツビー』を読んでいるねと言った。私はふりむいて言った。真面目に考えてないわね？　もちろん真面目に考えてるさ。きみは学生に対して危うい立場に自分を追いこんだんだ。学生たちがきみの教師としての判断に疑いをはさむのをゆるした——いや、ゆるしたどころか強制したんだからね。だから負けられない。教職についたばかりの新入りにとっては大事なことだ。でも僕は同情しないよ。きみはこういうことが——この手のドラマや不安が大好きだからね。図星だろう？　今度は、革命全体の行方がこの裁判にかかっているとでも説得するつもりだろう。

でもそのとおりなんだから——わからないの？　懇願するように言うと、彼は肩をすくめた。僕に言ってもしょうがない。アーヤトッラー・ホメイニーに言ってみたら。

裁判の日、私は早く家を出て、青葉の繁る並木道をぶらついてからクラスに向かった。ペルシア語外国語学・文学部に入ろうとしたとき、マフタープがもうひとりの少女とドアのそばに立っているのが目に入った。その日のマフタープは、Aをもらった怠け者の子供のような奇妙なにやにや笑いをうかべていた。教授、ナスリーンを今日の授業に出席させてもいいですか。私はマフタープから彼女の若い連れに目を移した。せいぜい十三、四だろう。とてもかわいい子だが、自分では必死にそれを隠そうとしている。かわいい顔に似合わぬ真面目くさった無表情な顔つきで、断固として心の内をのぞかせない。体だけが何かを言おうとしているように、落ち着きなく左右の脚に代わる代わる体重をかけ、重そうなショルダーバッグの太いストラップを右手で握ったり放したりしている。

いつになく快活なマフタープの話によると、ナスリーンはたいていの大学生より英語ができ、マフタープから『ギャツビー』裁判の話を聞くと、興味をそそられて全部読んでしまったという。私はナスリーンのほうを向いて尋ねた。『ギャツビー』をどう思った？　しばらく間があり、それから彼女は静かに答えた。言えません。わからないの、それとも私には話せないの？　わかりません、でも口では言えないのかも。

それがすべての始まりだった。裁判のあと、ナスリーンは、来られるときに講義に出席してもいいかと言ってきた。ナスリーンは近所の子だとマフタープは言う。ムスリムの団体に入っているが、とてもおもしろい子で、マフタープは彼女に働きかけていた――これは左翼が新人を勧誘しているときに使う表現である。

私はナスリーンに、来てもいいけれどひとつ条件があると言った。学期の終わりに『ギャツビー』について十五ページのレポートを書くこと。ナスリーンはいつものように、使いこなせる言葉が充分にないかのように黙りこんだ。彼女の答えはいつも、強いられていやいや口にしたようにしか見えず、彼女に口をきかせるのがうしろめたくなるほどだった。ナスリーンは最初ためらいがちに異議を唱え、あたしはそんなに優秀じゃありませんと言った。優秀である必要はないのよ、と私は言った。きっと優秀なはずだと思うけど――だって、あいた時間にここに来るくらいだから。学問的な論文じゃなくていいのよ。あなた自身の印象を書いてもらいたいの。あなたが『ギャツビー』をどう受けとめるかを、あなた自身の言葉で表現してほしいの。ナスリーンは自分の靴の先をじっと見つめていたが、やってみますとつぶやいた。

それ以来、私は授業のたびにナスリーンの姿を探した。彼女はいつもマフタープについてきて、隣にすわっていた。授業中は終始ノートをとるのに忙しく、マフタープが休んだ日にひとりで姿を見せたことも何度かある。それから突然来なくなったが、最後の授業のとき、隅にすわって忙しくノートをとるナスリーンの姿があった。

この年少の侵入者を受け入れることを承知すると、二人と別れて先に進んだ。授業の前に英文科事務室に寄り、A先生が用意しておいてくれた本を受けとる必要があった。午後、教室に入ると、緊張をはらんだ沈黙が広がるのを感じた。教室は満員だった。欠席は一人か二人だけで、ミスター・バフリーは政治活動のせいか裁判に不満なせいか、ずっと出てこなかった。ザッリーンは笑いながらヴィーダーとノートを交換しており、ミスター・ニヤージーは隅のほうでムスリムの学生二人と話していたが、二人とも私の姿を見ると席にもどった。マフタープは例の新人の隣にすわり、ひそひそと耳打ちしている。

来週の課題について手短に話してから、裁判をはじめた。まず裁判官となるミスター・ファルザーンを呼び出し、私の席にすわるように言った。彼は隠しようもない自己満足の気配を漂わせてゆっくりと教室の前方に歩いてゆく。裁判官の近くに証人用の椅子がひとつおかれた。私は教室の左側、大きな窓に近いザッリーンの席のそばにすわり、ミスター・ニヤージーは友人たちと反対側の壁際にすわっていた。裁判官が開廷を宣言した。こうしてイラン・イスラーム共和国対『グレート・ギャツビー』事件の裁判がはじまった。

ミスター・ニヤージーが被告に対する言い分を述べるように求められた。彼は立って述べる代わりに、椅子を教室の中央に移動させ、一本調子な声で原稿を朗読しはじめた。

裁判官は机のうしろに居心地悪そうにすわり、魅せられたようにミスター・ニヤージーを見つめていた。時おり激しくまばたきした。

何か月か前、ようやく古いファイルを整理していて、非の打ちどころなくきれいな筆跡で書かれたミスター・ニヤージーの原稿を見つけた。それは「神の名のもとに」という言葉ではじまっていたが、のちにこれはあらゆる公式文書、公の発言で必須の言葉となった。ミスター・ニヤージーは原稿を一枚ずつ手にとり、紙が逃げやしないかと恐れるかのように、しっかと握りしめていた。「イスラームは人を敬虔な生活に導くうえで、文学に特別な聖なる役割を命じた世界で唯一の宗教である」ゆっくりと単調に朗読する。「これはコーラン、すなわち神の言葉が預言者の奇蹟であったことを考えれば明らかになる。『言葉』を通じて癒すことも、壊すこともできる。導くことも、堕落させることもできる。したがって『言葉』は悪魔のものでも神のものでもありうる」

「イマーム・ホメイニーはわれらが詩人や作家に大いなる仕事をゆだねた」彼は勝ち誇ったように単調な朗読をつづけ、持っていたページを置いて、次のページをとった。「彼らに神聖な使命を、西洋の物質主義的な作家などよりはるかに高尚な使命をあたえた。われらがイマームが羊の群れを牧草地に導く羊飼いだとすれば、作家は羊飼いの指図にしたがって先導しなければならない忠実な番犬である」

教室のうしろのほうからくすくす笑う声が聞こえた。うしろを見まわすと、ザッリーンとヴィーダーがささやきあっているのが見えた。ナスリーンはミスター・ニヤージーを一心に見つめ、うわの空で鉛筆を噛んでいた。ミスター・ファルザーンは見えない蠅に心を奪われているように、時々大げさなまばたきをした。ミスター・ニヤージーに注意をもどすと、彼はこう言っていた。「どちらがいいか自分の胸に訊いてみることだ。神聖な仕事の担い手か、金と地位という物質的な報酬か。これが西洋の作家を堕落させ――」そこで口をつぐみ、原稿に目を落としたまま、無味乾燥な言葉を引きずり出そうとしているように見えた――「堕落させ、彼らの作品から精神性と目的を奪ってきた。だからこそ、われらがイマームはペンは剣よりも強しと言う」

うしろの列の私語と忍び笑いがさらに大きくなっていた。ミスター・ファルザーンは裁判のやり方が下手で、注意を配れなかったが、ニヤージーの友人が声をあげた。「裁判長、うしろの席の方々に法廷と検察官に敬意をはらうよう指示していただけないでしょうか」

「かまいません」ミスター・ファルザーンは見当ちがいの返答をした。

「大悪魔との闘いにおいて」とニヤージーは話をつづけた。「われらが詩人や作家は、忠実な兵士と同じ役割をはたし、天国で同じように報われるであろう。われわれ学生は、将来の文化の守護者として、これから重い任務を担うことになる。現在、われわれはわが国土にあるスパイの巣の中にイスラームの勝利の旗を立てている。われらがイマームが言うように、われわれの任務はこの国から頽廃的な西洋文化を取り除き……」

ここでザッリーンが立ち上がった。「裁判長、異議あり！」

ミスター・ファルザーンはびっくりして彼女を見た。「何に対してですか」

「これは『グレート・ギャツビー』に関する裁判のはずです」ザッリーンは言った。「検察官は十五分もの貴重な時間を費やしながら、被告について一言もふれていません。この話はどこに向かうのでしょう」

ミスター・ファルザーンもミスター・ニヤージーもしばし驚異の目で彼女を見つめていた。それからミスター・ニヤージーがザッリーンのほうを見ずに言った。「これはイスラーム法廷だ。『ペリー・メイスン』じゃない。僕の好きなように述べてもいいんだ。それにこれは背景の説明だ。ムスリムとして僕は『ギャツビー』を認められないということを言いたいんだ」

ミスター・ファルザーンは自分の役割をはたそうとして言った。「ではつづけてください」

ザッリーンの妨害にミスター・ニヤージーは動揺しており、少し黙りこんだあと、原稿から顔を上げ、いくぶん興奮した口調で言った。「そのとおりだ、時間をかける価値はない……」

私たちは少しのあいだ、何に時間をかける価値がないのだろうと考えさせられたが、彼はつづけた。「原稿を読む必要も、イスラームについて話す必要もない。証拠は充分にある——この本の全部のページが、どのページも残らず」と声を高める。「みずからの有罪を宣告している」彼はザッリーンのほうを向き、その冷ややかな顔をひとめ見るや顔色が一変した。「革命がはじまってからずっと、われわれは西洋は敵だ、大悪魔だという事実について言ってきた。軍事力のせいでも、経済力のせいでもなく、それは、それは……」——ここでまた間がありー——「われわれの文化の根源それ自体に対する邪悪な攻撃のせいだ。われらがイマームが文化的侵略と呼ぶものだ。これを僕は文化の凌辱と呼ぼう」ミスター・ニヤージーはのちにイスラーム共和国による西洋批判のトレードマークとなる用語を使った。「文化的凌辱の例が見たければ、この本を見るだけでいい」彼は原稿の束の下から『ギャツビー』を取りあげ、私たちに向かって振った。

ザッリーンがふたたび立ち上がった。「裁判長」と隠しきれない軽蔑をにじませて言う。「すべて根拠のない主張です、偽りです……」

ミスター・ニヤージーは裁判長に返事する暇をあたえず、椅子から腰をうかして叫んだ。「最後まで言わせてくれないか。自分の番があるだろう！　これから理由を言う、理由を言うんだから……」そして私のほうを向き、声をやわらげた。「先生に対して悪気はないんですが」

私はこのゲームを楽しみはじめていた。「どうぞつづけてください。私がここに本の役でいることを忘れないで。最後に私も言わせてもらうから」

「堕落したパフラヴィー朝では」とニヤージーはつづけた。「不倫は当たりまえのこととして認められていたのかもしれないが」

ザッリーンは見逃さなかった。「異議あり！　いまの発言には事実の裏づけがありません」

「了解」彼は譲歩した。「しかし当時の価値観はひどく堕落していて、不倫は罰せられなかった。この本は男女の不倫の関係を奨励している。まずトムとその愛人がいて、彼女のアパートの場面がある――語り手のニックさえ巻きこまれている。ニックは彼らの嘘に反感をもつが、彼らが密通して、相手の膝にすわるのをとがめなかったし、それに、それに、あのギャツビーの邸のパーティもある……みなさん、思い出してください、このギャツビーという男は本書の主人公だが――彼は何者でしょう？　ペテン師、姦夫、嘘つき……こんな男をニックは称賛し、同情をよせている。この男、家庭の破壊者を！」ミスター・ニヤージーは、彼の憤怒も告発もおよばぬ、フィッツジェラルドの輝きに満ちた世界を自由に歩きまわる嘘つきや姦通者を思い描くうちに、見るからに興奮してきた。「この中で唯一好ましく描かれた人物は、妻に裏切られた夫のウィルソン氏だ」ニヤージーは声をはりあげた。「彼がギャツビーを殺すとき、それは神の御業にほかならない。彼だけが犠牲者だ。抑圧された者の真のシンボルだ。この、この、この大悪魔の国で！」

ミスター・ニヤージーの困った点は、興奮し、原稿なしで話していてもなお口調が一本調子なことだった。いまや彼は、席からほとんど動かずにもっぱら叫びつづけていた。「この本のただひとつの長所は」と片手で元凶を振りまわしながら言う。「アメリカ社会の不道徳と頽廃を暴露していることだ。しかし、われわれはこのようなクズを取り除くためにに闘ってきたのだし、もうこのような本は発禁にすべきだ」彼はギャツビーを「このギャツビー氏」と呼びつづけ、デイジーについては名前をあげる気にもならないらしく、「あの女」と呼んでいた。ニヤージーによれば、最初から最後まで、この小説の中には徳の高い女性はただのひとりも出てこない。「われわれの純潔な、慎ましい姉妹に、どんな手本を示すことになるだろうか」彼はしかたなく演説を聞かされている聴衆に語りかけた。「このような本を読み物としてあたえたら」

話しつづけるにつれ、ますます威勢がよくなってきたが、それでも椅子から一歩も動こうとしなかった。「ギャツビーは不正直だ」そう叫ぶ声は、いまや金切り声に近い。「違法な手段で金を稼いで、人妻の愛を買おうとする。この本はアメリカの夢について書かれているという話だが、その夢の内容ときたらどうだろう。作者は読者に不倫や詐欺を勧めるつもりなのか？　こんな夢だから、アメリカ人は頽廃し、堕落しているんだ。彼らは堕ちていく！　これは死せる文化の最後のあえぎだ！」彼は勝ち誇ったように話をしめくくり、『ペリー・メイスン』を見ていたのがザッリーンだけではないことがはっきりした。

「そこまで厳しく糾弾しなくてもいいのではありませんか」ニヤージーの議論がようやく終わったのが明らかになると、ヴィーダーが言った。「結局ギャツビーは死ぬわけで、しかるべき罰を受けるといっていいわけですから」

ミスター・ニヤージーは納得しなかった。「死に値するのはギャツビーだけだろうか？」露骨な蔑みをこめて彼は言った。「とんでもない！　アメリカ社会全体が同じ運命に値する。いったいどういう夢なんだ、人の妻を盗み、セックスを奨励し、詐欺をはたらくなんて……それでいて、あの男、語り手のニックは、自分のことを道徳的だと言うんだから！」

ミスター・ニヤージーはその方向でかなり長いあいだしゃべりつづけたが、自分の言葉をのどにつまらせたかのようにいきなり止まった。それでもまだ椅子から動かなかった。どういうわけか、裁判が続行するあいだ、だれも彼にもとの席にもどるよう勧めることを思いつかなかった。

18

次にザッリーンが弁護するよう求められた。立ち上がってクラスと向かいあった彼女は、上品ないでたちで本職のように見えた。濃紺のプリーツスカートに金ボタンのついたウールのジャケットを着て、袖口からは白いカフスがのぞいている。髪は低いポニーテールにしてリボンで結び、装身具は金のイヤリングだけだった。彼女はミスター・ニヤージーの周囲をゆっくりと歩きまわりながら、時おりちょっとふりむいて、重要な点を強調した。メモはほとんど持たず、クラスに語りかけるとき、そのメモに目をやることもめったになかった。

話しながら絶えず教室内を歩きまわり、その動きにつれてポニーテールが左右に揺れ、優しくうなじをなでていた。ふりむくたびに、頑固に例の椅子にすわりつづけているニヤージーと向きあった。彼女はまず、私が以前朗読したフィッツジェラルドの短編の一節から話をはじめた。「われらが検察官は遊園地に近づきすぎるという過ちを犯しました。もはや彼には虚構と現実の区別がつかないようです」

ザッリーンはにっこりして、椅子に縛りつけられた「われらが検察官」のほうをくるりと向いた。「彼は二つの世界のあいだにいっさいの距離を、隙間を認めません。みずからの欠点をさらけ出しているようなものです。つまり、小説を小説として読むことができないのです。彼が知っているのは判断のみ、白黒をあまりにも単純に、乱暴に言い立てることしかできません」ミスター・ニヤージーは頭を上げ、顔を真っ赤にしたが、何も言わなかった。ザッリーンはクラスに向かって話しつづけた。「しかしヒロインが徳の高い女性ならばいい小説なのでしょうか？　ニヤージー氏が私たちのみならずあらゆるフィクションに押しつけようとしているモラルから登場人物が逸脱しているからといって、それは悪い小説なのでしょうか？」

ミスター・ファルザーンがだしぬけに立ち上がった。「先生、僕は裁判官だから何も言えないんですか」

「もちろんそんなことはありません」と答えたところ、小説に登場する灰の谷とギャツビーのパーティの頽廃ぶりをこきおろす支離滅裂な長広舌がはじまった。フィッツジェラルドの大きな失敗は、みずからの貪欲を乗り越えられなかったことだというのが彼の結論だった。フィッツジェラルドは金のために三文小説を書きつづけ、金持ちの仲間入りをしようとした。「要するに」ファルザーンは奮闘して疲れきったあげくに言った。「フィッツジェラルドは、金持ちはちがうということを言ったんです」

ミスター・ニヤージーは熱心にうなずいた。「そうだ」思い上がった尊大さをにじませて口をはさむ。自分の演説の効果に満足しているのは明らかだ。「それにわれわれの革命は、フィッツジェラルド氏の説く物質主義に反対している。西洋の物質主義もアメリカ製品も必要ない」そこで息をついたが、まだ終わりではなかった。「かりに必要な場合があるとしても、技術的なノウハウだけ利用すればいいのであって、彼らの道徳は退けなくてはならない」

ザッリーンは落ち着いた冷ややかな態度で見守っていた。ミスター・ニヤージーの爆発後、数秒待ってから静かに口を切った。「どうやら私は二人の検察官に立ち向かっているようですね。それでは再開してよろしいですか？」彼女はミスター・ファルザーンのほうに冷たい視線をちらりと投げた。「最初にこの作品について議論した際に教わった、ディドロの『運命論者ジャックとその主人』からの引用を、検察官と陪審員のみなさんに思い出していただきたいのです。『［著者の］文体の放逸は、僕にとってほとんど彼のモラルが純潔であることを保証するものだ』。私たちはまた、小説は言葉の通常の意味で道徳的であるわけではないということも議論しました。小説は読者を揺さぶって無感覚から引きずり出し、絶対不変と信じているものに直面させるとき、道徳的であるといえるのです。それが本当なら、『ギャツビー』は見事に成功したといえるでしょう。一冊の本がクラスでこれほどの議論を巻き起こしたのは初めてのことです」

「『ギャツビー』が裁判にかけられているのは、この作品が私たちを当惑させるからです――少なくとも一部の人を」ここでだれかがくすくす笑う声がした。「小説が――非政治的な小説が――国家によって裁かれるのは、これが初めてではありません」ザッリーンが向きを変えると、ポニーテールもいっしょに向きを変えた。「『ボヴァリー夫人』、『ユリシーズ』、『チャタレー夫人の恋人』、『ロリータ』といった作品をめぐる有名な裁判を憶えていますか？　どれも小説の側が勝ちました。しかしここで、どうやら検察官ばかりか裁判官をも悩ませているらしい問題に焦点をあててみましょう。この小説における金銭の誘惑とその役割です」

「ギャツビーがお金をデイジーの魅力のひとつとして認識していたのは確かです。事実、ギャツビー自身が、彼女の声の魅力のうちにはお金の響きがあることをニックに指摘しています。でも、この小説は貧乏な若いペテン師のお金に対する愛の話ではありません」彼女はここで強調のために言葉を切った。「そういう主張をする人は課題をちゃんと読んでこなかったんです」ザッリーンは左側に居すわっている検察官のほうをちらと見やり、ついで自分の机に近づいて『ギャツビー』を手にとった。本を掲げて、ニヤージーには背を向け、ミスター・ファルザーンに語りかける。「裁判長、ちがいます。この小説は『金持ちはわれわれとはちがう』という話ではありません。確かに彼らは私たちとはちがいますが、貧しい人々も、それどころかあなただって、私とはちがうのです。これは富をめぐる物語ですが、あなたとニヤージー氏がしきりに強調するような低俗な物質主義の話ではありません」

「そのとおり！」という声がうしろの席から飛んだ。私はふりかえった。くすくす笑いとざわめきが起こった。ザッリーンはいったん話を中断し、微笑みをうかべた。裁判官は仰天して叫んだ。「静粛に！　だれが言ったんだ？」だが、そう訊いた本人さえ答えが返ってくるとは思っていなかった。

「われらが尊敬すべき検察官ニヤージー氏には」とザッリーンは嘲るように言った。「証人など必要ないようですね。どうやら彼自身が証人と検察官を兼ねているようです。が、私たちの側の証人を作品そのものから呼び出すことにしましょう。何人かの登場人物に証人席に立ってもらいましょう。まずもっとも重要な証人を呼びます」

「ニヤージー氏はフィッツジェラルドの描いた登場人物を裁いてみせましたが、フィッツジェラルドにはまた別の考えがありました。彼自身で裁き役を用意しているのです。とするならば、その裁き役の話に耳をかたむけるべきかもしれません。裁き役にふさわしいのはどの登場人物でしょう？」ザッリーンはクラスのほうにふりむいた。「むろんニックです。彼が自分のことをどう表現していたか憶えていますね。『人はだれでも、基本的な徳目のうち少なくともひとつはもっていると思うものだが、僕の場合はすなわち――僕ほど正直な人間にはめったに会ったことがないということだ』。この作品の中に裁き役がいるとすれば、それはニックです。ある意味で彼は一番おもしろみのない人物です。それは彼が鏡の役をはたすからです」

「他の登場人物もすべて、結局は正直か否かという点から評価されます。そして金持ちの典型こそがもっとも不正直であることが明らかになります。証拠物件A、ジョーダン・ベイカー。ニックが恋愛関係になる女性です。ニックは初めのうち忘れていましたが、ジョーダンには過去にスキャンダルがありました。ゴルフの試合で嘘をついたのです。のちに借りた車の幌をおろしたまま雨の中に出しっぱなしにしたときも、やはり嘘をつきます。『彼女は救いようがないほど不正直だった』とニックは言います。『不利な立場になることに耐えられない女で、こうした性分を考えれば、おそらくごく若い頃からごまかしに手を染めるようになったのだろう。世間に向けるあの冷静にして不遜な微笑みを失わず、しかもたくましく颯爽たる体の要求を満たすためである』」

「証拠物件Bはトム・ブキャナンです。彼の不正直はさらに明白です。妻を裏切り、彼女の犯罪を隠蔽して何の罪の意識もありません。デイジーの場合はもっと複雑です。デイジーの不誠実そのものが、彼女のすべての属性と同じように、ある種の魅力を醸しだしているからです。他人は彼女の嘘に誘惑され、自分も共犯であるような気にさせられます。それから、もちろん、ギャツビーのいかがわしいビジネス・パートナー、マイヤー・ウルフシームもいます。ワールド・シリーズで八百長試合をしくんだ人物です。

『ひとりの人間が五千万人の信頼を手玉にとる行為に出るとは——金庫破りの強盗のような無鉄砲さでそんな行為ができるとは——僕には思いもよらなかった』。このように、正直と不正直、人々の本当の姿と見せかけの姿の問題がサブテーマとなって、小説の中の重要な出来事すべてに響いているのです。では、この小説でもっとも不正直な人々はだれでしょうか？」ザッリーンはふたたび陪審に向かって訊いた。「当然のことながら金持ちです」そう言うと、不意にミスター・ニヤージーのほうに向きなおった。「われらが検察官の主張によれば、フィッツジェラルドが好意的に見ていた人々です」「しかし、それだけではありません。金持ちの問題はそれで終わったわけではありません」ザッリーンは本をとり、しるしをつけておいたページをあけた。「ニック・キャラウェイ氏のゆるしを得て、金持ちの問題に関する彼の意見を引用したいと思います。『彼らは不注意な人間なのだ——トムもデイジーも——物でも人でもめちゃめちゃにしておきながら、金か、はてしない不注意か、何であれ二人を結びつけているものの中に引っこんでしまい、自分たちが引き起こした混乱の後始末は他人にやらせるのだ……』」「おわかりでしょう」ザッリーンはミスター・ファルザーンに向きなおった。「この作品の中でもっとも信頼できる人物がこのように判断しているのです。この本に登場する金持ちは——主としてトムとデイジーに代表され、多少レベルは落ちるもののジョーダン・ベイカーにも代表される金持ちは、みな不注意な人間です。何しろデイジーは、マートルを轢いてその罪をギャツビーに負わせ、彼の葬式に花も送らないんですから」ザッリーンは言葉を切り、椅子をよけて遠回りした。裁判官も検察官も陪審も眼中にないような様子だった。

「不注意という言葉が鍵です。ニックから不注意な運転を責められたジョーダンが、自分は不注意でもほかの人は注意深いはずだと、こともなげに答えたのは憶えていますか？　不注意という言葉は、この小説の中の金持ちを描写する際にまずうかぶ形容詞です。彼らが体現する夢は不純な夢で、近づこうとする者を破滅に追いやるのです。ですからニヤージー氏もおわかりでしょう。この本は私たちが読んできたいかなる革命的書物にも劣らず、あなたの言う裕福な上流階級を非難しているのです」ザッリーンはいきなり私のほうをふりむき、笑顔で言った。「本にどう呼びかければいいかわからないのですが、あなたの目的は富裕階級を擁護することではないという点に異議はありませんね？」

突然の質問にびっくりしたが、フィクション一般に関する私自身の主張にとって重要な点を強調するチャンスだとわかった。「不注意に対する批判が罪になるなら」と私はいくぶん人目を意識して言った。「少なくとも私だけでなく、多くの優れた小説が同じ罪を犯しています。こうした不注意、共感の欠如は、ジェイン・オースティンの描く否定的な人物にも見られます。『高慢と偏見』のキャサリン夫人、ミスター・コリンズ、『マンスフィールド・パーク』のノリス夫人、クロフォード兄妹などです。このテーマはヘンリー・ジェイムズの短編にも、ナボコフの怪物的な主人公たち、ハンバート、キンボート、ヴァン・ヴィーンとアーダにも見られます。こうした作品において、想像力とはすなわち共感の能力のことです。他者の経験のすべてを体験することは不可能ですが、フィクションの中でなら、極悪非道な人間の心さえ理解できるのです。いい小説とは人間の複雑さを明らかにし、すべての作中人物が発言できる自由をつくりだすものです。この点で小説は民主的であるといえます――民主主義を主張するからではなく、本質的に民主的なものなのです。多くの優れた小説と同じように、『ギャツビー』の核心にも共感があります――他者の問題や苦痛に気づかないことこそが最大の罪なのです。見ないというのはその存在を否定することです」私はこれだけのことをひと息に言い、その熱烈な調子にわれながら驚いた。

「そうですね」ザッリーンはいまや私をさえぎって言った。「他人に対するこうした無理解や不注意は、別の種類の不注意な人々のことを思い出させるといえないでしょうか？」ニヤージーをちらと見て言い添える。「世界を白か黒かの二分法でしか見られない人々、みずからつくりだした虚構の正当性に酔いしれている人々です」

「そして」といくらか優しい調子でつづける。「ミスター・ファルザーン、フィッツジェラルドは実生活では金持ちと富に取り憑かれていましたが、フィクションの中では、ギャツビーのような本質的にはまっとうな人々や、『夜はやさし』のディック・ダイヴァーのような創造的で溌剌（はつらつ）とした人々を堕落させる富の力を明らかにしているのです。ニヤージー氏はこのことを理解できないばかりに、この小説の肝腎な点をそっくり見落としています」

しばらく前から執拗に床を凝視していたニヤージーが急に立ち上がった。「異議あり！」

「具体的に、どの点に対してですか？」ザッリーンは慇懃無礼に訊いた。

「不注意では不充分だ！　その程度では小説の道徳性を高めることにはならない。不倫の罪と嘘とペテンについて訊いているのに、不注意だって？」

ザッリーンは思案して、ふたたび私のほうを向いた。「被告を証人席に呼びたいと思います」そしてミスター・ニヤージーに向きなおり、瞳をいたずらっぽく輝かせて言った。「被告を尋問しますか？」ニヤージーは小声できっぱりと否定した。「了解。先生、証人席についていただけますか？」私は驚いて立ち上がり、まわりを見まわしたが、椅子がなかった。ミスター・ファルザーンがめずらしく機転をきかせてさっと席を立ち、自分の椅子を勧めた。「検察官の意見をお聞きになったでしょう」ザッリーンが私に向かって言う。「弁護のために何か言うことはありませんか？」

私はとまどい、気おくれさえして、話す気がしなかった。ザッリーンは立派にやっており、私がえらそうにしゃしゃり出る必要はないように思えた。しかし、学生たちは待っているし、もうあとへは引けない。

私は気づまりな思いでミスター・ファルザーンが差し出した椅子にすわった。裁判の準備中、どんなにがんばっても、私をあれほど夢中にさせる『ギャツビー』の思想や感情は、言葉でははっきり表現できないことに気づいた。私は幾度もフィッツジェラルド自身による『ギャツビー』の説明に立ちもどった。「それがこの小説の主題のすべてだ。世界を華麗に彩る幻想の喪失——その魔術的な栄光にあずかっているかぎりは、物事が真実であろうと偽りであろうとかまわなくなるほど美しい幻想の喪失」。私は彼らに、この本は不倫の物語ではなく夢の喪失の物語だと伝えたかった。学生たちが『ギャツビー』をありのままに受けとめ、驚異と苦悩に満ちた美しさゆえに作品を愛し、称えるのが、私にとってはこの上なく重要なことなのに、ここではもっと具体的で実際的なことを言わなければならないのだ。

「人は不倫の是非を知るためではなく、不倫や貞節、結婚といったものがいかに複雑な問題か知るために『ギャツビー』を読むのです。優れた小説は、人生と人間の複雑さに対する理解力と感受性を高め、モラルを善悪の固定した図式でとらえる独善をふせいでくれます……」

「でも先生」ミスター・ニヤージーがさえぎった。「人妻と関係をもつことには何も複雑なことはありませんよ。どうしてギャツビー氏は自分の妻をもたないんですか？」と不満顔で言う。

「だったら自分で小説を書けば？」中央の列のどこからかくぐもった声が飛んだ。ミスター・ニヤージーは前にもましてぎょっとした様子だった。それ以降、私はほとんど口をはさめなかった。突如、全員が議論に加わる必要があると気づいたようだった。

私の提案で、ミスター・ファルザーンは十分間の休憩を宣言した。私は教室をぬけて外に出た。ほかにも外の空気を吸いに出た学生が何人かいた。廊下でマフタープとナスリーンが話しこんでいた。私は二人のところに行って裁判の感想を訊いた。

ナスリーンは、自分だけが道徳の支配者であるかのようなニヤージーの態度に憤慨していた。ギャツビーがいいとは言わないけれど、少なくとも彼には愛のために死ぬ覚悟があったと彼女は言った。私たち三人は廊下を歩きだした。大半の学生は、激論を闘わせているザッリーンとニヤージーのまわりに集まっていた。ザッリーンは、ニヤージーが彼女を娼婦呼ばわりしたと非難していた。彼は憤慨のあまりほとんど青ざめた顔をし、彼女を嘘つきで馬鹿だとなじっていた。

「ヴェールをしない女は娼婦で悪魔の手先だというあなたのスローガンをどう考えろっていうの？　それが道徳？」ザッリーンは叫んだ。「ヴェールの価値を認めないキリスト教徒の女性はどうなの？　彼女たちは全員――ひとり残らず――頽廃的で自堕落な売春婦だっていうの？」

「でもここはイスラーム国家だ」ニヤージーは激しい剣幕で怒鳴った。「これは法律なんだ。だれでも……」

「法律？」ヴィーダーがさえぎる。「あなたたちが権力を握って勝手に法律を変えたんでしょ。それでも法律？　ナチス・ドイツで黄色い星をつけるのだってそうだったじゃない。ユダヤ人は星をつけるべきだったっていうの？　ろくでもない法律のために？」

「ああ」ザッリーンが馬鹿にしたように言う。「この人にそんなこと言ってもむだよ。みんなシオニストだから自業自得だって言うわよ」ミスター・ニヤージーはいまにも彼女に飛びかかって平手打ちをくらわせかねない様子だった。

「そろそろ教師の権限を使ってもいい頃ね」私は隣に立ちすくんでいるナスリーンにささやいた。私は一同に向かって、落ち着いて、席にもどるように言った。怒鳴り声が静まり、非難の応酬がいくらかおさまると、私は陪審員席を議論に開放してはどうかと提案した。裁判の結果を投票で決めるのではなく、陪審の意見を聞くべきだ。彼らは意見という形式で評決を下せる。

二、三人の左翼活動家はこの小説を擁護した。ムスリムの活動家がこの作品に断固反対しているから、あえて擁護している面もあるようだった。彼らの擁護論は、本質的にはニヤージーの非難と似たようなものだった。アメリカ文化の不道徳について知る必要があるから、『グレート・ギャツビー』のようなフィクションを読む必要があるというのである。革命的な文章をより多く読むべきだが、敵を知るため、こうした本も読むべきだと彼らは感じていた。

そのうちのひとりが、「月光ソナタ」を聞くと心が優しくなるという同志レーニンの有名な言葉をあげた。その曲を聞くと、人々を殴らなければならないときにその背中をたたいて励ましたくなる、といったような発言である。とにかく、この小説に対する急進派学生の主な不満は、このような作品は革命家としての義務から気持ちをそらすというものだった。

激論が飛び交ったにもかかわらず、あるいはそれゆえに、学生の多くは黙っていた。ただ、大勢がザッリーンとヴィーダーのまわりに集まり、小声で励ましと称賛の言葉をかけていた。のちにわかったが、大部分の学生はザッリーンを支持していたものの、意見を口に出すのに気おくれを感じていたのだった。彼らの言葉を借りれば、弁護人や検察官のように「雄弁に」、はっきりと意見を述べられる自信がないというのが最大の理由だった。個人的にはこの本が好きだとこっそり打ち明けた学生も何人かいた。ではなぜそう言わなかったのだろう？　ほかの人がみな自信たっぷりに、自分の立場を断固として主張しているのに対し、なぜ好きなのかちゃんと説明できなかったのだという——彼らはただ好きだったのだ。

チャイムが鳴る少し前に、休憩後ずっと口をつぐんでいたザッリーンが突然立ち上がった。話す声は低いが、動揺しているようだった。人はなぜわざわざ文学を専攻しているなどと言うのだろう、そう言うことに何か意味があるのだろうかと考えることがある、と彼女は言う。この本に関しては、弁護のために言うべきことはもう何もありません。この小説自体がみずからの弁護になっているからです。私たちはこの本から、フィッツジェラルド氏から、いくつかのことを学べるかもしれません。私がこの本を読んで学んだのは、不倫はいいことだとか、みんないかさま師になるべきだなどということではありません。スタインベックを読んだ人が全員ストライキをしたり西部に向かったりしましたか？　メルヴィルを読んだからといって鯨をとりに行きましたか？　人間はもう少し複雑なものではないでしょうか？　革命家には個人的な感情がないんですか？　恋をすることも、美を愉しむこともまったくないんですか？　これは驚くべき本です、と彼女は静かに言った。この本は夢を大切にするとともに夢に用心することを、誠実さは思わぬところにあることを教えてくれます。とにかく、私はこの本を読むのが楽しかったし、それも大切なことなんです。わかるでしょう？

　この「わかるでしょう？」という言葉の中には、ニヤージーへの軽蔑と憎しみを超えた心底からの危惧が、彼にもわかってほしい、ぜひともわかってほしいという願いがにじんでいた。ザッリーンは一瞬言葉を切り、クラスメートたちを見まわした。しばらく沈黙が教室を支配した。ミスター・ニヤージーでさえ何も言わなかった。

　その日の授業のあと、私は思ったより満足していた。チャイムが鳴っても、多くの学生は気づきもしなかった。正式な評決はなかったが、私に関するかぎり、いまや大部分の学生が示している興奮こそが最上の評決だった。私が教室を出るときも彼らはみな議論していた――それも人質や最近のデモやモジャーヘディーネ・ハルグの指導者ラジャヴィーとホメイニーをめぐる議論ではなく、ギャツビーとその不純な夢をめぐって意見を闘わせていたのである。

19

『ギャツビー』をめぐる私たちの議論は、しばらくのあいだ、国内で吹き荒れる激しいイデオロギー上の争いに負けないほど、興奮に満ちた、重大な論争であるように思えた。事実、時がたつにつれ、この論争のさまざまなバリエーションが、政治やイデオロギーの領域で目につくようになった。不道徳なフィクションをばらまいているという理由で出版社や書店が放火された。記者も投獄され、新聞、雑誌は発行停止処分をうけ、ルーミーやオマル・ハイヤームなど、イラン最高の古典詩人の一部が検閲されたり発禁になったりした。

過去のあらゆるイデオローグと同じく、イスラーム革命家も、作家は道徳の守護者だと信じているらしかった。このような逸脱した作家観は、皮肉にも、作家に神聖な地位をあたえると同時に彼らを無力化した。新たな栄光とひきかえに、作家は一種の美的不能におちいることになった。

個人的には、ギャツビー「裁判」は、私自身の感情と願いを知るきっかけになった。それまで自分の仕事と文学についていま感じているような熱い気持ちを抱いたことは、それまで一度も――革命的な活動の中でも――なかった。この胸に湧いてきた善意を広めたくなった私は、翌日わざわざザッリーンに授業後残ってもらい、彼女の弁護に深く感謝していることを伝えた。ザッリーンは、でも聞く耳をもたないんじゃないかしらと沈んだ様子で言った。そう決めつけないで、と私は言った。

二日後、廊下ですれちがった同僚が話しかけてきた。この前、先生のクラスのほうから叫び声が聞こえましたよ。レーニン対イマームならぬフィッツジェラルド対イスラームの争いだとわかったときはびっくりしたなあ。それはそうと、あなたの秘蔵っ子に感謝したほうがいい。だれのことですか、と私は笑いながら訊いた。ミスター・バフリーですよ――彼はあなたの甲冑の騎士になったようですね。激しい怒りの声を静めて、先生はアメリカを裁判にかけたんだとイスラーム協会を説得したそうですよ。

当時、テヘラン大学では数々の急激な変化が起きており、左翼の学生とムスリムの学生の衝突がますます頻発し、目立ってきていた。「ひとにぎりの共産主義者が大学を支配するのを、手をこまねいて見ているとはどういうことだ?」ホメイニーはムスリムの学生グループを叱責した。「数が足りないのか? 彼らに挑戦し、議論し、立ち向かって自分の意見を述べなさい」そして、いつものように、ある種のたとえ話をした。ホメイニーはかつて、政界の代表的な聖職者であったモダッレスに尋ねた。自分の町の役人が二匹の飼い犬にシェイフとセイイェドという名前をつけることにしたらどうすればよいか。これは聖職者への明らかな侮辱である〔訳注:元来、シェイフは宗教指導者などへの尊称、セイイェドは預言者ムハンマドの子孫への尊称。犬はイスラームでは不浄な動物とされる〕。ホメイニーによれば、モダッレスの助言は簡潔明瞭だった。「彼を殺しなさい」ホメイニーは話の締めくくりにモダッレスの言葉を引いた。「まず最初に攻撃し、ほかの者たちには文句を言わせておきなさい。犠牲者にも、文句を言う側にもなってはいけない」

20

ギャツビー裁判の数日後、私は急いで本とメモをかきあつめ、いくぶんうわの空で教室を出た。裁判の余韻がまだクラスをおおっていた。『ギャツビー』の話をして、自分の意見を言うために、廊下で私を待ち受けていた学生も何人かいたし、このテーマについて自発的に書かれたレポートさえ二、三本受けとった。遅い午後のやわらかな陽射しのなかに歩み出た私は、階段のところでふと立ち止まった。少数のムスリムの学生と、対立する世俗派のマルクス主義学生の激しい議論が私の目を引いた。身ぶり手ぶりをさかんにまじえ、大声で論じあっていた。人だかりから少し離れたところで、ナスリーンが議論に耳をそばだてていた。

間もなく、ザッリーンとヴィーダー、それに別のクラスにいる彼女たちの友人がやってきた。私たちが目の前の光景を見守りながら、そこにたたずんで、とりとめのない話をしているところへ、ミスター・バフリーが断固たるしかめっ面でドアから出てきた。彼は一瞬立ち止まり、広い階段にたたずむ私の近くをうろついた。私の視線が彼らの議論に向いているのを見てとると、私に笑顔を向け、「いつものことですよ。ちょっと遊んでいるだけです」と言って立ち去った。私は彼女たちとともに呆然と立っていた。

人の群れがちりぢりになっても、ナスリーンがひとり、ためらいがちに残っていたので、私は彼女を手招きした。ナスリーンは恥ずかしそうに寄ってきた。穏やかな午後で、木々とその影がたわむれるように揺れていた。私はなぜか学生たちにうながされ、自分の学生時代の話をしていた。アメリカの学生の考える抵抗とは、長髪の青年たちが中庭でストリーキングをすることだという話をした。

話し終えると、笑いが起こり、目の前の光景に目をもどすと、みな沈黙した。いい教授に出会えたのが一番の思い出かもしれないと私は話した。実はね、と私は笑いながら言った。私が特に好きだった四人の教授は、保守派のヨック先生、革命的なグロス先生、リベラルのヴァイル先生とエルコーニン先生だったのよ。「ああ、教授、そういえば」とだれかが言った——学生は私のことを教授と呼んだが、当時はいま以上に耳慣れず、違和感があった。「R教授は先生のお気に召したと思いますよ。つい最近までうちの科で教えていたんです」

R教授の名を知らない学生が一人か二人いた。知っている学生が何人かおり、何度か授業に出たことがある学生も一人いた。彼は美術学部の教授で、何かと物議を醸していた有名な映画・演劇批評家、短編小説作家だった。世間で流行の仕掛け人と呼ばれるような存在でもあり、二十一歳で雑誌の文芸欄の編集長になると、彼と少数の仲間たちは、たちまち文芸界に数多（あまた）の敵と賛美者をつくることになった。当時はまだ三十代後半ながら、すでに引退を宣言したらしく、長編小説を執筆中との噂も流れていた。

ある学生があの人は気難しくて行動が読めないと言うと、ザッリーンの友だちが、気難しいのではなく人とちがっているだけだと反論した。別の学生が何かひらめいたように、こちらを向いた。「ほら、伝説的な存在になるコツを心得ている人がいるでしょう。そういうタイプですよ。いやでも目立つんです」

R教授にまつわる伝説によれば、彼の授業には制限時間がなく、たとえば午後三時にはじまった授業が五時間六時間つづくこともあったという。学生は授業がつづくかぎりいなければならなかった。じきに評判が広まり、とりわけ映画好きのあいだで話題になった。他大学の学生たちが、処罰の脅しにもめげず、自分の授業を抜け出して聴講しにきた。学生証がなければテヘラン大学構内に入れなかったが、いまや彼の授業に出ることは挑戦しがいのある目標と化していた。もっとも熱心かつ大胆不敵な学生は、入口の守衛を避けるため塀を跳び越えた。講義はいつも満員で、時には中に入るだけで何時間も並ばなければならなかった。

彼は演劇と映画を教えていた――ギリシア演劇、シェイクスピア、イプセン、ストッパード、さらにはローレルとハーディにマルクス兄弟まで。映画監督ではヴィンセント・ミネリとジョン・フォード、ハワード・ホークスを愛した。私は無意識のうちにこうした話を心に刻み、のちのためにとっておいた。何年ものちに、彼から誕生日プレゼントとして『踊る海賊』、『大砂塵』、マルクス兄弟の『オペラは踊る』のビデオテープをもらったとき、あの日、大学の階段で聞いたことを思い出した。

R教授が最近、大学を追放される前に見せたスタンドプレーをご存じですか、とヴィーダーが私に尋ねた。追放される前に自分から辞めたのよ、と別の学生が訂正する。彼の辞職についても、そのスタンドプレーとやらも何も知らない、と私は答えた。しかし、一度そのエピソードを聞いた私は、聞いてくれる相手ならだれであろうと熱心にその話をくりかえすことになった。ずっとあとになって、彼と——私の魔術師と——知りあってからは、本人にせがんで何度もその話をしてもらった。

ある日、美術学部演劇科の急進的な学生と教授が集まって、カリキュラムの変更について協議した。ある種の講座はブルジョワ的すぎてもはや必要ないと感じていた彼らは、新たな革命的講座を加えたがっていた。人がひしめく会場で激しい議論が展開され、演劇科の学生は、アイスキュロス、シェイクスピア、ラシーヌの代わりに、ブレヒト、ゴーリキー、さらにはマルクスとエンゲルスを入れるよう要求した——革命理論は戯曲より重要だというのだ。教授たちはみな講堂の舞台の上にすわっていたが、R教授ただひとりはうしろのドアのそばに立っていた。

民主主義を尊重するため、新提案への反対はないかと問いかけたところ、うしろから「反対」という声が静かに響いた。講堂は静まりかえった。その声は反対の理由を述べた。僕に言わせれば、ラシーヌより重要な人間などだれひとり、まさにだれひとりいないし、彼より重要な革命指導者や政治的英雄などというものもいるわけがない。僕が教えられるのはラシーヌだ。ラシーヌについて知りたくないというなら、それはきみたちの勝手だ。まともな大学を運営する気になって、ラシーヌを復権させたくなったら、僕はいつでも喜んでもどって教えよう。人々は信じられない思いで声のするほうをふりかえった。あの傍若無人な魔術師だった。R教授とその「形式主義的」、「頽廃的」な見解を攻撃する者があらわれ、彼の考え方は時代遅れであり、時代に合わせるべきだと主張した。ひとりの女子学生が立ち上がり、怒りの声を静めようとした。R教授はいつも学生のためを思ってくれる人だから、弁護の機会をあたえるべきだと彼女は言った。

のちに私が自分の聞いた話をしたら、彼は一部訂正した。うしろで話しはじめたけれど、舞台に上がるよう言われたのだという。しんと静まりかえったなかを舞台に向かったが、その沈黙そのものがすでに彼を裁きにかけていた。

ふたたび口を開いた際、彼は次のように宣言した。僕はローレルとハーディによる一本の映画のほうが、マルクス、レーニンをふくむ、きみたちのあらゆる革命的論文を合わせたより価値があると思う。きみたちの言う情熱は情熱ではないし、狂気ですらない。それは真の文学には値しない粗野な感情にすぎない。カリキュラムを変更するなら、僕は教えるのを拒否する。その言葉を守り、彼は二度と教壇にはもどらなかった。ただ、大学の閉鎖を防ぐための夜の監視活動には参加した。その日辞職したのは政府の報復を恐れてのことではないと学生に知らせたかったのだ。

R教授はアパートにほとんどこもりきりになり、慎重に選んだ友人や教え子にしか会わないという。「でもきっと先生には会ってくれますよ」学生のひとりが熱をこめて言った。私にはそれほど確信がもてなかった。

21

最後に『ギャツビー』をとりあげた日は一月で、通りは厚い雪におおわれていた。学生に議論してもらいたいイメージが二つあった。いまはもうあのぼろぼろの『ギャツビー』は、ページの余白と巻末に判読しがたい書きこみのある本は、手許にない。国を離れるときに大切な本をあとに残してきた。いまあるのは一九九三年刊行の新しい『ギャツビー』だ。表紙にはなじみがなく、どう扱えばいいのかわからない。

まずフィッツジェラルドの引用からはじめたいと思います、と私は話をはじめた。この引用は『ギャツビー』のみならず、フィッツジェラルドの作品全体を理解するうえで重要なものです。これまで私たちは『ギャツビー』とはどのような作品か話しあい、いくつかのテーマにもふれてきましたが、私の考えではこの小説の本質を決定づける隠れた全体的テーマがあります。それは喪失、幻想の喪失の問題です。ニックはギャツビーが何らかのかたちで関わる人間すべてを批判的に見ていますが、ギャツビー本人に対して同じ判断を下すことはありません。なぜでしょうか。フィッツジェラルドが短編「罪の赦(ゆる)し」の中で「正直な想像力」と呼ぶものをギャツビーはそなえているからです。

ここでミスター・ニヤージーがさっと手を上げた。「でもギャツビーはだれよりも一番不正直です」と甲高い声をはりあげる。「違法な行為で金を稼ぎ、犯罪者とつるんでいます」

ある意味ではそのとおりです、と私は言った。ギャツビーは何もかも、自分の名前さえもでっちあげます。ほかの登場人物はみな、もっと安定した立場やアイデンティティをもっています。ギャツビーはつねに他者によって創造されつづけます。ギャツビーのパーティでは、毎回ほとんどの客が、彼が何者で、どんなすばらしい、あるいは忌まわしいおこないをしたかという憶測を、ひそひそと交わしています。トムはギャツビーの正体を探りはじめ、ニック自身は謎めいたジェイ・ギャツビーに好奇心をそそられます。しかしギャツビーがかきたてる好奇心には畏怖の念が混じっています。現実のギャツビーは確かにペテン師です。けれども実はロマンティックで悲劇的な夢想家であり、みずからのロマンティックな妄想を信じたからこそ、彼は英雄的な存在になるのです。

ギャツビーは自分の人生のみすぼらしさに耐えられません。彼には「あくまでも希望を捨てない非凡な才能、ロマンティックな心構え」があり、「人生が約束するものに対する高度な感受性」があります。世界を変えることはできないから、自分の夢にしたがって自分自身をつくりなおすのです。ニックの説明を見てみましょう。「ロング・アイランドのウェスト・エッグに住むジェイ・ギャツビーなる人物は、彼が理想とする自己の観念から生まれた。彼は神の子であった――この言葉に何らかの意味があるとすれば、まさにこのような場合をいうのだろう。だから彼は父なる神の御業に、途方もなく大きな、けばけばしく通俗的な美を提供する仕事に取り組まなくてはならない。そこで彼はいかにも十七歳の少年が思い描きそうな、ジェイ・ギャッツビーという人間をつくりあげた。そしてその観念に最後まで忠実だった」

ギャッツビーが忠誠を尽くしたのは、こうしてつくり変えた自分に対してであり、その理想の実現をデイジーの声の中に見たのです。彼は夢見た自己の可能性に、桟橋の突端に輝く緑の灯に忠実でありつづけたのであって、富と繁栄のさもしい夢に忠実であったわけではありません。こうして「途方もない幻想」が生まれ、彼はそれに人生を捧げます。フィッツジェラルドの言葉を借りれば、「どれほどの情熱も新鮮な印象も、男が心にいだく幻想にはかなわない」のです。

ギャツビーのデイジーへの忠誠心は、彼の思い描いた自己への忠誠心と結びついています。「彼はいろいろと過去の話をした。それを聞いて僕は、彼がデイジーを愛するようになった何かを、ひょっとすると自分に関する何らかの観念を、とりもどそうとしているのではないかと思った。彼の人生はそのとき以来混乱し、狂ってしまったが、もう一度はじまりにもどり、すべてをゆっくりとやりなおせるなら、それが何かつきとめられるだろう……」

しかしながら、その夢は依然として不滅で、ギャッツビーと彼個人の人生を超えて広がっています。広い意味では、その夢はあの都市に、すなわちニューヨークそのものに、そしてアメリカ東部にあり、かつては無数の移民の夢、現在では新たな人生と刺激を求めてやってくる中西部人の憧れの地となった港に宿っているのです。ニューヨークは魅惑的な夢と中途半端な望みをかきたてる一方で、現実には、トムとマートルの関係のような陳腐な情事の隠れ場所になっています。ニューヨークは、デイジーのように、将来の望みを、幻影を漂わせますが、その幻影は手に入れたとたんに堕落し、腐敗してしまいます。ギャツビーの夢とアメリカの夢をつなぐのがこの街なのです。彼の夢はお金ではなく、みずからの将来の姿です。ここで語られているのは、物質主義の国ではなく理想主義の国としてのアメリカ、富を夢の回復の手段に変えた国としてのアメリカなのです。ここには卑俗な要素は何もありません。あるいは、卑俗さと夢とがすっかり混ざりあい、もはや区別できなくなっています。結局のところ、最高の理想ともっとも卑しい現実はつれだってあらわれるのです。最後のページを見てください。ニックがギャツビーの邸に最後のお別れをする場面です。バフリーさん、今日はいらしてますね。「海辺の大邸宅は……」ではじまる段落の三行目から読んでいただけますか？

「『そして月が高く昇るにつれ、無用な家々は消えてゆき、かつてオランダの船乗りの目に花開いて見えたこの島の古の姿が――新世界のみずみずしい緑の胸が、しだいにうかびあがってきた。すでに消え去った森が、ギャツビーの邸が建つ前にここに繁っていた森が、かつては最後にして最大の人類の夢にささやきかけていたのだ。この大陸を目の前にして、人はつかのま恍惚と息をのんだにちがいない。みずからの驚嘆の能力に見合ったものとついに史上最後の遭遇をはたし、はからずも理解を超えた美的観照に引きこまれたにちがいない』」

まだ読みますか？　ええ、次の段落の終わりまでつづけてください。

「『そうして僕はそこにすわって、遠い昔の未知の世界に思いをはせながら、ギャツビーがデイジーの住む桟橋の突端に輝く緑の灯をはじめて見つけたときの驚きを思った。はるばるこの青い芝生までやってきた彼にとって、夢はあまりに間近に見えて、つかみそこなうはずはないと思ったにちがいない。その夢がすでに過去のものであることを彼は知らなかった。ニューヨークの彼方の広漠たる辺土のどこかに、共和国の暗黒の野が夜の下で起伏するあたりにそれを置き去りにしてきたのを知らなかった』」

ギャツビーは生前、不正直になることも、自分について嘘をつくこともありましたが、ただひとつ彼にできなかったのは、自分の想像力を裏切ることでした。ギャツビーは最終的にみずからの「正直な想像力」に裏切られます。彼は命を落とします。現実においてこのような人間は生きのびることができないからです。

私たち読者は、ニックのように、ギャツビーに対し肯定と否定両方の気持ちをいだきます。すばらしいと思う点より悪い点のほうがはっきり感じられますが、これは私たちもニック同様、ギャツビーの夢のロマンティックな意味合いにとらわれているからです。ギャツビーの物語は、新天地と夢を求めてアメリカの岸辺にやってきた先駆者たちの物語と響きあいますが、彼らの夢はすでに、夢の実現にともなう暴力に侵されています。

ギャツビーはみずからの夢を手に入れようとすべきではなかったのです。デイジーですらそれがわかっていました。彼女はかつてないほどギャツビーを愛していますが、それでも自分の本性には逆らえず、彼を裏切らずにいられません。

ある秋の夜、二人は「歩道が月の光に白く照らされた」ところで立ち止まります。「ギャツビーは目の片隅で、歩道の敷石がまさしく梯子(はしご)となって、街路樹の上の秘密の場所へ上ってゆくのを見た――ひとりでなら、そこまで登ってゆける。そこに行きつけば、生命の粥をすすり、類ない驚異の乳をごくごくと飲むことができる。デイジーの白い顔が迫ってくると、彼の胸の鼓動はますます速くなった。この娘に口づけし、みずからのいうにいわれぬ幻想を彼女のはかない命に永遠に結びつけたら、自分の心は二度と神のごとく天翔(あまが)けることができなくなるとわかっていた」

では、八ページをあけて、「いや――ギャツビー自身は……」から読んでいただけますか。

「『いや――ギャツビー自身は結局なにも悪くなかったのだ。ただ、ギャツビーを食いものにしたもの、彼の夢の跡にただよう汚い塵(ごみ)に目を奪われて、挫折の悲しみや、人の歓喜のはかなさに対する関心を、僕は一時(いっとき)なくしてしまったにすぎない』」

ギャツビーにとって、富に近づくことは、目標を達成するための手段にすぎません。それは夢を手に入れるための手段なのです。夢のせいで、彼は想像と現実を区別する力を失い――「汚い塵」からおとぎの国をつくりあげようとします。しばらくはこうした夢想が「彼の想像力のはけ口をなしていた。それは現実の非現実性をこころよく暗示し、不動の岩のごときこの世界が、妖精の羽の上にしっかりとのっていることを保証してくれた」。

では、これまで話しあってきた要点をすべてまとめてみましょう。そう、この小説は具体的な人間関係の話、ひとりの男の愛と、それを裏切る女の話です。しかしまた、これは富の話、富の大いなる魅力とその破壊的な力、富にともなう不注意という欠点の話でもあり、そして、そう、アメリカの夢、富と力の夢、デイジーの家とアメリカへの玄関港に輝く魅惑的な灯の物語でもあります。そしてまた、ここには喪失が描かれ、夢が現実化と同時に崩壊しやすいことが描かれています。夢に憧れる心、その非現実性こそが、夢を純粋にするのです。

イランの私たちとフィッツジェラルドに共通するのは、私たちに取り憑き、現実を支配するに至ったこの夢、この恐ろしくも美しい、実現不可能な夢、実現のためならどれほどの暴力を使ってもかまわないような夢である。私たちにはこうした共通点があったが、当時はそのことに気づいていなかった。

ミスター・ニヤージー、夢というのは完全な理想で、それ自体で完璧なものなのよ。絶えず移り変わる不完全な現実に、どうしてそれを押しつけるようなまねをするの？　そういう人間は、ハンバートになって自分の夢の対象を踏みにじるか、ギャツビーになってみずから破滅することになるでしょう。

その日、教室を出るときには、自分でもようやくわかりかけてきたことについては黙っていた。それは私たちの運命がいかにギャツビーの運命に似てきたかということだった。彼は過去をやりなおすことで夢を実現しようとしたが、結局、過去は死に、現在はまやかしで、未来は存在しないことを知る。これは私たちの革命に似ていないだろうか？　共同の過去の名のもとにやってきて、夢の名のもとに私たちの人生をめちゃめちゃにした革命に？

22

講義が終わると疲れはてていた。私は何か大事な用事があるふりを装って、すぐに帰ろうとした。本当は用事などなかった。コートと帽子と手袋を身につけて大学を出た。どこにも行くところはない。その午後は大雪が降ったあと、清らかな白い雪が厚く積もった上に陽が射した。私には大好きな年上の幼なじみがいた。小さい頃、イギリスに送り出される前の話だ。彼女と私は、時おり雪の中を長時間歩いた。いつも二人のお気に入りの焼き菓子の店まで歩いたが、そこには本物のクリームを使ったすばらしいシュークリームがあった。私たちはシュークリームを買って雪の中にもどり、雪のきらめきに守られ、とりとめのないおしゃべりをしながらそれを食べ、ひたすら歩きつづけた。

大学をあとにして、本屋の並ぶ通りを歩きはじめた。路上でテープを売る商人たちが音楽のボリュームを上げ、足踏みして体を暖めている。ウールの帽子を目深にかぶり、口許から洩れる白い息が、音楽とともに立ちのぼり、青空に消えてゆく。歩きつづけていると書店街は別の店に代わり、子供の頃よく行った映画館の前に出たが、ここもすでに閉鎖されている。革命の歓喜に酔っていたあの時代に、おびただしい映画館が焼き打ちされた！　さらに進んで、フェルドウシー広場で足を止めた。イランの偉大な叙事詩人フェルドウシーにちなんで名づけられた広場だ。あの日、幼なじみと立ち止まり、シュークリームをなめながら笑いあったのはここだろうか。

　時がたつにつれ、テヘランの雪は大気汚染の悪化で汚れ、幼なじみは亡命し、私は国にもどった。帰国するまで、故国ははっきりした形をもたず、この手にとらえがたかった。それは時おりかいま見えるもどかしい影であり、古い家族写真の冷ややかななじみ深さを湛えていた。しかし、そうした感情はすべて過去のものだ。故国は私の目の前で絶えず変貌してゆく。

　その日、何かをなくしつつあるような、まだ起こっていない死を悼んでいるような感じがした。まるで個人的なものがことごとく踏みにじられているように感じられた――すべてが人工的に管理された豪華な庭園をつくるために、小さな野の花が踏みにじられるように。アメリカに留学中、このような喪失感は一度も感じなかった。あの頃、望郷の想いは、母国は私のものであり、望むときにいつでも帰れるという確信と結びついていた。国にたどり着いてから、私は初めて亡命という言葉の真の意味を知った。あの大好きな、なつかしい通りを歩きながら、足下に眠る思い出を踏みつぶしているような気がしてならなかった。

23

春の学期は不吉なはじまりかたをした。最初からほとんど授業が実施されなかった。この一年、政府は反政府集団を弾圧するのに忙しく、進歩的な新聞雑誌を発行停止にし、前政権の役人を処罰し、少数民族、とりわけクルド人との戦いをつづけてきた。いまや政府は、大学という反体制勢力の温床に目を向けた。大学ではムスリムの革命派は実権を握れなかった。すべての大学は、進歩的勢力の弾圧に抗議することで、いまや発禁になった新聞の役目をはたした。毎日のようにどこかの大学で抗議集会や講演、デモが組織され、なかでも主な舞台となったのはテヘラン大学だった。

ある朝、英文科の校舎に入った私は、何かがおかしいと気づいた。当時国会議長を務めていたハーシェミー・ラフサンジャーニーの拡大された写真が入口の向かいの壁に貼ってあった。その隣には、学生に大学閉鎖の「陰謀」を警告するビラがあった。写真とビラの下に、学生たちが大きな半円形をなして集まり、さらにその中に小さな輪ができているようだった。近づいてゆくと、学生たちは――なかには私の教え子もいたが――私のために道を空け、人だかりの中心では、ミスター・ニヤージーが左翼学生組織の指導者のひとりと激論を闘わせていた。

ミスター・ニヤージーは、政府の大学閉鎖の意図を激しく否定していた。相手の学生は、ラフサンジャーニー氏がマシュハド大学で、教育体制を浄化し、大学で文化革命を起こす必要性について語っていたことを指摘した。二人はしばらくのあいだ、周囲のざわめきに勢いを得て、押し問答をつづけていた。私は最後まで聞かずにその場を離れた。議論すべきことなどないのは明白だと思えたからだ。その頃、大学では世俗派と左翼勢力が優位を占めており、私たちの中にはその後のなりゆきをまだ想像できなかった者もいた。大学が閉鎖されるなどという考えは、女性がついにヴェール着用義務に屈する可能性と同じくらいありそうもないことに思えた。

ところが、政府は間もなく大学の講義を一時停止し、文化革命実行のための委員会を組織する意図を明らかにした。この委員会には大学をイスラーム共和国指導者の意にかなうようにつくりなおす権限があたえられた。彼らの望みは判然としなかったが、何を望んでいないかは本人たちがよく知っていた。彼らには望ましくない教職員や学生を追放し、新たな規則やカリキュラムをつくる権限が認められた。イランからいわゆる頽廃的な西洋文化を一掃しようとする最初の組織的な試みだった。大多数の学生と教職員はこの命令に従わず、テヘラン大学はふたたび戦場となった。

授業に行くのは日増しに困難になっていった。ひたすら動きまわっていれば、委員会の動きを止められるとでもいうように、私たちはみな集会から集会へとあわただしく駆けまわっていた。教授団も学生もデモをした。さまざまな学生組織のあいだには少なからぬ意見の相違があった。

学生たちは集団でデモやすわりこみをおこなった。私もそうしたデモに出かけたが、その時点ではどの組織にも共感をもっていなかった。左翼が権力を握れば、やはり同じことをしたはずだ。むろん、問題はそういうことではない。肝腎なのは大学を救うことであり、イランという国だけでなく、大学の破壊にも、私たち全員が責任を負っていたのである。

24

そうして一連の暴力的なデモが新たにはじまった。私たちのデモは、たいていテヘラン大学の前から出発し、進むにつれ群衆は増加した。デモ隊は貧しい地区に向かい、いつも狭い路地や特定の交差点にさしかかると、「彼ら」が姿をあらわし、ナイフと棍棒で私たちに襲いかかってきた。デモの参加者はちりぢりになるが、通りの先でまた静かに列を組む。曲がりくねった通りや未舗装のうねる路地を歩いてゆくと、突如「彼ら」がまたあらわれ、別の交差点でむきだしのナイフを手に襲いかかってくる。私たちはふたたび走って逃げ、何ブロックか先の地点でまた合流した。

ある日のことを特によく憶えている。その日、私は朝早くビージャンと家を出た。彼は大学の近くで私を降ろし、仕事に向かった。大学の何ブロックか手前で、若者を中心とする一団がプラカードを持ってキャンパスのほうに歩いて行くのを見た。その中にナスリーンがいた。彼女に会うのは二、三週間ぶりだった。ビラを持って前列を歩いている。曲がり角に来ると、ナスリーンともうひとりの少女が集団を離れ、通りに入った。私はナスリーンから約束の『ギャッツビー』のレポートをもらわなかったことを急に思い出した。彼女は唐突に私の人生に入ってきて、唐突に姿を消した。また会うことがあるのだろうか、とふと思った。

気がつくと、忽然とあらわれたシュプレヒコールを叫ぶ学生の一団といっしょに歩いていた。突然、どこからともなく銃声が響いた。本物の銃声だった。私たちは一時、大学の広い鉄の門の前に立っていたが、私は書店が建ち並ぶほうに駆けだしていた。ほとんどの書店は情勢不穏のため店を閉めていたが、まだ開いていた店の日よけの下に逃げこんだ。近くにいた音楽テープ売りが再生中のテープデッキを残して逃げていった。愁いに満ちた歌声が恋人の心変わりを嘆いていた。

その日は一日、長い悪夢のようだった。私は時間や場所の感覚もなく、さまざまなグループに合流してはちりぢりになり、通りから通りへとさまよっていた。午後には大きなデモがおこなわれたが、それはじきに学生と政府のあいだのすさまじい流血の衝突に変わった。政府はいつものならず者や暴漢、民兵に加え、各地の工場から労働者をバスで送りこみ、棍棒とナイフで武装させて、学生に対抗するデモを実行させた。労働者が選ばれたのは、左翼がプロレタリアートを当然のごとく味方として理想化していたからである。

銃撃がはじまると、私たちは四方八方に逃げた。一度、六年生のとき親友だった元クラスメートにばったり出くわした。銃声とシュプレヒコールの中で私たちは抱きあい、離れていたこの二十年近くの出来事をしゃべった。みんなテヘラン大学近くの病院に向かっていると彼女は言った。殺された学生と負傷した学生がそこに運びこまれたらしい。

人波の中でいつしか彼女とはぐれ、気がつくと、大きな病院の敷地内にひとり立っていた。その病院の名前は少し前にパフラヴィーからイマーム・ホメイニーに変更されたばかりだった。今度は、学生の死を表沙汰にしないために、警察と革命防衛隊が遺体を奪っていったという噂が流れていた。学生たちは病院を襲撃し、遺体の移送を阻止しようとしていた。

私は本館のほうに歩いていった。記憶の中の私は、決してたどりつかないまま、永遠に建物に向かって歩きつづけているようだ。こちらに走ってくる人々、反対方向に走ってゆく人々が交錯する中で、私は放心状態で歩いている。私以外のだれもが目的と行き先をもっているように見える。私はひとりきりで歩いていた。突然、こちらに向かってくる見慣れた顔が目に入った。マフタープだ。

立ちすくんで彼女を見つめる私の目に、そのときのマフタープは何よりも、危険にさらされた迷子の動物のように見えた。ショックのせいか、機械のようにまっすぐ一直線に歩き、姿勢をほとんど崩さない。マフタープがこちらに歩いてくるところを想像してほしい。二人の若い女性が私の視界をさえぎり、ふたたび彼女が——ベージュのゆったりしたシャツにジーンズを身につけたマフタープの姿があらわれる。マフタープは私の視線の先に入り、私たちの目が合った。彼女は私のわきを通りすぎる気でいたが、ちょっと立ち止まった。そこで私たち二人は、恐ろしい捜索の中でつかのまの時を分かちあった。マフタープが足を止めたのは、「やつら」がすでに病院の遺体安置所から遺体を奪っていったことを私に知らせるためだった。遺体がどこに運ばれたのかだれも知らなかった。マフタープはそれだけ言うと姿を消し、それから七年間、一度も彼女に会わなかった。

病院の敷地でひとり、走りまわる人群れのただなかに立ちつくしていたとき、奇妙な経験をした。あたかも私の心臓が体からもぎとられ、何もない空間に、これまで知らなかったはてしない虚空に、どさりと落ちたような感じがした。疲労を感じ、急に恐ろしくなった。撃たれるのが怖かったのではない。銃弾はあまりにも近かった。未来が私から遠ざかってゆくかのように、何かが欠けているのが怖かった。

25

学生たちは大学構内で、学校が閉鎖されないように寝ずの番をつづけていた。しかしとうとう、流血の戦いに近い激闘の末に（銃を持っているのは政府の部隊だけだったが）、学生たちは排除され、民兵と革命防衛隊と警察が大学構内を征服した。

このような徹夜の警戒の中で、ミスター・バフリーに会った。夜は不安に満ちていたが、同時に、こうした場合につきものの一見妙に和気藹々ある雰囲気が漂っていた。私たちはくっつきあって地面にすわり、冗談を言いあい、情報や話を交わし、時には暖かな夜が明けるまで議論をつづけた。バフリーは暗い隅でひとり木にもたれて立っていた。じゃあ、あなたはこの状況をどう考えるの、と私は訊いた。彼はおとなびた笑みをうかべた。いや、先生のほうこそどうお考えですか？　私はゆっくりと答えた。私の考えなんてますますどうでもよくなってるわ。こんなにどうでもいいなら、家に帰って、いい本を手に取って、少し眠ろうかしら。

彼もびっくりしただろうが、私も自分の答えにびっくりした。急にこれは私の闘いではないような気がしてきた。大方の参加者にとっては闘いの興奮がほとんどすべてだったが、私はそんなふうに興奮できなかった。大学を閉鎖するのがだれだろうと、左翼の学生だろうとイスラーム派の学生だろうと、それが私にとって何だというのだろう。重要なのは、そもそも大学は閉鎖してはならず、大学として機能するのをゆるされるべきであって、さまざまな政治勢力の戦場にすべきではないということだ。しかし、このような認識をようやく自分のものにし、はっきりと言葉であらわせるようになるまで、長い時間が――事実上それからさらに十七年かかった。さしあたり私は家に帰った。

それから間もなく、政府はどうにか全国の大学を閉鎖し、教員、学生、職員を粛清した。殺された学生や投獄された学生もいた。単に姿を消した学生もいた。テヘラン大学はおびただしい失望と悲痛の場と化した。私はもう二度と、革命当初の日々のように、無邪気に、あふれる熱意をもって、授業に急ぐことはなかった。

26

一九八一年春のある日――まだあの朝の陽射しとそよ風が頬に感じられる――私は無用な人間になった。私の国に、私の街に、私のふるさとに帰ってからちょうど一年のあいだに、イランという一語をイラン・イスラーム共和国に変えた法令が、過去と現在の私を無意味な存在にしたことを私は知った。このような運命に見舞われたのは私のほかにも大勢いたが、だからといって気が楽になるわけではなかった。

実際には、その前から私はすでに無用な人間になっていた。いわゆる文化革命とその後の大学閉鎖のあと、私は実質的に失業状態にあった。私たちは一応大学には行ったが、たいしてすることはなかった。私は日記を書き、アガサ・クリスティを読むようになった。アメリカ人記者と街を歩きまわり、マイク・ゴールドの描くロウアー・イーストサイドやフィッツジェラルドの描くウェスト・エッグの話をした。私たちは授業の代わりに絶え間ない会議に呼び出された。大学当局は私たちに働くのをやめるよう求めながら、一方で何も変わっていないふりをするよう求めた。大学は閉鎖されたが、教員は大学にいて、文化革命委員会に計画を提出する義務があった。

あの暇な日々の中で、いまも価値を失うことのない唯一の収穫は、自分の学科や他の学科の同僚と変わらぬ友情を結んだことである。私はグループの最年少の新入りだったので、多くのことを学んだ。同僚たちは革命前の日々について、興奮と希望について話してくれた。二度ともどってこなかった同僚の話も聞いた。

新たに選ばれた文化革命実行委員会が、法学部の講堂で、法律政治学部およびペルシア語外国語学・文学部の教授団と会談した。ヴェールの問題に関して、女性教職員には公式・非公式な指示があったにもかかわらず、大学で働くほとんどの女性はその日まで新しい規則を守っていなかった。その会合は私にとって、女性参加者がみなスカーフをかぶっている初めての会合となった。ただし三人だけ例外がいた。ファリーデとラーレと私である。私たちは独立心が強く、変わり者と見られていたので、三人ともヴェールをかぶらず会議に出た。

文化革命委員会のメンバー三人は、いやに高い演壇の上に落ちつかなげにすわっていた。その顔の表情は傲慢になったり、神経質になったり、ふてぶてしくなったりした。その会議はテヘラン大学において、教授団が政府と高等教育に関する政策を公然と批判した最後の場となった。大多数の教員は出しゃばった報いとして追放された。

ファリーデとラーレと私は、これ見よがしに、悪童のようにかたまってすわっていた。

私たちはひそひそささやきあい、たがいに相談し、発言を求めて手を上げつづけた。ファリーデは委員会が大学構内で学生を拷問し脅迫していると非難した。私は革命委員会に対して、月数千トマーンのためにうわべだけヴェールをつけるよう強要するのは、教員としてまた女性としての私の良心を傷つける行為だと言った。これはヴェールそのものではなく選択の自由の問題だった。私の祖母は、ヴェールの着用が禁じられたとき、三か月家から出なかった。私も同じようにあくまでも拒否するつもりだった。間もなく、ヴェールをかぶるか、さもなくば刑務所に送られ、鞭打たれ、下手をすると殺されるか、どちらか選ばされる日が来るなどとは夢にも知らなかった。

　会議のあと、私より実際的な同僚のひとりで、いわゆる「モダンな」女性だが、ヴェールをつけることを選び、私が辞めたあとも十七年間大学にとどまることになった人が、かすかな皮肉をこめて私に言った。「抵抗してもむだよ。こんなことで仕事をなくす気？あと二、三週間もしたら、食料品店でもヴェールをつけなきゃならなくなるわよ」

　むろん、大学は食料品店ではないと一言答えればそれですむ。だが、彼女は正しかった。じきに私たちはあらゆるところでヴェールをかぶらざるをえなくなった。そして風紀取締隊が規則を守らせるために、銃を持ち、トヨタのパトロールカーに乗って通りを監視するようになる。しかし、あの明るく晴れわたった日、私と同僚たちが抗議の意志を明らかにした日には、将来そのようなことが起こるとは思えなかった。大勢の教員が異議を唱えたし、いつかは勝てるかもしれないと思っていた。

私たちは得意満面で会議から出てきた。委員会の負けは明らかだった。彼らの返答には説得力がなく、会議が進むにつれ、ますます支離滅裂な、弁解めいたものになっていった。講堂から出ると、ミスター・バフリーが友人といっしょに私を待っていた。彼は私の同僚には話しかけず、私ひとりに向かって言った。どうしてこんなことをするのか、僕にはわかりません。僕らは友人ではなかったのですか。そうよ、友人よ、でもこれは個人的な感情には何の関係もないの――そういうことではないのよ。でもそういう行為によって知らず知らずのうちに、敵を、資本主義者を助けているのがおわかりになりませんか、と彼は悲しげに訴えた。革命を救うために二、三の規則にしたがうように求めるのがそんなに無茶な要求ですか？　それはだれの革命なのかと訊いてみてもよかったけれど、そうは言わなかった。ファリーデとラーレと私は有頂天だったし、これからお祝いのランチに出かけるところだった。

それから数か月後、いくつかの委員会が設置され、もっとも優秀な教員と学生の一部を粛清した。A先生は辞職してアメリカに向かうことになる。ファリーデは大学から追放され、のちにヨーロッパに渡る。あの最初の日にA先生の研究室で出くわした、若く元気な教授もやがて追放された――十一年後、テキサス州オースティンで開かれた会議で私は彼と再会した。グループの中ではラーレと私だけが残ったが、私たちもほどなく追放されることになる。政府はヴェールの着用を義務づけ、さらなる学生、教員を裁判にかけた。私はもう一度デモに行った。呼びかけたのはモジャーヘディーネ・ハルグだが、トゥーデ党(共産党)とフェダーイヤーネ・ハルグを除くすべての反政府勢力が支持したデモである。すでにイスラーム共和国の初代大統領バニーサドルは身を隠しており、間もなく国外へ亡命することになる。五十万以上の人々が参加した闘いは、イラン革命におけるもっとも血なまぐさい闘争のひとつになった。千人以上が逮捕され、十代の若者をふくむ多くの人々が即刻処刑された。八日後の六月二十八日、イスラーム共和党本部が爆破され、党員および政府の要人八十人以上が殺された。政府はほぼ手当たりしだいに個人を逮捕、処刑して、報復した。

大学当局が私を解雇する手続きに入った際、私を弁護し、できるかぎり追放を遅らせてくれたのは、奇妙なことに、世俗派の同僚ではなく、ミスター・バフリーとその仲間たち——その学期、欠席の多さからほぼ例外なくFの評価を受けた学生たちだった。

もはや過去のものと思っていた感情がふたたびよみがえったのは、それからおよそ十九年後、イスラーム体制がまたもや学生に敵対したときだった。今度は、政府が発砲した相手は、政府みずから大学入学を認めた学生、すなわち現体制の子供たち、革命の子供たちだった。ふたたび私の学生たちは、革命防衛隊と自警団に奪われた遺体を捜しに病院に駆けつけ、負傷者がひそかに運び出されるのを阻止しようとした。だが今回、私は想像の中であの病院の敷地を歩いていた——ワシントンDCにある自分の研究室で、イランの教え子からのファクスや電子メールを前にして、その激しく興奮した言葉の向こうにあるものを読みとろうとしながら。

ミスター・バフリーがいま、現在、どこにいるのか知りたい。そしてこう訊いてみたい。結局どうだったの？　これがあなたの夢、あなたが夢見た革命だったの？　私の記憶の中のすべての死者のためにだれが罰せられるの？　私たちがほかの用事に移る前に、靴やクロゼットの中に隠した、あの殺され、処刑された人たちのスナップ写真のために、だれが罰せられるの？　教えて、ミスター・バフリー——あるいは、ギャツビーの奇妙な口癖を借りるなら、ねえきみ（オールド・スポート）——私たちが抱えこんだこの死体の山をどうするの？

第三部　ジェイムズ

1

戦争はある朝、突然やってきた。戦争開始の発表があったのは、一九八〇年九月二十三日、学校や大学の新学期がはじまる前日のことだった。私たちはカスピ海への旅行からテヘランにもどる車中のラジオでイラクによる攻撃を知った。すべてはいともあっさりはじまった。ニュースキャスターは、誕生や死を告げるように淡々と事実を発表し、私たちはそれを取り返しのつかない事実として——今後つねに考慮に入れざるをえず、徐々に生活の隅々にまで浸透してゆく事実として受けとめた。この予期せぬ決定的瞬間に当たる出来事が、この世にどれだけ存在するだろうか。それは、朝起きたら、自分ではどうにもならない力によって人生が永久に変えられてしまったことを知る瞬間である。

戦争の引き金は何だったのか。新たに登場したイスラーム革命派の傲慢な態度だろうか。彼らは中東において反動的で異端であると見なした体制を挑発しつづけ、それらの国の人々に蜂起を呼びかけていた。それとも、国外追放されたアーヤトッラー・ホメイニーを、噂ではシャーとの密約によりイラクから追放したサッダーム・フセインに対し、イラン新体制が特に敵意を燃やしていたからだろうか。あるいは、古くからのイラン・イラク間の敵愾心に加え、イラクがイランの革命政権を敵視する欧米から支援を約束され、速やかな勝利を夢見たからだろうか。

過去をふりかえって、歴史的な事件をまとめ、分析、分類して論文や書物にすると、当初の無秩序は消え失せ、それらの事件は、当時の人が決して感じたことのない論理と明晰さを獲得する。だが、私にとっても、何百万ものふつうのイラン人にとっても、あの戦争は、穏やかな秋の朝にいきなりやってきた、予想外の忌まわしい出来事、まったくばかげた事件にほかならなかった。

私はその秋ずっと、かぐわしい庭園とうねる小川に囲まれた、近所の緑豊かな広い小道を長時間歩きまわっては、戦争に対する自分の矛盾した感情について考えた。私の怒りの中には、故郷と母国への愛とそれらを守りたいという願いとが混じっていたからだ。ある九月の夕方――つかのま、夏と秋の混じりあう気配が大気中に満ちる、あの季節のはざまの黄昏時に――物思いに耽っていた私は、ふと目の前に広がる鮮やかな夕映えに気をとられた。近くの木立にからんだつる植物の細い枝のあいだにゆらめく夕暮れの光がたまたま目に入った。その夕陽のかすかな反映に見とれていたら、反対側から通行人が二人やってきて、注意をそらされた私はまた歩きつづけた。

坂道の下の右側の壁に、大きな黒字でアーヤトッラー・ホメイニーの言葉が書かれていた。「この戦争はわれわれにとって大いなる祝福である！」私はそのスローガンを怒りとともに心に刻んだ。だれにとって大いなる祝福だというのか？

2

イラクとの戦争はその九月にはじまり、一九八八年七月末までつづいた。八年間の戦争中に私たちが経験したすべてと、その後の人生の方向は、何らかのかたちでこの紛争の影響をこうむった。それは史上最悪の戦争というわけではなかったが、それでも死傷者は百万人にのぼった。当初、戦争に直面したことで、分裂していた国民は一致団結するかに見えた。私たちはみなイラン人であり、母国が敵の攻撃にさらされたのである。ところが、このような闘いにさえ参加をゆるされぬ人が大勢いた。体制から見れば、敵の攻撃対象は、イランのみならず、イスラーム共和国であり、イスラームそのものであった。

体制が国民の二極化を進めたせいで、生活のあらゆる面が混乱に見舞われた。神の軍隊は、悪魔の使者すなわちイラクのサッダーム・フセインと戦うのみならず、国内の悪魔の手先とも戦っていた。革命開始当初から、戦中、戦後を通して、イスラーム政権はつねに内なる敵との聖戦を忘れることはなかった。いかなる体制批判も、いまやイラクにそそのかされた企み、国家の安全を脅かす危険なものと見られるようになった。体制が掲げるイスラームの理念に忠誠心をもたない団体や個人は、戦争努力から排除された。そうした人々は殺されるか、前線に送られることもあったが、みずからの社会的、政治的選択を表明する術はなかった。世界には二つの軍隊、つまり神の軍隊と悪魔の軍隊しかなかったからである。

こうして、あらゆる出来事、あらゆる社会的身ぶりもまた、国家に対する象徴的な忠誠の表現となった。新体制はすべての政治システムに多かれ少なかれそなわっているロマン主義的な象徴化をはるかに超えて、純然たる神話の世界に生きるようになり、破壊的な結果を招きよせた。イスラーム共和国は、預言者ムハンマドがアラビア支配時代に築きあげた共同体の原理にのっとっているだけでなく、預言者の統治そのものであるとされた。イラクとの戦争は、シーア派第三代イマームで、とりわけ戦闘的なイマーム・ホセインの不信心者との戦いに等しく、イラン人は、イマーム・ホセインの聖廟があるイラクの聖地カルバラーを征服する気でいた。イランの大隊は預言者や十二人のシーア派の聖者にちなみ、アリー、ホセイン、マフディーなどと名づけられた。マフディーは第十二代イマームで、シーア派のムスリムはこのマフディーの再臨を待ち望んでいる。イラクに対する攻撃作戦には決まってムハンマドの有名な戦闘にちなんだコードネームがつけられた。アーヤトッラー・ホメイニーは単なる宗教的、政治的指導者ではなく、生まれながらにしてイマームであった。

その頃、私は貪欲なコレクターになった。前線に行く前にしたためた遺書とともに新聞に掲載された若い殉教者たちの写真（なかにはほんの子供もいた）を切りぬくのが習慣になった。敵の戦車の前に身を投げ出した十三歳の少年に対するアーヤトッラー・ホメイニーの賛辞を切りとり、前線に送られる際に、首にかける天国への鍵をわたされた青年たちの話を集めた。彼らは、殉教者になれば、まっすぐ天国に行けると聞かされていた。日記の中にさまざまなことを記録したいという衝動からはじまった行為は、しだいに熱にうかされたような貪欲な収集行為に変わっていった。まるでこうすれば、私の手に負えない強大な力にまじないをかけ、私なりに律することができるとでもいうように。

ラジオ、テレビ、新聞には戦争の話があふれていたが、この戦争の実態がわかるまで、しばらく時間がかかった。当局は灯火管制を利用するよう国民に勧め、警報装置で指示を出した。空襲警報につづいて、次のような声が流れる。「空襲警報！　空襲警報！　危険です。避難場所（シェルター）に行きましょう……」避難場所？　どこにそんなものがあるの？　八年間の戦争中、政府は一度として市民の安全確保のための総合的な計画を立てなかった。避難場所とは、アパートの地下ないし下のほうの階のことで、時には避難した人が崩れ落ちた建物の下敷きになることもあった。しかし、大多数の市民がみずからの無防備な状態に気づいたのは、のちに、他の都市同様、テヘランも空襲に見舞われるようになってからだ。

私たちが戦争に対して抱く矛盾した気持ちの裏には、体制に対する矛盾した気持ちが潜んでいた。テヘランへの空襲がはじまった頃、裕福な地区の家が被害にあった。その家の地下室には反政府ゲリラが住んでいたという噂が流れた。当時、国民議会議長だったハーシェミー・ラフサンジャーニーは、怯えた住民をなだめるため、これまでのところ爆撃によるたいした被害はない、と金曜礼拝で語った。犠牲者は「傲慢な金持ちと不穏分子」で、遅かれ早かれ処刑されたはずの輩である。ラフサンジャーニーは、女性は就寝中もきちんと服を着るようにと勧めた。そうすれば、爆弾が落ちてきても「あられもない姿を人目にさらさずに」すむからである。

3

「お祝いしましょ！」友人のラーレはそう叫ぶと、私たちのお気に入りのレストランの席についた。私は店で彼女を待っていた。例の文化革命委員会との対決から二、三週間後のことで、規則にしたがわなければ大学から追放されるのは時間の問題だと、もう二人ともわかっていた。政府が職場でのヴェール着用を義務づけたばかりだったから、ラーレが上機嫌な理由がよくわからなかった。何をお祝いするの、と私は訊いた。「今日ね」――ラーレはそこで言葉を切り、興奮して息を吸った――「九年目にして――正確には八年半目にして――正式に大学から追放されたの。あなたの言葉を借りれば、正式に無用な人間になったのよ。だからお昼はおごらせて！　あたしの新たな身分を祝して、人前で飲むわけにはいかないから、思う存分食べまくりましょ」生活の手段をなくすという事態を、それ以上に、自分が愛し、得意とする仕事を失うという事態を、何でもないことのように見せるため、ラーレは果敢な努力をして言った。毅然たる態度、と人はいうだろう。だが、この毅然たる態度は、友人や同僚のあいだでまさに流行になりつつあった。

ラーレはその日、自分の状況について心理学科長と話しあうために大学に行った。彼女は数年前にドイツから帰国して以来心理学科で教えており、その日も当然スカーフをしていなかった。当然のことだ！　守衛がケージの中から大声で呼びとめた。いま私が思い描く守衛の詰め所は、文字どおり檻のような、大きく突き出た格子の建物のようなものだが、実際はむしろ金属か何かでつくられたバラックだったかもしれない。それともセメントだろうか？　窓や横の入口があっただろうか？　ラーレに電話して訊いてみてもいい。彼女も二年前、ついにアメリカに移住し、いまはロサンジェルスに住んでいる。ラーレなら私とちがって記憶力がいいから教えてくれるだろう。

あの新しい守衛に会った？　とラーレは訊いた。フォークの先からレタスがだらりと垂れている。あの陰気な顔の、もっさりしたやつ。すごく大きな……。ラーレは「太った」という言葉を避けようとしていた。いいえ、お目にかかったことはないけど。とにかくね、ローレルとハーディのハーディぐらい大きいの。ううん、もっと大きい。彼女は断固としてレタスを噛みながら言った。でもハーディと似ているのはそこだけね。だって、そいつはぶよぶよしているけど陽気じゃないのよ。食べることを楽しむことさえない、陰気な太りすぎの男のひとりなの――いるでしょう、そういうタイプ。

お願いだからその陰気な顔の守衛の話をやめて、話をつづけてちょうだい、と私は訴えた。ラーレは、すべってなかなかフォークに刺さらない小さなチェリートマトと格闘していて、ようやく突き刺さるまで一言もしゃべらなかった。ラーレはやっと話を再開した。その守衛がケージから出てきて、身分証明書を見せろって言うの。それであたしは身分証明書を取り出して、守衛の目の前で振ってみせてから、歩きだした。そうしたらまた呼ぶの。そんなふうに入っちゃいけないのはご存じでしょう、ですって。あたし言ってやったわ。過去八年間、こんなふうにこの門をくぐってきたのよ。いえ、スカーフをつける必要があるんです――新しい規則ですって言うから、それはこっちの問題だから、あなたには関係ないって言ってやったの。でも敵は引き下がらなかった。自分にはどんな女性でも止める権限が――と言いかけたところで、私はただの女性じゃありません！　って、できるかぎりの権威をこめて言ったの。

向こうは反論したわ。でもここに、学長自身が署名した命令書があるんです、いかなる女子も――いや女性も――その状態では通してはならない。その状態って言ったの、と私は訊いた。そう、そう言ったの。足を踏み出したら、守衛が立ちはだかった。右に一歩動いたら、向こうも右に動く。あたしが止まると、向こうも止まる。しばらくにらみあっていたら、向こうが言うの。その状態で通したら、自分が責任を問われます。その状態って、どんな状態？　私の知るかぎり、私の状態に責任があるのは私だけです、私に対して責任があるなんて触れまわるのはやめてちょうだい。どうしてあのあわれな男と言い争うようなばかなまねをしたのかわからない。そう言うラーレの手はいまや興奮で震えていた。あんなやつにわかりっこないのに。二、三分、そのままにらみあっていて、衝動的にあいつの肩越しに左のほうを見たら、あいつもふりむいたから、そのすきに駆けだしたの。駆けだした？　そう、走ったの。

　ここで仔牛肉のスカロッピーニとマッシュポテトが出てきた。ラーレはポテトに隠された宝物でも探すように、フォークで熱心にかきまわしはじめた。あきらめると思ったのよ。ようやく口を開いたラーレは言う。だって、大学当局に電話で知らせればそれでいいわけでしょ。でも、あいつはそうじゃなかった。立ち止まって、ついてこないかどうかふりかえって確認したら、あいつはまだそこにいて、ベルトを引っぱりあげて、お尻を左右に振ったの。ほんとよ。お尻を振った？　ほんとにそうしたのよ。ラーレはマッシュポテトの中でフォークを振ってみせた。それから追いかけてきたの。

　ラーレと太った守衛は、青葉の並木がつらなる構内の広い通りを全力疾走で横切った。ラーレは時おりうしろをふりむいたが、彼女が立ち止まるたびに、相手は追いつこうとするどころか、見えないブレーキをかけたように急停止し、ベルトを引っぱりあげて、お尻を振り、それから追跡をつづけたのだという。陸に上がって口をぱくぱくしているぶざまな巨大な魚みたいだった、とラーレは言う。

ラーレはびっくりした学生三人とすれちがい、ペルシア語外国語学・文学部に通じる短い階段を下り、ひび割れに靴のかかとをひっかけてあやうく転びそうになり、校舎の前の広い空き地を通りすぎ、開いた入口を走りぬけて、ひんやりと暗いホールに入り、二階に通じる幅の広い階段を上り、心理学科の入口で急停止して、戸口で同僚と話していた学科長の腕の中に倒れこみそうになった。学科長は狼狽を隠そうとして叫んだ。ナスリー教授、どうしたんですか、暴動でもあったんですか？　間もなく、職務に忠実な例の守衛が、必死の涙にも似た汗を頰にしたたらせてあらわれ、帽子を手に、ドアのそばで急ブレーキをかけて止まった。守衛が事情を説明すると、学科長は笑うべきか眉をひそめるべきかわからず、しかるべき筋にきちんと報告することを約束して、守衛を帰した。一時間後、ラーレは心理学科のドアを出て、大学の門にもどり、守衛には目もくれずに、確固たる足どりで外に出た。いまや自由な女として。

自由な女？　そうよ、いますぐ規則に従うか、クビか、どちらか選べと言われたの。規則には従わないことを選んだから、あたしはいまや自由な女なのよ。これからどうするの、と私は訊いた。自分もラーレと同じ立場なのを忘れたかのように。さあね、とラーレは肩をすくめた。また裁縫をするか、ケーキでも焼くわ。

ここがラーレの意外な点だった。およそケーキなど焼きそうもない人に見えたが、実は服の仕立てはお手のもので、料理もとびきりうまかった。初めてラーレに会ったとき、私とは正反対の人間に見えた。几帳面で、ややそっけなく、品行方正といっていいようなタイプに思えた。ドイツで教育を受けた経歴も、このような誤解を深める結果になった。「非の打ちどころない」という言葉はあなたのためにつくられたような言葉ね、と私はよく彼女をからかったものだ。ラーレのことを深く知るようになって、こうした几帳面さは、飽くことを知らぬ欲望にも等しい情熱的な気性の隠れみのであることを知った。

ラーレの髪は濃く、しかもすこぶる強くて扱いづらかった。櫛もブラシもジェルも、パーマでさえ歯が立たない。それでも長時間、苦心して髪をまっすぐにし、髪型をととのえた結果、厳格で恐ろしげな既婚婦人という風貌を醸しだしていた。頭を剃らないかぎりこうするしかないのよ、とラーレはよく腹立たしげに言っていた。いたずらっぽくきらめく大きな黒い瞳だけが、他のあらゆる点で保守的な外見が見せかけにすぎないことを明かしていた。のちに、私の三歳の娘と木に登るラーレの姿を見たとき、彼女がみずからの気まぐれな願いを抑えるために、どれほどの自己抑制を必要としてきたかがよくわかった。

結局、ラーレは二年近くも裁縫で生計を立てなくてはならなかった。専門の児童心理学の臨床家となる免許はもっていなかったし、ヴェールをして教壇に立つのは拒否したからだ。そこでラーレは大嫌いな裁縫の仕事をはじめ、私もふくめた友人たちは、しばらくのあいだ美しい花柄の更紗のスカートを着て歩きまわることになった。ある友人が自分の学校で働いてほしいと頼むまでそれがつづいた。

その日、私たちの食欲には際限がなく、ラーレはカスタードプディングを注文し、私はバニラとコーヒーのアイスクリームとトルココーヒーを頼み、クルミもつけてもらった。私は思いに沈みつつ、コーヒーをかけたアイスクリームにクルミをふりかけた。二人とも自分の属する学科の状況について考えこんでしまった。ファリーデはすでに追放され、A先生はアメリカへ向けて発った。何とか無傷で残っている用心深い同僚たちは、ファリーデが追放されたのは、大学当局のせいというより、彼女自身の依怙地(いこじ)な抵抗、ある同僚の独創的な表現によれば、ラバのように頑固な性格のせいだと言っていた。

4

数日後、私はもう一度ミスター・バフリーと会うためにテヘラン大学に行った。新しい規則に従うよう説得するため、彼のほうから話しあいを求めてきたのだった。大学の入口で駆けっこをする覚悟で行ったが、驚いたことに、ラーレと同じ扱いは受けなかった。勤務中の陰気な守衛は、話に聞いた人物ではなかった。太ってもやせてもおらず、身分証明書の提示さえ求めなかった。私が通るのを見て見ぬふりをしただけだ。ミスター・バフリーが手出しをしないよう言いふくめておいたのかもしれない。

会議室は、文学と革命の役割について初めてミスター・バフリーと話しあったときと同じように、広く、ひんやりして、からっぽで、埃っぽい感じがした。もっとも、長いテーブルと十二脚の椅子を除けば、埃がたまる表面などなかったのだが。ミスター・バフリーと彼の友人は、すでにテーブルの中央付近に、ドアのほうを向いてすわっていた。私が入ってゆくと二人とも立ち上がり、私が着席するのを待って、また腰をおろした。私は彼らの向かいに席を占めた。

ミスター・バフリーは早速本題に入った。ラーレのとっぴな行動にふれ、「この種のふるまい」に対する大学当局の見上げた忍耐について話した。話しあいのあいだじゅう、彼は黒い万年筆から目を離さず、何か不思議な物体の謎を解き明かそうとするかのように、それを手の中でまわしつづけていた。ミスター・バフリーもその友人も、革命前、貧しく保守的な地区に行くときにナスリー教授がいつもスカーフを着用していたのを知っていた。それはそこに住む人々の信仰に配慮したわけで、命令だからつけたわけじゃないわ、と私は冷ややかに言った。ミスター・バフリーの友人は最初から最後までほとんど口をきかなかった。

布きれ一枚のことでなぜそんなに騒ぎたてるのかわからない、とミスター・バフリーは言う。もっと重要な問題があるでしょう。革命そのものが危機に瀕しているのがわかりませんか？　西洋の帝国主義者の悪魔的影響と闘うのと、革命派のあいだに分裂をもたらす個人的好みに固執するのと、どちらが重要ですか？　このとおりの言い方ではなかったかもしれないが、そういう趣旨の話だった。当時は実際にこういう話し方をしていたのだ。革命派と知識人のあいだでは、イスラーム化したソヴィエト小説の登場人物のような、台本を読んでいるようなしゃべり方が見られた。

信仰の守護者であるミスター・バフリーがヴェールを布きれと表現したのは皮肉なことだ。いやがる人に押しつけるなどというまねをせず、その「布きれ」にもっと敬意を払うべきだ、と私は言わなければならなかった。決してヴェールはかぶらないと誓った私たちがヴェールをしているのを見たら、学生はどう思うだろう？　月何千トマーンかのために心を売ったと言うのではないか？

しかし、彼に何がわかるだろう。厳格なアーヤトッラーが、盲目の、胡乱な哲人王が、ある国とその国民に自分の夢を押しつけ、近視眼的なヴィジョンによって私たちをつくりかえようとした。そしてムスリムの女性、ムスリムの女性教員としての理想像を定め、その理想どおりにふるまい、生きろと私に要求した。ラーレと私がその理想像を拒否したのは、政治的立場ではなく、自分の存在に関わる問題だからだ。ミスター・バフリーにこう言ってもよかった。私が拒否しているのはその布きれではなく、自分が無理やり別の姿に変えられ、鏡の中の見知らぬ自分に憎悪を感じることなのだと。

私はその日、自分の見解をミスター・バフリーと「話しあう」ことの虚しさに気づいたのだと思う。地上における神の代理人に反論できる人間がいるだろうか？　ミスター・バフリーは、少なくとも当面は、自分は正義の側にいるという明白な事実から力を得ており、私は迷える罪人がいいところだった。数か月前からいつかそうなるとわかっていたが、その日、ミスター・バフリーたちと別れたあとで、私は初めて自分がいかにこの社会で無用な人間になってしまったかを悟った。

　会議室を出る際、今度は彼と握手しようとするようなまちがいはしなかった。ミスター・バフリーは、賓客をドアまで送る礼儀正しい主人のように、うしろでしっかりと手を組んで私についてきた。私はおかまいなく、とくりかえし、急いで立ち去ろうとして階段を転げ落ちそうになった。一階に着くあたりでふりかえると、彼はまだそこに立っていた。すりきれた茶色のスーツに身をつつみ、マオカラーのシャツを上まで留め、うしろ手を組んで、当惑した顔で私をじっと見おろしていた。恋人の別れの挨拶ね、とのちにラーレはいたずらっぽく言った。彼女の涼しい居間で、またもやアイスクリームを食べながら、その話をしたときのことだ。

　その日の午後、ミスター・バフリーと別れてから、四十五分ほど歩いてお気に入りの英語書籍の店に立ち寄った。近い将来もう来る機会がないかもしれないという恐れに駆られ、衝動的に訪れたのである。私の勘は正しかった。それから数か月後、革命防衛隊がその書店に踏みこんで閉鎖させた。扉に取りつけられた大きな鉄の閂（かんぬき）と鎖が、決定的な措置であることを物語っていた。

　私は貪欲な切迫感をもって本を集めはじめた。ペーパーバックにとりかかり、ヘンリー・ジェイムズのほぼ全作品とオースティンの六つの長編をすべて集めた。E・M・フォースターの『ハワーズ・エンド』と『眺めのいい部屋』を手にとった。それから、まだ読んだことのない本、ハインリヒ・ベルの長編四作と、ずっと昔に読んだ本――サッカレーの『虚栄の市』、スモレットの『ロデリック・ランダムの冒険』、ソール・ベロウの『フンボルトの贈り物』と『雨の王ヘンダソン』を選ぶ。二か国語のリルケ詩集とナボコフの『記憶よ、語れ』をとった。無削除版の『ファニー・ヒル』を買うべきかどうかでしばし悩みさえした。それからミステリにかかった。ドロシー・セイヤーズを何冊か手にとり、何ともうれしいことに、E・C・ベントリー『トレント最後の事件』、アガサ・クリスティの新しい本二、三冊、ロス・マクドナルドの選集、レイモンド・チャンドラーの全作品とダシール・ハメット二冊も見つけた。

全部買えるだけの持ち合わせがなく、買える分だけ少し買った。残りは後払いで持っていっていいという店主の寛大な申し出は断った。後日買いに来ることにした本を二つの大きな紙袋に入れながら、店主は愉快そうな笑顔をうかべて言った。大丈夫、だれも持っていきやしませんよ。もうこういう作家を知る人はいませんから。それにいま、このご時世に、だれがこんな本を読みたがりますか？

そのとおり、だれが読みたがるだろう。私のような人間は、マイク・ゴールドに対するフィッツジェラルドのように、あるいはスターリン体制のソ連に対するナボコフのように、英国の社会主義団体フェビアン協会に対するジェイムズのように、同時代の革命家に対するオースティンのように、無用な存在であるような気がした。タクシーの中で、その日買った本を取り出し、表紙をながめ、ふれるとやわらかくしなう、つややかな表面をなでた。ミスター・バフリーとの話しあいの結果、大学を追放されるのは時間の問題だとわかっていた。追放されるまでもう大学に行くのはやめようと決意した。これからは時間がたっぷりあるから、やましい思いをせず読書に専念できる。

5

ほどなく政府は公共の場における女性の服装を規制する新しい規則を可決し、チャドルないしは丈の長いコートとスカーフの着用を義務づけた。これまでの経験から、このような規則を守らせるには、力ずくで実施するしかないとわかっていた。この法律には女性たちの圧倒的な反対があったため、政府はまず職場で、次に商店で新規則を施行し、ヴェールを着用していない女性との取引を禁じた。規則に従わない者には罰金が科され、ひどい場合は鞭打ち七十六回に牢獄行きだった。政府はのちに悪名高い風紀取締隊を創設した。武装した四人の男女が白いトヨタのパトロールカーで通りを監視し、法律の遵守を強制したのである。

いま、あの時期のばらばらな出来事をつなぎあわせようとしていて気づいたが、自分が深淵か虚空に落ちてゆくような感覚が強まったのは、同時に起きた二つの重大な事件――つまり戦争と失業の時期と重なっていた。日常の習慣がいかに安定した生活という幻想をつくりだしているものか、私はそれまで知らなかった。教員とも物書きとも呼べない身分になったことで、いつも着ている服を着て、自分の体のリズムで街を歩けなくなったことで、叫びたいときに叫んだり、とっさに同僚男性の背中を叩いたりできなくなったことで、そうしたすべてが違法な行為になったことで、私はまるで空中を歩く重さをなくした存在に、紙の上に書かれただけの、さっと消されてしまうような架空の存在になった気がした。

新たに生じたこの非現実的な感覚から、私は新しいゲームを生み出した。いま思えば一種のサバイバルゲームのようなものだ。絶えずヴェールに取り憑かれていた私は、幅がたっぷりある黒いコートを一着買った。丈は足首まであり、キモノのような長い幅広の袖がついていた。この袖の中に手を引っこめ、手がないふりをする癖がついた。しだいに、このコートを着るときには全身が消えてしまうふりをするようになった。腕も、胸も、お腹も、脚も溶けて消え、私の体の形をした布だけが、見えない力に導かれて動きまわっている。

このゲームがはじまったときをはっきり憶えている。学位を確認しようとした友人と高等教育省に行った日のことだ。警備員は私たちを頭から足の先までボディチェックしたが、私が生涯に遭ったことのある数多くの痴漢行為の中でも、これは最悪の部類に入る。女性警備員は、両手を上に、もっと上にあげてと命じて、念入りに私の体を探りはじめ、全身くまなく調べあげた。そして、私がコートの下にほとんど何も着ていないような状態だったことに文句をつけた。私はコートの下に何を着ようがあなたには関係ないと言った。その女はティッシュをとり、私に頬の汚れを拭きとりなさいと言った。私は何もつけていないと答えた。すると警備員は自分でティッシュをとって私の頬をこすったが、期待した結果は得られなかった。いま言ったように本当に化粧などしていなかったからだ。警備員はますます激しくこすったので、皮膚をこすり取るつもりかと思った。

顔はひりひりし、汚されたように感じた——体全体が、脱ぎ捨てなければならない汚れた汗くさいTシャツになったような気がした。このゲームのアイディアがうかんだのはそのときだ。私は見えない存在になることにした。あの女のがさつな手は、表面だけそのままにして、内部を見えなくする逆X線だった。念入りな検査が終わる頃には、私は風のように軽く、肉も骨もない存在になっていた。この魔法のコツは、見えない存在のままでいるためには、ほかの堅い面、とりわけ人間との接触を避けることにある。他人に存在を気づかせないほど、私は不可視の存在になれるからだ。しかしもちろん、たとえば何かというと人の邪魔をする当局者に反抗したくなったときなどには、体の一部を呼びもどし、髪をちらりと出しておいたり、隠れていた目をまた出して、相手が気まずくなるほどまじまじと見つめたりした。

私は時々ほとんど無意識に、たっぷりした袖の中に手を引っこめ、自分の脚やお腹にさわってみた。私の体はあるの？　私は存在しているの？　このお腹は、脚は、この手は？　不幸にして、革命防衛隊とわれらが風紀監視員は、私と同じ目で世界を見ていなかった。私が音もなく通りをさまよう空気のような存在を見るところに、彼らは手と顔とピンクの口紅を、はみ出た髪と規則に合わない靴下を見るのだ。

私のような人間はいまの社会とは何の関係もない存在になったと、絶えず自分の胸にくりかえしたのは、あるいは聞いてくれる人なら相手かまわず言いつづけたのは、この時期のことだった。このような病的な状態は私ひとりに限らなかった。ほかにも大勢の人がこの世で自分の居場所をなくしたように感じていた。私はアメリカの友人あてに、いささか大仰な調子で次のように書いた。「無関係になるとはどういうことかって？この世でやり残したことがある幽霊になって、昔住んでいた家を訪ねるような感じよ。想像してみて。よく知っている建物なのに、ドアは木製ではなく金属製に変わっていて、壁はけばけばしいピンク色に塗られ、あんなに好きだった安楽椅子は影も形もない。仕事部屋は居間になり、愛用の本棚があった場所には新品のテレビが置いてある。自分の家でありながらそうではない。自分はもうこの家とは、この壁、ドア、床とは関係がない。自分の姿はもう人には見えない」

無関係になった人間はどうするか。彼らは時として実際に逃亡し、それが不可能な場合は、もとの場所に復帰しようとする。征服者の特徴を身につけることで、ゲームに参加しようとする。さもなくば、内面に逃避し、ジェイムズの小説『アメリカ人』のクレールのように、自分の小さな居場所を聖域に変え、人生の本質的な部分を人目にふれぬところに隠してしまう。

ますます社会と無関係な人間になり、喪失感にさいなまれていた私は、穏やかで幸せそうな夫の様子に、私が女として大学教師として経験していることに一見無関心な態度に憤慨した。だがその反面、私たち全員に安心感をもたらしてくれる彼の存在に依存してもいた。まわりのすべてが崩れてゆくなかで、彼は冷静に仕事に励み、家族のために静かなふつうの生活をつくりだそうとした。元来とても内向的な夫は、もっぱら家族や友人との家庭生活を守ることと仕事に精力を注いだ。彼は建築工事会社の共同経営者で、同じように仕事熱心な仲間たちを愛していた。彼らの仕事は文化にも政治にも直接の関係はなく、しかも民間の会社だったから、比較的平穏に仕事ができた。優秀な建築家であることや、仕事熱心な民間のエンジニアであることは、体制への脅威とならなかったし、ビージャンは次々に大きなプロジェクトをまかされて興奮していた。エスファハーンの公園、ボルージェルドの工場、ガズヴィーンの大学。自分は創造的な仕事をしている、必要とされていると感じ、さらに、言葉の最良の意味で、国の役に立っていると感じていた。国の支配者がだれであれ、僕らは国のために働かなくてはならないというのが彼の持論だった。ところが私ときたら、「ふるさと」、「奉仕」、「国」といった概念をすっかりなくしてしまっていた。

私はふたたび子供にもどり、片っ端から気まぐれに本をとっては、手近な隅で身をかがめ、ひたすら読みつづけた。クリスティの『オリエント急行の殺人』、オースティンの『分別と多感』、ブルガーコフの『巨匠とマルガリータ』、ベロウの『ハーツォグ』、ナボコフの『賜物』、デュマの『モンテ・クリスト伯』、ル・カレの『スマイリーと仲間たち』——父の書斎や古本屋、友人の家のまだ荒らされていない書斎で手にとれる本ならどんな本でもとって、一冊残らず読んだ。アル中が口にしえない悲しみを酒でまぎらすようなものだった。

　私が本に向かったのは、それが私の知る唯一の聖域、生きのびるために、いまや絶えず後退しつつある私の一部を守るために必要な避難所だったからだ。私のもうひとつの聖域、私の人生に多少なりとも健全さとつながりを回復させてくれたものは、もっと親密で個人的なものだった。一九八二年四月二十三日、姪のサナムが未熟児で生まれた。生命を維持する装置の下に丸まった小さな体をはじめて見た瞬間から、私は彼女との絆を、温かい気持ちを感じた。彼女が私にとってよきものであり、私によくしてくれることがわかったのだ。一九八四年一月二十六日には娘のネガールが生まれ、一九八五年九月十五日には息子のダーラーが生まれた。彼らの生年月日については厳密でなければならない。二人の幸福な誕生のことを思い、彼らがこの世に生まれてきたことに対して恥ずかしげもなく感傷的になるたびに、この細かい日付がからかうようにきらめく。この幸せには他の幸せと同じく影の部分も混じっていた。まず私はますます心配性になった。それまでは自分の両親と夫と弟と友人たちの身を案じていたのに、子供の心配がそれをしのぐようになった。娘が生まれたとき、贈り物を——不思議な方法で私の正気を保たせてくれる贈り物をもらった気がした。息子のときもそうだった。しかし、私の子供時代とちがい、彼らの子供時代のふるさとの思い出がかくも汚されているのは、私にとって絶え間ない後悔と悲しみの種になった。

あなたのその頑固さ、自分が正しいと思うものをあくまで守ろうとする姿勢は、あなたがお腹にいたとき十九世紀の小説を読みすぎたせいね、と言うたびに、娘のネガールは顔を赤くする。彼女には、どんな権威に異議を申し立てるときでも、頭をさっと右後方にそらし、心もち口をとがらす癖がある。ネガールは私の言葉に当惑し、そんなことあるわけないじゃない、と言う。でも妊娠中の母親の食べ物も、気分や感情も、すべて子供に影響するって言うじゃない？　あなたがお腹にいたとき、お母さんはジェイン・オースティン、ブロンテ姉妹、ジョージ・エリオットにヘンリー・ジェイムズをたくさん読みすぎたのよ。ほら、あなたが一番好きな小説は『高慢と偏見』と『嵐が丘』でしょ。でも、あなたはどう見てもデイジー・ミラーそのものね、と私はにやにやしながら言い添える。デイジーだかメイジーだか何だか知らないけど、あたしジェイムズなんか絶対好きにならない、読まなくたってわかる。ネガールは口をとがらせて言う。だが、彼女は本当にデイジー・ミラーそっくりだ。傷つきやすさと勇気が入り混じった性格が、あの反抗の身ぶりのもとにある。頭をそらす癖に初めて気づいたのは、あの子がわずか四歳の頃、よりによって歯医者の待合室でのことだった。

ダーラーが冗談半分に「僕のときは？　僕がお腹にいたときは何してたの？」と訊くと、私はこう答える。あなたは私に逆らうために、私の想像とは正反対のものとして生まれてきたのよ。そう言った瞬間、私はその言葉を信じはじめる。子宮の中にいたときから、彼は私の悪夢のような不安がまちがっていることを示す役目を引き受けた。ダーラーがお腹にいたとき、テヘランは断続的な空襲に見舞われ、私はヒステリックになっていた。妊婦が体の不自由な子供を産んだという話が、それは母親の不安が胎児にとりかえしのつかない影響をあたえたからだという話があり、私はお腹の子がそうしたありとあらゆる病に冒されていると思った——むろん、命が助かって、この子の誕生を見届けることができたらの話である。当時は知るよしもなかったが、私が彼を守るどころか、彼のほうがむしろ私を守るために生まれ出ようとしていたのである。

6

長いあいだ、私は社会と無関係な存在になった経験を引きずってもがいていた。もがきながら、無意識に選択肢を吟味していた。自分が軽蔑する勢力によって無理やり存在を否定された状態を甘受すべきか？　従うと見せかけて、ひそかに体制を欺く（あざむく）か？　すすんで、あるいは余儀なく国を離れた大勢の友人のように、私も国を出るべきか？　尊敬すべき同僚の一部がしたように、黙って仕事をやめるべきか？　ほかに道はないのだろうか？

私がペルシア古典文学を読む小さな研究会に参加したのは、この時期のことだった。私たちは週に一度、日曜の夜に、参加者のひとりの家に集まって、何時間もひたすらテキストを精読した。来る年も来る年も、日曜の夜になると——時には停電のさなかに蠟燭を灯して——さまざまなメンバーのさまざまな家に集まった。性格や政治的立場のちがいから仲違い（なかたがい）することがあっても、魔法の力をそなえたテキストが私たちを結びつけていた。何かの陰謀を企む一団のように、私たちはダイニングルームのテーブルを囲み、ルーミーやハーフェズ、サアディー、ハイヤーム、ニザーミー、フェルドウシー、アッタール、ベイハギーらの詩や散文を読んだ。

参加者は交代で作品の一節を読みあげ、言葉は文字どおり宙に舞い上がり、細かい霧のように私たちの上に降りそそぎ、五感を刺激した。彼らの言葉には、人をからかうような何ともいえない遊び心が、人を愉しませ驚かせる言葉の力への限りない喜びがあふれていた。私にはずっと疑問だった。私たちはいつこのような言葉の特性を、詩で人をからかい、人生などたいしたものではないと感じさせる力をなくしたのだろう。その力を失った正確な時点はいつだろうか。いまの私たちの言葉、この甘ったるいレトリック、堕落した、人を欺く誇張は、安物の薔薇水をたっぷりかけたような悪臭がした。

アラブによるペルシア征服という、イランにイスラームをもたらした事件に関して、よく聞かされた話を思い出した。それによると、イランを攻撃したアラブ人が勝てたのは、ペルシア人自身がおそらくは圧政に嫌気がさし、王を裏切って敵に門戸を開いたからだという。しかし、侵攻で書物を焼かれ、礼拝所をこわされ、ペルシア語が打ち負かされると、ペルシア人は、焼かれ、略奪された歴史を、神話と言葉によってふたたびつくりあげることで復讐をとげた。われらが偉大な叙事詩人フェルドウシーは、奪われたペルシア王と英雄たちの神話を、純粋にして神聖な言葉で書きなおした。私の子供時代を通じて、よくフェルドウシーとルーミーを読んでくれた父は、イラン人の本当のふるさとは、本当の歴史は、詩の中にあると言っていた。その頃その話を思い出したのは、ある意味で、私たちイラン人がふたたび同じことをしたからだろう。今回、門戸を開いた相手は、異国の侵略者ではなく国内の侵略者だった。私たち自身の過去の名においてやってきながら、いまや徹底的に過去を歪め、私たちからフェルドウシーとハーフェズを奪った者たちだ。

私はしだいにこの研究会の仲間とさまざまな仕事を引き受けるようになった。マイク・ゴールドと一九三〇年代アメリカのプロレタリア作家に関する自分の博士論文から材料をとり、初めてペルシア語で論文を書いた。仲間のひとりを説得して、アメリカの黒人作家リチャード・ライトの小著『アメリカの飢え』を訳してもらい、私が序文を書いたこともある。この本はライトの共産党員としての経験を、彼が味わった厳しい試練と党との訣別を描いたものだ。私はのちに、友人にナボコフの『ロシア文学講義』を翻訳するよう勧め、私自身はラングストン・ヒューズの詩を訳した。仲間の有名なイラン人作家が、みずから編集責任者を務める文芸雑誌に、現代のイラン小説に関する連載を書くよう私に勧めてくれ、のちには、若手イラン人作家と文学について論じあう週に一度の会合にも呼んでくれた。

これは私にとって、現在に至るまで二十年近くにおよぶ物書きとしての人生の出発点になった。私は身を守る殻をつくり、考えるのではなく書きはじめた。主として文学批評を書いた。日記はクロゼットの隅に放りこんだまま忘れた。一度も日記を参照せずに書いた。

私の論文は注目されたが、本当に納得のゆくように書けたことはめったになかった。ほとんどはきれいにまとまりすぎていて、気取りと学識が鼻につくように思えた。とりあげた主題には情熱を感じたけれど、文章では従わねばならないしきたりや規則があるため、授業のように熱中して衝動的に語れないのが物足りなかった。教室では学生と刺激的な対話をしているような気がしたが、論文の中の私はいささかつまらない教師になった。私の論文が成功した理由は、私がそれを嫌う理由とまったく同じだった。つまり、私はその学識ある主張のおかげで尊敬され、称賛されたのである。

7

ある日突然、受話器をとって、私の魔術師に電話したのには、しかるべき明確な理由があるはずだ。あの頃の私が、満たされない知的生活について思い悩み、授業が恋しくて、不安で切羽つまっていたのは事実だが、なぜあの日、その前でも後でもない、ほかならぬあの日に電話することにしたのか、いまでもわからない。

彼をめぐっては幾多の伝説があった——選ばれた少数の人間にしか会わないとか、夜、通りに面した部屋の灯りがついていれば、訪問者に会うという合図で、ついていなければ来るなという合図だとか、そんなことである。私はこうした話に感心しなかった。実をいえば、彼に連絡をとるのをためらっていた理由のひとつはこれだった。彼は自分と世界との関係を手のこんだ虚構に仕立てあげていたので、世を捨てたと当人が主張すれば主張するほど、実際には深く関与しているように見えた。こうした伝説は彼をつつむ繭(まゆ)だった。あの国では、人々は繭を、自分を守る手のこんだ嘘をつむいだ。それはヴェールのようなものだった。

そんなわけで、ひとまずは、特に理由もなく衝動的に彼に電話したということにしておこう。ある日の午後、私はひとり家にいて、一日中仕事をせず本を読んでいた。時おり腕時計に目をやっては、あと三十分したら、あと一時間したら仕事をはじめよう、この章の終わりまで行ったらやめようと自分に言い聞かせた。それから冷蔵庫に行ってサンドイッチをつくり、本を読みつづけながら食べた。立ち上がって彼の電話番号をダイヤルしたのは、サンドイッチを食べたあとだったと思う。

呼び出し音が二回鳴り、三回目に声がした。もしもし。Rさんですか？　そうですが？　アーザルです。間があった。アーザル・ナフィーシーです。ああ、お会いできますか？　もちろんです。いつおいでになりますか？　ご都合のいい日は？　明後日の五時では？　のちに聞いた説明によると、彼のアパートは狭いから、どこにいても呼び出し音三回で出られる、出ない場合は外出中か電話に出たくないときだという話だった。

その後、彼とどれほど親しくなっても、私自身はいつもあの最初の面会のときのままのような気がした。私は彼と向きあって、ひとつだけぽつりと置かれた椅子にすわり、彼は硬い褐色のソファにすわっていた。二人とも両手を膝にのせていた。彼にとってはいつもの姿勢だが、私の場合は、緊張のあまり、思わず偉い先生の前に出た子供のような姿勢になってしまったのだ。真ん中のテーブルの上には、彼が先ほどお盆にのせてもってきた、そろいの深緑のマグカップの紅茶と一箱のチョコレートがあった。赤地に「リンツ」という黒い文字が入った完全な正方形の粒は、めったに見られない贅沢品で、外国のチョコレートを法外な値段で売る店でも見られないからいっそう貴重な品だった。チョコレートは彼が自身と客に供する唯一のごちそうだった。ろくに食べるものがない日もあったはずだが、ほとんど空っぽな冷蔵庫の中にいつもたくさんのチョコレートを入れておき、自分ではあまり食べずに、友人や客のためにとっておいた。言い忘れたが、その日はどんよりした雪の日だった。私は黄色いセーターにグレーのパンツと黒いブーツ、彼は茶色のセーターにジーンズをはいていたといえば、何か意味があるだろうか。

私とちがって彼は自信に満ちた様子だった。私が助けを求めに来たかのように、私たちの課題は周到な救済策を練ることであるかのようにふるまっていた。ある意味ではそのとおりだった。彼は私のことをよく知っているような、周知の事実のみならず隠れた秘密まで知っているような口ぶりで話し、そうして私とのあいだに形式的な親密さを、に対して自分たちを守ろうとする子供同士の共謀だった。

ンのように私たちは共犯関係をむすんだ――それは政治的な陰謀ではなく、大人の世界

共通のぎこちなさを醸しだした。あの最初の対面から、トム・ソーヤーとハック・フィ

彼は私が言おうとしたことを代わりに最後まで言い、私の願いや要求を明快に表現し、帰る頃にはすでにひとつの計画ができあがっていた。そこが彼のいいところだ。彼に会いに行った人間は、恋人に対するふるまい方であれ、事業のおこし方であれ、講演の組み立て方であれ、何らかの策にたどり着く。あの日持ち帰った計画の正確な内容はよく憶えていないが、彼のほうはきっと憶えているはずだ。めったに忘れるということのない人だから。私はお茶を飲みのこし、チョコレートも食べなかったが、すっかり満足して、うきうきと帰ってきた。私たちは、私のいまの生活について、知的状況について、それからジェイムズとルーミーについて一気にしゃべった。意図せずして、長たらしい無益な議論に迷いこんだせいで、彼は塵ひとつない書斎に本をとりに行き、私は何冊かをわきに抱えて帰ることになった。

あの最初の一日が、私が国を出るまで、私たちの関係に決定的な影響をおよぼすことになった――少なくとも私の心の中ではそうだった。彼との関係において、私は成長するのをやめた。そうするのが私にとって都合がよく、責任から解放されて、うれしくされあったからだ。彼は師匠のような、つねに支配権をにぎった人間のような雰囲気を装っていたが、実際には私が思うほどすべてをコントロールしていたわけではなかったの

かもしれない——私自身もそれほど無力な未熟者というわけではなかった。

彼に会いに行くのはたいてい週に二回、一回はお昼で、一回は夕方早い時間だった。その後、夕方の散歩も加わり、私たちは歩きながらニュースを取り交わし、さまざまな計画について話しあい、おしゃべりをした。時には彼の親友と三人でお気に入りのカフェやレストランに行った。その親友以外にも、私と彼には共通の友人が二人いて、その友人が経営する書店は、作家や知識人、若者が集まる場所になっていた。私たちはこうした友人たちとたまのランチや山歩きを楽しんだ。彼が私の家に来ることは一度もなかったけれど、よく好意のしるしに、私の家族あてに一箱のチョコレートやビデオテープ、本、時にはアイスクリームを送ってくれた。わが家では彼とチョコレートを結びつけて考えるようになり、一定の曜日にはチョコが届くのを期待するようにさえなった。

彼は私を「レディ・プロフェッサー」と呼んだ——イランではここアメリカほど奇妙な言葉ではなく、よく使われていた。私に初めて会ったあと、友人たちから「レディ・プロフェッサーはどうだった」と訊かれたとのちに話してくれた。彼はこう答えたという。彼女は大丈夫だよ。実にアメリカ的だ——アメリカ版不思議の国のアリスのような人だよ。それはほめ言葉なの？　いや、事実を言っただけさ。彼の好きな女優はジーン・アーサーで、ジャン・ルノワールとヴィンセント・ミネリが好きなことはもう言っただろうか？　それから彼が小説家になりたがっていたことも？

8

転機というものはつねに、青天の霹靂（へきれき）のごとく、唐突で絶対的なものに見えるが、むろんそんなことはない。ゆるやかな変化の道筋の全体が、転機を生み出すのである。私がなかば意に反して、絶対にかぶらないと誓ったヴェールをつけ、突然教室に連れもどされた正確な経緯は、いまふりかえってもよくわからない。

徴候はありとあらゆる小さな出来事のかたちをとってあらわれた。たとえば、突如テヘラン大学をふくむ多くの大学から、わが校で教えてほしいという電話がかかってきた。断ると、相手は必ずこう言った。ではいまの状況をちょっとつかむために、一コマか二コマだけでもいかがですか？　多くの人が状況は変わったのだと、あなたのような人が求められており、雰囲気は以前より「ゆるやか」になったのだと私を説得しようとした。私は自由イスラーム大学とかつての国立大学でひとつか二つの講座を教えたが、専任教員にもどることは拒否しつづけた。

一九八〇年代なかばには新しいイスラーム主義者が徐々に登場してきていた。彼らは革命がたどっている方向がすべて正しいわけではないことに気づきはじめ、仲裁に入る時だと考えた。イラクとの戦争は進展がなく、大きな犠牲も生じていた。革命がはじまった当初、熱烈に革命を支持した若者――いまや十代後半から二十代前半になった人々と、大人になりかけのさらに若い世代は、権力をにぎった指導者たちのシニシズムと腐敗に気づきつつあった。政府の側も、学生層の要求の高まりに応えるには、かつて大学から無造作に追放した指導的知識人が必要であることがわかってきた。

政府の中にも、元革命家の中にも、イスラーム体制が私たち知識人を抹殺することは不可能だとついに悟った人々がいた。体制は私たちを地下へ追いやることで、むしろいっそう人を惹きつける危険な存在へと変え、奇妙なことに、私たちの力をさらに強める結果になった。弾圧によって知識人は不足し、それだけに必要とされてもいた。そこで体制側は私たちを呼びもどすことにし、私のような者たちに、つまり、かつて頽廃的、西洋かぶれという烙印を押された人間に連絡をとりはじめた。それはことによると、体制の支配をより確実にするためでもあったかもしれない。

レズヴァーン夫人はアッラーメ・タバータバーイー大学英文科の野心的な教員で、進歩的なイスラーム革命派と疎外された世俗派の知識人のあいだをつなぐ仲介役のひとりだった。彼女の夫は革命当初ムスリムの急進派だった人物で、夫人は進歩的な革命派と世俗主義者の双方と——体制内部の人間と外部の人間の双方とつながりがあった。彼女はその両方をうまく利用しようと心に決めていた。

純然たる意志の力で私の人生を変えようと堅く決意した人間が、どこからともなく忽然とあらわれたように思えた。初めてレズヴァーン夫人に会ったときのことをよく憶えているが、それは、イラン・イラク戦争の歴史において「都市戦争」と呼ばれる時期の出来事だったせいもある。両国は散発的に、敵側の重要都市に対し猛烈な持続的攻撃を仕掛けた。標的となった都市は、イランではテヘラン、エスファハーン、タブリーズ、イラクではバグダード、モスルなどだった。通常、このような攻撃後しばらくは戦闘が下火になったが、やがて次の爆撃がはじまり、それが一年もつづくことがあった。

一九八七年冬の午前中のことだった。三歳になった娘と一歳半の息子と私だけが家にいた。その早朝、テヘランは二発のロケット攻撃を受けており、私は雄鶏と狐が出てくるお気に入りの歌を小型のテープレコーダーでかけて、子供たちの気をまぎらそうとしていた——音楽に合わせて娘に歌わせようとした。こう書くと、まるでお涙ちょうだいの映画のように聞こえるかもしれない。勇敢な母に勇敢な子供たち。だが私はちっとも勇敢な気分ではなかった。一見冷静だったのは、不安のあまり身がすくんでいたにすぎない。爆撃後、子供を連れてキッチンに行き、お昼をつくった。それから廊下に移った。ここは窓が少なく、ほかの部屋より安心できた。私は子供たちのためにカードの家をつくり、彼らは小さな手でそれにふれ、こわして遊んだ。

昼食の直後に電話が鳴った。その前の年に大学院で教えた、親しい教え子のひとりだった。水曜の夜、彼女の家に来てもらえないかと言う。同僚のレズヴァーン夫人がぜひとも私に会いたがっているというのだ。夫人は私に好意をもち、私の論文をすべて読んでいる。とにかくレズヴァーン夫人はただものではありません、と彼女は最後に言った。ああいう人がいなかったら困るでしょう。どうか来ていただけませんか？

数日後の夜、またもや停電が起きたさなかに彼女の家に向かった。先方に着くともう日は暮れていた。大きな玄関ホールに入ると、闇の奥に、石油ランプの光にゆらめく小柄でがっしりした青い服の女性が見えた。その姿がいまもくっきりとまぶたにうかぶ。平凡な顔、とがった鼻、短い首に短い黒髪。しかし、このような描写であの人をとらえたことにはならない。私たちがもっとも親しかった時期でも、たがいの家を行き来し、子供同士が友だち同然になり、夫同士が知りあったあとでも、彼女は相変わらず「レズヴァーン夫人」だった。彼女の体に閉じこめられているようなあのエネルギーをうまく言いあらわすことができない。彼女は片時もじっとしておらず、自分の狭い研究室や私の居間、大学の廊下を絶えず歩きまわっていた。

レズヴァーン夫人はつねに確固たる決意をいだいているように見えた。自分で何かしようと決意しているだけでなく、周到に選んだ他者に、自分が枠組みを決めた特定の仕事をさせようと決意している様子だった。意志の強さがあれほどの肉体的な迫力としてあらわれている人にはめったに会ったことがない。印象に残るのは、平凡な顔立ちではなく、あの決意、意志の力、そして皮肉っぽい声の調子だった。

彼女は時おり突然私の家にやってきた。あまりに心配そうな様子なので、何か思いがけない災難に遭ったのかと思うほどだったが、単に何かの会合に出席するのはあなたの義務だと伝えに来ただけだった。彼女はいつも生きるか死ぬかの問題のようにこうした要請を口にした。このようにして押しつけられた「義務」のいくつかを私はいまでもありがたく思っている。たとえば、少数の進歩的イスラーム派ジャーナリストに――最近では「改革派」という流行りの名でよばれている人々に――無理やり引きあわされ、彼らの新聞に寄稿したことなどである。彼らは西洋の文学・哲学に魅了されており、驚いたことに、私と意見が一致する点が多々あった。

お会いできて本当に光栄です、とその晩、初めて会った彼女は言った。私はあなたの生徒になりたいのです。ユーモアや皮肉のかけらもない、大真面目な顔で彼女はそう言った。私はその言葉に激しく動揺し、そのため即座に彼女に反感をもった。恥ずかしくなり、返事ができなかった。

その夜は彼女がほとんどひとりで話していた。彼女は私の論文を読み、友人と学生から私の話を聞いたと言った。いいえ、おだてるつもりはありません。私は本気で学びたいのです。とにかくあなたは私たちの大学で教えなければなりません。ここはイランで唯一のリベラルな大学で、まだ最高の知性の一部が残っています。学科長は文学者ではありませんが、真面目な学者で、会えばあなたも好きになりますよ。この国の文学をめぐる状況は惨憺たるもので、なかでも英文学は最悪です。私たち心ある者は、この状況を何とかしなくてはいけません。たがいの違いはひとまずおいて、力を合わせるべきです。

その後、彼女はさまざまな仲介役を通して、アッラーメ・タバータバーイー大学で専任教授として教えてほしいという申し出を受け入れるよう迫った。ひっきりなしに電話してきては、神や学生を引きあいに出し、生まれ育った国への義務、文学への義務を言いたてた。その大学で教えるのは、この世で私がなすべき務めだというのだ。彼女はいくつもの約束をした。学長に話をすると約束し、私が望むなら、ほかのだれにでも話をすると約束した。

私は教室でヴェールをかぶりたくないと言った。外出のときはいつもかぶっているじゃありませんか、と彼女は言った。食料雑貨店でも、通りを歩くときも、かぶっているじゃありませんか。でも、大学は食料雑貨店ではないということを、絶えず人々に思い起こさせる必要があるような気がするんです。ヴェールと、学習意欲に燃える何千人もの若者と、どちらが重要ですか、と彼女は反論した。でも好きなことを教える自由は？それがどうしたんですか、と彼女は共犯者めいた口ぶりで訊いた。男と女の関係や飲酒や政治や宗教に関する議論はすべて禁じられたんでしょう——ほかに何を話せばいいんですか？　あなただけは例外にしてくれますよ。とにかく、一時期に比べると、いまはずっと自由になったんです。あの人たちはみんないいものを味わったことがあるし、そういうものを知りたいとも思っているんですよ。ジェイムズでもフィールディングでも何でも教えたらいかがです——いいじゃありませんか。

レズヴァーン夫人と出会ったことで私は動揺していた。彼女は忘れられない不実な恋人の代理で復縁を訴えにきた仲介者のようなもので、もう一度愛してくれるなら二度と裏切らないと誓ってみせた。ビージャンは大学にもどるべきだという意見だった。私が認めなくても、それこそが当人の一番やりたいことだと思っていた。友人の多くはジレンマをそっくりそのまま返してよこし、私を混乱させただけだった。若い人たちに学ぶ機会をあたえて助けるべきか、それとも体制に従うのを断固拒否すべきか、どちらの側も一歩もゆずらなかった。若者を見捨て、堕落したイデオロギーの教えに彼らをゆだねるのは裏切り行為だと言う人もいれば、あれほど多くの同僚や学生の人生を台なしにした体制のために働くのは、これまであなたが守ってきたもののすべてを裏切ることになると力説する人もいた。どちらも正しかった。

ある朝、私はすっかり取り乱して魔術師に電話した。ふたたび緊急の面談が取り決められ、午後遅く、お気に入りのカフェで会うことになった。そこはとても小さな店で、ガラスの扉に小さな文字で書かれた店名のわきに、大きな黒い文字で、義務づけられた標示が――「宗教的少数者」という標示がつねに掲げられている。非ムスリムが経営する革命前はバーだったのがカフェに生まれ変わっていた。店主はアルメニア人なので、レストランはすべて入口にこう標示しなければならなかった。非ムスリムは汚れていると考え、同じ皿からは食べない良きムスリムに、前もって警告するためである。

細長い店内は弓なりに曲がっていて、バーの片側に七、八個のスツールが並び、反対側の、天井まで達する鏡のわきにもスツールが並んでいた。私が入ってゆくと、彼はもう一番奥にすわっていた。彼は立ち上がり、ふざけてちょっとお辞儀をして、奥様、あなたのしもべが参りましたと言いながら、私のためにスツールを引いてくれた。

注文が済むと、私は息せき切って切り出した。緊急事態なの。そうだと思った。教職にもどるように言われたの。初めてだった？　ちがうわ、でも今回は迷ってるの。どうしたらいいかわからなくて。そのあとなぜか私はこの緊急の面談を脱線させ、当時夢中になっていたダシール・ハメットの『コンティネンタル・オプ』と、スティーヴ・マーカスの見事なハメット論の話に入りこんでしまった。マーカスはその中でニーチェの言葉を引用しているのだが、それが私たちの状況にぴったりあてはまるように思えたのだ。「怪物と闘う者はみずからも怪物とならぬよう心せよ。ながらく深淵に見入るとき、深淵もなんじを見入る」とニーチェは書いた。私は自分の相談をぶちこわしにするのが得意だったので、議論に熱中するあまり、ここに来た本当の目的をすっかり忘れてしまった。

帰りが遅くならないか、と彼がだしぬけに訊いた。窓の色合いの変化と薄れゆく夕陽から、遅くなったのに気づくべきだった。私はビージャンに電話しに行き、恥ずかしい思いで、帰りが遅れることを告げた。席にもどると私の魔術師が勘定を払っていた。でもまだ話は終わってないわ、と私は弱々しく抗議した。まだ肝腎な問題について話しあってないのよ。僕らが話していたのが肝腎な問題なんだと思っていたよ――ハメット氏とその一派への愛を再発見したという話がね。僕が人生に見切りをつけた人間で、きみを誘惑しようとしなくて幸運だったね。ハメットやら、推理小説を蔑視するこの国の嘆かわしい風潮やら、そのほかきみが熱中している問題について、勝手にしゃべらせておくだけでいいんだから。そうじゃなくて——と私は当惑して言った。教職にもどることについてよ。ああ、それか、と彼はそっけなく言った。そうだね、もちろんもどるべきだ。

だが私はそれで簡単に納得するような人間ではなかった。私は道徳的義務というものや明確な態度表明などが大好きだった。そこで、ヴェールの着用を強いられるかぎり二度ともどらないと誓った仕事にもどることの道徳性について容赦なく議論をつづけた。彼は片方の眉を上げて、子供を甘やかすような笑顔をうかべた。あのねえ、自分がどこに住んでいるのか考えてごらんよ。体制に屈することに良心の呵責を感じるということだけど、このイスラーム共和国では、あの道徳の守護者たちの恩恵をうけなければ、だれだって一杯の水も飲めないんだよ。教師の仕事が好きならつづければいい。存分に好きなことをして、事実を受け入れればいい。僕らインテリは、一般市民以上に、用心深く体制の手中にはまって、それを建設的対話と呼ぶか、体制と闘うと称して人生から完全に身を引いてしまうか、どちらかしかないんだ。体制に抵抗することで名を上げた人間は大勢いるが、彼らも体制なしではやっていけない。きみは武器をとって体制に立ち向かう気はないんだろう？

ええ、と私は認めた。でも体制と取引したくもないの。それはともかく、あなた、人にそんなことが言えるの？　そういうあなたはどうなのよ。僕？　教えるのも書くのも拒否して、この体制のもとではいっさい何もしないことにしたんでしょう？　自分の行動を通して、われわれはみな社会的活動から身を引くべきだって言ってるんじゃないの？　いや、そんなことはない。きみはまだ僕を手本にするという過ちを犯してるね。僕は手本なんかじゃない。むしろ多くの点で卑怯者といっていいくらいだ。僕は彼らのクラブの一員じゃないけど、そのために大きな犠牲を払ってもいるんだ。負けることもないが、勝つこともない。それどころか、僕は存在しない人間なんだ。イスラーム共和国ばかりか、人生そのものから撤退したんだよ。でもきみにはそれは無理だ——そうしたいとも思わないだろう。

私は形勢を逆転するため、あなたは友人たちにとって、さらには敵にとってさえ、一種の役割モデルになったのだと指摘したが、彼は否定した。いや、僕の受けがいいのは、人が自分の中から見つけなければならないものを見つけてやるからさ。きみが僕を必要とするのは、僕がきみにさせたいことを言うんじゃなくて、きみ自身がしたいことをはっきりと言葉にして、それを正当だと認めるからだ。だからきみは僕のことが好きなのさ——この特性のない男がね。それがわたくしめの正体ってわけだ。あなたの望みは？　それはもう捨てたよ、でも、きみがしたいことをできるように手を貸すことはできる。ただ、きみは犠牲を払うことになるよ。さっき読んでくれた、あの深淵についての引用を憶えてるだろう？　深淵から逃れることはできない。きみは両立できないことを両立させようとする人だ。僕はその無邪気さを、きみが保ちつづけようとしている、その不思議の国のアリス的な性格をよく知っている。

きみは教えるのが好きでたまらないんだ。僕もふくめて、まわりの人間はすべて、きみにとって教職の代用品にすぎない。教えるのが楽しいなら、前に出て教えればいいじゃないか。きみのハメットやきみのオースティンを教えればいい——さあ、楽しんで。でも、楽しみの話をしてるんじゃないわ、と私は正義派ぶって言い返した。おやおや、と彼はからかった。つねづねナボコフとハメットへの愛を得意げに語っている女性が、大好きなことをしちゃいけないと言うとはね！　それは不道徳だと思うわ。じゃあ、きみもその他大勢の一員になったってことだ、と彼は先ほどより真面目になって言った。この文化から、楽しいことはすべて悪で、不道徳だという価値観を取り入れたんだ。家でぶらぶらしているほうが道徳的だよ。教えるのはきみの義務だと言ってほしいんだったら、相手をまちがえている。僕はそんなことは言わない。教壇にもどれというのは、きみにとって教えることが楽しいからだ。教職にもどれば、家で文句を言うことも減るし、いい人間になれるし、おそらく学生のほうも授業を楽しんで、何かしら学ぶことだってあるかもしれない。

帰りのタクシーの中で、彼はこちらを向き、しばらくつづいていた沈黙を破った。真面目な話、もどって教えたほうがいい。永久にってわけじゃない。やめたくなったらいつでもやめられる。やつらと取引すればいい。ただ、原則は譲らない範囲でね。僕らが——きみの同僚や友人が陰で言うことは気にしないことだ。きみが何をしようがどうせ陰口をたたくんだから。きみが大学にもどれば、屈服したんだと言うし、もどらなければ、挑戦に応じるのが怖かったんだと言うだろう。そういうわけで私は彼の忠告に従った。同僚や友人は案の定、陰で言いたいことを言った。

10

緊急の面談から一週間もしないうちに、レズヴァーン夫人が家に電話してきた。学科長はいい人だから会ってみてくれと言う。状況が変わったことがわかりますから、と力説する。彼らは前よりリベラルになったし、優秀な学者の価値がよくわかっているんですよ。彼女が言い落としたことがある。「彼ら」が求めているのは、不可能なこと、つまり、優秀な学者にして、彼らが掲げる理想を説き、彼らの要求に従う人間だったということだ。しかし、学科長についての説明はまちがっていなかった。彼は第一級の言語学者で、アメリカの一流大学を出ていた。信仰に厚いが、イデオロギー的ではなく、おべっか使いでもなかった。それにまた、大方の人間とちがい、学問の水準というものに本物の関心を抱いていた。

学科長に初めて会ったあとは、敬虔で融通の利かない学部長とのあまり愉快でない面談が待っていた。最初にありきたりの話を交わしてから、学部長はやおら真剣な顔になった。哲学だの文学だのといったつまらないことはもういい――本題に入ろう、とでも言いたげな様子だった。学部長はまず私の「経歴」、とりわけ私がヴェールを拒否したことについて、懸念を表明した。私は、法律になった以上、もうヴェールなしで公の場に出ることはできないから、着用すると言った。しかし、授業に関しては妥協するつもりはない。私が教えたいことを、自分がいいと思うやり方で教えさせてもらう。学部長は驚いたが、少なくとも原則としては、私の自由の要求に応じることにした。

学部長は面談のあいだじゅう、真のムスリム男性らしく、私の目を見ようとしなかった。十八歳の内気な男の子のように、ほとんどうつむいたままで、絨毯の柄をじっと見つめたり、壁に視線を向けたりしていた。時おりペンをもてあそび、それにじっと見入っている様子から、ミスター・バフリーと最後に会ったときのことを思い出した。私は敬虔な男性の態度についてはすでにちょっとした権威になっていた。彼らは視線のそらし方で相手をどう思っているかを示す。なかにはわざと攻撃的に目をそむける者もいた。それ以前、同僚の男性に頼まれて、ある団体のために評価報告書を作成したことがある。その団体の男性幹部は、私が報告している三十分間ずっと、あてつけがましくそっぽを向いており、その後、私の同僚に向かって意見や質問を投げかけた。同僚が恥じ入って文字どおり冷や汗をかいているのがわかった。しばらくして、私もそのお偉方の存在を無視し、同僚にだけ話しかけることにした――そして愚かにも、その団体が私の苦労に対して払った報酬を拒否した。

しかし、この学部長の場合は、正真正銘の慎み深さと敬虔の念から視線をそらしているようだった。私はその態度を特に立派だとは思わなかったが、かといって敵意をもつ気にもなれなかった。イスラーム共和国に生きているのでなかったら、私たちの気まずい状況についてユーモアのセンスを発揮することもできたかもしれない。私より学部長のほうが見るからに当惑し、苦痛を感じていたからだ。それに、英文学のような、自分のほとんど知らない事柄について、彼が知りたいと望み、私と話したがっており、プラトンとアリストテレスに関する自分の知識をひけらかしたくてうずうずしているのもはっきりわかった。

この会話の報告を聞いたレズヴァーン夫人は、原則を曲げることを恐れているのはあなただけじゃありませんよ、と笑いながら言った。大学当局も私に懸念を抱いていた。私を教員として招くのは、彼らにとっても冒険だった。

気がつくと、私は最初の講義の準備をしていた。最初の学期に、小説入門から演劇、批評入門に至る学部生向けの入門講座を三つに、院生向けの、十八世紀小説と文学批評概論の講座を背負いこむはめになった。学部のクラスはそれぞれ学生が三十人から四十人おり、大学院のゼミは学生がひしめいていて、中には三十人以上いるクラスもあった。仕事量の多さに文句を言うと、週二十時間以上教えている教員もいると言われた。経営陣にとっては仕事の質などどうでもよかった。彼らは私の期待が非現実的で理想主義的だと言った。私は彼らの無関心は犯罪的だと非難した。

ふたを開けてみれば、どちらも約束を守らなかった。私はいつも不適切なヴェールのかぶり方をしていたし、学校側はそれを主たる口実に絶えず私にいやがらせをした。彼らはより適切な仕方で教え、ふるまうよう私に強制するのを決して断念しなかった。とはいえ長いあいだ、私たちは一種の休戦状態にあった。レズヴァーン夫人は私と大学当局の衝突をやわらげる調停者となり、問題のある夫婦をとりもつ仲介役のように何とか事態を丸くおさめようとした。仲介役というものの例にもれず、レズヴァーン夫人も自分の利益を忘れることはなかった――私のような人間を説得して大学に参加させることで、彼女は大学当局に対する影響力を手に入れたわけだし、彼女が大学にいるかぎり、よかれあしかれ結婚はどうにかつづいた。

レズヴァーン夫人は彼女独特の皮肉な口調で、文学について何も知らない無知な教授たちの手から文学を救うために、私たちは共同戦線を張るべきだといつも言っていた。あなたの前に二十世紀小説を教えていた女性が学生に読ませたのは、スタインベックの『真珠』とイランの小説一作だけだって知ってました？　アルザフラー大学のある教授は、『大いなる遺産』をディケンズではなくジョセフ・コンラッドの作品だと思っていたんですよ。

11

「空襲警報、空襲警報！　このサイレンは警報です。空襲警報が発令されました！　ただちに避難場所に行きましょう！」いったいいつになったら、どれだけの年月が経ったら、あの空襲警報の響きが——耳障りな甲高いヴァイオリンが体中で容赦なく鳴り響くような音が——心の中でやむのだろう。私にとって八年間の戦争は、日に数回、思いもよらぬときに生活に侵入してきたあのけたたましい声と分かちがたく結びついている。危険には三段階あったが、私には赤色警報すなわち空襲警報（危険）と黄色警報（危険の可能性）と白色警報（危険解除）のサイレンの区別がまったくつかなかった。白色警報の中にもなお危険は潜んでいた。赤色警報はいつも遅すぎて、爆弾が落ちてから鳴ったし、いずれにせよ大学にさえ避難できるまともな防空壕などなかった。

テヘランの空襲はさまざまな理由で、とりわけ空襲がもたらす突然の友情や親密な関係によって忘れがたいものとなった。夕食に来た知人が、時には十人以上も、泊まっていかざるをえなくなり、夜が明ける頃にはすっかり昔からの知り合いのようになっていた。それにあのおびただしい眠れぬ夜！　わが家では私が一番眠らなかった。私は子供たちのそばで眠りたかった。そうすれば何かあったときはみんないっしょだ。夫は空襲のあいだじゅう眠っているか、眠ろうとしていたが、私はいつも枕二つと蠟燭と本を持ち、子供たちの部屋と私たちの寝室を隔てる小さな廊下に出て、子供部屋の戸のわきにすわりこんだ。どういうわけか自分が起きていれば、不運を払い、爆弾から家を守れるような気がしていたらしい。

ある夜、午前三時か四時頃にふと目を覚まし、家の中が真っ暗なのに気づいた。また停電だとすぐにわかった。廊下の小さな灯りまで消えていたからだ。窓から外を見ると、街灯もすべて消えていた。懐中電灯をつけ、闇の中に小さな円形の明かりが出現した。数分後、私は壁にあてた枕にもたれ、二本の蠟燭をつけて、本を読む態勢をととのえていた。突如、爆発音がした。心臓が波打ち、私は妊娠中、空襲の際にしたように思わずおなかに手をあてた。私の目は何事もなかったかのように『デイジー・ミラー』のページから動かなかった。

ある種の作家を読みながら、ふたたび無意識に紙と鉛筆をとりあげるようになったのは、この時期のことだ。私は文章に線を引き、メモをとるという学部生時代の楽しい習慣を完全に捨て去ることは決してなかった。『高慢と偏見』、『ワシントン・スクエア』、『嵐が丘』、『ボヴァリー夫人』、『トム・ジョーンズ』に関する私のノートは、あらかたこれらの眠れぬ夜に作成された。不思議なことに、こういう夜は集中力が高まった。爆弾やミサイルの圧倒的な脅威を何とかして無視しようとしていたせいかもしれない。

そのときは『デイジー・ミラー』を読みだしたばかりで、ヨーロッパ育ちのアメリカ人青年ウィンターボーンが、スイスで謎めいた魅力的な娘ミス・デイジー・ミラーに出会うところを読んでいた。ウィンターボーンはこの美しいアメリカ娘に魅了される。彼女を軽薄で下品だと見る者もいれば、純真で生き生きした女性と見る者もおり、彼にはデイジーが「はすっぱ娘」なのか「きちんとした娘」なのか判断できない。話の筋は、礼儀作法の規則に反抗するデイジーと、そんな彼女を無視しようとする彼の尊大な伯母や紳士淑女気取りのアメリカ人社会とのあいだで揺れるウィンターボーンの心理をめぐって展開する。私が読んでいたのは、デイジーがウィンターボーンの伯母に紹介してほしいと頼んだあとの場面だった。ウィンターボーンはできるだけ丁重に、伯母は会わないと伝えようとする。「ミス・デイジー・ミラーは立ち止まって彼を見た。夜目にもその美しさがはっきりわかる。彼女はひどく大きな扇子を閉じたり開いたりしていた。『伯母さまは私に会いたくないのね!』彼女は不意に言った。『それならそうおっしゃればいいのに』」

また爆発音がした。のどが渇いたが、立ち上がって飲み物を取りに行くことができなかった。さらに二度の爆発音。なおも読みつづけ、時おり目が本から暗い廊下へと流れる。私は闇に恐怖を感じるが、戦争と爆撃はそのような恐れを無意味なものに変えていた。そして、必ずしもその夜のせいばかりでなく、私の胸に刻みこまれた一場面で、デイジーはウィンターボーンに言う。「『心配しなくていいのよ、私は気にしていませんから!』彼女はそう言って小さく笑った。ウィンターボーンはその声が震えているような気がして、胸を衝かれ、すっかり恥ずかしくなった。『お嬢さん、伯母はだれともつきあわないんです。体の具合が悪いせいなんです』若い娘はなおも笑いながら、二、三歩前へ進み、『心配しなくていいのよ』とくりかえした」

この文章には勇気があふれていた。また、ウィンターボーンが恐れているのが伯母ではなく、ミス・デイジー・ミラーの魅力のほうだという点は皮肉だった。一瞬、私は本当に爆発音から気をそらすことに成功したように思い、「心配しなくていいのよ」という言葉をどうにか枠で囲んだ。

読みつづけていると、三つのことがほぼ同時に起こった。娘が部屋から私を呼び、電話が鳴り、廊下のドアにノックがあった。私は蠟燭を一本取りあげ、ネガールにすぐ行くからと言って、電話に向かった。そのとき廊下のドアが開いて、蠟燭を手にした母が入ってきた。大丈夫？　心配いらないからね！　母は毎晩のように、爆発のあと蠟燭を持ってやってきた。その行為は儀式のようなものになっていた。母はネガールの部屋に行き、私は電話に出た。友人からだった。彼女もそちらは大丈夫かと訊いた。私たちが住んでいる方面から爆発音がしたように思ったのだ。こうして友人や家族に電話して無事を確認するのも一種の儀式となっていた。自分の安心はほかのだれかの死を意味することだとわかっていても。

空襲警報と警報解除のサイレンが交互に鳴り響く夜々、私は知らず知らず将来の仕事を念入りに準備していたのだった。こうした読書の夜がはてしなくつづくあいだ、私はフィクションだけを集中して読んだので、教壇にもどったときには、小説に関する講座二つ分の準備がすでにできていた。それから十五年間、私は何よりもフィクションについて考え、書き、教えた。この時期の読書により、小説の起源と、本質的に民主的なその構造（と私が理解するようになったもの）に興味を抱くようになった。さらに、リアリズム小説がこの国で真に成功しえない理由にも興味をそそられた。落ち葉や蝶のように音が本のあいだに保存できるものなら、私の『高慢と偏見』の――この世でもっとも多声的（ポリフォニック）な小説のページのあいだには、そしてまた私の『デイジー・ミラー』のあいだには、秋の葉のように空襲警報の音が潜んでいるだろう。

12

サイレン、注意せよと命ずる機械の声、路上の土嚢（どのう）、たいてい早朝か真夜中すぎに降ってくる爆弾。爆撃と爆撃のあいだの長い、あるいは短い静寂があり、オースティンとジェイムズがあり、ペルシア語外国語学・文学部の校舎の四階に広がる数々の教室があった。長く狭い廊下の両側に教室が並んでいた。一方の側からはさほど遠からぬ山脈が見え、反対側はうらさびしく美しい庭園に開けていた。庭園はいつもやや手入れ不足で、装飾をほどこした小さな池の中央には、こわれた石像が立っていた。池のまわりに円形もしくは方形の灌木と花の植え込みがあり、周囲を木が取り囲んでいた。花々は好き勝手に生えているようだった。美しい薔薇、大きなダリア、水仙。私はいつもこの庭が大学のものではなく、ホーソーンの小説に出てくる庭のような気がした。

私は人前に出るのに備えた儀式をするようになった。化粧はいっさいしないように気をつけた。Tシャツに、私には大きすぎるほど幅広でゆったりした、だぶだぶの黒いズボンを穿き、その上に長い黒のコートを着て、黒いスカーフを首で結ぶと、体の線は隠れてしまう。最後に本とノートをバッグに入れる。私はやたらに多くの本とノートをバッグに詰めこむ癖があり、ほとんどは不要なものだったが、それでも安全ネットのように持って歩いた。

なぜか家から大学までの距離は記憶の中でぼやけてしまった。守衛のいる緑の門を通らず、西洋文化を弾劾する掲示が貼り出されたガラスの扉も通らずに、私はいつの間にか、いきなりペルシア語外国語学・文学部の中にいて、階段の下に立っている。

階段を上りながら、手当たりしだいに壁に貼られたポスターやビラを無視しようとする。大部分はイラン・イラク戦争の白黒写真と、大悪魔すなわちアメリカとそのスパイを糾弾するスローガンだ。**殺そうが殺されようがわれわれは勝つ！　大学をイスラーム化せよ！　この戦争は神の祝福である！**——といったアーヤトッラー・ホメイニーの言葉が、写真のそばに書かれている。

クリーム色の壁に見捨てられたまま垂れ下がる、これらの色あせた写真に対する憤りを私は抑えることができなかった。どういうわけか、このすりきれたポスターとそこに書かれたスローガンは私の仕事の妨げになった。それらを見ると、自分が大学に文学を教えに来ていることを忘れてしまうのだ。規定の服装の色、行動基準に関する訓戒は貼り出されても、講演や映画や書籍に関する掲示はまったくなかった。

13

アッラーメで教えはじめて二学期目に入り、二週間ほどたったある日、研究室のドアを開けたときに、ドアの下から差しこまれた封筒に気づいた。私はいまでもその封筒と、中に入っていた二つ折りの黄ばんだ紙をもっている。私の名前と大学の所番地がタイプされていたが、中の紙には一行しかなかった。メッセージの内容同様、幼稚で汚らわしい所行だ。**姦通者ナフィーシーを追放せよ**。正式に学問の世界にもどったときに受けとった歓迎の贈り物がこれだった。

その日、学科長に話をした。学部長も同じような手紙を受けとっていた。なぜ彼らは正直に話したのだろう。私も彼らも、体制によって没収されたすべての言葉と同じく、「姦通者」という言葉がすでに本来の意味を失っていることは知っていた。それは単に人を汚れた失格者であるような気にさせるために投げつける侮辱の言葉にすぎなかった。これはどこでも起こりうる出来事だということもわかっていた。世界には、汚らわしいメッセージを書いた紙をドアの下から押しこむ、怒りに満ちた病的な人間があふれている。

悲しかったのは——いまでも悲しいのは——結局はこのような精神構造が私たちの生活を支配するにいたったことだ。政府系の新聞やラジオ、テレビ、説教壇に立つ聖職者も、敵を貶め、こきおろすために、この手の言葉を使い、ほとんどの場合成功した。私がやりきれなかったのは、そしてなぜか共犯者であるような気さえしたのは、大勢の人が同じような告発にもとづいて——人前で大声で笑った、異性と握手したといった理由で——生計を奪われたことを知っていたからだ。安っぽい紙になぐり書きした一行だけで済んだ幸運に感謝すべきなのだろうか？

この大学は、特に私のいる学科は「リベラル」だと言われた意味がそのときわかった。「リベラル」というのは、このような事件を防ぐために何らかの措置を講ずるという意味ではなく、こうした中傷のせいで私に対して不利な処置はしないという意味だった。大学当局には私の怒りが理解できなかった。彼らはそれを「女性特有の」感情の爆発と見なし、その後何年にもわたって私の抗議をつねにそう呼ぶようになった。当局は私の風変わりなふるまい、形式ばらない授業、私のジョーク、絶えずすべり落ちるスカーフ、私の『トム・ジョーンズ』と『デイジー・ミラー』を我慢する用意があるというふうに私は聞いていた。これが寛容と呼ばれるものだった。妙な話だが、歪んだかたちではあっても、これは確かに寛容であり、私はある意味で彼らに感謝しなければならなかった。

14

記憶の中の私はいつも階段を上っている。下りている姿は思いうかばない。しかし、その日は、毎日そうしていたように、階段を下りていた。研究室に着くと、余分な本と書類を置き、最初の授業で使うノートをとって、すぐに階段を下りはじめた。ゆっくりと四階に下り、左に曲がって、長い廊下の端に近い教室に入る。この授業は小説入門Ⅱで、とりあげている作家はヘンリー・ジェイムズ、作品は『デイジー・ミラー』だった。

記憶の中で、私はもう一度本を開き、ノートを広げ、私を見つめかえす四十人あまりの顔、私の指示を待ちかまえているような顔を見渡す。いくつかの顔には慰めを見いだすようになっていた。三列目の女子側の席には、マフシードとナスリーンがすわっていた。

前の学期の一回目の授業で、私はナスリーンの姿を見てぎょっとした。何気なく学生たちの顔を見まわしてから、あわててナスリーンの顔に目をもどした。ええ、あたしです、まちがいじゃありませんよ、とでもいうように、微笑みをうかべてこちらを見ていた。小さなナスリーンがビラの束をわきに抱え、テヘラン大学に近い、陽射しのあふれる通りに消えてゆくのを見てから、七年以上がたっていた。時おりナスリーンはどうしただろうと考えることがあった——もう結婚しただろうか？　それがいま、彼女はマフシードの隣にすわっている。前よりも大胆な表情をうかべている反面、恥ずかしそうにかすかに頬を染めている。最後に姿を見たとき、ナスリーンは濃紺のスカーフに、ゆるやかに流れる長いコートを着ていたが、いまでは全身を厚手の黒いチャドルでおおっていた。形のない黒い大きな布に全身をすっぽり包んだナスリーンはいっそう小さく見えた。もうひとつ大きく変わった点は姿勢だった。以前は椅子の端に背筋をまっすぐ伸ばしてすわり、即座に走り出せそうな体勢だったが、いまでは無気力といっていいほどだらしない姿勢で、夢見るようにぼんやりしており、書く動作も遅かった。

授業のあと、ナスリーンは教室に残っていた。あの見慣れた仕種がまだ残っているのに気づいた。ひっきりなしに手を動かす癖や、絶えず片方の足から足へ体重を移しかえる癖である。本とノートをまとめながら、私は訊いた。どこにいたの？　まだ『ギャツビー』のレポートをもらってないのを憶えてる？　ナスリーンはにっこりして言った。大丈夫、立派な言い訳があります。この国では言い訳には不自由しませんから。

ナスリーンはこの七年の出来事を手短に語った。ごく簡単なあらましのみだが、私には詳しく聞かせてくれと言う勇気はなかった。最後に彼女を見かけた日から間もなく、ナスリーンは何人かの同志とともに、路上でビラの配布中に逮捕された。体制が躍起になってモジャーヘディーンを叩いていた時期があったでしょう――あたしはほんとに運がよかったんです。大勢の友だちが処刑されたけど、あたしは最初、十年の刑で済みました。十年で運がいいの？　まあ、そうですね。十二歳の女の子がママに会いたいと言って刑務所の構内を走りまわっていて、撃たれた話は憶えてますか。あたし、その場にいたんです。あたしもお母さんって大声で叫びたかった。十代の子が大勢殺されて、あたしだって殺されていたかもしれない。でもそのときは、信心深い父の信用が役に立ちました。父の友人が革命委員会にいて——実は委員のひとりが父の教え子だったんです。父のせいで容赦してくれたんです。特別待遇でした。しばらくして、十年の刑が三年に減刑されて、出てきたんです。でもしばらくは学校をつづけさせてもらえなくて、いまでもまだ保護観察中です。去年やっと大学に入るのを許されて、それでここにいるわけです。そう、よくもどってきたわね、と私は言った。でも、レポートがまだだってこと、忘れないでね。私はとまどいつつも、ナスリーン自身が望むように、その話を軽く受けとめようとした。

物静かな、磁器のような微笑みをうかべたマフシードの姿がいまも目にうかぶ。ナスリーンはいつも夜よく寝ていないのではないかと思うほど眠たげな様子だったが、私の学生の中でもっとも優秀で怜悧(れいり)な学生であることがのちに明らかになる。

彼女たちの右手の壁際には、ムスリム学生協会のメンバー二人がすわっていた。名前を忘れてしまったので、本人たちは不満だろうが、ミス・ハーテフとミス・ルーヒーという新しい名前をつけさせてもらおう。二人ともまさに悪い意味で人の注意を惹く存在だった。黒いチャドルから外に出ている部分といえば、ひとりはとがった鼻、もうひとりは上を向いた小さな鼻ばかりで、二人ともチャドルの下で時おりひそひそ話をし、にやにや笑うことさえあった。

二人のチャドルの着方にはどこか奇妙なところがある。ほかの多くの女性、特に若い女性にも同じことを感じた。彼女たちには、その仕種や身ごなしには、私の祖母のような引っこみ思案なところがまったくなかった。祖母のあらゆる身ぶりは、私を見ないで、無視して放っておいて、と見る者に懇願し要求していた。幼い頃から思春期頃にいたるまでずっと、私にとって祖母のチャドルは特別な意味をもっていた。それは自分を守るためのシェルターであり、外の世界から離れた場所にある別の世界だった。祖母のチャドルのまとい方を、ザクロの花咲く頃に庭を歩きまわっていたその姿をよく憶えている。いまやチャドルは政治的意味を獲得したことで永久に損なわれた。それはミス・ハーテフやミス・ルーヒーのような女たちが傲然と身にまとう、冷ややかで威圧的なものになってしまった。

四列目のかわいすぎる顔の美人に目をもどそう。彼女はミートラーという名で、いつも最高の成績をとる。おとなしくて、授業ではほとんど発言せず、発言する際はあまりにも物静かに意見を述べるので、要点を聞きのがしてしまうことがある。私はまず試験の答案で、のちに授業で提出する日記の中で、彼女を発見した。

教室の反対側、男子学生の席にはハミードがいる。彼は間もなくミートラーと結婚し、コンピューター業界に入る。髭のない知的な美男子で、屈託のない笑顔で両隣の友人と話している。ハミードのすぐうしろにミスター・フォルサティーがいる。彼はいつも薄茶の上着に黒っぽいズボンをはいている。ミスター・フォルサティーも微笑んでいるが、もともとそういう顔であることがやがてわかった。髭はあるが、ふさふさした髭ではなく、短く刈りこんでいる。彼は新種のイスラーム派学生のひとりで、革命の根本理念を激しく信じていたミスター・バフリーとは大いに異なる。ミスター・フォルサティーはムスリムだが、第一世代のイスラーム派学生に大きな影響をあたえた宗教的理想にはさほど熱心ではない。彼の最大の関心は世間的な成功にある。クラスのだれとも親しくないようだが、おそらくここで一番有力な人物だろう。イランの合法的な学生組織は二つあるが、彼はそのうちのひとつイスラーム・ジハードの指導者である。もうひとつのムスリム学生協会のほうがより革命的、イスラーム的な実践活動を展開していた。私は間もなく、クラスでビデオの上映や連続講演の企画をしたいときには、ミスター・フォルサティーを説得し、私に代わって上層部に働きかけてもらう必要があることを知った。彼はいつも喜んでやってくれた。

講義をしながら、私の視線は思わず一番うしろの列の壁際に向かう。この学期がはじまった当初から、私はこの片隅から生まれてくる迷惑なふるまいにいらだつと同時に、それをおもしろがってもきた。たいてい講義の中ほどで、この席にすわっているひょろりと背の高い学生が――ここではミスター・ゴミーと呼ぼう――椅子から腰を上げ、完全に立ち上がる前に、あるいは私が発言の許可をあたえるのも待たずに、異議を並べはじめるのだった。いつも必ず反対意見で――それだけは確かだった。

ミスター・ゴミーの隣には年上のミスター・ナフヴィーがいた。友人のゴミーより冷静で、落ち着いた話し方をしたが、それは何より、つねに自信に満ちているからだった。自分に対する疑いというものをまったくもたないため、感情を爆発させるようなこともない。まるで目の前に一語一語がうかびあがるさまが見えるかのように、はっきりした単調なしゃべり方をした。彼はよく研究室までついてきて、主として西洋の頽廃について、「絶対的なもの」の欠如がいかに西洋文明を堕落させたかについて、私に講釈した。こうした問題を実にきっぱりした調子で、議論の余地のない事実として論じた。私が話しだすと、礼儀正しく口をつぐみ、私が話し終わると同時に、ちょうど先ほど中断したところから、同じ単調な調子で話をつづけるのだった。

ミスター・ゴミーが私の授業をとるのはこれが二回目だった。一度目はアッラーメで教えた最初の学期だったが、彼は民兵に属し、戦争のための活動に従事しているという口実のもとにほとんど授業に出なかった。活動の内容は最後まではっきりしなかった。志願兵になったわけでも、前線に行ったわけでもなかったからだ。戦争は一部のイスラーム活動家にとって、大学で不当な特権を行使する恰好の口実になっていた。ミスター・ゴミーは期末試験で落第点をとり、ほとんどのテストをすっぽかしたにもかかわらず、落第させた私を恨んだ。戦争にからめた嘘がすっかり生活の一部になった結果、自分でもその嘘を信じるようになったせいなのかどうかよくわからなかったが、彼は心底傷ついた様子を見せ、私は彼に出くわすたびに、どういうわけか自分のほうが悪いような気がした。ミスター・ゴミーも今度はおおむねきちんと授業に来るようになった。彼のような学生に出会うたびにミスター・バフリーがなつかしくなる。ミスター・バフリーは大学に充分な敬意をはらい、自分の地位を乱用するようなまねはしなかった。

ミスター・ゴミーは二回目になってからはかなり規則正しく出席し、授業に出るたびにちょっとした騒ぎを引き起こした。彼はヘンリー・ジェイムズを私たちのあいだの最大の争点にすることにした。機会さえあれば手をさっと上げ、執拗に異議をさしはさむ質問をした――というより、はっきりと異議を申し立てた。ジェイムズは彼が好んで攻撃する標的だった。私に直接異議を申し立てるのではなく、ジェイムズに個人的な恨みでもあるのかと思うほど侮辱することで、間接的に異議を唱えたのだ。

15

クラスで読む作品として『デイジー・ミラー』と『ワシントン・スクエア』を選んだときは、それぞれの主人公ミス・デイジー・ミラーとミス・キャサリン・スローパーがあれほど激しく執拗な論争の的になるとは夢にも思わなかった。この二作を選んだのは、ジェイムズ後期の大作よりわかりやすいだろうと思ったからだ。ジェイムズの前には『嵐が丘』を読んだ。

小説入門講座で私が強調したかった点は、小説という新たに誕生した物語形式が、いかに人間のもっとも重要な関係をめぐる基本的な通念を根底から変え、ひいては人間と社会、仕事、義務との関係に対する伝統的な姿勢を変化させたかにあった。こうした変化がどこよりもはっきり見られるのは男女の関係である。十八世紀にサミュエル・リチャードソンの書簡体小説『クラリッサ』の主人公クラリッサ・ハーロウと、ヘンリー・フィールディングの『トム・ジョーンズ』のソファイア・ウェスタンが――慎み深く、一見従順そうな娘二人が――愛していない男との結婚を拒んだときから、物語の流れは変わり、結婚をはじめとするその時代のもっとも基本的な制度が疑問にさらされることになった。

デイジーとキャサリンにはほとんど共通点はないが、しかしいずれも自分が生きた時代の慣習に公然と反抗した女性である。二人とも他人から指図されるのを拒否する。彼女たちは、『高慢と偏見』のエリザベス・ベネットや『嵐が丘』のキャサリン・アーンショー、『ジェイン・エア』のジェインといった反抗的なヒロインの長い系譜につらなっている。こうした女性たちは服従を拒否することで、話を紛糾させる主な原因となる。二十世紀に登場する明らかに革命的なヒロインより彼女たちのほうが複雑だ。自分がラディカルだなどとはいっさい主張しないからである。

多くの学生の目には、キャサリン・スローパーとデイジー・ミラーは強情すぎるように見えた。実際的な彼らには、いったい何がそんなに問題なのか理解できなかった。キャサリンはなぜ父親と求婚者の両方に逆らうのか？　デイジーはなぜウィンターボーンをあれほどからかうのか？　この二人の気難しい女性は、困惑する男たちに何を求めているのか？　白いモスリンのドレスにパラソルをさした姿で初めて登場したときから、デイジーはウィンターボーンの心の中に興奮と不安をかきたてる。彼女は一個の謎として、おそろしく不可解で、しかもいとも簡単に解明できそうなまばゆい神秘として彼の前にあらわれる。

このあたりで、デイジーについてさらに詳しく検討しようとしたとき、ミスター・ゴミーが手を挙げた。抗議の口調に、私は即座に身構えて、いらだつ。この女たちはなぜこんなに反逆するんですか。デイジー・ミラーはどう見ても悪い娘です。反動的で頽廃的です。僕らは革命的な社会に生きていて、この国の革命的な女性は、慎み深くすることで西洋の頽廃に抵抗しています。男に色目をつかったりしません。彼は息を弾ませながら、小説の問題にはふさわしくない敵意のようなものをむきだしにして話しつづける。デイジーは悪だから、死ぬのは当然だとまで口走る。三列目のミス・Fがデイジーの死を当然の報いと思わない理由が知りたいと彼は言う。

ミスター・ゴミーはささやかな演説を終えると、勝ち誇ったように席につき、異議を唱える者がいないかどうか見まわす。だれひとり反論しない。もちろん私は別だ。学生たちは全員、私が反論するのを期待している。ミスター・ゴミーはいつもまんまと授業を脇道にそらしてしまう。私も初めは怒りをおぼえたが、そのうち、他の学生が口に出す勇気のないことを彼が代わりに言っている場合もあることがわかってきた。

この問題についてどう思いますか、とクラスに問いかけても、みな黙っている。ミスター・ゴミーは沈黙に自信を得て、また手を挙げる。僕らのほうがこの小説の人間より道徳的です。何しろ本物の悪を経験していますから。国内でも国外でも悪と戦っているんですから。ここでマフシードが声をあげることにした。ジェイムズは悲惨な戦争を二度経験しています、とマフシードは静かに言った。若いときに南北戦争がありましたし、亡くなる前に第一次世界大戦を目の当たりにしています。ミスター・ゴミーはかすかに肩をすくめただけだった。その二つの戦争は正義の戦争ではないと思ったのかもしれない。

私は黙ってすわっている。わざと黙っているようだ。授業が終わってもなお席を立たず、教室の片側をおおうむきだしの大きな窓からの光が届かぬ陰でじっとしている。女子学生が三人やってきて、私の机の近くをうろうろする。「このクラスの大多数の意見はあの人たちとはちがうということを知っていただきたいんです」ひとりが言う。「みんな口に出すのが怖いんです。やっかいなテーマですから。本当のことを言うと、密告されるのが怖いんです。彼が喜ぶようなことを言えば、今度は先生にどう思われるか心配です。私たちはみんな、先生の授業はすばらしいと思っています」

その晩の帰り道、そしてその後もずっと、このときの会話を思い出すたびに私は思った。そう、授業がすばらしいと思うのね。でも『デイジー・ミラー』は?　『デイジー・ミラー』はすばらしいと思う?

16

ミスター・ゴミーは世界中のデイジー・ミラーに対して強硬な意見をもっていたが、クラスの学生は主人公ウィンターボーンとともに迷っていた。イプセンの『人形の家』を除けば、学生がこれほど激しい反応を見せた作品はほかになかった。このような激しい感情の動きは当惑や疑問から来ていた。彼らはデイジーのふるまいに混乱し、何が正しく何がまちがっているのかわからなくなった。

ある日の授業の直後、最前列にいながら一番うしろの列に隠れているような印象を醸しだしている内気な女子学生が、私の机のそばでもじもじしていた。彼女はデイジーが悪い娘かどうか知りたがっており、「先生はどう思われますか？」と端的に訊いた。私がどう思うか？　あの単純な質問になぜあれほどいらだったのだろう。いまではあのときのためらいと曖昧な返答はまちがっていなかったと思えるが、私が率直に答えず、ジェイムズの小説の構造においては曖昧さが重要なのだと強調したことで、彼女はいたく失望し、それ以来、私は彼女に対する権威をいくぶん失った。

教室でテキストを開き、あの決定的なコロセウムの場面を読んだ。デイジーは危険もあらゆる礼儀も無視して、ミスター・ジョヴァネリと月明かりを見にきていた。ジョヴァネリは行く先々でデイジーにつきまとっている節操のないイタリア人で、礼儀にうるさいデイジーの同国人の顰蹙(ひんしゅく)を買っていた。ウィンターボーンは真夜中のコロセウムで二人を見つける。このとき彼の反応は、デイジーの性質というよりウィンターボーン自身の性格を物語っている。「ウィンターボーンはぎょっとして立ち止まったが、そこにはほっとした気持ちも混じっていた。まるで突如デイジーのふるまいの曖昧さに光が射し、謎が解けたかのようだった。彼女はもはや紳士たるものが敬意をはらおうと腐心する必要のない娘なのだ」

深夜のコロセウム訪問は、いくつかの点でデイジーに致命的な結果をもたらした。その夜、彼女はローマの熱病にかかり、それがもとで命を落とすことになる。しかし、デイジーの死はウィンターボーンの反応によって決定づけられたようなものだった。ウィンターボーンはデイジーのことなどどうでもいいということをはっきり述べたあと、帰りの馬車にもどったデイジーに熱病用の薬をのむように勧める。「『どうでもいいわ』デイジーは妙な調子の小声で言った。『熱病にかかろうとかかるまいと』」若い男の態度が彼女の運命を間接的に決めたという点でクラスの意見は一致した。ウィンターボーンこそは、デイジーがよく思われたいと願うただひとりの相手だ。デイジーは自分の行動をどう思うかとしきりに彼に訊く。ウィンターボーンには一言もいわなかったけれど、お説教するのではなく、ありのままの彼女を無条件で認めることで愛を証明してほしいと、デイジーは痛切に、挑戦的な態度で願っている。結局のところ本当に相手を想い、死によって愛を証明したのがデイジーのほうだったのは皮肉である。

デイジーの謎に対する答えを見つけてほっとしたのはウィンターボーンひとりではなかった。学生の多くもほっとした。ミス・ルーヒーは、どうしてこの小説はデイジーの死で終わらないんですかと訊いた。それが一番いい終わり方ではありませんか？　デイジーの死はだれにとっても望ましい幕切れであるように思えた。ミスター・ゴミーはデイジーが命をもってみずからの罪を償う結末に勝ちほこることができたし、大部分の学生はいまや罪悪感なしにデイジーに同情できた。

しかし、話はそこで終わらない。この小説は始まりと同じく、デイジーではなくウィンターボーンとともに終わる。物語の初めの部分で、伯母は彼に、あなたはデイジーのことでとんでもないまちがいをしでかす危険があると警告する。デイジーにだまされるかもしれないというのだ。そしてデイジーの死後、ウィンターボーンは皮肉にも伯母に言う。「『伯母さまが去年の夏におっしゃったとおりでした。僕はまちがいをしでかす運命だったのです。外国生活が長すぎましたから』」ウィンターボーンはデイジーを過小評価していたのだ。

この作品の冒頭で、語り手はウィンターボーンがある外国人女性に思いをよせているという噂を伝えている。そして最後の部分にも、一巡してふりだしにもどったように同様の記述がある。「それでもやはり彼はジュネーヴにもどった。そこからは彼の滞在の目的について、およそ相容れない噂が相変わらず流れてくる。熱心に『勉強中』だという噂もあれば、たいそう賢い外国人女性にご執心だとほのめかす声もある」

この瞬間まで主人公に感情移入して読んでいた読者は、ここで突き放されたような気分を味わう。私たちはデイジーが、その名のもとになった花のように、美しくもつかのまの中断にすぎないのだと思わされる。だが、この結論も完全な真実というわけではない。読者は最後の部分における語り手の口調から、ウィンターボーンがふたたび前と同じ目で人生を眺めることができるのだろうかという疑念に駆られる。ウィンターボーンにとっても、疑いを知らない読者にとっても、以前とまったく同じものなど何ひとつない——ずっとあとで、私の教え子がデイジーに関する自分たちの「まちがい」について文章や会話の中で語るのを見たとき、私はそのことを知った。

17

ジェイムズは『悲劇の美神』の中で、自分がものを書く目的は「人間の問題や社会的な困難としての芸術」をつくりだすことにあると説明している。友人のミーナーがそう指摘してくれた。だからジェイムズはあれほど難解なのだ。私はジェイムズの研究者であるミーナーに、学生が『デイジー・ミラー』にいかに手こずっているかという話をしていた。難しすぎるからってジェイムズをはずすつもりじゃないわよね、とミーナーはいささか心配そうに言った。そんなつもりは全然ない、と私は答えた。第一、問題はジェイムズが学生にとって難しすぎることではなく、学生を当惑させることにあるのだから。

私にとって問題なのは、曖昧さに対して露骨に異を唱えるゴミーのような学生より、ゴミーの断固たる態度の犠牲になっているその他の学生のほうなのだと私は言った。ゴミーのようなタイプは、自分の理解できないものが怖いから始終攻撃しているんじゃないかと思うの。口ではジェイムズなんか必要ないと言っているけど、本音は、このジェイムズというやつが怖い――こいつは僕らを惑わせ、混乱させ、不安にする――ということなのよ。

ミーナーは、小説の中の曖昧さというものを説明するとき、いつも椅子を使うという。次の授業の際、私は初めに椅子をひとつ取りあげて、自分の前に置いた。何が見えますか、と学生に訊く。椅子です。次に椅子をさかさまにした。今度は何が見えますか？やっぱり椅子です。それから椅子を正しく置き、数人の学生を、教室内の異なる場所に立たせ、立っている学生とすわっている学生の両方に、同じ椅子がどう見えるかを説明してもらった。見てのとおりこれは椅子ですが、この椅子を説明する際には、自分のいる位置、自分の視点から説明することになります。そうであれば、椅子の見方はひとつしかないと言うことはできませんね？　はい、そのとおりです。椅子のようなただの物でさえそうだとしたら、特定の個人に対して絶対的な判断を下すことなどできるでしょうか？

私のクラスの物言わぬ多数派が率直に意見を述べられるように、授業で読んでいる作品の感想を日記形式でノートに書かせることにした。クラスに関わる他の問題や自分の経験についても自由に書いていいが、作品については必ず書くよう義務づけた。ミス・ルーヒーはいつも話の筋を書いてきたので、少なくとも課題の本を読んでいること、場合によってはそれに関する別の資料まで読んでいることがよくわかった。しかし、自分の意見を明らかにすることはめったになかった。一度、次のように書いてきたことがあった。自分は『嵐が丘』の不道徳性に反感をもっていたが、どこかで『嵐が丘』の神秘的な側面について読んで少し考えが変わった。だがジェイムズの場合は神秘主義などどこにもないようだ——この作家は時に観念的すぎることはあっても、きわめて世俗的だ。

ミス・ルーヒーのノートはいつも整然としていた。毎回、冒頭にきれいな筆跡で「慈悲ふかく慈愛あまねきアッラーの御名において」と書いてあった。デイジーは不道徳なばかりでなく「無分別」だと彼女は書く。だが、アメリカのような頽廃的な社会にさえなお、人を判断する際のよりどころとなる何らかの規範、規準があるとわかったのはよかったという。さらに他の教員の言葉を引用し、ある種の作家が無分別で不道徳な登場人物を、読者が無意識に共感してしまうほど魅力的に描いていることを嘆いた。コステロ夫人やウォーカー夫人といった良識ある人々がこれほど否定的に描かれていることも残念でならないという。これは彼女にとって、作家が神のごとき力のみならず悪魔のごとき力をもそなえている証拠だった。ミス・ルーヒーによれば、ジェイムズのような作家は悪魔のようなものだ。はかり知れぬ力をそなえていながら、それを悪をなすために

――デイジーのような罪人への共感をそそり、ウォーカー夫人のような立派な人々への嫌悪をかきたてるために利用している。彼女はミスター・ニヤージーやその他大勢と同じようにくだらないイデオロギーに染まっていた。

ミスター・ゴミーは自分の役割に忠実だった。課題の小説を読んだ形跡はめったに見せず、ひたすら不道徳と悪についてわめきたてた。やがて、イマーム・ホメイニーや他のお偉方が文学の義務や西洋の頽廃、またサルマン・ラシュディについて語った言葉を引用して私を「教育する」癖がついた。さらに、アメリカでの殺人や腐敗に関する新聞記事の切り抜きをノートに貼ってくるようになった。ある日などやけになって、街頭に貼り出されたスローガンを引用するという手段に訴えたこともあった。そのようなスローガンの中で私が特に好きなのは、「**ヴェールをした女性は牡蠣（かき）の殻の中の真珠のように守られている**」というものだ。このスローガンが登場するときは、たいていそのわきに、獲物をとらえようとするようになかば口を開け、中のつややかな真珠を見せている牡蠣の絵がついていた。

ミスター・ゴミーの無口な年上の友人、ミスター・ナフヴィーは、不信と懐疑の危険に関する達者な哲学的論文を書いてきた。ジェイムズがあれほど騒ぎたてる懐疑こそが、西洋文明の没落の原因ではないだろうか？　ミスター・ナフヴィーも他の大勢と同じく、ある種のこと、たとえば西洋の衰退などを、疑問の余地のない事実と見なし、こうした没落が西洋の異教徒でさえ否定しない事実であるかのように綴り、語った。時々ノートといっしょに「文学と責任」、「イスラーム文学の概念」などといったテーマの本やパンフレットを私に手渡した。

それから何年ものち、木曜日の秘密クラスのメンバーになったマフシードとミートラーは、『デイジー・ミラー』の話になったとき、当時声をあげなかったことを悔やんでいた。ミートラーは、本当はデイジーの勇気がうらやましいと告白した。二人ともまるで実在の人物――友人や親戚について過ちを犯したような口ぶりだったのが何とも奇妙で、胸を衝かれた。

ある日、教室を出たところで、研究室に向かうレズヴァーン夫人を見かけた。彼女は近づいてきて言った。「あなたの授業についておもしろい話をよく耳にするんですよ」彼女の情報提供者は隅から隅まで至るところにいた。「おわかりになったでしょう。この子たちの頭に何かつめこまなければならないという意味が。革命が彼らの頭の中からあらゆる礼儀や思想を追い出して空っぽにしてしまったんです。エリートたるわれわれ知識人も似たようなものですけどね」

でも大学教育がその問題に取り組む最善の方法なのかどうか、まだ確信がもてないと私は言った。むしろ大学外の知識人と共同戦線を張るほうがうまくゆくのではないかしら。レズヴァーン夫人は横目でちらりと私を見て、言った。そうね、それもいいかもしれません。でもどうしてそのほうがうまくゆくと思うんですか？　インテリのエリートだって聖職者とたいした違いはありません。イランでもっとも重要な小説家のダヴァイー氏が『デイジー・ミラー』の翻訳者と交わした会話についてお聞きになりました？　ある日、二人はたがいに紹介されたんです。作家が言います。お名前はよく存じ上げている——ヘンリー・ミラーを翻訳なさった方ではありませんか？　いえ、『デイジー・ミラー』です。そうでした、作者はジェイムズ・ジョイスでしたね？　いえ、ヘンリー・ジェイムズです。ああ、そうそう、ヘンリー・ジェイムズ。ところでヘンリー・ジェイムズはいま何をしているんですか？　もう亡くなりました——一九一六年に。

18

友人のミーナーは、ジェイムズの『使者たち』の主人公ランバート・ストレザーが「心の友」マライア・ゴストリーに自分をさして言った言葉がぴったりくる人だと、私の魔術師に言ったことがある。「僕はすべてをそなえていながら人生に失敗した人間なんだ」すべてをそなえていながら人生に失敗した人間？　と魔術師は訊く。そう、それに対してマライアがどう答えたか知ってるでしょう？

「あなたが失敗した人でうれしいわ——だから、ほかの人とちがうと思ったのです。近頃は失敗した人以外はみんなぞっとします。まわりをごらんなさい——成功した人たちをごらんなさい。名誉にかけて、あんな連中の一員になりたいと思います？

それに、この私をごらんになって」と彼女はつづけた。

しばし二人の目が合った。「なるほど、あなたもその一員ではない」

「あなたが私の優秀さと認めるものは、私が失敗者であるしるしなのです。若い頃はいろいろ夢がありましたのに！」彼女はためいきをついた。「でも、私たちを結びつけたのは私たちの現実です。私たちは敗北した戦友同士なのです」


私はいつか「すべてをそなえた失敗者」という小論を書くつもりなの、と彼に言った。小説、特に現代小説におけるこの種の人物の重要性について書きたいと思っているの。彼らはなかば悲劇的な人間ね——時には滑稽で時には痛ましくて、あるいはその両方の性質を兼ねそなえている。ドン・キホーテが思いうかぶけれど、こういう人物は本質的には近代のもので、失敗そのものが遠回しに賛美された時代の産物ね。ナボコフのプニンもベロウのハーツォグもそのひとりだし、ギャツビーもそうともいえるけれど、ちがうかもしれない——そもそもギャツビーは敗北を選んだわけではないもの。ジェイムズとベロウが好んで書く人物もほとんどがこの範疇に入るわね。自分自身の良心を守るために意識的に失敗をえらぶ人々。彼らは単に偉ぶっているだけの人間より、内なる高い基準がある分、いっそうエリート主義的なのよね。ジェイムズも多くの点で自分をその一員と見なしていたと思うの。自分の小説が理解されなくても、みずから正しいと思う種類の小説からあくまでも離れなかったし。私の友人のミーナーも、あなたの友人のレザーもそう。もちろん、あなた自身もまちがいなくそのひとりだけど、あなたは小説の人物じゃないわね……それともそうなのかしら？　なるほど、いま僕はきみの想像の産物になっているようだね。

革命後、私にとっては最後に近いテヘラン大学の学科会議で初めてミーナーに会ったとき、私は彼女を、すべてをそなえた失敗者として選んだのだと思う。遅刻した私が部屋に入ると、ドアと向かいあって、学科長の右側に黒い服の女性がすわっていた。目も、短く切った豊かな髪も真っ黒で、周囲に飛び交っている敵意に満ちた議論には無関心な様子だった。冷静というよりむしろ内向しているように見えた。ミーナーはどうしようもなく正直な人間のひとりで、それだけに頑固であると同時に無防備なところがあった。彼女について記憶に残っているのは、やつれた上品さ、身につけるものすべてにこびりついた「古き良き時代」風の雰囲気である。初めて見た瞬間から、ずっとのちに最後に会ったときまで、彼女と顔を合わせるたびに二種類の感情が胸にのしかかってきた。強い尊敬の念と悲しみである。ミーナーにはすべてを運命として受け入れるような感覚が、運命として受け入れたものについての諦念のようなものがあり、それが私には耐えられなかった。

ファリーデとA先生はよくミーナーについて——彼女の学識、文学と仕事への献身について話しあっていた。ファリーデには寛容なところがあり、彼女のいわゆる革命にあくまで献身しながらも、ある種の人間を、思想的には正反対の相手でも、受け入れることができた。ファリーデには反逆者を――彼女自身の政治的立場とは意見を異にする、A先生やミーナーやラーレのような本物の反逆者を見分ける力があった。そのため本能的にミーナーに同情し、彼女を慰めようとしたのである。とはいえ、二人の考え方はほぼあらゆる点で一致しなかった。

ミーナーは著書執筆のためボストン大学で二年間の研究休暇を送っているときに国に呼びもどされた。最後通牒を受けとった彼女は、私に言わせれば、イランに帰国するというまちがいを犯した。彼女の本はヘンリー・ジェイムズに関するものだった。著名なジェイムズ研究者レオン・エデルのもとで研究していたのだが、私が初めて会った頃の彼女は、簡単な文を口にするのもつらそうだった。言うまでもなく、ミーナーは二度と教壇に立つことはなかった。追放されるために帰ってきたようなものだ。彼女はヴェールを着用することも、妥協することも拒んだ。帰国したのが彼女にとって唯一の妥協だった。それは妥協というより、避けがたい宿命だった。

ミーナーの父親は桂冠詩人もつとめた人で、彼女の家は教養ある裕福な一家だった。子供の頃、私とミーナーの家族は週末いっしょに出かけることがあった。私より年上のミーナーは、そういう家族の集まりで私に口をきくことはなかったが、彼女のことはぼんやりと憶えていた。古い子供時代の写真の何枚かにミーナーが写っている。写真の中の彼女は自宅の庭で父親のうしろに立っており、彼女のおじと私の父、だれかわからない青年の姿も見える。真面目くさった顔にあやふやな微笑みのようなものがかすかに漂っている。

ファリーデと私は、私たちが彼女をどれほど高く評価しているか、彼女の価値を理解できない大学に対していかに憤慨しているかを伝えようとした。ミーナーは無表情に聞いていたが、私たちの評価を喜んでいるようだった。彼女の愛する兄は大企業の社長だったが、革命の開始とともに逮捕された。大多数の人間とちがって、彼は新体制を受け入れるのを拒否した。政治的な活動はしていなかったものの、王制支持者で、妹同様、監獄の中でも自分の意見をはっきりと口にした。彼の態度は不遜そのもので、体制にとってはそれで充分だった。ミーナーの兄は処刑された。いまでは彼女はいつも黒い服を着ている。当時の彼女は、自分の時間のほとんどを遺された兄の妻と子供たちのために費やしているようだった。

ミーナーは異様に大きな屋敷に母親と二人きりで住んでいた。ファリーデと私がそれぞれに大きな花束をもって彼女の家を訪ねた日、晴れやかな日は、薄暗く陰気な玄関ホールに入ったとたんに終わりを告げた。ミーナーのお母さんがドアを開けてくれた。私の両親を知っている彼女は、しばらくその話をしていたが、娘が螺旋階段を下りてくると、唐突に、だが丁重にその場を離れた。色とりどりの花束を手に、パステルカラーの服を着て、階段の下にたたずむ私たちは、あの家の重苦しく厳粛な雰囲気を前にすると、明るく気楽すぎるように見えた。家はすべてのものを影の中に引きずりこもうとしているようだった。

ミーナーの喜びよう、感謝のあらわし方はやはり重々しかったが、私たちに会えたのをとても喜び、半円形のだだっ広い居間に案内してくれた。その部屋は、夫を亡くして初めてひとりぼっちで公の場に出た女性のように、忸怩(じくじ)たる思いをかかえているように思えた。家具はまばらで、椅子やテーブルやピアノがあったはずの場所には何もなく、がらんとしていた。

威厳に満ちた六十代後半のお母さんは、銀線細工の枠に入った繊細なガラスのティーカップを銀のお盆にのせて、お茶を持ってきた。彼女は料理上手で、私たちが訪問するたびにごちそうをふるまってくれた。だが、それは物悲しいごちそうだった。おいしい料理がどれほどあろうと、あのさびれた屋敷がはなやぐことはなかった。母娘が私たちを親切にもてなし、歓迎されているという実感を味わわせようと努めても、かえって巧みに隠された喪失感が際立つばかりだった。

ミーナーは小説におけるリアリズムに取り憑かれており、ヘンリー・ジェイムズが大好きだった。知っていることについては徹底的な知識をもっていた。私の知識は衝動的でまとまりがなく、彼女の知識は綿密で完全だったから、たがいに相手にないものを補いあえた。私たちは時に何時間も話しつづけた。ファリーデが地下に潜り、革命グループに加わって、まずクルディスターンへ、さらにスウェーデンに逃亡するまで、私たち三人はよく小説と政治をめぐって何時間も話しあい、時には深夜におよぶこともあった。

ファリーデとミーナーの立場は政治的には対極をなしていた——一方は熱心なマルク

ス主義者、もう一方は断固たる王制主義者だった。二人に共通するのは、現体制に対する無条件の憎しみだった。体制のせいで彼女たちの才能がいかにむなしく空費されたかを思うと、怒りがこみあげる。体制はもっとも優秀でひたむきに働く人々を肉体的に抹殺し、あるいは彼らの内なる最上の部分を荒廃させ、ファリーデのような熱烈な革命家か、ミーナーや私の魔術師のような世捨て人に変えてしまった。彼らは社会から身を引き、潰(つい)えた夢の中で胸が張り裂けそうな思いをかかえていた。ジェイムズを奪われたミーナーがいったい何の役に立つというのか?

19

平穏な時期が長くつづいたあと、一九八八年の冬の終わりから春の初めにかけて、テヘランへの空襲が再開された。あの数か月を、テヘランに降りそそいだ百六十八発のミサイルを思うとき、私は決まってあの春の奇妙な静けさを思い出す。イラクがテヘランの石油精製所を攻撃したのは土曜日のことだった。その知らせは、最後の爆撃から一年以上も心の中に潜んでいた過去の恐怖と不安を呼びさました。イラン政府はバグダードを報復攻撃し、月曜にはイラクがテヘランに対して第一弾のミサイル攻撃を開始した。それにつづく攻撃のすさまじさゆえに、この事件は、過去九年間の私の経験すべてのシンボルとなった——まるで完璧な詩のように。

最初の攻撃後まもなく、私たちは窓に粘着テープを貼ることにした。子供たちをまず私たち夫婦の部屋に移し、厚い毛布とショールでさらに窓をおおったが、その後、私たちの寝室の外の、窓のない小さな廊下に子供を移動させた。私が眠れぬ夜にジェイムズやナボコフと密会した場所だ。テヘランを離れることも何度か真剣に検討し、一度は、のちに私の書斎となる、車庫に近い小部屋を無我夢中で片づけて、窓も補強したけれど、結局また自分たちの寝室にもどった。以前の攻撃の際に一番怯えていた私が、かつてのふるまいを埋めあわせるかのように、今度は一番落ち着いているような気がした。

初めてミサイル攻撃があった日の夜、私たちは少数の友人とともに、亡命したロシアの映画監督故アンドレイ・タルコフスキーの生涯を描くドイツのテレビ・ドキュメンタリーを見た。知識層をなだめるため、毎年開かれるファジュル映画祭（かつてはテヘラン映画祭）はタルコフスキーの映画を特別上映した。どの作品も検閲によりカットされ、字幕なしのロシア語上映だったが、映画館の窓口が開く何時間も前から長蛇の列ができた。ブラックマーケットではチケットが何倍もの高値で取引され、つめかけた客のあいだで――特に地方からわざわざこのために出てきた人のあいだで、入場をめぐって争いが起きた。

ミスター・フォルサティーが授業のあと、タルコフスキーの『サクリファイス』のチケットが二枚余分に手に入ったと知らせに来てくれた。私が前からぜひ見たいと言っていた作品だ。ミスター・フォルサティーは、学内にある二つのムスリム学生組織のうち、イスラーム・ジハードのリーダーだったので、人気の高いチケットを入手できたのだ。彼によれば、タルコフスキー・マニアは至るところにいて、石油相さえ家族と見に行ったという。人々は映画に飢えていた。ミスター・フォルサティーは笑いながら、理解できない映画ほど人はありがたがると言った。それが本当なら、みんなジェイムズを好きになるはずよと私は言った。それはちょっとちがいます、と彼はぬかりなく答えた。タルコフスキーのように尊敬されるのはジョイスです。ジェイムズに対しては、わかったと思うか、わかるはずだと思うから、頭にくるんですよ。ジョイスのような見るからに難解な作家より、ジェイムズのほうが受け入れるのが難しいんです。あなたは見に行くの、とミスター・フォルサティーに尋ねた。僕が行くとしたら、世間に合わせて行くだけですよ。僕としてはトム・ハンクスのほうがずっといい。

『サクリファイス』を見に行ったのは、晴れた冬の日の午後だった。冬というより冬と春が混じりあったような日だ。しかし、その日最大の見物(みもの)は、すばらしい天気でも、映画そのものですらなく、映画館の前に集まった群衆そのものだった。まるで抗議集会のようだった。知識人もいれば、会社員も、小さな子を連れた主婦もおり、若い聖職者が落ちつかなげにわきに立っているという具合で——テヘランの他のいかなる集まりでも決して見かけることのない組み合わせだった。

映画館の中では、突如スクリーンの上にあらわれたまばゆい色彩の爆発に、客席が静まりかえった。映画館に入るのは五年ぶりだった。あの頃見ることができたのは、東欧の古い革命映画か国内のプロパガンダ映画だけだった。映画の感想はうまく言えない――映画館にすわっていることに、ひんやりした革張りの座席に深々と身を沈め、フルサイズのスクリーンを目の前にしている体験そのものに、心を奪われていたからだ。言葉も理解できず、検閲のことを考えたら腹立たしくて見ていられないことはわかっていたが、私は色彩とイメージの魔術に身をゆだねた。

いま思えば、タルコフスキーの名の綴りも知らない人間が大部分を占める観客が、しかも通常の状況なら彼の作品を無視するか嫌悪さえ抱くはずの人々が、あのときタルコフスキーの映画にあれほど酔いしれたのは、私たちが感覚的歓びを徹底的に奪われていたせいだろう。私たちは何らかの美を渇望していた。不可解で、過度に知的で、抽象的な映画、字幕もなく、検閲でずたずたにされた映画の中の美でもかまわなかった。数年ぶりに恐怖も怒りもなく公の場にいるということ、大勢の他人とともに、デモでも抗議集会でも配給の列でも公開処刑の場でもない場所にいるということに、感動と驚きをおぼえた。

映画それ自体は戦争に関するもので、主人公は家族が戦禍から救われるなら二度と口をきかないと誓う。そこには、一見穏やかな日常生活とみずみずしい自然の美の背後にひそむ脅威が――爆撃機がもたらす家具の振動によって感じられる戦争と、その脅威に立ち向かうために求められる過酷な犠牲がもっぱら描かれていた。私たちはつかのま、極度の苦悩を通して初めて到達でき、芸術によって初めて表現しうる恐るべき美を、集団で味わったのである。

20

二十四時間に十四発のミサイルがテヘランに落ちた。子供たちをまた子供部屋にもどしたあとだったので、私はその夜、小型の長椅子を彼らの部屋にもちこみ、午前三時まで眠らずに本を読んでいた。ドロシー・セイヤーズの分厚いミステリの中で、ピーター・ウィムジー卿とその忠実な従僕、学識豊かな恋人といっしょにいると安心できた。明け方、私と娘はすぐ近くの爆発音に起こされた。

すさまじい騒音だけではない——あれを「騒音」といってよければだが——爆発そのものが体で感じられた。何か途方もなく重いものが家に落ちてきたような衝撃を感じた。家は揺れ、窓ガラスが震えた。最後の爆発音のあと、私は起きて上のテラスに向かった。薔薇色をおびた群青の空に、雪をいただく山脈がそびえ、ミサイルが落ちた遠くのほうから煙が渦を巻いて上ってゆく。

その日から、爆撃とミサイル攻撃期間中の日課となっていた習慣がまた復活した。爆発があるたびに、相手が無事かどうか確かめる電話が友人や親戚間で頻繁に飛び交った。聞き慣れた挨拶の声を聞けば必然的に不埒(ふらち)な安堵の思いがこみあげてきたが、そのたびに私は少しばかりうしろめたさを感じた。空襲に対する当時の一般的な反応は、パニックと怒りと無力感が入り混じったものだった。開戦から八年、イラン政府は首都を守ろうというプロパガンダを拡大する以外にほとんど何もしてこなかった。せいぜい国民の殉教への熱意を誇るしか能がなかった。

最初の攻撃のあと、人口過密と環境汚染で悪名高いテヘランはゴーストタウンと化していた。大部分の住民はより安全な地方に避難した。多くの政府職員をふくむ人口の四分の一以上がテヘランを離れたという記述を最近読んだ。新しいジョークが広まった。これはテヘランの大気汚染と人口問題に対する政府のもっとも効果的な対策だというのだ。私の目に、テヘランは突如新たな哀愁をおびて見えるようになった。空襲にさらされ、住民が離れてゆくなかで、街は俗っぽいヴェールを脱ぎすて、正直で優しい素顔があらわになったかのようだった。テヘランは残った市民の感情そのままに——悲しく、寂しく、無防備に見えたが、そこにはある種の威厳もあった。窓ガラスに貼られた飛散防止用のテープが、街の苦しみを物語っていた。よみがえった美しさが、春のにわか雨に濡れた新緑、咲きほこる花、空に貼りつけたかのようにいやに近くに見える、雪をいただく山々が、その苦しみをいっそう痛切なものにした。

開戦から二年目に、イランはイラクに占領されたホッラムシャフルの解放に成功した。数々の大きな敗北を喫していたイラクのサッダーム・フセインは、憂慮するアラブ近隣諸国に促され、本気で和解のそぶりを見せた。しかし、アーヤトッラー・ホメイニーと指導層の一部は休戦協定への署名を拒否した。いまや彼らは、イマーム・ホセインが殉教したイラク国内の聖地カルバラーを手に入れる決意を固めていた。その目的を達するためならありとあらゆる手段を使い、なかには「人海戦術」として有名になった攻撃方法もあった。これは、十歳から十六歳の少年を中心に、中年や年配者までおびただしいイラン人兵士が地雷原を歩いて掃討(そうとう)するものだ。少年たちは政府のプロパガンダに——前線での英雄的、冒険的な活動を約束し、親の願いに逆らってでも民兵組織に参加するよう促すプロパガンダにのせられたのである。

ダシール・ハメットをはじめ数々の作家と寝ずの番をする日々がまたはじまった。その結果、四年後には私のクラスに新しい領域を——エドガー・アラン・ポーにはじまる推理小説という領域をつけくわえることになった。

21

空襲の再開とともに、授業をおこなう教室を二階に移した。攻撃があるたびに、みな衝動的にドアに走り、階段を駆け下りるので、下の階に移したほうが安全だった。新たな非常事態の発生で教室からも人が消え、いまや半分の席しか埋まっていなかった。多くの学生が郷里に帰るか、攻撃を免れている都市や町へ避難した。単に家に閉じこもっている者もいた。

爆撃が再度はじまったことで、ミスター・ゴミーのような人々の重要性が増した。彼らは新たな切迫感をもってせわしなく動きまわるようになった。イスラーム団体はあらゆる機会を利用して授業を中断させ、最近の勝利を祝うために、あるいは戦争で殉教した大学の一員を追悼するために軍隊行進曲をかけた。『ワシントン・スクエア』や『大いなる遺産』の一節を読んでいる最中に、だしぬけに軍隊行進曲が鳴りひびき、懸命に議論をつづけようとしても、行進曲に打ち負かされてしまうのだった。

こうした騒々しさは、大多数の学生、職員の沈黙と好対照をなしていた。この機会を利用して授業や課題をさぼる学生があまり見られないことに私は驚いた。彼らの一見従順な態度は、テヘラン全体に広がるあきらめの気分を反映していた。勝利を得られぬまま激しい戦闘がつづいて八年目に突入すると、熱狂的な戦争支持派の中でも著しい疲労の色が目につくようになった。すでに人々は路上や公の場で、反戦感情を明らかにしたり、戦争の遂行者をののしったりしていたが、テレビやラジオからは体制の理想ばかりがとめどなく流れてきた。当時よく見せられたのは、ターバンをした髭の老人が、額に赤い「殉教者」の鉢巻きをした思春期の少年たちに向かって、終わりなき聖戦(ジハード)を呼びかける姿だった。彼らはかつての厖大な人数からしだいに減少しつつある若者集団の残りである。少年たちは本物の銃を持てる興奮や天国への鍵が得られるという約束につられて動員されていった。天国ではこの世で自分に禁じてきたあらゆる歓びが味わえるとさされた。彼らの世界は敗北などありえない世界であり、それゆえ妥協も無用だった。

聖職者(モッラー)たちは、シーア派の聖者が不利な戦いの中で不信心者の手にかかって殉教した話をたっぷりと語って聞かせ、時おり激しく泣きくずれながら、聴衆を熱狂状態に駆りたて、神とイマームのための殉教を歓迎した。対照的に、それを見る側にあるのは沈黙の抵抗だった。この静かな抵抗は、支配層から騒々しい献身を要求される中では意味があるが、それ以外の点では、そこに浸透しているのは必然的に、また歴史的に諦念にほかならなかった。

ミサイルはあらかじめ正確に定められた瞬間に最後のメッセージを送り届けるものであり、逃げても無駄だという認識があって初めて、人は死の中で生きることを、体制自体の死の願望とその願いに応じるイラクのミサイルを耐えしのぶことができた。私がこの沈黙の諦念の意味を悟ったのは、この時期のことだ。あれは、この国の数々の歴史的失敗を引き起こした原因（あるいは少なくとも原因の一部）だと一般に見られている、あの悪名高い神秘主義の反映だったのだ。このような諦念は、こうした状況では、尊厳を保ちつつ圧政に抵抗する唯一の方法なのかもしれないと、そのときわかった。自分の望みをはっきり口に出すことはできないけれど、沈黙によって、体制の要求に対して冷ややかな態度を示すことはできたのである。

22

数知れぬ授業を中止に追いこんだ追悼と勝利の行進曲がまだ耳に残っている。こうした行進曲は、軍務についていた学生や大学職員の死を、あるいは異教徒の敵に対するイスラーム軍の勝利を知らせるために鳴らされた。今回の戦争における異教徒の敵とは実は同じムスリムであることをわざわざ指摘する者などだれもいなかった。いまでも憶えているが、ある日、ムスリム学生協会のあるリーダーの死を記念して行進曲が鳴っていた。授業のあと、私は中庭で立ち話をしている何人かの女子学生の輪に入った。彼女たちは死んだ学生のことをばかにして笑っていた。あいつは死んで天国で結婚したのよ――あの連中、神こそわが最愛の人だって言ってたじゃない？　これは戦争の殉教者による遺書の文句を指して言ったもので、このような遺書は大々的に公表されていた。ほぼ全員が殉教こそわが最大の願いだと主張していた。殉教により真の「最愛の人」とついにひとつになれるからだ。

「そうそう、神様よ」学生たちは笑った。「あいつがいやらしい目でなめまわすように見つめてから、淫らだと告発した女たち全員の姿をした神様ね。あいつ、それで興奮するのよ！　あいつらひとり残らず変態よ！」

ナスリーンが十二歳のいとこの学校にいる宗教の教師の話をはじめた。その教師は生徒に体をきちんとおおうように命じ、そうすれば天国でご褒美がもらえると約束した。天国にはワインの流れる小川があり、筋骨たくましい若者たちが言いよってくるのだという。筋骨たくましい若者の話をするとき、女教師の目の前には丸々した仔羊のようにこんがり焼けた若者たちの体がちらつき、ぼってりした唇はよだれを垂らさんばかりだった。

いささかショックをうけた私の表情に何かを感じとったらしく、楽しげな笑いがやんだ。私はその若き殉教者を知らなかったし、仮に知っていたとしてもきっと好きにはなれなかっただろうが、それでも嬉々としたこの雰囲気は衝撃だった。

学生たちは説明が必要だと感じたらしい。先生は彼のことを知らないんです、とモジュガーンが言った。あいつに比べたらゴミーなんて正真正銘の天使です。あいつは異常者、性的異常者なんです。友だちを学校から追放したんですよ。スカーフの下にかすかに見える彼女の白い肌が欲情を刺激すると言って。最低のやつらです。そこでナスリーンが話にわりこんで、ある女性警備員を延々と非難し、あの女の身体検査は性的暴行のようなものだと言いはった。ある日、その警備員はニールーファルの体を押しつけてなでまわし、ついにニールーファルはヒステリーを起こした。大学当局はあたしたちが大声で笑っただけで追放するのに、あの女の行為がばれたとき、どうしたと思います？懲戒処分をうけて、一学期停職になっただけで、あの女はまた仕事にもどったんですよ。

そのあとで、私はナスリーンに言った。あなたたちが死んだ学生をばかにしているのを見たとき、私の頭の中にはベルトルト・ブレヒトの詩が駆けめぐっていたの。よく憶えていないけれど、「たしかに、ぼくらは暗い時代に生きている、いまは木々について話すことがほとんど犯罪に値する」というような詩でね。もっとよく思い出せるといいんだけど、でも最後のほうにこんな感じの一行があったの。「ああ、ぼくらは優しさを求めながら、みずからは優しくなれなかった」

ナスリーンはしばらく黙っていたが、ようやく口を開いた。「あたしたちがどんな目にあってきたか、先生はご存じないんです。先週、うちの近所に爆弾が落ちました。アパートに落ちたんです。近所の人によると、誕生会を開いていた家があって、二十人あまりの子供が死んだという話でした。

「爆弾が落ちた直後、救急車が到着する前に、六、七台のオートバイがどこからともなくあらわれて、そのあたりを取り囲みはじめたんです。全員黒い服に、赤い鉢巻きで、スローガンを叫びはじめました。『アメリカに死を！　サッダームに死を！　ホメイニー万歳！』みんな黙りこくって、憎々しげに見つめていました。けが人を助けようとした人もいたけど、ならず者がだれも近寄らせないんです。『戦え！　戦え！　勝利の日まで！』と叫びつづけていました。その場に立ちつくして、あの連中を見つめながら、あたしたちが何を感じたと思います？」

これは儀式のようなものだった。爆撃があると、こうした死の使者がやってきて、悲嘆や抗議の意思表示をことごとく妨害した。私のいとこ二人がイスラーム体制に殺されたときには、政府側についた親戚がおじに電話して、息子とその妻の死を祝福した。

私とナスリーンはその日、歩きながら話を交わした。ナスリーンは監獄にいたときの話をさらに聞かせてくれた。すべては突然ふりかかってきた災難のようなものだった。当時、彼女がまだ高校生の若さだったことを私は憶えていた。先生は「やつら」に対するあたしたちの態度が残酷なのを気にしているようですけど、監獄にまつわる噂のほとんどは本当なんですよ。何よりいやなのは、真夜中に名前を呼ばれるとき。処刑のために選ばれたんだってわかりました。呼ばれた人が別れの挨拶をして立ち去ると、やがて銃声が聞こえる。最初の一斉射撃のあと、一発ずつとどめをさす銃声を数えることで、その夜処刑された人数がわかりました。ひとり女の子がいて――彼女の罪は、驚くほどの美人だってことだけでした。やつらは不道徳の罪をでっちあげて彼女を連行して、ひと月以上監禁して、くりかえしレイプしました。看守から看守にまわしたんです。噂はすぐに広まりました。その女の子は政治活動にさえ関わっていなかったからです。政治犯の仲間ではなかったんです。処女はみんな看守と結婚させられて、そのあとその看守に処刑されました。処女のまま殺されると天国に行くと考えられているからです。転向についての噂もありますね。だいたいは、イスラームに「改宗」した人たちが、体制への新たな忠誠のしるしとして、とどめの一発を同志の頭に撃ちこむように強制されました。もしあたしが特別あつかいされなかったら――そう語るナスリーンの声には憎しみがこもっていた――彼らと同じ信仰をもつ父親に恵まれていなかったら、いまごろどこにいるかわかったもんじゃありません――なぶりものにされた処女たちと地獄にいるか、イスラームへの忠誠を証明するために他人の頭に銃をあてた人たちの仲間になっているか。

23

一九一四年八月四日、ヘンリー・ジェイムズは日記に書いた。「おぞましい国際情勢により時勢が悪化し、何もかもすっかり暗くなった。今日は休日（月曜）だが、恐ろしい不安と最悪の可能性が漂っている」。ヘンリー・ジェイムズは晩年の二年間、第一次世界大戦に熱心に関与することで一変した。生きてゆく上でつきまとう実際の感情から、生涯、できるかぎり距離をとろうとした人物が、生まれて初めて政治的、社会的活動に力をそそいだ。H・G・ウェルズをはじめとするジェイムズの批判者は、人生に対する彼の反動的な姿勢を非難し、だからジェイムズは同時代の社会的、政治的問題に取り組めないのだと言った。第一次大戦の経験についてジェイムズはこう書いている。「この戦争のせいで私は死ぬ思いをした。生きながらえて、これほど忌まわしく恐ろしいものに遭遇するとは何たる不運であろう」

ジェイムズはまだごく若い時分にアメリカ南北戦争を目撃した。二人の弟が勇敢に戦った戦争に、彼は肉体的には参加できなかった。納屋の火事の消火作業中に負傷し、得体の知れない背中の痛みに悩まされていたからだ。心理的には、読書と執筆に励むことで戦争をよせつけないようにした。第一次大戦時、彼がイギリス人を支援するため熱狂的な活動をくりひろげたのは、何もできなかった過去の埋めあわせという面もあったのかもしれない。ジェイムズが戦争にぞっとすると同時に魅了されていたのも事実である。友人にあてて彼は書いている。「しかし、私には災厄に対する想像力があり――人生を残忍で悲惨なものと見ているのです」

若い頃、ジェイムズは父親に向かって、「現実の社会組織はかりそめのもの」だと確信していると書いた。「唯一まともな精神の状態とは、それに対するまったき不満を絶えず表明することです」。その最上の創作においてジェイムズがおこなったのはまさにこれだった。彼のほとんどの長編小説で、プロットの展開の中心にあるのは力をめぐる闘いである。この力をめぐる闘いは、社会的に認められた規範に対する主人公の抵抗と、良心を守り、他人から評価されることを願う心理から生まれたものだ。『デイジー・ミラー』では、古いものと新しいもののあいだの緊張がデイジーの死につながった。『使者たち』のプロットにおいて最大の緊張をつくりだすのは、ニューサム夫人がみずから送った使者と家族の上におよぼす恐ろしいまでの支配力と精神的圧迫である。興味深いことに、この闘いにおける敵役はつねに世俗的な事柄の象徴であるのに対し、主人公の願いは、外部からの攻撃に直面するなかで自己の良心を守りぬくことにある。

南北戦争中、ジェイムズは自身の力を発見しつつあったが、彼が書いたのは戦争に参加できない埋めあわせでもあった。いまや人生の終わりに近づいたジェイムズは、戦争というすさまじい残虐行為を目の当たりにして、言葉の無力を嘆く。一九一五年三月二十一日、『ニューヨーク・タイムズ』とのインタビューで、彼は次のように語った。「この大戦のおかげで言葉はすっかり摩滅してしまった。衰弱して、車のタイヤのように劣化した。他の無数のものと同じように、言葉もこの半年でかつてないほど酷使され、虐待されて、望ましい姿をなくし、いまやわれわれはあらゆる言葉の価値の低下に、別の言い方をするなら、言葉の弱体化による表現の喪失に直面している。見る影もなくなるのではないかと思わざるをえない」

絶望しつつも、彼はふたたび言葉に向かった。今度は小説ではなく、戦争に関する小論を、アメリカに参戦を呼びかけ、ヨーロッパの苦難と暴虐に手をこまねいていてはいけないと訴える文章を書いた。同時に、数々の痛切な手紙を書いた。自分の恐怖を表明する手紙もあれば、戦争で息子や夫を亡くした友人を慰める手紙もあった。

ジェイムズは活発な活動を開始した。負傷したベルギー兵士を、その後イギリス兵士を病院に見舞い、ベルギーの避難民および負傷者のために募金活動をし、一九一四年秋から翌年十二月まで戦争プロパガンダを書きつづけた。さらに、アメリカ義勇軍救急車部隊名誉隊長の地位を受け入れ、チェルシー・ベルギー難民基金にも加わった。俗世間を避けて暮らし、もっぱら小説に最大の情熱をそそいできた内気な作家にとっては、めまぐるしい活動ぶりだった。ジェイムズの伝記を書いたレオン・エデルはのちにこう言っている。「……世界はジェイムズに過大な慰めを見いだしたらしく、やたらと泣きついてくる世界から、彼はしばしば身を守らなくてはならなかった」。次々に病院を訪問しながら、ジェイムズはみずからを、南北戦争中に傷病兵の慰問をしたホイットマンになぞらえた。「決められた日に出かけて、彼らに会話を届けるために奮闘していると、自分が老いぼれた、過去の人間であるという感じが」薄れると彼は言う。いかなる内面の恐怖と魅惑に駆られて、終生、公的活動から尻込みしつづけた人物が、かくも熱心に戦争のための活動に取り組むにいたったのだろうか?

その理由のひとつは、大量殺戮に——おびただしい若者の死と、混乱、破壊にあった。ジェイムズはこの生の破壊を嘆くとともに、戦場に行った多くの青年と残された者たち双方の中に見いだした純然たる勇気に、尽きせぬ称賛の念をいだいた。九月、ジェイムズはロンドンに移った。「ここならいろいろ見聞きできるし、コンタクトできる相手もいる。私はひとり悲嘆に暮れている」。彼は駐英アメリカ大使をはじめとするアメリカの高官たちに働きかけ、中立を守っているアメリカを非難した。イギリスと同盟国を擁護する小論も書いた。

ジェイムズは幾多の書簡の中で、戦争の無意味さに対抗するために重要なひとつのよりどころを力説した。多くの人とちがって、彼は戦争の残虐が人の感情におよぼす被害に、こうした出来事が人々の同情心を阻害することに気づいていた。それどころか、無神経になることが生きのびる手段となる。小説の中でも書いたように、ジェイムズは、人間のもっとも重要な属性——すなわち感情——を強調し、「自分にはますます強く、度を越して感じる以外に何もできない」ことを呪った。

ずっとのちに、私がテヘランから海を越え、ワシントンＤＣにもってきた一枚のピンク色の索引カードに、ジェイムズの戦時の経験に関する文章が二つ書きぬいてあるのに気づいた。ナスリーンのためにに書いておいたのだが、結局彼女に見せる機会はなかった。最初のほうは、新婚の夫を戦場で亡くした女友だちクレア・シェリダンにあてた手紙の一節だった。「嘆くな、さからうな、などとは言えません。私には困ったことに、あらゆることを想像する力があるし、あなたに感じるななどとはとても言えないからです。感じなさい、感じなさい――たとえ胸が張り裂けるほど苦しくても、精いっぱい感じなさい。生きるには、とりわけこの恐るべき重圧のときに生きるには、それしか道はありません。私たちの誇りであり、私たちに励ましをあたえてくれるあのすばらしい人々を尊び、たたえるにはそうするしかないのです」。友人たちへの手紙の中で、彼は幾度も熱心に、感じなさいと促している。感じれば共感が呼びおこされ、人生は生きるに値することを思い出すからだ。

戦争に対するジェイムズの反応の特徴のひとつは、愛国的な理由で感情をかきたてられたわけではないという点にある。ジェイムズの故国アメリカは戦争に参加していなかった。四十年間暮らしたイギリスは参加していたものの、その四十年間に彼はイギリスの市民権をとろうとしなかった。しかし、その彼もついに市民権を申請した。一九一五年六月、死の数か月前に、ヘンリー・ジェイムズはイギリス国籍を取得した。甥のハリーにあてた手紙の中に、自分の市民としての身分を倫理的・実質的身分と矛盾のないようにしたいという記述がある。「今回の戦争がなかったら、きっと前と同じ暮らしをつづけていて、それが一番簡単で楽で、快適なものだとさえ思っていたでしょう。しかし、状況はいまやすっかり変わってしまったのです」

ジェイムズが急に方針を変えた直接の理由は、戦時下のため「友好的外国人」の範疇に入れられ、ロンドンからサセックス州の自宅に行くたびに警察の許可を必要としたことにある。しかし、それ以上に重要な象徴的理由は、戦争に距離をおくアメリカの姿勢に幻滅したからだった。友人リリー・ペリーに彼はこう書いている。「『敵』が間近に迫ればすべては一変します。大きな変化のときには国籍など何の役にも立たないのですから」

実は、他の偉大な作家や芸術家と同じく、ジェイムズもみずからの忠誠の対象と国籍をとうに選んでいた。彼の真の故国、ふるさとは、想像力の国だった。旧友ローダ・ブロートンにあててジェイムズは書く。「ますます深刻になってゆくこの悲劇は私にとってあまりにも暗く、ぞっとしますし、生きながらえてこんな時代に遭遇してしまったことに耐えがたい思いをしています。同世代の名誉となったあなたと私が、長年、文明の発達を見てきて、最悪の事態はもはやありえなくなったという確信が崩れ去る経験を味わうとは」。かつてアメリカの小説家イーディス・ウォートンに向けて、「この文明の崩壊」について書いたこともあった。「私にとって闇の中で唯一の光は、この国が一致団結して行動していることです」。ジェイムズにとって故郷という観念は文明という観念と深くむすびついていた。戦争中は、サセックスの家にいても読書に集中できず、仕事ができなかった。自分は「殺された文明の弔いの呪縛」のもとに生きていると述べた。

一九一四年九月、ドイツ軍がフランスのランス大聖堂を攻撃、破壊した際に、ジェイムズは書いた。「だが、いかなる言葉もその深淵をふさぐことはなく――それにふれることも、人の心を楽にすることも、閃光によって暗黒を照らすこともない。人間精神に対する史上最悪の犯罪という烙印を押したところで、人の心の痛みと処刑の苦悶を何かでおおってやわらげることはできないのだ」

ジェイムズの一生は力をめぐる闘いだった――力といっても政治的権力ではなく（彼はそのようなものを蔑んでいた）、文化の力だった。彼にとっては文化と文明こそが何よりも重要だった。ジェイムズに言わせれば、人間の最大の自由は「思考の独立」であり、それによって芸術家は「数限りない生の形態に対する攻撃」を楽しむことができる。イギリスとはいえ、これほど大規模な虐殺と破壊に直面して、彼は無力感をおぼえた。イギリスへの、またヨーロッパ一般へのジェイムズの親近感は、こうした文明の意識、文化と人道主義の伝統から生じたものだ。しかし、彼はいまやヨーロッパの堕落、過去の重みからくる疲弊、略奪を好む冷笑的な本質をも見てしまった。ジェイムズが全力をそそいで、とりわけ言葉の力を使って、正しいと信ずる人々を助けようとしたのは何ら不思議なことではない。彼は言葉のもつ治癒の力に気づいており、友人の作家ルーシー・クリフォードにあてて次のように書いた。「私たちは命がけで、現実に対抗する私たち自身の現実をつくらなければなりません」

24

ナスリーンと話してから数日後のことだった。授業前、私の研究室の外に二人の女性が立っていた。ひとりはいつもの弱々しい微笑みをうかべたナスリーンで、もうひとりは全身を真っ黒なチャドルにつつんでいた。幽霊のようにいきなりあらわれたその姿をしばらく見つめるうちに、教え子のマフタープだと気づいた。

ちょっとのあいだ、私たち三人はその場に立ちすくんだ。ナスリーンは無関係な人間のような顔をしていた。こうした無関心な態度は、彼女にとって不愉快な記憶や手に負えない現実から身を守る手段となっていた。新しいマフタープになじむまで少し時間がかかった。昔のマフタープの姿と――トレードマークのカーキ色のパンツをはいた左翼学生、最後に会ったとき、殺された同志を病院の敷地で捜していた彼女と、目の前のマフタープが――悲しげな微笑みをうかべ、私の研究室の外にたたずんで、思い出してもらうのを待っている姿が、なかなか結びつかなかった。私は彼女を抱きしめようとするような曖昧な身ぶりをしたが、ふと動きを止め、これまでどうしていたのと訊いた。そこでようやく気がついて、二人を研究室に招き入れた。次の授業まであまり時間がなかった。

マフタープはその後もずっとナスリーンと連絡をとりあっていて、私がアッラーメでまた教えていると聞き、勇気をふるって来たのだった。授業に出てもかまいませんか？授業のあと、もしお時間があって、ご迷惑でなければ、もう少し詳しくお話しできますけど。もちろんよ、ぜひ授業に出てちょうだい、と私は言った。

ヘンリー・ジェイムズの『ワシントン・スクエア』に関する二時間の講義のあいだ、私の視線はたびたび黒いチャドルのマフタープのほうに流れていった。彼女は背筋をまっすぐ伸ばしてすわり、以前には見られなかった、油断なく緊張した様子で聞いている。授業のあと、マフタープは私について研究室に来た。ナスリーンがあとについて入ってきた。私は二人に椅子を勧め、お茶はいらないかと言った。いらないという返事を無視してお茶を注文しに行き、部屋にもどると、三人だけで話せるようにドアを閉めた。マフタープは椅子の端にすわり、ナスリーンはそのわきに立って反対側の壁を見つめていた。立っていると気になるからすわってちょうだい、とナスリーンに言ってから、マフタープのほうを向き、できるだけさりげない調子で、これまでどうしていたのと尋ねた。

マフタープは最初、私の質問が理解できないかのように、従順なあきらめの表情で私を見つめた。それから、なかばチャドルのひだに隠れた指をもじもじさせていたが、ようやく話しはじめた。あの、私もナスリーンと同じところにいたんです。デモで先生にお会いした日のあとすぐに逮捕されたんです。五年ですみました。運がよかったんです――私が組織の大物じゃないのは向こうも知っていましたから。そのあと早めに釈放されました。態度がよかったので、二年半で出られました。彼女を投獄した連中にとってよい態度とはどういうものなのだろうと私は考えさせられた。ドアをノックする音がして、ミスター・ラティーフがお茶を持って入ってきた。彼が出てゆくまで全員黙っていた。

私、向こうで先生と、先生の授業のことを考えたんですよ、とマフタープはふたたび口を開いた。最初の尋問が終わると、他の十五人と同じ房に入れられた。そこで私の教え子のひとりラージーエに会った。私から受けとった小さなカップを注意深く片手で持ちながら、チャドルをすべり落とすこともなく、マフタープは話した。「ラージーエはアルザフラー大学で受けた先生のヘミングウェイやジェイムズに関する授業の話をしてくれて、私は『ギャツビー』裁判の話をしました。二人でずいぶん笑いました。実は、彼女、処刑されたんです。私は運がよかったんです」釈放から一年もせずに、マフタープは結婚し、子供ができた。いま二人目がおなかにいる。妊娠三か月だ。チャドルの下だと目立ちませんけど、と恥ずかしそうにおなかを指す。

殺された学生については何も訊けなかった。二人が刑務所でどんな日々をすごしたのか、ほかにどんな共通の思い出があるのか、そんなことは知りたくなかった。そんな話を聞いたら、何かばかなまねをしでかして、午後のクラスに行けなくなってしまうかもしれない。子供はいくつなのと訊いたが、夫のことは尋ねなかった。私が好んでする質問を——「あなたたち恋に落ちたの？」という質問を——してもよかったのだろうか。刑務所から出てすぐに結婚した女性が大勢いるという話を聞いていた。彼女たちが結婚したのは、看守の疑惑をやわらげるためか（どういうわけか、彼らは結婚を政治活動に対する矯正手段と見なしていた）、自分はもう「いい子」になったと親に証明するためか、それとも単にほかにすることがなかったからだ。

「私、『ギャツビー』って何て美しいんだろうとずっと思っていたんですよ」マフターブは立ち上がりながら言った。「先生が読んでくださったあの場面、デイジーが雨に濡れた顔で、五年ぶりにギャツビーに再会する場面。それからもうひとつ、デイジーが彼にとても涼しそうねと言って、愛してると言おうとする場面。『ギャツビー』裁判のときは楽しかったですよね？」そう、そうだった。彼女たちが『ギャツビー』を憶えていて、しかも楽しかったという思い出をもっているのがわかったのは、別の状況ならうれしかっただろう。しかしそのとき、さまざまな思いとともに私の頭の中にあったのは、『ギャツビー』を読む喜びが、いまや記憶の中でマフターブの服役、ラージーエの処刑と結びつき、永遠に損なわれてしまったという思いだった。

二人が帰ったあと、窓を開けて、新鮮な空気を入れたくなった。研究室からは中庭が見え、雪が木々をそっとなでるように降っていた。マフターブが残していった重苦しい空気が、痛みとあきらめの気配がありありと感じられた。彼女は運がよかったのだろうか？　釈放されてだれかと結婚して、毎月看守に報告し、故郷の町は瓦礫（がれき）と化し、二歳の子供をかかえた彼女が？　彼女は運がよく、ラージーエは死んだ。ナスリーンも自分は運がよかったと言っていた。私の学生たちは幸運というものを奇妙に解釈するようになっていた。

ピンク色の索引カードにあるもうひとつのジェイムズの文章は、ルパート・ブルックの死に際して書かれたものだ。ブルックは戦争中に敗血症で亡くなった若く美しいイギリスの詩人である。「告白するが、私には、これほどおぞましく、残酷で、狂った事態に対処するいかなる哲学も、敬虔の念も、忍耐力も、思案の術も、償いの理論もない。私にはひたすら言語を絶するほど恐ろしく、取り返しのつかぬことであり、怒りに満ちた、なかば打ちひしがれた目で、事態をじっと見つめるばかりだ」

最後の言葉のわきに、その後、鉛筆で書きこんだ。ラージーエ、と。

25

私の学生たちは何という奇妙な場所で出会い、何という暗い片隅から知らせをもたらすのだろう！　私はそこには行けなかった。いまでも、何度その話を聞いても、そこには行けない。しかしそれでも、刑務所の房の中で、明日の命をも知らずに、ジェイムズとフィッツジェラルドの話をしているラージーエとマフタープは、どこか楽しげだったにちがいない。「楽しげ」という言葉は適切ではないかもしれない。こう言うのも、私の大好きな小説を、あのもうひとつの世界の黄金の使者を、彼女たちがそんなところへ持ってゆくとは夢にも思わなかったからだ。私は刑務所のラージーエを、ある夜、銃殺隊と向かいあったラージーエを思う。それはあるいは、私がチャンドラーの『長いお別れ』やジェイムズの『ボストンの人々』を読んでいた夜かもしれない。

いまもあのときのように思い出す。ラージーエのもっとも驚くべき点のひとつは、彼女がジェイムズを愛したことだ。アルザフラー大学で教えたクラスと、当時感じたいらだちを思い出す。この大学と称する学校の特色は、イランで唯一の女子大学だという点にあった。小さなキャンパスには緑豊かな美しい庭があり、私はテヘラン大学で教えるかたわら、この女子大でも二科目教えていた。帰国して一年目のことだった。中間試験の採点をしていたとき、クラスの大部分が質問に答えるというより、私が教室でした講義の内容をそのまま書いてきたのを見て、ショックを受けた。驚くほどそっくりに書いてきたのが四人いた。私が『武器よさらば』について言ったことを、単なるつなぎの言葉や、ヘミングウェイの私生活に関する余談までふくめて、一語一語忠実に文字化したようだった。こうした答案用紙を読んでいると、自分の講義の奇怪なパロディを見せられているような気がした。

最初はカンニングだと思った。ノートもなしに私の講義をこれほど正確に再現できるはずがない。しかし、同僚たちはそれはいつものことだと言う。学生は教師が言ったことをすべて憶え、一字一句変えずに返してくるのだ。

試験後の最初の授業で私は激怒した。私の教師生活の中で、教室で怒りをあらわにした数少ない場面のひとつである。まだ若くて経験が浅かった私は、ある種の基準は当然と見なされ、理解されていると思っていた。彼女たちに向かって、カンニングのほうがまだよかったと言った——少なくともカンニングには多少の創意工夫が必要だけれど、私の講義をそっくりそのまま書くなんて、解答にこれっぽっちも自分の考えを書かないなんて……。私は非難をならべたて、話せば話すほど、ますます義憤に駆られた。それは人が酔いやすい種類の怒り、家に持ち帰って家族や友人に見せびらかす類の怒りだった。

学生はみな黙っていた。私がかぶせた罪を犯していない学生まで黙っていた。授業を早めに切り上げたが、問題の張本人と他の学生が数人残り、言い分を訴えた。彼女たちは嘆願する際にも従順だった。どうかゆるしてください、全然知らなかったんです、ほとんどの教授はそういうやり方を当然のこととして期待するのです。二人は泣いていた。どうすることができただろう。彼女たちはまったく知らなかった。小学校に入ったその日から、先生の話を暗記するように言われた。自分の意見などどうでもいいと言われてきたのだ。

ラージーエは他の学生がいなくなるまで待ってから、私に話があると言った。「あの人たちのせいじゃありません。まあ、彼女たちにも責任はありますけど、でも、先生は私たちのことを気にかけてくださる方だとずっと思っていました」その声にこめられた非難の響きに私ははっとした。気にかけていなければ、あんなに怒っただろうか？「ええ、怒るのは簡単です」ラージーエは静かに言った。「でも私たちが育った環境のことも考えてください。ほとんどの人は何かでほめられたことなんて一度もないんです。ちょっとでもいいところがあるとか、自分の考えをもてとか、そんなこと言われたこともないんです。そこへ先生がやってきて、一度も尊重するように教えられたことのない原則にそむいていると非難しはじめたんです。それは無茶だと思います」

この小柄な娘、私の学生は、私を諫めているのだった。二十歳は超えていなかったはずだが、無作法にならずに権威ある態度を示すことにどうにか成功していた。みんなこのクラスが大好きなんです、と彼女は言った。『ワシントン・スクエア』のキャサリン・スローパーさえ好きになったんですよ。キャサリンは美人ではないし、彼女たちがヒロインに求めるすべての要素が欠けているのに。私はそれに応えて言った。この革命の時代に、十九世紀末の不美人で金持ちのアメリカ娘の試練と苦しみに興味がもてなくても無理はないわね。ところが、ラージーエは熱烈に異議を唱えた。こういう革命の時代だからこそいっそう興味をもつんです。裕福な人たちはいつも、自分より恵まれていない人間は上等なものをほしがらない――いい音楽を聞いたり、おいしい料理を食べたり、ヘンリー・ジェイムズを読んだりしたがらないと思ってますけど、私にはその理由がわかりません。

ラージーエはやせた黒髪の娘だった。彼女の真面目さは、あの華奢な体には負担だったにちがいない。ところが彼女は決してひ弱ではなかった。あれほどかよわげな人間がなぜあれほどしっかりした印象をあたえることができたのかわからない。ラージーエ。

名字は忘れてしまったが、ファーストネームのほうは危険を気にせず使える。彼女はもうこの世にはいないからだ。死者の実名しか使えないのは皮肉な気がする。ラージーエはクラスメートから尊敬され、あの激しいイデオロギーの時代に、思想的に両極の学生から信頼をよせられていた。彼女はモジャーヘディーンの活動的なメンバーだったが、彼らのスローガンには疑念をいだいていた。ラージーエには父親がなく、母親は掃除婦として生計をたてていた。親子は信仰に厚く、そのためラージーエはモジャーヘディーンに惹きつけられたのだった。権力を奪ったイスラーム主義者のことは軽蔑していた。

彼女は美に対するすばらしい理解力をそなえていた。生まれてからずっと貧乏だった、と彼女は言った。本を盗んだり、映画館に忍びこんだりしなければならなかったんです——でも、そういう本をそれこそ夢中で読みました！ 母の働いている家から借りた『レベッカ』や『風と共に去りぬ』の翻訳を、私ほど大切に味わった金持ちの子はいないと思います。でもジェイムズは——これまで読んだどの作家とも全然ちがう。恋をしたみたい、とラージーエは笑いながら言った。

ラージーエの中には矛盾した情熱が実に奇妙に混じりあっていた。辛辣で毅然としていて、几帳面で剛毅な性格だが、その反面、小説を読むことと文章を書くことを熱烈に愛していた。物書きではなく教師になりたいと言っていた。文章はうまくなかった。私たちは先生のような人たちがうらやましいし、自分もそうなりたいんです。でもなれないから抹殺しようとするんです。そう言っていた。アルザフラー大学をやめたあと、一度だけ彼女に会った。私がテヘラン大学で教えるために彼女たちの小さな大学をやめたことで、彼女は見捨てられたと感じたのだと思う。授業に誘い、連絡してほしいと言ったけれど、一度も来なかった。

一九八一年夏の流血のデモから数か月後、テヘラン大学近くの、陽のあたる広い通りを歩いていた私は、向こう側から黒いチャドルの小さな人影がやってくるのを見た。その人影にふと注意を向けたのは、向こうが一瞬驚いて立ち止まったからだ。ラージーエだった。彼女は挨拶もせず、顔には拒否の色が、声をかけないでほしいという訴えが読みとれた。私たちはちらりと視線を交わしてすれちがった。あの日の一瞥を、あのやせぎすの小さな体を、細い顔と、梟のような、あるいは物語の中の小鬼のような大きな目を、私は死ぬまで忘れないだろう。

26

教え子のラージーエを偲び、ここで少し寄り道をして、彼女の大好きな本について語ろう。これは追悼文である。

『ワシントン・スクエア』の何があれほどラージーエの興味を惹きつけたのだろう。彼女が不幸なヒロインに自分を重ねた面もあったのは確かだが、事はそう単純ではない。『ワシントン・スクエア』はいたって単純明快な話に見えるが、読者は登場人物にだまされる。ヒロインのキャサリン・スローパーをはじめとする作中人物はこちらの期待に反した行動をする。頭がよく経済的成功をおさめた父、実は娘をさげすんで無視している父によって、キャサリンは苦しい立場に追いこまれる。愛する妻をお産で亡くした父親は、愛情深く内気な娘を決してゆるさない。しかも、才色兼備でないキャサリンへの失望を克服することができない。キャサリンはモリス・タウンゼンドへの愛にもとらわれている。タウンゼンドは（彼女の言葉によれば）「美しい」浪費家の青年で、財産めあてでキャサリンに求愛する。浅薄で感傷的、おせっかいな未亡人であるキャサリンの叔母ペニマン夫人は、二人の仲立ちをすることで、キャサリンのロマンティックな憧れを代わりに満たそうとするが、この叔母こそ悪しき三人組の最後のひとりである。

キャサリンはジェイムズにとっても異例のヒロインである。私たちが思い描くヒロインのあるべき姿とは正反対で、たくましく、健康、器量は十人並み、鈍くて、融通がきかず、正直である。はなやかで利口で自己中心的な三人にはさまれ、彼らから侮辱され、過小評価されながらも、忠実かつ善良でありつづける。ジェイムズはヒロインを魅力的にする特性をひとつずつキャサリンからはぎとり、他の三人にふりわける。モリス・タウンゼンドには「美」と明敏な頭脳を、ペニマン夫人にはマキャヴェリ風の陰謀好きの性質を、そしてスローパー博士には皮肉と判断力を授ける。しかし同時に、このヒロインを際立たせる唯一の特性、すなわち思いやりの心を三人から奪った。

多くのヒロイン同様、キャサリンもまちがいを犯す。彼女には自己欺瞞の才能がある。

モリスに愛されていると信じ、そうではないという父の言葉に耳をかたむけない。ジェイムズは主人公を無謬の存在にするのを好まなかった。それどころか、彼の主人公はおしなべてまちがいを犯す——ほとんどの場合、自身に害となるまちがいを犯す。主人公のまちがいは、古典悲劇における悲劇的な過ちと同じく、彼らの成長、成熟に不可欠な要素となる。

三人の中で最大の人非人であるスローパー博士はまた、もっとも誤りと無縁な人物でもある。職業生活においても私生活においても正しく、自分の娘についても、つねに——いや、ほとんどつねに——正しい予測をする。博士は例によっていくらか皮肉な目で、ペニマン夫人がいずれ「お髭のだれそれさんがあなたに夢中よ」などと娘に吹きこもうとするはずだと見ぬいていた。「そんなことはありえない。髭があろうとなかろうと、キャサリンに恋する青年などいるはずがない」。スローパー博士は最初から、キャサリンとの結婚を望むモリス・タウンゼンドの意志に疑惑をいだき、全力で結婚を阻止しようとする。しかし、娘の心だけはついに見ぬくことができない。博士がたびたび娘に驚かされるのは、彼女のことを本当にはわかっていないからだ。彼はキャサリンを見くびっているが、過ちはそれ以上に重い。彼の欠陥は心の欠陥である。キャサリンは二度にわたって心を引き裂かれる。一度は「恋人」とされる男性によって、もう一度は父親によって。博士はモリスを非難したのと同じ罪を、すなわちキャサリンへの愛がないという罪を犯している。スローパー博士を見ると、「他人の心を感じとるには、自分にも心がなくてはならない」というフロベールの洞察を思い出す。そして、私は即座にあわれなミスター・ゴミーを、こうした機微をいっさい理解できなかった彼を思い出す――あるいは幸運なミスター・ゴミーというべきだろうか。彼にとってそのような道徳的な疑念は存在しなかった。彼の意見では、娘は父親に従わなければならない、それだけの話だった。

スローパー博士には娘の求めるものがまったくわからない。娘には何の特技もないとぼやきつつ、音楽と演劇に対する彼女のひそかな憧れには決して気がつかない。娘の愚かさは見えても、愛されたいという強い願望は見落としている。従妹の婚約祝いのパーティでモリス・タウンゼンドと初めて会ったとき、「突如、ドレスに夢中」になっていたキャサリンが、真紅のサテンのドレスを着ていたのは偶然ではない。語り手によれば、彼女の衣装道楽は、「実のところ、うまく言葉にできない自分の性質をはっきり表現したいという欲望にほかならなかった。衣装によって雄弁に、率直に語ることで、内気から来る口下手の埋めあわせをしようとしたのである」。そのドレスは大失敗だった。色は彼女に合わず、十歳も老けて見えた。父親のウィットに富んだ批評の対象にもなった。その夜、キャサリンはモリスと出会い、恋に落ちる。キャサリンの父親は、娘を理解し、手助けする機会を二度も逸する。

こうしてスローパー博士はフィクションにおいてもっとも許しがたい罪を犯す――それは他者の心が見えないという罪である。憐れみが合い言葉だ、とナボコフの『青白い炎』の詩人ジョン・シェイドは言う。こうした他者への敬意、感情移入が小説の根底にある。それはオースティンをフロベールに結びつけ、ジェイムズをナボコフとベロウに結びつける特質である。こうして近代小説における悪人が、すなわち同情、共感の心をもたぬ人間が誕生するのだと私は思っている。個人的な善と悪が、叙事詩やロマンスを形づくっていた、勇気や英雄的行為といったより原型的な概念に取って代わり、それらを個人化する。英雄＝主人公(ヒーロー)とは、どんな犠牲をはらってもみずからの良心を守る存在となる。

おそらく大部分の学生は、こうした悪の定義に同意しただろう。これは彼らにとってごく身近な経験だった。共感の欠如こそが現体制の中心的な罪であり、他の罪はすべてそこから生じたものだと私は思う。私の世代は個人の自由の味を知り、のちにそれを失った。喪失がいかにつらくても、現在の荒れ地から自分を守ってくれる思い出がある。だが、若い世代には自分を守る何があるだろう。キャサリンと同じく、彼らの欲望、憧れ、自分を表現したいという衝動は、奇妙なかたちであらわれた。

父に疎まれ、叔母にあやつられ、ついには求婚者に捨てられながら、キャサリン・スローパーは彼ら全員に立ち向かうことを——彼らと同じやり方ではなく、静かでつつましい彼女なりのやり方で立ち向かうことを苦痛の中で学ぶ。すべてにおいて、キャサリンは物事や人に対する自分のスタイルを守りつづける。もはやモリスと結婚する気などまったくないにもかかわらず、彼とは決して結婚しないという約束を拒んで、死を前にした父にさからう。叔母に「心を打ちあけて」、彼女のセンチメンタルな好奇心を満たすことも拒み、物語の最終章の、静かな迫力に満ちた場面では、移り気な恋人が二十年後にさしのべた手をも拒絶する。キャサリンのあらゆる行動が彼らを驚かせる。いずれの場合も、彼女の行動は復讐欲ではなく、ジェイムズ作品の主人公たちが愛用する時代遅れの言葉を借りれば、礼儀と尊厳の念から発している。

キャサリンただひとりが、変化し、成熟する能力をそなえている。ただしここでも、ジェイムズの小説の多くがそうであるように、われらがヒロインは成長のためにきわめて大きな犠牲をはらう。そして、彼女は父親にも求婚者にも確かに一種の復讐をはたすことになる。彼らに屈服するのを拒否するのである。最後に彼女は勝利を手にする。

ただし、それを勝利と呼べればの話である。自分には「災厄に対する想像力」があるというジェイムズの主張は信用できる。彼の主人公はたいてい最後に不幸になるが、それでもなお作者は彼らのまわりに勝利の気配を漂わせる。こうした作中人物にとって何よりも大事なのはみずからの良心である以上、勝利は幸福とは何の関係もないからだ。勝利とはむしろ自分の中で納得のゆくようにすること、自身を完全なものにする心の内部の動きである。彼らの報酬は「幸せ」ではない――「幸せ」はオースティンの小説の中心となる言葉だが、ジェイムズの世界ではめったに使われない。ジェイムズの作中人物が獲得するのは自尊心である。そして私たちは『ワシントン・スクエア』の最終ページにいたり、キャサリンの求婚者が憤慨して帰ったあとの場面を読むとき、それこそがこの世でもっとも難しいことにちがいないと悟るのである。「一方、キャサリンは居間で先ほどの刺繍を取りあげ、ふたたび腰をおろしていた――そして、いわばもう一生そこから動くことはなかった」

27

彼のアパートの呼び鈴をもう一度押したが、やはり返事はなかった。うしろに下がって居間の窓を見あげる。カーテンは閉まり、一面クリーム色でひっそりしている。その日の午後、彼に会う約束があり、その後ビージャンに迎えに来てもらい、友人宅の夕食に行く予定だった。電話してみようかと思っていたら、隣の人が果物の袋を持ってあらわれ、正面の扉を開けて、温かい笑顔で招き入れてくれた。私はお礼を言い、階段を駆けあがった。彼のアパートのドアは開いていたが、何度呼んでも返事がなかったので、中に入った。

室内は片づいており、何もかもいつもの場所にある。ロッキングチェアも、床に敷いたキリムもいつもどおりで、きちんとたたんだその日の新聞がテーブルの上にあり、ベッドも整えてある。私は部屋から部屋へさまよいながら、何か変わった形跡は、この異例の事態の手がかりになるものはないかと探した。ドアは開いていた。きっと何かを――コーヒーか牛乳でも買いに出て、私のためにドアを開けておいたのだ。ほかに考えられるだろうか？　ほかには？　当局が彼を連れに来たのでは？　連行されたのでは？　ひとたびその考えが頭に入りこんだら、払いのけられなくなった。頭の中で呪文のように鳴りひびきつづける。連行されたんだ、連行されたんだ、連行……。いまにはじまったことではない——過去にも連行された人はいた。ある作家のアパートのドアに鍵がかかっていないのを友人が見つけた。キッチンのテーブルの上には食べかけの朝食があった。くずれた卵の黄身が皿に流れ、トースト、バター、いちごジャムがあり、紅茶が半分グラスに残っていた。どの部屋もやりかけの状態にあり、寝室のベッドは乱れたまま、書斎の床と大きなソファの上には本の山が散乱し、机の上には開いた本と眼鏡があった。二週間後、友人たちは作家が尋問のため秘密警察に連行されたことを知った。こうした尋問は日常生活の一部だった。

　でもどうして？　どうして彼が連行されなければならないのだろう。彼はどこの政治組織にも属していないし、煽動的な記事を書いたこともない。でも彼には友人が大勢いる……。ひそかにどこかの政治組織に、地下ゲリラの指導者に関わっていないとどうしてわかる？　ばかばかしいとは思ったが、どんな説明でもないよりましだ。習慣に縛られ、義務感が強く、きっかり五分前には必ず約束の場所に来ている人が突然消えた理由を探さなければならない。不意に気づいた。彼はわざと日々の習慣によって自分のイメージをつくりあげていたのだ。私たちが習慣を手がかりにして、彼のあとをたどれるように。

居間の長椅子のわきにある電話の前に行った。彼の親友のレザーに電話したほうがいいだろうか？　でも電話したらレザーまで心配させることになる――少し待ったほうがいい。帰ってくるかもしれないし。もしやつらがもどってきて、私を見つけたら？　だめ、そんなことを考えちゃ！　ちょっと待って、彼はもう帰ってくる。腕時計を見た。たった四十五分遅れただけだ。たった四十五分？　あと三十分待って、それから決めよう。

書斎に行き、主題と題名にしたがってきちんと整理された本の列を見渡す。一冊の小説を手にとって、棚にもどす。批評の本を取りあげて、ふとエリオットの『四つの四重奏曲』に気づく。そうだ、悪くない。人々がハーフェズの詩集を広げ、目を閉じて質問を発し、でたらめにどこかに指をあてるように、エリオットの詩集を開けてみた。開いたところは「バーント・ノートン」の中ほどの、次のような行ではじまるページだった。「回転する世界の静止点で。肉体でもなく肉体がないわけでもない、／どこからでもなく、どこへ向かって行くのでもない、その静止点には舞踏がある」

本を閉じ、長椅子にもどると、どっと疲れが襲ってきた。

電話が鳴った。友人からの電話なら、三回鳴って切れるだろう。そうじゃなかったら？　彼からの電話だったら？　鍵をかけずに家を出て、私の家に電話して、だれも出ないからこっちにかけてきたのかもしれない。でも、だったらどうして書き置きがないんだろう。私だったらたぶんメモを残すのを忘れたはずだ。私の頭の中は雑然としているから。でも彼はちがう——彼なら忘れない。書き置きを書いている時間がなかったか、書きたくても書けなかったとしたら？　当局が連行しに来たとしたら、友だちに書き置きを書くからちょっと待ってくれ、あとで彼女も連れに来ればいい、などと言えるだろうか？　アーザルへ、すまない。きみを待っていられなくなった。ここにいてくれ。もうじき彼らが迎えに来る。

私は急にパニックに襲われた。レザーに電話しなければと思った。不安で死ぬより電話したほうがいい。一人より二人の知恵などというではないか。レザーに電話し、状況を説明した。レザーの声は私の不安をなだめるような調子だったが、その慰めの言葉には突然の恐怖がまつわりついていたのではなかったか？　三十分でそっちに行く、とレザーは言った。

受話器をおろすと同時に後悔した。これから何か悪いことが起こるなら、他人を巻きこむべきではないし、もし彼が無事だったら……。私は『四つの四重奏曲』にもどり、今度は最初のページをめくった。大学で初めてエリオットを勉強したとき、よく音読した部分だ。

現在と過去の時は
おそらくともに未来にも存在し
未来は過去の時の中に含まれる。

すべての時が永遠に現存するなら
すべての時はとりかえしがつかない。

昔あれほどくりかえし読んだのに、現在はとりかえしがつかないというこの点をどうして見落としていたのだろう。私は部屋の中をまわりながら、声に出して読みはじめた。

ありえたものはひとつの抽象で
思索の世界においてのみ
永遠の可能性として残る。
ありえたものも、あったものも
ひとつの結末を指し、それは永久に現存する。

いよいよ大好きな部分にさしかかり、涙がこぼれそうになった。

足音は記憶の中にこだまし
通ったことのない通路をたどり
開けたことのない薔薇園の扉へ向かう。
私の言葉はこうして

あなたの心にこだまする。
　　　　だが何のために
薔薇の花びらの鉢につもる塵を
かき乱すのか、私にはわからない。

　私は最後の二行をくりかえし読み、涙が頬をつたうのを感じてうろたえた。レザーがようやく到着した。中に入れると、早速慰めの言葉をかけられ、私は不安と恐れを彼に伝えた。レザーは私の手を握り、背中を優しくたたいた。大丈夫、あいつは変わり者だから——緊急の編集会議に行く用ができたのかもしれない。そういう仕事で何日も姿を消すことがよくあるんだ。でもいつも前日に約束するやつなのに。書き置きも残せなかったのかな？　しばらくして、私たちは長椅子に腰をおろした。手を握りあい、同じ疑惑と恐怖をかかえ、見捨てられたような心細さと親密なつながりを感じていた。
　二人ともドアが開いたのに気づかなかった。錠に鍵を入れる音がした。鍵をかけずに出たのを忘れていたのだ。彼が入ってきて、開口一番、申し訳ない、キッドと出かけていた、と言う。顔は青ざめ、弓なりの眉が垂れ下がることがあるとしたら、彼の眉はそのとき垂れ下がっているように見えた。私たちがどれほど心配したかを知り、疲労と自責の念とがせめぎあっているようだった。そうよね、あなたが逮捕されるとか尋問官を連れてくるなんてあるはずないわよね、と私は弱々しく言った。キッドと出かけていたんですって？

「キッド」というのは彼がある成人男子につけた渾名である。革命の年に大学の授業で初めて会ったときには十八歳で、高校の最終学年だった。私の魔術師はこのキッドに特別な好意をよせた。キッドは医学部進学をめざしていたが、アイスキュロスとチャップリンについて語る彼の話に夢中になった。トップの成績で入試に合格したものの、バハーイー教徒であることを認めたために入学できなかった。シャーの時代には、バハーイー教徒は保護され、栄えた――シャーが決してゆるされなかったひとつの罪である。革命後、バハーイー教徒の財産は没収され、指導者たちは殺された。新しいイスラーム憲法のもとでは、彼らには市民権もなく、学校、大学、職場から排除されていた。

多くのバハーイー教徒がしているように、その気になればすぐに新聞に告知を出せただろう。頽廃的かつ帝国主義的な宗派に属していることを否定し、両親と縁を切り――さいわい両親はヨーロッパの安全な場所にいた――どこかのアーヤトッラーの指導で改宗したと主張すればよかった。それだけで門戸は開かれただろう。ところが彼はバハーイー教徒であることを認めた。バハーイー教の教義を実践しているわけでもなく、宗教的傾向もなかったにもかかわらず、医者としての輝かしい将来を棒に振ったのである。彼はまちがいなく立派な医者になれるはずだった。

その頃は年老いた祖母と同居しながら、さまざまな片手間仕事をしていたものの、どれも長つづきしなかった。いまのところは薬局で働いていた。医者になるという目標にもっとも近い仕事だった。私はキッドに会ったことはないが、話には聞いていた。はっとするほどの美男子で、ムスリムの女の子に恋していることも聞いていた。その彼女は間もなく裕福な年上の男と結婚するために彼を捨て、結婚後にまた彼とよりをもどそうとすることになる。

キッドから電話があったのはちょうどお昼前だった。長年病気だった祖母が亡くなり、病院から電話をかけてきたのだが、言葉がのどにつかえてうまく出てこなかった。どうしたらいいかわからないとキッドは何度も言った。私の魔術師は急いで出かけた。じきにもどるつもりで、私が来るまでには充分間に合うと思っていた。

キッドは病院の前に立っており、隣にはなよなよした女性がいた。おばだった。キッドは泣きそうな顔をしていたが、崇拝している師の前で泣くわけにはいかなかった。大人になったということだが、泣かないのは泣くよりもつらかった。バハーイー教徒の埋葬場所はなかった。体制は革命初期にバハーイー教徒の墓地を破壊し、ブルドーザーで墓を取り壊した。墓地は公園か遊び場になったという噂だった。のちに知ったが、そこはバーフタラーンという文化センターになっていた。祖母が亡くなったときに、墓地がなかったらどうすればいいのだろう。

私は立ち上がり、部屋中をうろつきだした。ほらすわって、と彼が言い、長椅子の自分の隣の席を指さす。すわって、落ち着いて。そわそわしない——そう、いい子だ。その前に電話をかけさせて、と私は言った。ビージャンに電話して、パーティにはひとりで行ってほしい、あとで合流するからと伝えた。席にもどる途中、レザーが話しているのが聞こえた。いや、すさまじいね、生きた人間ばかりか死者のものまで奪おうとするこの執念は。革命がはじまったとき、革命検察官がレザー・シャーの墓をブルドーザーでなぎ倒して、記念碑を壊して、跡地に公衆トイレをつくった――それをまず自分で使ってみせたんだ。私は会話をさえぎって、コーヒーはいらないかと尋ねた。ふぞろいなマグを三個出し、お湯のポット、インスタントコーヒーといっしょにテーブルに置いた。私の魔術師は立ち上がって冷蔵庫に行き、チョコレートの箱を持ってきた。彼はつねに完璧な紳士だった。

そんなわけで、キッドは友人から車を借り、しきりに鼻をすすっているおばと二人で立っていた。遺体の処理をキッドとおばだけにまかせるわけにもいかず、キッドはその必要はないと強く言い張ったけれど、やはりついて行くことにした。私のことを考え、家に電話したが、だれも出なかった。レザーや他の友人に電話することは考えなかった。彼はキッドと車に乗りこんだ。

車を病院の裏にまわし、すでに白い屍衣につつまれた遺体をひきとった。二人で遺体の両端を持ち、トランクに入れた。それから、話に聞いたテヘラン郊外の霊園へ向けて車を走らせた。途中で呼びとめられるのではないかと心配した――民兵にどう言えばいいだろう？　トランクを開けさせないためにはどうすればいいか？　キッドは車のことを心配していた。何しろ友人の車だし、罪のない人を巻きこみたくなかった。罪のない人！　と私の魔術師は叫んだ。自分の祖母を埋葬しようとすることに、まともな埋葬はおろか、どんなかたちでもいいからとにかく埋葬しようとすることに罪悪感をおぼえなきゃならないなんて、想像できるかい？

私は彼の体にふれたかったが、彼はその経験のために私たちの手のとどかないところに行ってしまっていた。彼はまだ霊園に向かう車内にいた。こういう場合——どうしても共感を交わすことができない場合は決して少なくなかった。処女がレイプされ殺された話をしている相手に何を言えるだろう——お気の毒ね、あなたの気持ちはわかるわ、などと言えるだろうか？　私の魔術師とナスリーンは人の同情を求めないタイプだった。彼らが期待するのは、理解であり、私たちの共感を彼らの悲しみのかたちに合わせることだった。むろん彼のほうがさらに難しかった。彼自身が罪悪感と怒りを感じていたからだ。

彼らは走り慣れた高速道路をカスピ海へ向けて走った。大地が、樹木が、山々が流れ去り、おばは一言も口をきかなかった。後部座席にただすわり、時おり鼻をすすっていた。男たちは現実の話は何ひとつする気になれず、去年のアカデミー賞について気の入らないおしゃべりをした。

霊園はありふれた公園のようだった。泥煉瓦の塀の向こうに高い木立が見えた。車の警笛を鳴らすと、老人が門を開け、中に案内した。墓石を立てた墓の区画をいくつか見せられた。掘ったばかりの穴が二つあった。遺体を清め、屍衣でくるむ最後の儀式は遺族がやらねばならない。キッドとおばは小さな建物に入り、私の魔術師は途中で買った小さな水仙の花束を手にすわっていた。あとは夢のように速やかだった。遺体を地中におろし、土をかけ、真新しい墓のそばにしばし佇んでから、花を供えて立ち去った。キッドが老人に金を払った。三人は車に乗りこみ、まっすぐ彼のアパートに向かった。それでここにもどってきたわけだ、きみのお役に立つためにね。私を見ると、彼の目の中に突如優しさが湧いた。本当にすまなかった。きみがどう思うか考えもしなかったなんて、まったくうかつだった。

私たちはもうしばらくそこにすわっていた。何か話したのかもしれないが憶えていない。私は立ち上がり、タクシーを呼んでもらえないかと言った。呼び鈴が鳴ったとき、コートを着てスカーフをかぶり、バッグを見つけて、さよならを言うのに時間がかかった。私の訪問の目的については彼に話さなかった——すべてはどうでもいいことのように思えた。明日があるし、また電話して次に会う日を決めて、話せばいい。とりあえずは二人の頬にキスして、レザーに感謝し、階段を駆け下りてタクシーに向かった。

28

都市戦争における初めての停戦が宣言される二日前の夜に、少数の友人がジョン・フォード監督の『モガンボ』を見にきた。ミスター・フォルサティーはこの頃には始終ビデオを持ってきてくれるようになっていた。ある日いきなり、小さな包みを持って研究室までついてきたのが始まりだった。それはトム・ハンクス主演の映画『ビッグ』のビデオだった。それ以来、次々に映画のビデオを持ってきてくれることになったのだが、ほとんどは二流三流の新作アメリカ映画だった。イスラーム主義者がペルシア湾で働く船員たちから手に入れたという話だった。船員は国内では禁じられた映画を見ることができたし、それらを国内にこっそり持ちこんでいた。しばらくすると、私は見たい映画をリクエストするようになった。私が頼んだのは、『突然炎のごとく』や『モダン・タイムス』、あるいはハワード・ホークス、ジョン・フォード、ブニュエル、フェリーニの映画といった古典だった。こうした監督の名は彼にとって初耳で、最初のうちは見つけるのが難しかった。船員の興味を惹かない映画だったせいかもしれない。ある日、ミスター・フォルサティーは『モガンボ』を持ってきた。プレゼントだという。彼は自分が古い映画に夢中になるなどとは夢にも思わなかったが、実際にはすっかり夢中になり、私も気に入るだろうと直感したのである。

その夜、停電が数時間つづき、街全体を消し去った。私たちは蠟燭のそばにすわり、自家製のチェリーウオッカ、ヴィシニュフカを飲みながら話をした。幾度かかなり遠くの爆発音で中断したものの、それ以外は静かな会話の流れがつづいた。翌日の夜、最後のミサイルを発射するのがわれわれの側なら停戦を受け入れるというイラクの発表があった。まるで子供のゲームのようだった——どちらが最後の決定権をにぎるかが一番重要なのだ。

停戦は二日しかもたなかった。停戦がつづくと思って多くの人がテヘランにもどっていた。店は軒並み遅くまで開き、通りには新年の買い物の遅れをとりもどそうとする人々があふれていた。停戦が破られる数時間前に、私は友人と停戦がいつまでもつかという賭けをした。こうした賭けは日常的な習慣と化していた。いつ、テヘランのどこに、何発のミサイルが落ちるかをめぐって私たちは賭けをした。このような行為は緊張をやわらげるのに役立ったのである――時として賭けの勝利がどれほど陰鬱なものに見えようとも。

攻撃は月曜の午後十時三十分に再開された。火曜の早朝までに六発のミサイルがテヘランに落ちた。帰ってきたばかりの大勢の人たちはすぐさま街を離れはじめた。突然街を満たした静寂は、モスク、官庁、革命委員会の建物や民家から通りに響きわたる軍隊行進曲によって断続的に破られた。時おり曲を中断して、バグダードへのミサイル攻撃や「帝国主義者にしてシオニストの敵」に対する新たな勝利についての「重大発表」が報じられた。このような「闇に対する光」の勝利を祝うのは私たちの義務とされ、イラク人も同じ運命に苦しんでいることを考えて、自分を慰めなければならなかった。

29

大学は一九八八年三月二十一日からはじまるイランの新年の前に閉鎖され、それが停戦までつづいた。人心は疲弊し、政府の布告などもはや気にしなくなっているように見えた。民兵も革命防衛隊もおかまいなしに結婚式やパーティが開かれた。オートバイに乗った黒服の男たちは――一部で死の酌人（しゃくにん）とも呼ばれた連中は、爆撃の現場から姿を消し、人々はそうした現場で絶望と怒りをますます声高に言い立てては、サッダームと自国の体制の両方を呪った。当時は日常生活の多くの部分が行きづまっており、私たちはいっそう積極的な逃避の方法を探しもとめた。テヘラン周辺の山登りや長い散歩はなくてはならない習慣となり、そうした活動を通じて多くの新しい友人が見つかったが、長つづきすることはまずなかった。

イラクの独裁者の名はすでに身近な名前に、ホメイニーと同じくらいなじみ深い名前になっていた。フセインも負けず劣らず大きな力で私たちの生活を支配していたからである。私たちの運命を左右するその強大な力ゆえに、彼の存在が暮らしの中にまで入りこんできた。私たちの将来の動きを考慮に入れないことには、重要な決定は何ひとつ下せなかった。彼の名は始終、無造作に口にのぼった。子供のゲームにおける主役のひとりとして、フセインのあらゆる動き、過去、現在、未来は、人々が好んで口にする話題となった。

イラクによる重要都市、とりわけテヘランへの断続的かつ集中的な爆撃を受けて、イランの体制は支配をゆるめざるをえなかった。革命後初めて革命防衛隊と革命委員会が影を潜め、風紀取締隊はほとんど街頭から撤退した。テヘランはもっとも深い哀悼のなかで、もっとも陽気な顔を見せた。決められた黒っぽい色を避けて精いっぱい鮮やかなスカーフをつける女性がますます増え、大勢が化粧をし、コートの下からナイロンのストッキングがのぞくようになった。手入れをくらう心配も、地元の委員会に賄賂をわたす必要もなしに、音楽とアルコールの登場するパーティが開けた。

体制がなおも支配しつづけようとしたのは、皮肉にも人々の想像力の領域だった。テレビは二つの世界大戦に関するドキュメンタリーであふれていた。いまやほとんど人気のなくなったテヘランの通りが活気をおび、色鮮やかになる一方、テレビではロンドン市民が食料を求めてゴミ入れをあさり、地下壕で身を寄せあう映像が流れた。スターリングラードとレニングラードの市民が仲間の肉を食べて苛酷な包囲を生きのびた話を人々は聞かされた。日増しに国民の支持を失いつつある闇雲な戦争を正当化するだけが目的ではなかった（イランの体制はイラク全土を「解放する」まで停戦について考えるのを拒否していた）。もうひとつの目的は、さらに不幸な事態の見込みを示し、西洋の戦線も大変だったことを思い出させて、反抗的な市民を威嚇し、抑えつけることにあった。

私たちは噂を信じるようになっていた。その春、新しい噂が広まりはじめた。イラクは従来よりはるかに強力な新型ミサイルをもっており、事前警告なしにテヘランのどこにでも落とすことができるというのだ。それなら従来の爆弾でがまんしなければと人々は自分に言い聞かせ、新型ミサイルに遭遇しないよう祈った。四月、ついにその恐るべきミサイルが投下された。それからほどなくして、イラク軍がイラク国内のクルド人の町を化学爆弾で攻撃したことで、いっそう恐ろしい予想がもちあがった。最新の噂では、イラクはテヘランなどの重要都市に対し化学爆弾の使用を計画しているとされた。体制はその知らせを利用して大規模なパニックを引き起こした。新聞は化学兵器との戦い方を説明する号外を出し、新たな警報の合図が——今度は緑色が——導入された。緑色警報の練習を何度かしただけで、社会全体がパニックにおちいり、人々は体を麻痺させるという新たな脅威からはだれひとり逃れられないと思いこんだ。特別に「化学爆弾と戦う日」が宣言され、革命防衛隊がガスマスクをつけ、乗り物とともに通りをパレードした際には、市内の大部分で交通が麻痺した。

それから間もなく、テヘランの繁華街のパン屋にミサイルが落ちた。現場に集まった人々は、小麦粉がもうもうと巻き上がるのを見た。だれかが「化学爆弾だ！」と叫んだ。つづいて起こった混乱の中で、人も車も入り乱れてぶつかりあい、大勢のけが人が出た。しばらくして、何とガスマスク姿の革命防衛隊が救助に駆けつけた。

この頃になると、ほとんどの地区に衰えぬミサイル攻撃の傷跡が否応なく残っていた。

通常の民家と商店の町並みが、壊れた窓に取って代わられ、その先にはさらに大きな被害を受けた家が何軒かあり、それから一、二軒、瓦礫の中でかろうじて家の構造がわかるような廃墟があった。車で友人を訪ねたり、店やスーパーに行くたびに、このような光景を通りすぎた。まるで抛物線(ほうぶつ)に沿って走っているようだった。破壊曲線の登り口から上って、破壊の頂点に達すると、しだいに見慣れた風景にもどり、最後に目的地に到着するという具合だった。

30

長らくミーナーに会っていなかったので、新年のお祝いは旧交を温めるいい口実になった。彼女の家を訪ねた日のことはよく憶えている。同じ日に、元同僚が結婚し、テヘランに七発のミサイルが落ちるという重要な出来事があったからだ。最初の爆発は花屋から出てきたところで聞こえた。花屋の店員と通行人と私は、西の地平線から立ちのぼる煙を見つめた。煙は白く、何の害もなさそうに見えた――殺人を犯したばかりの子供のように。

ミーナーは私に会えてうれしそうだった。いろいろな意味で、私はその頃、彼女と学問の世界をむすぶ唯一のつてになっていた。ミーナーの一家は邸を売り、新しい家に引っ越していた。前より小さな、昔の家の幽霊のような家だった。ミーナーはまだ黒い服を着ていた。元気がなく、不幸せそうに見えた。たびたび鬱状態になり、薬をのんでいるという。

私はやりかけのジェイムズの研究書はどうなったのかとしつこく訊いた。彼女がその仕事にとりかかれば、すべてはうまくゆくはずだという甘い考えをもっていたのだ。自分の本に取り組むことはもう二度とないだろうとミーナーは言った。もう一度自分の本に集中するには息をつける時間が必要なのだと、あとで説明を加えた。一方で、彼女はレオン・エデルの『現代の心理小説』の翻訳を終え、イアン・ワットの『小説の発生』を訳しているところだった。もちろん、最近、こういう本は流行らないけれど、とミーナーは言う。みんなポストモダンに行ってしまったから。彼らはテキストも読めないのよ——えせ哲学者の解説に頼りきってるの。心配しないで、ジェイムズを教える人間なんてもうだれもいないんだから、と私は言った。ジェイムズも流行らないということは、私たちが正しいことをしている証拠よ。

ミーナーは綿密で逐語的な翻訳をする人だった。そのため、一般読者に「わかりやすい」文章を求める出版社ともめることになった。彼女はヴァージニア・ウルフの既存の翻訳を軽蔑していた。エデルの本に出てくる引用のために、『ダロウェイ夫人』のペルシア語訳を使うことを拒み、それがまた問題の種になった。

ミーナーは私の授業のことを訊いた。学生も私もジェイムズには、特に彼の文章には苦労していると答えた。すると彼女は微笑んで、それはあなたの学生ばかりじゃないわ、と言う。有名な批評家や作家の中にもジェイムズの文章には文句を言っている人がいるんだから。そうね、でも私たちの問題はちょっとちがうの。もっと見るからに難解な作家の——ナボコフやジョイスの作品を読ませたこともあるんだけど、どういうわけか学生はジェイムズのほうが苦労するの。表面的にはリアリズムだから、わかりやすいはずだと誤解して、よけい当惑するのよ。だいたいね、この fuliginous（フユリジナス）という単語は何なの？　『ボストンの人々』で——「すす色の目（フユリジナス・アイズ）」というふうに出てくるし、『使者たち』でもウェイマーシュの顔の描写でこの言葉を使っているでしょう。このわけのわからない言葉は何なの？　『アメリカン・ヘリテッジ・ディクショナリー』にも出ていないって知ってた？

　ミーナーは私にそれ以上つづけさせなかった。ジェイムズへの忠誠心がゆるさなかったのだ。彼女はキャサリン・スローパーのように「ひたむきな心」の持ち主で、頭脳明晰であるにもかかわらず、時としてあまりにも額面どおりに話を受けとる傾向があった。感情をむきだしにして彼女は反駁した。言葉にボリュームをあたえる以外に、人生の幻影をつくりだす方法があると思う？　ジェイムズをはずすつもりなの？

　ずっと前にもミーナーは同じ質問をしたことがあり、時々その不安がよみがえるらしい。もちろん、そんなことしないわ、と私は答えた。才気煥発な女性を描写するとき、「まばゆい」とか「煌（きら）めくような」ではなく「けざやかな（アンオブスキュアド）ミス・B」と書くような作家をはずせるわけないじゃない。彼の複雑な言葉づかいが盗めたらいいのに。でも学生たちは大目に見てやって――何しろほとんどの学生はスタインベックの『真珠』で育ってきたんだから。

自分にとって最高の一節と最悪の一節をクラスで選んだ日、どんなに楽しかったかという話もした。マフシードは『使者たち』の中の「鳥たちが群れつどう木々」を挙げ、ナスリーンは『使者たち』の川岸での昼食の場面を読んだ。「――まぶしいほど白いテーブルクロスと、トマト入りオムレツ、淡黄色のシャブリのボトルをはさんで向かいあったヴィオネ夫人が、少女のような微笑みをうかべてひたすら礼を言ってくれるその様子、その灰色の瞳を時おり話からそらして、初夏の鼓動がすでに感じられる暖かな春の空気のほうへ向けては、また彼の顔に、二人の人間的な問題に視線をもどす様子」

ミーナーとのこうした会話は、周囲の出来事とは一見何の関係もなかったけれど、双方に大きな満足をあたえた。いまになって、当時の記憶のかけらを拾いあつめようとしているいまになって初めて、私生活について彼女とほとんど話したことがないのに気づく――愛と結婚について、子供をもつこと、もたないことについて。まるで文学を別にすれば、すべては政治的なことにのみこまれ、個人的なこと、私的なことが消し飛んでしまったかのようだった。

31

停戦前に発射された最後のミサイルの一発が近所の家に落ちた。その路地には私たちの友人夫婦が末娘と住んでいた。彼らは自宅から遠くない場所に出版社・書店をかまえており、多くのイランの作家や知識人がそこに集まり、夜おそくまで白熱した議論をくりひろげていた。その前の晩、ラーレをふくむ二、三人の友人がわが家に泊まり、夜明け近くまで映画を見ていた。泊まりがけのパーティの和気藹々（わきあいあい）とした混乱の中で、私たちはパンと新鮮なクリーム、自家製ジャムとコーヒーの朝食を用意した。キッチンにいたとき、ミサイルが命中した家が崩れ落ちるのを感じてぞっとした。近すぎる。どれほど近いかじきに明らかになった。

ミサイルが落ちたあと、大勢の人が現場へ走り、一方、女子供がほとんどを占める何十人もの被災者が、血を流し、泣き叫び、ののしりながら反対方向に駆けていった。革命防衛隊と救急車が到着すると、叫び声はさらに大きくなった。防衛隊はおずおずと一帯を調べはじめた。ミサイルが落ちた家の庭で、二人の子供が意識を失って倒れていた。防衛隊は瓦礫の下から女性二人の遺体を引きずり出した。ひとりはとても若く、色鮮やかなホームドレスを着ていた。もうひとりは太った中年女性で、スカートが腿にはりついていた。

翌日の晩、私たちは友人を慰めに行った。小雨が降り、新鮮な土と春の花の匂いが空気中に漂っていた。無惨に破壊された家々の近くに小さな人だかりができていた。訪ねた家の女主人は、私たちを中に案内し、いつものように親切に、香り高いお茶とおいしい小さな焼き菓子をふるまってくれた。どうにか工夫して、キッチン中にライラックの大きな鉢をたくさん飾っていた。

窓はどこも粉々に割れていた。ガラスの破片が貴重な絵画に突き刺さり、前夜は家のあちこちでガラスの破片を掃除してすごしたという。彼女は笑顔で私たちを屋上に誘った。うしろには私の愛する山脈がそびえ、目の前には破壊された三軒の家が見えた。もっとも被害の少ない家の、二階であったはずの部分で、まだ使えそうなものを探しているとおぼしき男女がいた。真ん中の家はいまやほとんど瓦礫と化していた。

32

戦争ははじまったときと同じく、唐突に、ひっそりと終わった。少なくとも私たちにはそう思えた。戦争の影響は長期にわたって、場合によっては永久に残るだろう。最初、私たちは当惑し、戦争前にあたりまえだった日常生活にどうもどればいいのかととまどった。イスラーム体制がしぶしぶ和平を受け入れたのは、イラクの攻撃を撃退できなかったからである。負け戦の連続で、民兵組織と革命防衛隊の多くのメンバーが絶望と幻滅の中に取り残された。体制支持者は意気消沈していた。アーヤトッラー・ホメイニーは、和平は自分にとって「毒を飲む」のも同然だと語った。こうした雰囲気の影響は大学でも見られ、とりわけ民兵、帰還兵とその団体で目立った。彼らにとって和平は敗北にほかならなかった。

外敵との戦争は終わったが、国内の敵との戦いは終わっていなかった。和平合意の調印後まもなく、アーヤトッラー・ホメイニーは国内の刑務所に、政治犯の体制への忠誠を審査する三人委員会を設置した。数千人が正式な手続きを経ずに秘密裏に処刑され、なかには獄中で長年裁判を待っていた人や、刑期をつとめあげて間もなく釈放予定だった人もいた。この大量処刑の犠牲者は二度殺されたことになる。二度目は彼らの処刑をめぐる沈黙と無名性によって殺されたのだ。この沈黙と無名性は、意義のある、正式に認められた死を彼らから奪い、それによって、ハンナ・アーレントの言葉を言いかえるなら、彼らは本当には存在しなかったという事実を決定的なものにした。

ついに大学の授業が再開されると、私たちは中断前の箇所からまたはじめた。いくつかの机が移動され、なぜか出てこない人や奇妙な新入りが数人いたが、それ以外に大学が二か月以上閉鎖されていたことを物語る形跡はほとんどなかった。歓喜の気配はさらになく、疲れきった安堵感が全体をおおっていた。

これが幻滅のはじまりだった。戦争に負け、経済は混乱をきわめ、仕事もろくにない。特別な技能もない帰還兵は、退役軍人に約束された恩給に頼るしかなかった。しかし、恩給さえ公平に分配されたわけではない。戦争の殉教者のために設立されたイスラーム系財団の大部分は、腐敗した財団幹部の資金源と化していた。のちに、こうした革命の子供たちは、この種の腐敗をあばき、反乱を起こすことになる。イスラーム系団体の人々は権力と西洋文化の味を知り、もっぱら一般人には手に入らない特権を獲得するために権力を利用した。

戦後、ミスター・フォルサティーが所属する学生団体イスラーム・ジハードは、いっそう開けた組織になり、より保守的なムスリム学生協会のメンバーとの衝突が目立つようになった。授業が再開されると、ミスター・フォルサティーと会う機会が増えた。彼は大の映画好きで、ビデオ・映画関係の会社をつくりたいと考えていた。私が大学全体のための文化プログラムをどうにか組織できたのは、彼の手助けによる。彼自身はそれほど独創的なタイプではなく、彼が創造力を働かせるのは穏やかなかたちの自己宣伝と自己改善のためだった。

初めは、古い映画がフェイドアウトするように、ミスター・ゴミーがしだいに私の生活から消えてゆくような気がした。実際には消えたわけではなかった。彼は授業に出席しつづけ、ジェイムズや私が教える他の作家に対して、相変わらず敵意に満ちた攻撃をつづけていた。むしろ恨みと怒りは増し、ほとんど子供っぽい感情の爆発でしかなくなっていた。変わったのは私たちのほうである。どういうわけか、私たちはもうミスター・ゴミーにあまり注意をはらわなくなった。彼が何か言うと、他の学生が激しく言い返した。フセインがいなくなっても、西洋、帝国主義、シオニストと国内にいるその手先の脅威は消えたわけではないと、彼とその仲間たちは日々私たちに警告しなければならなかった。ほとんどの人間は返事をするのも億劫（おっくう）だった。

ミスター・ゴミーとミスター・ナフヴィーはいつも一番うしろの列にすわっているが、そのひとつ前の列の窓際には、物静かな若い小学校教師の姿が見える。ここでは彼をミスター・ドッリーと呼んで、話を先に進めよう。私の視線はミスター・フォルサティー、ハミードの上を過ぎ、それから教室の反対側、女子の側に移り、マフシード、ナスリーン、サーナーズを通りすぎる。中央の列の通路側にはマーナーがいる。マーナーの笑顔に一瞬目をとめてから、視線を横へ、通路のほうにすべらせ――ニーマーを探す。

マーナーからニーマーに目を移し、またマーナーにもどると、私のクラスで初めて二人の姿を見かけた日のことを思い出す。二人の目は同じ光に輝き、私を喜ばせる秘密の企みにとりかかったときの子供たちを思わせた。すでに授業に興味をもつ少なからぬ部外者が私の講義を聴講していた。卒業後もずっと授業に出つづける教え子や、他大学の学生、若い作家、ふらりと入ってきた見知らぬ人々などである。彼らは英文学の議論にふれる機会がほとんどないなかで、単位などとれなくても、授業に余分な時間を費やす覚悟ができていた。私が彼らに出した条件はただひとつ、正規の学生の権利を尊重し、授業時間中の議論に参加するのは控えてほしいということだけだった。ある朝、マーナーとニーマーが研究室の入口にあらわれ、にこにこしながら、私の小説のゼミをぜひ聴講させてほしいと言ってきたとき、私はほとんどためらうことなく承諾した。

しだいに授業の本当の主役は、正規の学生ではなく（彼らに対して特に大きな不満はなかったのだが）、こうした人々、クラスで読む作品への強い関心からやってくる部外者へと移っていった。

ニーマーから博士論文の指導教授になってほしいと頼まれた。テヘラン大学にはヘンリー・ジェイムズを知っている教員などひとりもいなかったからだ。私はテヘラン大学には、苦い思い出に満ちたあの場所には、二度と足を踏み入れないと心に誓っていた。ニーマーは手を尽くして私をなだめすかし、ついに説得に成功した。授業のあと、私たち三人はたいてい連れだって外に出た。マーナーは口数が少なく、ニーマーはいつもこのイスラーム共和国の日常生活の不条理についてさまざまな話を聞かせてくれた。

彼は私の隣を歩き、マーナーは心もちゆっくりと、彼と並んでついてきた。ニーマーは背が高く、少年のような整った顔立ちで、太りすぎというほどではないが、赤ん坊のようにぽっちゃりした大きな体をしていた。目は優しげだが、同時にいたずらっ子のようでもある。声は驚くほど穏やかだった。女性的というのではないが、穏やかな低い声で、一定のレベルより上には上げられないかのようだった。

こうしてさまざまな話を交わすのは、私たちの習慣に、私たちの関係の欠かせない一面になった。あなたたちの話を聞いていると――それから私自身の経験をふりかえると――まるでおとぎ話の世界に住んでいるような気がするわ。もっとも、ここではいい妖精はみんなストライキ中で、私たちは悪い魔女のお菓子の家に近い森の中に取り残されているようなものだけど。二人にそう言ったことがある。時には、それは本当に起こったことなのだと納得するために、たがいに話をすることもあった。話すことで、それは初めて真実になる。

ナボコフは『ボヴァリー夫人』についての講義の中で、すべての優れた小説は優れたおとぎ話だと主張した。じゃあ僕らの人生も、架空の人生も、両方おとぎ話だというんですか、とニーマーが訊いた。私は微笑んだ。そのとおりよ、時々、人生が小説そのものの以上に作りもののように思えるの。

33

和平合意から一年足らずの一九八九年六月三日土曜日、アーヤトッラー・ルーホッラー・ホメイニーが死去した。翌朝七時まで正式な発表はなかった。しかし、多くのイラン人は——いや、大部分のイラン人は、すでに知っているか、うすうす感づいており、テヘラン郊外にあるホメイニーの家の外には何千もの人々が集まって、知らせを待ちかまえていた。発表の前に、政府はあらかじめ空港と国境を封鎖し、国際電話線を遮断しておいた。

ホメイニー死去の知らせを聞いた朝のことを憶えている。家族全員が居間に集まり、死の知らせにつきものの、あのにぶいショックと当惑の中からぬけられずにいた。しかも今回はありきたりの死ではない。ラジオのアナウンサーがこらえきれずにすすり泣きはじめた。それ以降、追悼の儀式でも、個別のインタビューでも、有名人はおしなべてこの調子だった。泣くのは義務であるように、悲しみの大きさをあらわすには、それしか方法がないかのようだった。

居間につきもののコーヒーと紅茶の匂いにつつまれていっしょにすわり、その死について憶測をめぐらしていると、みな一体感と親密さを感じた。その死は、多くの人が願い、多くの人が恐れ、多くの人が予期していたことだったが、いざ現実になってみると、味方にとっても敵にとっても妙にあっけなかった。八〇年代初頭にホメイニーが初めて心臓発作を起こして入院して以来、死期が近いという噂がしつこい雑草のようにあらわれては根こぎにされてきた。現実そのものは可能性から生まれた不安な期待ほど衝撃的ではなかった。全国で大流行した追悼行事もこの失望の埋めあわせにはならなかった。

この事件のせいで、わが家の居間には妙な顔ぶれがそろっていた。父は何年か前から母と別居していたが、ある出来事のあと、だれも住んでいない弟の部屋に仮住まいしていたため、その場にいた。やはり一時的に弟の部屋に住んでいたことのある、弟のかつての義理の母もいた。彼女と母は仲が悪く、数日前から口もきかなくなっていたが、この日は非常事態のため、ひとまず休戦していた。

息子は小さな子に特有の姿勢で、私の膝に寝そべっていた。彼の細い巻き毛を無意識になで、時おりやわらかい肌にふれていると、膝の上ですっかり満足している子供の安心感が伝わってきた。大人たちが話をし、推測をめぐらしているとき、五歳の娘は窓から一心に外を見ていた。いきなり娘がふりむいて叫んだ。「ママ、ママ、ホメイニー死んでないよ！　まだみんなスカーフつけてる」ホメイニーの死といえば、いつもネガールのこのあどけない言葉を思い出す――確かに彼女の言うとおりだ。女性たちが公の場でヴェールをかぶらなくなる日こそ、ホメイニーが本当に死ぬ日であり、革命が終わる日である。それまで私たちはホメイニーとともに生きてゆくのだ。

政府は五日間の国喪を発表し、正式な服喪期間を四十日とした。授業は中止され、大学は閉鎖されただ。だが、居間にすわって考えこんでいても落ち着かなかったので、とにかく大学に行ってみることにした。すべてが熱暑の中の蜃気楼のようにぼんやりしていた。このぼやけた感じは、その日も、その後の服喪期間中もずっと私につきまとった。この時期、私たちはほとんどの時間をテレビの前ですごし、葬儀や数限りない儀式の模様を見つづけた。

キャンパスに着くと、建物の中にはあまり人影がなかった。深い静寂が拡声器から流れる弔いの詠唱と行進曲をのみこんだ。階段を上って研究室に行き、本を何冊か取って、廊下を歩いていたら、ミスター・フォルサティーと彼のペルシア文学科の友人に会った。二人とも厳粛な様子で、目には涙をうかべていた。私はぎこちない同情のまなざしを向けたが、何と声をかけたらいいかわからなかった。二人はこれから壁に貼る予定の、ホメイニーの写真入りのビラを持っていた。二枚もらって別れた。

のちに、ホメイニーが息子の嫁に捧げたスーフィーの詩集が出版された。ホメイニーの死により、彼を人間らしくする必要が生じたのだ。生前の彼はこうした行為を認めなかった。そして、確かにホメイニーの若く美しい嫁に対する思いやりの中には、私たちがめったに見たことがない彼の人間的な面があらわれていた。ホメイニーは最後の詩を彼女のノートの中に書いたのである。彼女はこの詩集の序文で、ホメイニーが時間をかけて彼女にさまざまな話をし、哲学と神秘主義を教えたことや、彼女が贈ったノートに詩を書いた経緯について説明している。ブロンドを長く伸ばしていると噂される彼女が、老人と庭を散策し、花壇や繁みをめぐりながら、哲学の話をしている情景を私は思い描いた。ホメイニーの前ではスカーフをかぶっていたのだろうか。ひょっとしたら、ホメイニーは彼女の腕によりかかりながら、くりかえし花壇をめぐったのではないだろうか。私はその薄い詩集を買い、ビラとともにアメリカに持ってきた。それは時々本当にあったとは思えなくなる時代の記念品であり、あまりにはかないその存在を証明するには、そのような確かな証拠が必要なのだ。

私は日付や数字に弱く、ホメイニーが死去した日付を再確認しなければならなかったが、あのときの感情と情景は憶えている。不快な夢のように、記憶の中で当時の情景と音が現実のごとく混じりあう。いまにもうわずりそうなアナウンサーの甲高く仰々しい声、哀悼の行進曲、祈り、高官のメッセージ、嘆き悲しむ人々の詠唱が、他の音をすべてかき消してしまう。「今日は大いなる悲しみの日です！　ホメイニー師が、偶像の破壊者が、天に召されました」

月曜の夜明けに、アーヤトッラー・ホメイニーの遺体は、テヘランのジャマーラーン地区にある自宅から、北方の丘陵地帯にある広い荒れ地、モサッラー広場に移された（モサッラーとは礼拝場という意味だ）。遺体はコンテナでつくった仮設の台の上に安置された。白い屍衣をまとい、足をメッカのほうに向けて、空調装置をとりつけたガラスの柩に横たわっていた。預言者ムハンマドの直系子孫としての宗教的地位を示す黒いターバンが胸の上にのっていた。

あの熱狂的な日の出来事は断片的にしか思い出せない。ガラスの柩はよく憶えているし、柩のまわりに飾られた花はけばけばしいグラジオラスだった。ホメイニーの死を嘆き悲しむ人の大群も憶えている——何十万もの人々がテヘランにつめかけたと伝えられた。黒い旗を振る黒衣の集団、みずからのシャツを破り、胸をたたく男たち、泣き叫び、うめき声をあげる黒いチャドルの女たち——彼らの体は悲嘆の恍惚に悶えていた。

そう、ホースもあった。暑さと群衆の規模のために、消防署がホースを持ち出し、時おり群衆を冷やすため水しぶきをかけていたが、それがその光景に妙に性的な印象をあたえた。いま心の中でそのときの情景をよみがえらせると、空を背景にシルエットを描く水しぶきの音が聞こえる。時に失神する人が出ると、あの熱狂の渦中で、すべて前もって練習したかのように、驚くほど整然と、人々は倒れた人を頭の上に持ち上げ、安全なところまで順繰りに送っていった。

その日、多くの人が亡くなり、何万人もが負傷したと聞いたとき、私は愚かにも、その死者の位置づけについて考えた。人間は生きていたときよりむしろ死んでから地位や場所をあたえられる。反体制派やバハーイー教徒には何の地位もない。墓石さえ拒まれ、共同墓地に投げ入れられる。一方に戦争や革命で命を落とした殉教者がいる。みな墓地で特別な場所を占め、造花が飾られ、目印となる顔写真が掲げられている。その日亡くなった人は殉教者と認められるのだろうか。天国の席がもらえるのだろうか。

政府は追悼式の出席者のために大量の食料と飲み物を用意しておいた。胸をたたき、失神し、詠唱する狂乱状態のすぐそばで、道端には無数の列ができ、人々は休日にピクニックに来たかのように、サンドイッチを食べ、ソフトドリンクを飲んでいた。ホメイニーを激しく嫌っていた大勢の人も葬儀には出席した。ホメイニーの死の時期に対する不満がきわめて大きかったため、当局は最初、参列者の少なさをごまかすため夜間に埋葬することを考えていた。ところが全国から数百万もの人がやってきた。中年の大学職員と次のような話を交わした記憶がある。彼は貧しく保守的な住民の多い地区に住んでいた。ホメイニーにも革命にも幻滅していた近所の人たちが、それにもかかわらず、彼もふくめて、何台ものバスに乗りこんで葬儀に行った。どうして行ったのかと私は訊いた。行かざるをえなかったの？　いえ、でもそうすべきだという気がしたんです。みんな行っているから——僕が行かなかったら変に思われるでしょう？　彼は一瞬黙り、それからつけくわえた。それに、こんなことは一生に一度しかありませんから。

行列が町を練りあるきながら、ホメイニーの亡骸（なきがら）をテヘラン郊外の墓地へ運びはじめたとき、群衆の圧力のすさまじさに、当局は方針を変え、遺体をヘリコプターで運ぶことにした。群衆はヘリコプターに殺到し、ヘリが飛び立つと、地面から金色の埃が、ひるがえるスカートのように巻き上がり、しだいにくるくると舞いはじめた。奇怪な夢の中で、目に見えないほど小さな修行者の群れが一斉に激しく舞い踊っているようだった。

ベヘシュテ・ザフラー墓地で遺体をヘリコプターから運び出そうとした際に、ふたたび群衆が殺到し、今度はじかに目当てのものをつかむと、白い屍衣をびりびりに引きちぎり、だらりとした死者の脚がむきだしになった。遺体は結局、回収され、急いでテヘランに引き返してつつみなおした。二、三時間後、金属製の柩に入った遺体が墓地にもどってきたときには、革命防衛隊と側近グループのメンバーが群衆を押し返した。ある友人は、ホッジャトルエスラーム・ナーテグ・ヌーリーが――のちに大統領選でハータミーに敗れる人物が――鞭を手に柩のそばに立ち、遺体に近づこうとする者を鞭打っているのを見たという。こうして彼らはようやくルーホッラー・ホメイニーを埋葬した。彼の名は「神の魂」を意味した。

政府はホメイニーを聖者化する動きの一環として、ベヘシュテ・ザフラー墓地の近くにホメイニーの霊廟を建設しようとした。急ごしらえの建物はセンスもなければ美しくもなかった。世界でも指折りの美しいモスクで知られる国が、このイマームを祀るために建てたのは、この上なく派手派手しく趣味の悪い霊廟だった。近くには革命の殉教者の埋葬地もあり、小さな噴水から殉教者の永遠の血を象徴する赤い水が噴き出ていた。

ホメイニーの死によって明らかになったこともある。私のように、自国にいながら異邦人の気分を味わった者もいた。葬儀の数週間後に出会ったタクシーの運転手などは、宗教的ないかさまのすべてに幻滅したと言っていた。千四百年前にイマームや預言者たちをどうやってつくりあげたかやっとわかったよ——ちょうどあんなふうにやったんだ。ありゃ全部嘘だったんだ。

革命がはじまった当初、月面にホメイニーの顔が見えるという噂が根づいた。多くの人が——いたって現代風の、教育ある人々までもがそう信じるようになった。彼らは月にホメイニーの顔を見た。ホメイニーは意図的に神話をつくりあげ、みずからを神話化した人物だった。彼はちょうどいいときにこの世を去り——戦争の敗北と幻滅のあとで彼にできるのは死ぬことだけだった——人々はひとつの夢の死を悼んだ。神話づくりに長けた人間の例に洩れず、ホメイニーも自分の夢から現実を形づくろうとして、ついにハンバートのように現実も夢も台なしにしてしまった。数々の犯罪、殺人や拷問に加えて、私たちはいまやこの最後の屈辱に——私たちの夢の殺害に直面することになった。しかし、ホメイニーの行為は私たちの完全な承諾、全面的な同意と共謀のもとにおこなわれたことを忘れてはならない。

34

テヘランの繁華街にある薄暗く黴(かび)くさい一軒の骨董屋にふらりと立ち寄った。中古品の店が軒を連ねる通りに、ニーマーに贈る古本を探しに行ったときのことだ。最近、革命前に人気があった古いテレビ・シリーズのめずらしいビデオを持ってきてくれた彼に、何かお礼がしたかった。店に入ると、カウンターのうしろの店主は朝刊を読むのに忙しく、こちらには目もくれない。

ほの暗い店内を歩きまわって、古い木製テーブルや棚のあちこちにでたらめに置かれた品物を眺めているうちに、奇妙な形の鋏が目にとまった。美しい手づくりの鋏で、片方の持ち手がもう片方よりはるかに大きく、全体が雄鶏の形をしていた。刃はふつうの鋏ほど鋭くない。これは何ですかと訊いたら、店主は肩をすくめた。さあねえ――髪を切る鋏かねえ。たぶんヨーロッパのどこか、ひょっとするとロシアのものかもね。

なぜそんなにその鋏に惹かれたのかわからないが、ことによると百年も前にはるばるヨーロッパからやってきたこの鋏が――あるいは口髭ばさみか何かが――遠い異国のこの埃っぽい店の古いテーブルの上にたどりついたのは、実に不思議なことだと思った。しかも、なくても一向に不自由しないこの品物には、大変な労力がかかっている。これを私の魔術師に贈ることにした。ある種の贈り物はそれ自体のために、まさに無用だからこそ買うべきだと私は考えていた。彼はきっと喜ぶだろう。必要のないものを、贅沢でない贅沢品をもらって喜ぶだろう。ニーマーへの贈り物を買う代わりに、私は雄鶏の頭の鋏を持って店を出た。

事情を話して私の魔術師に鋏を渡したとき、彼はコーヒーを淹れている最中で、その作業に没頭しているらしく、返事をしなかった。彼は二個のマグとチョコレートの箱をのせたお盆をテーブルまで運ぶと、書斎に入っていった。少ししてから、くすんだ緑色の表紙に金箔押しの文字がある革装本を一冊持ってきた。ジェイムズの『使者たち』だった。ニーマーに買うはずだった贈り物を僕がもらってしまったから、僕から彼にプレゼントしよう。グロリアーニの庭園の場面をもう一度読むように伝えてくれないか。きみのニーマーには僕のような人間の忠告が必要なようだから。その場面をもう一度読んでほしいと言ってくれないかな。

私の魔術師は本の中に二か所しるしをつけていた。一か所は序文の一節で、たびたび引用される有名な場面をジェイムズが自分の小説の「核心」としてあげている部分、もう一か所はその場面そのものだった。有名な彫刻家グロリアーニの園遊会での場面である。主人公ランバート・ストレザーは、ひそかに自分の精神的後継者と認めた若き画家リトル・ビラムにこう語る。「思う存分生きたまえ。そうしないのはまちがいだ。自分の人生を生きているかぎり、特に何をしようがたいした問題ではない。人生を生きなかったら、ほかに何がある？　僕は年をとりすぎた――少なくとも僕にわかったことを実行するには年をとりすぎた。失ったものはとりもどせない。その点についてまちがえてはいけない。それでも、自由の幻想はある。だからいまの僕のように、その幻想の思い出もない人間になってはいけない。僕はちょうどいい時期に、愚かすぎたか利口すぎたかして肝腎なものをつかみそこねた。いまの僕はその過ちに対する反動の実例だよ。それは実際、過ちなんだ。生きたまえ！」

35

われわれは人知れず働き——できるかぎりのことをし——もてるかぎりのものをあたえる。疑いこそわれらが情熱、情熱こそわれらが仕事。残りは芸術の狂気だ。

——ヘンリー・ジェイムズ

朝早く、その日最初の授業がはじまった教室には光が満ちていた。私はジェイムズの作品の要点を述べていた。前回はジェイムズのある特徴について話し、そうした特徴がさまざまな作中人物、さまざまな状況の中にあらわれているのを見ましたが、今日は「勇気」という言葉についてお話ししたいと思います。近頃、私たちの社会で無造作に濫用されている言葉です。

ジェイムズの中にはさまざまな種類の勇気があります。例をあげられますか？　はい、ナスリーン？　一番わかりやすい例はデイジーです、とナスリーンは言った。目立とうと努力し、見えない髪の束を額からはらいのけようとしながら、ナスリーンはつづけて言う。デイジーは最初からウィンターボーンに恐れないでと言います。社会のしきたりや伝統を恐れないでという意味です——これは一種の勇気です。

そうですね、と私は励ますように言う。デイジーはいい例です。それからほかの登場人物もいますね。勇気があるとはだれも思わない人物、むしろおとなしいと見られる人物です。マフシードの顔がぱっと輝いたので、彼女が手を上げる勇気を出す前に、私はすかさず向きなおり、「はい?」と訊く。顔から輝きが消え、マフシードはためらう。マフシード、言ってみて、と私は迫る。あの、「おとなしい」という言葉を聞いたとき、急にキャサリンのことが頭にうかんだんです。彼女は内気で引っこみ思案で、デイジーとはちがうけれど、あの人たちに、自分よりずっと外向的な人たちに立ち向かって、大きな犠牲さえ払います。デイジーとはちがう種類の勇気ですが、それでもやはり勇気です。私は……。

このとき廊下から騒ぎが聞こえた。私は注意を払わなかった。長年のあいだに、こうした外部からの妨害を授業の一部と見なすようになっていた。ある日、二人の用務員が椅子を二脚持って入ってきて、教室の隅に置いた。二人は黙って出てゆき、数分後にさらに二脚の椅子を持ってもどってきた。別のときには、首の曲がった用務員がほうきを持って入ってきて、床を掃きはじめたが、私は『トム・ジョーンズ』の話をつづけ、気がつかないふりをした。

それから『使者たち』もあります、と私はつづけた。この作品の中には何種類もの勇気が見られますが、ここでもっとも勇気ある人たちは、想像力のある人たち、みずからの想像力を通じて、他者に感情移入できる人たちです。このような種類の勇気を欠いた人間は、他人が感じていること、必要としていることに気づかないままです。ストレザーがパリで出会う心の友マライアには「勇気」がありますが、ニューサム夫人は「自負心が強い」だけです。ヴィオネ夫人は、ニューサム夫人が息子チャドの人生から追放しようと決意しているパリの美しい女性ですが、先の見えないチャドへの愛のためにこれまで知っていた人生を犠牲にしようとすることで、勇気のあるところを示します。しかしニューサム夫人は危険なまねなどしません。ほかのすべての人について、どういう人間で、どういう役割をもっているかを推測したうえで、こうと決めつけたことを決して変えようとしない。彼女は悪しき小説家によく似た暴君なのです。自分のイデオロギーや願望にしたがって登場人物をつくりあげ、登場人物が自分自身になる余地をいっさい認めないような小説家です。何かのために死ぬには勇気が要りますが、何かのために生きるのにも勇気が要るのです。

学生たちは落ち着かない態度でドアのほうにちらちら目をやっており、この大事な点にいまひとつ集中できない様子だったが、できるかぎり邪魔されまいと決意していた私は授業をつづけた。この小説の中でもっとも横暴な人間は、姿を見せないニューサム夫人です。横暴な人間の本質について知りたければ、ニューサム夫人を研究するのがいいでしょう。ニーマー、ストレザーが彼女の特徴を説明するくだりを読んでください――

「『そこがニューサム夫人の難しいところです――』」

「『そこがニューサム夫人の難しいところです――彼女は驚きを認めない。それこそがあの人の特徴だと思いますね。……さっきも言ったように、ニューサム夫人は立派な冷ややかな考えそのものなのです。今回の件もすべて、自分なりにあらかじめこういうことだだと解釈して、その結論を僕にも押しつけたんです。いったん決めたらそれで最後、いわば変更の余地がいっさいないんです。自分の考えで頭がいっぱいになって、ほかのものを入れる余裕が全然なくなってしまう。……僕は彼女に干渉しなかった。そんなこと向こうがゆるしませんよ。いまになってわかる。一度だって干渉したことはありません。あの人は独自の完全さをそなえた存在です……少しでも彼女の性質を変えようとするのは、一種の罪悪といっていい』」

この頃には外の騒動はさらに大きくなっていた。走る足音や叫び声がした。ミス・ルーヒーとミス・ハーテフは目に見えて動揺し、大声で私語を交わしながら、意味ありげにドアのほうをちらちら見ている。私は二人に外の様子を見てくるように言って、授業をつづけようとした。

「引用部分にもどりましょう……」しかし、すぐさまミス・ルーヒーと息せき切ったその友人に邪魔された。二人はすぐに立ち去る気でいるかのように、入口に立っていた。ひとりの学生が空き教室で自分の体に火をつけ、革命のスローガンを叫びながら廊下を走りだしたという。

みな外に飛び出した。長い廊下の両側から学生たちが階段のほうに駆けてゆく。私は階段近くに立っていた同僚のそばに空いている場所を見つけた。三人が担架を運び、人ごみをかき分けて階段に向かおうとしていた。運び方からすると荷は軽そうだ。担架をおおう白いシーツごしに、濃い灰色の斑点のある、異様なほどピンク色の顔がかろうじて見分けられる。シーツの上に突き出て動かない黒ずんだ両手は、シーツにふれるのを必死で避けようとしているようだ。二つの巨大な黒い目は、見えない針金で顔にとりつけてあるようだった。その目は想像を絶した恐怖の光景に釘づけになったかのごとく、じっと動かないようでありながら、それでいて奇妙にもふらふらと、左右に動いているように見える。その朝の狂った光景すべての中でも、とりわけあのぎょろぎょろした目は、私のまぶたに焼きついて離れなかった。

スピーカーから全員授業にもどるようにと命じる声が流れてきたが、だれひとり動かなかった。私たちは、階段をらせんを描くように下りてゆくそのピンク色の顔を、手を、すす色の目を見つめていた。担架が近づき、下りてゆくにつれ、ざわめきが静まってはまた湧き起こった。それは、目の前で起きているときから、すでに夢のような感触を、いや夢の記憶のような感触をおびた情景のひとつだった。

担架が階段を下りて見えなくなると、ささやきが前よりもはっきりしたものになった。担架の上のほとんど奇怪な生き物が、より具体的な存在になり、経歴と名前と素性を獲得した。素性といっても主に一般的な性質の事柄だ。この男子学生はムスリム学生協会のもっとも活動的なメンバーのひとりだった。「活動的」とは、より狂信的なメンバーのひとりという意味である。彼が属していたのは、壁にポスターやスローガンを貼ってまわるグループ、服装規定に違反した者の名前の一覧表を大学の入口に掲示することを正式に許可してきたグループだった。

あの担架に乗って、階段を下り、もはや無用となった戦争の写真の前を、アーヤトッラー・ホメイニーの前を通りすぎてゆく学生のことを思った。ホメイニーは死後もなお例の峻厳な、頑なな目で行列をじっと見おろし、先の戦争のご立派なスローガンを唱えていた。「**殺そうが殺されようがわれわれは勝つ！　戦おう！　死のう！　だが妥協はしない！**」

どこのキャンパスにもこの学生のような青年が大勢いた。革命がはじまった当初はまだ子供で、多くは地方か、伝統を重んじる家庭の出身だった。毎年、革命への忠誠によって大学への入学を認められる学生たちがいた。彼らは革命防衛隊や革命のために命を落とした殉教者の家族で、「政府の割り当て」と呼ばれていた。革命の子供たちとして、革命の遺産を守り、最終的には、西洋化した労働人口に取って代わるはずの若者だった。革命は彼らに多くのものをもたらしたにちがいない――それは主に権力、そして教育などへのアクセスの権利だった。しかし、それは不当に手に入れた権利でもあった。彼らは自分の実力や猛勉強によってではなく、イデオロギー的にどこに所属するかによって大学入学を許可されたのである。彼らも私たちもそれを忘れることはできなかった。

私は、興奮して話しあっている学生の一団に囲まれて、今度はゆっくりと階段を下りた。彼の正体がわかったのをきっかけに、みな早速昔あったことを思い出したり、話をしたりしていた。私の学生たちは、彼と同じ組織のメンバーから受けた屈辱について興奮してしゃべっていた。戦死したムスリム学生協会の別のリーダーの話も蒸し返していた。スカーフからちらりとのぞいた白い肌を見て情欲を刺激されたと主張した学生である。死でさえも、その白い肌と、その娘に科された罰の記憶を消し去ることはできなかった。

こうした屈辱を公然と語るのは不可能だったので、私たちは偶然の機会に、恨みや憎しみをちょっとした話に仕立てて語ることで慰めを得ていたが、そうした話の衝撃は話すと同時に失われた。負傷した学生の生い立ちについては、ごくわずかなことしかわかっておらず、だれも気にしていないようだった。彼とその仲間に関する話はすべて正確に憶えているのに、彼の名前が思い出せないことに気づいたのは、ずっとあとのことだ。あの学生は革命家に、殉教者に、復員軍人になったが、ついに個人にはなれなかった。彼は恋をしたことがあるだろうか？　黒いスカーフの下にまばゆいほど白いのどを隠した娘たちのひとりを抱きたいと願ったことはないのだろうか？

あの大学にいた大勢の人と同じように、私も憤りながら階段を上り、廊下を歩いたことがあった。私たちと彼のような人々との出会いがはらむ曖昧さを、憤りがことごとく消し去り、私たちは「私たち」と「彼ら」にはっきり分かれていた。あの日、はるかに強力な敵の敗北を喜ぶ共謀者のように、さまざまな話や逸話を交わしていたときには、私も学生も同僚も気がつかなかったが、あれほど大きな力をふるっているように見えた彼のほうが、実はきわめて強い自己破壊の衝動を抱えていたことになる。彼はみずからを焼くことで、私たちの復讐の権利を奪いとったのだろうか？

生前は私にとって何の意味ももたなかった彼が、死後、私にとりついて離れなくなった。彼の私生活についてわかった点は、貧しい生まれで、ただひとりの身内である年老いた母の面倒をみていたということぐらいだった。志願兵として戦場に行き、戦争神経症になり、早めに帰還させられた。どうやら完全に回復することはなかったらしい。イラクとの「和平」後は大学にもどった。だが和平は幻滅をもたらした。戦争の興奮は去り、それとともに多くの若い革命家は力を失った。

「**この戦争はわれわれへの祝福であった！**」私たちにとっては、最後まで自分たちの戦争という意識がもてない戦争だった。しかし、彼のような若者には、戦争は奇しくも一種の祝福となったにちがいない。戦争のおかげで彼らは一体感を、目的があり力があるという感じを味わった。前線からもどったとたんに彼はそれをすべて失った。特権も力ももはや彼には何の意味もなく、仲間のイスラーム派学生はすでに先に進んでいた。昔の仲間が戦争のニュースを見るより禁じられたパラボラアンテナでアカデミー賞の授賞式を見たがる姿を目にして、彼はどう思っただろう。私たちに対処することはできても、ミスター・フォルサティーのような人物に対しては――いまやヘンリー・ジェイムズの小説の登場人物並みに見慣れぬ、不可解な存在となった仲間に対しては、どうすればいいのだろう？

朝早く、満杯のガソリンの缶を二個持って大学に来た彼のことを私は考えつづけた――たぶん所持品検査は受けなかったはずだ。特権を享受する復員軍人だから。からっぽの教室に入り、ガソリンを頭からかける姿が見える。そしてマッチを擦り、ゆっくりと自分の体に火をつける――一度だけつけたのだろうか、それとも何か所かにつけたのだろうか？　それから廊下を走り、自分の教室に飛びこんで叫ぶ。「やつらは裏切ったんだ！　嘘をついたんだ！　やつらが僕らにしたことを見ろ！」それが彼の演説の最後だった。

彼に同意しなくても、その意見が正しいと思わなくても、彼の立場を理解することはできる。彼は自分がその一部であった戦争から、ついにその一部にはなれなかった大学へ帰ってきた。だれも彼の話を聞きたがらなかった。人々の関心を呼び起こすことができたのは、彼の死の瞬間だけだった。確固たる主義によって人生を決定づけられたこの青年が、死において大いなる複雑さを獲得したのは皮肉なことだ。

彼はその夜、息を引きとった。仲間たちはひそかにその死を悼んだのだろうか？　葬儀と哀悼が他のいかなる国民的行事よりも壮大に執りおこなわれる国にあって、死んだ学生についてはだれも何も言わず――記念の儀式も花束も演説もなかった。ヴェールやその他のさまざまないやがらせについて堂々と批判するのを誇りとしている私も、やはり黙っていた。人々のざわめきのほかに、あの日ふだんとちがっていたことといえば、午後の授業は平常どおりおこなわれるという案内がなぜかくりかえし廊下のスピーカーから流れていたことぐらいだった。その午後は確かに授業があったが、いつもと同じようにはいかなかった。

第四部　オースティン

1

「ムスリムの男性は、財産に関係なく、九歳の処女妻を必要としているはずだというのは、だれもが認める真実である」ヤーシーが彼女一流の調子で宣言した。やや皮肉っぽい、真面目くさった口調は、時としてほとんどパロディに近づくことがあるが、このときもそうだった。

「それとも」マーナーがすかさず言いかえす。「ムスリムの男性は、ひとりではなく大勢の妻を必要としているはずだというのは、だれもが認める真実である、かしら?」と共犯者めいた視線をちらりと私に向ける。黒い瞳はユーモアにあふれ、自分の言葉が何らかの反応を引き起こすことを知っている。マフシードとちがい、マーナーは自分が好きな少数の人とひそかに意思を通じあわせるのを好んだ。相手に意思を伝える手段は主に目で、相手をじっと見つめたり、視線を引っこめたりした。私たちのあいだには秘密の暗号があり、何か気に障ることがあったときだけ——マーナーはちょっとしたことですぐ機嫌をそこねたが——目を落として視線をそらし、言葉からはいたずらっぽい抑揚が跡形もなく消え失せるのだった。

どんよりした曇り空と肌を刺す寒さが雪を予感させる、そんな十二月初めの冷たい灰色の朝だった。ビージャンに出勤前に火をつけるよう頼んでおいたので、暖炉では炎がぱちぱち燃え、心安らぐぬくもりが伝わってくる。ぬくぬくと心地いいという言葉が——ヤーシーが使うにはありきたりすぎる言葉だけれど——私たちの気分にはぴったりだった。必要なものはすべてそろっていた。白く曇った窓、湯気のたつコーヒー、ぱちぱちと燃える火、心なごむシュークリーム、厚手のウールのセーター、煙とコーヒーとオレンジの混じりあった匂い。ヤーシーはマーナーとアージーンのあいだのいつもの席に、だらしなく手足を広げてすわっており、あんな小さな体がどうしてそんなに場所をとるのだろうとあらためて不思議になる。アージーンのあだっぽい笑い声が響き、マフシードさえかすかな微笑みを見せてくれた。ナスリーンは椅子を暖炉の近くに移動し、落ち着きのない手でオレンジの皮を火の中に放りこんでいる。

軽口から即座に小説に関する真面目な議論に切り替えることができるのは、私たちのあいだに育った親密さのあかしである。私たちはあらゆる作家の作品を楽しんだが、とりわけ楽しく読んだのはジェイン・オースティンである。時には大騒ぎしながら——子供のようにふざけあい、ただひたすら楽しんだ。『高慢と偏見』の冒頭の一文を読めば、それこそオースティンが読者に求めていることだとわかるはずだ。

その朝、私たちはサーナーズを待っていた。ミートラーがちらりとえくぼを見せて、サーナーズが待っていてほしいと言っていたと告げた——びっくりさせることがあるというのだ。みんながどれほど勝手な推測をぶつけても、彼女は黙って微笑んでいた。

「可能性は二つね」アージーンが推測する。「また弟ともめて、ついに家を出て例の立派な叔母さんと住むことにしたか」そう言って、金銀の腕輪を鳴らしながら片手を上げる。「それとも彼氏と結婚することになったか」

「彼氏のほうみたいね。ミートラーの顔つきからすると」ヤーシーは少し体をしゃんとさせた。

　ミートラーのえくぼは大きくなったが、私たちの挑発に対しては何も答えようとしない。ミートラーの顔を見ながら、最近、彼女自身がハミードと結婚したことを思った。二人は何も知らない私の目と鼻の先でひそかに愛を育んでいたにちがいない。結婚式には私を呼んでくれたが、それまでミートラーは一言もハミードとのことを話さなかった。「恋に落ちたの？」心配してミートラーに訊いたとき、マーナーに「またその質問ですか」と呆れられた。友人や同僚のあいだでは、私が結婚したカップルにしつこく同じ質問をせずにいられないのが笑い種になっていた。「恋に落ちたの？」と執拗に、熱心に尋ねると、おおむね寛大な笑顔が返ってきた。ミートラーは顔を赤らめて答えた。「え……はい、もちろんです」

「でもいまどき愛について考える人がいるのかしら？」アージーンが上品ぶって言う。

髪はポニーテールにし、頭を動かすたびに小さなトルコ玉の塊が耳もとでかすかに揺れる。「イスラーム共和国はあたしたちをジェイン・オースティンの時代に連れもどしたのよ。親の取り決めた結婚万歳！　当節、若い女が結婚するのは、家族の強制か、グリーンカードを手に入れるためか、生活を安定させるためか、セックスのためか——ありとあらゆる理由があるけど、愛のために結婚することはめったにない」

マフシードは黙っていたが、「またか」という顔をしていた。「あたしが言うのは教育を受けた女性のことよ——あたしたちみたいにね。大学を出て、もっと高い志があると見られてもおかしくない女性たち」

「みんながみんなそうじゃないわ」マフシードがアージーンに目を向けず、静かに言う。「自立した女性だって大勢いるわ。ビジネスの場で働いている女性もたくさんいるし、ひとりで生きてゆくことを選んだ女性だっている」そうね、あなたもそのひとりだものね、と私は思った。三十二歳でまだ両親と同居している勉強熱心な働く女性。

「でもそもそもほとんどの女性には選択の自由がないのよ。それに、私たちの状況のほうがジェイン・オースティンの時代よりずっと遅れてると思う」マーナーが言う。彼女がこのように暗黙のうちにアージーンの味方をしてマフシードに反対した例は、教えるほどしかない。「私の母は結婚相手を自由に選べたけど、私になると選択の自由が小さくなって、妹はますます小さくなってるもの」と憂鬱そうに結論づける。

「一時婚は?」お皿の上でオレンジの皮をパズルのように並べなおしながら、ナスリーンが訊く。「大統領お薦めのもうひとつの開明的な方法を忘れてるんじゃない」彼女が言うのは、イラン独特のイスラームの制度のことで、この制度では、男性は正式な妻を四人まで、一時的な妻を好きなだけもつことができる。この制度の裏にあるのは、妻を利用できないとき、あるいは妻が夫の欲求を満たせないときでも、男性は自分の欲求を満たす必要があるという論理である。一時婚の契約期間は、わずか十分でも、九十九年でもいい。当時、改革派という栄えある名称で呼ばれていたラフサンジャーニー大統領が、若い人は一時婚を利用するといいと薦めた。これは反動的な勢力と進歩的な勢力双方の怒りを買った。反動派は若者におもねる大統領の小賢しい手だと見なし、進歩派もやはり大統領の真意に疑念をいだき、何よりも女性の尊厳を貶める制度だと考えた。一時婚は認可された売春だと言う者さえいた。

「私は一時婚は支持しないけど」マフシードが言う。「でも男性のほうが意志が弱くて、性欲が強いのは事実でしょ」そして慎重に言い添える。「それに、それは女性が選ぶことよ。一時婚を無理強いされるわけじゃない」

「女性が選ぶこと?」ナスリーンが嫌悪の情もあらわに言う。「それは選択というものの観念がおかしいんじゃないの」

マフシードは目を伏せ、答えなかった。

ナスリーンはなおも激しい口ぶりでつづける。「こういうのを進歩的な制度だと思ってる男がいるのよ――最高の教育を受けた人間の中にもね。あたし、友だちと――男友だちと議論して、法的に女にも男と同じ権利が認められていなければ、そんなの進歩的だなんて認めないと言ってやらなきゃならなかったの。こういう男たちがどれくらい開けた人間か知りたい？　宗教的な男じゃなくて、世俗的な男のことよ」ナスリーンはオレンジの皮をまた火の中に放りこんだ。「結婚について訊いてみなさいよ。偽善もいいとこだから！」

「確かにうちの母もおばたちも、愛のために結婚したわけじゃないけど」ヤーシーが額にしわをよせて言う。「おじはみんな恋愛結婚してる。考えてみると変よね。その結果あたしたちにはどんな影響があるのかしら――どういう遺産を受け継ぐのかって意味だけど」

「そうだ」少し考えてから、ヤーシーはぱっと顔を輝かせた。「オースティンがあたしたちの立場だったら、きっとこう言うわね。ムスリムの男性は、財産に関係なく、九歳の処女妻を必要としているはずだというのは、だれもが認める真実である」これを皮切りに、私たちは『高慢と偏見』の有名な冒頭の一文をもじりはじめたのだった――オースティンの読者ならだれもが、少なくとも一度はあれをもじりたい誘惑に駆られたことがあるはずだ。

私たちの楽しみを呼び鈴の音が中断した。ドアに一番近いマフシードが「私が出ます」と言って立った。通りに面した扉が閉まる音がして、足音が階段を上り、止まる。

マフシードがドアを開け、挨拶を交わす声と笑い声が聞こえてきた。サーナーズが輝くばかりの笑顔で入ってくる。焼き菓子の大きな箱を持っている。どうして？　今日はあなたがお菓子を持ってくる番じゃないでしょ、と私が言う。

「ええ、でもいい知らせがあるんです」サーナーズはもったいぶって言う。

「結婚するの？」長椅子に沈みこんだままヤーシーが物憂げに訊く。

「まずすわらせて」サーナーズは丈の長いオーバーを脱ぎ、ウールのスカーフを取った。美しい髪の女性ならではの誇らしげな自然な仕種で頭をさっと振り、「雪になるわ」ときっぱりした口調で言う。

こういう場合でも遅刻したことを謝るだろうか、と私は考えた。立派な理由があるし、だれも彼女を責める気などないのに？

「また遅刻してごめんなさい」サーナーズは自責の念のかけらもない、愛嬌たっぷりの笑顔で言う。

「あたしのお株をうばったわね。遅刻はあたしの得意技なのに」アージーンが言う。

サーナーズは休み時間に話したいと言う。この木曜のクラスに私的な話がじわじわと侵入してきていたのは事実だが、個人的な話で授業の邪魔をしないというのが私たちのルールだった。だが、今回は私でさえ聞きたくて待ちきれなかった。

「急に決まったの」私たちの要求に負けて、サーナーズは説明した。突然、彼が電話してきて求婚した——そろそろ年貢の納めどきだというようなことを言っていたそうだ。

自分の両親にはもう話したし、彼らが彼女の両親に話をしたと言う（まず彼女に話したわけではないという点を私は心に留めた）。両親は喜んだ。彼は徴兵の関係で国に帰れないから、家族といっしょにトルコに来てくれないかと言う。イラン人はビザなしでトルコに行けるので、旅の手配も簡単だった。サーナーズは茫然とした。ずっと待ち望んできたことではあったが、なぜか現実とは思えなかった。「火が消えかかってますよ」彼女は話を中断して言った。「私、火を燃やすのうまいんです。まかせてください」そう言うと、衰えた火に薪を足し、勢いよくかきおこした。長い炎が燃えあがり、たちまち消えた。

二十世紀初頭に、イランにおける結婚最低年齢は、イスラーム法（シャリーア）の定める九歳から十三歳に変更され、のちに十八歳に引き上げられた。私の母は結婚したい男性を自分で選び、一九六三年の国会選挙で初めて選ばれた六人の女性議員のひとりとなった。私が育った一九六〇年代には、私にあたえられた権利は西洋の民主主義国に生きる女性の権利とほとんど同じだった。だが当時は、われわれの文化は現代の民主主義とは相容れず、西洋とイスラームでは民主主義と人権のあり方がちがうなどという考えは流行っていなかった。私たちはみな成功のチャンスと自由を求めていた。だから革命による変化を支持したのだ――権利の縮小ではなく、拡大を求めていたのである。

私は革命の直前に、愛する男と結婚した。その頃、マフシード、ナスリーン、マーナー、アージーンは十代で、サーナーズとミートラーはその少し下、ヤーシーはまだ二歳だった。五年後に私の娘が生まれた頃には、イランの法律は祖母の時代よりも退行していた。革命後、新憲法が承認される数か月前にまず撤廃された法律は家族保護法で、これは家庭および職場における女性の権利を保障する法律だった。結婚最低年齢は九歳に——太陰年で八歳半に——引き下げられた。姦通と売春は石打ちによる死刑と定められ、女性は法律上、男性の半分の価値しかないと見なされた。イスラーム法が既存の法体系に取って代わり、規範となった。私は若い頃、二人の女性が閣僚に昇進するのを目撃した。革命後、この二人は、神と争い、売春を広めた罪で死刑を宣告された。女性問題相だったひとりは、革命勃発時に国外にいて、その後も亡命をつづけながら、女性の権利と人権の重要な代弁者となった。もうひとり、私の高校の元校長でもある教育相のほうは、袋に入れられ、石打ちか銃によって処刑された。この娘たち、私の娘たちは、いずれこの二人の女性のことを、尊敬と希望をもって考えるようになるだろう。かつてこの国にこのような女性たちがいたとすれば、将来またあらわれないという理由はない。

イラン社会のほうが新しい統治者などよりはるかに進んでいたので、女たちは、宗教的思想的信条にかかわらず、新しい法律に抗議するため街頭に出た。権利と力を経験した女性たちは、闘わずして屈服するつもりはなかった。イスラーム・フェミニズムの神話が定着したのはこの頃のことだ。この矛盾した観念は、女性の権利という概念とイスラームの教義の折り合いをつけようとする試みだった。このような観念によって、指導者は両立しえないものを両立させることができた。すなわち、自分たちは進歩的であると同時にイスラーム的であると主張できる一方で、現代的な女性は、西洋かぶれの頽廃的な不忠の輩として非難された。体制は私たち現代的な男女を先達として必要としながら、同時に抑えつける必要があった。

イラン革命が二十世紀の他の全体主義的革命と異なるのは、それが過去の名においてやってきたという点にある。それがこの革命の強みであり、弱点でもあった。私の祖母、母、私、娘の四世代の女たちは、現在に生きるとともに過去にも生きていた。二つの異なる時間帯を同時に経験していた。戦争と革命のせいで、私たちが個人的な試練を――とりわけ結婚の問題をいっそう強く意識するようになったのは興味深いことだ、と私は思った。ジェイン・オースティンが二百年前に気づいていたように、結婚というものの核心には個人の自由の問題が横たわっていた。オースティンは確かにそれを知っていたけれど、私たちはどうだろう――別の国、別の世紀の終わりに、この部屋にすわっている私たちは?

サーナーズの神経質な笑い声が私の物思いをやぶった。「すごく怖いの」ありもしない髪の束をかきあげようと額に右手をやりながら彼女は言う。「これまで彼との結婚は夢のようなものだったの、弟と喧嘩しているときに考えるようなことでね。現実にうまくいくかどうかなんてわからなかったし――いまでもわからない」

サーナーズはトルコに行き、彼に再会するときのことを心配していた。「彼が私を嫌いになったらどうしよう」と言う。私が彼を嫌いになったら、あるいは、私たちがうまくいかなかったら、とは言わない。弟はますます意地悪になり、母はいっそう落ちこむのではないだろうか。母親は例の殉教者のような暗い顔で、サーナーズにうしろめたい思いをさせるのではないだろうか――彼女がわざと母親を失望させたかのように。サーナーズにとって、こうしたことは重大な問題だった。トルコに行くのは他人を喜ばせるためなのか、彼を愛しているためなのか、判然としなかった。私にとってここがサーナーズの困った点だった――彼女が本当に求めているものが何なのか、まるでわからないのだ。

「六年もたってるんだもの、彼のほうだってどうなってるかわからないわよ」ナスリーンが手の中でぼんやりとコーヒーのマグをまわしながら言う。私はいささか心配になってナスリーンを見た。結婚と男性の話になるといつも彼女のことが気になった。ナスリーンは胸の奥にしまった記憶にどう対処しているのだろうと思わずにいられなかった。そういう経験のない友人たちと自分を比べてみることがあるのだろうか？　いや、彼女たちには本当にそういう経験がないのだろうか？

サーナーズはナスリーンをじろりと見た。そんなことはいまさら言われなくてもわかっている。いずれにせよ、たとえうまくいかなくても、トルコに行くのは彼女にとっていいことだ。少なくとも彼を心の中から追い出すことができるだろう。

「彼のことが好きなの？」他の娘たちがにやにやするのもかまわず、私はサーナーズに訊いた。「結婚を決意する際にはリスクがつきものだけど、私が訊きたいのは、いま彼が好きかどうかということよ」

「子供の頃は好きでした」サーナーズはゆっくりと答える。興奮していて、仲間の冗談には乗れないようだ。「でももうわかりません。心の中の彼をずっと想ってきたんですが、現実の彼とはもうずいぶん会ってないし、ほかの女の人に会う機会だってたくさんあっただろうし……。私はほかの男の人に会うチャンスなんてあったかしら？　叔母はまだ返事しなくていいって言うんです。おたがいに対する気持ちを確かめたければ、トルコで二人きりで会ったほうがいいって。おたがいの家族に邪魔されずにしばらくいっしょにすごしてみるべきだって」

「なんて賢い叔母さんなの」私はレフェリーのように割って入らずにはいられなかった。「叔母さんの言うとおりね」

マフシードがほんの一瞬、私のほうに目を上げて、また伏せた。アージーンが目ざとく気づいて言った。「ナフィーシー先生に同感。決める前にしばらくいっしょに暮らしてみるのが賢明よ」

マフシードは挑発には乗るまいと決めているのか、慎み深く沈黙している。目を伏せて、絨毯のわずかな染みにふたたび視線をすえる前に、私のほうにちらりと非難のまなざしを向けたと思ったのは、気のせいだろうか？

「相性がいいかどうか試すには、まず彼と踊ってみることね」ナスリーンが言った。

最初、私たちはその発言にとまどった。いくらナスリーンでも発想が突飛すぎる気がした。次の瞬間、わかった。そうだ！　アッラーメでの最後の年につくった「ディア・ジェイン協会」のことだ！　この協会のアイディアは——最初から架空の団体だったけれど——ある忘れられないダンスからはじまった。

2

がらんとした庭の中央に立つ家の、大きな窓から中をのぞきこむように、あのときの情景がよみがえる。窓に顔を押しつけると、彼女たちがやってくるのが見える。黒いコートにスカーフをかぶった五人の女たち。窓のそばを通りすぎるひとりひとりの顔が見分けられる。ひとりは立って、他の四人を見守っている。彼女たちの動きはぎこちなく、たがいにぶつかりあったり、椅子にぶつかったりしている。みな妙に抑えた調子ではしゃいでいる。

その春、私は大学院のゼミで、『高慢と偏見』の構造を十八世紀のダンスにたとえた。授業のあと、何人かの学生がその点について議論するために残った——私の言う意味がわからなかったのだ。わかってもらうには、いっしょにダンスの動きを練習してみるのが一番だと思った。目を閉じて、踊っているところを想像してみて、と私は言った。前にうしろに動いているところを——目の前に立っているのが類なきダーシー氏だと思えばうまくいくんじゃないかしら——あるいはだれでもいいから心にうかぶ相手を思いえがいてみて。ひとりがくすくす笑う声がした。私はふと思いつき、気乗りのしないナスリーンの手をとって、ワン・ツー、ワン・ツーと踊りだした。残りの学生にも列をつくるように言い、間もなく全員が踊っていた。長い黒のコートをくるくるまわし、たがいの体や椅子にぶつかりながら。

彼女たちはパートナーと向かいあって立つと、ちょっとお辞儀をして、前に進み、手をとりあってくるりとまわった。手を合わせるとき相手の目をじっと見つめて。そうそう、どれだけ話ができるか見てみましょう。おたがいに何か言ってみて。みな顔をまっすぐにするだけでやっとだった。みんながエリザベスとダーシーになりたいのが困った点ね、とモジュガーンが言う。あたしはジェインでもかまわないわよ、とナスリーンが言う。ずっと一番の美人になりたかったの。コリンズ氏も要るわね。ねえマフシード、あたしの爪先を踏んづけてくれない？　ダンスなんて生まれてから一度もしたことがないのに、とマフシードがきまり悪げに苦情を言う。このダンスについては心配いらないわ、と私は言う。むしろ教授としての命令よ、宿題の一環としてね。これは私が自分の権威を楽しんで行使できた数少ない機会のひとつだった。前に進んで、うしろに下がって、はい止まって、まわってまわって、ステップをほかの人に合わせるのよ、それが最大のポイント。まず自分とパートナーを意識しながら、ほかの全員にも注意を向ける――全体の足並みを乱してはだめよ。そう、ここが難しいの、でもミス・イライザ・ベネットには自然にできたのよ。

すべてのダンスは人に見せるためのパフォーマンスだと私は話す。ダンスの種類がちがえば踊り方もちがうでしょう？　そうだ、とナスリーンが声をあげる。ペルシア・ダンスと比べてみて。イギリス人があたしたちみたいに体を震わすことができたら……あたしたちと比べたら、慎み深いものよね！

だれかペルシア風のダンスができる人はいる？　と私が訊くと、みな一斉にサーナーズを見る。サーナーズは恥ずかしがって踊ろうとしない。私たちはせがんで煽りたて、彼女をぐるりと取り囲んだ。サーナーズがはにかみつつ体を動かしはじめると、一同は手拍子をとり、小声で歌いだす。もっと静かに、とナスリーンが警告する。サーナーズは恥ずかしそうに踊りだし、優雅に小さなステップを踏み、力強く優美に腰をふる。私たちが笑い、冗談を言えば言うほど、彼女は大胆になった。頭を左右に動かしはじめ、全身のあらゆる部分が存在を主張し、他の部分と注目を競いあう。小さなステップを踏み、手と指を使って踊りながら、体を震わせる。顔には一種独特の表情がうかんでいる。大胆な、誘うような、見る者を惹きつけようとする目つきであると同時に、退き、屈折する目つきであり、その力は踊りをやめたとたんに失われる。

誘惑にはさまざまなかたちがあるが、私がペルシア・ダンスの踊り手に認めたような誘惑は、きわめて独特な、繊細さと大胆不敵さの絶妙な混合であり、西洋にはこれに匹敵するものは見あたらない。生まれも育ちも異なる女たちが、この同じ表情を、ぼんやりと物憂げな、なまめかしい目つきをするのを見たことがある。何年ものちに、このときのサーナーズと同じ表情が、フランスで教育を受けた、洗練された友人レイリーの顔にうかぶのを見た。「ナーズ」、「エシュヴェ」、「ケレシュメ」を存分に発揮した音楽に合わせて突然踊りはじめたときのことだ。これらの言葉を英語にすると「あだっぽさ（コケティッシュネス）」、「じらすような（ティージング）」、「なまめかしさ（フラーテイシャスネス）」といった感じになるが、ペルシア語に比べると貧弱で、およそ無関係な言葉のようだ。

この種の誘惑はとらえどころがない。それは力強く、触感的な誘惑であり、ねじれ、回転し、からみついてはほどける。両手を丸めてはのばし、円を描くように腰をふる。計算された誘惑である。次のステップ、さらに次のステップを踏む前に、あらかじめ効果を予想している。ミス・デイジー・ミラーのような女性たちには想像もつかないようななまめかしさである。あからさまに誘っていながら、自分を明け渡さない。こうしたすべてがサーナーズのダンスの中にある。彼女のやせた顔と大きな目、ほっそりと華奢な体をつつむゆったりした黒いコートと黒いスカーフさえもが、奇妙にも動きの魅惑を増している。動くにつれ黒い布の層から解き放たれてゆくようだ。布は透きとおり、その質感が踊りの神秘性を強める。

そのときいきなり教室のドアが開き、私たちは驚いた。開けた学生のほうもぎょっとしていた。いつの間にか昼休みは終わっていた。教室に片足を踏み入れたまま敷居で立ちすくんでいる学生を見て、私たちは笑いだした。

この集まりがきっかけとなり、私たちのあいだには密かな協定がむすばれた。秘密のグループをつくり、それを「ディア・ジェイン協会」と名づけようと話しあった。集まってダンスをし、シュークリームを食べ、情報を交換しよう。実際にはそのような秘密結社はつくらなかったけれど、彼女たちはそれ以来自分たちを「ディア・ジェインズ」と呼ぶようになり、現在の私たちの共犯関係のもとになった。最近、ナスリーンのことを考えはじめなければ、こうしたことはすべて忘れていただろう。

いま思い出したが、私がいきなり、何も考えずに、マフシードとナスリーンに私の秘密クラスに参加しないかと持ちかけたのは、三人で私の研究室に向かっていたあの日のことだった。二人のびっくりした顔を見て、私の考えを手短に話し、長年胸にあたためてきた計画についてその場で説明したのではないかと思う。私たちはどうすればいいんですか、とマフシードが訊いた。全身全霊で作品に、授業に取り組むこと、と私は衝動的に、きっぱりと言った。だが彼女たち以上に、授業に打ちこんでいるのはいまや私のほうだった。

3

私はあまりにも学者的である。論文を書きすぎて、自分の経験や考えをもったいぶらずに語ることができなくなった。本当はそれこそが——物語ること、私自身と他のすべての人をよみがえらせることこそ、私が何としてもなしとげたいことなのだが。私が書くと道は開け、ブリキのきこりは心を、ライオンは勇気をとりもどすが、それは私が語りたい話ではない。私が歩いているのは別の道、先が見えない道である。この道がどこに通じているのか私は知らない。チョッキを着て時計を手に「遅刻だ、遅刻だ」とつぶやく白ウサギを最初に追いかけたときのアリスのように。

『高慢と偏見』の全体的な構造を学生に説明するのに、十八世紀のダンスになぞらえる以上にいい方法は思いつかなかった。ダーシーとエリザベスが数多くの舞踏会のひとつでともに踊ったようなダンスである。舞踏会とダンスは、オースティンの他の小説、たとえば『マンスフィールド・パーク』と『エマ』などでもプロットの道具となっているが、ダンスがこれほど中心的な役割を演じる小説はほかにはない。ダンスが登場する回数のことを言っているのではない。先ほども言ったように、小説全体の構造が、公の行為であると同時に私的な行為でもあるダンスに似ているのだ。『高慢と偏見』には確かに舞踏会の祝祭的な雰囲気が漂っている。

それはダンスと脱線の構造である。物語は出来事と登場人物のみならず、舞台の面でも対位法的に、並行して進む。まず読者は、ふだんの場所にいるエリザベスを見るが、その後、そこから出てダーシーの領地に来た彼女を、さらに本来の場所にいるダーシーを見ることになる――こうして視点が変わるごとに、二人は接近してゆく。ダーシーのエリザベスへのプロポーズは、コリンズのプロポーズと並行している。ダーシーとツィッカムのあいだにも類似点がある。カメラのように、エリザベスを見るダーシーの目は徐々にズームインしてクローズアップになる。小説の後半では、エリザベスがダーシーに接近するにつれ、反対のことが彼女に起こる。

主な登場人物はみな最初のダンスで紹介され、そこで生じた衝突が緊張となって読者を引っぱってゆく。エリザベスは最初のダンスでダーシーを敵視するようになる。ダーシーが親友ビングリーに、彼女のことをいっしょに踊りたいほどの美人ではないと言っているのを聞いてしまったのだ。その後、次の舞踏会でエリザベスに会ったとき、ダーシーの気持ちは変わりはじめていたが、彼女は彼のダンスの申し込みを拒絶する。ネザーフィールドにあるビングリーの邸の舞踏会で二人はまた顔を合わせ、今度はいっしょに踊るものの、礼儀正しい見かけとは裏腹に、そのダンスは緊張に満ちている。エリザベスに惹かれるダーシーの気持ちが高まるのと比例して、彼女の側の反発は強まる。二人のぎくしゃくした会話は、ダンスフロアで踊る彼らの体のなめらかな動きと対蹠的だ。

オースティンの主人公たちは公の場におかれた私人である。ひとりきりになってよく考えてみたいという彼らの願いは、ごく狭い共同体、始終監視している共同体の中での自分の立場に応じて絶えず修整される。公的なものと私的なものとのバランスは、この世界にとってきわめて重要である。

前に進み、うしろへ下がるダンスのリズムは、プロットの中心をなす主人公二人の動きでもくりかえされる。並行して起こる出来事が二人を近づけ、また引き離す。小説全体を通じて、エリザベスとダーシーは絶えず近づいたり離れたりをくりかえす。二人が近づくたびに、次の動きのきっかけが準備され、うしろに下がるたびに、前の動きを反省する。ダンスには歩みよりが必要であり、絶えず相手の必要性とステップに合わせなければならない。たとえばコリンズ氏や『ノーサンガー・アビー』のがさつなソープがいかにダンスが下手かという点にご注目いただきたい。彼らがうまく踊れないのは、相手の必要性に自分を合わせることができない証拠である。

『高慢と偏見』の中心をなすのが会話であることも、ダンス的な小説の構造にふさわしい。ほとんどすべての場面でエリザベスとダーシーの会話がつづいているような感じがする。現実の会話もあれば想像上の会話もあるが、他者とのやりとりから自己との対話に至るまで、会話こそがつねに最大の興味の中心となる。主としてエリザベスとダーシーの、またエリザベスが自分と交わす対話に加え、そのほかにもさまざまな会話が展開される。

『高慢と偏見』のもっともすばらしい点のひとつは、描き出された声の多様性にある。ここには多種多様な会話がある。数人で交わす会話、二人の会話、内なる対話、手紙での対話。すべての緊張は対話を通じてつくりだされ、解消される。統一のとれた構造の中で、このように関わりあい衝突しあう多彩な声や調子を創造できたことは、この小説の民主主義的な側面をもっともよく示す例のひとつである。オースティンの小説には、対立関係の——生きるためにたがいを排除する必要のない対立関係のための場所がある。そしてまた、内省と自己批判のための場所もある——いや、単なる場所ではなく必要性がある。こうした内省は変化を導く。この点を証明するには、多様性が重要だという訴えも、声高な主張も必要ない。さまざまな声が騒々しく飛び交う様子を読み、味わうだけで、この作品の民主主義的原理が理解できる。ここにオースティンの危険性があった。

オースティンの小説においてもっとも思いやりに欠ける人物が、他者と真の対話ができない人々であるのは偶然ではない。彼らはわめき、説教し、叱るしか能がない。人と本当に対話できないということは、寛容に欠け、内省、共感する能力がないということだ。のちにこのような性質は、ナボコフの『ロリータ』のハンバートや『青白い炎』のキンボートのような人物において、怪物的な形態をとることになる。

『高慢と偏見』は詩的な作品ではないが、そこには時には騒がしく時には快いさまざまな声の響きあいがある。複数の声が近づいては離れ、部屋の中をめぐる。いま、こうしてページをぱらぱらめくっていると、小説の中から声が飛び出してくる。エリザベスの妹メアリの無味乾燥な哀れな声、キティの咳、ミス・ビングリーの控えめなあてこすり、そしてまた慇懃な隣人サー・ルーカスの言葉がはっきりと聞きとれる。内気で引っこみ思案のミス・ダーシーの声はよく聞こえないけれど、階段を上り下りする足音が、そしてエリザベスの軽いからかいとダーシーの控えめな優しい声が聞こえ、さらに本を閉じれば、語り手の皮肉な声が聞こえてくる。本を閉じたあとでさえ、声は止まらない——こだまがページから飛び出て、いたずら半分で私たちの耳の中にまだ小説の世界を響かせているようだ。

4

「サーナーズには長所がいっぱいあるじゃない」アージーンが手の爪をじっくりと吟味しながら言う。「そんなくだらない男なんか必要ないわよ。徴兵逃れでイギリスに渡った以外に何をしたっていうの」やけに凶暴な調子だが、さしあたりだれを標的にしているわけでもない。私が彼女の爪に真剣に注意を向けはじめたのはこのときだった。アージーンは鮮やかなトマト・レッドのマニキュアを塗るのに凝りはじめ、爪の色と形にすっかり夢中になっているようだった。授業のあいだじゅう、まるでその赤いマニキュアが彼女を別の次元へ、自分しか知らない場所へつなぐものであるかのように、暇さえあれば爪を念入りに点検していた。焼き菓子やオレンジをとるため手をのばすときには、先端を赤く塗った指の動きをじっと見守っていた。

私たちは休憩時間にサーナーズのことを話しあっていた。翌週にはトルコから帰ってくる予定だった。ただひとりサーナーズと連絡をとりあっているミートラーが最新情報を知らせてくれた。彼はとても優しく、サーナーズも彼のことが大好きで、二人は婚約した。いっしょに海辺にも行った。きっとたくさん写真を撮って帰るだろう。例の叔母さんは、結婚相手としてはそれほどいいと思わないという意見だ。いい子だし、ボーイフレンドとしてはいいけれど、だれかにズボンを押さえていてもらわなければならない坊やだと言うのだ（ミートラーのえくぼが大きくなる）。それもサーナーズには気にならないようだった。

「若いってことは何も悪いことじゃないわ」ヤーシーがはしゃいだ調子で口をはさむ。「あたしのおじさんだって若くして結婚したし――おまけにお金だってなかったし。考えてみれば、おじさんのうち三人はそういう状態で結婚してるわね。一番下のおじさんは一度も結婚しなかったけど――政治組織に入ったから」それが結婚しなかったことの説明になるかのように、ヤーシーは言い添えた。

この頃、ヤーシーのおじさんたちの話を聞くことが多くなった。一番上のおじさんが三週間の休暇をすごしにイランを訪れていたからだ。彼女の大好きなおじさんだった。彼はヤーシーの詩に耳をかたむけ、姉のミーナーの絵を眺め、彼女たちの内気な母親が語る話に意見を述べた。がまん強くて思いやりがあり、相手を励ます一方で、ちょっと批評的なところもあって、あれこれの小さな欠点や弱点を指摘してくれた。このおじさんがやってくるたびに、あるいはまれに手紙をよこしたり、アメリカから電話してきて、ヤーシーと話したいと言ったりするたびに、ヤーシーは有頂天になった。彼はヤーシーの頭にいろいろな考えを吹きこんでも咎（とが）められない唯一の人間で、事実、彼女の頭の中にさまざまな考えを吹きこんでいた。まず、楽器の練習をつづけるよう励ましたのは彼だし、その後、テヘランの大学に行ったらどうかと提案したのも彼だった。いまはアメリカで勉強をつづけるよう勧めていた。おじさんがアメリカでの生活について語るすべてが――彼にとってはごくあたりまえの出来事が――ヤーシーの貪欲な目には魔法のような輝きをおびて見えた。ヤーシーはいつも聞いた話を私に確認し、そのたびに私も何かしら自分の話をつけくわえた。ヤーシーは何だかおじさんと共謀して、若いヤーシーを誤った方向に導いているような気がした。私は何だかおじさんと共謀して、若いヤーシーを誤った方向に導いているような気がした。本来、当人のためにならない生活に彼女を誘いこんでいるとしたら、と心配になった。私たちの励ましが一方では、ヤーシーという愛情深く忠実な娘を、優しい家族を深く愛している彼女を、葛藤におとしいれ、何日も落ちこませているのもわかっていた。ヤーシーはのちに、自分を笑いの種にして言った。あたしいつも感じるんですけど……自分が……。優柔不断？　と私が訊く。ちがうんです、なんていえばいいのかな。ヤーシーの顔が急に輝く。つむじ曲がり！　それはちがうわ、ヤーシー。つむじ曲がりなんかじゃないわよ。そうね、まあ、未熟で優柔不断――というふうに感じているのは私のほうね。ひょっとすると私もつむじ曲がりかもね。

　この頃では、私の娘たちはみな国を出たがっているようだった――ただマフシードだけは別だ。彼女は前にもまして仕事に打ちこんでいた。昇進と永続的な雇用を望んでいたが、反体制的な宗教グループに属していたという政治的な前歴のせいでかなえられずにいた。ミートラーはすでにカナダへのビザを申請していたものの、ハミードも彼女も不安を抱いていた。ハミードの母親はカナダ行きに反対していたし、ここでの生活は欠点もあるにせよ、勝手知ったる暮らしなのに対し、カナダではどんな将来が待っているかわからない。ハミードはいい仕事につき、二人の暮らしは安定していた。「ここでは、彼のお母さんがよく言うように、私たちはひとかどの人間だけど、向こうに行ったら……」

「あたしは出ようと思ってるの」アージーンがだしぬけに言った。「サーナーズにちょっとでも分別があれば、さっさと国を出るか、その男と結婚して、向こうに行って、それから離婚するはずよ。えっ、なに？」みんなのびっくりした顔にぶつかって、アージーンは急に身構えたように言い、バッグからそわそわと一本の煙草を取り出す。「あたし何か言った？」

火はつけなかった——授業中は決して吸わなかったが、トマト・レッドのマニキュアをした白く長い指に煙草をはさんだままでいた。アージーンはふと私たちの沈黙に気づくと、チョコレートをこっそり取ったところを見つかった子供のように、火のついていない煙草に目をやり、愛嬌たっぷりの笑顔をうかべながら、それを灰皿で押しつぶした。

その爪でどうやったら捕まらずにいられるの？　話題を変えるために私は訊いた。手袋ですよ、とアージーンは答える。夏でも黒っぽい手袋をするんです。マニキュアも化粧と同じく処罰に値する犯罪であり、鞭打ち、罰金、最大で一年の禁固刑に処せられた。もちろんやつらは手口を知ってるから、こっちを本気で困らせる気なら、手袋をとれって言ってきますけど、と彼女は言う。そうして手袋と爪についてくどくどしゃべりつづけたあげくに、突然口をつぐんだ。こうすると幸せな気分になるの、と言うかぼそい声は、ちっとも幸せそうではなかった。これだけ真っ赤だと、いろんなことを考えなくてすむから。

「いろんなことって?」ナスリーンがいつになく優しく訊いた。

「ああ、いろんなことよ。わかるでしょ」アージーンはわっと泣きだした。みなびっくりして黙りこんだ。マーナーはあからさまに彼女の涙に抵抗しようとして、いやそうにティッシュの箱を渡した。マフシードはたじろいで自分の殻に閉じこもり、ナスリーンは前かがみになり、組みあわせた両手に激しい力をこめている。アージーンの一番近くにすわっているヤーシーは、彼女のほうに身をかがめ、右の肩を優しく押さえていた。

5

いまとなっては、アージーンが秘めていた本当の傷を、また彼女が見せた偽の傷を知るすべはない。テヘランでの最後の夜に撮った写真の中に答えを探そうとすると、アージーンの丸い金のイヤリングのきらめきにふと目がそれる。私の魔術師のように、人の鼻の曲線から何かを読みとる才能でもないかぎり、写真は時として人を欺く。私にはそんな才能はない。

その写真からは、彼女の苦労など何ひとつ想像できない。アージーンは屈託のない顔をして、金髪が色白の肌と濃い蜂蜜色の目に似合っている。彼女は常識はずれに見られることを好み、三回結婚した事実はそのような主張に裏づけをあたえた。最初の夫と結婚したのは十八歳になる前のことで、一年もしないで離婚した。二番目の夫とのあいだに何があったのかはいっさい説明しなかった。アージーンが頻繁に結婚したのは、イランでは結婚するほうがボーイフレンドをもつより簡単だからだろう。

アージーンの話によると、いまの夫は彼女が興味をもつあらゆることに不満をもっているらしい。彼は妻の本に、コンピューターに、木曜朝の授業に嫉妬した。終始張りついたような微笑みをうかべたまま、アージーンは夫が彼女のいわゆる「自立した精神」に、いかに屈辱を感じているかという話をした。夫は彼女をさんざん殴りつけるかと思うと、変わらぬ愛を誓ってなだめようとした。その話を聞いて、私はほとんど肉体的な痛みをおぼえた。肉体的暴力の話以上に私を動揺させたのは、夫の嘲りの言葉――もうおまえは「使用済み」で、中古車と同じだ、中古の女房をもちたがるやつなどいるか、という罵りだった。その気になればおれは十八の娘と結婚できる、いつでもぴちぴちした、新品の十八歳の娘と結婚できるんだ、と夫は始終言っていた。そう言いながらも彼女と別れられなかった。アージーンの言葉よりむしろ、悲惨な話をつづけながら、笑顔とは裏腹にその目に涙が光っていたのを憶えている。話を終えると、アージーンは、これであたしがしょっちゅう授業に遅れる理由がわかったでしょ、と言った。あとでマーナーが、アージーンは自分の苦労まで安っぽいものにしようとするのね、とさほど同情の色も見せずに言っていた。

じきに全員がアージーンの結婚生活の問題に巻きこまれることになった。まず私は夕食後、ビージャンにその話をし、それから私の親友にも話した。優秀な弁護士で、見込みのない企てが大好きな彼女を説得し、アージーンの件を引き受けてもらった。それ以来アージーンは――彼女の迷い、夫、彼女の愚痴、彼女の誠意あるいは誠意の欠如が――絶えず私たちの議論の種になった。

クラスでは本来、このような個人的な問題には踏みこまないはずだったが、こうした問題は私たちの議論の中に入りこみ、ますます授業を浸食した。私たちはまずうわの空になり、自分自身の経験の領域に迷いこんだ。女性に対する肉体的・精神的虐待が裁判で離婚の充分な理由と認められなかった例について私たちは話しあった。裁判官が妻の離婚請求を却下したばかりか、夫が殴るのは妻に問題があるからだとして、夫の不興を招いたみずからの過ちをよく反省するように命じたケースについても議論した。いつも妻を殴っていた裁判官について冗談を飛ばした。私たちの場合、法律は節穴そのものであり、宗教も人種も信条もおかまいなしに女性を虐(しいた)げた。

6

個人的なことは政治的だといわれる。もちろん、そんなことはない。政治的権利を求める闘いの核にあるのは、自分を守りたい、政治的なものが個人の生活に侵入してくるのを防ぎたいという強い願いである。個人的なものと政治的なものは相互に依存しているが、同一ではない。想像力の領域が両者のあいだに橋を架け、絶えず一方を他方の観点からつくりかえる。プラトンのいう哲人王も、盲目の検閲官もそれを知っていた。だからイスラーム共和国がまず個人的なものと政治的なものの境界をぼやかし、それによって両者を破壊する仕事に取りかかったのは驚くべきことではないのかもしれない。

イスラーム共和国の生活について訊かれるとき、私は生活のもっとも個人的な、秘められた面を、あの盲目の検閲官のまなざしからどうしても切り離すことができない。私の娘たちはそれぞれ生まれも育ちもまったく異なる。生い立ちや信仰の違いにかかわらず、娘たちのジレンマは共通しており、その原因は、彼女たちのもっとも親密な瞬間、もっとも個人的な夢が体制によって奪われていることにあった。イスラームによる支配が生み出した矛盾の中心にはこうした葛藤がある。宗教指導者が国を支配するようになった結果、宗教は権力の道具として、イデオロギーとして利用された。信仰の問題にこのようにイデオロギー的に取り組もうとしたことが、権力側と無数の一般市民を分断する結果になり、マフシード、マーナー、ヤーシーのようなふつうの信徒は、イスラーム共和国を最大の敵と見なした。私のような人間は圧政を憎むだけだが、信徒はこうした裏切りの問題にも対処しなければならなかった。しかし、彼女たちにとってさえ、戦争、革命といった大きな問題よりも、私生活での矛盾や拘束のほうがより身近な問題だった。

私はイスラーム共和国で十八年暮らしたが、最初の激動の時期、公開処刑と流血のデモのさなかには、あるいは空襲警報と警報解除のサイレンがミサイルや爆弾の音と交錯していた八年間の戦争中には、こうした真実が本当にはわかっていなかった。ようやくはっきり見えてきたのは、戦争が終わり、ホメイニーが死去したあとのことである。この二つの要素こそが、国内を強制的にひとつにまとめ、意見の対立と矛盾が表面化するのを防いでいたのだ。

ちょっと待って、意見の対立と矛盾だって？――と読者は言うかもしれない。いまは「希望」と「改革」と「平和」の時代じゃなかったのか？　ミスター・ゴミーは落ち目になり、ミスター・フォルサティーが台頭してきたという話じゃなかったのか？　第三部の終わりでは、急進的な革命家はもはや焼身自殺をするか、時代に合わせて変わってゆくしかないような話だったじゃないか？　それにマフシード、ナスリーン、マーナーについていえば、彼女たちは生き残った――もう一度チャンスをあたえられたんだ。語りの効果をあげるために、ちょっとドラマチックに書きすぎじゃないか？

いや、私は何も話をことさらドラマチックにしているわけではない。イスラーム共和国での生活は、つねに一触即発の危険をはらみ、あまりにも劇的で混沌としていて、語りの効果をあげるために望ましいかたちに整えることなどできなかった。平和な時期にこそ往々にして被害の大きさがうかびあがり、かつて家々が立っていた場所にぽっかり口をあけたクレーターが目につくようになる。そのような時期にこそ、抑えられていた声が、瓶の中に囚われていた悪しき精霊が、四方八方に飛び出してくる。

マーナーは二つのイスラーム共和国があるとよく言っていた。ひとつは言葉の上の国、もうひとつは現実の国である。言葉の上のイスラーム共和国では、一九九〇年代は平和と改革の兆しとともに幕を開けた。ある朝目覚めると、専門家会議が討議の結果、前大統領のホッジャトルエスラーム・アリー・ハーメネイーをアーヤトッラー・ホメイニーの後継者に選んだというニュースが流れていた。最高指導者に選ばれる以前、ハーメネイーの政治的立場は曖昧だった。彼は指導層の中でもとりわけ保守的、反動的なグループの一部とつながっていたが、その一方で芸術の保護者としても知られていた。詩人たちとつきあい、サルマン・ラシュディを弾劾するファトワーの調子をやわらげたことで、ホメイニーから厳しく叱責されたこともある。

しかし、この人物、新たな最高指導者——いまや国内で最高の宗教的・政治的称号を有し、最大の敬意を要求する人物は——にせものだった。本人も、私たちも、それを知っていたし、さらに悪いことに、彼を選出した同僚や仲間の聖職者も知っていた。メディアや政府のプロパガンダでは、ハーメネイーが一夜にしてアーヤトッラーに昇格した事実は伏せられた。そのような地位は、授けられる前に獲得すべきものであり、このような昇進は聖職者の規定に明らかに反していた。ハーメネイーはもっとも反動的な勢力に加わることを選んだ。その決意を導いたのは宗教的信条ばかりでなく、必要に迫られて——聖職者仲間から尊敬されていない埋めあわせに、政治的支持と保護を求めてのことだった。彼はなまぬるいリベラルから一夜にして救いがたい強硬派に早変わりした。私はこういレズヴァーン夫人がたいそう率直になったおりにこんなことを言っていた。

う人たちのことはあなた以上によく知ってますけど、彼らは服を着替えるより頻繁に言うことを変えるんですよ。イスラームは商売になったんです。テキサコにとっての石油のようなものにね。あの人たちはイスラームを売り物にしている――どの人も次の人以上にイスラームをうまくパッケージしようとしているんです。私たちはそんな人たちを押しつけられているんですよ。石油がないほうが暮らしやすいなんて彼らが認めるわけないでしょう？　イスラームはよき政府には必要ないなんて言えますか？　無理でしょう、でも改革派のほうがもっと抜け目がありません。石油をちょっと安くして、もっときれいな石油にすると約束するんです。

われらが大統領、元国民議会議長の有力者、ホッジャトルエスラーム・ラフサンジャーニーは、改革派の称号を初めて獲得した人物であり、新たな希望の星だった。しかし、復興の司令官を自任し、アーヤトッラー・ゴルバチョフとも呼ばれた彼は、金銭的、政治的腐敗および国内外の反体制派に対するテロ行為への関与で悪名高かった。確かに彼は法律の緩和を口にしてはいた――だが、やはりマーナーの言うように、こうした改革とは、少しだけイスラーム的であればいい、端のほうではごまかしてもいい、スカーフの下から少しだけ髪を見せてもいいというだけのことだった。少しだけファシストになればいい、穏健なファシストかコミュニストになればいいと言うのと同じことね、と私は言った。あるいは、少しだけ妊娠すればいいとかね、とニーマーが笑いながら話をしめくくった。

こうして規則が緩和された結果、サーナーズとミートラーはより大胆なスカーフのかぶり方をして、髪の毛を少しだけ外に出すのを恐れなくなったが、風紀取締隊の側にも彼女たちを逮捕する権利があった。大統領がああ言っていたではないか、と警察に言おうものなら、革命防衛隊は即座に彼女たちを逮捕、投獄し、大統領とその母親に対して、またたれであれこのイスラームの国でそんな指示を出した××野郎に対して罵りの言葉を吐くだろう。しかし大統領のリベラリズムは、その後継者ハータミー大統領の場合と同じくそこまでだった。大統領の改革なるものを真に受けた者は高い代償を払い、時には命を落とす結果になったが、彼らを捕らえた側はなんの処罰も受けず、大手を振って歩いていた。反体制的な作家サイーディー・シールジャーニーは、大統領が擁護してくれると錯覚していたが、投獄され、拷問を受けて、ついに殺害されたときも、だれも助けには来なかった――これもまた言葉の上のイスラーム共和国と現実のイスラーム共和国の絶え間ない相剋の一例であり、この闘いはいまもなおつづいている。彼ら自身の利益が何よりも優先するのです、とレズヴァーン夫人はよく私に警告した。自分がどんなにリベラルだと主張しようと、イスラームの看板をはずすことは絶対にありません。それが彼らのトレードマークですからね。民主主義のイランでだれがラフサンジャーニー氏を必要としますか？

確かに希望の時期ではあった。だが、一般に希望の時期とは緊張も衝突もない時期だという錯覚があるが、私の経験からいえば、それは緊張や衝突がもっとも危険な領域に達する時期である。一部の人間が希望をいだくとき、他の人間は希望を失う。絶望していた者が希望をとりもどすとき、権力を握る側は——すなわち希望を奪いとった側は——恐れをいだき、危機に瀕したみずからの利益の擁護に走り、いっそう抑圧的になる。多くの点で、こうした希望の時、大いなる寛容の時は、それ以前に劣らず不穏な時期でもあった。日々の暮らしは、逆上する登場人物を制御できない下手な作家の小説のような様相をおびた。それは平和の時、復興の時、ふだんの生活のリズムが回復する時だったが、むしろ騒然たる不協和音が、陰鬱な戦争の響きに代わって私たちを呑みこんだ。

イラクとの戦争は終わったものの、政府は内なる敵、彼らが文化的頽廃と西洋の影響の典型と見なす者たちへの攻撃をつづけていた。この弾圧は敵の力を弱め、排除するどころか、ある意味で敵の力を強める結果になった。政治団体や政敵は投獄され、活動を禁じられたが、文化の領域では——文学、音楽、美術、哲学の領域では、世俗的な勢力が主導権を握っていた。イスラーム派のエリートは、文化のどの分野においても優位に立てなかった。ますます多くの急進的なムスリムの若者や知識人、ジャーナリスト、学者らが相手側の陣営に走るにつれ、文化をめぐる闘いの重要性も高まった。イスラーム革命に幻滅したうえに、ソ連の崩壊がもたらしたイデオロギーの空白に直面した彼らは、かつてあれほど激しく反対した西洋の民主主義のほかに頼るべきものがなかった。体制が西洋かぶれと非難して滅ぼそうとした、あるいは沈黙させようとした人々は、沈黙させられることも、抹殺されることもなかった。みずから「文化の保護者」をもって任じる体制側の人間と同じく、彼らもイラン文化の一部なのだから。しかし、イスラーム派の指導層が何よりも恐れていたのは、まさにこの西洋化した分子こそが、いまや幻滅を深めつつある元革命支持者にとって、また若者——いわゆる革命の子供たちにとって、倣うべきモデルとなっていることだった。

イスラーム文化指導省内の多くの職員が作家や芸術家に味方するようになり、以前なら反イスラーム的と見られたはずの書籍の出版を許可した。ナボコフに関する私の本は、省内の心ある人々の支援を受け、一九九四年に出版された。革命後、上映禁止になったベテラン映画監督たちが作品を発表できるようになったのは、ファーラービー映画財団の進歩的な代表のおかげだったが、のちにこの人物は体制内の反動的な勢力の妨害を受け、告発されることになる。イスラーム文化指導省自体が、各派の——いま強硬派と改革派と呼ばれている人々の——戦場となった。多くの元革命家が西洋の思想家や哲学者の著作を読んで、解釈し、自分たちの従来のやり方を問い直していた。皮肉なことだが、かつてみずから破壊に乗り出した思想や体系によって彼らが変わりつつあるのは希望のしるしだった。

複雑なものや規則からはずれたものを読み解く能力も、理解する能力もなく、そのうえ仲間の裏切りにも腹を立てた官僚たちは、現実生活に対するように、フィクションにも自分たちの単純な原則を押しつけるしかなかった。自分たちの白黒の世界に合わせて現実の色彩を検閲し削除するように、フィクションの中にあるいかなる内面性も検閲した。皮肉なことに、彼らもまた、イデオロギー上対立する陣営と同じように、政治的メッセージをふくまないフィクションを危険視した。かくして彼らは、意識するとしないとにかかわらず、たとえばオースティンのような作家の中に不倶戴天（ふぐたいてん）の敵を見いだしたのである。

7

「何でもかんでもイスラーム共和国のせいにするのはもうやめたほうがいい」私の魔術師は言った。私は仏頂面をして、ブーツの爪先を雪に突っこむ。その日は、朝起きたら、一面の雪景色に太陽が輝いていた。これぞテヘランの冬の最大の魅力である。樹木をおおうなめらかな雪や、歩道に高く積もった雪が、無数の小さな太陽を宿したようにきらきらと輝いていた。

大気汚染にいくら文句をつけようと、それより漠然とした大きな不満を胸の中に抱えていようと、思わず子供のようなうきうきした気分になってしまう、そんな日だった。不平をならべようとしているのに、昔、母がよく真新しい雪にかけてくれた自家製のチェリー・シロップのほのかな記憶がよみがえり、憂鬱の訴えに逆らう。だが私は簡単にあきらめるような人間ではない。私の胸にはアージーンの夫とサーナーズの彼のことが重くのしかかっていた。私は十五分前から、彼女たちの苦難を彼に伝えようとしながら、私たちの不幸の根本原因であるイラン・イスラーム共和国に対する非難を、正当な非難も不当な非難もないまぜにしてしきりにぶつけていた。

トルコから帰国して一週目に、サーナーズはその場にふさわしく控えめな歓喜をうかべてクラスにもどってきた。ガラスのテーブルに写真が広げられた。ホテルのロビーにいる彼女の一家。褐色の髪に優しそうな茶色の目、ジーンズに青いシャツを着て、手すりにもたれている青年とサーナーズ。婚約パーティ。赤いドレスを着て、むきだしの肩に見事な髪を垂らしたサーナーズが、ダークスーツに水色のシャツを着たハンサムな青年を見上げ、彼のほうは優しい愛情をこめて彼女の目をのぞきこんでいる——あるいは婚約指輪をサーナーズの指にはめる彼と、それを物思わしげに見つめるサーナーズ（彼の両親が二人に相談もせずに指輪を買ったのは納得できないとあとで言っていた）。それから例の反イスラーム的な叔母と、憂鬱そうな母親、鼻持ちならない弟もいる。あっという間に彼はロンドンへ、サーナーズはテヘランへ帰る日がやってきた（アリーと二人で話す機会はほとんどなかった、とサーナーズはのちに不満そうに言った——いつも家族に囲まれていたからだ）。

二週間後のクラスで、サーナーズは議論のあいだじゅう沈んでいた。悄然としたサーナーズは、休み時間になると、自分の個人的な話で授業時間をとってしまうのを詫び、目には涙をため、ありもしない髪の束を右手で額からはらいのけながら、すべてとりやめになった、結婚は破談になったと発表した。突然捨てられたのだ。また彼から電話があった。きみをどうやって幸せにすればいいかわからないんだ。僕はまだ学生だし、きみを養えない。いつになったら実際にいっしょに暮らせるのかもわからない。きみに対してフェアじゃない、と彼は言いつづけ、ありとあらゆる言い訳をでっちあげた。彼の言いたいことはわかるし、私も同じことを心配していたんだけど、でも、「フェア」かどうかなんてくだらないことを気にするのはやめてほしい！　と彼女は言う。ずっときみを愛する、と彼は訴えた。ほかに言いようがあるかしら、とサーナーズは私たちに言った。腰ぬけめ、と私は思った。

その結果、だれもがサーナーズに特別に優しくなった。彼の家族は息子のふるまいに憤慨した。冷血なイギリス人の中で何年もすごしたせいで堕落してしまったんだわ、と彼の母親は言った。向こうの人には――西洋の人には――私たちのような人間的な感情がないのよ。なに、そのうち気が変わるさ、と彼の父親は断言した。少し時間をやることだ。自分たちの干渉と圧力が彼を確信のもてない行動に追いこんでいたのかもしれないなどとはだれひとり考えなかった。

こうしたすべてが、人々の憐れみが、サーナーズには耐えられなかった。あの弟さえもが優しかった。ほかに女がいるって噂はあったけど――そうなのよ、男っていっつもそう、とアージーンが口をはさむ。イランの人かというマフシードの質問に、サーナーズは、ううん、ちがう、そんなことはどうでもいいの、と答える。スウェーデン人だと言う者も、イギリス人だと言う者もいた。当然のことだ！　外国人の娘はいつでも恰好の結婚相手――そう言ったのはだれだろうか。家族や友人が葬式のようにいやにひっそりと歩きまわっているのがなおさら耐えがたかった。弟が癇癪を起こしてくれれば――とサーナーズは涙のなかで無理に笑顔をつくって言った――車をとりあげるなり何なりしてくれればいいのに。今日は初めて家を離れるチャンスができて、少し気が楽になったと言う。

男って、手に入らないときのほうが好ましく思えるものなのよね、とマーナーが驚くほど辛辣な口調で言う。一瞬の沈黙のあと、意味深長に言い添える。別にサーナーズのために言ってるんじゃないのよ。

まったく男って！　とナスリーンが腹立たしげに言う。男って！　とアージーンもくりかえす。ヤーシーは突如いつもの大きさに縮んだように見え、背筋をのばしてきちんとすわり、膝の上で両手をしっかり組んでいる。喜んでるのは叔母さんだけ、とサーナーズは言う。「ああよかった、ばかなまねをしなくてすんだわね」と開口一番言ったそうだ。あたりまえじゃないの。男があの年で、まあいくつだって同じだけど、五年も独り暮らしをしていて、何もないのがふつうだと思うのはばかだけよ。あたしは思ってたわ、とサーナーズは答えた。じゃあ、おばかさんだったのね。

サーナーズはおおむね冷静に事態を受けとめた。むしろほっとしたといってもいいくらいだった。心の奥底では、うまくゆくはずがない、こんなふうにうまくゆくはずがないとずっと思っていた。それでも傷は残った。どうして彼は私を捨てたのだろう？　ほかの娘と比べて、たとえば魅力的なイギリス娘、はにかみ屋でもなく、一晩泊まってゆくのも恐れない娘と比べて、田舎くさく見えたのだろうか？　心の傷は心の傷よ、と私は説いた。イギリス娘やアメリカ娘も恋人から捨てられる。すばらしい短編小説をいくつか読んだでしょう――キャサリン・アン・ポーターの『捨てられたウェザオールおばあちゃん』は憶えてる？　それからもちろんフォークナーの『エミリーに薔薇を』も。のちにサーナーズは、当時気に入っていたヒロイン、ディケンズの『大いなる遺産』のミス・ハヴィシャムのまねをして、忘れられない存在になろうかとも思ったのよ、と冗談を言っていた［訳注：ミス・ハヴィシャムは、若い頃に婚約者から捨てられて以来、花嫁衣装を着つづけている老婦人］。ただ、ウェディング・ドレスも買ってなかったの、と残念そうにつけくわえた。

サーナーズの苦しみからどこで話がそれて、イスラーム共和国における生活の話になったのだろう？　どういうわけか私たちの議論の最後をしめくくったのは、現体制にまつわるさまざまな逸話だった。グリーンカードをもつ聖職者や政府高官の数、支配層の劣等感、アメリカ国旗を燃やす一方、西洋人、とりわけアメリカのジャーナリストにおもねる態度。それにまた、ブルージーンズにリーボックを履き、脱色した髪をチャドルの下からのぞかせる大統領の娘、ファーエゼ・ラフサンジャーニーの話もした。

私はこうしたすべてを事細かく私の魔術師に説明し、サーナーズの傷心とアージーンの悲嘆を、胸も張り裂けるほどまざまざと描き出そうとした。この体制は、私たちの心の中にまで侵入し、家庭の中にも入りこみ、寝室まで監視することで、私たちを自分の意志に反したものに変えてしまうに至ったのだ、と私は芝居がかった調子で結論づけた。このような監視のもとで、個人的な苦悩と政治的な苦悩を分けて考えられるだろうか？責任を負わせる相手がわかっているのは気分がいい。これは犠牲者であることの数少ない利点のひとつである――「苦しみはもうひとつの悪癖だ」とベロウの『ハーツォグ』にあるように。

彼は右の眉を上げ、からかうような、皮肉な目つきをした。「教えてくれないか」と揶揄（やゆ）するような調子で言う。「きれいな娘が捨てられたことが、イスラーム共和国とどうつながるのかな？　世界の別の地域では、女は夫から虐待されず、捨てられることもないと言いたいのかい？」もっともな反論だったが、私はわけもなくいらいらしていたうえに、ひどい無力感のせいか、うまく答えられず、黙っていた。

「体制が放っておいてくれないからって、進んで協力して、自分の生活の完全な支配権を譲りわたすつもりかい？」と彼はつづける。つねに自分の話の要点を相手に納得させずにはおかない人だった。「むろん、きみの言うことは正しい」少しして彼は言った。「いまの体制は僕らのあらゆる瞬間を徹底的に支配するようになったから、もはや僕らは自分の人生を体制の存在と分けて考えることができない。体制の支配力はあまりにも絶大だから、恋愛の成功や失敗を体制のせいにするのも、それほど突拍子もないことではないのかもしれない。ベロウ氏の言葉を思い出してごらんよ、きみの最近の色男（ボーイ）を」

彼は「色男」というところで少し言葉を切った。「きみが引用したあの文章を——この二週間、たっぷり聞かされたなかのひとつだよ——『まずこの人々はきみたちを殺し、それからその犯罪について無理やり考えこませた』」

「聞いてる？」からかうような目を私の顔に近づけて彼は言う。「どこをほっつき歩いてるんだい？」

「あら、ちゃんとここにいるわ。考え事をしていたの」

「なるほど」イギリスでの教育を思い出して彼は言った。

「ほんとよ、ちゃんと聞いてたわ。あなたのおかげで、あることがはっきりしたわ。このところよく考えていたことがね」彼は話のつづきを待っていた。「人生と、自由と、幸福の追求について考えていたの。私の娘たちが不幸なことについて。不幸になる運命だと感じていることについて」

「で、どうやって、幸福を追求するのは彼女たちの権利だとわからせるつもりだい？犠牲者みたいにふるまうように勧めることじゃないだろう。彼女たちは自分の幸福のために闘うことを学ばなければならないんだから」

私は雪の中にさらに深くブーツを突っこみながら、彼のペースについてゆくのに苦労していた。「でもそれが理解できないかぎりは、政治的自由は個人の自由がなくては成り立たないことを理解せずに、政治的自由を求めて闘いつづけているかぎりは、僕らはその権利には値しないんだ。政治的自由以前に、そもそもきみのサーナーズが求愛されるためにはるばるトルコまで行く必要があっちゃいけないんだ」

彼の講義に耳をかたむけながら、反論する点もないので、私は自分の思考をたどりつづけた。二人ともしばらく無言で歩いた。「でも、わかるでしょ、彼女たちにそれを理解させようとすると、本人のためになるよりむしろ害になるかもしれないのよ」そう言う私の口調はいささか芝居がかっていたかもしれない。「だって、私のそばにいて、私の過去の話を聞いていれば、あのもうひとつの世界の、西洋の、輝かしい、無批判なイメージをつくりつづけることになるのよ……。私、もしかしたら、実は……」

「彼女たちがもうひとつの幻想をつくりだす手伝いをしてきたと言いたいんだね。イスラーム共和国が彼女たちの人生に押しつけた幻想に対抗する幻想を」

「そう、そうなの！」私は興奮して言った。

「でも、第一にそれはきみひとりの責任じゃない。だれだってこの幻想の世界では生きてゆけない――自分が逃げこめる楽園をだれもがつくらずにいられないんだ。それに、きみにはできることがあるじゃないか」

「本当に？」私は熱心に訊いた。まだ気落ちしていて、いつになく、すべきことを教えてもらいたくてたまらなかった。「うん、ある。きみがクラスで実際にやっていることだよ。うまくゆけばね。あらゆる詩人が哲人王を気取る支配者に対してすることをやればいい。この現実に対抗する西洋の幻想をつくりだす必要はない。そのもうひとつの世界が提供できる最上のものを彼女たちにあたえてやればいい。つまり純粋なフィクションをあたえるんだ――想像力をとりもどしてやるんだ！」彼は勝ち誇った様子で話をしめくくると、賢明な忠告に対して拍手喝采を期待するかのように私を見た。「人に説いていることをたまには自分で実践してみるといいんじゃないか。ジェイン・オースティンを見習いなよ」彼の口ぶりには庇護者ぶった気前のよさのようなものが感じられた。「きみはいつも言っていたじゃないか。オースティンが政治を無視したのは、政治がわからないからではなく、自分の作品、想像力が現実の社会にのみこまれるのを許さなかったからだって。世界がナポレオン戦争にのみこまれていた時代に、オースティンは自分だけの独立した世界をつくりだした。そして二百年後のイラン・イスラーム共和国で、きみはその世界を小説における理想の民主主義だと教えている。圧政との闘いの第一歩は、自分のすべきことをして、自分の良心を満足させることだと、きみはさんざん言っていたじゃないか」と彼は辛抱強くつづけた。「民主的な場、私的な、創造的な空間が必要だとくりかえし言っていたじゃないか。それならそれをつくってごらんよ！　がみがみ言ったり、イスラーム共和国がどうしたこうしたということにエネルギーを使うのをやめて、きみのオースティンに集中するんだ」

　彼の言うとおりなのはわかっていた。ただ、自分に腹が立って、それを認めることができなかった。小説は万能薬ではないが、確かに世界を——目の前の世界だけでなく、私たちが求めてやまないあのもうひとつの世界をも——評価し、理解するための重要な方法をあたえてくれた。彼は正しい。私は聞いていなかった。そうしなければ、私の娘たちもまた、無数の市民と同じように、幸福を追求する権利をあきらめないことで、イスラーム共和国の厳格な幻想の世界に痛手をあたえてきたのだということを認めなくてはならなかったろう。

彼がふたたび話しはじめたとき、その声は遠く、霧の向こうから聞こえてくるようだった。「秘密のクラスをつくる話を聞いたとき、いい考えかもしれないと思った。ひとつには、きみの注意を政治からそらすことになると思ったからだ。でも、どうやら逆の結果になったようだね――むしろいっそう政治に巻きこまれている」

大学を辞めて秘密のクラスをつくるつもりだという話を初めてしたとき、彼はこう言った。どうやって生きてゆくつもりだい？　きみは社会一般との接触を断ったことになる。教えることはきみの最後の慰めなのに。私は本当に文学を愛する少数の学生と自宅で文学の研究会をやりたいという話をした。力を貸してくれる？　もちろん手伝うよ、でもどういうことになるかわかってる？　どういうこと？　きみはじきに行ってしまうだろう。ますます自分の殻に閉じこもっているし、すべての活動から徐々に手を引いているじゃないか。そうね、でも私のクラスがあるとすれば？　自宅でやるんだろう。前はよく次の本をペルシア語で書くという話をしていたのに、最近僕らが話すことといえば、アメリカやヨーロッパで開催される次の会議できみが何を話すかということばかりだ。きみは向こうの読者のために書いているんだ。でも、あなたがいるじゃない。僕はいい例とはいえないな。きみの夢の世界の一部だから。

彼と別れ、家に向かう頃にはもう気分が変わっていた。私はクラスで読む本のリストに加えようと計画している新しい小説について――ソール・ベロウの『学生部長の十二月』という、東側と西側それぞれの苦難を描いた作品について考えていた。私の魔術師に不満をぶつけたことを後悔した。私は彼がいまここですべてを変えてくれることを強く望んでいた。魔法のランプをこすって、革命防衛隊を消し、さらにアージーンの夫やマフシードの上司を消してほしかった。いやなことを全部やめさせてほしいと彼に求め、彼からあまり深入りするなと言われたのだ。彼の言うことをわかろうともせず、愛する親を不用意にこぶしで叩くききわけのない子供のようなまねをしてしまったことが、恥ずかしかった。

帰宅した頃にはもう日が暮れかかっていた。雪の上にまきちらした光の点を太陽がひとつひとつ引き上げてゆくようだった。家に着くと、暖炉で燃えたつ火を見てほっとした。ビージャンが暖炉に寄せた椅子に落ち着いた様子で腰かけ、近くのテーブルに密造ウオッカの小さなグラスをおき、チャンドラーの『長いお別れ』を読んでいた。窓からは雪をかぶった枝と、夕靄にかすむアルボルズ山脈の輪郭が見えた。

8

「当世風にやろうとしたのよ」長椅子のいつもの場所にだらしなく体を投げ出したヤー

していると話のいわゆる「求婚者」との最近の事件について話シーが皮肉っぽい口調で言った。彼女のいわゆる「求婚者」との最近の事件について話していたところだった。ヤーシーには早く結婚しろという圧力が重くのしかかっていた。親友も親しいいとこもみな結婚するか婚約していた。「どちらにせよ、決める前にまず知りあう必要があるという点でおたがいの家族の意見が一致したの。それであたしと彼はその公園に行って、一時間ほどいっしょに歩いたりしゃべったりして親しく知りあいなさいということになったわけ」同じく皮肉っぽい調子だが、表情を見ると、楽しんでいるのがわかる。

「彼とあたしが前を歩いて、そのあとにうちの両親と姉と、彼のお姉さん二人がぞろぞろついてくるの。うしろではさりげなくいろんな話をしているふりをして、あたしたち二人はほかにだれもいないようなふりをしていたけど、話し声がほとんど聞こえてくるの。あたしは彼の専門の機械工学について質問する。何かおもしろいものをお読みになる？　いや、本を読む暇がなくて。向こうはあたしの顔を見たいようなんだけど、見られないの。おじさんの家に正式に結婚の申し込みに来たときも、彼、ずっとうつむいていたのに、今度もちゃんと見られないの。だから二人とも並んで歩きながら、ひたすら地面を見つめていたわけ。そのあいだじゅう、あたしはずっとばかなことを考えてた。たとえば、男の人にはこれから結婚しようという女がはげじゃないってどうしてわかるのかしら、とか」

「簡単よ」とナスリーンが言う。「昔は男の親族の女性が花嫁候補をよーく調べたのよ。

歯まで調べたんだから」

「歯が全部あってよかった！　ともかく、しばらくそんなふうに歩いていて、突然いいことを思いついたの。あたしが急に早足になったら、みんなびっくりしてたわ。あたしのペースに合わせようと必死になっているときに、今度はあたしがいきなり立ち止まったから、あやうく衝突するところだったの。彼は心底びっくりしていたけど、あたしのペースに合わせることで驚きを隠そうとしていた。何度か目を合わそうとしたけどだめだった。わかって、笑ってくれたらチャンスをあげようと思ったの。だめだったらそれまで――時間の無駄だもの。あたしのおじさんだったら、ひとり残らず即座にゲームに加わってくれるのに」そう言うと、ヤーシーは黙りこんだ。

それでどうなったの？「ああ」ヤーシーはふとわれに返ったように言った。「どうもしない」どうもしない？「そう、あのばか、どうして突然早足になったのかさえ訊かなかったの。単に礼儀で歩調を合わせようとしただけだった。しばらくするとそれも飽きたから別れて、向こうからの問い合わせにずっと返事をしないでいたら、何も言ってこなくなったわ。きっといまごろはもっと贅肉の少ない人と結婚して幸せになってるわよ」ヤーシーはそう言って、楽しげに私たちを見た。いつもおもしろい話をするのが大好きで、自分自身を笑いものにするときでさえそうだった。

この新たな求婚者やらアメリカのおじさんの出立やらで、ヤーシーにとってはしんどい週だった。おじさんがたまにイランに来るたびに、ヤーシーは疑いや疑問をかきたてられ、自分でも対象がはっきりしない、曖昧で不安な憧れに何週間もさいなまれることになった。十二歳のときに、禁じられた楽器を演奏しなければならないことを知ったように、いまではアメリカに行かねばならないことがわかっていた。楽器を弾いたのも、テヘランの大学に行くと言いはったのも、このクラスに来ることを選んだのも——すべては最終的な目的につながる準備にほかならなかった。それはおじたちがいる場所に自分も行き、母やおばたちの人生の上につねに誘うようにぶらさがっていながら手が届かなかった木の実を味わうことである。彼女たち、すなわち女たちは、知性においてはなんら欠けるところはなかったが、ただ自由がなかった。ヤーシーはおじたちのようになりたいと願わざるをえなかった——おじたちのようになるというより、彼らの奪うことのできない権利と見えるものを手に入れたかったのだ。

私はヤーシーに結婚してほしくなかった。こうした試練のすべてをくぐりぬけ、障害を乗り越えてほしかった。成功する可能性は圧倒的に少なかった。彼女の家では女の子が海外に留学した例はかつてなく、家族の反対から深刻な金銭上の問題にいたるまで、幾多の障害があった。さらにアメリカの大学から入学許可をもらい、ビザを獲得する問題もあった。彼女のためだけでなく、私たちのためにも、ヤーシーに成功してほしかった。私にはいつも、困難な夢という支えに対する強い憧れがあった。

この日は求婚者の話が多く、サーナーズにも話したいことがたっぷりあった。婚約の失敗後、サーナーズはさまざまな求婚者とさかんにデートをするようになり、アメリカで教育を受け、ステイタス・シンボルのグリーンカードをもつエンジニアの男性のことを事細かに報告した。その男性は家族写真の中のサーナーズに目をつけ、テヘランに到着すると早速彼女を探し出してスイス・レストランに誘ったそうだ。そのほかにも、教育のある魅力的な妻を求めていて、彼女が家を出なくてもいいように図書館を丸ごと買いたいという裕福な商人など、いろいろな人の話を聞かされた。こうしたデートは彼女にとって一種の憂さ晴らしだった。

「あたしたちの経験から学びなさいよ」アージーンが言う。「どうして結婚する必要があるの？」一時的にあのあだっぽい調子がもどってきた。「そいつらのことを真面目にとっちゃだめよ——楽しむためにデートすればいいのよ」

私の弁護士の友人は、アージーンを助けようとしてひどく苦労していた。最初、アージーンはあくまでも離婚したいと言って譲らなかった。十日後、彼女は夫と姑と義理の妹といっしょに弁護士の事務所を訪れた。和解できるかもしれないと思ったのだ。それからほどなくして、アージーンは予約もせずに飛びこんできた。あざだらけで、また夫が殴り、小さな娘を彼の実家に連れていったと訴えた。夫は夜になると彼女のベッドのわきにひざまずき、泣きながら別れないでくれと懇願した。私がその件についてふれると、アージーンはまたわっと泣きだし、離婚したら子供をとられてしまうと言った。娘は彼女の生きがいだが、裁判で子供の親権が認められるのはいつも父親のほうだ。夫が子供をほしがる理由はただひとつ、彼女を傷つけるためだとアージーンは知っていた。

彼は娘の面倒など見ないし、きっと自分の母親のもとに送るだろう。アージーンはカナダへのビザを申請していたが、仮に申請が通っても、夫の許可なしに国を出ることはできない。自殺するときだけは夫の許可なしにできるわ、とやけっぱちの、芝居がかった口調で彼女は言った。

マーナーもアージーンと同じ意見だったが、表だってそう認めるわけにはいかなかった。「私だったら出られるうちにこの国を出るわ」とマーナーはサーナーズに忠告した。「とにかくここを出ること、国に残らなきゃならない男とは結婚しないこと。そうしないと腐っていくだけよ」

マフシードが咎めるような視線を向けた。「自分の国じゃないの」と口をとがらせて言う。「できることはたくさんあるはずよ」

「できることなんて何にもないわ——何にも」マーナーはきっぱりと答える。

「ものを書いたり、教えたりできるじゃない」マフシードはちらと私を見て言った。

「私たちには優れた批評家が、優れた教師が必要よ」

「そうね」マーナーは答える。「ナフィーシー先生みたいにね。でも長年、一生懸命勉強して、それでどうなるの？　この前ニーマーが言ってたわ。英文学の修士号をとるために何年も苦労する代わりに、露天商になっていたらもっと儲かっていたのにって」

「みんな行ってしまったら、だれがこの国を立派な国にする手伝いをするの？　どうしてそんなに無責任になれるの？」マフシードは床を見つめたまま言う。

それは私が日夜自問していることでもあった。みんながこの国を離れるわけにはいかない、ここが僕らの祖国なんだ――ビージャンもそう言っていた。私の魔術師は、悩みを相談しにきた私に言った。世界は広い。書くのも教えるのもどこにいてもできる。実際、向こうに行けばもっと大勢の人に読んでもらえるし、話も聞いてもらえるだろう。行くべきか行かざるべきか？　結局はごく個人的な問題なんだよ、と彼は説いた。きみの元同僚の正直さにはずっと感心していた。元同僚ってだれのこと？　Ａ先生さ。国を出るのは、ただビールを自由に飲みたいからだと言っただろう。僕はね、個人的な欠点や欲望を愛国的な熱意に見せかけるような輩にはうんざりしているんだ。よその国で生きる手だてがないから、国を出たらもう重要人物にはなれないからとどまっているだけなのに、祖国のために自分を犠牲にしているようなことを言う。それから国を出るほうも、この体制の正体を暴き、批判するために行ったんだと言う。なんだってそんなに正当化したがるんだ？

彼の言い分にも一理あるが、ことはそれほど簡単ではない。ビージャンが国にとどまることを望んでいるのは、アメリカで仕事や住まいを見つけられないせいではなかった――彼の肉親の大半はアメリカにいたし、彼自身もイランよりアメリカで暮らしたほうが長かった。僕はこの国が好きだからとどまりたいんだ、と彼は言った。一種の抵抗として、体制にしてやられていないということを示すために、ここにとどまるべきだ。僕らがここにいることが、彼らにとってのどに刺さったトゲになる。『ボヴァリー夫人』

について話すだけで、あれほど大勢の人がつめかけて、暴動が起こりそうになる国がほかにあるかい？　あきらめて国を捨てちゃだめだ。僕らはここで必要な存在なんだ。僕はこの国が好きだ、と彼はくりかえし言った。私は国を愛していないのだろうか、と自問した。

ビージャンはあなたと同じ意見よ、と私はマフシードに言った。彼は私以上にホーム、すなわちわが家、祖国というものと強く結びついている。彼は私たちのアパートと山の別荘の建設に文字どおり携わって、わが家をつくり、BBCを見て、友人たちのためにバーベキューをするといった習慣を築きあげた。この世界を壊して、どこか別の場所にふたたびつくりあげるのははるかに難しい。要するに、私たちはみんな自分の可能性と限界に応じて、それぞれの選択をするしかないということじゃないかしら、と私は言った。そう言いながら、彼女たちには薄っぺらな言葉に聞こえるにちがいないと自覚していた。

「あたしにはアメリカに行く立派な理由があるわ」と行儀の悪いヤーシーが言う。「だってこんなにぽちゃぽちゃしてるんだもの。向こうのほうが太った女の子がもてるって聞いたの。アメリカ人は少し肉づきがいいほうが好きなんだって」

「それは女の子にもよるんじゃない」ミートラーがちょっと嫌みを言う。もちろんミートラーなら、あのえくぼと大きな褐色の瞳があるから、地球上どこに行っても問題はないだろう。ミートラーとハミードはカナダに移住するための面接を受けに、一週間シリアに行くつもりだった――カナダはイランでは移民ビザの申請を受けつけていなかったからだ。ただ、国を出るか残るか、彼女はまだ迷っていた。

「ここでなら自分が何者かわかっているし、ひとかどの人間になることだってできるけど、向こうではどんな生活が待っているかわからないものね」ミートラーは自信なげに言った。

「自由の試練ね」とナスリーンが含みをこめて言う。私の好きなベロウの一節を引いたものだ。

マフシードだけが黙っていた。彼女はだれよりもはっきりと自分が求めるものを知っていた。結婚する気はなかった。あれほど伝統的な信条と道徳的義務に従っているにもかかわらず、マフシードはサーナーズほど結婚したがるタイプではなかった。現在の体制には批判的だが、彼女の問題は生きることそのものの問題というより、もっと実際的なものだった。理想の男性と結婚する望みはとうに捨て、外国で生きてゆく能力があるという幻想もまったくもたないマフシードは、ひたすら仕事に打ちこんでいた。当面の問題は、上役の無知と愚かさをいかに乗り越えるかということだ。彼らはマフシードの優秀な仕事ぶりに対して妬みのようなものを示し、彼女の政治的な過去を剣のように彼女の頭上にふりかざすのだった。

私は孤独な道を選んだマフシードのことを心配し、おじさんが住むおとぎの国に抑えがたい幻想を抱くヤーシーのことを心配した。傷心のサーナーズのことも、暗い記憶を秘めたナスリーンのことも、アージーンのことも心配だった。全員のことが心配だったが、なかでも一番心配なのはマーナーだった。彼女は自分自身に対してもっとも厳しい、正直な知性の持ち主だった。自分をめぐる現在の状況のすべてに腹を立てていた。自分たち夫婦がいまだに実家に経済的に依存していることから、知識人の低い地位、イスラーム体制の日々の残酷さにいたるすべてに腹を立てていた。同じ感情と願いをもつニマーは、強いられた彼女の孤独をいっそう深めただけだった。しかしヤーシーとちがって、マーナーは自分の状況に関して何かすることを頑なに拒んだ。みずからの能力を無駄にしていることにほとんど喜びを感じているように見えた。彼女は私の魔術師と同じく、周囲の世界よりも自分自身に厳しくしようと決意していた。あのような劣った人間たちに人生を支配されていることに対して、二人とも自分を責めていた。

「どうしてすぐ結婚の話になってしまうのかしら」ミートラーが言う。「本の話をするためにここに来ているはずなのに」

「オースティンを読んで結婚の話をするなんて実にくだらないって、ミスター・ナフヴィーに注意してもらわないとならないわね」私は笑いながら言う。くすんだスーツにボタンをきちんととめたシャツ、段カットの髪にうるんだ目をしたミスター・ナフヴィーは、時おり手頃な冗談の種としてよみがえった。ゴーリキーの『母』の主人公は、ジェイン・オースティンの小説に登場するすべての軽率な娘よりはるかに立派な女らしさの見本であるとミスター・ナフヴィーが宣言した日から、私は彼を永遠に軽蔑することにした。

9

オリガは沈黙した。

「ああ」ウラジーミルは叫んだ。「きみを愛してるのに、どうしてきみは愛してくれないんだ」

「私は国を愛してるの」オリガは言った。

「僕だってそうさ」彼は声を上げた。

「それに、私にはもっと強く愛するものがあるの」オリガは青年の抱擁から身をふりほどいて、つづけた。

「それは?」ウラジーミルは訊いた。

オリガは澄んだ青い瞳で彼を見つめ、即座に答えた。「党よ」

私たちが読んだ優れた作品は、どれも支配的なイデオロギーに挑戦を突きつけるものだった。本の内容というより、むしろその表現の仕方、人生と虚構に対する態度によって、潜在的な脅威となったのである。このような挑戦がもっとも明白なのがジェイン・オースティンの場合だった。

アッラーメの私のクラスでは、フロベール、オースティン、ジェイムズの作品と、ゴーリキーの『母』やショーロホフ『静かなるドン』、またイランのいわゆるリアリズム小説といったイデオロギー的な作品との比較にかなりの時間を費やした。前に挙げた一節は、ナボコフの『ロシア文学講義』に引用されていたもので、アッラーメのあるクラスでは大いに受けた。作中人物が個性のかけらもあたえられないとどうなるでしょう、と私は学生に問いかけた。どちらがより人間的な存在でしょうか。エンマ・ボヴァリーでしょうか、澄んだ青い瞳のオリガでしょうか？

ある日の授業のあと、ミスター・ナフヴィーが研究室までついてきた。オースティンは反イスラーム的であるばかりでなく、もうひとつの罪を犯している、すなわち植民地主義的な作家である、というのが彼の言い分だった。それまで主としてコーランを（時にはまちがって）引用していた人物の口からこのようなことを聞いて、私は驚いた。『マンスフィールド・パーク』は奴隷制を認めた作品であり、西洋でさえ、人々はいまや自分たちの過ちを認めていると彼は主張した。私が面食らったのは、ミスター・ナフヴィーが『マンスフィールド・パーク』を読んでいないのはほぼ確実だったからだ。

のちにアメリカに出張して、エドワード・サイードの『文化と帝国主義』を買ったとき、ミスター・ナフヴィーがあの意見をどこからもってきたかわかった。ムスリムの原理主義者がサイードを引用してオースティンを非難するとは皮肉なことだった。イランのもっとも反動的な分子が、西洋で革命的とされている人々の仕事と理論に共鳴し、勝手に借用するようになったのも、それに劣らず皮肉なことだった。

ミスター・ナフヴィーはその後もたびたび研究室までついてきては、こうした賢明な忠告を滔々とまくしたてた。授業中にこういう話を持ち出すことはめったになかった。教室ではいつも黙ったまま、静かな、超然とした顔を保ち、私たちへの好意でクラスにとどまってやっているとでもいいたげな態度だった。私にとってミスター・ナフヴィーは、欠点を補うような長所を何ひとつ見つけられなかった数少ない学生のひとりだ。エリザベス・ベネットに倣って、彼は常識の通じない人間だったといってもいいだろう。ある日、うんざりするほど消耗する議論の末に、私は言った。ミスター・ナフヴィー、ひとつ思い出してほしいことがあるの。あなたをエリザベス・ベネットにたとえるつもりはありません。彼女とあなたは似ても似つかない――人とネズミほどもちがう。でもエリザベスがダーシーにこだわって、絶えず彼のあらさがしをして、彼が自分の思うとおりの悪い人間であることを確かめるために、新しい知り合いができるたびに根掘り葉掘り問いただしていたのを憶えてる？　彼女とウィッカムの関係を憶えてる？　エリザベスがウィッカムに同情したのは、彼を思ってのことというより、ダーシーへの反感に基づくものだったでしょう？　あなたのいわゆる西洋についての話しぶりはどうかしら？　西洋のことを話すとき、「頽廃した」、「堕落した」、「腐敗した」、「帝国的」といった形容をつけないことはないでしょう。エリザベスのように偏見の虜にならないよう気をつけなさい！

私がめずらしく、最後の結論を下すという教師の特権を行使したとき、彼の顔にうかんだ表情をいまでも憶えている。

ミスター・ナフヴィーは大学内で大きな影響力をもち、懲戒委員会にナスリーンの行動を通報したこともあった。ある日、授業に遅れそうになったナスリーンが階段を駆け上がっているのを、めざとく見つけたのである。彼女は最初、大学の敷地内では、たとえ授業に遅れそうになっても二度と走りませんという誓約書にサインするのを拒んだ。しかし、レズヴァーン夫人から、こんなことで頑なに抵抗して、大学から追放されたら合わないでしょうと説得され、最終的には折れた。

ミスター・ナフヴィーのことをみんなで思い出していたとき、ミートラーとサーナーズが何やらささやきあってくすくす笑っているのに気づいた。何がそんなにおかしいのか教えてよと言うと、サーナーズは赤くなったミートラーに、ほら話しなさいよと促した。ミートラーの告白によると、彼女の仲間のあいだでは、ミスター・ナフヴィーはタバータバーイー大学のミスター・コリンズと呼ばれているそうだ。コリンズはジェイン・オースティンの『高慢と偏見』に登場するもったいぶった牧師である。

ある日の夕方、授業のあと、ミスター・ナフヴィーが突然ミートラーの前にあらわれた。いつもの彼らしくなかった。いつものような……「威圧的な彼？」と性懲り(しょうこ)もなくヤーシーが訊く。ううん、ちょっとちがう。「尊大な？　もったいぶった？　重々しい？」ヤーシーは悪びれた様子もなくつづける。ちがうわ。とにかく彼らしくなかったの。いつもの横柄さは影を潜め、ひどくそわそわした様子でミートラーに一通の封筒を手渡した。ほら、どんな封筒か説明して、とサーナーズがひじで小突く。それがぞっとするような青い色で、とミートラーが言う。おまけに変なにおいがするの。変なにおい？　そう、安っぽい香水の、薔薇水のにおい。

封筒の中には同じひどい色とにおいの手紙が一枚入っていて、整然とした黒インクの文字が並んでいた。「書き出しを言ってみて」サーナーズが促す。

「それが、実は、あの、最初に……」ミートラーは言葉につまったように口ごもる。

「僕の黄金の水仙！」サーナーズが叫び、爆笑する。

本当に？　黄金の水仙？　そう、つづいて彼はミートラーへの変わらぬ愛を告白していた。彼女のあらゆる動き、あらゆる言葉が彼の心の中に深く染みこんだ。いかなるものにも――いかなる力にも、彼女の微笑みほどの威力はなく、その微笑みを独り占めしたい云々。

それでミートラーはどうしたのか、みんな聞きたがった。ミートラーとハミードがひそかにつきあっている最中のことだったのよ、とサーナーズは言った。翌日、ミスター・ナフヴィーがどこからともなくあらわれて、通りで呼びとめたとき、ミートラーは彼の想いに応えることはできないと説明しようとした。彼は冷静にうなずいて、立ち去ったが、また二日後にやってきた。大学の近くの路地に自分の小さな車をとめておいたミートラーが、車に乗ろうとドアを開けたとき、背後に人の気配がした。「死の影みたいね」ナスリーンが不吉な言葉をはさむ。ミートラーがふりむくと、ウェーブした髪にうるんだ目、耳の突き出たミスター・ナフヴィーが立っていて、一冊の本を、e・e・カミングズの詩集を抱えていた。ページのあいだからまた青い封筒がのぞいていた。ミートラーが拒む間もなく、彼は彼女の手に本を押しつけて立ち去った。

「ナフィーシー先生に手紙の内容を教えてあげなさいよ」サーナーズが促す。「先生の講義がミスター・ナフヴィーにも少しは役に立ったのがわかって喜ぶはずよ」中には「僕の恥ずかしがり屋の薔薇へ」と書いてあった。ほかには？　それが、先生が昔、文学入門のクラスで教えていた詩が書き写してあったんです。

ぼくが一度も行ったことがないどこか　幸いにも
どんな経験も超えた場所で　きみの瞳は沈黙する
きみのこよなくあえかな身ぶりのうちに　ぼくをつつむものが
あるいは近すぎて触れられぬものがある

きみがちらりと見るだけで　ぼくはやすやすと開かれる
自分を拳のように握りしめていても
きみはいつも花びらを一枚ずつ開くようにぼくを開く
春が（たくみな、神秘のひとふれで）最初の薔薇を咲かせるように

あるいはきみの願いがぼくを閉じることにあるなら
ぼくの生は　世にも見事に　忽然と閉じるだろう
この花の心が　いたるところにそっと降る雪を
思いうかべるときのように

ぼくらがこの世界で感じとるいかなるものも
きみの猛烈なかよわさの力にはかなわない　その手ざわりは
その部分部分の色彩とともにぼくを打ち負かし
ひと息ごとに死と永遠をもたらす

(ぼくは知らない　きみの何がぼくを閉じたり開いたり
するのか　ただぼくのなかの何かが　きみの瞳の声は
すべての薔薇より深いと知っている)
だれひとり　雨でさえ　そんな小さな手はしていない

もう詩を教える気がしなくなるわね、と私は言う。彼女たちの若い娘らしいはしゃぎぶりに私も感染していた。

「これからは『チャイルド・ハロルドの巡礼』や『老水夫行』のような陰気な詩だけ教えるようにしたほうがいいですよ」マフシードが提案する。

今度はミートラーも、事態が手に負えなくなる前に、もっと思い切った手段に訴えなければならないと感じた。友人たちと何度も相談した末に、ミスター・ナフヴィーのような影響力のある人間を単に拒絶するのは危険だという結論に達した。一番いいのは、彼があきらめざるをえないような、説得力のある嘘をつくことだ。

次に出会ったとき、ミートラーは勇気をふるいおこしてミスター・ナフヴィーを呼びとめた。顔を赤らめ、口ごもりながら、恥ずかしくて断った本当の理由を言えなかったけれど、実は遠縁の者と婚約しているのだと説明した。先方は勢力のある、とても旧式な家なので、ミスター・ナフヴィーの情熱的な告白のことが知れた場合の報復が怖いのだと訴えた。青年は一瞬、その場に立ちつくし、それから、広い通りの真ん中にまだかすかに震えているミートラーを残したまま、何も言わずに立ち去った。

10

レズヴァーン夫人は、テヘランを離れる前の最後の元日に、私に小さなヘアピンを三つ買ってくれた。多くの女性がスカーフを留めるために使っていたものだ。私はいつまでたってもスカーフをきちんとかぶることができなかったので、講演や講義の前に、レズヴァーン夫人が私のスカーフをチェックし、だいたい正しい位置にあることを確かめるのが、二人のあいだの儀式のようになっていた。ナフィーシーさん、こんなものです。私を思い出してもらうのは残念ですけど、私はあなたのことが本当に心配なんです。私がいなくなったらこれをつけると約束してくださる？　帰国したらまたここでお会いしたいんです。

レズヴァーン夫人はカナダに行く準備をしていた。長年の苦労の甲斐あって、念願の博士号取得のための奨学金をようやく手に入れたのだった。何年も前からの夢だったが、いざとなると心配でたまらず、せっかくの機会を喜べなかった。成功するかどうか、それだけの能力があるかどうか、絶えず思い悩んでいた。レズヴァーン夫人が国を出ることになったのは、本人にとっても、私にとってもうれしいことだった。ほっとしたといってもいいくらいだ。

当時の私には、彼女があまりにも野心的で、出世のために私たちを利用しているように感じられた。のちに、話はそれだけではなかったことを知った。彼女の野心は、単に出世して、学部長になりたいという野心ではなかった——そういう願いも心の中にあったのは確かだが。レズヴァーン夫人は文学界の名士になりたいと切望していた。彼女の文学への愛は本物だったが、才能に恵まれず、権力と支配への野心のほうが時として文学への愛をしのぎ、両者が衝突することさえあった。彼女はこのような矛盾した感情を私の中にかきたてた。いつも彼女がいまにも何か重要な告白をしようとしているような、本当の自分をさらけだそうとしているような気がした。もっと知ろうとすべきだったのかもしれない。彼女からあれほどいろいろ押しつけられ、要求されていなければ、さらに多くのことに気づいていただろう。

一九九〇年の晩夏、私の家族は十一年ぶりに休暇でキプロス島に行き、私の弟の妻に会った。彼女はまだ一度も私の子供に会ったことがなかった。私は何年も国外に出ることを許されなかったので、いざ許可がおりたときには身がすくんでパスポートの申請に行けなかった。ビージャンが辛抱強く支えてくれなければ、とてもやりとげられなかっただろう。だが、ついにパスポートを取得し、私たちは実際に何事もなく国外に出た。レズヴァーン夫人の教え子でもある友人といっしょに滞在した。友人は、レズヴァーン夫人からよく私について、私の仕事や家族について訊かれたと言っていた。

その後、帰国してからその友人が知らせてくれたが、私たちがキプロスを発った日、おそらくはテヘランにもどる際に乗ったのと同じ飛行機で、レズヴァーン夫人が休暇でキプロスにやってきたのだという。レズヴァーン夫人はひとりだった。私の友人に電話して私のことを尋ねたところ、もう帰ったと言われた。友人によると、レズヴァーン夫人は、私たちが滞在中いっしょに訪れた場所に連れて行ってほしいと頼んだそうだ。私がしたことや行った場所を知りたがった。ある日、二人は私たちが泳ぎに行ったビーチを訪れた。

レズヴァーン夫人は恥ずかしがった。水着を着るのをためらい、水着になったあとは、だれからも見られないように、ビーチの人気（ひとけ）のない場所に行きたがった。水の中に入ったが、少しすると出てきて、どんなにがんばっても水着姿で歩きまわるのには慣れないわと言った。

レズヴァーン夫人はイランを離れると同時に私の人生から消え去った。その存在が至るところで感じられたように、その不在もまた徹底していた。たまに一時的に帰国しても、手紙も電話もよこさず、私は英文科の事務局長から彼女の話を聞いた。レズヴァーン夫人は二度、博士論文を仕上げるために滞在の延長を求めた。時おり、廊下を歩いているときや、彼女の研究室のそばを通りすぎるときに、レズヴァーン夫人のことを思い出した。彼女がいなくてほっとすると同時に悲しい気もした。

私がアメリカに来てから何か月かして、レズヴァーン夫人が癌（がん）だという話を聞いた。電話をしたが、不在だった。彼女から折りかえし電話があった。その声にはテヘラン時代の親密な堅苦しさがあふれていた。彼女は私たちの共通の教え子や、私の仕事について尋ねた。それから初めて心を開き、自分のことを話しだした。何か書こうとすると痛みがひどくて書けないこと、いつも弱っていて疲労感があること。長女が手伝いに来ていること。彼女にはたくさんの夢があり、将来に希望をもっていた。率直さが感じられるのは話の内容というより声の調子で、そのために、自分の弱さ、書けないこと、娘に頼っていることを飾らずに報告しながらも、そこにはある種の自信が漂っていた。癌はかなり広がっていたが、最近の治療については楽観的だった。彼女は私の仕事について訊いた。私は健康で、本を執筆中で、おおむね楽しく暮らしているなどとは言えなかった。

レズヴァーン夫人と話したのはそれが最後だった。間もなく体調が悪化して、電話で話すこともできなくなった。私はとりつかれたように彼女のことを考えずにはいられなかった。めざすゴールを目前にして癌になるなんて、あんまりだという気がした。またしても私のほうが幸運な人間であることを——私にはこの地上でいましばらくの猶予が、彼女が理不尽にも奪い取られた時間があたえられていることを思い出させるために話したかったわけではない。

最後の会話からほどなくしてレズヴァーン夫人は亡くなった。いまや彼女は別のかたちで私の生活に侵入するようになった。時々、私は心の中でレズヴァーン夫人をよみがえらせ、思い描いてみる。二人のあいだにありながら口にされることのなかった思いや感情を解き明かそうとする。彼女はいつも、初めて会った日のように、ゆらめく灯りの中を、あの皮肉っぽい横目づかいで近づいてきたかと思うと、私を通りぬけ、疑問と後悔を残したまま行ってしまう。

11

最初にナスリーンの変貌に気づいたのは、一九九六年の春頃、正確には三月初めのことだった。ある日、ナスリーンはいつものゆったりした長衣とスカーフをつけずにクラスにやってきた。マフシードとヤーシーはさまざまな色のスカーフをかぶり、私の家に入ると、それをはずした。だがナスリーンはいつも同じ服装をしていた。唯一変化を許されたのは上にはおる長衣の色で、濃紺、黒、焦げ茶を交互に着ていた。

その日、ナスリーンはいつもより遅くやってきて、さりげなくオーバーを脱ぐと、水色のシャツに濃紺のジャケットとジーンズがあらわれた。長くやわらかい黒髪は一本のお下げに編み、それが頭の動きにつれて左右に揺れた。マーナーとヤーシーは目くばせを交わし、アージーンはナスリーンが髪型でも変えたかのように、あら素敵じゃない、と言った。ヤーシーはお得意の茶化すような口調で言った。すごく……すごく大胆な感じ！　もちろんとっても素敵って意味よ。授業が終わる頃には、新しい服装をしたナスリーンがこの上なく自然に見えたので、以前のナスリーンを思い出すのに苦労したほどだった。

チャドルやヴェールをまとっていたとき、ナスリーンは昂然たる足どりで歩きまわっていた。ほかのすべてのことをするときと同じように、落ち着きなく、しかしどことなく虚勢をはって歩いていた。ヴェールをとったいまの彼女は、何かを隠すように前かがみになっていた。オースティンの描く女性たちについて話しあっているさなかに、ナスリーンが隠そうとしているものに気づいた。チャドルに隠れていたときにはわからなかったが、ナスリーンは実はとてもグラマーでセクシーな体をしていた。両手をおろしなさい、胸を隠すのをやめなさいと言いたい気持ちを、私はぐっとこらえた。ヴェールがなくなって初めて気づいたが、チャドルはナスリーンがなくしてしまいたいものを――真実どうしていいかわからないばかりになくしてしまいたいものを、おおい隠す口実になっていたのである。ナスリーンはよちよち歩きの幼児のように、いまにも転びそうな、ぎこちない歩き方をする癖があった。

それから何週間かして、授業のあとに残っていたナスリーンが、今度日にちを決めて会ってもらえないかと言いだした。私はうちに来るように誘ったが、彼女の態度はいやに堅苦しくて、私がよく学生と行くコーヒー店で会いたいと言う。思えば、なんと多くの内緒話や打ち明け話が公の場所で語られたことだろう。私の研究室、コーヒー店、タクシーの中、そして私の家の近くの曲がりくねった通りを歩きながら。

コーヒー店に入ると、ナスリーンが小さな木のテーブルで待っていた。テーブルの上には血のように赤い蠟製のカーネーションを挿した花瓶があった。ナスリーンはバニラとチョコレートのアイスクリーム、私はカフェ・グラッセを注文した。彼女がこの話しあいを求めたのは、ボーイフレンドの存在を正式に届け出るためだった。アイスクリームに猛然とスプーンを突き刺しているナスリーンに、私の知ってる人？　と訊く。いえ、でも――と口ごもり――見たことはあるかもしれません。彼はまちがいなく先生のことを知ってます。彼とはずっと前から知りあいで、とまるで恥ずべきおこないをついに告白するような口調でつづける。もう二年以上になるかしら、とため息をつく。でもまあ、いわばつきあうようになったのは、この二、三か月なんです。

私はこの知らせにびっくりした。驚きを隠して、何か適当なことを言おうとしたが、ナスリーンの表情は、そのようなはぐらかしを許す顔ではなかった。前から彼を紹介したかったんですけど、どうしたらいいかわからなくて。それに怖かったんです。怖いって何が？　そんなに怖い人なの？　私は冗談を言おうとささやかな努力をした。そうじゃないんです、ただ先生に気に入ってもらえないんじゃないかと心配で。ナスリーンはそう言いながら、溶けかけたアイスクリームをぐるぐるかき混ぜた。ねえナスリーン、彼を好きにならなきゃならないのは私じゃないのよ。

ナスリーンがかわいそうになった。彼女は恋をしていた――まさに人生で一番いい時のはずなのに、あれこれ心配してばかりいる。もちろん父親には嘘をつかねばならず――表向きは翻訳に費やす時間が増えたことになった。ナスリーンはいくつもの世界に生きていた。家族と仕事と社会といういわゆる現実世界。私たちのクラスと恋人のいる秘密の世界。そして自分の嘘からつくりだした世界。彼女が私に何を期待しているのかよくわからなかった。母親の役を引き受けて、性について教えるべきなのだろうか？　もっと関心を示して、彼について、二人の関係について、詳しく尋ねたほうがいいのだろうか？　私はとりあえず待つことにして、心を吸いこむような赤いカーネーションから何とか目をそらし、ナスリーンに注意を集中しようとした。

「先生に笑われたって文句は言えないわ」ナスリーンはいかにも惨めそうにそう言って、

溶けたアイスクリームの中でスプーンをかきまわしている。

「ナスリーン、そんなことするわけないじゃない。どうして笑わなきゃならないの？私は喜んでるのよ」

「もう情けなくって」ナスリーンは私の言葉には注意を向けず、自分の考えをたどっている。「母はあたしぐらいの年頃にはもう大きな子供がいたし、先生はもう教壇に立っていたのに、あたしはここで十歳の子供みたいなことをしているんだもの。この問題についてクラスで話しあうべきだと思うんです」

「あなたが十歳だということについて？」私は彼女の気分を明るくしようと下手な冗談を言う。

「いえ、そうじゃなくて」――とスプーンを下に置き――「あたしたちが――あたしみたいな若い女性が、オースティンだのナボコフだのを読んで、デリダやバルトや世界情勢の話をするような人間が、いかに無知か、男と女の関係について、男とつきあうということについて、いかに何ひとつ知らないかということなんです。あたしの十二歳の姪っ子のほうがそういうことはよく知ってるだろうし、デートした男の子の数だってたぶんあたしより多いはずだわ」憤然たる口ぶりで、しきりに両手の指を組みあわせたりほどいたりしている。

ある意味ではナスリーンの言うとおりだったし、そういう話をする覚悟ができたとわかったことで、私は彼女を守ってやりたいような、優しい気持ちになった。ねえ、ナスリーン、こういう問題に関しては、だれだってあなたの思うほど世慣れているわけではないのよ、と私は言った。私はね、新しい人とつきあうたびに、一からはじめるような気がいつもするの、こういうことは本能的なものなのよ。自己抑制をわきにおいて、何も考えずに男の子とビー玉だの何だので遊んでいた子供時代にもどればそれでいいのよ。

ナスリーンは答えずに、造花の花びらをもてあそび、そのつるつるした表面をそっとなでている。

「あのね」私は言った。「私の最初の夫は……そう、ビージャンの前に結婚してたのよ。十八になったばかりでね。彼、どうして私と結婚したと思う？　きみの無垢なところが好きだって言ったのよ――私、フレンチ・キスも知らなかったの。リベラルな時代に、リベラルな家庭に生まれ育って――十三になったばかりで海外に留学させられて――それなのにこれだもの。心の底で軽蔑していた男と、貞節で純潔な妻を求めていて、しかも残念ながら私を選んだ男と結婚した。彼は大勢の女の子とつきあっていて、私が彼の大学があるオクラホマについていったときには、彼の友だちがびっくりしていたわ。夏休みでイランに帰るその日まで、彼はアメリカ人の女の子と同棲していて、みんなに妻だと紹介していたのよ。だからそんなにしょげないで。こういうことは複雑なんだから」

「幸せ？」私は心配して尋ねた。長い沈黙があり、そのあいだに私は花瓶をとりあげ、壁際によせた。

「わかりません」ナスリーンは答えた。「幸せになる方法をこれまで一度も教わったことがないんです。教わったのは、快楽は大罪だとか、セックスは生殖のためだとか、その他もろもろのことばかり。やましい気持ちがあるんです。そんなふうに思う必要ないのに——男に興味をもったからって。男に」と彼女はくりかえした。「この年で！　実を言うと、自分が何を求めているのかわからないんです。正しいことをしているのかどうかも。いつも正しいことを教えられてきたけど——それが突然わからなくなったんです。ほしくないものはわかるのに、何がほしいのかわからない」そう言って、ほとんど口をつけていないアイスクリームに目を落とした。

「そう、でも私は答えてあげられないわ」私は身を乗り出してナスリーンの手を握ろうとした——慰めてあげたかった。でもできなかった。彼女はあまりにも遠く、自分の殻に閉じこもっているようにみえて、ふれる勇気がなかった。「必要ならいつでも相談に乗るけど、アドバイスを求められても無理よ——それは自分で見つけるしかないものだから」楽しくやりなさいよ、とむなしく訴える。恋をしていて、ほんのわずかな喜びさえ自分に禁じるなどということができるものだろうか？

ナスリーンの恋人の名はラミーンといった。私は何度か彼に会ったことがあり、初めて姿を見たのは、ナボコフに関する私の本のために開かれた集まりの席だった。ラミーンは哲学の修士号をもち、非常勤で教えていた。ナスリーンは彼が論文を発表したある学会で出会い、それから話をするようになった。ひとめ惚れなの？　と訊きたかった。

おたがいの気持ちを告白するまでどれくらいかかったの？　もうキスはした？　そういう詳しいことが知りたくてたまらなかったが、もちろん尋ねるわけにはいかなかった。

コーヒー店を出るとき、ナスリーンがためらいがちに言った。いっしょにコンサートに行っていただけませんか？　コンサート？　ラミーンの生徒が演奏するんです。先生とご家族の分のチケットが手に入りますから……。

12

コンサートという言葉は括弧でくくるべきだろう。この種の文化的イベントは本物のパロディにすぎず、会場となるのは個人の家か、あるいは近頃では、テヘラン南部に市が建設した文化センターだった。こうした催しは少なからず物議を醸した。すでに幾多の制約があるにもかかわらず、政府の人間の多くはそのような催しをなおも恥ずべきものと見なしていたからだ。演奏は厳しく監視され、登場するのは、その夜、私たちが見に行ったようなアマチュア演奏家がほとんどだった。それでも会場はつねに満員で、チケットは売り切れ、プログラムはいつも少々遅れてはじまった。

ビージャンは行くのを渋った。延々と並んだあげくにお決まりのいやがらせを受けてまで、凡庸な生演奏を聞かされるより、自宅でゆったりくつろいで、いい音楽を聞くほうがいいという。しかし最終的には子供たちの熱意と私の頼みに折れた。革命後は、外出と結びついていた活動——映画を見る、音楽を聞く、友人と飲食するといった活動のほとんどを、個人の家でおこなうようになった。だからこのようなお粗末な催しでも、たまにどこかに出かけるのは気晴らしになった。

会場の入口で二人に会った。ナスリーンはそわそわしており、ラミーンは恥ずかしそうだった。ひょろりとした長身のラミーンは、三十代前半だが永遠の大学院生のような雰囲気で、知的な魅力がある。自信に満ちた饒舌な人だったと記憶していたが、新たな役割で紹介された彼は、いつもの弁舌の才も話したいという欲求もなくしてしまったように見えた。私はラミーンに招待してくれた礼を述べ、一同は主に若い男女でいっぱいの長い列に向かった。ナスリーンは子供たちの相手をするのに忙しく、急に口が重くなった私は、ラミーンに彼のクラスのことを訊こうとした。ビージャンだけがその場の気まずい空気など気にもとめず、涼しい顔をしていた。週末に快適なわが家を離れるという犠牲を払ったのだから、そのうえ社交的にふるまう義務などない、というわけだ。

ようやく客席に入ると、ホールの中には人がひしめき、通路にも床にも客がすわり、さらに壁にもたれてぎっしり立っていた。私たちは来賓になるので二列目の席にすわることができた。プログラムは遅れてはじまった。まず登場したのはひとりの紳士で、たっぷり十五分から二十分も聴衆を侮辱し、われわれは頽廃的な西洋文化に毒された「金持ちの帝国主義者」の聴衆を楽しませるつもりはない、と言った。この夜、ジプシー・キングスの音楽を聞きに来ていた多くの人がこれを聞いて苦笑した。さらにその紳士は、反イスラーム的なふるまいをする者は会場から追い出すと警告し、つづいて女性はヴェール着用に関するしかるべき規則を守るようにと指示した。

その夜の情景を正確に描き出すのは難しい。出演したのは、いずれも素人の、若いイラン人男性四人のグループで、ジプシー・キングスの演奏で私たちを楽しませてくれた。ただし歌うことは許されず、楽器演奏しかできなかった。そのうえ少しでも演奏に熱中している様子を見せてはいけないときている。感情をあらわにするのは反イスラーム的だからだ。超満員のホールにすわりながら、私がはっきり悟ったのは、この夜を何とかして楽しい気晴らしに変えるには、楽しむためではなく、イラン・イスラーム共和国における夜の娯楽について報告するために来た外部の観察者のふりをするしかないということだった。

しかし、こうした制約や演奏の質にもかかわらず、われらが若きミュージシャンたちにとって、これほど理解があり、欠点も大目に見て、彼らの音楽をありがたがって聞いてくれる聴衆など、世界のどこにもいなかっただろう。おおむね若く、必ずしも金持ちとは限らない聴衆が、体を動かしたり手をたたいたりしはじめるたびに、舞台の両側からスーツの男性が二人あらわれ、手拍子やハミングや音楽に合わせて体を動かすのをやめるよう身ぶりで指示した。聞くことに集中しようとしても、この軽業師（かるわざし）どもを無視しようとしても、彼らは勝手に私たちの視界に入りこみ、常時姿を見せつけ、いつでも飛び出し、介入しようと狙っていた。私たちは絶えず罪悪感にさいなまれた。

演奏者はみな真面目くさっていた。まったくの無表情で演奏するのはほとんど不可能なので、むっつりした顔をしていた。リードギタリストは聴衆に対して怒っているように見えた。顔をしかめ、何とか体を動かさないように努力していたが、これは難しかった——何しろジプシー・キングスを演奏しているのだから。

ビージャンの提案で、私たちは早めに出ることにした——演奏中、感情を表に出せなかった群衆が、ほかの客を踏みつぶして鬱憤を晴らすかもしれないから、その前に帰ろうと言うのである。外に出ると、入口のわきでしばらく立ち話をした。ほとんどしゃべらなかったビージャンも、今夜の出来事に心を動かされたようだった。

「あの子たち、かわいそうに。才能が全然ないわけじゃないのに、音楽の質で評価されることは絶対にないんだから。体制からは西洋的、頽廃的だと批判されるし、聴衆は無批判に喝采する——彼らが一流だからじゃない、禁じられた音楽を演奏しているからだ。それじゃあ上達するわけがない」とだれにともなく言う。

「そうよね」その後の沈黙を埋める義務を感じて、私は言った。「だれひとり仕事の価値で評価されることはないんだもの。音楽のことなんて何も知らない人たちが自分はミュージシャンだとふれまわっているのよね」ナスリーンはむっつりし、ラミーンは無言のまま恥じ入っていた。ラミーンの変わりようにびっくりした私は、彼に無理にしゃべらせて、これ以上苦しめるのはやめようと思った。

ナスリーンは急に元気になった。「ナボコフだったら、こんなの見向きもしないわね」と興奮した調子で言う。「われながら呆れちゃう。娯楽を求めてこんなものに駆けつけるなんて」腕をふりまわし、息も継がずにしゃべりつづけて、神経質な早口の裏に、必死できまり悪さを隠そうとした。「ナボコフがここにいたら、すかさず批判したでしょうね——ポーシロスチの話をして！」

「えっ？」ネガールが言う。彼女は音楽そのものよりむしろ夜の外出の興奮を楽しんでいた。

「ポーシロスチ」ナスリーンはくりかえしたが、彼女らしくもなく、そこで話を打ち切ってしまった。

13

私はテーブルの上にうわの空で夕食の皿をおきながら、ぶつぶつ言っていた。ビージャンがふりむいて、何ぶつぶつ言ってるの、と訊く。言っても興味ないわよ、とわけもなくとげとげしく答える。ためしに言ってごらんよ、と彼は言う。いいわ、更年期について考えていたの。彼はまたＢＢＣに向きなおった。きみの言うとおりだ——興味ないな。興味をもっちゃいけないって法でもあるの？　あなたのお母さんにもあったし、妻にも、お姉さんや妹にも、娘にもいずれは起こることなんだから、少しは知りたがってもいいんじゃないの？　と私は不機嫌につづけた。浮気をしたら、愛人にだって起こるのよ？　彼に怒りをぶつけるのは筋ちがいだとわかっていた。彼はイスラーム共和国に生きる苦しみに鈍感な人ではなかったが、この頃は私が不平を訴えるたびに身構えるようになっていた。私は体制のもたらすあらゆる災難の原因が彼にあるかのように抗議し、そのせいで彼は自分の殻に閉じこもり、本当は痛切に感じている物事に対して無関心とも見える態度をとるようになっていた。

前回のクラスは意外な展開を見せた。私たちは彼女たちの母親について——母親が経てきた苦難について、母親が実は更年期に関して何も知らないことについて、話しあっていた。議論の発端はマーナーだった。マーナーは前夜、ニーマーといっしょに、パラボラアンテナでとらえたヴィンセント・ミネリ監督の恋愛コメディ『バラの肌着』を見た。この映画を見るのは三度目で、見ているうちにひどく悲しくなった。マーナーは、イランを舞台にした恋愛を想像の上で一度も体験したことがないのに気づいた。愛の感情はどこでも同じだが、表現の仕方は千差万別だ。『ボヴァリー夫人』を読んだとき、あるいは『カサブランカ』を見たとき、マーナーはその官能的な味わいを感じ、体験することができた。音や感触、匂い、映像が感じられた。だが、自分もこんな経験ができるかもしれないと思えるようなラブソングや小説、映画には出会ったことがない。イランの映画でさえ、愛しあっているはずの二人が登場しても、その表情や身ぶりからはそうした感情がはっきり伝わってこない。愛は禁じられ、公の領域から追放されてしまった。愛の表現が違法とされるときに、恋愛を体験することなどできるだろうか。

この議論から驚くべき事実が明らかになった。ほとんど全員が、彼女たちのいわゆる知的もしくは精神的な愛（よいもの）とセックス（悪いもの）とを分けて考えていることがわかったのだ。どうやら大事なのは、精神的な共感という崇高な領域にあるらしい。ミートラーでさえ、えくぼをうかべながら、男女の関係においてセックスは重要ではない、自分にとって性的満足が重要だったことはないと主張した。私が一番ショックを受けたのはアージーンの発言だった。アージーンは、ふだんの彼女にもどったことを示す例のあだっぽい声で（夫との問題がやや落ち着いている時期のことだった）、人生でもっとも重要なのは、宇宙との神秘的な合一を感じることだと言った。そして落ち着きはらって、男はそういう高度な精神的愛のための入れ物にすぎないとつけくわえた。入れ物？　性的快楽と肉体の調和を要求するこれまでの主張はどこへ行ったのだろう。マフシードさえ驚いた様子で、マーナーとすばやい目くばせを交わしていた。

「じゃあ」とそれまで黙っていたナスリーンが口を開く。「旦那にぶたれたら、みんな自分の頭の中のことだってふりができるのね。だって相手は自分の幻想を満たすための空の容器にすぎないんでしょう。それにアージーンだけじゃない。ほかのみんなも言ってることは基本的に同じじゃないの」

「あなたとニーマーはどうなの？」ミートラーがマーナーに訊く。「バランスのとれた関係のように見えるけど」

「私が彼を好きなのは、ニーマーみたいに話せる人がほかにだれもいないからよ」マーナーは肩をすくめて言う。

「かわいそうなニーマー」ヤーシーが言う。

「そんなにかわいそうじゃないわよ」マーナーはその日、少し荒れていた。「向こうだってほかに話せる相手がいないんだから。不幸は友を呼ぶ――そして愛に負けない強い力にもなるってことよ」

「みんなにはがっかりしちゃった」ヤーシーが言う。「肉体的魅力がどんなに重要で、精神的、知的な愛だけじゃないってことを教えてもらえると思ったのに。いつか肉体的な愛を知って自分のまちがいに気づくわよって言ってくれると思ってたのに。ああ、ぶったまげた」そう言って長椅子に沈みこむ。「それどころか唖然呆然だわ」と得意げな笑みをうかべて結論を下した。

痛っ！　と私は叫んだ。ビージャンがテレビからちらりと目を上げ、「大丈夫？」と訊く。大丈夫、指を切っただけ。私はビージャンの得意料理である鶏肉のケバブ（串焼き）に合わせるキュウリを薄切りしていたところだった。彼はバスルームに行ってバンドエイドをもってもどり、私の指にそっと貼った。何も言わず、なだめすかすようににこにこしながら、戸棚に行き、自家製ウオッカを一杯小さなグラスに注ぎ、サイドテーブルのピスタチオの皿のわきに置いて、BBCの前にもどった。私はキッチンを出たり入ったりしながらまだぶつぶつ言っていた。彼が人生を楽しんでいるのも不思議ではない。アメリカに住んでいたとしても同じことをしているはずだ。でも私にはつらい、と私はぼやき、心の中の見知らぬ話し相手に――私が不平をこぼすたびに質問したり茶化したりする声に向かって訴える。本当につらい。ビージャンもまた彼なりの苦労を抱え、たいして不平も言わずに耐えていること、彼のウオッカとBBCを妬むのはお門ちがいであることはよくわかっているのに、そのうしろめたい認識には気づかないふりをする。

キュウリとハーブを切り終えて、ヨーグルトに加える頃には、私はひとつの結論に達していた。私たちの文化が性を遠ざけているのは、性に過剰にとらわれているからだ。不能の男が美しい妻を閉じこめなくてはならないのと同じ理由で、性を極端に抑圧せずにいられないのだ。いつも性を感情から、知的な愛から隔離してきたために、ナスリーンの叔父が言うように、清らかで高潔か、あるいはいやらしくて楽しいか、どちらかになってしまう。私たちに無縁なのはエロス、すなわち本物の官能性である。この娘たちは、私の娘たちは、ジェイン・オースティンに詳しく、ジョイスとウルフを知的に論じることができるのに、自分の体についてはほとんど何も知らない。あらゆる誘惑の原因だと教えられてきたその体に何を期待すべきなのか、何もわかっていない。

愛し愛される前に、まず自分と自分の体を愛することを学ばなければならないということを、どう伝えればいいのだろう？　料理に塩胡椒を加える頃には答えを見つけていた。次のクラスには、片手に『高慢と偏見』、片手に『からだ・私たち自身』を――私の手もとにあったセクシュアリティに関する唯一の本を――携えていった。

14

シャーロット・ブロンテはジェイン・オースティンが嫌いだった。「『情熱』というものが彼女にはまったくわからないのです」と友人に不平を述べている。「……『感情』にさえ、たまに優雅な、しかしよそよそしい会釈をよこすばかりです。そうしたものと頻繁につきあうのは、彼女の優雅な歩みを乱すだけですから」。シャーロット・ブロンテとその気質を知っていれば、申し分なく優れた作家が、他の優れた作家を嫌うことが——オースティンに対するブロンテのように嫌うこともあるということが理解できるだろう。ブロンテは手厳しく執拗にオースティンを斥け、一八四八年には批評家のG・H・ルイスにあてて次のように書いた。「なぜそれほどミス・オースティンがお好きなのですか？　私にはその点が理解できません。……『高慢と偏見』はあなたのお手紙を読むまで見たことがなかったので、手に入れました。そこに私が見たものは、平凡な顔を正確に写しとった銀板写真、周到に柵をめぐらし、こぎれいな縁取り花壇をそなえ、優美な花々の咲く、手入れの行き届いた庭。けれど、溌剌とした顔はまるで見えず、広々とした土地も、さわやかな空気も、青い丘も、美しい小川もありません。私は彼女の描く紳士淑女と、上品だけれど窮屈な彼らの家でいっしょに暮らしたいなどとはおよそ思いません」

これには一理あるかもしれないが、ブロンテの非難は必ずしも正当とはいいがたい。オースティンの小説に情熱が欠けているとはいえない。確かに、ある種の爛熟した官能性、ジェイン・エアとロチェスターのもっと生な、奔放な情熱への欲求はそこにはない。オースティンの小説における情熱は、より抑えた官能性、遠回しの欲望である。『高慢と偏見』の一四八ページを開き、読みながら、その場面を心に思い描いていただきたい。コリンズ氏の家でダーシーとエリザベスが二人きりになった場面である。ダーシーはエリザベスがいなくては生きてゆけないことにしだいに気づきつつある。二人は女性の嫁ぎ先と実家の距離の問題について話しあっている。


　ミスター・ダーシーは椅子をやや彼女のほうに引きよせて言った。

「しかし、あなたのように、生まれた土地にやたらに執着するのもおかしい。あなただってずっとロングボーンにいたわけではないでしょう」

　エリザベスは驚いた顔をした。ミスター・ダーシーは気が変わったのか、椅子をまたうしろに引くと、テーブルから新聞をとり、さっと目を通して、いくらかそっけない声で言った――

「ケントはお気に召しましたか？」


前記の場面にもどろう。「あなた」という言葉の強調は、ダーシーのエリザベスに対する恋情のあらわれである。その感情はごくありきたりなやりとりの中にさえ顔を出す。ダーシーの想いが募ってゆく様子を、彼の声の調子でたどることができる。それが頂点に達するのが、エリザベスへの求婚の場面である。彼の執拗な求愛は、「抑えに抑えたんですが、だめなんです。もうだめです」という言葉ではじまり、ほとんど激越な調子をおびる。その理由のひとつは、この小説そのものがきわめて抑制のきいたものであり、すべての登場人物の中でダーシーこそはもっとも抑制の強い人物だからである。

そこで、この「あなた」という言葉に注意深く耳をかたむけていただきたい。ダーシーはエリザベスを名前で呼ぶことはまずないが、幾度か彼女に呼びかけるときに、彼独特の流儀で「あなた」というそっけない代名詞をこの上なく親密な呼称に変える。私たちのような文化では、こうした微妙な差異の価値を知るべきだろう。この国では、だれもがイマームへの愛をいとも大仰に表明するよう奨励される一方で、私的な感情、とりわけ愛を公然と表現するようなまねは、いかなるかたちでも許されない。

『高慢と偏見』には登場人物や場面の具体的描写がほとんどないにもかかわらず、読者は作中人物のひとりひとりに会い、彼らの親密な世界をこの目で見たかのように感じる。登場人物をよく知っているような気がして、彼らをとりまく環境が感じとれる。ダーシーに美人ではないと公然と言われたエリザベスの反応や、晩餐の席でおしゃべりするベネット夫人、ダーシーの領地ペンバリーで木陰の点在する小道を歩むエリザベスとダーシーの姿が目にうかぶ。驚嘆すべきは、こうしたすべてが主として口調によって――さまざまな声の調子、すなわち、傲慢になったり無作法になったり、優しくなったり辛辣になったり、なだめたり媚びたり、冷淡になったりうぬぼれたりする言葉によってつくりだされていることである。

オースティンの小説には触感が欠けているが、その代わり緊張が、音と沈黙のエロティックな味わいがある。オースティンはたがいに求めあう登場人物を反目させあうことで、切ない憧れの感覚を醸し出すことに成功している。エリザベスとダーシーは、いくつもの場面で、たがいに近くにいながら、人目が多くて二人だけで話すことができない状況におかれる。オースティンは二人を同じ部屋にいながら手の届かぬ存在にすることで、欲求不満に満ちた緊張をたっぷりとつくりだす。だれもがジェインとビングリーが相愛の仲になるのを期待しているのに対し、エリザベスとダーシーには正反対のことが期待されているだけに、この緊張はいっそう強まる。

たとえば、最後のほうにあるエリザベスの家のパーティの場面を見てみよう。エリザベスは彼と二人で話したくてたまらない。すべては不安の中で過ぎてゆく。エリザベスは姉のわきに立って、お茶とコーヒーを注ぐのを手伝っており、「彼がそばに来てくれなかったら、もう永久にあきらめよう」と自分に言い聞かせる。はたしてダーシーは近づいてきたが、近くにいた娘のひとりがエリザベスにぴったりくっついてささやく。「男の人には割りこませないわ。私たち、男なんかお呼びじゃないわよねえ」ダーシーは離れてゆき、エリザベスはその姿を目で追うしかなかった。彼女は「彼から話しかけられている人がひとり残らずうらやましくて、とても人にコーヒーなどすすめていられず、それにしても自分はなんてバカだったのだろうと腹が立ってならなかった」。このゲームは一晩中つづく。ダーシーはふたたびエリザベスのテーブルに近づき、カップを返し、少しその場にたたずんで、彼女と儀礼的な挨拶を交わすが、また離れてゆかなければならない。

オースティンはこうして人間関係のもっとも興味深い側面、すなわち、近くにいながらあまりにも遠い相手への強い欲望、憧れをうかびあがらせることに成功している。それはいずれは満たされる憧れ、最終的には融和と幸福のうちに終わる緊張である。オースティンの小説には実際の愛の行為の場面はほとんど出てこないが、彼女の物語はひとつの長く複雑な求愛の道筋にほかならない。オースティンの興味が結婚制度よりも幸福に、結婚生活よりも愛と理解にあることは明らかである。オースティンの小説における不釣り合いな結婚の数々を見れば、それがよくわかる——たとえば『マンスフィールド・パーク』のサー・トマス・バートラムとその夫人、『高慢と偏見』のベネット夫妻、『説きふせられて（説得）』のチャールズ・マスグローヴと妻メアリなどである。シャハラザードの物語のように、そこにはよい結婚と悪い結婚、よい男女と悪い男女の限りなく多様な姿がある。

オースティンの世界には限界があるというブロンテの主張もまた必ずしも正しくない。オースティンの小説に登場する女たちは絶えず限界を脅かす。彼女たちの本来の居場所は公的な領域よりも私的な領域、心と複雑な人間関係の領域である。十九世紀の小説は個人を、彼女の幸福と苦難と権利を物語の中心に据えた。したがって結婚はもっとも重要なテーマだった。リチャードソン『クラリッサ』の不幸なクラリッサから、フィールディング『トム・ジョーンズ』の内気で従順なソファイア、そして『高慢と偏見』のエリザベス・ベネットにいたるまで、物語を進行させる悶着の種や緊張をつくりだすのは女たちである。彼女たちはオースティンの小説がはっきりと示していることに読者の注意を向けさせる。それはすなわち結婚の重要性ではなく、結婚における心と理解の重要性であり、慣習第一ではなく慣習の打破である。こうした女たち、育ちのいい、美しい女たちは、愚かな母や無能な父（賢明な父親はオースティンの小説にはまず出てこない）、あるいは厳格な社会が選んだものにノーと言う反逆者である。愛と仲間を得るために、また、デモクラシーの核心にある困難な目標、すなわち選択の権利を手に入れるために、彼女たちは追放され、貧困におちいる危険さえ冒すのである。

15

夏の夜のパーティを思いうかべてほしい。私たちはかぐわしい庭にすわっている。趣味のいい主人は、プールを見おろす広いテラスに、華奢な蠟燭を灯した小さなテーブルをいくつかしつらえていた。片隅の壁際に広げられたペルシア絨毯の上には、カラフルなクッションが並んでいる。何人かはクッションにもたれている。ワインとウオッカは自家製だが、色からはわからない。笑い声とおしゃべりがテーブルのあいだを漂う。一座の人は世界中どこでもこれ以上は望めない人たち――教養があり、ウィットにあふれ、洗練されていて、話題も豊富だった。

絨毯にすわっている私たちは、クッションに背をもたせ、ワイングラスをもてあそびながら、何に耳をかたむけているのだろう。主人はバスの話を物語っている。最新のニュースだ。多くの人はこの二日、断片的に耳にしていたけれど、それは信じがたい話をさんざん聞き慣れた私たちでさえ、とても信じられない話だった。主人は信頼できる情報源だし、おまけに彼はその話を確かな筋から、少なくとも事件に関わったひとりの口から直接聞いたのだった。

二か月ほど前、作家協会の役員会はアルメニアで開かれる会議への招待状を受けとった。協会の会員全員が招待された。最初、多くの会員が情報局からの電話で会議には行くなと脅されたが、その後、体制は態度をやわらげ、今度の旅を奨励するような様子さえ見せた。結局、二十人あまりの会員が招待を受けた。バスを借りて行くことにした。ここで細かい話が食いちがってくる――最初から何だか怪しいと思っていたと主張する者もいれば、やつはぐるだと非難しあう者もいる。しかし、旅立ちの朝、二十一人の作家がバス停留所に向かったという点では全員が一致した。一部の人は、バスが時間どおりに来ず、運転手も別人に替わっていたのを少し変だと思った。何人かの仲間が出発当日の朝になって約束を破り、行くのをやめたことに気づいた人もいた。

ついにバスは出発した。途中までは順調だった。真夜中すぎ、一部の人によれば午前二時頃、乗客はみな眠っていたが、ひとりだけ不眠症の作家が、バスが止まり、運転手の姿が消えていることに気づいた。窓から外を見ると、バスはおそろしく高い崖のふちに停車していた。それを見るや、彼は一同を起こすため大声をあげながら運転席のほうに走り、ハンドルを握ってバスの向きを変えた。他の乗客はびっくりして飛び起き、どやどやとバスを降りたが、治安部隊の出迎えを受けただけだった。彼らはメルセデスベンツとヘリコプターとともに待機していた。乗客は複数の尋問施設に連行されて、拘留され、あからさまに口止めされたうえで釈放された。次の日にはテヘラン中がそのニュースを知っていた。バスを崖から落とし、事故として処理しようとする陰謀があったということらしい。

こうした事件ではいつもそうだが、今回もこの出来事をねたにしたジョークが数多く生まれた。その夜遅く、ビージャンと私は帰る道々、作家たちの恐ろしい体験について話しあった。おかしなものだね、とビージャンは言った。ああいう作家の大部分は、いつも文学に対するイデオロギー的な姿勢に文句をつけるために話題にのぼるだけなのに、こういう事件があると、それもどうでもよくなってしまう。どれほど考え方がちがっても、どれほどくだらない作家だと思っていても、結局は同情がすべてに勝つんだな。

それからほどなくして、私たちは早朝、作家協会の創設者のひとりと結婚した友人からの電話で起こされた。彼女の声は怯えていた。BBCに電話して、いま起きていることを知らせてもらえないかと言う。事態が落ち着くまで夫としばらくテヘランを離れなければならなくなったので、息子を二、三日預かってもらえないかと頼まれた。

この事件の前にも数々の事件があった。ドイツの領事が知識人と作家のために自宅で開いた小さなパーティが襲撃され、出席者が逮捕された事件。有名な左翼ジャーナリストにして人気雑誌の編集長が、他の人々とともに逮捕され、仲間が釈放されたあとも拘留されて、行方不明になった事件。その後、彼は妻と家族のいるドイツに向かったと言われたが、結局ドイツには到着しなかった。イラン政府は、彼はすでに出国してドイツにいると主張し、ドイツ政府は否定した。彼の失踪をめぐる国際的な非難の高まりが、世間の注目を集めつづけるうえで役立った。ある日、彼はテヘラン空港にあらわれ、ドイツに行き、そこから第三国に行っていたという奇妙な話を語った。数日後、彼は官憲から受けた拷問について詳しく述べた公開書簡を書き、ただちに再逮捕された。国際的な圧力が高まった結果、ようやく釈放された。それから間もなく、このジャーナリストや他の反体制的な作家を支援してきたイラン人出版者が家を出たままもどらなかった。遺体はテヘラン郊外の人気(ひとけ)のない場所に投げ捨てられていた。多数の反体制派が同じ運命をたどった。

一九九〇年代なかば、ヨーロッパに接触する努力の一環として、多くの西洋の知識人がイランに招待された。哲学者ポール・リクールが連続講演のために来た。リクールは三回講演をおこない、そのたびに廊下や階段にまで聴衆があふれた。それからしばらくのちに作家のV・S・ナイポールがイランを訪れた。エスファハーンで彼の案内役をつとめたのは、有名な翻訳者で出版者のアフマド・ミール＝アラーイーだった。エスファハーンの自分の書店にいるミール＝アラーイーの姿がいまでも目にうかぶ。この店は知識人や作家が集まって語りあう場になっていた。彼の顔はいつも蒼白く、肌の色が妙に薄い感じがした。ずんぐりした体に茶色の丸眼鏡をかけていた。どういうわけか蒼白い顔にずんぐりした体という組み合わせのせいで、人は彼を信頼し、話を打ち明けたくなるのだった。鋭いウィットがあり、感情移入して人の話を聞けるようなタイプだった。戦闘的な友人たちと異なり、ミール＝アラーイー自身は対立を好む性格ではなかったせいもあるだろう。彼はいわば犠牲者だった。政治的な人ではなく――板挟みになって、時に自分本来の性質に逆らって急進的な政治的立場をとらねばならなかっただけだ。翻訳に関しては見事なセンスを発揮し、ナイポールやクンデラなど数多くの作家を選んだ。

ナイポールがイランを発ってから二、三か月後、ミール＝アラーイーの遺体が小さな川に近い路上で発見された。朝、家を出たまま帰ってこなかった。その夜遅く、家族は彼の死を知らされた。ポケットの中にウオッカの小瓶があった。シャツの胸全体にウオッカがこぼれていたのは、ミール＝アラーイーが白昼、酒を飲みに出て泥酔し、通りの真ん中で心臓発作を起こしたように見せかけるためだ。そんな話を信じる人間はだれもいない。胸には大きなあざ、腕には注射の痕があった。尋問された際に偶然かもしくは故意に殺害されたのだ。

そのすぐあとで古代ペルシアの権威として名高いジャハーンギール・タファッゾリーの他殺体が見つかった。私は彼をよく知っていた。とても内気な人で、細身の体にもじゃもじゃの黒髪、大きな目が眼鏡の下でやけに巨大に見えた。タファッゾリーは政治には関わっていなかったが、ただ「イラン百科事典(エンサイクロペディア・イラニカ)」というプロジェクトのために原稿を執筆した。このプロジェクトを監修したコロンビア大学の著名なイラン人学者は、イラン政府から激しく非難されていた。タファッゾリーの専門分野、すなわちイスラーム期以前のイランは、イスラーム体制からひどく嫌われていた。帰宅するためテヘラン大学を出た彼は、途中、車から自宅にいる娘に不審な電話をかけた。遺体は自宅からも大学からも遠く離れた道路沿いで発見された。タイヤを交換しようとして車にはねられたのだとされた。

葬儀やパーティやその他の集まりで、私は友人や同僚とくりかえしこうした死の話をした。私たちは取り憑かれたように、官憲の報告にある死の模様をよみがえらせて再現し、それから実際の死にざまを思い描こうとして、心の中でもう一度彼らを殺した。私はいまでも車内で二人の殺し屋にはさまれてすわるタファッゾリーの姿を、娘に無理やり電話をかけさせられた彼を想像する。だがうまく思いうかべることができず、自問する。やつらはいつどこで彼を殺したのだろう？　車の中で、一撃で命を奪ったのだろうか。それともどこかの隠れ家に連れて行って殺し、人気のない道路に投げ捨てたのだろうか？

16

いい子にすると約束するなら、びっくりするものをあげるよ、と私の魔術師は電話で言った。人気のあるコーヒー店で会う約束をした。奥がレストランになり、表に面した部分が焼き菓子の店になっている店だ。名前は思い出せないが、きっとほかの多くの店と同じように、革命後に変わったにちがいない。

本をつめこんだバッグを持って店に着くと、私の魔術師は隅のテーブルにすわり、持ってきた本の山を調べていた。『千夜一夜物語』の英語版を探していただろう、オックスフォード版を一冊見つけたよ、と彼は言った。私はカプチーノ、彼はエスプレッソ、それからこのカフェの名物のミルフィーユを二人分頼んだ。きみが探していたオーデンの詩も持ってきたよ、どうしてこれが必要なのかよくわからないけどね。彼はそう言って、オーデンの「バイロン卿への手紙」をタイプした紙を渡してくれた。

この前、クラスでとてもおもしろい議論をしたの、と私は言った。『学生部長の十二月』や『ロリータ』や、ほかにもクラスでとりあげた作品について話していたんだけど、ひとりが、マーナーが――マーナーは憶えてる？　うん、憶えてる、詩人だろ。そう、それでね、マーナーがこう言ったの。こういう作家たちをジェイン・オースティンのような、この世界と人間についてずっと楽観的な見方をしている作家とどう結びつければいいのかしらって。

大方の人間がその点を誤解しているな、と彼は言った。オースティンの小説をもっと注意深く読むべきだよ。

そうなの、私もそう言ったの——オースティンのテーマは、異常な状況における残酷さではなくて、ごくふつうの状況で、私たちのようなふつうの人間が見せる残酷さなのよ。そのほうが怖いでしょう？　だから私はベロウが好きなの。私は最近愛読している作家のことを思い、大げさな調子で言う。

きみはまったく移り気だね。ナボコフはどうした？　一冊でもう過去の人か！　茶化すような彼の口調を無視して、そうじゃないの、と私は言う。ベロウの小説は個人的な残酷さ、自由の試練、選択の重荷を描いているの——その点ではジェイムズも同じだけど。自由であることは、自分の決断に責任をもたなければならないということは、恐ろしいことよ。そうだね、イスラーム共和国に責任を転嫁できないわけだからね、と彼は言う。それから少し間をおいて、つづけた。もちろん国に責任がないと言っているわけじゃないよ——そんなことは断じてない。

ねえ聞いて、と私は言い、ベロウの『モア・ダイ・オブ・ハートブレイク』のページをめくる。気に入った一節を引用して聞かせるためだけに持ってきたのだ。「ロシア革命の意義は、ロシアが自国を現代的意識の試練から隔離しようとした点にある。いわば国を封鎖したのだ。封鎖した国の中で、スターリンは昔ながらの死をまき散らした。西側は新たな死に苦しんでいる。この自由主義世界において、魂に起きている事態をあらわす言葉はない。『権利の向上』も贅沢な『ライフスタイル』とやらもどうでもいい。埋もれている私たちの判断力はそこまで愚かではない。意識の遠い中心ではこうしたすべてが見えていながら、完全な覚醒を拒んでいるのだ。完全に覚醒したら、私たちはこの新たな死に、こちら側の世界に特有の苦難に直面しなければならない。現実に起こっていることに真の意識を開くのは苦痛を伴うだろう」

この「昔ながらの死をまき散らす」というところが大好きなの。ベロウはどこかで「感情の萎縮」について言っていたわ——きみの学生の言い方によればソールは、引用するのにうってつけだからね。それは長所なのか欠点なのかわからないけど。

確かにベロウ氏は——西洋は「感情の萎縮」にとらわれている……。

だれがきっかけをつくったの？　私に『ベラローザ・コネクション』をくれたのはだれ？　と私は非難がましく言った。これは私のクラスのために重要なのよ。彼女たちは西洋をあまりにも無批判に見ているでしょう。薔薇色のイメージをもっているのよ。イスラーム共和国のおかげでね。彼女たちがいいと思うものはみんなアメリカかヨーロッパから来たものなの。チョコレートやチューインガムからオースティン、アメリカ独立宣言に至るまで。ベロウはこのもうひとつの世界について、より真実に近い体験をさせてくれる。西洋が抱える問題や恐怖を見せてくれるの。

いい？　ここが肝腎な点なの。ここには私たちが経験していることが……。彼は私を見ていなかった。聞いてないわね、と私は焦れて言う。彼は私の背後を見ていた。ウェイターに合図すると、すぐに寄ってきた。どうしたの？　なんの騒ぎ？　と彼が訊く。ベロウの長所をあげるのに夢中でそれまで気づかなかったが、確かに背後が騒がしかった。

ウェイターは手入れだと言う。革命防衛隊員が入口に立ち、店を出ようとしていた客を監視していた。ウェイターは気を利かせて、私たちが親戚同士でなければ、彼が別のテーブルに移り、私のほうは何か訊かれたら、焼き菓子の店に頼んだ品物を待っていると言えばいいと勧めた。

私たち、何も悪いことなんかしてないわ――私は動かないわよ。あなたもそうでしょ、と彼に向かって言った。ばかなことを言うんじゃない、と彼は言った。スキャンダルになりたくないだろう。いますぐビージャンに電話するわ。それが何になる？　と彼はすかさず言いかえした。やつらが彼の言うことを、妻を野放しにしている夫の言い分を聞くと思うのか？　彼は両手でコーヒーカップを持って席を立った。私は忘れ物よ、と言って『千夜一夜物語』を渡した。彼は英語で、大人げないな、と言った。手持ち無沙汰じゃ困るでしょ、それに、前にもらったのをもうコピーしたから。彼はコーヒーと本を持って遠くのテーブルに行き、私はひとりすわってミルフィーユを食べようとしながら、翌日の試験に備えて詰めこみ勉強をする学生のように、猛然と『モア・ダイ・オブ・ハートブレイク』のページをめくっていた。

革命防衛隊はカフェに入ってくると各テーブルをまわりはじめた。二、三人の若者がその前にうまく抜け出したが、ほかの客はそうはいかなかった。四人家族と私の魔術師、中年女性二人、青年三人が取り残された。私は注文の品物ができると立ち上がり、例のウェイターにたっぷりチップをはずんだ。本の包みが床に落ち、包みが破れて本が床中に散らばった。ウェイターが袋を持ってきてくれるのを待って、私の魔術師には目もくれずに店を出た。

タクシーの中で、私は狼狽と怒りとかすかな後悔を感じていた。ここから出よう、と心の中でひとりごちた。こんな生活はもう真っ平だ。こういうことがあるたびに、私も大勢の人と同じように、国を離れることを、日常生活がこんな惨めな戦場ではない場所へ行くことを考えた。この頃は、イランを離れるという考えが単なる心理的な防衛機制ではなくなり、このような出来事がしだいに決定的な変化をもたらしつつあった。友人や同僚の中には状況に適応しようとした人もいた。心の中では体制を支持していないけど、従うしかないでしょう、とひとりは言った。髪の毛をちょっと出したために刑務所行きになって仕事を失うなんていやだもの。レズヴァーン夫人はこんなふうに言っていた。私たちはもうこういうことに慣れるべきです。この子たちは少し甘やかされているんですよ――多くを望みすぎです。ソマリアやアフガニスタンをごらんなさい。あの人たちに比べれば、女王のような暮らしをしているじゃありませんか。

「慣れるなんて無理です」マーナーはある日、クラスで言った。無理もない。私たちは不幸せだった。いまの状況を自分自身の可能性と、ありえたかもしれない可能性と比べてしまうし、どういうわけか、自分より不幸な人間が何百万もいると知ってもほとんど慰めにはならなかった。どうして他人の不幸を見て自分の幸せを感じたり満足したりしなければならないのだろう。

帰宅すると、ビージャンと子供たちは一階の母のところにいた。私は家族のために買ったミルフィーユを冷蔵庫に入れ、母に持ってゆくキャロット・ケーキを出しておいた。それからすぐ冷凍庫に行き、大きめの鉢に自分用のアイスクリームをよそい、コーヒーとクルミをかけた。ビージャンと子供たちが上がってくる頃には、私はバスルームで吐いていた。一晩中吐きつづけた。私の魔術師が途中で電話してきた。本当にすまない、と彼は言った。だれだって汚されたような気になる。私のほうこそごめんなさい、と私は言いかえした。悲しいのはみんな同じよ――私の本に日付とサインを書きこむのを忘れないでね。

その夜、私の胃は何も受けつけず、水さえだめだった。翌朝、目を開けると、部屋がぐるぐるまわりだした。小さな光の点が集まって光り輝く尖った冠になり、めまいを誘うように空中で踊っている。目をつぶり、また開けると、ふたたび恐怖の冠があらわれた。私はおなかを押さえ、バスルームに行って吐いたが、胃液しか出てこなかった。その日は一日中、贅沢にもベッドの中ですごしたが、肌が過敏になってシーツの感触までもが気になった。

17

彼女がぼくに与える以上の衝撃を彼女に与えることはできない
彼女に比べればジョイスは若草のようにあどけなく見える
イギリスの中産階級のオールドミスが
情欲をかきたてる「銭」の効果を描き出し
社会の経済的基盤を
かくも率直にかつ沈着冷静に暴露しているのを見ると
ぼくは何とも落ち着かない気持ちになる

若い娘がレイプされ、車のトランクで運ばれて殺される。若い学生が殺されて両耳を切りとられる。ベロウの作品の中には捕虜収容所をめぐる議論、死と破壊をめぐる議論があり、ナボコフの中にはハンバートのような極悪非道な人間、十二歳の少女をレイプする男が登場し、フロベールの中にさえあれほど多くの苦痛と裏切りがある――それに対してオースティンは？　ある日マーナーがそう訊いた。

確かに、オースティンはどうなのだろう。オースティンの喜劇性と寛大な精神のために、時として私の学生たちも、彼女が取り澄ましたオールドミスで、世の中に不満もなく、その残酷さに気づいていないというありがちな考えにおちいることがあった。私はオーデンの「バイロン卿への手紙」を思い出すように言わなければならなかった。オーデンはこの詩の中でバイロンに、「彼女の小説が地上でいかに愛されているか」オースティンに伝えてくれと頼む。

オースティンのヒロインはそれぞれに頑なところがある。彼女の小説の中には多くの裏切り、貪欲、偽りがあり、不実な友人、利己的な母親、専制的な父親が多数登場し、虚栄、残酷、苦痛もたっぷりある。オースティンは悪人にも寛大だが、だからといってどの登場人物も、ヒロインでさえ、簡単に容赦したりはしない。オースティンのお気に入りにしてもっとも人好きのしないヒロイン、『マンスフィールド・パーク』のファニー・プライスは、実はだれよりもつらい目にあうヒロインでもある。

現代の小説は家庭生活やありふれた関係、あなたや私のようなふつうの人間に潜む悪を描き出す――読者よ！　兄弟よ！　とハンバートが言ったように。優れた小説に描かれた悪はほとんどそうだが、オースティンにおける悪もやはり、他者を「見る」能力の欠如、したがって他者の心を理解する能力の欠如にある。恐ろしいのは、こうした他者への盲目性が、（ハンバートのような）最悪の人間だけでなく（エリザベス・ベネットのような）最良の人間にさえ見られることである。私たちはだれもが盲目の検閲官になりかねず、自分の理想や欲望を他者に押しつけかねない。

悪が個人的なものになり、日常生活の一部になると、悪への抵抗の仕方もまた個人的なものになる。魂が生きのびる道はあるのか、というのが何よりも重要な問いとなる。その答えは愛と想像力にある。スターリンは昔ながらの死をまき散らすことでロシアから魂を奪った。詩人マンデリシュタームと反体制作家シニャフスキーは、囚人仲間に詩を朗読し、日記にそれを書きしるすことで、ロシアの魂を回復した。ベロウは書いている。「あるいは、このような状況において詩人でありつづけることは、政治の核心にふれることでもあるのかもしれない。人間の感情、人間の経験、人間の姿と顔が、ふたたび本来の場所をとりもどす――すなわち前面に出てくるのだ」

18

イランを出るという決断はある日ふと訪れた――少なくともそんなふうに見えた。このような決断は、いかに重大なものであろうと、周到な計画にもとづくことはめったにない。破綻した結婚のように、長年の恨みと怒りが突如爆発して致命的な決断に至るのだ。国を出るという考えは、離婚の可能性のごとく、私たちの心のどこかに不吉な影のように潜み、ささいなきっかけでいつでも浮かびあがる準備ができていた。だれかに訊かれれば、私はいつも挙げる理由を言うだろう。私の仕事、女としての気持ち、子供たちの将来、そして私のアメリカ旅行――アメリカに行ったことで、もう一度私たちの選択と可能性に気づいたからだ。

ビージャンと私は初めて深刻な喧嘩をし、しばらくのあいだ出るか残るかの話しかしなかった。今回、私が国を離れる決意を固めているのを知ると、ビージャンは無念そうに黙りこんでしばらく口をきかなかった。それから延々と苦痛に満ちた議論がはじまり、家族や友人も議論に加わった。ビージャンは、国を出るのはいい考えではない、少なくとも子供たちがもう少し大きくなって、大学に行く準備ができるまで待つべきだと言った。私の魔術師は出てゆくしかないと言った。友人たちは賛否両論だった。私の娘たちは私が出てゆくのを望まなかったが、実はかなりの者が自分も出てゆくつもりでいた。私の両親は、私たちがいなくなると寂しくなるにもかかわらず、国を出たほうがいいと考えていた。わが子の幸せにつながる提案には——たとえそれが幻影だとしても——多くの親は抵抗できない。

結局、つねに思慮深く、あまりにも理性的なビージャンは、国を離れたほうがいいということに——少なくとも二、三年は離れたほうがいいということに同意した。いったん私たちの新しい運命を受け入れると、彼は早速動きはじめた。差し迫った出発に実務的に対処し、十八年間にわたる生活と仕事の始末と、持ってゆくことを許された八個のスーツケースにそれを納める作業で絶えず忙しくしていた。一方、私はほとんど現実拒否に近いほど状況から逃げていた。彼が寛大な態度を示してくれたことに良心の呵責とためらいを感じた。私は荷造りを先延ばしにし、出発について真剣に話そうとしなかった。クラスでは私の浮ついた不真面目な態度のせいで、彼女たちはどう対応していいのかわからなかった。

国を出てゆくという私の決断について、クラスでは一度もきちんと話しあわなかった。クラスが永遠につづくわけではないのはみなわかっていたし、私は彼女たちが自分のクラスをつくり、友人を仲間に加えたらどうかという期待を表明していた。マーナーの沈黙に、またふるさとと祖国への義務をほのめかすマフシードの発言のうちに、私は緊張を感じた。ほかの娘たちはクラスが終わってしまうことへの不安と悲しみをあらわした。あなたがいた場所にぽっかりと穴があく、とヤーシーはペルシア語の表現を使って言った――だが、彼女たちもまた出てゆく計画をあたためはじめていた。

私たちの決断が決定的になると同時に、みなその話をしなくなった。父の目はいっそう内にこもり、私たちがすでに地平線に消えたあとの地点を見ているかのようだった。母は急に怒りっぽくなり、私の決断は親への忠誠心のなさをまたもや証明するものだと暗にほのめかした。親友は私を精力的にプレゼントの買い物に連れ出し、私の旅の話を除くありとあらゆる話をした。クラスの娘たちはほとんど変化を見せなかった。子供たちだけが興奮と悲しみの入り混じった口調で、間近に迫った出発のことを口にした。

19

ペルシア語に「辛抱強い石」という言葉がある。この石は多くの場合、不安と動揺の際に使われる。一般には、自分の悩みや苦しみをすべてこの石に向かって吐き出すと、石はその苦痛や秘密を聞いて吸収し、その結果苦しみが癒えるとされている。時には石が重荷に耐えきれず粉々になってしまうこともある。私の魔術師は私にとっての「辛抱強い石」ではなかった。確かに彼自身は決して自分の話をしなかったけれど——人はそんなものに興味がないからと言っていた。それでも彼は眠れぬ夜、他人の悩みや苦しみを聞き、吸収してすごしたし、そんな彼が私にくれた助言は、出てゆくべきだ、出ていって自分の話を書き、自分のクラスを教えるべきだ、というものだった。

私に起こっていたことが、彼には私以上にはっきりと見えていたのかもしれない。いまになってよくわかるが、クラスと学生たちに愛着をもてばもつほど、皮肉にも私の心はイランから離れていった。私たちの生活の浮世離れした性質に気づけば気づくほど、私自身の人生は入り組んだフィクションになっていった。いまならこうしたすべてをある程度明快に語ることができるけれど、当時はもっと混沌としており、事態ははるかに複雑だった。

彼のアパートへの道を、その曲折を頭の中でたどり、彼の住まいの向かいにある老木の前をもう一度通りすぎながら、不意にこんな考えがうかぶ。思い出はともすれば現実から離れてゆく。思い出は私たちを深く傷つけた相手への恨みをやわらげることもあれば、かつて受け入れ、無条件に愛した相手への恨みをかきたてることもある。

私たちはレザーも交えて、いつもの円形のダイニングテーブルを囲んですわっている。緑の木々を描いた絵の下で、おしゃべりしながらお昼を食べている。イスラームでは禁断のハムとチーズのサンドイッチだ。われらが魔術師はお酒は飲まない。まがいもので妥協するようなまねはしない。まがいものとは密輸品のビデオやワイン、検閲済みの小説や映画のことだ。テレビは見ないし、映画館にも行かない。愛する映画をビデオで見るのは彼の主義に反する。ただし、自分の好きな映画のテープを私たちのために手に入れてくれることはある。その日、彼はどこからか自家製ワインを持ってきた。色は罪深い薄桃色で、五本のお酢の瓶に入っていた。その後、ワインを家に持ち帰って飲んでみた。何か問題があったらしく、お酢のような味がしたが、彼には言わなかった。

その日の話題の中心は、最近大統領選挙に立候補したモハンマド・ハータミーのことだった。ハータミーは、しばらくイスラーム文化指導省の大臣を務めていたことで主に知識人に知られていた人物だが、今回、瞬く間に全国的な有名人になった。バスの中でもタクシーの中でも、パーティでも職場でも、彼の話でもちきりだった。彼に投票するのが私たちの道徳的義務だった。十七年以上にわたり、聖職者たちが投票は単なる義務ではなく宗教的義務だと宣言してきただけでは足りずに、いまや私たちまでもが同じ立場をとるようになっていた。この問題をめぐって口論や仲違いも起きた。

その日、魔術師の家に向かって歩きながら、スカーフを首に巻きつけておこうとして奮闘していたとき、反対側の壁にハータミーの選挙ポスターがあるのに気づいた。候補者の大きな写真が巨大な文字で飾られている。**「イランはふたたび恋に落ちた」**そんなばかな――まただなんて。私はがっくりして胸の中でつぶやいた。

私の魔術師のテーブルを――私たちが数知れぬ話を紡ぎ、語りあった場を囲みながら、私はそのポスターの話をしていた。家族や恋人、友人を愛するならわかるけれど、政治家相手に恋に落ちなければならないのだろうか？　クラスでもハータミーをめぐって論争が起きている。マーナーは彼に投票する人の気が知れないと言う。いまより明るい色のスカーフがかぶれるようになろうと、もう少しだけ髪を出せるようになろうと、たいしたちがいはないと言うのだ。サーナーズが、悪いのともっと悪いのとどちらか選ぶとしたら悪いほうを選ぶでしょう、と言うと、マーナーは即座に、もっと親切な刑務所長なんていらない、私は監獄から出たいのよと言いかえした。アージーンが言う。この人、法の支配を求めてるんでしょ？　それはつまり、うちの亭主にあたしを殴って、娘を奪いとることを許しているのと同じ法律じゃないの？　ヤーシーは当惑しており、ミートラーは言う。こういう選挙でも当局はパスポートを調べて、投票しないと国外に出さないって噂があるけど。どうせまた噂よ、聞く必要なんかないわ、とマフシードが辛辣に言う。

「たいていのことは自業自得なんだよ」レザーがそう言って、ハムとチーズのサンドイッチにかぶりつく。私は彼にとがめるような視線を向ける。「いや、本気で言ってるんだ」レザーは言う。「いわゆる選挙があるたびに喜んでだまされるようならね——だってあんなものは本物の選挙じゃないって、みんな知ってるじゃないか。革命に関して非の打ちどころのない経歴をもつムスリムで、しかも専門家会議に選ばれて、最高指導者の承認を受けた人物しか候補者になれないんだからね。とにかく、僕が言いたいのは、選挙という名の茶番劇を受け入れて、ラフサンジャーニーだのハータミーだのが救ってくれると思っているかぎり、あとで幻滅を味わっても当然だってことだよ」

「でも不満に思っているのはこちらだけじゃない」私の魔術師がつけくわえて言う。「ハータミー氏はどう感じると思う?」——と私にからかうような目を向け、片方の眉を上げる——「きみのミートラーとサーナーズが楽しくやっていて、おまけにヤーシーとマフシードのような善良なムスリムの娘を堕落させているのを見たら? あるいはかつての急進的な革命家がイスラームの文献の代わりにカントとスピノザを引用しているのを聞いたらどう思うだろう? それに例の大統領の娘もいる。女性に公園で自転車に乗る権利をあたえると約束して、票を売り歩いているじゃないか」

「ばかばかしい」私は言う。

「きみにとってはばかばかしくても、大統領とその一派にとってはそうじゃない。彼らは革命の子供たちの心をつかまなくちゃならないんだ。あらゆる西洋的なものに近づく権利を約束することで――少なくとも暗に約束することでね。でも」とおもしろそうにつづける。「この若者たちはむしろマイケル・ジャクソンを好んで聞くし、僕らの頽廃的な青春時代にもなかったほどの喜びと熱意をもってきみのナボコフを読むんだからね。それに、何を心配しているんだ。もうじき僕らとも、僕らの問題ともおさらばじゃないか」

「そんなことないわよ。手紙で近況を知らせてくれるでしょう」

「いや、それはない。きみが出ていったらもう連絡をとることはない」

私の驚いた顔を見て、彼は言った。「自己防衛とも臆病とも呼んでくれ。運よく出ていった友だちとは連絡をとりたくないんだ」

「でもあなたがそう勧めたんじゃないの」私は当惑して言った。

「まあ、そうだけど、それはまた別の問題だ。でも、とにかくそれが僕のルールなんだ。去る者は日々に疎し、遠ざかれば忘れられるといったところだよ。男は自分の身を守る必要があるんだ」

彼は私が出てゆけるように全力を尽くしてくれたのに、いざ出てゆくことになり、すべてうまくいったのがわかると、なぜか気に入らないようだった。幻滅したのだろうか？　私の出発は国に残る人々に向けた何らかの批評だと思ったのだろうか？

20

ナスリーンが来たとき、私は電話に出ていた。ドアを開けたネガールが、必要もなく叫びつづけていた。ママ、ママ、ナスリーンが来たよ！　少しして恥ずかしそうなナスリーンが入ってきて、来たのをもう後悔したかのように戸口にたたずんだ。私は居間で待つように身ぶりで示した。あとでまた電話するわ、と友人に言う。娘たちのひとりが来たの。娘たち？　と彼女は訊く――だれを指しているかよくわかっているのに。学生よ、と私は言う。学生！　もういいかげんにしなさいよ。どうして教職にもどらないの？　でも、いまも教えてるのよ。私の言う意味はわかるでしょ。ところで、あなたの学生といえば、私、アージーンのせいで気が狂いそうよ。あの子、自分の気持ちがわかってないのよ――それとも私の理解できないゲームをしているのか。自分の娘のことが心配なのよ、と私は急いで言う。悪いけど本当に行かなきゃならないの。あとで電話するから。

居間に入ると、ナスリーンは楽園の鳥の絵を見つめながら、爪をかむ癖のある人によく見られる、あの放心したような様子で爪をかんでいた。彼女が爪をかむタイプだということにどうして気づかなかったのだろう、と思ったのを憶えている――クラスでは大変な努力をして自分を抑えていたにちがいない。

ナスリーンは私の声に突然ふりむき、衝動的に両手を背後に隠した。彼女がもちろんだ気まずさをごまかすために、何を飲む？　と訊く。いえ、けっこうです。ナスリーンはコートを脱がず、前のボタンだけ開けていたので、黒いコーデュロイのパンツにたくしこんだ白いシャツの線が見えた。リーボックを履き、髪はポニーテールにしている。若くて華奢なきれいな娘、世界のどこにでもいるような娘に見える。片方の脚から脚へ絶えず体重を移している様子に、十六年ほど前、初めて彼女に会ったときのことを思い出した。ナスリーン、少しはじっとしなさいよ、と私は静かに言った。それよりすわったほうがいいわね。すわってちょうだい——ああ、それより下の書斎に行きましょう。落ち着いて話せるから。

私は彼女の話を先延ばしにしようとした。キッチンで足を止め、ナスリーンに果物の鉢を渡し、水差しと二個のグラス、お皿をお盆の上にのせた。階段を下りる途中で、ナスリーンは私をつかまえて言った。あたし、行きます。経験から、こういうときはあまり驚いた様子を見せて、相手をいっそう動揺させてはいけないとわかっていた。どこに行くの？　ロンドンです。しばらく姉のところで暮らす予定です。ラミーンはどうするの？　私たちはもう書斎の前にいた。ナスリーンは私がドアを開けるのを待ちながら、左右の脚に代わる代わる体重をかけていた。まるでどちらの脚も重荷を引き受けるのを拒んでいるかのようだ。ナスリーンの血の気のない、茫然とした顔を見て、まずいことを訊いたのがわかった。もう終わったんです。部屋に入るとき、彼女はぼそりとつぶやいた。

どうやって出てゆくの？　腰をおろすと私は訊いた。ナスリーンは窓に背を向けてすわり、私は壁を背にした長椅子にどさりと腰かけた。壁にはテヘランの山脈を描いた大きな絵が——小さな部屋にはあまりにも大きすぎる絵が掛かっていた。密航業者です。当局はまだあたしにはパスポートを出してくれないから。何とか陸路でトルコまで行って、義兄が迎えにくるのを待たなきゃならないんです。

いつ？　一週間かそこらで発ちます。正確な日にちははっきりしないけど、知らせが来るはずです。先生にはマフシードから伝えてもらいます。間をおいて、ナスリーンはそうつけくわえた。クラスで知っているのは彼女だけです。

だれかいっしょに行くの？　いえ。父は反対なんです。最終的に旅費の一部を出すことだけ承諾してくれましたけど。残りは姉が面倒をみてくれます——あたしの救出作戦だと言って。父はこんなばかげた計画をどうしても進める気なら、ひとりで勝手にやれって。父にとっては、この国の人たちは、あたしたちがどう思おうと、あくまで同胞なんです。すでに娘をひとり失っているのに、またひとり失うことになるんです。最初は例のクラス、今度はこれだって言ってました。クラスのことは知らないんじゃなかったの、と私は訊いた。知らないように見えたんです。父も体面をつくろっていたんですね。

ナスリーンはしきりに手をこすりあわせて、私を直接見ようとしなかった。彼女はいつもこうだった。いや、正直に言えば、私たち二人はいつもこうだった。もっとも親密な時間を共有しながら、肩をすくめ、親密ではないようなふりをする。これほどの苦痛を、このように何気なく、そっけなく扱うのは、勇気があるからではない。それはむしろ独特の臆病、有害な防衛機制であり、ぞっとするような経験を無理やり聞かせておきながら、相手の感情移入は拒むのだった。同情しないで、対処できないほど大変なことなんてないんだから。本当にたいしたことじゃないの。

獄中ですごした歳月よりも、戦争の日々よりも、社会に適応しようとしたこの時期こそが一番つらかったとナスリーンは言う。初めはしばらく国を離れる必要があると思っただけだった。が、しだいに自分はただ出てゆきたいのだと気づいた。当局は彼女にパスポートを交付しないから、違法な手段で出国するしかないが、それでもかまわなかった。

私はごくふつうの旅行、ロンドンに住む姉を訪ねるありきたりの旅を話題にしているかのようにふるまった――この時期はおそろしく雨が多いのよ、グローブ座に連れていってもらいなさい……。それでラミーンとはどうして別れたの、と訊かずにいられなかった。彼は反対したの、それとも彼が言い出したの？　いえ、彼は、彼は――その、あたしがどんなに国を出たがっているか知っていました。ほら、刑務所にいたときの後遺症がありますから。あたしたち――姉と母とあたしは、向こうで何とかする方法があるんじゃないかって、ずっと前から考えていたんです。私は最後まで病気の具体的な内容については尋ねなかった。

最初、ラミーンは良心的な人だから――そこで彼女の顔に本物の微笑みがうかび、娘らしさがつかのまよみがえった――向こうに行ったほうがいいって認めたんです。でも、少なくとも婚約はしておいたほうがいいって言うんです。私は話のつづきを待った。でもそれから、その、あたしから別れたんです。ナスリーン？　彼女は黙りこみ、うつむいて、自分の手をじっと見つめていた。そして早口で言った。彼も……彼もほかの男と同じなんです。ほら、前に、くだらない考えを相手にぶちまける人たちについて書かれたベロウの文章を読んでくださったでしょう？　ふたたびナスリーンは微笑んだ。まあ、ラミーンと彼の知的な仲間たちもまさにそれだったんです。

私のようにはぐらかすことに長けた者でさえ、さすがにこれははぐらかせなかった。小説にあるように、こういうときは水を一口飲むのが時間を稼ぐいい方法だ。ほかの男と同じってどういう意味？　ほかの男って？

叔父はもっと粗野な人でした、とナスリーンはゆっくり言う。むしろミスター・ナフヴィーのようなタイプでした。ラミーンはちがっていた。デリダを読んで、ベルイマンやキアロスタミの映画も観ていました。いえ、あたしには指一本ふれませんでした。それどころか、ふれないように細心の注意をはらっていたくらいです。もっと悪いんです。うまく言えないけど、あの目がいやで。目？　人を見る目、ほかの女性を見る目つきが。いつもわかるんです。ナスリーンはうなだれて、指を合わせた。ラミーンは性的に惹かれる女の子と、結婚する女の子はちがうと考えてました。妻にするのは知的生活を共有できる女性、尊敬できる女性。「尊敬できる」とくりかえす声には激しい怒りがこもっていた。「尊敬できる」という言葉を彼は使ったんです。彼はあたしを尊敬していました。彼にとってあたしは性的な要素を除いたシモーヌ・ド・ボーヴォワール。おまけに彼はひどい臆病者で、ほかの女の子と寝に行くこともできない。それで見つめるんです。あたしに話しかけながら、姉のことを見つめることさえあったんです。じろじろ見るんです。ちょうど……ちょうど叔父があたしの体をさわったように、女の人を見つめるんです。

私はナスリーンがかわいそうになっただけでなく、奇妙にも、ラミーンのことまで気の毒になった。彼も助けを必要としている――彼も自分について、自分の要求や欲望について知る必要があるのだ。彼と叔父はちがうということがナスリーンにはわからないのだろうか。ラミーンに同情しろと言うのは無理な話かもしれない。彼女は実に手厳しかった。そこにいかなる感情もいれる余地はないと確信したのだ。あたしたちはもう終わりよ、あたしから見れば、あなたも所詮、あなたが批判し、軽蔑しているほかの男たちと同じだった、とナスリーンは彼にはっきり言った。少なくとも自分がアーヤトッラー・ハーメネイーにどう思われているかはわかるだろうけど、むしろこっちの男たちのほうが、ありとあらゆる主張と政治的に正しい考えをもった男たちのほうが――最低の人間だった。あなたは人類を救いたいんでしょう、とナスリーンは彼に言った。あなたとあなたの大好きなアーレントは。だったらまず自分の性の問題を何とかしたらどうなの？　娼婦でも見つけなさいよ。姉さんを見るのはやめて。

ナスリーンのことを思うたびに、私の思いはいつも、彼女が国を出ると言ったあの日にはじまり、あの日に終わる。夕方だった。外の空は夕暮れの色で――暗くも明るくもなく、灰色でさえなかった。篠つくような雨が降り、洋梨の木の茶色くなったむきだしの葉から滴が垂れていた。

「あたし、行きます」ナスリーンは言った。もう二十七歳になるのに、生きるというのがどういうことかわからない。刑務所での生活が一番つらい経験だとずっと思っていたけれど、そうではなかった。ナスリーンは顔にかかる髪をはらいのけた。刑務所では、あたしもみんなと同じように思ってました。いずれ殺されてそれでおしまいだ、そうでなければ生きて、生きのびて外に出て、すっかり一からはじめるんだって。刑務所では、とにかく外に出て、自由になる日を夢見ていました。でもいざ出てみると、刑務所にいたときの連帯感が、目的意識が、思い出や食べ物を分かちあおうとする助け合いがなくて寂しいのに気づいたんです。何よりも希望がないのが寂しい。刑務所にいたときは、いつか出られるかもしれない、大学に行って、楽しいことをして、映画にも行けるかもしれないという希望があったんです。あたしは二十七です。愛するというのがどういうことかわかりません。この先ずっと秘密の、隠れた存在のままでいたくないんです。このナスリーンがいったい何者なのか知りたい、知りたいんです。先生は自由の試練だとおっしゃるでしょうけど、と彼女は微笑んだ。

21

出てゆくことをクラスのみんなに伝えてほしいとナスリーンから頼まれた。顔を合わせるのはどうしても耐えられない。何も言わずに行くほうがいい。私はどう伝えればいいのだろう。「ナスリーンはもう来ないわ」ごくあっさりした発表だった。重要なのは言い方であり、強調の仕方だった。唐突に、いくぶんぞんざいな口調でそう言うと、みな茫然と黙りこんだ。ヤーシーの神経質な忍び笑い、アージーンの驚いた目つき、サーナーズとミートラーがすばやく交わした目くばせを私は記憶にとどめた。

「いまどこですか」だいぶたってからミートラーが訊いた。

「さあ。マフシードに訊かないと」私は答えた。

「ナスリーンは二日前に国境へ向けて出発したわ」マフシードが静かに告げる。「密航業者が連絡してくるのを待ってるの。来週にはラクダかロバかジープに乗って、砂漠を横断しているはずよ」

「『星の流れる果て』って映画みたい」ヤーシーがぎこちなくくすくす笑う。「ごめんなさい」と口に手をやる。「最低の気分」

しばらく全員でナスリーンの旅に思いをめぐらした。トルコ国境からの旅にともなう危険、孤独、将来の選択。「彼女が死んだように話すのはやめましょうよ」アージーンが言った。「向こうで暮らすほうがずっと幸せだし、彼女のために喜んでしかるべきよ」マフシードがアージーンをきっとにらんだ。だが、アージーンの言うとおりだった。ナスリーンのためにほかに何を望むことができたろう。

ナスリーンの突然の失踪によって、私たちの別れが迫っていることがはっきりしたことで、もっとも激しい反応を見せたのは――それはナスリーンというより私が出てゆくことに対する反応だったが――だれよりも私に同一化していた学生、すなわちマーナーだった。

「このクラスももうじき終わりね」マーナーはだれも見ずに言った。「ナスリーンはナフィーシー先生のメッセージを受けとったのよ」どんなメッセージ？「みんな国を出るべきだってメッセージを」

私は彼女の非難の辛辣さにぎょっとした。すでに自分でも、出てゆくと決めたことで彼女たちへの約束を裏切ったかのような罪悪感を感じていた（罪悪感はきみの性格の一部になっている。国を出てゆく気がなかった頃から罪悪感を感じていたじゃないか、とのちに私の魔術師は、不平を訴える私に言った）。

「ばかなこと言わないでよ」アージーンがマーナーのほうを向き、語気鋭く言う。「あなたがここに閉じこめられてる気がするからって、それは先生のせいじゃないでしょ」

「ばかなことじゃないわよ」マーナーは激しい口調で言う。「ええ、確かに閉じこめられてる気がするわよ。いけない？」

アージーンはバッグに手を入れた。煙草を取り出そうとしたらしいが、出てきた手には何も持っていなかった。「どうしてそんなことが言えるの？　まるで全部ナフィーシー先生の責任みたいな言い方じゃない」マーナーに向かって言うアージーンの手は震えていた。

「マーナーに説明してもらいましょう」私は言った。

「彼女が言いたいのはこういうことじゃ……」サーナーズがおずおずと口を切る。

「けっこうよ、自分で説明するから」不機嫌そうにマーナーが言う。「私が言いたいのは、先生は私たちに手本を示しているということなの」――と私のほうを向いて――「ここに残ってもむだだ、ひとかどの人間になりたければ、みんな国を出るべきだって」

「それはちがうわ」私は少しいらだって言った。「私のようにしたらどうかと言ったおぼえは一度もないわ。何もかも私と同じようにすることなんてできないのよ、マーナー。私たちひとりひとりが自分にとって一番いいことをしなければならないの。私にできるアドバイスはそれだけよ」

「先生が私たちをここに置き去りにしていってもいいと納得できる唯一の理由は」とマーナーは言った（「私たちをここに置き去りにする」という言葉を使ったのを憶えている）。「半分でもチャンスがあれば、私だって出てゆくとわかってるからよ。何もかも捨てて行くわ」とつけくわえた。ニーマーも？　「特にニーマーをね」マーナーは意地悪な笑みをうかべて即座に言いかえした。「私はマフシードとはちがう。だれであろうと残る義務があるなんて思えない。人生は一度しかないのよ」

私はもうずいぶん長いあいだ、彼女たちの告白を聞く役を務めてきた。彼女たちは自分の心の痛みや悩みを私に打ち明けた。まるで私には対処すべき自分の悩みなどまったくないかのように、まるで私がイスラーム共和国の生活のみならず人生全般の思わぬ危険や苦難から魔法の力で守られているかのように。そしていまや彼女たちは、自分たちの選択の責任まで私に負わせたがっていた。人生の選択は本人のものだ。本人の求めているものがわからなければ、他人が手助けすることはできない。これを求めるべきだなどと他人が教えられるだろうか？（その夜、ニーマーから電話があった。「マーナーが先生に嫌われたんじゃないかって心配してるんです」と彼は冗談めかして言った。「電話してくれって頼まれましてね」）

他人の悲しみや喜びにふれると、人は自分の悲しみや喜びを思い出す。私たちが多少なりとも他人に感情移入するのは、自分はどうかと自問するからだ。私の人生、私の痛み、私の苦悩について、そこから何がわかるだろう？　ナスリーンが旅立ってから、私たちは彼女の身をひたすら案じ、彼女の新生活に不安と希望を抱いた。そして少なくとも当初はナスリーンがいない悲しみに、彼女のいないクラスを想像する苦痛にショックを受けた。しかし結局は、自分の心に向きなおり、ナスリーンの決断に照らして自分自身の希望や不安をふりかえることになった。

最初に不安を表明したのはミートラーだった。私は少し前からミートラーの怒りと苦痛に気づいていたが、かつてなかったことだけにいっそう気がかりだった。彼女は日記やノートの中で不満を口にしはじめた。最初は夫とシリアに行ったときの話だった。まず衝撃をうけたのは、ダマスカス空港でイラン人が実におとなしく屈辱に耐えている姿だった。イラン人は別の列に並ばされ、犯罪者のように検査された。しかし、最大の衝撃は、Tシャツとジーンズでハミードと手をつなぎ、ダマスカスの通りを自由に歩いたときに味わった感覚だった。髪と肌にあたる風と陽射しの感触を彼女は説明した――この感覚にはいつも愕然とする。私もそうだったし、のちにヤーシーとマーナーも同じ経験をすることになる。

ダマスカス空港では色眼鏡で見られて屈辱を受け、帰国すると、失われた自分の可能性を思って怒りがこみあげてきた。失った年月のために、失った陽射しと風のために、ハミードといっしょにできなかった散歩のために怒りをおぼえた。問題は、そんなふうに歩いていたら、彼が突然見知らぬ人に見えてきたことだ、とミートラーは驚きをこめて言った。これは二人の関係にとって新しい状況であり、ミートラー自身にとってさえ自分が未知の人間になったようだった。これがあのミートラーなのだろうか、と彼女は自問した。ジーンズに濃いオレンジ色のTシャツを着て、日光を浴びながら、ハンサムな青年と並んで歩いているこの女が？　この女はだれなのだろう。カナダで暮らすことになったら、この女性を生活の中に組みこめるようになるのだろうか？

「ここは自分の国だという感覚がまったくないっていうこと？」マフシードが挑むよう

にミートラーを見つめる。「どうやらこの土地のために何かをしなければならないと思っているのは私ひとりのようね」

「こんなふうに絶えずびくびくしているのは耐えられない」ミートラーが言う。「四六時中着ているものや歩き方を気にしなければならないんだもの。私にとって自然なことが罪深いことになってしまう状況で、どうふるまえばいいの？」

「でも自分がすべきことはわかっているでしょう、法律だって知っているでしょう」マフシードは言う。「いまにはじまったことじゃない。何が変わったの？　どうしていまになってそんなに悩まなくちゃならないの？」

「あなたにとっては簡単かもしれないけど」とサーナーズが言いかけたが、マフシードはみなまで言わせなかった。

「私が楽に生きてると思ってるの？」マフシードはサーナーズをにらみつける。「自分たちだけがこの国で苦しんでると思ってるの？　本当の恐怖も知らないくせに。信仰があってヴェールをしているというだけで、私が脅威を感じてないと思ってるの？　恐怖を感じないと思うの？　自分の恐怖だけが唯一の恐怖だと思うのは浅はかな見方じゃない？」マフシードはめずらしく辛辣に言った。

「そういう意味じゃないの」サーナーズが穏やかに言う。「法律を知っていて、それが身近なものになっているからといって、少しでもましになるわけじゃないでしょ。圧力と恐怖を感じなくなるわけじゃない。でもあなたにとっては、少なくともヴェールをかぶるのは自然なことでしょう。あなたの信仰だし、あなたの選択だから」

「私の選択」マフシードは声をあげて笑った。「信仰をとったら私に何が残るというの。それをなくしたら……」言葉が途切れ、マフシードはふたたび床に目を落として、つぶやいた。「ごめんなさい。感情的になりすぎたわ」

「あたし、わかるわ、マフシードの言ってること」ヤーシーが突然口をはさんだ。「考えられるかぎり最大の恐怖は信仰を失うことなの。そうなったらだれからも受け入れてもらえない――自分は世俗的だと思っている人からも、同じ信仰をもつ人からも。ぞっとするわ。マフシードとあたしは前からその話をしていたの。物心つく頃からずっと、いかに宗教があたしたちの一挙手一投足を規定してきたかってことをね。ある日信仰を失うようなことがあれば、それは一度死んで、何の保証もない世界で新しくやりなおすようなものなのよ」

私はマフシードに深く同情した。冷静を装いつつすわっているマフシードの顔は赤く、激しい感情が蒼白い肌の下で細い血管のように脈打っていた。彼女は他の世俗的な学生などより、宗教に関してははるかに大きな悩みを抱えていた。クラスの日記やレポートで、マフシードはその微笑みと同じくらい抑制された怒りをこめて、イスラーム法の下における生活の詳細を検討し、異議を申し立てていた。のちにマフシードはクラスの日記の中で次のように記した。「ヤーシーも私も、自分が信仰を失いつつあるのを知っている。ことあるごとに信仰に疑問を抱きつづけてきた。シャーの時代はちがった。私は自分が少数派であり、あらゆる困難に抗して信仰を守らなければならないと感じていた。私の信じる宗教が支配権をにぎってからは、むしろ無力感、疎外感がかつてないほど強まった」。生まれてからずっと、不信心者の国に生きるのは地獄そのものだと言われてきた、と彼女は書く。イスラームの正しい支配の下では何もかもちがうと聞かされてきた。イスラームの支配！　それは偽善と恥の見世物だった。職場で男性上司が決して彼女の目を見ないこと、映画の中では六歳の少女でさえスカーフをかぶらねばならず、男の子とは遊べないことについてマフシードは書いた。ヴェールを着用しているけれど、着用を強制される苦痛を述べ、ヴェールは女性がそのうしろに隠れるよう強制された仮面だと言う。彼女はこうしたすべてを、冷静に、激しい怒りをこめて語り、それぞれの問題点のあとに疑問符をつけた。

「国を出るというのは難しい決断だったの」と私は言った。自分の行動とその意味について、初めて彼女たちに正直に話す用意ができた気がした。「さんざん苦しんで考えぬいた末に決めたことなの。ビージャンをおいてゆくことさえ考えたわ」（あとでこのときの会話を彼に伝えたら、「本当に？　そんなこと一度も言わなかったじゃないか」と言われた）。これは彼女たちの注意を一時的に自分の怒りと欲求不満からそらす効果を発揮した。私は私自身の恐怖を語った。夜中に窒息しそうな気がして、二度とここから出られないような気がして、目が覚めてしまうこと、めまいと吐き気、真夜中に家の中を歩きまわったこと。初めて心の中を打ち明け、私自身の感情を語ったら、それが奇妙にも彼女たちの気持ちをなだめる効果をもたらしたようだった。アージーンがその日、娘を訪ねる番だったのを思い出して突然立ち上がった頃には、みんなの心は軽くなっていた。彼女の娘の名前は私の娘の名をとってネガールといい、その当時は夫の実家に仮住まいしていた。私たちはサーナーズの多彩な求婚者や、ヤーシーのダイエットの試みについて冗談を言いあった。

みんなが帰る前に、マフシードは持参した小さな包みを取りあげた。「先生にお渡しするものがあります。ナスリーンがよろしくと言ってました。これを先生に渡すように頼まれたんです」私が受けとったのは、一冊の分厚い書類フォルダーとノートの束だった。そのフォルダーは、いまここに、この別の書斎の、別の机の上にある。白地にけばけばしいオレンジ色の縞があり、漫画のキャラクターが三人描かれた色鮮やかなものだ。鮮やかな緑と紫の文字で「すてきなフロリダでまた会おう。お日様があればもっとうまくいくさ！」と書いてある。フォルダーの中には、私がアッラーメで教えた最後の三学期分の講義を、ナスリーンが一字一句もらさず書き写した記録があった。手書きできれいに書かれ、見出しと小見出しもついていた。私が語ったすべての文、すべての逸話が記録されていた。ジェイムズ、オースティン、フィールディング、ブロンテ、ポー、トウェイン――すべてがそこにあった。ナスリーンは、これ以外には写真も手紙も何も残さなかったが、最後のページに次のような一行があった。「まだギャツビーのレポートを提出できずにいます」。

22

　イスラーム共和国に生きるのは、虫唾(むしず)が走るほどいやな男とセックスするようなものよ。その木曜のクラスのあとの夕方に、私はビージャンに言った。帰宅した彼は、居間のいつもの椅子にすわっている私を見つけた。膝にはナスリーンのフォルダーをのせ、テーブルの上には学生たちのノートが散乱し、その脇には溶けかけたコーヒー・アイスクリームの皿があった。おや、ご機嫌ななめだね、とビージャンはアイスクリームを一瞥して言った。私の向かいにすわり、言いっぱなしにしないで、もうちょっと説明してくれよ、と言う。

　いいわ、こういうことなの。嫌いな相手とセックスせざるをえなかったら、自分の心をからっぽにして――どこかよそにいるようなふりをして、自分の体を忘れようとする、自分の体を憎むでしょう。私たちがここでしているのはそれなのよ。絶えずどこかよそにいるふりをする――よその場所に行く計画を立てたり、夢見たりする。彼女たちが午後に帰ってから、ずっとこの問題を考えていたの。

　私とビージャンの関係は、激しく、苦痛に満ちた議論の時期を経て、驚くほど深まっていた。ビージャンは沈黙において実に雄弁だった。私は彼を通じて、沈黙にもさまざまな気分と色合いがあることを知った。怒りの沈黙と不満の沈黙。好意的な沈黙と愛情のこもった沈黙。時に彼の沈黙が溜まって、言葉となってあふれ出ることもあった。しかし私たちは近頃、長時間話しあうようになっていた。こうなったのは、イランについて感じていることをたがいに説明しあうことに決めたときからだった。私たちは初めて相手の目で物事を見るようになった。彼のほうも、イランでの生活を徐々に整理しはじめていたので、自分の考えや感情をはっきりと表現し、伝える必要があった。私たちは長い時間をかけて、自分たちの感情や、ふるさと、わが家というもののとらえ方について話しあった――私にとってそれは持ち運びのできるものだが、彼にとってはもっと伝統的で地に根ざしたものだった。

私はその日のクラスでの議論について詳しく話した。彼女たちが帰ったあと、この国に生きるのは性的暴行に等しいという考えを払いのけられなくなった。マーナーはきっとそんなふうに感じているはずだと思って、ずっと苦しんでいたの、と私は言った。ビージャンは何も言わなかった――私がさらに詳しく説明するのを待っているようだったが、気がつくともう話すことがなかった。少し気が楽になった私は、伸びをして、ピスタチオをいくつかつまんだ。殻を砕きながら私は言った。向かいの壁の鏡をのぞくと、自分の顔の代わりに木と山が映って、すごく不思議な感じがするのに気づいてた？まるで魔法で自分の姿を消したみたいに。

うん、実は気づいてた、と言って、彼はキッチンにいつものウオッカを取りに行った。だからって別に気にならないけどね。きみは寝ても覚めてもそのことを考えているみたいだね。そう言って、自分のグラスと新しいピスタチオの皿をテーブルにおいた。きみのたいそう説得力のあるたとえだけど、彼女たちはきみがその男をおいて出てゆくのに、自分たちは——少なくとも何人かは——そいつと寝つづけなければならないことをきっと恨んでいるんだね、と言って、ウオッカを一口すすった。思いに耽るような表情でグラスを見つめる。こいつがないと寂しくなるな。ここでは世界一の密造ウオッカが手に入るってことは認めなくちゃならないな。

イランのウオッカの値打ちに関する思索をさえぎって私は言った。出ていったからって、それほど楽になるわけじゃない。記憶も、傷も、自分の中に残るのよ。出てゆけば捨ててしまえるようなものじゃないわ。

それについては二つ言いたいことがある、と彼は答えた。第一に、この世の悪に毒されない人間なんてひとりもいない。悪に対してどういう態度をとるかの問題なんだ。第二に、きみはいつも「彼ら」がきみにあたえる影響の話ばかりしているけど、自分が彼らにあたえる影響について考えたことがあるかい？　私は疑いの目で彼を見た。この関係は良くも悪くも対等じゃない、と彼はつづけた。向こうはその気になれば僕らを殺すことも鞭打つこともできる。でも、それはみんな彼らに自分たちの弱さを意識させるだけだ。彼らが昔の同志や自分の子供たちに起きていることを知ったら、まちがいなく震えあがるね。

23

ビージャンとの会話から約二週間後の暖かい夏の日だった。私はカフェに逃げこんでいた。カフェというよりむしろ焼き菓子の店で、私の子供時代からある数少ない店のひとつだ。この店のすばらしいピロシキを求める人が長蛇の列をつくり、入口に近い、大きなフランス窓のそばには小さなテーブルが二、三並んでいた。私はカフェ・グラッセを前にテーブルにすわっていた。ペンと紙を取り出し、虚空をしばし見つめてから、書きはじめた。こうして宙を見つめて文章を書くことは私の得意技になっていた。とりわけテヘランですごした最後の何か月かはそうだった。

ピロシキを待つ列の中に見たような顔があるのにふと気づいたが、だれだか思いだせるほどなじみ深い顔でもなかった。ひとりの女性が私を見るというよりじっと見つめていた。彼女はにこっと笑うと、列の中の貴重な場所を放棄して、近づいてきた。ナフィーシー先生、私のこと憶えてらっしゃいますか、と言う。教え子にまちがいない。声にも聞きおぼえがあるが、まだ思い出せない。彼女は私にジェイムズとオースティンに関する授業を思い出させ、ぼんやりした面影がしだいに記憶の中からうかびあがり、現在の彼女と並んで像をむすぶ。ミス・ルーヒーだ。もう何年も会っていなかった。昔のように、小さな上向きの鼻と用心深い微笑みを際立たせるチャドルを着ていれば、もっと早くわかったはずだ。

彼女は黒い服を着ていたが、チャドルではなく、長い黒のスカーフを首に巻き、黒い布を背景に蜘蛛の巣のように揺れる銀色のピンで留めていた。うっすらと化粧をして、褐色の髪が幾筋かスカーフの下からのぞいていた。私は彼女のもうひとつの顔のほうを、厳めしく、閉鎖的で、絶えず不満げに口をとがらせているような顔のほうを何度も思い出した。いま見ると、かつて思っていたほど不美人ではないのに気づいた。

彼女は私のテーブルの脇にたたずんでいた。列の中の得がたい場所を失った彼女に、すわってコーヒーでも飲まないかと言った。彼女はためらったのち、椅子の端に不安定にちょこんとすわった。大学卒業後はある民兵組織で活動するようになったが、間もなくやめたと言う。彼らは英文学はあまり好きではありませんからね、と笑ってみせる……。二年前に結婚した。学生時代がなつかしい、と彼女は言う。当時はどうして英文学の勉強をつづけているのだろう、どうしてもっと役に立つものに——ここでまた笑顔を見せた——しなかったのだろうとよく思ったけれど、いまではつづけてよかったと思っている。他人がもたないものをもっているような気がする。『嵐が丘』のことで議論したのを憶えておいでですか？

そうだった、思い出した。話しているうちに、彼女の姿がいっそうはっきりとよみがえってきた。よみがえった記憶がいまの彼女の見慣れぬ顔を追いはらい、それに代わって、同じくもはや遠くなったもうひとつの顔があらわれる。私は心の中であの教室にもどった。四階の教室の、通路に近い三列目に——それとも四列目だったか？　二つの顔がどうにか見分けられる——どちらも同じように熱意のない仏頂面でノートをとっている。二人とも私が教室に来たときにはすでにそこにいて、私が教室を出たあともたいがい残っていた。大部分の学生は彼女たちをうさんくさそうに見ていた。二人はムスリム学生協会で熱心に活動しており、ミスター・フォルサティーのようなイスラーム・ジハードのリベラルなメンバーとさえうまくつきあえなかった。

彼女のことは憶えている。あの『嵐が丘』に関する議論を憶えているのは、ミス・ルーヒーが友人から身を引き離し、教室から私を追ってきて、私を廊下の隅に押しつけんばかりに迫ってきたのを憶えているからだ。彼女は私に飛びかかり、キャサリンとヒースクリフの不道徳に対する憤りをまくしたてた。その言葉は激情に満ちており、私は面くらった。いったい何を言っているのだろう？

また別の小説を裁判にかけるつもりはなかった。偉大な小説についてそんなふうに言うのは不道徳だ、登場人物は杓子定規な道徳原理を伝える手段ではないし、小説を読むのは非難の練習をするためではないと私は言った。彼女は、他の教授は学生のイスラーム的感受性を傷つけないように、授業で教える短編から「ワイン」という言葉さえ削除する心づかいを見せているというようなことを言った。そうね、だからスタインベックの『真珠』しか教えられないのよ、と私は内心思った。いやならクラスをやめるか、大学当局に訴えてもいい、私のクラスのやり方はこうだし、これからも教える内容を変えるつもりはないと言い渡し、あの長い廊下の暗い隅に彼女を残して立ち去った。その後も彼女に会うことはあったが、私の心の中ではそれっきり彼女を見捨てたのだった。そしていま、彼女は自分をすくい出し、きれいになってあらわれたのだ。

当時、彼女は『デイジー・ミラー』にも反発していた。デイジーのことを不道徳なばかりでなく愚かで「無分別」だと見なしていた。しかし、これだけ見解が異なるうえに、私の教える小説に明らかに不満をもっていたにもかかわらず、彼女は翌年もまた私のクラスに登録した。ムスリム学生協会の大物のひとりと彼女がつきあっているという噂があった。ナスリーンはいつもこうした噂に私の注意を向けさせたが、それは「この人たち」がいかに偽善的かを証明するためだった。

彼女はいまでは大学がなつかしいと言う。当時はそれほどとも思わなかったけれど、あとになって何ともいえずなつかしくなった。みんなで観た映画やクラスでの議論がなつかしい。ディア・ジェイン協会のこと憶えてらっしゃいます？　と訊かれてとまどった——どうして知っているのだろう？　私と少数の学生が共有する冗談だったのに。私、ずっと仲間に入りたかったんです、と彼女は言った。すごく楽しそうだなって思っていたんですよ。私はほんとにジェイン・オースティンが好きで——ダーシーに夢中になった女の子がどんなにたくさんいるか知っていただけたら！　あなたの団体で人間らしい心をもつことが許されていたなんて知らなかったわ、と私は言った。信じていただけないかもしれませんが、私たち、しょっちゅう恋をしたり別れたりしていたんですよ。

アラビア語を学ぼうとしたし、いくつかの短編と詩を英語からペルシア語に訳したこともある——自分のためです、と言い添えた。「自分の心のため」というペルシア語の表現を使った。そのあと結婚して、いまは娘がいます、と間をおいてつけくわえた。例の噂の相手と結婚したのだろうか、と私は思った。私にとってはいい思い出などまったくない男だった。

子供はいくつなのと訊いた。十一か月と答えた彼女は、一瞬黙ったあと、かすかにいたずらっぽい笑みをうかべて言った。先生にちなんだ名前をつけたんですよ。私にちなんだ名前？　実は、出生証明書には別の名前が出ているんです——ファヒーメといって、若くして亡くなった大好きなおばの名前をとったんですけど——それとは別に秘密の名前をつけたんです。デイジーです。デイジーとリジー（エリザベスの愛称）のどちらにするか迷ったが、結局デイジーにしたと言う。夢見ていたのはリジーのほうだが、ダーシー氏と結婚するなんて高望みもはなはだしい。どうしてデイジーなの？　デイジー・ミラーをお忘れですか？　子供にある意味をこめた名前をつけると、その名前のような人になるって聞いたことがありませんか？　私は娘に、私が決してなれなかった人間に——デイジーのような人になってほしいんです。勇気のある人に。

デイジーは私のクラスの女子学生がもっとも共感をよせた登場人物だった。なかにはデイジーのことが頭にこびりついて離れなくなった学生もいた。のちの私的なクラスでも、彼女たちは何度もデイジーの話に立ちもどり、デイジーの勇気について、自分たちに欠けていたものについて語った。マフシードとミートラーがデイジーについて書いた文章には後悔の気持ちがあふれていた。二人ともウィンターボーンのように、自分たちはデイジーについて思い違いをする運命にあったのだと感じていた。彼女が椅子から立ち上がったとき、私はちょっとためらってから言った。個人的なことを訊いていいかしら？　結婚したって言っていたけど、相手の人は？　うちの大学の人じゃありません、と彼女は答えた。コンピューター業界にいます。それに開けた人なんです、と笑顔でつけくわえた。

彼女は帰らなければならなかった。秘密の名前をもつ十一か月の娘が家で母親の帰りを待っていた。あの頃はそんなこと考えもしなかったけれど、本当に楽しかった、と彼女は言った。あの作家たちについて、彼らの言うことが私たちにとって生き死にに関わる重大問題みたいに大騒ぎしていたのが――ジェイムズやブロンテ、ナボコフ、ジェイン・オースティンをめぐって。

24

ある種の思い出は、ヤーシーがうれしいときに繊細な手でつくる想像上の風船のように、記憶と呼ばれるもののどこか奥のほうから浮かびあがってくる。そのような思い出は、「空気のような哀しみ」（ベロウの言葉）に包まれながらも、風船のように軽く、色鮮やかで、とりもどそうにもとりもどせない。イランを発つ前の最後の数週間に、私とクラスの娘たちは、いつもの木曜以外の日にも、テヘランの別の場所で会った。いっしょに買い物にも行った。アメリカの友人と親戚への贈り物を買わなければと思ったからだ。

ある日の午後、お気に入りのカフェに入り、娘たちを探したが、姿が見えなかった。心もち短すぎる黒いズボン姿で、焼き菓子の皿と湯気の立つコーヒーを二つ運んでいた古顔のウェイターを呼びとめ、数人の若い娘を見なかったかと訊いた。付き添いのない方たちですか、と彼は尋ねた。私は驚いて彼を見た。ええと、そうね。付き添いはいないと思うわ。でしたらきっと奥の部屋でしょう。ウェイターは私の左側の、レストランのほうを示してうなずいてみせた。規則はご存じですね。付き添いのないご婦人はこちら側にはおすわりになれないんです。

私の娘たちは窓際の席にいた。がらんとした店内では、ほかに壁際の小さなテーブルで女性二人がコーヒーを飲んでいるだけだった。「男なしでは特権もなしってことね」マーナーが愉快そうに声をあげる。「こういうときだけはニーマーがいたら少しは役に立ったかもしれないわね」この最後の日々、顔を合わせると、ナスリーンの不在がいっそうありありと感じられた。マフシードに何か知らせはないのと訊いたが、ないと言う。マフシードは、でも便りのないのはよい便りといいますからね、と苦々しげにつけくわえた。

マーナーもアージーンも自分のカメラをもってきていた——カフェの思い出に、とマーナーが言った。出発の日が近づくにつれ、私は生活のあらゆる細部を写すことに取り憑かれるようになった。もっとも、実際のカメラはもっていなかったので、自分がカメラになり、テヘランに近い山の行楽地ポルールで見た空の鳥たちや、とりわけ早朝、日の出頃の、何とも心地よい空気の肌触りや、イランでの最後の日々に私たちのまわりにいた大好きな人々の顔について、熱に浮かされたように書いた。

ミートラーは浮かぬ顔をしていた。私が来る前に、みんなに家庭の問題を話していた彼女は、その話をつづけた。ハミードの母親が二人のカナダ行きに強く反対しており、そのためハミードは絶えず迷っているという。腹が立つのは、義母が私たちを行かせたくないことだけじゃなくて、いつも私たちの問題に干渉してくることなの。前は子供をもつように言われたし——年をとりすぎる前に孫息子の顔を見たいのよ——今度はこれでしょ。ミートラーもハミードも迷っていた。ハミードはいまいい仕事につき、経済的に安定しているが、カナダに移住したら一からはじめなければならない。ミートラーは自分が変わってきたような気がすると言う——前よりも心配が増え、神経過敏になり、悪夢に悩まされるようになった。ある夜、家中が揺れているように感じて目が覚めたが、自分でベッド脇のテーブルを揺らしていただけだった。時々思うんだけど、男にはこの国で女として生きることの苦しさがわからないんじゃないかしら、といらだたしげに言う。男のほうが生きやすいものね、ある意味でここは男の楽園といってもいいもの、とヤーシーが口を出す。ハミードは、いい暮らしができれば、休暇は毎回海外ですごせるじゃないかって言うのよ、とミートラーは話す。

世の中のことは完全に男に都合がいいようにできてるのよ、とアージーンが言う。結婚と離婚に関する法律を見てみなさいよ。いわゆる世俗派で二人目の妻をもつ男がいったい何人いると思う？　特に知識人の一部はそうね、とマーナーが言う。自由だの何だのを主張して有名になる人たち。

みんながみんなそんな人ばかりじゃないわ、とサーナーズが反論する。

アージーンは急に顔を輝かせ、サーナーズを見る。ああ、そうよね、あなたの新しいボーイフレンドのような人は……。

ボーイフレンドじゃないわ、とサーナーズはくすくす笑いながら抗議する。長期にわたる落ちこみを脱して、いまは楽しんでいるのがはっきりわかる。その人はアリーの友だちで、事情を説明すべきだと感じてイギリスから訪ねてきたのだという。前から知り合いだったの――アリーを通じての友だちのようなものね、とサーナーズは言う。彼は新郎の付き添い役をすることになっていたのよ。それで訪ねてきたの、親切心でね。

ミートラーのえくぼとアージーンの意味ありげな微笑みからすると、その「親切心」にはそれ以上のものがあるらしい。何よ、とサーナーズが言う。彼はハンサムじゃないの。実を言うと、醜いといってもいいくらい、と目を細く狭めて言う。いかついってこと？　とヤーシーが期待をこめて訊く。ううん、むしろ、そうね、醜いのよ、でもとてもいい人なの、人の気持ちを思いやれる、親切な人で。弟はいつも彼のことをばかにしていて、それで私、彼とつきあおうかしらなんていう気が時々するの。この前、彼がこっちでは半袖も着られないし、泳ぎにも行けないって言ってたの。彼が帰ったあと、弟はずっと彼の物まねをしていて、新手のうまい口説き方だ、ばかな姉さんはすぐだまされるんだからって言うのよ。

ウェイターが私の注文を聞きにきた。私はカフェ・グラッセを頼むと、マーナーを見て、それと、少ししたら全員にトルココーヒーをもってきてください、と言った。母が木曜のクラスにトルココーヒーを出す儀式をはじめて以来、私たちはカップの底に残ったコーヒーの澱で占いをする習慣ができていた。いつもマーナーとアージーンが占いをする特権をめぐって張りあっていた。前回はアージーンが私のコーヒーで占ったので、次は近いうちにマーナーに頼むと約束してあった。

ウェイターが立ち去ったあと、アージーンが言った。ああ、あの人の写真が撮りたい。あなたたち彼の注意をそらしてくれない？　そうしたら写真を撮るから。どうやってそらすの？　とマーナーが言う。あんな年寄りの気を惹いて刑務所行きにするつもりじゃないでしょうね！

ウェイターが私の注文の品をもってもどってきたとき、アージーンはカメラを上げ、私の隣にいるヤーシーに合図をして、壁に焦点を合わせるかのように、何となく私のほうにカメラを動かした。コーヒーは砂糖ぬきにできますか、とヤーシーがウェイターに訊いた。さあ、ふつうはすでに入っていますから、と彼は不機嫌そうに答えた。カシャッという音にさっとふりむき、私たちの無邪気な表情を疑わしげにちらりと見てから立ち去った。どうなったかしら、見てみましょ、とアージーンが言う。写真の中で、ウェイターは私の上にかぶさるように立ち、顔はヤーシーのほうを向いていたが、顎から上は切れていた。頭のない胴体をわずかにかがめ、片手に空のトレーをもっている。ヤーシーも私も彼のほうを見ており、私は白くなったグラスを、だれかに取られるのを恐れるように大事そうに抱えている。

のちに私はその最後の日々に撮った写真を私の魔術師に見せた。ある土地をいよいよ離れる間際には、妙な感じがするものね、と私は彼に言った。大切な人たちが恋しくなるだけじゃなくて、いまここにいる自分のこともなつかしくなるような気がするの。もう二度といまの自分にはなれないんだから。

ウェイターが色ちがいの小さなカップでコーヒーをもってきた。私たちはそれを飲みながら、イランでものを書くことの苦難に思いをめぐらした。言いたいことは山ほどあるのに、言ってはいけないのだから。私は腕時計を見た。すでに予定より遅れている。マーナーの占いを聞いたら行かなくちゃ、と私は言った。鉛筆とノートを取りあげて待ちかまえながらマーナーに言う。一言も洩らさず書きとめるから、いつか自分の言葉に感謝することになるわよ。ケーリー・グラントがあのすばらしい映画で言った台詞を忘れないで——一度口に出した言葉は、逃したチャンスのようにとりかえしがつかない。

マーナーは私のコーヒーカップを手にとり、占いはじめた。「雄鶏のような鳥が見えます。これはよい知らせですが、あなたはひどく落ち着かない気分です。前途は明るく、あなたは歩きだすところです。一度にたくさんのことを考えています。一方の道は閉ざされて暗く、もう一方の道は開けていて光にあふれています。どちらもありえます。あなたの選択しだいです。鍵があります。問題は解決するでしょう。お金はありません。小さな船が港にあり、まだ出帆（しゅっぱん）していません」

25

すべての魔術師は、すべての真の魔術師は、彼のように、私たちの中に潜む魔術師を呼び出し、自分でも気づかない不思議な可能性や潜在能力を引き出すものなのだろうか。彼はこの椅子に、いま私が想像の力でつくりだしつつある椅子にすわっている。書いているうちに椅子があらわれる。クルミ材で、茶色のクッションがあり、何となくすわり心地が悪く、落ち着かない。これがその椅子だが、そこにすわっているのは彼ではなく私だ。彼は長椅子にすわっている。同じ茶色のクッションだが、もう少しやわらかそうで、彼のほうが私よりくつろいで見える。何しろ自分の長椅子なのだから。いつものように長椅子のちょうど真ん中に腰かけ、両側が大きく空いている。うしろに寄りかからず、両手を膝におき、背筋をのばしてきちんとすわっている。やせた顔に鋭い目鼻立ち。

彼の話を聞く前に、まず彼にキッチンに行ってもらおう。もてなしの心にあふれた彼は、いつも早速、紅茶やコーヒー、あるいはアイスクリームはどうかと訊いてくれる。今日のところは紅茶にしよう。そろいのマグではなく、彼は茶色、私のは緑色だ。彼の貴族的な清貧、彼のマグ、色あせたジーンズ、Tシャツ、チョコレート。彼がキッチンにいるあいだに、こうした日常の儀式を――朝食後の決まった時刻に新聞を読む、朝晩の散歩、呼び出し音が二回鳴ったら電話に出るといった儀式を――彼がどれほど几帳面につくりあげてきたかを黙って考える。不意に優しい気持ちがこみあげる。あれほど強い人間に見えながら、彼の生活はなんと脆いのだろう。

紅茶を運んできた彼に私は言う。私の人生は出発の連続だった気がする。彼は眉を上げ、テーブルの上にマグをおき、王子様かと思ったらなんだカエルじゃないかとでもいうような目で私を見た。そして二人して笑った。立ったまま彼は言う。そういうつまらないことはこの部屋でなら言ってもいいけど――僕は友だちだから許すけど――きみの本には書かないでくれよ。でも本当のことだもの、と私は言う。僕らに必要なのはきみの真実ではなくフィクションなんだ――少しでもうまく書けるなら、多少は真実を混ぜてもいいけど、偽りのない感情なんてものは勘弁してくれよ。

彼はキッチンにもどり、冷蔵庫の中を探しまわっている。小皿にチョコレートを五つのせてもどってきた。向かいの長椅子の端のほうに腰をおろす。あいにく何もなくてね。冷蔵庫にチョコレートがいくつかあるだけなんだ。

私はイスラーム共和国に教わったことを——オースティン、ジェイムズ、アイスクリームと自由への愛を教わったことを——感謝する本を書きたいという話をした。いまはそういうすべてをありがたく思うだけでは足りないの、そのことについて書きたいのよ。オースティンについて書くとしたら、僕らのことも、きみがオースティンを再発見したこの場所についても書かないわけにはいかないよ。僕らを頭から追い出すことはできない。やってみればわかるよ。きみの知っているオースティンはこの場所、この土地、この木々と分かちがたく結びついている。きみが昔フレンチ先生と——フレンチ先生だっけ？——読んだオースティンとはちがうだろう？　それはここで読んだオースティンなんだ。映画の検閲官は盲目に近く、街頭で絞首刑が執行され、男女を隔離するために海に仕切りを設けるようなこの場所でね。そういうことを全部書いたら、もっと寛大になって、少しは怒りもやわらぐかもしれないわね、と私は言った。

そうして私たちはすわったまま、はてしなく話を紡ぎつづける。彼は長椅子に、私は椅子にすわり、私たちの背後、ロッキングチェアの前にのびる楕円形の光がしだいに細く小さくなり、ついには消えてしまう。彼は灯りをつけ、私たちは話をつづける。

26

「権利章典にもう一条、想像力を自由に使う権利が加えられていたらと時々空想してみる。真のデモクラシーは、想像の自由なしには、また想像力から生まれた作品をいっさいの制限なしに利用できる権利なしにはありえないと思うようになった。人生をまるごと生きるためには、私的な世界や夢、考え、欲望を公然と表明できる可能性、公の世界と私的な世界の対話が絶えず自由にできる可能性がなくてはならない。そうでなければどうやって、自分が生きて、感じ、何かを求め、憎み、恐れてきたことがわかるだろう」

「人は事実というが、事実は感情、思考、感覚によって追体験され、再創造されなければ、不完全なものでしかない。私には自分たちが本当には存在しなかったような、あるいは半分しか存在しなかったような気がする。想像力をいきいきと働かせて自分自身を表現し、世界に伝えることができなかったからだ。想像力によって生み出された作品を、何らかの政治的策略のしもべとして扱ってきたからだ」

私の魔術師の家を出ると、私はアパートの階段の一番上にすわり、このような言葉をノートに書きつけた。一九九七年六月二十三日という日付を記入し、その横に「私の新しい本のために」と書きこんだ。ふたたびその本を書こうと思ったのはそれから一年後のことで、昔ながらの言い方を借りればペンをとりあげ、オースティンとナボコフのことを、そしてともにそれらの作品を読み、生きた人たちのことを書くまでに、さらに一年かかった。

あの日、私の魔術師の家を出たとき、日は暮れかけて、空気は暖かく、樹木は青々と繁り、私には悲しむ理由が少なからずあった。すべてのもの、すべての顔はすでに現実味を失い、大切な思い出のように見えた——両親、友人、学生たち、この通り、この木々、鏡の中の山々から消えゆく光。しかし、同時に私は漠然と気分の高揚を感じていた。ミュリエル・スパークのすばらしい小説『ロイタリング・ウィズ・インテント』のヒロインの言葉を言いかえれば、二十世紀の終わりに女であり物書きであるとはなんとすばらしいことだろうと思いながら、胸をはずませて自分の道を歩きはじめたところだった。

エピローグ

一九九七年六月二十四日、かつてギャツビーが信じた緑の灯へ向けて、私はテヘランを発った。山はないけれどすばらしい春と秋に恵まれた街の、ビルの七階で、もう一度ものを書き、教壇に立っている。いまでもナボコフ、ジェイムズ、フィッツジェラルド、コンラッドを教え、私の大好きなイランの小説『マイ・アンクル・ナポレオン』の作者イラジ・ペゼシュクザードや、アメリカに来てから発見した作家、たとえばゾラ・ニール・ハーストン、オルハン・パムクなども教えている。そしていまや私は自分の世界が、プニンと同じく、この先もずっと「持ち運びできる世界」であることを知っている。

私はイランを離れたが、イランは私から離れなかった。ビージャンと私が国を出てから、見かけ上多くの変化が起きた。マーナーも他の女性たちもかつてより堂々と歩くようになり、スカーフはますます色鮮やかに、コートはずいぶん短くなった。女たちはいまでは化粧をして、兄弟や父親や夫ではない男性と自由に歩いている。こうした変化と並行して、当局による手入れや逮捕、公開処刑も相変わらずつづいている。しかし自由への要求は高まっている。手もとの新聞を開き、最近の学生デモのニュースを読む。それは聖職者に盲従すべきではないと示唆し、憲法改正を要求した罪で死刑を宣告された反体制派の人物を支持するデモである。若い学生や元革命家の書いたものを、民主主義を求めるスローガンや主張を読んで、いまや確実にわかるのは、現在のイランの若者、革命の子供たちのこの執拗な生と自由への欲望、幸福の追求こそが、またかつての革命家たちの苦悩に満ちた自己批判こそが、私たちの未来を決めるということである。

イランを離れて以来、本人の願いを尊重して、私の魔術師とは一度も話していないし、手紙も書いていないが、彼の魔術はすっかり私の人生の一部となっていたので、時おり私は自問する。彼は本当に存在したのだろうか？　私が彼をつくりあげたのだろうか？　彼が私をつくりあげたのだろうか？

時々私のコンピューターに電子メールが蛍のように飛んでくる。あるいはテヘランやシドニーの消印のある手紙が届く。差出人は教え子たちで、それぞれの生活や思い出を綴っている。

ナスリーンは無事イギリスに着いたが、その後どうなったかはわからない。

ミートラーは私たちがアメリカに移住してから数か月後にカナダに発った。前はよくメールや電話をくれたが、長いあいだ連絡が途絶えている。ヤーシーの話では、ミートラーは大学に入学し、いまでは息子がひとりいるそうだ。

アメリカに来た当初は、サーナーズからも便りがあった。ヨーロッパから電話をかけてきて、結婚したこと、大学に入るつもりだということを知らせてくれた。だが、アージーンによると、サーナーズはその計画を放棄し、いまはいわゆる専業主婦だという。

アメリカに来た頃、アージーンはあまり連絡をよこさず、たいてい私の誕生日に電話をくれた。別の教え子から、アージーンはアッラーメの教壇に立ち、かつて私が教えていた講座で同じ作品を教えていると聞かされた。昔先生が使っていらした五階の研究室の隣に近々引っ越すと、この前聞きましたよ、と彼女はいたずらっぽくつけくわえた。私はよくアージーンと小さな美しいネガールのことを思った。数か月前、アージーンはいきなりカリフォルニアから電話をかけてきた。その声はあの朗らかな、あだっぽい調子そのもので、私はこの声の調子を記憶していたらしい。アージーンは再婚し、新しい夫はカリフォルニアに住んでいる。ネガールを前夫に奪われた以上、テヘランにとどまる理由はほとんどなかった。大学の講座をとり、新しい生活をはじめることについていろいろと計画を練っていた。

マフシードとマーナー、ヤーシーは、私がいなくなったあとも集まりつづけた。ヴァージニア・ウルフやクンデラなどを読み、映画や詩について、また自分の女としての人生について書いた。マフシードは当然受けるべき終身在職権を獲得し、いまや編集主任の地位にあり、自分の著書も出版している。

ヤーシーはイランを離れる前の年に、彼女を慕う学生たちと私的なクラスをもち、学生といっしょに山登りにも行った。自分でもこうしたことができると知ったヤーシーは、有頂天になってメールを書いてきた。一方で、アメリカの大学院で学ぶために懸命に努力した。ついに二〇〇〇年にテキサスのライス大学に入学し、現在は博士論文に取り組んでいる。

ニーマーは教職に就いた。以前からずっと、彼はいわゆる天成の教師だと思っていた。ジェイムズやナボコフ、好きなイランの作家について未完のすばらしい評論を書いてもいる。彼はいまでもさまざまな話で私を楽しませてくれる。マーナーは詩を書いており、この前、私の本のエピローグを書きたいのだけれど、あなたのことをどう書いたらいいかしらと言ったら、次のような文章を送ってきた。

私たちが木曜の朝に『ボヴァリー夫人』を読み、ワインレッドの皿からチョコレートを食べたあの薄暗い部屋で物語がはじまってから五年がすぎた。日常のとめどない単調さにはほとんど変化がない。でも、私はどこか変わった。毎朝決まりきった太陽が上るとともに起きだし、外に出ていわゆる現実の一部となるために鏡の前でヴェールをつけるとき、私は本のページの上で裸になったもうひとりの「私」のことも知っている。虚構の世界で、私はロダンの彫像のように不動の存在になった。だから私はあなたが私を見ているかぎり存在しつづける、親愛なる読者よ。

謝辞

この本の中には、数えきれぬ人々の現実の姿が、あるいはその幻や影が特別出演している。本書で語られた経験の多くをともにした昔なじみもいれば、そのときその場にいなくとも、ずっと昔から知っているような気がする人もいる。彼らの貢献に対して、わずかな言葉で感謝をあらわすことなどとてもできない。ナボコフのプニンを守る良き妖精や精霊のように、彼らは私の本の守護天使となってくれた。これらの人々には、言葉では言いつくせないほどお世話になった。

私の母ネズハト・ナフィーシーは二〇〇三年一月二日にこの世を去った。最後の数か月を通じて、私は母の病床に付き添うことも、死を看取ることもできなかった。この悲しみにはこの先ずっと、私が母と共有していた悪しき全体主義体制への憎しみが――ナボコフが市民の心の奥底の感情を人質にとっていると糾弾した全体主義体制への憎しみが――ついてまわるだろう。母にとって圧政との闘いは政治的な闘争ではなく自己の存在に関わる闘いだった。娘として、また個人として、私は母の望む理想の水準にはついに到達できなかったが、母は私の仕事を心から喜んでくれたし、私たちは同じ理想と価値観を信じていた。母はこの本を読むのを楽しみにしていたので、その勇気と良心を偲び（こうした性格が母の情熱的な失敗の主な原因ともなったのだが）、本書を母に捧げる。母と父こそは、私の仕事を最初に、そしてもっとも熱烈に、献身的に応援してくれた人たちだった。

父は私の人生における最初のストーリーテラーであり、私のために、また私とともにさまざまな物語をつくってくれた。父には多くのことを教わったが、なかでも、理想を信じ、虚構の世界が生み出す可能性によって現実世界に立ち向かうことを教わった。弟モハンマドとは幼い頃、夢や物語を語りあった（のちに愛する姪サナム・バーヌー・ナフィーシーとも同じことをした）。この本の執筆中は離れて暮らしていたが、彼の批評的で、しかも思いやりにあふれたまなざしは、つねに私の身近にあった。夫のビージャンとは本書に書かれた多くの経験をともにし、苦難の時はいつもそうだが、今回もこの苦しい仕事を通じて、文字どおり私のベターハーフでありつづけた。編集者以外でこの本の完成原稿を読んだのは彼だけで、つねに公平な判断と良心と愛情により私を大いに助けてくれた。子供たち、ダーラーとネガールは、時として親子の役割が逆転するほどの愛と支援をあたえてくれた。

その他の親族や友人たちも、私を支え、励まして、本書の執筆を助けてくれた。マニージェとQ・アーガーザーデ、タラーネとモー・シャムスザード。パルヴィーンの貴重な友情と絶え間ない支援には感謝の言葉もない。さらにホスロウ、タフミーネ、ゴリー、キャリーム、ナーヒード、ザリー。友人マフナーズ・アフハミーは、つらく孤独な時期に友情と賢明な忠告をあたえてくれたが、私の私的なクラスへの貴重な支援と提案とアイディアはとりわけありがたかった。ポール（レオ・シュトラウスの『迫害と著述の技法』を教えてくれたこと、その他もろもろに感謝する）、カール・ガーシュマン、ヒレル・フラドキンと「フリードニア大学」のすばらしい同僚、スタッフたち。（扉を開けてくれた）バーナード・ルイス、ハーイェデ・ダラガーヒー、フェレシュテ・シャフパル、ファリーヴァル・ファルザーン、シャフラーン・タバリー、ジャマ（ベートーヴェンと自由の関係を教えてくれたことに）。リー・ケニグの友情と支え、書物への愛（彼女は私に惜しみなく本を貸してくれた）にも感謝している。友情をとりもどした幼友だちのファラ・エブラーヒーミー、イーサ・H・ロード。そして私の良心の声にして親友のラーダン・ボルーマンド、ロゥヤー・ボルーマンド、アブディー・ナフィーシーにもお礼を言う。

人生と文学の新たな見方を教えてくれた学生たちには永遠に感謝するが、とりわけアージーン、ヤーシー、サーナーズ、ミートラー、マフシード、マーナー、アーヴァー、モジュガーン、ナスリーン、ニーマーに感謝したい。本書のほとんどのページに、私の教師としての思い出が刻みこまれており、ある意味で、すべてのページは彼女たちに捧げられたものである。

一九九七年にイランを離れて以来、アメリカのジョンズ・ホプキンズ大学ポール・H・ニッツェ高等国際問題研究大学院（ＳＡＩＳ）が私の学問的、知的な拠りどころとなった。過去および現在の同僚と職員の率直な姿勢、好奇心、知的自由から得るものは大きかった。学問的な刺激と冒険に満ちていながら、知的に堅苦しく閉鎖的な態度とは無縁の環境を提供してくれた彼らに感謝したい。とりわけファド・アジャミーと中東学部、外交政策研究所のスタッフと同僚、それに所長のトム・キーニー博士にはお礼を申し上げる。

スミス・リチャードソン財団の助成金が、ＳＡＩＳでの研究を進めるのみならず、本書を執筆する機会を私にあたえてくれた。特にマリン・ストルメキとサマンサ・ラヴィッチに――世界のどこに住んでいようと、すべての個人には人生と自由と幸福の追求の権利があるという彼らの信念に感謝する。アーヤトッラー・ホメイニーの言葉の引用と伝記的事実については、バケル・モイン著『ホメイニー――アーヤトッラーの生涯（*Khomeini: Life of the Ayatollah*）』（I. B. Tauris, 1999）を参照させていただいた。

ランダムハウスのスタッフの支援と熱意とプロ意識にも謝意を表したい。ヴェロニカ・ウィンドホルツの几帳面な原稿整理と、圧政を憎む同情心あふれる心に感謝する。ロビン・ロールヴィッチの笑顔と、義務の範囲を大きく超える、見事なタイミングの寛大なサポートを、私はすっかり頼りにするようになった。ジョイ・ド・メニルと仕事をするまで、一部の作家があれほど担当編集者をほめちぎる理由がよくわからなかった。ジョイはまだ若いが、窮地におちいった主人公を助けるおとぎ話の妖精のように、この本を守り助ける役を引き受けてくれた。本書を書きすすめるにつれ深まっていった彼女の友情、想像力あふれる洞察と提案、緻密な編集作業、特に優れた小説への情熱と鑑賞眼に感謝する。

それにまた、世にもまれな人物にして手に負えない頑固者のR氏にも感謝せねばならない。いまこの瞬間、彼がどこにいて、どんな話をつくりだし、どんな話に関わっていようと。

訳者あとがき

本書はイラン出身の女性英文学者アーザル・ナフィーシーが、一九七九年のイスラーム革命から十八年間、激動のイランで暮らした経験を英語で綴った文学的回想録 *Reading Lolita in Tehran: A Memoir in Books*（Random House, 2003）の全訳である。

テヘランの大学で英文学を講じていたナフィーシーは、一九九五年、抑圧的な大学当局に嫌気がさして辞職し、みずから選んだ優秀な女子学生七人とともに、毎週木曜日、ひそかに自宅の居間で西洋文学を読む研究会をはじめた。とりあげた小説は主としてナボコフ、フロベール、ジェイムズ、オースティン、ベロウなど、イランでは禁じられた西洋文学の数々だった。イスラーム革命後のイランは、生活の隅々まで当局の監視の目が光る一種の全体主義社会となり、とりわけ女性は自由を奪われ、厳しい道徳や規則を強制されて苦しんでいた。秘密の読書会は、圧政の下に生きる女たちにとって、ささやかながら、かけがえのない自由の場となり、ナフィーシーがアメリカに移住する一九九七年までつづいた。

ナフィーシーは西洋的近代化が推し進められたパフラヴィー王政下に生まれ育ち、欧米で教育を受けた、いわば西洋風のエリートだが、イスラーム革命勃発直後のイランに帰国してテヘラン大学の教員になり、翌年にはイラン・イラク戦争に遭遇する。超保守的なイスラーム教指導者による圧政は、市民の自由を制限し、女たちの日常は絶え間ない抑圧と恐怖と屈辱に支配されるようになる。激しいイデオロギー闘争、大学の閉鎖、反体制派の弾圧と粛清、獄中での強姦、公開処刑、風紀取締隊のパトロール、イラクのミサイル攻撃など、革命と戦争の日々、著者が見聞きした苛酷な現実と苦しみが、ここにはありのままに語られている。著者の教え子の中にも、政治活動で何年も投獄された学生や、獄中で処刑された学生がいるし、一九八一年には、ナフィーシー自身もヴェールの着用を拒否してテヘラン大学から追放されている。これはひとりの女性知識人の目を通して、イスラーム革命後の複雑なイランの内情を、そして一般に知られることのなかったイラン女性たちの日常の細部や胸の中の思いを、内側から率直に綴った実に貴重なドキュメントである。

こうした苛酷な状況を生きぬくうえで、著者の支えになったのは、何よりも文学であり、ともに文学を愛する学生たちとの親密な交流であった。体制の掲げるイデオロギーに奉仕しない文学や芸術には一片の価値も認めないイスラーム共和国において、著者は「西洋的頽廃」の象徴である英米文学をむさぼり読み、学生たちと議論を重ねた。本書の随所にこうした文学作品の引用がちりばめられ、独自の批評が展開されている。それは研究のための研究ではなく、自分の人生、自分の生きる現実と密接に結びついた痛切な読みである。この理不尽な全体主義体制の中で、女として、個人として、知識人として生きるとはどういうことかという問題意識に裏打ちされた、血の通った読みである。そこには、本来、文学を読むとはまさにこのような営みではなかったかと思わせる新鮮な迫力と説得力がある。

　イスラーム共和国とはおよそかけ離れた西洋の名作の中に、著者と学生たちはみずからの状況に通じるものを見いだし、時に反発したり、憧れを投影したり、そこから生きる力を得たりする。著者はナボコフの『断頭台への招待』の中に「全体主義社会における生の感覚」を見いだし、『ロリータ』の中に、自分たちと同じように男の夢を一方的に押しつけられ、子供時代と人生を奪われた犠牲者としての少女を、その脆さと孤独を見いだす。『グレート・ギャツビー』に革命の夢の挫折を投影する一方で、『デイジー・ミラー』や『ワシントン・スクエア』に登場する、社会のしきたりに反抗するヒロインの中に、見習うべき勇気を見る。あるいは第一次大戦について書かれたジェイムズの文章を読んで、戦争の暴虐のさなかで人間的な感情をもちつづけることの意味を考え、『高慢と偏見』の中にデモクラシーの理想を見る。それは一般的、学問的な『ロリータ』論ではなく、テヘランで生きることの現実とあまりにも密接に結びついた『ロリータ』論であり、まさに「テヘランにおける『ロリータ』の物語」であるが、こうした独特の、切実な読みによって、『ロリータ』という作品の新たな顔がうかびあがってくるさまはスリリングである。著者が描き出そうとしているのは、文学と現実の、読むことと生きることの具体的な関係なのだ。そして、イスラーム共和国から遠く離れた世界に住む読者もまた、本書の中に、思いがけず自分たちの過去あるいは現在の状況に通じるものを見いだして、驚きをおぼえるにちがいない。

著者にとって、文学(フィクション)とは、現実を超えたもうひとつの世界であり、現実の軛(くびき)への抵抗であり、精神の自由をあたえるものにほかならない。著者は全編を通じて、想像力と、想像力によってつくりだされた世界の大切さを、また、他者の気持ちをわがことのように感じ、理解する、共感能力、感情移入の能力(=empathy)の大切さを、くりかえし強調する。こうした文学観は、ほとんど古風といってもいいかもしれない。だが、いまだ戦乱と底なしの暴虐に絡めとられた世界の中で、それは何度でもくりかえす必要のある重要な訴えであるのはまちがいない。文学を愛する読者は、苛酷な状況の中で文学が人を支える力に、禁じられているからこそ逆説的に輝きを放つ文学の力に、心を打たれるはずである。

読む者の中にさまざまな思いをかきたてる、現代イラン女性の類まれな回想録として、また文学への愛に満ちた、ユニークな文学批評の書として、ぜひ多くの方に読んでいただきたい傑作である。

本書は二〇〇三年にアメリカのランダムハウスから出版されると同時に、各紙から熱烈な称賛を博した。「人生を変える文学(フィクション)の力についての雄弁な報告」(『ニューヨーク・タイムズ』)、「革命前後のイランにおける知的自由への飽くなき渇望をいきいきと語る」（『USAトゥデイ』）、「回想録、文学批評、社会史といった分類を超えた本だが、回想録としても文学批評としても社会史としても卓越している。……ナフィーシーは人生と文学の関係に関する独創的な作品を生み出した」（『パブリッシャーズ・ウィークリー』）、「単なる文学的回想録ではなく、新たな意義深い方法で文学を解釈する道を教えてくれる」（『ライブラリー・ジャーナル』）。スーザン・ソンタグは次のような賛辞を寄せた。「急進的イスラームによる女性への迫害にみずから公然と反抗し、また他の人々の抵抗にも力を貸した経緯を物語るアーザル・ナフィーシーの報告に、私は心を奪われ、感動した。彼女の回想録には、神権政治によるすさまじい被害と、他者への思いやり、そして自由の試練に関する重要な、かつ申し分なく複雑な思索がふくまれており――同時に、優れた文学との出会い、すばらしい教師との出会いがもたらす喜びと意識の深まりが感動的に語られている」

こうした書評にも後押しされて、『テヘランでロリータを読む』は、著者も出版社も予想だにしなかった大ベストセラーになった。翌年ペーパーバック化されると、早速『ニューヨーク・タイムズ』のベストセラーリスト入りして、長期にわたってペーパーバック・ノンフィクション部門の一位をキープし、二年以上もリストにとどまりつづけた。二〇〇四年度ブックセンス賞（ノンフィクション部門）、フレデリック・W・ネス・ブック賞などを受賞。三十二言語に翻訳され、国際的なベストセラーとなっている。無名のイラン人学者であったアーザル・ナフィーシーは、本書の爆発的成功によって、一躍、文学界の著名人となり、マスメディアにもたびたび登場するようになった。革命後のイランの暮らしを子供の目から描いたマルジャン・サトラピの自伝的コミック『ペルセポリス』と『テヘランでロリータを読む』の成功につづいて、アメリカではイラン人女性の回想録が続々と刊行されている。

このような重く、深く、しかも決してやさしいとはいえない本が、これほど爆発的にヒットしたのは驚くべきことである。あるいはイラン革命と英米文学の名作（とりわけ『ロリータ』）というミスマッチの驚きや、読者をとらえて離さない圧倒的な筆力、圧政の下で自由を求める抵抗の物語としての際立った魅力が、多くの人を魅了したのかもしれない。さらに二〇〇一年九月十一日に起きた同時多発テロ事件後の、イスラーム社会および中東地域に対する関心の高まりや、国際舞台で何かと物議を醸しつづけるイランに対する関心の高まりといった時代の変化も、本書を予想外のベストセラーへ押し上げるのに一役買ったのだろう。本書が刊行された二〇〇三年には、イランの弁護士、人権活動家のシーリーン・エバーディーがムスリム女性として初のノーベル平和賞を受賞し、世界的にもイラン女性が注目を浴びることになった。しかし、それだけではあるまい。何よりもこの本の中には、政治と文化（芸術）、権力と個の自由とのせめぎあい、そして女として生きる困難というきわめて普遍的で、しかも切迫した問題が、鮮やかに描き出されている。だからこそ、単に特殊な国の特殊な話ではなく、国を超え、文化の違いを超えて、同時代の人々の心に訴える力をそなえた、真に重要な本となりえたのである。

ちなみにイランでは、本書はもちろん発売禁止になったが、国外に居住する多数のイラン人から本国の家族や友人に送られたり、イランを訪れる人の手で持ちこまれたりして、イラン国内でもひそかに回し読みされたという話である。またインターネットで本書の一部をダウンロードして読むこともできた。禁じられるとかえって関心をもつ人が増えるから、この本にとってはむしろいいことだと、著者はあるインタビューで語っている。

なお、本書は著者がアメリカに旅立つ一九九七年で終わっているが、この年、イランでは改革派のハータミーが第五代大統領に選出されている。ハータミー政権はある程度の開放・自由化を進めたものの、保守派の妨害もあって、結局、目立った改革の成果を上げることができず、国民の失望を招くに至った。二〇〇五年の大統領選挙では、経済状況の改善と腐敗の一掃を掲げた保守強硬派のアフマディーネジャードが、低所得者層の支持を背景に、ラフサンジャーニー元大統領を破って第六代大統領に選ばれた。

アーザル・ナフィーシーは一九四八年（一九五五年との説もある）、テヘランに生まれた。知的名門の出で、父は元テヘラン市長、母はイラン初の女性国会議員のひとりだった。十三歳から海外留学して欧米で教育を受け、アメリカのオクラホマ大学で英文学の博士号を取得。一九七九年のイラン革命直後に帰国し、テヘラン大学の英文学の教員になるが、一九八一年、法律で義務化されたヴェールの着用を拒否してテヘラン大学から追放される。その後、自由イスラーム大学、アッラーメ・タバータバーイー大学でも英文学を教えた。一九九七年にイランを出てアメリカに移り、二〇一七年までジョンズ・ホプキンズ大学高等国際問題研究大学院（ＳＡＩＳ）外交政策研究所の客員教授として、文化と政治の関係について教えた。さまざまな文化のあいだの対話、とりわけムスリム世界と非ムスリム世界の対話の場をネット上につくることで、ムスリム世界におけるデモクラシーと人権の拡大を目指すＳＡＩＳ「ダイアローグ・プロジェクト」のディレクターも務めた。ワシントンＤＣ在住。

本書につづいて、二〇〇八年には家族の話を中心とする回想録『語れなかった物語（*Things I Have Been Silent About*）』（矢倉尚子訳、白水社、二〇一四年）、二〇一四年にはアメリカ文学論『想像力の共和国（*The Republic of the Imagination*）』を出版。イラン時代に出したナボコフ研究書も、二〇一九年、『別の世界——ナボコフと亡命の謎（*That Other World: Nabokov and the Puzzle of Exile*）』として英訳されている。

本書に登場する文学作品の引用に関しては、できるかぎり先達の訳業を参照させていただきつつも、大部分は新たに訳出した。以下に主な邦訳を挙げ、感謝の意を表したい。

ナボコフ『断頭台への招待』富士川義之訳（集英社版　世界の文学8、一九七七年）
『ロリータ』大久保康雄訳（新潮社、一九八〇年）
『ロリータ』若島正訳（新潮社、二〇〇五年）

『ロシア文学講義』小笠原豊樹訳（TBSブリタニカ、一九八二年）
フィッツジェラルド『グレート・ギャツビー』野崎孝訳（新潮社、一九八九年）
『華麗なるギャツビー』大貫三郎訳（角川書店、一九八九年）
ジェイムズ『ねじの回転　デイジー・ミラー』行方昭夫訳（岩波書店、二〇〇三年）
『デイジー・ミラー』西川正身訳（新潮社、一九九四年）
『使者たち』工藤好美・青木次生訳（講談社版　世界文学全集26、一九六八年）
『ワシントン・スクエア』河島弘美訳（キネマ旬報社、一九九七年）
エリオット『四つの四重奏曲』西脇順三郎訳（筑摩書房『西脇順三郎全集』第三巻、一九七一年）
オースティン『自負と偏見』中野好夫訳（新潮社、一九九七年）
『高慢と偏見』阿部知二訳（河出書房新社、一九九六年）
『高慢と偏見』富田彬訳（岩波書店、一九九四年）
『高慢と偏見』中野康司訳（筑摩書房、二〇〇三年）

本書の単行本は、二〇〇六年、白水社から刊行された。単行本の際に一方ならずお世話になった白水社の糟谷泰子さん、芝山博さんにあらためて深謝する。イラン関係の固有名詞の表記をチェックしてくださった藤元優子さんにも厚くお礼を申し上げる。

今回の文庫化は、河出書房新社の東條律子さんの熱意がなければ実現しなかっただろう。白水社のご協力にも感謝したい。

なお、文庫化にあたり、訳文の一部を手直しし、訳者あとがきにも加筆修正をおこなったことをお断りしておく。

二〇二一年九月

市川恵里

解説　私たちのもの

西　加奈子

『テヘランでロリータを読む』。とても印象的なタイトルだ。私たちはテヘランがイランの首都であることを知っているし、ウラジーミル・ナボコフが書いた『ロリータ』という小説も知っている。しかし、「テヘランでロリータを読む」行為が、どのようなことを意味するかについて、想像したことはあっただろうか。

私は『i』という小説内で、この作品を引用している。主人公が「想像すること」について考える場面だ。

読者よ、どうか私たちの姿を想像していただきたい。そうでなければ、私たちは本当には存在しない。歳月と政治の暴虐に抗して、私たち自身さえ時に想像する勇気がなかった私たちの姿を想像してほしい。もっとも私的な、秘密の瞬間に、人生のごくありふれた場面にいる私たちを、音楽を聴き、恋に落ち、木陰の道を歩いている私たちを、あるいは、テヘランで『ロリータ』を読んでいる私たちを。それから、今度はそれらすべてを奪われ、地下に追いやられた私たちを想像してほしい。

一九九五年、著者であるアーザル・ナフィーシーは、英文学の教授として勤めていた大学を去り、かねてからの夢を実現することにする。教え子の中からもっとも優秀な七人を選び、自宅で文学について話し合う会を作ったのだ。

ユーモアに溢れたマーナー、敬虔なムスリムであり、傷つきやすいマフシード、大胆で勇気のあるヤーシー、三度の結婚歴があり、人がギョッとするようなことを話すアージーン、物静かで可憐なミートラー、自立したいという願望と家族に認められたいという欲求の間で揺れていたサーナーズ、ある理由から、最後までクラスにいることが出来なかったナスリーン。全て女性なのは、「たとえ無害なフィクションについて議論するだけでも、個人の家でひそかに男女混合のクラスを教えるのは危険すぎる」からだ。

パフラヴィー皇帝による西洋的な政策の下では、女性はヒジャブと呼ばれるスカーフの着用を必要とせず、女性参政権も確立していた（著者の母は、テヘランで最初の女性国会議員の一人である）。だが、アヤトッラー・ホメイニーらイスラム法学者たちが起こした一九七八年のイスラム革命によって、テヘランは原理主義的なムスリム体制に戻ることになる。女性はヒジャブの着用を義務付けられ、少しでも「西洋的な」気配がする者（それは往々にしてただの言いがかりである）は、監獄に入れられ、罰せられ、処刑された。

読書会のグループにも、監獄のサバイバーたちがいる。それが原因で腎臓を患っているマフシードは監獄の経験を語りたがらず、ナスリーンが著者に語るエピソードは、あまりにおぞましい。

ひとり女の子がいて――彼女の罪は、驚くほどの美人だってことだけでした。やつらは不道徳の罪をでっちあげて彼女を連行して、ひと月以上監禁して、くりかえしレイプしました。看守から看守にまわしたんです。噂はすぐに広まりました。その女の子は政治活動にさえ関わっていなかったからです。政治犯の仲間ではなかったんです。処女はみんな看守と結婚させられて、そのあとその看守に処刑されました。処女のまま殺されると天国に行くと考えられているからです。

彼女たちを襲う悲劇は、このような非道を許す封建的で抑圧的な体制だけではない。一九八〇年に始まったイラン・イラク戦争はテヘランを空爆し、たくさんの命を奪う。幸運にも生きのびたとしても、やはり女であるというそれだけで、彼女たちは様々な屈辱を受け入れなければならない。最低年齢が九歳に引き下げられた結婚、石打ちによる死刑が科される姦通と売春（どうして買春には罰が与えられないのか?）、あらゆる性的被害。「女性の価値が男性の半分しかない」という法律を擁する国で生きることは、著者曰く「虫唾が走るほどいやな男とセックスするようなもの」、「自分の心をからっぽにして――どこかよそにいるようなふりをして、自分の体を忘れようとする、自分の体を憎む」ことである。

そんな苦難に遭い、トラウマを背負い、ありとあらゆる制約を受けながらも、彼女たちは学ぼうとすることをやめない。とりわけ文学に伸ばす手は力強く、揺るぎがない。

彼女たちが心を開き、熱中するのは、文学作品について議論しているときだった。小説を読んでいるあいだはその美しさや見事さに驚嘆し、学部長や大学や街の風紀取締隊などのいやな話を忘れていられるという意味で、小説は現実逃避の手段だった。

そう語る著者にとっても、文学は「教える」もの以上の力を持つ。それは彼女が生きのびるための、大きな糧になっている。空襲警報の最中、真っ暗闇の廊下で、彼女はろうそくを灯しながら本を読む。

私が本に向かったのは、それが私の知る唯一の聖域、生きのびるために、いまや絶えず後退しつつある私の一部を守るために必要な避難所だったからだ。

ジェイン・オースティンに夢中になり、フィッツジェラルドについて議論し、ヘンリー・ジェイムズについて深く考える彼女たちは、生きている。どのような圧政の下でも、どのような屈辱の上でも、彼女たちは間違いなく生きている。中でも、この作品のタイトルになっている『ロリータ』、著者が教え子たちに最後に教えたこの作品は、彼女たちを考える上で大きな役割を果たす。

これは、テヘランにおける『ロリータ』の物語、『ロリータ』によってテヘランがいかに別の顔を見せ、テヘランがいかにナボコフの小説の見直しを促し、あの作品をこの『ロリータ』に、私たちの『ロリータ』にしたかという物語なのである。

私たちの『ロリータ』。

この言葉が、この姿勢がこの、数十年に及ぶイラン・イスラーム帝国の変遷と、そしてその変遷の中で息を殺し、実際殺され、それでもなお未来へ手を伸ばそうとした人々の克明な記録であると同時に、非常に優れた批評集でもあるこの作品の、中心に流れているものだろう。

著者が取り上げる本の数々を読んだ人はきっと、彼女がいかに小説を「自分のもの」として、つまり切実で体温のあるものとして語ることが出来るかに、瞠目するだろう。彼女の批評を、そして小説について語る生徒たちの声を聞いていると、小説が生きている、生きて、息をして、私たちのそばにいると感じる。

小説には力がある。

今まで何度も思ってきた。ナフィーシーほど過酷な状況に置かれたことはないが、それでも自分なりに紆余曲折あった人生において、小説は光だった。生きて、息をして、いつだって私を救ってくれた。だが、この作品を読んで、考えを一部改めることになった。

もちろん、小説に力があることに変わりはない。だが、それ以上に力があるのは、読者だ。

小説に体温を与え、臓器を備え、血液を循環させ、息をさせる。つまり命を与える、それは読者にしか出来ない。今これを読んでいる、あなたにしか出来ないことだ。著者が死んでもなお小説が残るのは、そして「不朽の名作」たり得るのは、小説それ自体が「不朽」であるからではなく、あなたがそれを「不朽」たらしめるからだ。

『テヘランでロリータを読む』は小説ではない。でも、これが小説であるかは関係がない。これほどの力を持った作品に、新たな命を吹き込むのは私たちだ。この作品を、「私たちのもの」にするかどうかは、私たちにかかっている。そして私たちはその力、小説に、作品に命を与え、「私たちのもの」にするその力を、紙の先に広げてゆかなくてはならない。

アフガニスタンで、ミャンマーで、ウイグルで、世界のあらゆる場所で起こっていることを「私たちのもの」にするために、私たちは自らの能力を鍛え上げなくてはならない。この作品は、そんな私たちの、何より強大な味方になるだろう。

本書は二〇〇六年九月に単行本として白水社から刊行された『テヘランでロリータを読む』（二〇一七年一月新装版）の文庫化です。

Published by arrangement with Random House, a division of Penguin Random House LLC.

テヘランでロリータを読む

二〇二一年一一月一〇日　初版印刷
二〇二一年一一月二〇日　初版発行

著　者　アーザル・ナフィーシー
訳　者　市川恵里
発行者　小野寺優
発行所　株式会社河出書房新社
〒一五一−〇〇五一
東京都渋谷区千駄ヶ谷二−三二−二
電話〇三−三四〇四−八六一一（編集）
〇三−三四〇四−一二〇一（営業）
https://www.kawade.co.jp/

ロゴ・表紙デザイン　粟津潔
本文フォーマット　佐々木暁
印刷・製本　中央精版印刷株式会社

Printed in Japan　ISBN978-4-309-46743-6

ナボコフの文学講義　上

ウラジーミル・ナボコフ　野島秀勝〔訳〕　46381-0

小説の周辺ではなく、そのものについて語ろう。世界文学を代表する作家で、小説読みの達人による講義録。フロベール『ボヴァリー夫人』ほか、オースティン、ディケンズ作品の講義を収録。解説：池澤夏樹

ナボコフの文学講義　下

ウラジーミル・ナボコフ　野島秀勝〔訳〕　46382-7

世界文学を代表する作家にして、小説読みの達人によるスリリングな文学講義録。下巻には、ジョイス『ユリシーズ』カフカ『変身』ほか、スティーヴンソン、プルースト作品の講義を収録。解説：沼野充義

ナボコフのロシア文学講義　上

ウラジーミル・ナボコフ　小笠原豊樹〔訳〕　46387-2

世界文学を代表する巨匠にして、小説読みの達人ナボコフによるロシア文学講義録。上巻は、ドストエフスキー『罪と罰』ほか、ゴーゴリ、ツルゲーネフ作品を取り上げる。解説：若島正。

ナボコフのロシア文学講義　下

ウラジーミル・ナボコフ　小笠原豊樹〔訳〕　46388-9

世界文学を代表する巨匠にして、小説読みの達人ナボコフによるロシア文学講義録。下巻は、トルストイ『アンナ・カレーニン』ほか、チェーホフ、ゴーリキー作品。独自の翻訳論も必読。

高慢と偏見

ジェイン・オースティン　阿部知二〔訳〕　46264-6

中流家庭に育ったエリザベスは、資産家ダーシーを高慢だとみなすが、それは彼女の偏見に過ぎないのか？　英文学屈指の作家オースティンが機知とユーモアを込めて描く、幸せな結婚を手に入れる方法。永遠の傑作。

オン・ザ・ロード

ジャック・ケルアック　青山南〔訳〕　46334-6

安住に否を突きつけ、自由を夢見て、終わらない旅に向かう若者たち。ビート・ジェネレーションの誕生を告げ、その後のあらゆる文化に決定的な影響を与えつづけた不滅の青春の書が半世紀ぶりの新訳で甦る。

裸のランチ

ウィリアム・バロウズ　鮎川信夫〔訳〕　46231-8

クローネンバーグが映画化したW・バロウズの代表作にして、ケルアックやギンズバーグなどビートニク文学の中でも最高峰作品。麻薬中毒の幻覚や混乱した超現実的イメージが全く前衛的な世界へ誘う。

ジャンキー

ウィリアム・バロウズ　鮎川信夫〔訳〕　46240-0

『裸のランチ』によって驚異的な反響を巻き起こしたバロウズの最初の小説。ジャンキーとは回復不能になった麻薬常用者のことで、著者の自伝的色彩が濃い。肉体と精神の間で生の極限を描いた非合法の世界。

詩人と女たち

チャールズ・ブコウスキー　中川五郎〔訳〕　46160-1

現代アメリカ文学のアウトサイダー、ブコウスキー。五十歳になる詩人チナスキーことアル中のギャンブラーに自らを重ね、女たちとの破天荒な生活を、卑語俗語まみれの過激な文体で描く自伝的長篇小説。

くそったれ！ 少年時代

チャールズ・ブコウスキー　中川五郎〔訳〕　46191-5

一九三〇年代のロサンジェルス。大恐慌に見舞われ失業者のあふれる下町を舞台に、父親との確執、大人への不信、容貌への劣等感に悩みながら思春期を過ごす多感な少年の成長物語。ブコウスキーの自伝的長篇小説。

死をポケットに入れて

チャールズ・ブコウスキー　中川五郎〔訳〕　ロバート・クラム〔画〕　46218-9

老いて一層パンクにハードに突っ走るＢＵＫの痛快日記。五十年愛用のタイプライターを七十歳にしてMacに替え、文学を、人生を、老いと死を語る。カウンター・カルチャーのヒーロー、Ｒ・クラムのイラスト満載。

西瓜糖の日々

リチャード・ブローティガン　藤本和子〔訳〕　46230-1

コミューン的な場所アイデス〈iDeath〉と〈忘れられた世界〉、そして私たちと同じ言葉を話すことができる虎たち。澄明で静かな西瓜糖世界の人々の平和・愛・暴力・流血を描き、現代社会をあざやかに映した代表作。

舞踏会へ向かう三人の農夫　上

リチャード・パワーズ　柴田元幸〔訳〕　46475-6

それは一枚の写真から時空を超えて、はじまった――物語の愉しみ、思索の緻密さの絡み合い。二十世紀全体を、アメリカ、戦争と死、陰謀と謎を描いた驚異のデビュー作。

舞踏会へ向かう三人の農夫　下

リチャード・パワーズ　柴田元幸〔訳〕　46476-3

文系的知識と理系的知識の融合、知と情の両立。「パワーズはたったひとりで、そして彼にしかできないやり方で、文学と、そして世界と戦った。」解説＝小川哲

アメリカーナ　上

チママンダ・ンゴズィ・アディーチェ　くぼたのぞみ〔訳〕　46703-0

高校時代に永遠の愛を誓ったイフェメルとオビンゼ。米国留学を目指す二人の前に、現実の壁が立ちはだかる。世界を魅了する作家による、三大陸大河ロマン。全米批評家協会賞受賞。

アメリカーナ　下

チママンダ・ンゴズィ・アディーチェ　くぼたのぞみ〔訳〕　46704-7

アメリカに渡ったイフェメルは、失意の日々を乗り越えて人種問題を扱う先鋭的なブログの書き手として注目を集める。帰郷したオビンゼは巨万の富を得て幸せな家庭を築く。波瀾万丈の物語。

なにかが首のまわりに

C・N・アディーチェ　くぼたのぞみ〔訳〕　46498-5

異なる文化に育った男女の心の揺れを瑞々しく描く表題作のほか、文化、歴史、性差のギャップを絶妙な筆致で捉え、世界が注目する天性のストーリーテラーによる12の魅力的物語。

鉄の時代

J・M・クッツェー　くぼたのぞみ〔訳〕　46718-4

反アパルトヘイトの嵐が吹き荒れる南アフリカ。末期ガンの70歳の女性カレンは、庭先に住み着いたホームレスの男と心を通わせていく。差別、暴力、遠方の娘への愛。ノーベル賞作家が描く苛酷な現実。

お前らの墓につばを吐いてやる

ボリス・ヴィアン　鈴木創士〔訳〕　46471-8

伝説の作家がアメリカ人を偽装して執筆して戦後間もないフランスで大ベストセラーとなったハードボイルド小説にして代表作。人種差別への怒りにかりたてられる青年の明日なき暴走をクールに描く暗黒小説。

人間の測りまちがい　上・下　差別の科学史

S・J・グールド　鈴木善次／森脇靖子〔訳〕　46305-6　46306-3

人種、階級、性別などによる社会的差別を自然の反映とみなす「生物学的決定論」の論拠を、歴史的展望をふまえつつ全面的に批判したグールド渾身の力作。

ユダヤ人の歴史

レイモンド・P・シェインドリン　入江規夫〔訳〕　46376-6

ユダヤ人の、世界中にまたがって繰り広げられてきた広範な歴史を、簡潔に理解するための入門書。各時代の有力なユダヤ人社会を体系的に見通し、その変容を追う。多数の図版と年譜、索引、コラム付き。

私はガス室の「特殊任務」をしていた

シュロモ・ヴェネツィア　鳥取絹子〔訳〕　46470-1

アウシュヴィッツ収容所で殺されたユダヤ人同胞たちをガス室から搬出し、焼却棟でその遺体を焼く仕事を強制された特殊任務部隊があった。生き残った著者がその惨劇を克明に語る衝撃の書。

帰ってきたヒトラー　上

ティムール・ヴェルメシュ　森内薫〔訳〕　46422-0

2015年にドイツで封切られ240万人を動員した本書の映画がついに日本公開！　本国で250万部を売り上げ、42言語に翻訳されたベストセラーの文庫化。現代に甦ったヒトラーが巻き起こす喜劇とは？

帰ってきたヒトラー　下

ティムール・ヴェルメシュ　森内薫〔訳〕　46423-7

ヒトラーが突如、現代に甦った！　抱腹絶倒、危険な笑いで賛否両論を巻き起こした問題作。本書原作の映画がついに日本公開！　本国で250万部を売り上げ、42言語に翻訳されたベストセラーの文庫化。

わたしは英国王に給仕した

ボフミル・フラバル　阿部賢一〔訳〕　46490-9

中欧文学巨匠の奇想天外な語りが炸裂する、悲しくも可笑しいシュールな大傑作。ナチス占領から共産主義へと移行するチェコを舞台に、給仕人から百万長者に出世した主人公の波瀾の人生を描き出す。映画化。

服従

ミシェル・ウエルベック　大塚桃〔訳〕　46440-4

二〇二二年フランス大統領選で同時多発テロ発生。極右国民戦線のマリーヌ・ルペンと、穏健イスラーム政党党首が決選投票に挑む。世界の激動を予言したベストセラー。

信仰が人を殺すとき　上

ジョン・クラカワー　佐宗鈴夫〔訳〕　46396-4

「背筋が凍るほどすさまじい傑作」と言われたノンフィクション傑作を文庫化！　一九八四年ユタ州で起きた母子惨殺事件の背景に潜む宗教の闇。「彼らを殺せ」と神が命じた——信仰、そして人間とはなにか？

信仰が人を殺すとき　下

ジョン・クラカワー　佐宗鈴夫〔訳〕　46397-1

「神」の御名のもと、弟の妻とその幼い娘を殺した熱心な信徒、ラファティ兄弟。その背景のモルモン教原理主義をとおし、人間の普遍的感情である信仰の問題をドラマチックに描く傑作。

教養としての宗教事件史

島田裕巳　41439-3

宗教とは本来、スキャンダラスなものである。四十九の事件をひもときつつ、人類と宗教の関わりをダイナミックに描く現代人必読の宗教入門。ビジネスパーソンにも学生にも。宗教がわかれば、世界がわかる！

イスラム世界

前嶋信次　47167-9

マホメットの教えを奉ずるイスラムの民は、東へ西へとジハード（聖戦）の旅をつづけ、大サラセン文化圏の成立をみる。世界史の重要な鍵をにぎるイスラム文明圏の苦闘と栄光を描いた第一級の概説書。